나의
투쟁

MIN KAMP 2

나의
투쟁

2

칼 오베 크나우스고르 지음

손화수 옮김

한길사

일러두기

• 이 책은 노르웨이에서 발간된 Karl Ove Knausgård의 *Min Kamp* 2(Oslo: Forlaget Oktober, 2009)를 옮긴 것으로 저자와 협의하여 제2권과 제3권으로 나누어 출판한다.

• 독자의 이해를 돕기 위해 옮긴이가 각주를 넣었다.

2008년 7월 29일

올여름은 유난히 길다. 가을이 오려면 아직 한참 멀었다. 지난 6월 26일, 나는 『나의 투쟁』 제1권 집필을 마쳤다. 그때부터 한 달이 넘도록 우리는 어린이집 방학을 맞은 바니아와 헤이디와 함께 지내느라 매일매일 정신을 못 차릴 정도로 바쁘고 혼란스럽게 보냈다. 이전에는 휴가를 기다리는 사람들을 이해하지 못했고, 휴가의 필요성을 느끼지도 않았다. 항상 일을 더 하고 싶은 마음뿐이었으니까. 하지만 싫어도 휴가를 보내야만 한다면 어쩔 수 없이 휴가를 갈 수밖에 없지 않은가.

아이들의 방학 첫 주에는 회원제 공동 별장에서 묵기로 했다. 도시 외곽에 자리 잡고 있는 그 공동 별장은, 글도 쓰고 가끔 가족과 함께 주말을 보내기에 안성맞춤이라며 린다가 졸라 마지못해 사들인 것이었다. 방학이 시작되자마자 우리는 일주일 예정으로 그곳에 갔다. 하지만 우리는 사흘도 지나지 않아 다시 짐을 싸 되돌아오고 말았다. 세 아이와 두 어른이 손바닥만 한 공간에서 지내기도 쉽지 않았지만, 고개만 돌리면 사방팔방 여기저기 보이는 낯선 가족들 틈에서 공동 소유의 정원을 손질하거나 잔디를 깎는 일 외에 할 수 있는 일은 아무것도 없었다.

처음부터 그곳에서 휴가를 보내기로 마음먹었던 것이 잘못이라는 생각이 들었다. 그곳으로 출발하기 전부터 모두가 내켜 하지 않은 것은 더더욱 도움이 되지 않았다. 우리는 그곳에 도착한 후에도 몇 차례나 목소리를 높여 말다툼했다. 별장 이웃들은 그런 우리 때문에 심심하진 않았을 것이다. 웃통을 벗어 던진 중년의 남녀들이 자로 잰 듯 정확하게 일구어놓은 수백 평의 밭을 보면 밀실공포증에 휩싸여 온몸이 마비되는 것 같은 기분도 들었다.

아이들은 그런 분위기에 더욱 민감하게 반응한다. 특히 바니아는 별장에 도착하자마자 높고 날카로운 목소리와 신경질적인 몸짓으로 반응을 나타냈으며 우리 부부가 싫어하는 짓만 골라 하기 시작했다. 이미 절망적인 기분에 휩싸여 있던 우리는 시간이 흐르자 이성을 잃을 지경이었다. 아이를 제대로 다독이기는커녕 내 한 몸조차도 건사하기 힘든 상황에 이르자, 우리 가족은 고함을 지르며 말다툼을 하고 얼굴을 찌푸리며 절망적으로 허우적거리기 시작했다.

그다음 주에는 렌터카를 빌려 예테보리 외곽에 있는 최른이라는 곳으로 갈 예정이었다. 최른에는 린다의 친구이자 바니아의 대모인 미카엘라가 애인 에릭과 함께 빌려놓은 여름 별장이 있었다. 그들의 초청을 받은 우리는 아이 세 명이 딸린 가족과 함께 며칠을 지내는 것이 어떤 일인지 아느냐며, 정말 우리를 초청할 생각이냐고 거듭 물어보았다. 그녀는 아이들과 함께 빵도 굽고 가끔 바닷가에 나가 낚시도 하고 게도 잡을 생각이라며 우리가 그녀의 별장에 머무는 동안 아이들에게서 벗어나 부부만의 오붓한 시간을 가질 수 있다면 더 바랄 게 없다고 말했다. 우리는 그 말에 마음이 혹해 차를 몰고 최른까지 갔다. 눈앞에 여름 바다가 펼쳐져 있는 그곳의 정경은 노르웨이의 남쪽 지방 풍경과 많이 닮아 있었다.

별장에 도착한 우리는 차를 세우고 아이들과 짐을 별장 안으로 몰아넣었다. 원래는 그곳에서 3주를 지낼 예정이었다. 하지만 별장에 도착한 지 사흘째 되는 날, 우리는 다시 짐을 차에 싣고 아이들과 함께 남쪽으로 발길을 돌렸다. 예정보다 일찍 떠났기에 미카엘라와 에릭도 안도의 한숨을 쉬었으리라 짐작한다.

아이를 낳고 키워보지 않은 사람들은 아이들과 함께하는 생활이 어떤 것인지 절대 알지 못한다. 그들이 아무리 성숙하고 지성적인 사람들이라 해도 말이다. 나도 자식을 낳기 전까지는 그랬다. 미카엘라와 에릭은 사회적으로 꽤 성공한 사람들이다. 미카엘라는 내가 그녀를 처음 만났을 때부터 줄곧 문화계에서 상당히 높은 지위에서 일을 해온 전형적인 커리어우먼이다. 에릭은 스웨덴에 본사를 두고 있는 국제기업의 대표이사다. 그는 최른에서 몇 주 머문 후 회의에 참석하러 파나마로 갔다가 그 후엔 프로방스에서 다시 휴가를 몇 주 보낼 예정이라고 했다. 그들의 삶은 늘 이런 식이었다.

내겐 책에서나 보았던 지명이지만 그들에겐 활짝 열려 있는 장소였다. 그런 그들에게 우리는 물수건과 기저귀, 엉금엉금 바닥을 기어 다니는 욘, 걸핏하면 주먹질을 해대고 말다툼을 하는 헤이디와 바니아를 데리고 들이닥쳤던 것이다. 우리 아이들은 시도 때도 없이 울거나 웃었고, 식탁에 앉아 바르게 식사하는 법이 없었다. 특히 낯선 사람들과 함께 있거나 정말 예의 바르게 행동해야 할 때도 우리가 시키는 대로 따르는 법이 없었다. 아이들은 그런 상황을 귀신같이 알아채고 우리를 놀리기라도 하듯 우리를 더욱 곤경에 빠뜨리곤 했다.

그들의 여름 별장은 상당히 널찍했지만 아이들의 일거수일투족을 놓칠 정도로 넓진 않았다. 에릭은 별장 안의 가구와 장식품들에 대해 전혀 신경 쓰지 않는 것처럼 말했기에 언뜻 아이들에게 매우 관대하고 호의적인 사람처럼 보였다. 하지만 그의 행동은 말과 정반대였다. 틈만 나면 양팔을 몸에 딱 붙이고 별장 안을 이리저리 돌며 아이들이 어질러놓은 물건들을 제자리에 놓아두기에 바빴고, 금방이라도 별장을 벗어나 어디론가 도망가버리고 싶어 하는 눈빛이었다.

에릭은 물건과 장소에 강한 집착을 보이는 사람이었다. 평생을 그렇게 살아왔는지도 모르는 일이다. 반면, 그는 주변인들에게는 그다지 큰 관심과 정성을 보이지 않았다. 그의 눈으로 본 우리는 두더지나 고슴도치와 다르지 않았다.

나는 그를 이해할 수 있었다. 그가 싫지도 않았다. 하지만 아이들을 데리고 그와 함께 몇 주 동안 별장에서 지내는 건 불가능한 일이라는 것을 깨달았다. 그는 케임브리지와 옥스퍼드에서 공부했고, 런던의 금융계에서 수년 동안 브로커로 일한 사람이다.

한 번은 에릭이 바니아를 데리고 바닷가 언덕으로 산책하러 갔다. 그는 바니아 뒤에서 몇 미터나 떨어져, 아이에겐 눈길도 주지 않고 뒷짐을 진 채 주변 풍경을 감상했다. 네 살짜리 아이는 눈앞의 위험을 미리 알아차리거나 이에 대응할 지각력이 없다는 것을 아예 모르는 것 같았다. 나는 헤이디를 안은 채 종종걸음으로 언덕을 뛰어올라가 바니아의 손을 잡아주어야만 했다.

30분 후 우리는 근처 카페로 향했다. 나의 두 다리는 가파른 언덕을 뛰어오른 탓에 뻣뻣하고 아프기까지 했다. 나는 카페에서 헤이디와 바니아를 동시에 보살피며 음식을 먹여주어야만 했기에 욘까지 돌볼 여력이 없었다. 나는 욘의 옆에 앉아 있는 그에게 본 뇩의 빵을 밀어주며 아이에게 좀 먹여주라고 고갯짓을 해보였다. 하지만 그는 읽고 있던 신문에서 눈을 떼지 않았으며, 50센티미터밖에 떨어져 있지 않은 곳에 앉아 있는 욘을 돌아보지도 않았다. 갓난아이는 자기가 먹을 빵이 버젓이 눈앞에 있는데도 손이 닿지 않아 소리를 지르기 시작했고 결국엔 떼를 쓰고 울어대느라 얼굴이 발갛게 달아올랐다.

식탁의 끝편에 그들과 멀리 떨어져 앉아 있던 린다는 그 모습을 보며 화를 참느라 안간힘을 쓰고 있었다. 린다는 끝내 아무 말도 못 했고 카페에서 나와 집으로 가는 길에 결국 화를 내고 말았다. 그녀는 당장 집으로 돌아가자며 내게 소리를 질렀다. 그녀의 성격을 잘 아는 나는 화가 머리끝까지 났을 때는 제발 성급하게 결정하지 말라고 쏘아붙였다. 그녀는 내 말에 더 화를 냈다. 결국 우리는 다음 날 아침 차를 타고 그들의 여름 별장을 나서야만 했다.

세찬 바람에 지쳐버린 듯했지만 활짝 열린 푸른 하늘 아래의 언덕과 산은 여전히 아름답기 그지없었다. 기차나 비행기 안이 아니라 우리 가족만이 함께할 수 있는 자동차 안에서 즐거워하는 아이들의 모습을 보고 있자니 기분이 나아졌다. 하지만 그것도 오래가지 않았다. 배가 고파진 우리는 식당을 찾아 나서야 했지만 근처에는 차를 세우고 아이들과 함께 들어갈 만한 레스토랑이 하나도 보이지 않았다. 한참 헤맨 후에 그럴듯한 레스토랑을 찾아 들어가 보았지만 그곳은 지역 요트클럽에서 운영하고 있어서 일반인은 출입을 금하고 있었다. 점원은 난감해하는 우리에게 다리를 건너 500미터쯤 걸어 들어가면 시내가 나온다면서, 거기에선 레스토랑을 찾기가 힘들지 않을 것이라고 말했다.

우리는 레스토랑을 나서서 무려 20여 분이나 걸었다. 유모차 두 대를 끌고 배가 고파 징징대는 아이들을 데리고 마침내 다리에 이르긴 했지만, 그곳은 지나가는 차들 때문에 위험하기 그지없었다. 문제는 시내 쪽을 향해 두리번거려도 연기를 내뿜는 공장지대만 눈에 들어올 뿐 레스토랑 비슷한 건물은 하나도 찾을 수가 없었다.

린다는 화가 나서 어쩔 줄 몰라했다. 분노로 가득한 그녀의 두 눈동자는 칠흑처럼 새카맣게 변해 있었다. 왜 우리에겐 이런 거지 같은 일만 일어나는 거지? 그녀는 씩씩거리며 속사포처럼 쏘아붙였다. 다른 사람들에겐 평생 가도 일어나지 않는 일이 우리에겐 왜 이렇게 자주 일어나느냔 말이야. 도대체 왜 자꾸만 일이 꼬이는 건지 이해할 수가 없어. 온 가족이 함께 한 끼 정도 외식하는 게 이렇게 힘든 일이었어? 레스토랑은 어디 있지? 아니, 레스토랑은커녕 지금 우리는 몸이 날아갈 것만 같은 세찬 바람에, 매연을 내뿜는 자동차들이 오가는 손바닥만 한 다리 위에 서 있어. 이건 지옥이야. 이게 지옥이 아니면 뭐가 지옥이라 할 수 있지? 세 아이와 함께 이런 식으로 정처 없이 다리 위를 헤매는 가족을 본 적이 있어?

다리를 건너 더 걸어가 보니, 보안회사의 로고가 새겨진 철문이 우리를 가로막았다. 저 멀리 보이는 시내의 건물들은 너무나 음침하고 케케묵어 보였지만, 그곳으로 가기 위해선 눈앞을 가로막고 있는 공장지대를 빙 둘러가야만 했기에 다시 최소한 15분 정도는 더 걸어야만 할 것 같았다. 나는 린다를 떠나고만 싶었다. 그녀는 항상 불평불만만 늘어놓을 뿐 아니라 눈앞의 현실에는 만족을 못 하고 항상 무언가 다른 것을 원하기 때문이다. 그런데 자기가 원하는 것을 손에 넣기 위해서 막상 자기 스스로 노력하는 모습은 절대 보이지 않는다. 자기가 처한 불편한 상황을 제대로 이해하고 이를 벗어나기 위해 그녀가 하는 일은 불평을 늘어놓는 일밖에 없다. 현실이 기대에 미치지 못할 때면 크고 작은 일을 막론하고 항상 내게 소리를 지르고 짜증을 부리는 것이 전부다.

나는 그녀에게 등을 돌리고 되돌아서서 걷기 시작했다. 그렇게 그녀에게서 떨어져 정처 없이 걷긴 했지만, 얼마 가지 않아 우리는 다시 얼굴을 마주하게 되었다. 차 한 대와 유모차 두 대를 함께 끌고 다녀야 했으니 이상한 일은 아니었다. 우리는 지난 일은 없었던 것처럼 묻어버릴 수밖에 없었다. 결국 스러져버릴 것 같은 낡고 지저분한 유모차를 끌고 다리를 건너 휘황찬란한 요트클럽으로 되돌아온 우리는 차 안에 아이들을 밀어넣고 예테보리 중심가에 있는 맥도널드로 향했다. 그런데 막상 그곳에 도착하고 보니 맥도널드는 주유소로 바뀌어 있는 게 아닌가. 할 수 없이 나는 주유소 옆에 있는 작은 구멍가게에서 핫도그를 사서 근처 벤치에 앉아 배를 채웠고, 바니아와 린다는 차 안에 앉아 각자의 핫도그를 먹었다. 욘과 헤이디는 잠에 곯아떨어져 있었다. 우리는 리세베르그로 가려던 계획을 취소했다. 그런 분위기에선 어디 가서 무엇을 해도 기분이 나아질 것 같지 않았다.

우리는 몇 시간 후 길가에 자리 잡은 '동화나라'라는 싸구려 놀이동산 앞에 충동적으로 차를 세웠다. 안으로 들어가니 모든 시설물과 놀이기구가 조잡하기 이를 데 없었다. 우리는 아이들을 데리고 먼저 '서커스' 공연을 하는 곳으로 가보았다. 서커스 프로그램은 서커스라는 이름을 붙이기가 부끄러울 정도였다. 남자처럼 건장한 여자가 무릎 높이에 커다란 링을 들고 서 있고 개 한 마리가 뛰어 그 링을 통과하고 나니, 비키니 차림의 그 동유럽 여인이 링을 허공으로 휙 던졌다가 다시 받아내 허리에 두르고 돌리는 묘기 아닌 묘기를 해보였다. 그 수준이란 것은 초등학교에 다니는 여자아이들도 쉽게 해낼수 있는 것이었다. 여자의 뒤를 이어 등장한 금발의 남자는 앞창이코끼리 코처럼 길쭉한 구두를 신고 머리에는 터번을 두른 채 터질 듯한 뱃살에 겨우 걸쳐놓은 하렘 바지를 입고 있었다. 그가 보인 묘기는 입안에 석유를 가득 채우고 있다가 나직한 천장을 향해 네 번 정도 불을 뿜어내는 것이 전부였다.

욘과 헤이디는 금방이라도 눈이 튀어나올 것처럼 넋을 잃고 그 모습을 바라보았다. 그러나 바니아는 눈앞의 광경에는 전혀 관심이 없었다. 아이의 머릿속에는 방금 지나쳐온 인형가게밖에 없는 것 같았다. 바니아는 제비뽑기를 해서 당첨이 되면 인형을 손에 넣을 수 있는 그곳에 가고 싶어서 언제 쇼가 끝나느냐고 쉴 새 없이 물어왔다. 나는 가끔 옆에 앉아 있는 린다에게 시선을 돌렸다.

헤이디를 무릎에 앉히고 있는 린다의 눈엔 눈물이 그렁그렁 맺혀 있었다. 서커스가 끝난 후, 우리는 유모차 두 대를 각자 하나씩 맡아서 밀며 긴 미끄럼대가 있는 커다란 수영장을 지나쳤다. 수영장 뒤편에 있는 30미터 정도의 트롤 탑 아래에서 걸음을 멈춘 나는 린다에게 왜 서커스를 보며 울먹였냐고 물어보았다.

"나도 잘 모르겠어요. 이상하게도 나는 서커스만 보면 막 감동이 돼요."

"왜?"

"왠지 슬퍼져요. 너무나 왜소하고 너무도 싸구려 같아서… 그러면서도 너무나 아름답잖아요."

"오늘 본 서커스 공연도 그랬어?"

"네. 그런데 당신도 헤이디와 욘을 봤어요? 애들이 넋을 잃고 있는 모습을?"

"응, 그런데 바니아는 안 그랬어."

미소를 지으며 말하니 린다도 내게 미소를 되돌려주었다.

"지금 뭐라고 했어, 아빠?"

바니아가 우리를 향해 몸을 돌리며 종알거렸다.

"아빠, 지금 뭐라고 했냐니까!"

"응… 너는 서커스를 보면서도 인형 생각만 하고 있는 것 같다고 했어."

바니아는 우리가 자신의 이야기를 할 때면 항상 만족스러운 미소를 짓곤 했다. 이번에도 그랬다. 바니아의 미소는 매우 만족스러워 보였고, 신이 나 어쩔 줄 모르며 더 많은 이야기를 듣고 싶어 다시 종알거렸다.

"내가 뭘 어쨌는데?"

"내 팔을 쉴 새 없이 툭툭 치면서 언제 제비뽑기를 하러 갈 거냐고 물었잖아."

"왜?"

"그걸 내가 어떻게 알아? 어쩌면 넌 제비뽑기보다는 인형을 더 가지고 싶어 했던 것 같은데… 내 말이 맞니?"

"맞아. 지금 당장 인형가게로 가!"

"알았어. 저 아래쪽에 인형가게가 보이네."

나는 빽빽한 나무 사이로 보일락 말락 하는 놀이기구들을 향해 뻗어 있는 아스팔트길을 가리켰다.

"헤이디에게도 인형을 사줄 건가요?"

"헤이디가 원하면 사주지."

옆에 있던 린다가 거들었다.

"헤이디도 인형을 갖고 싶어 해요. 그렇지, 헤이디?"

바니아는 유모차에 앉아 있는 헤이디를 향해 고개를 쑥 들이밀고 말했다.

"응, 나도 인형 좋아."

헤이디는 손뼉을 치며 대답했다.

우리는 바니아와 헤이디가 인형을 하나씩 가질 수 있을 때까지 계속해서 제비뽑기를 하는 데 90크로네나 써야 했다. 하늘에는 태양이 이글거렸고, 숲속에는 바람 한 점 없었다. 주변의 놀이기구들이 만들어내는 기계소리가 80년대 디스코 음악과 한데 섞여 우리의 귀를 자극했다. 솜사탕을 먹고 싶어 하는 바니아 때문에 우리는 그로부터 30분 후 솜사탕 막대를 들고 진드기처럼 달라붙는 벌떼와 싸우며 구멍가게 옆에 있는 벤치에 앉았다.

뜨거운 햇살에 솜사탕은 금방 녹아버렸고, 그 때문에 벤치와 탁자, 유모차의 손잡이, 팔과 양손마저 찐득찐득해졌기에 아이들은 짜증을 내기 시작했다. 설탕가루가 거미줄처럼 하늘하늘 막대를 감싸는 모습을 보며 군침을 흘릴 때만 해도 이렇게 될 줄은 생각지도 않았으리라. 내 앞에 있는 커피는 쌉쓸하고 미적지근해서 입에 부어넣기가 불쾌할 정도였다. 작은 소년이 자신이 타고 있던 세발자전거를 헤이디의 유모차와 살짝 부딪쳐놓고는 기대에 가득 찬 표정으로 우리를 올려다보았다. 소년의 머리와 눈동자는 매우 짙은 갈색을 띠고 있었다. 우리는 소년이 루마니아나 알바니아 아니면 그리스에서 왔다고 짐작했다. 소년은 세발자전거로 헤이디의 유모차에 몇 번 더 박치기를 하더니 결국은 우리 앞을 가로막고 멀뚱멀뚱 바라보며 서 있었다. 우리가 소년에게 눈길을 보내니 그는 자기가 한 일이 잘못되었음을 알아챘는지 시선을 떨구었다.

"이제 슬슬 일어나볼까?"

"헤이디가 말을 타고 싶어 해요. 차로 돌아가기 전에 승마장부터 먼저 찾아보는 건 어때요?"

당나귀 귀처럼 삐죽 솟은 귀를 가진 건장한 남자가 다가와 우리 앞에 있는 세발자전거 위의 소년을 번쩍 안아 올렸다. 남자는 소년을 가게 뒤편으로 데려가 내려놓고선 머리를 쓰다듬어준 후 문어발처럼 생긴 놀이기구를 조종하기 위해 기계실 안으로 들어갔다. 문어발처럼 생긴 놀이기구는 아래위로 천천히 올라갔다 내려갔다 하면서 빙글빙글 돌기 시작했다. 자전거를 타던 소년은 여름옷을 입고 무리를 지어 놀이기구를 타는 사람들 속으로 사라졌다.

"이제 일어나도 될 것 같군."

나는 바니아와 헤이디의 솜사탕 막대를 휴지통에 버리고 욘의 유모차를 밀었다. 욘은 유모차 안에서 쉴 새 없이 고개를 돌리며 신기한 표정으로 주변을 바라보았다. 우리는 '서부도시'라는 팻말이 서 있는 곳으로 걸어갔다. '서부도시' 안으로 들어가니, 헛간처럼 보이는 보잘것없는 건물 세 채와 거대한 모래더미가 자리하고 있었다. 헛간 세 채 앞에는 각각 '광산' '보안관' '감옥'이라는 간판이 걸려 있었다. '보안관'과 '감옥'이라는 간판을 달고 있는 장난감 같은 집 벽에는 '지명 수배─어떤 상태로라도'라는 포스터가 빈틈없이 붙어 있었다. 자작나무로 빽빽하게 둘러싸인 그곳에는 한쪽엔 바퀴가 달린 썰매를 타고 신나게 언덕을 내려가는 아이들이 있었고, 다른 쪽엔 간판뿐인 텅 빈 승마장이 있었다. '광산'을 둘러싸고 있는 울타리 안쪽에는 동유럽 출신으로 보이는 서커스 여인이 바위 위에 앉아 담배를 피우고 있었다.

"말 타고 싶어!"

헤이디가 주변을 두리번거리며 소리쳤다.

"여긴 벌써 문을 닫은 모양이야. 입구 쪽에 당나귀 타는 곳이 있던데 거기로 가보자."

린다가 말했다.

욘은 물이 들어 있는 우유병을 땅바닥에 던졌다. 바니아는 울타리 밑으로 기어들어가 '광산'을 향해 뛰어갔다. 그 모습을 본 헤이디도 유모차에서 몸을 일으켜 언니를 따라 아장아장 걷기 시작했다. 나는 '보안관' 건물 뒤에 있는 흰색과 빨간색의 콜라 자판기를 발견하고 바지 주머니를 뒤져보았다. 머리 묶는 고무줄 두 개와 무당벌레 장식이 달린 머리핀 하나, 라이터 하나, 바니아가 최른의 바닷가에서 주워온 조약돌 세 개와 하얀 조개껍데기 두 개, 20크로네짜리 지폐 한 장과 5크로네짜리 동전 두 개 그리고 1크로네짜리 동전 아홉 개가 있었다.

"저기 앉아서 담배 한 대 피울게."

나는 저 멀리 보이는 나무둥치를 턱으로 가리키며 말했다. 욘은 두 팔을 허공으로 번쩍 들어올렸다.

"그래요."

린다는 욘을 안아 올렸다.

"배고프니, 욘?"

"휴, 여긴 정말 덥네. 도대체 어딜 가면 그늘을 찾을 수 있을까? 그늘 좀 찾아봐요! 욘과 함께 앉아 있게…"

린다가 짜증을 냈다.

"저기, 저 위에 한 번 가봐."

나는 언덕 꼭대기에 자리 잡은 기차 모양의 레스토랑을 손으로 가리켰다. 하지만 거기에는 사람의 그림자라곤 하나도 볼 수 없었다. 영업을 하지 않는지 의자들이 모두 식탁에 비스듬하게 등을 기댄 채 세워져 있었다.

"그럴게요. 저기 가서 욘에게 젖을 먹일 테니, 당신은 그동안 바니아와 헤이디를 보세요."

나는 고개를 끄덕이며 자판기에서 콜라를 한 병 꺼냈다. 나무둥치에 앉아 담배에 불을 붙인 후 작은 오두막을 바라보았다. 시간이 없어 허겁지겁 세워 올린 듯한 조악한 건물이었다. 바니아와 헤이디는 오두막의 입구를 들어갔다 나왔다 하며 놀고 있었다.

"안이 굉장히 캄캄해! 아빠도 얼른 와서 한 번 봐!"

나는 바니아에게 가는 대신 손을 번쩍 들어 흔들어 보였다. 다행히도 바니아는 그것으로 만족한 듯 더는 재촉하지 않았다. 아이는 제비뽑기를 해서 손에 넣은 생쥐 인형을 가슴에 꼭 껴안고서 놓치지 않았다.

그런데 헤이디의 생쥐 인형은 어디로 사라져버린 걸까?

나는 언덕 위를 시선으로 더듬어 보았다. 아, 저기! 보안관 사무실 앞, 모래 더미 위에 생쥐 인형의 머리가 보였다. 언덕 꼭대기의 기차 레스토랑에선 린다가 의자를 하나 빼내고 앉아서 욘에게 젖을 먹이고 있었다. 욘은 두 발을 버둥거리며 칭얼대다가 곧 조용해졌다. 서커스 여인은 담배를 다 피웠는지 언덕 위로 올라가고 있는 중이었다.

커다란 말파리 한 마리가 내 종아리에 내려앉았다. 나는 손바닥으로 있는 힘을 다해 말파리를 내리쳤다. 무더운 날씨에 땀을 뻘뻘 흘려가며 피우는 담배 맛은 좋을 리가 없었다. 나는 아랑곳하지 않고 힘껏 연기를 빨아들여 폐 속으로 흘려보냈다. 햇살을 머금은 전나무는 강렬한 녹색을 발하고 있었다.

말파리 한 마리가 다시 내 종아리 위에 내려앉았다. 나는 짜증이 나 손바닥으로 말파리를 후려친 후 자리에서 일어나 담배를 바닥에 던졌다. 반쯤 비어 있었지만 여전히 시원하게 느껴지는 콜라병을 들고 오두막 안에서 놀고 있는 아이들에게로 다가가 보았다.

"아빠, 우리가 안에 있을 테니 아빠는 오두막 뒤쪽 벽 갈라진 틈으로 들여다봐. 우리가 보이는지 그 안으로 들여다보란 말이야. 오케이?"

바니아는 햇빛에 이맛살을 찌푸리며 나를 올려다보았다.

"그럴까?"

나는 오두막을 빙 둘러 뒤편으로 갔다. 안쪽에선 아이들이 키득거리는 소리와 보시락보시락 움직이는 소리가 들려왔다. 나는 허리를 굽혀 갈라진 벽 틈으로 안쪽을 들여다보았다. 강렬한 햇빛이 내리쬐는 오두막 바깥쪽과 칠흑처럼 캄캄한 오두막 안쪽의 명암 차이가 너무 커서 나는 아무것도 볼 수가 없었다.

"아빠, 지금 밖에 있어?"

바니아가 오두막 안에서 소리쳤다.

"응, 지금 밖에 있어."

"우리가 보여?"

"안 보여. 너희 갑자기 투명인간이 되어버린 건 아니니?"

"맞아!"

아이들이 오두막 밖으로 나왔을 때도, 나는 눈을 둥그렇게 뜨고 바니아를 똑바로 바라보면서도 내 눈에는 바니아가 전혀 안 보이는 것처럼 행동했다.

"나 여기 있어. 여기 있다고!"

바니아가 내 코앞에서 두 팔을 휘저으며 소리쳤다.

"바니아! 도대체 어디 있니? 얼른 나와! 장난이 심하구나."

"나 여기 있다니까, 아빠! 여기!"

"바니아…?"

"정말 내가 안 보여? 정말? 정말 내가 투명인간이 되어버린 거야?"

바니아의 목소리는 만족감으로 가득 차 있었다. 하지만 나는 바니아의 목소리 속에 숨어 있는 작은 불안감도 감지할 수 있었다. 그 순간 욘이 비명을 지르며 마구 울어댔다. 나는 욘과 린다가 앉아 있는 언덕 위로 시선을 돌렸다. 린다는 욘을 감싸 안고 자리에서 일어나는 중이었다. 욘이 숨이 넘어갈 정도로 소리를 지르고 보채는 일은 자주 있는 일이 아니었다.

"오, 바니아! 여기 있었구나! 지금까지 계속 여기 있었던 거니?"

"응."

"욘이 우는 소리가 들리지?"

바니아는 고개를 끄덕이며 언덕 위를 바라보았다.

"욘이 왜 우는지 가봐야겠어. 너도 가자. 얼른."

나는 헤이디의 손을 잡으며 바니아를 재촉했다.

"가기 싫어. 손잡기 싫어."

헤이디가 투정을 부렸다.

"그래? 알았어. 그렇다면 유모차에 앉아."

"유모차 싫어."

헤이디가 계속 칭얼거렸다.

"너를 안고 갈까?"

"안는 거 싫어."

유모차를 가져왔더니 그사이에 헤이디는 울타리 위에 기어올라가 있었다. 바니아는 바닥에 앉아 있었다. 언덕 위에 있던 린다는 아래쪽으로 내려오고 있는 중이었다. 우리를 본 그녀는 언덕을 내려오다 말고 멈추어 서서 손을 흔들었다. 욘은 여전히 소리를 지르며 보채고 있었다.

"걷기 싫어. 다리가 너무 아파."

이번에는 바니아가 투정을 부렸다.

"넌 오늘 온종일 1미터도 네 발로 걷지 않았잖아? 그런데 어떻게 다리가 아플 수 있지?"

"난 다리가 없거든. 안아줘."

"안 돼, 바니아. 다 큰 애가 이렇게 어리광을 부리면 어떡하니. 난 너까지 안고 갈 수 없단다."

"아빠 할 수 있어."

"헤이디, 너는 얼른 유모차에 앉아. 그래야 당나귀를 탈 수 있는 곳으로 갈 수 있어."

"유모차 싫어!"

헤이디가 계속 고집을 부렸다.

"난 다리가 없어!"

바니아도 지지 않고 소리를 질렀다.

급작스럽게 울화가 치밀어 올랐다. 평소 같으면 홧김에 앞뒤 생각 지도 않고 두 아이를 양팔에 하나씩 끼고 성큼성큼 걸었을 것이다. 마치 원숭이를 보듯 나를 보는 행인들의 호기심 어린 눈초리는 아랑 곳하지 않고 이렇게 두 발을 버둥거리며 소리를 꽥꽥 질러대는 아이 를 양팔에 하나씩 끼고 걸었던 적이 얼마나 많았던가.

이번에는 어쩐 일인지 치밀어 오르는 화를 통제할 수 있었다.

"바니아, 유모차에 앉아봐."

"앉혀주면 유모차에 앉지."

"아니야, 네가 스스로 앉아봐."

"안 돼. 다리가 없어서 그렇게 못 한단 말이야!"

거기서 내 고집을 꺾지 않으면 다음 날 아침까지 거기서 아이와 실랑이를 할 것이 분명했다. 바니아는 인내심이 없어 조그만 장벽을 만나도 쉽게 의지를 꺾는 반면, 가끔 자기가 원하는 것이 있으면 그 뜻이 관철될 때까지 고집을 부리기도 했다.

"오케이."

나는 바니아를 안아 올려 유모차에 앉혔다.

"이번에도 네가 이겼어."

"내가 이겼다고? 뭘 이겼는데?"

"아무것도 아냐. 헤이디? 너도 얼른 이리 와. 서둘러야 해."

나는 울타리 위에 올라가 있는 헤이디를 안아 내렸다. 싫어, 안 돼 등의 말을 두어 차례 내뱉으며 실랑이를 한 끝에 우리는 마침내 언덕 위로 올라갈 수 있었다. 나는 한쪽 팔로는 헤이디를 안고, 다른 쪽 팔로는 바니아가 앉아 있는 유모차를 밀었다. 언덕에 오르기 직전, 나는 모래 더미 위에 떨어져 있는 헤이디의 생쥐 인형을 주워들어 먼지를 털어서 유모차의 짐칸에 집어넣었다.

"도대체 욘이 왜 이렇게 보채는지 모르겠어요."

언덕 위에 있던 린다가 울상을 지으며 말했다.

"갑자기 소리를 지르고 울어대니… 벌에게 쏘인 것 같기도 해요. 여길 좀 봐요…"

린다는 아이의 윗옷을 올려 배에 발갛게 부은 자국을 보여주었다. 욘은 상기된 얼굴로 계속 소리를 지르며 울고 있었다. 아이의 머리카락은 땀에 흥건히 젖어 있었다.

"불쌍해서 어째요…"

"나도 조금 전에 말파리에게 다리를 쏘였어. 어쩌면 욘도 말파리에게 쏘였는지 몰라. 얼른 유모차에 앉혀서 이곳을 벗어나는 게 좋겠어. 여기선 손을 쓸 수 없으니."

유모차에 앉아 안전띠까지 채우니 아이는 온몸을 비틀고 고개를

23

뒤로 젖혀가며 숨이 넘어갈 듯 소리를 질렀다.

"얼른 차로 가요."

"우선 저기 있는 육아실로 가서 아이 기저귀부터 갈아야겠어요."

나는 고개를 끄덕이며 언덕 아래로 내려갔다. '놀이동산'에 도착한 지 벌써 몇 시간이 흘렀다. 하늘의 해는 어느덧 나직이 내려앉았고, 숲을 채우고 있던 오후의 빛은 어린 시절 고향의 여름날 오후를 떠올리게 했다. 헤엄을 치고 싶어 부모님과 함께 근처 섬으로 가거나, 혼자 동네 어귀의 부두로 향하던 일도 떠올랐다. 순간 내 머릿속을 스쳐가던 이 모든 기억은 구체적 행위가 아니라 당시의 분위기와 냄새와 느낌의 형태로 변해버렸다.

한낮의 중성적이고 하얀 빛은 오후가 되면서 더욱 깊고 짙어졌고, 주변 모든 것의 색에도 깊이를 더해주었다. 오, 그늘진 숲속의 오솔길을 뛰어다니던 70년대의 어느 여름! 짜디짠 소금물 속으로 뛰어들어 반대편의 예르스타홀멘까지 헤엄을 쳐서 갔었지! 햇살을 머금고 황금색으로 빛나던 바위섬들. 그 섬들 사이에 뻣뻣하게 말라서 머리를 삐죽이 내밀고 있던 온갖 해초. 수심은 또 얼마나 깊었던가. 산등성이가 드리운 그림자 아래로 흐르는 검푸른 물은 그 깊이를 짐작할 수 없었다. 발아래에는 물살을 가르며 떼 지어 헤엄치던 물고기들이 있었고, 머리 위에는 햇살을 머금고 손짓하는 가느다란 나뭇가지들이 있었다. 얇고 매끈한 나무껍질과 반듯한 나무둥치, 반짝이는 녹색의 나뭇잎들…

"저기예요."

린다가 작은 팔각형 목조 건물을 턱으로 가리켰다.

"기다려줄 거죠?"

"애들과 천천히 가고 있을게."

울타리 안쪽의 숲에는 나무로 깎아 만든 니세* 조각상 두 점이 서 있었다. 이 니세 조각상 한 쌍이 '동화나라'라는 놀이동산의 이름을 유지하는 데 큰 역할을 하고 있는 것 같았다.

"아빠, 저기! 저기 니떼!"

헤이디가 소리쳤다. 헤이디가 말하는 니떼는 물론 니세를 가리키는 것이었다. 헤이디는 무슨 이유에선지 여러 해 동안 니세에 큰 관심을 보였다. 성탄절 이후 몇 달이나 지나고 난 봄에도 헤이디는 가끔 베란다를 가리키며 '니떼'를 외쳤다. 성탄절 이브에 베란다를 거쳐 선물을 가지고 집 안으로 들어온 그 니세를 기억했던 것이 틀림없었다. 헤이디는 성탄절에 받은 장난감을 가지고 놀 때면 그건 니세가 주고 간 것이라고 꼭 한마디를 해야 직성이 풀리는 아이이기도 하다.

헤이디에게 니세가 어떤 의미가 있는지 알아내기는 쉽지 않았다. 한 번은 내 옷장에 감추어둔 니세 복장을 헤이디에게 들킨 적이 있다. 깜짝 놀란 헤이디는 니세 복장을 가리키며 '니떼!'라고 소리쳤다. 물론 성탄절에 니세 역할을 한 사람이 나였다는 것을 헤이디가 알 리는 만무했다. 어쩌면 헤이디는 니세가 아빠 침실에 옷을 두고 간 줄로 이해했을지도 모르는 일이다.

또 한 번은 길을 가다 하얀 수염을 길게 기른 노숙자를 보았다. 헤이디는 '니떼!'라고 있는 힘을 다해 소리를 질렀다.

나는 허리를 굽혀 헤이디의 통통한 볼에 입을 맞추었다.

---

* 몸집이 아주 작은 전설 속의 존재로 성탄절이 되면 사람들은 니세를 위해 대문 밖에 쌀죽을 내놓는다. 농가에는 니세가 여럿 산다고 생각했다. 이들은 대문 앞에 있는 쌀죽을 먹고 1년 내내 그 농가를 지켜주는 역할을 한다고 알려져 있다. 세월이 흐르면서 니세는 북유럽의 산타클로스 개념으로 바뀌어 성탄절이 되면 아이들을 위해 선물을 놓고 간다고 한다.

"뽀뽀 싫어!"

나는 웃음을 터뜨렸다.

"바니아, 네게도 아빠가 뽀뽀해줄까?"

"흥! 싫어!"

놀이동산을 찾는 방문객은 많지 않았지만 그 행렬은 끊이지 않고 계속 이어졌다. 대부분 옅은 색의 가벼운 옷차림이었다. 반바지와 반소매 티셔츠를 입고, 샌들을 신었다. 개중에는 운동화를 신고 운동복을 입은 채 놀이동산을 어슬렁거리는 사람들도 있었다. 특이한 점은 대다수가 눈에 띄게 뚱뚱하다는 것이었다. 옷을 잘 차려입은 사람은 거의 없었다.

"우리 아빠는 감옥에 있어!"

헤이디가 만족스러운 목소리로 자랑스럽게 소리쳤다.

유모차에 앉아 있던 바니아가 고개를 홱 돌려 동생을 바라보았다.

"아냐, 아빠는 감옥에 간 적이 없어!"

나는 웃음을 터뜨리며 걸음을 멈추었다.

"여기서 엄마가 올 때까지 기다리자."

어린이집에선 한때 '너희 아빠는 감옥에 있다'며 서로를 놀려대는 게 유행이었다. 헤이디는 누가 자기에게 한 말을 듣고 그것이 자랑거리라고 생각했던 것이 틀림없었다. 왜냐하면 헤이디는 나를 치켜세우고 싶을 때마다 내가 감옥에 있다고 했으니까.

몇 달 전, 린다와 헤이디는 공동 별장으로 가기 위해 버스를 탔다. 헤이디는 뒷좌석에 앉아 있던 노부인을 향해 "우리 아빠는 감옥에 있어요"라고 자랑했다. 그때 나는 욘과 함께 버스 정류장에 서서 린다와 헤이디를 배웅했기에 노부인은 나를 볼 수 없었다. 헤이디의 말은 버스 안에 이상한 여운을 남기기에 충분했다.

나는 고개를 숙이고 팔을 들어 이마에 흐르는 땀을 소매로 닦았다.

"제비뽑기 한 번만 더 하면 안 돼, 아빠?"

바니아가 물었다.

"안 돼! 너는 이미 제비뽑기에 당첨돼서 인형도 받았잖아!"

"이 세상에서 제일 착한 아빠, 한 번만 더, 딱 한 번만 더…"

나는 대꾸하지 않고 린다를 향해 걸음을 옮겼다. 유모차 안에서 챙모자를 쓰고 있는 욘은 기분이 좋아진 듯 허리를 똑바로 펴고 앉아 있었다.

"괜찮아?"

"음… 찬물로 부어오른 곳을 닦아주었더니 좀 나은가봐요. 그런데 많이 피곤해하는 것 같아요."

"차 안에서 자면 돼."

"지금 몇 시죠?"

"오후 3시 30분쯤 되었을걸?"

"집에 도착하면 8시쯤 되겠군요."

"그럴 거야."

우리는 다시 손바닥만 한 놀이동산 구역을 가로질렀다. 해적선을 지나니 스러질 듯한 목조 건물 사이의 나무다리 뒤편으로 외다리나 외팔이 남자들이 마치 해적이라도 되는 양 머리에 두건을 쓰고 긴 칼을 휘두르고 있었다. 그 옆에 세워진 나직한 울타리 안에는 라마와 타조들이 무리를 지어 있었고, 손바닥만 한 나무판자 위에는 아이들이 네발자전거를 타고 왔다 갔다 하고 있었다. 그곳을 차례차례 지나 내리막길을 내려오니 놀이동산 입구가 보였다. 입구 옆에는 자그마한 장애물 경기장이 있었는데, 말만 장애물 경기장이었지 통나무 몇 개와 나무판자 몇 장 사이에 엉성하게 그물을 쳐놓은 것이 전부였다. 우리는 번지점프장 옆에 있는 당나귀 승마장 앞에서 걸음을 멈추었다. 린다는 헤이디의 머리에 헬멧을 씌우고 나서 줄을 섰다. 바니아와 나는 욘과 함께 울타리 밖에 서서 그들을 지켜보았다.

승마장 안에는 당나귀가 네 마리 있었고, 당나귀를 끌어주는 사람들은 당나귀 등 위에 앉아 있는 아이들의 부모였다. 그들은 30미터도 채 안 되는 거리를 걷는 데 엄청난 시간을 소비했다. 그건 아이들을 등에 태운 동물이 바로 당나귀였기 때문이다. 말도 아니고 포니도 아닌 당나귀. 당나귀들은 멈추고 싶을 때면 앞뒤 생각 않고 제멋대로 걸음을 멈추어버린다. 당황한 부모들은 당나귀의 목줄을 잡아당기기도 하고, 당나귀 옆구리를 쓰다듬기도 했지만, 당나귀들은 자기와는 상관없다는 듯 고집스레 제자리에 멈춰 서서 꼼짝도 하지 않았다. 한 아이가 울음을 터뜨렸다. 매표소에 있던 여인은 당나귀의 목줄을 잡고 어찌할 줄 몰라 하는 부모들에게 더 힘껏 잡아당기라고 소리를 질렀다. 힘껏 잡아당겨 보세요! 더 힘껏! 당나귀 걱정은 하지 말고 힘껏 잡아당기라니까요. 당나귀는 아픔을 느끼지 않아요. 더 힘껏! 그래요, 그렇게! 그렇게만 하면 돼요!

"바니아, 저길 좀 봐. 당나귀들이 꿈쩍도 안 하네!"

바니아가 깔깔 웃음을 터뜨렸다. 아이가 즐거워하는 모습을 보니 나도 덩달아 기분이 좋아졌다. 그러면서 린다 때문에 걱정도 되었다. 린다의 인내심이란 바니아의 인내심과 같으면 같았지 더 강하지 않았기 때문이다.

마침내 린다와 헤이디의 차례가 되었다. 린다는 예상과는 달리 헤이디가 타고 있는 당나귀를 아무런 문제없이 끌었다. 당나귀가 걸음을 멈출 때마다 린다는 당나귀 옆에 서서 당나귀에게 등을 보이고 서서 입으로는 쯧쯧 하는 소리를 냈다. 그러자 당나귀는 거짓말처럼 다시 발을 떼는 게 아닌가. 하긴 린다는 어린 시절 말과 함께 자랐다고 해도 과언이 아니다. 그때 익힌 기술이 크게 도움이 되었던 게 틀림없다.

당나귀 등 위에 앉아 있는 헤이디는 즐거워 어쩔 줄 몰랐다. 린다는 쯧쯧 하는 소리에도 당나귀가 움직이지 않으면 매우 단호한 손짓으로 당나귀의 목줄을 힘껏 잡아당겼다. 보아하니 린다의 단호함에 당나귀도 고집을 꺾을 수밖에 없는 것 같았다.

"당나귀를 참 잘 타는구나, 헤이디! 잘하고 있어!"

나는 헤이디에게 소리를 질러 응원을 하고선 바니아를 내려다보았다.

"너도 타볼래?"

바니아는 고집스럽게 고개를 저으며 안경을 고쳐 썼다. 바니아는 생후 18개월 때부터 승마장에서 포니를 탔다. 말뫼로 이사한 그해 가을, 두 살하고도 6개월이 좀 지난 바니아는 승마학교에 이름을 올렸다. 승마학교는 시민공원 한가운데 자리하고 있었고, 스러질 듯 허술한 승마장 안 바닥에는 톱밥이 잔뜩 깔려 있었다. 바니아에게는 승마장을 메운 톱밥마저도 신기했던 모양이다.

바니아는 승마장 내의 광경을 하나도 놓치지 않았다. 승마 교습시간이 끝나면 그날 있었던 일에 대해 재잘재잘 수다를 떨곤 했다. 바니아는 털이 북슬북슬한 포니의 등 위에 허리를 꼿꼿이 펴고 앉아 있었고, 린다는 포니의 목줄을 잡고 승마장 안을 몇 번이나 돌았다. 가끔 린다 대신 내가 바니아를 데리고 갈 때면, 승마장에서 아르바이트를 하는 열두세 살 정도의 소녀들이 번갈아가며 포니의 목줄을 잡아주었다. 승마 교관들은 승마장 한가운데 서서 이들에게 무엇을 어떻게 해야 하는지 일러주곤 했다. 바니아는 교관의 말을 전부 이해하지 못했지만 그건 그리 중요한 게 아니었다. 바니아에겐 승마장에서 어떤 일을 경험하는지 또는 승마와 관련된 어떤 환경을 접하는지가 더 중요했다. 마구간, 건초 더미 위에서 잠을 자던 고양이들, 누가 어떤 말을 탈 것인지 적혀 있는 목록표, 직접 고르는 헬멧, 마구간에서 승마장으로 말을 끌고 가는 그 순간, 승마 훈련 그리고 훈련이 끝나고 나서 근처 카페에 들러 사먹곤 했던 계피빵과 사과 주스. 바니아에겐 승마장에서 이런 경험을 할 수 있는 날이 주중 최고의 날이었다.

그런데 다음 해 가을이 되자 모든 것이 변해버렸다. 새로 바뀐 교관은 바니아에게 또래 아이들보다 더 많은 것을 요구하기 시작했다. 네 살이라는 나이에 비해 바니아의 몸집이 상당히 컸기 때문이었으리라. 바니아는 교관이 가르쳐주는 것을 소화할 수가 없어 자주 절망감을 표했다. 이를 보다 못한 린다는 교관에게 부드럽게 항의했지만 도움이 되진 않았다. 결국 바니아는 훈련이 있는 날이 되면 승마장에 가지 않겠다며 떼를 쓰고 울었다. 바니아를 어르고 달래보았지만 우리는 바니아의 고집을 꺾을 수가 없었다. 바니아는 승마 학교를 그만두고 말았다. 헤이디처럼 당나귀 등에 앉아 있기만 해도 되는 지금 같은 상황에도 바니아는 꿈쩍하지 않았다.

얼마 후, 우리는 유아 음악원에 바니아를 등록시켰다. 거기서는 고만고만한 어린아이들이 모여 함께 노래를 부르기도 하고, 그림을 그리거나 퍼즐놀이도 했다. 두 번째 수업이 있던 날, 바니아는 다른 아이들과 마찬가지로 도화지에 집 그림을 그렸다. 바니아는 집 앞의 잔디를 파란색으로 칠했다. 그것을 본 강사는 바니아에게 다가와 잔디는 녹색이지 파란색이 아니라며 그림을 다시 그려보라고 말했다.

바니아는 도화지를 북북 찢고 히스테리를 부리기 시작했다. 그 자리에 있던 다른 부모들은 바니아를 향해 이맛살을 찌푸렸다. 속으로는 바니아와 비교해 자신의 아이들이 얼마나 얌전하게 가정교육을 잘 받았는지 두 눈으로 확인하고 만족해했던 것이 틀림없다. 바니아는 너무 예민하고 섬세하며 내성적인 아이였다. 나는 아이의 그런 심성이 너무나도 빨리 굳어져버리는 게 아닌가 싶어 불안하기 그지없었다. 내 아이가 자라는 것을 보니, 나의 성장기에 대한 이미지도 바뀌기 시작했다. 그것은 양과 질에 대한 것이 아니다. 내 피를 이어받은 아이와 시간을 함께 보낸다는 사실 그 자체가 이 세상 그 무엇보다도 더 크고 소중하다는 생각이 든 것이다.

너무나 많은 시간, 너무나 많은 날, 끊임없이 눈앞에서 벌어지는 일들과 경험해야 하는 일들. 하지만 내가 기억하고 있는 어린 시절의 일은 열 손가락으로 셀 수 있을 정도로 많지 않다. 그럼에도 그 기억들은 내게 너무나도 중요하고 획기적이며 의미 있는 일들로 채워져 있다. 바닷물에서 헤엄을 쳤던 기억은 솔직히 그 자체로선 아무런 의미도 없다. 바로 그 일이 먼 훗날의 기억으로 남아 있을 것이라고는 그 당시엔 생각지도 못했다. 그런데 지금 내게 바로 그 기억이 남아 있다는 것은 도대체 어떻게 설명해야 한단 말인가. 정말 내가 아는 것은 아무것도 없단 말인가?

나는 게이르와 자주 이런 것들에 대해 대화를 나누곤 했다. 매일한 시간 정도 게이르와 전화를 하며 이런저런 대화를 나누는데, 그는 자주 스벤 스톨페의 말을 인용하곤 했다. 스벤 스톨페는 베르그만에 대해 쓴 책에서 베르그만은 어디서 어떻게 자랐다 해도 베르그만이 될 수밖에 없다고 했다. 삶의 조건들은 중요하지 않았다. 한 사람을 두고 봤을 때 그가 어떤 사람인지를 결정하는 것은 그가 가족을 대하는 방법과 태도이지, 어느 집안에 태어나서 어떤 가족들과 살아왔느냐 하는 것이 아니라는 점이다.

내가 어렸을 때는 어떤 한 사람을 알려고 하면 그가 속해 있는 환경을 바탕으로 그의 성질과 행위와 현상 등을 살펴봐야 한다고 배웠다. 모든 외부적 사항을 고려해야 하며, 당사자의 생물학적·유전학적 요소 등 내부적 요소는 고려할 필요가 없었다. 만약 내부적 요소를 고려해 어떤 한 사람을 정의하게 되면 나만 이상한 사람이 되는 경우가 종종 있었다. 환경 등 외부적 요소를 일차적으로 고려하는 태도는 매우 인본주의적으로 여겨지기도 한다. 왜냐하면 이것은 모든 인간은 근본적으로 평등하다는 생각을 바탕에 두고 있기 때문이다. 하지만 이러한 태도는 인간을 대할 때 매우 기계적으로 작용할 수밖에 없다. 사람들은 텅 빈 상태에서 태어나고 성장하면서 주변 환경의 영향을 받아 개별적 인성을 형성해 나가게 된다는 것으로 해석이 되기 때문이다.

나는 아주 오랫동안 외부 환경이 한 사람을 결정짓는다는 사고에 이론적으로 집착해왔다. 인간에게 환경이 매우 중요한 요소라는 것은 매우 근본적인 논리이기도 해서 어떤 경우에도 써먹을 수 있었다. 이것을 돌려 말하면, 모든 인간은 근본적으로 평등하나 환경의 영향을 받는 가변적인 존재라고 할 때 선하고 훌륭한 인간이란 그가 속해 있는 환경을 선한 방향으로 이끎으로써 창조할 수 있다는 말이 된다.

나의 부모님은 정부를 신뢰했고, 공공 교육제도와 정치제도를 신뢰했다. 그들은 과거에 있어왔던 것들을 거부했으며 새로운 진실을 추구했다. 그 새로운 진실이라는 것은 개인적이고 독특한 인간의 내면이 아니라 인간의 외부적 요소, 즉 집단적이고 보편적인 것들에서 찾아볼 수 있었다. 이와 같은 세태는 현시대의 크로노그래프라고도 알려져 있는 다그 솔스타가 1967년에 펴낸 그의 문집에서 "우리는 커피 주전자에 영혼의 날개를 달아줄 수 없다"라고 한 문장으로 표현했다. 영혼과 내면의 세계를 배제하고 물질주의의 신세계에 살고 있는 현대인들을 나타낸 것이다. 그것은 엘리트 좌파들이 거부했던 행위, 즉 과거의 역사가 서린 낡은 골목길을 허물어내고 그 자리에 새로운 도로와 주차장을 짓는 행위의 배경이 되기도 했다. 평등주의와 자본주의, 복지국가와 자유국가, 마르크스가 주창하는 물질주의와 현대의 물질적 사회 사이의 관계를 이해하는 것은 매우 중요하다.

평등을 창조하는 가장 큰 매개체는 돈이라 할 수 있다. 돈은 사람 사이의 거리를 좁혀준다. 우리의 인성과 운명이 변화 가능한 형태와 크기를 지니고 있다면, 그 형태와 크기를 결정하는 것은 돈이다. 바로 이 때문에 수많은 사람이 자신의 개성과 독창성을 표출하기 위해 돈이라는 같은 매개체에 의지하는 웃지 못할 현상이 생겨난다. 한때 물질적인 것들에 중점을 두고 변화된 사회를 꿈꾸며 평등을 부르짖었던 사람들은 지금 스스로 자기의 무덤 속으로 사라져가고 있다. 그 무덤은 바로 그들이 적이라고 생각했던 사람들이 만들어놓은 것이다. 하지만 단순하고 일차원적인 사고들이 진실과는 거리가 멀듯, 삶은 수학적 크기나 이론으로 정의할 수 없으며 오직 실제적인 경험과 다양한 행위를 바탕으로 묘사할 수 있다.

한 세대 내에서 이루어지는 급진적인 변화를 이해하기 위해 유전적 요소와 환경적 요소 간의 관계를 바라보는 시각으로 접근하는 방법은 꽤 흥미롭다. 문학은 이러한 것들을 사색하고 숙고함으로써 만족감을 표현할 수 있는 상당히 매력적인 도구라 할 수 있다. 인간의 다양성을 사색하고 숙고해서 진실을 이해했을 때의 만족감은 그 어디에도 비할 수 없다. 솔스타의 글에선 항상 하늘이 머리 위에 나직하게 자리하며, 현시대의 움직임에 너무나도 민감하고 섬세하게 반응한다. 해방과 이탈이 주된 흐름을 이루었던 60년대, 고양된 정치적 운동이 주된 흐름을 이루었던 70년대가 지나자 사람들은 사회의 주된 흐름에서 조금씩 거리를 두려 했고, 솔스타는 이러한 시대적·사회적 흐름을 그의 행간을 통해 나타냈다. 시대적 흐름을 날씨에 비유해 표현한 것은 그의 작가적 강점도 아니고 약점도 아니다. 그것은 그의 단순한 문학적 자료일 뿐이며 방향일 뿐이다.

솔스타의 경우, 문학의 근본적인 요소는 바로 언어다. 그의 언어는 구태의연하고 시대에 뒤떨어진 것들을 새로운 방식으로 표현해내는 고상함과 독특함으로 빛을 발한다. 솔스타는 정신과 영혼으로 가득하기에 그 누구도 흉내 낼 수 없는 언어를 구사한다. 그러한 언어는 배워서 습득할 수 있는 것이 아니다. 돈으로 살 수 있는 것도 아니다. 바로 그러한 점들 때문에 솔스타의 언어가 유일무이한 가치를 지니고 있는 것이다.

인간은 같은 조건으로 평등하게 태어나지만 성장하면서 접하는 외부적 환경 때문에 저마다 다른 인성을 형성한다고 하는 말은 진실이라 할 수 없다. 오히려 진실은 이와 정반대다. 인간은 저마다 다른 인성을 가지고 태어나지만 외부적 환경에 따라 서로 비슷비슷하게 또는 평등하게 변해간다.

나의 세 아이를 떠올리면 서로 다른 독특한 얼굴뿐 아니라 아이들이 발하는 저마다 다른 성격과 느낌도 함께 다가온다. 변하지 않는 이 느낌은 내게 아이들 그 자체를 말한다. 아이들이 바로 그 느낌인 것이다. 그 느낌은 내 아이들이 세상에 태어난 바로 그 순간부터 아이들에게 내재되어 내게로 전해졌던 것이다. 세상에 갓 태어난 아이들은 아무것도 할 줄 아는 게 없었다. 아이들이 할 줄 아는 것은 젖을 빨고, 반사적으로 팔을 들어올리고, 주변을 둘러보고, 부모들의 간단한 동작을 흉내 내는 일뿐이었다. 이런 것들은 이 세상의 어떤 아이들도 다 할 수 있는 일이다. 이런 행위들은 아이들의 재능이나 성격과는 상관이 없다. 아이들의 단순한 동작들은 빛 속에서 발하는 일종의 또 다른 빛이라 할 수 있다.

아이들의 독특한 성격은 세상에 태어나서 몇 주나 지난 뒤부터 조심스레 조금씩 나타난다. 이 독특함은 새로 생겨난 것이 아니라 태어날 때부터 아이가 가지고 있던 것이다. 아이들은 저마다 달라서 환경적 조건이 아이들에게 어떤 영향을 미쳤는지 가려낼 수가 없을 정도다. 예를 들어 우리의 행위5나 말투, 우리가 아이들을 대하는 태도가 아이에게 결정적인 영향을 미쳤다고 말하기가 힘든 것이다. 욘은 조용하고 누구에게나 호의를 보이며 이 세상 누구보다 누나들을 더 좋아하고, 비행기·기차·버스 같은 장난감을 좋아한다. 헤이디는 누구에게나 쉽게 다가가 말을 걸 정도로 외향적이며, 옷과 구두에 큰 관심을 보인다. 자기 몸에 자신감이 많으며 기회만 되면 바지보다는 치마나 드레스를 입으려 고집을 부리기도 한다. 한 번은 엄마와 함께 수영장에 가서 탈의실에 걸린 거울 앞에서 벌거벗은 몸으로 포즈를 잡으며 이렇게 말하기도 했다. 엄마, 내 엉덩이 좀 봐. 참 예쁘지?

헤이디는 타인의 질책에 굉장히 민감하게 반응한다. 누군가가 헤이디 앞에서 목소리를 높이면 헤이디는 등을 돌리고 닭똥 같은 눈물을 뚝뚝 흘린다. 반면, 바니아는 꾸중을 들으면 신경질적으로 반응한다. 바니아의 의지력과 예민한 감수성은 관계에 바탕을 두고 있다. 바니아는 기억력이 좋아서 우리가 읽어준 책의 대부분을 거의 외우다시피 한다. 우리는 바니아 때문에 웃는 일도 많다. 그런데 바니아는 일단 집 밖에 나가면 그곳의 분위기에 큰 영향을 받는다. 새로운 것이나 익숙하지 않은 것들을 한꺼번에 접하게 되면 바니아는 마음의 문을 닫아버린다.

바니아의 수줍음과 내성적인 태도는 생후 7개월쯤부터 나타나기 시작했다. 유모차에 앉아 길을 가다 낯선 이가 다가오면 바니아는 마치 잠을 자는 것처럼 두 눈을 감아버렸다. 그 후에도 어린이집의 학부모 등 예상치 않게 길에서 누군가와 마주치면 유모차에 앉아 눈을 감아버리곤 했다.

스톡홀름에 살 때 바니아가 다니던 어린이집은 우리가 살던 집에서 횡단보도 하나만 건너면 되는 가까운 곳에 있었다. 바니아는 어린이집에서 알렉산데르라는 또래 사내아이에게 조심스레 마음의 문을 열었다. 일단 마음의 문을 열자 두 아이의 결속력은 그 무엇보다 더 강해졌다. 바니아는 알렉산데르를 데리고 어린이집의 장난감이란 장난감에는 모두 손을 댔고 어린이집의 여왕처럼 행동했다. 이를 보다 못한 알렉산데르의 부모가 찾아와 바니아에게서 자기 아들을 얼마간 떼어놓아야 할 것 같다고 토로했다. 그들은 자기 아들이 바니아의 강한 성격을 매일같이 견뎌내는 데는 한계가 있다고 했다. 하지만 대부분의 경우, 알렉산데르는 아침에 바니아를 만나면 얼굴에 미소를 띠며 즐거워했고, 바니아와 헤어질 시간이 되면 섭섭해하곤 했다.

바니아는 또래 여자아이들보다 남자아이들과 어울리기를 더 좋아했다. 어쩌면 바니아는 신체적 활동을 함으로써 무언가를 발산해야 할 필요가 있었을지도 모른다. 그것이 아니라면, 바니아는 자기가 할 수 있는 가장 쉽고 단순한 방법으로 주변 상황을 장악해서 익숙해지고 싶어 했는지도 모른다.

말뫼로 이사 간 후, 바니아는 베스트라 함넨 근처에 있는 어린이집에 다녔다. 베스트라 함넨은 그 도시에서 가장 부유한 사람들이 사는 지역이었다. 그때 헤이디가 갓 태어났기 때문에 바니아를 어린이집에 데려가는 일은 내 몫이었다. 매일 아침, 우리는 낡은 공장 건물들이 서 있는 길을 지나 바닷가 쪽으로 자전거를 타고 갔다. 바니아는 머리에 작은 헬멧을 쓰고 두 팔로 내 등을 붙잡고 앉아 있었고, 나는 안장이 낮아 페달을 밟으면 무릎이 배에까지 올라오는 여자용 자전거를 타고 바니아를 어린이집으로 데리고 갔다. 마음은 가볍고 즐겁기 그지없었다. 눈에 보이는 모든 것이 새로웠으니까. 매일 오전과 오후, 시간에 따라 변하는 하늘의 빛도 일상의 권태로움에 완전히 젖어들지 않은 눈으로 바라볼 수 있었다.

어린이집에 가는 첫날 아침, 바니아는 어린이집에 가기 싫다고 발버둥 쳤다. 눈물을 흘리는 아이를 보며, 나는 첫날이라 낯설어서 그렇다고 짐작했고 시간이 흐르면 바니아도 익숙해질 것이라고 믿었다. 겨우 바니아를 달래서 어린이집에 도착하니, 바니아는 내 무릎 위에 앉아서 떨어지려 하지 않았다. 젊은 교사가 세 명이나 다가와 바니아를 달랬지만 바니아의 고집을 꺾진 못했다. 나는 마음을 단단히 먹고 바니아를 교사들에게 맡긴 후 뒤도 돌아보지 않고 어린이집을 빠져나오는 것이 최선이라고 생각했다. 그러면 바니아가 처음 얼마 동안은 자지러지게 울겠지만 곧 어린이집의 분위기에 익숙해질 것이 분명했다. 하지만 나는 교사들에게 그런 나의 무자비한 면을 보여주고 싶지 않았다. 린다도 나중에 교사들에게서 들어 알게 될 것이 뻔했다.

나는 바니아를 무릎 위에 앉히고 어린이집 교실 한구석에 우두커니 앉아 시끌벅적 놀고 있는 다른 아이들을 멍하니 바라보았다. 창으로 쏟아지는 햇살은 어느새 가을빛을 머금고 있었다. 간식 시간이 되자 아이들은 모두 정원으로 나가서 교사들이 나누어주는 사과와 배 등 과일 조각들을 받아먹었다. 바니아는 다른 아이들에게서 최소 10미터는 떨어진 곳에서 나와 함께 앉아 있었다. 그 상황에서 내가 해야만 했던 일은 바니아를 데리고 다른 아이들 틈에 함께 앉아 간식을 먹는 일이었지만 나는 그렇게 하지 못했다. 사람들 틈에서 어울리지 못하고 거리를 어느 정도 유지해야 하는 건 내가 사는 방식이기도 했으니까.

그런데 이제 2년 6개월밖에 되지 않은 바니아가 그런 나를 이해하고 나와 함께 앉아 있으려 했다는 건 어떻게 설명해야 될까? 잠시 후 교사들은 바니아를 내게서 떼어내는 데 성공했고, 나는 다시 자전거를 타고 집으로 향했다. 등 뒤에서 들리는 바니아의 울음소리는 너무나 처량해서 심장이 찢어질 것만 같았다. 그로부터 한 달이 지나자 어린이집으로 향하는 아침 발걸음은 조금씩 가벼워지기 시작했다. 하지만 바니아는 여전히 어린이집에 가기 싫다고 투정을 부렸다. 아침에 우는 일도 가끔 있었다.

그러던 중 우리가 사는 아파트 바로 옆에 있는 어린이집에서 전화를 받았다. 빈자리가 있으니 바니아를 데리고 와도 된다는 말에, 우리는 그 자리에서 즉시 흔쾌히 응했다. '로드유레트'라는 어린이집으로 일종의 참여시설이었다. 1년에 보름 동안 학부모들이 돌아가며 교사 역할을 하고, 어린이집의 행정이나 다른 필요한 일에도 정기적으로 학부모들이 직접 참여해 운영하는 곳이었다. 그 어린이집이 우리의 생활을 어떤 식으로, 또 얼마나 크게 집어삼키게 될지는 그 당시엔 전혀 짐작도 하지 못했다. 오히려 우리는 어린이집 일에 직접적으로 참여함으로써 바니아의 친구들을 좀더 잘 알게 되리라는 점과 여러 협력 사안에 대해 회의를 하면서 다른 학부모들과도 낯을 익힐 수 있으리라는 점에 매력을 느꼈다. 다른 학부모들은 어린이집이 끝나고 나서도 아이들이 서로 집을 방문하는 것이 일반적이라고 말해주었다. 가끔 필요하면 바니아를 자기 집에 보내 오후 몇 시간 동안만이라도 쉬라고 제안하는 친절한 학부모도 있었다.

그건 우리 부부에게 어떻게 보면 매우 중요한 사항이기도 했다. 이사 온 지 얼마 되지 않았던 우리는 말뫼에 아는 사람이라곤 단 한 명도 없었다. 하지만 그런 식으로 학부모들과 알아간다면 아는 사람이 많아질 것이니 얼마나 좋은가.

그 결과는 곧 나타났다. 보름 후, 우리는 바니아의 어린이집 친구 생일 파티에 초대받았다. 바니아는 기대에 차서 들떠 있었다. 생일 파티를 하는 날 신을 황금색 구두를 새로 샀기 때문만은 아니었다. 그러면서도 바니아는 생일 파티에 가지 않겠다고 투정을 부리기도 했다. 나는 바니아를 이해할 수 있었다. 어린이집을 옮긴 지 얼마 되지 않았기에 낯설기도 했으리라. 생일 파티 초대장은 금요일 오후 어린이집 바니아의 사물함 위에 놓여 있었다. 생일 파티는 그날로부터 일주일 후 토요일에 있을 예정이었다. 바니아는 매일 아침 눈을 뜨자마자 오늘이 스텔라의 생일이냐고 물었다. 아니라고 대답하면 내일이냐고 물었고, 그것도 아니라고 하면 모레냐고 연거푸 물었다. 그걸로 끝이었다. 아이에게 모레는 생각할 수 있는 가장 먼 미래의 날이었으니까.

마침내 토요일 아침이 되어 바니아에게 고개를 끄덕이며 오늘이 스텔라의 생일이라고 대답해주었다. 바니아는 침대에서 발딱 일어나 옷장 속의 황금색 구두를 꺼내 신었다. 그날 오전 내내, 바니아는 한 시간에도 최소 두 번 이상 생일 파티에 가려면 얼마나 더 기다려야 하느냐고 물어왔다. 성가시고 귀찮기도 해서 우리는 무언가 다른 할 일을 찾아야만 했다. 다행히 린다는 바니아를 데리고 근처 서점에 가서 생일 선물을 사왔고, 둘은 식탁에 앉아 생일 카드를 함께 만들기 시작했다.

우리는 아이들을 목욕시키고, 머리를 빗긴 다음 하얀 스타킹과 예쁜 원피스를 입혔다. 갑자기 바니아의 기분이 정반대로 변해버렸다. 스타킹도 신지 않고 원피스도 입지 않겠다고 짜증을 부렸다. 생일 파티에도 가지 않겠다며 황금색 구두를 벽에 집어 던졌다. 하지만 인내심을 가지고 바니아를 살살 달래니 몇 분 후 바니아의 기분은 원래대로 돌아와서 헤이디의 세례식 날 선물로 받은 하얀 털목도리까지 목에 두르고 거울을 바라보며 포즈를 잡기도 했다.

대문을 나서서 유모차에 앉은 바니아는 다시 기대감에 들떴다. 한 손에는 황금색 구두를 들고 다른 한 손에는 생일 선물을 들고, 아무 말 없이 심각한 표정을 짓고 있었지만, 가끔 우리를 돌아보며 무슨 말인가를 할 때면 바니아의 입가에는 미소가 어려 있는 것을 볼 수 있었다. 바니아 옆에 앉아 있던 헤이디는 즐거워 어쩔 줄 몰라 했다. 헤이디는 우리가 어디로 가고 있는지도 몰랐지만, 오전 내내 법석을 부리며 옷을 갈아입었던 것으로 미루어 보아 무언가 특별한 일이 기다리고 있다는 것을 짐작한 것 같았다.

스텔라의 가족은 우리 집에서 언덕 위쪽으로 몇백 미터 더 올라가는 곳에 살고 있었다. 도시는 토요일 오후에만 느낄 수 있는 특별한 움직임으로 가득 차 있었다. 거리에는 주말이 되어 문을 닫기 전에 얼른 장을 보려는 사람들과 버거킹이나 맥도널드 앞에서 어슬렁거리는 청소년들이 뒤섞여 있었다. 차도에는 가족들과 함께 시내로 나와 주차장을 찾으려 느릿느릿 움직이는 자동차들과 20대 이민자 청소년들이 몰고 다니는 납작하고 반짝거리는 검은색 스포츠 차들이 뒤섞여 있었다. 슈퍼마켓 앞에는 사람들로 발 디딜 틈이 없어 우리는 사람들의 행렬이 빠져나갈 때까지 그 자리에 잠시 서서 기다려야만 했다. 그 시간이면 항상 휠체어를 타고 슈퍼마켓 앞에 앉아 있는 빼빼 마른 한 노부인이 유모차를 타고 지나가는 헤이디와 바니아를 발견하고 시선을 던졌다. 노부인은 지팡이 끝에 달린 방울을 딸랑딸랑 흔들며 아이들을 향해 허리를 굽히며 미소를 건넸다. 그 미소는 그녀의 사랑과 호의를 담은 것이 틀림없었으나, 아이들이 보기엔 마치 동화책 속에 나오는 마녀의 기분 나쁜 미소와 다를 게 없었으리라. 하지만 아이들은 아무 말도 하지 않고 노부인을 바라보기만 했다. 슈퍼마켓의 다른 쪽 문 앞에는 마약 중독자가 앉아 행인들에게 모자를 내밀며 구걸을 하고 있었다. 그의 옆에 있는 작은 우리 속에는 고양이 한 마리가 앉아 있었다. 고양이를 본 바니아는 우리를 향해 고개를 돌리며 말했다.

"나중에 시골로 이사 가면 고양이를 길러."

"고양이!"

헤이디가 손가락으로 고양이를 가리켰다.

나는 우리 앞쪽에서 세월아 네월아 느릿느릿 걷고 있는 세 행인들을 앞지르기 위해 잠시 인도에서 차도로 내려섰다. 걸음을 빨리해 그들을 앞지른 후, 다시 인도 위로 올라왔다.

"고양이를 기르려면 아주 오래 기다려야 할지도 몰라, 바니아."

"아파트에선 고양이를 기를 수 없어."

"맞아."

린다가 거들었다.

바니아는 다시 앞쪽으로 고개를 돌린 후, 생일 선물이 들어 있는 봉투를 두 손으로 꼭 감싸 안았다.

나는 린다를 돌아보았다.

"스텔라의 아버지 이름이 뭔지 기억해?"

"어… 갑자기 기억이 안 나네… 이름이 뭐였더라? 아, 에릭! 에릭 아니었나요?"

"맞아, 듣고 보니 그런 것 같아. 직업이 뭔지도 기억해?"

"글쎄… 디자인과 관련된 일을 한다고 들은 것 같은데…"

고트그루반을 지날 때, 바니아와 헤이디는 유모차에서 머리를 쑥 내밀어 창 너머 가게 안을 들여다보았다. 그 옆에는 전당포가 있었고, 전당포 옆에는 작은 조각상과 장신구, 천사와 부처상, 향과 차, 비누 등 뉴에이지풍의 온갖 잡다한 물건을 파는 가게들이 보였다. 가게의 창에는 유명한 요가 전문가나 점쟁이들이 그곳을 방문하는 날짜와 함께 선전 광고물이 붙어 있었다.

맞은편 길에는 싸구려 옷가게가 늘어서 있었다. 리코 진스 & 클로딩 '온 가족을 위한 패션'이라는 간판 옆에는 '타부'라는 간판을 내건 일종의 성인용품 가게가 붙어 있었다. 모퉁이를 돌아야 출입문이 보이는 그 가게의 창 너머로는 딜도와 인형, 네글리제와 코르셋 비슷한 여성용 속옷이 즐비했다. 그 옆에는 핸드백과 모자를 파는 '베르그만'이라는 가게가 있었는데, 인테리어는 물론 진열된 상품조차도 가게가 처음 문을 연 1940년대부터 단 한 번도 바뀌지 않은 듯한 분위기였다. '라디오 시티'라는 가게는 이미 오래전에 부도가 나 문을 닫은 곳이었지만 여전히 형광빛 노란색이나 녹색 가격표가 붙은 텔레비전 화면들이 가게 안에 쌓여 있었고, 심지어는 가게 앞에 간판도 그대로 달려 있었다.

도시에는 주도로에서 벗어나 언덕 위로 올라갈수록 무엇을 파는지 모르는 이상한 싸구려 가게들이 많아지는 것이 일반적이다. 이 일반적인 법칙은 가게에만 국한되는 것이 아니라 사람에게도 적용된다. 우리는 스톡홀름에서도 여기서와 마찬가지로 시내 한가운데에서 살았다. 스톡홀름과 다른 점이라면 이곳에서는 사람들의 빈곤과 불행이 확실하게 눈에 뛴다는 것이다. 나는 이 도시의 이런 점이 좋다.

"여기예요."

린다가 문 앞에서 걸음을 멈추었다. 아파트 건물 옆 빙고게임장 앞에선 피부가 꺼칠꺼칠한 50대 여자 셋이 담배를 피우고 있었다. 린다는 아파트 출입구 인터폰 아래 붙어 있는 주민 명패를 손가락으로 짚어 내려간 후 번호를 눌렀다. 차도에는 버스 두 대가 엔진소리를 요란하게 내며 연이어 지나갔다. 잠시 후 출입문이 열렸고, 우리는 어두침침한 복도로 들어서 유모차를 벽에 기대어 세워두었다. 나는 헤이디를 안았고, 린다는 바니아의 손을 잡고 2층으로 향하는 계단을 올라갔다. 2층에 도착하니 대문은 열려 있었고, 안쪽은 컴컴해서 잘 보이지 않았다. 무작정 현관으로 들어가려니 영 내키지 않았다. 우리가 왔다는 것을 확실히 알리고 싶은 마음 때문이었다. 초인종도 누르지 않고 열린 대문 안으로 들어선 우리는 현관에 잠시 어정쩡하게 서 있었다.

나는 헤이디를 내려놓고 외투를 벗겨주었다. 린다가 바니아의 외투를 벗기려 하니 바니아가 짜증을 냈다. 바니아는 신고 있던 장화부터 벗고 얼른 황금색 구두부터 갈아신어야 한다고 생각했던 모양이다.

집 안으로 들어서니 양옆에 방 하나씩이 보였다. 한쪽 방에는 아이들이 모여 시끌벅적 놀고 있었고, 다른 쪽 방에는 어른 몇 명이 모여 대화를 나누고 있었다. 거실 안쪽에 에릭이 보였다. 그는 현관 쪽으로 등을 돌린 채 한 학부모와 마주 서서 이야기를 하고 있었다.

"안녕하세요!"

그는 내 목소리를 듣지 못한 것 같았다. 나는 헤이디의 외투를 의자 등받이를 덮고 있는 코트 위에 내려놓았다. 바니아의 외투를 들고 옷걸이를 찾고 있던 린다와 눈이 마주쳤다.

"안으로 들어가볼까요?"

내 다리를 감싸 안는 헤이디를 번쩍 안아들고 거실 쪽으로 몇 걸음을 옮겼다. 에릭은 그제야 몸을 돌려 우리를 바라보았다.

"안녕하세요."

"네, 안녕하세요."

"안녕, 바니아!"

바니아는 에릭이 인사를 건네자 등을 홱 돌렸다.

"스텔라에게 선물을 전해주는 게 어때?"

"스텔라, 바니아가 왔어!"

에릭이 소리쳤다.

"아빠가 줘."

바니아가 내게 매달리며 칭얼거렸다.

아이들 무리 속에서 스텔라가 미소를 띠며 뛰쳐나왔다.

"생일 축하한다, 스텔라. 바니아가 생일 선물을 가져왔어."

나는 바니아를 내려다보며 말했다.

"이제 선물을 전해주렴."

"아빠가 주라니까…"

바니아가 나직이 말했다.

나는 바니아가 들고 있던 선물을 스텔라에게 전해주었다.

"이건 바니아와 헤이디가 네게 주는 선물이야."

"고맙습니다."

스텔라는 선물 포장지를 찢어 내용물을 확인했다. 그게 책이라는 것을 알게 되자 아이는 탁자 위의 다른 선물들과 함께 놓아두고 다시 무리 속으로 되돌아갔다.

"어때요… 잘 지내고 계신가요?"

에릭이 말을 걸어왔다.

"네."

땀을 흘리고 있는 걸까. 가슴께의 맨살에 셔츠가 들러붙는 것이 느껴졌다. 설마 다른 사람들의 눈에도 보이는 건 아니겠지?

"집이 참 예쁘네요. 방이 세 개인가요?"

린다가 물었다.

"네."

에릭은 항상 어딘지 모르게 음흉한 분위기를 풍겼다. 대화를 하다 보면 상대방의 비밀이나 속사정을 다 알고 있는 것만 같은 느낌을 주곤 했는데, 그게 뭔지는 꼭 집어 말할 수 없는 기묘한 분위기의 소유자였다. 그의 입술에 걸쳐 있는 보일 듯 말 듯한 미소는 상대방을 비꼬는 것처럼 보이기도 했고, 모든 것을 다 알고 있다는 듯한 확신에 찬 미소 같기도 했다. 가끔은 스스로 어쩔 줄 몰라 당황해하는 듯한 미소처럼 보이기도 했다. 만약 그의 성격이 매우 강하고 독특했다면, 나는 그와 대면하기가 매우 걱정스럽고 불편했을 것이다. 하지만 그는 강한 성격과는 거리가 먼 사람이었다. 의지력도 약했고 결단력도 없었다. 그래서일까. 그의 의견이나 생각은 내게 전혀 영향을 미치지 않았다. 그때의 내 관심은 바니아에게만 집중되어 있었으니 그에 대해 이러쿵저러쿵 생각하고 싶지도 않았다. 바니아는 린다 곁에 서서 바닥을 내려다보고 있었다.

"모두 부엌에 모여 있어요. 와인도 준비해놓았으니 원하시면 한 잔씩 드세요."

헤이디는 벌써 아이들이 놀고 있는 방 안으로 들어가, 나무로 만든 달팽이 장난감 앞에 서 있었다. 달팽이 장난감에는 바퀴가 달려 있어서 몸체에 달려 있는 긴 줄을 잡아당기면 달팽이를 움직일 수도 있었다.

나는 거실에 서 있는 두 학부모에게 가볍게 목례했다.

"안녕하세요."

아, 저 남자 이름이 뭐더라? 요한? 아니, 야콥이던가? 그리고 저 여자 이름은… 미아? 아, 저 남자 이름은 로빈이었지.

"안녕하세요."

"잘 지내고 계신가요?"

로빈이 말을 걸어왔다.

"네, 덕분에. 그쪽은?"

"네, 저도 그럭저럭 잘 지내고 있습니다."

우리는 미소를 교환했다. 바니아는 린다의 손에서 벗어나 주저하며 조심스레 아이들이 놀고 있는 방으로 향했다. 문 옆에 서서 한동안 방 안의 동태를 살피던 바니아는 곧 결심했다는 듯 아이들에게 다가갔다.

"내 구두는 황금색이야!"

바니아는 신발 한 짝을 벗어 허공으로 번쩍 치켜들었다. 신발에 관심을 보이는 아이는 한 명도 없었다. 잠시 후 상황을 파악한 바니아는 말없이 신발을 다시 신었다.

"저기 가서 아이들과 함께 놀아봐. 커다란 인형집도 있네."

바니아는 내가 시키는 대로 모여 있는 아이들 옆에 앉았다. 하지만 바니아는 아무 말도 하지 않은 채 그저 다른 아이들만 바라볼 뿐이었다.

린다는 헤이디를 안고 부엌으로 향했다. 나는 린다의 뒤를 따랐다. 모두 우리에게 인사말을 건넸고, 우리는 긴 식탁 앞에 자리를 잡고 앉았다. 나는 창문 옆의 안쪽 자리를 골랐다. 식탁 위를 오가는 대화의 주제는 주로 저가 항공편, 예약 시간과 장소에 따라 항공권 가격이 달라지는 이유 등이었다. 대화는 저가 항공권을 구입할 경우 좌석을 예약하거나 짐을 부칠 경우 돈을 더 내야 하기 때문에 결국은 그게 그거라는 결론으로 이어졌다. 환경보호세도 만만찮다는 이야기도 나왔다. 이들은 얼마 전에 소개된 패키지 기차여행으로 주제를 바꾸었다. 나는 아무 말도 하지 않았다. 무의미하고 사소한 일상의 대화를 엮어가는 일은 내가 잘할 수 없는 수많은 일의 하나다. 나는 가끔 말없이 고개를 끄덕이며 맞장구를 치거나, 다른 사람들이 미소를 지으면 나도 따라 미소를 짓는 것으로 자리를 지켰다. 머릿속엔 그 자리를 벗어나고 싶은 생각밖에 없었다.

부엌 조리대 앞에는 스텔라의 어머니인 프리다가 서서 소스처럼 보이는 것을 만들고 있었다. 그녀와 에릭은 별거 중이었다. 그럼에도 두 사람은 스텔라에 관한 일이라면 자주 한마음으로 일을 하곤 했다. 하지만 어린이집 회의에 참석해보면 둘 사이를 오가는 짜증과 불쾌감을 느낄 수 있는 게 사실이었다. 금발인 그녀는 광대뼈가 나왔고 눈이 가늘며 몸이 호리호리했다. 옷도 꽤 잘 입는 편이었다. 만약 그녀가 지나치게 자기중심적이지 않다면 나는 그녀가 꽤 매력적인 여자라고 생각했을 것이다.

나는 무난하고 평범하며 눈에 잘 띄지 않는 사람들을 대할 때는 아무런 어려움을 느끼지 않는다. 그들에게는 겉으로 잘 드러나지 않는 따스한 마음이라든가, 호의·이해심·유머감각이라든가, 주변인들에게 신뢰감을 줄 수 있는 태도나 대화를 무난하게 이어가는 재능, 한 가정을 문제없이 잘 이끄는 능력 등이 숨어 있을 수도 있다. 하지만 나는 자기중심적이고 자기에 대한 집착이 눈에 띄게 심한 사람들 또는 자기가 아주 대단한 것처럼 행동하는 사람들과는 어울리고 싶지 않다. 그런 사람들 곁에는 아예 가까이 다가가고 싶지 않은 것이 내 솔직한 마음이다.

프리다는 내가 소스라고 생각한 것을 오목한 접시에 담아, 길게 썬 당근과 오이를 담은 접시와 함께 식탁 위에 나란히 올려놓았다. 그때 방에 있던 바니아가 부엌에 있는 우리를 발견하고 내 곁으로 다가왔다.

"집에 가고 싶어."

"방금 왔는데 벌써 집에 가고 싶으면 어떻게 하니."

"조금만 더 있다 가자, 응?"

린다가 끼어들었다.

"스텔라의 어머니가 이렇게 맛있는 것도 내오셨는데!"

야채를 담은 접시를 보고 한 말이었을까? 정말?

거기에는 당근과 오이 외에는 아무것도 없었다.

이 나라 사람들은 모두가 미쳐가고 있는 게 틀림없다는 생각이 스쳤다.

"내가 너랑 함께 있을게, 바니아. 저기 가보자."

"헤이디도 함께 데려가세요."

린다가 자리에서 일어나는 내게 말했다.

나는 고개를 끄덕이며 헤이디를 안고 바니아와 함께 아이들 방으로 갔다. 프리다는 야채가 든 접시를 들고 내 뒤를 따라오더니 방 한가운데 있는 작은 탁자 위에 접시를 내려놓았다.

"간식 먹으렴. 케이크는 곧 나올 거야."

방 안에는 세 여자아이와 두 남자아이가 커다란 인형집을 사이에 놓고 함께 놀고 있었다. 다른 방에서는 두 남자아이가 마구 뛰어다니고 있었다. 에릭은 CD 한 장을 손에 들고 스테레오 기기 앞에 서 있었다.

"노르웨이 재즈 음반이 몇 장 있는데… 재즈 좋아하세요?"

"어… 네… 네…"

"노르웨이에서는 재즈 음악가들이 활발하게 활동한다고 들었어요."

"누구 CD인가요?"

그는 CD 커버를 들어보였다. 한 번도 들어보지 못한 밴드 이름이 적혀 있었다.

"아, 네…"

바니아는 헤이디 뒤에 서서 헤이디를 안아 올리려고 끙끙거리고 있었다. 헤이디는 그게 싫어 짜증을 부렸다.

"바니아, 헤이디가 싫다고 하잖니. 싫다고 하는 일을 억지로 하면 안 돼."

바니아는 내 말에도 아랑곳하지 않고 계속 헤이디를 안아 올리려 했다. 나는 바니아에게 다가갔다.

"당근 먹어볼래?"

"싫어."

"소스도 있어. 찍어 먹으면 맛있을 거야."

49

나는 당근 조각 하나를 집어 들고 하얀 사워크림 소스를 찍어 입으로 가져갔다.

"음… 굉장히 맛있어! 너도 먹어봐."

왜 아이들에게 핫도그나 아이스크림이나 콜라 같은 걸 주지 않는 걸까. 막대사탕, 젤리, 초콜릿푸딩은 왜 코빼기도 볼 수 없는 걸까.

젠장. 사회가 왜 이렇게 변해가는 걸까. 젊은 여자들은 몸에 좋다고 생수를 배가 터지도록 마시다 보니 귓구멍으로 물이 넘쳐흐를 정도가 되었다. 그런데도 사람들은 몸에 좋은 것이라면 두말 않고 장님처럼 따라 한다. 결과는 어떤가. 자기에겐 뭐가 좋은지도 모르고 남들이 하는 일은 다 따라 하는 자제력 잃은 사람들만 늘어날 뿐이다. 아이들은 어른들의 성화에 못 이겨 통밀가루로 만든 파스타, 전립분으로 만든 빵, 온갖 종류의 잡곡으로 만든 음식을 먹는다. 아이들의 연약한 위장은 이런 것들을 소화해내기가 쉽지 않은데도, 단지 몸에 좋고 신선하다는 이유로 먹는 것이다. 오, 우리 사회는 음식과 영혼을 혼동하고 있는 건 아닌가. 몸에 좋은 음식을 먹으면 더 나은 인간이 될 수 있다고 믿는 건 아닐까. 음식은 음식에 지나지 않는다는 것을 전혀 이해하지 못하고 음식에 대한 관념과 음식 그 자체를 동일시하고 있는 건 아닐까.

"안 먹을래. 배 안 고파."

"알았어. 어, 그런데 이건 뭘까? 이런 거 본 적 있니? 이거, 기차잖아! 철로를 같이 만들어볼까, 바니아?"

바니아는 고개를 끄덕였다. 우리는 다른 아이들의 등 뒤에 쭈그리고 앉아 철로 블록을 모아 연결하기 시작했다. 나는 반원형으로 블록을 이어나가면서 바니아의 신경을 거스르지 않도록 조심하며 제자리에서 벗어난 바니아의 블록도 제자리에 살짝 놓아주곤 했다. 헤이디는 다른 방에 들어가 장식선반 앞을 왔다 갔다 하며 놀고 있었다. 같은 방에 있던 두 남자아이가 갑자기 소리를 지르거나 크게 몸을 움직이면 헤이디는 하던 걸 멈추고 그 아이들 돌아보기를 잊지 않았다.

에릭은 마침내 CD를 스테레오 기기에 넣고 볼륨을 높였다. 피아노, 베이스, 이름을 알 수 없는 갖가지 리듬악기 소리가 흘러나왔다. 돌멩이 같은 조그만 리듬악기들이 서로 부딪치는 소리, 온갖 잡동사니를 두드리며 만들어내는 소리 등 재즈 드러머가 좋아할 것 같은 음색들이 귓전을 스쳤다. 나는 그런 소리들에서 아무런 감흥을 느끼지 못한다. 가끔은 우습게까지 여겨진다. 심지어 재즈 연주장에서 사람들이 열광하는 모습을 보면 나는 극심한 혐오감을 느끼기까지 한다.

에릭은 만족한 듯 고개를 끄덕이며 내게로 돌아서서 한쪽 눈을 찡긋해보이고 나서 부엌으로 들어갔다. 그 순간 초인종 소리가 울리더니 리누스와 그의 아들 아킬레스가 집 안으로 들어섰다. 항상 윗입술과 잇몸 사이에 스누스*를 끼우고 다니는 리누스는 검은색 바지와 흰색 와이셔츠, 짙은 색 코트를 걸치고 있었다. 금발 머리는 빗지 않은 듯 헝클어져 있었고, 집 안을 향하는 두 눈동자는 진실하고 순진한 빛을 띠고 있었다.

"이게 누구신가! 안녕하쇼!"

"네, 덕분에… 잘 지내십니까?"

"당근!"

• 습기를 머금은 타바코로 조그맣게 뭉쳐 입술과 잇몸 사이에 넣어두면 담배 대신 니코틴을 섭취할 수 있다. 북유럽에서는 담배 대용으로 스누스를 사용하는 사람들이 있다.

조그마한 아킬레스는 눈이 짙고 커다란 남자아이다. 외투와 신발을 벗은 아이는 내 등 뒤로 보이는 아이들에게 눈길을 던졌다. 아이들은 강아지와 비슷하다. 어디를 가든 자기와 비슷한 무리를 알아보는 법이니까. 바니아도 아킬레스를 바라보았다. 바니아는 어린이집을 옮긴 후 알렉산데르를 대신할 친구로 아킬레스를 점찍었다. 아킬레스는 바니아에겐 눈길도 주지 않고 곧바로 다른 아이들이 모여 있는 곳으로 달려갔다. 바니아는 아킬레스를 멈춰 세울 방법을 찾지 못한 듯했다. 리누스는 사람들과의 어울림을 기대하는 듯 눈빛을 반짝이며 곧장 부엌으로 향했다.

나는 자리에서 일어나 헤이디에게 다가갔다. 헤이디는 창문 아래 놓여 있는 유카 종려수 화분 속의 흙을 손으로 떠내어 마룻바닥에 흩어놓고 있는 중이었다. 나는 얼른 헤이디를 일으켜 세워 손에 묻은 흙을 털어주고 나서 행주나 물수건을 찾으러 부엌으로 갔다. 내 뒤를 따라오던 바니아는 부엌에 앉아 있는 린다를 발견하고 무릎 위로 기어올라갔다. 거실에서 헤이디의 울음소리가 들려오자 린다는 궁금한 눈초리를 내게 던졌다.

"걱정 안 해도 돼. 헤이디 손 닦아줄 것을 가지러 왔어."

조리대 위에는 음식과 접시들로 빈틈이 없었다. 보아하니 생일상을 차릴 준비가 다 된 모양이었다. 바쁘게 움직이는 여주인을 방해하지 않으려 나는 화장실로 발길을 돌렸다. 화장지를 둘둘 감아 수돗물에 적셔서 거실로 가서 바닥에 흩어진 흙을 대충 훔쳤다. 그러고는 여전히 울고 있는 헤이디를 데리고 화장실로 가서 손을 씻겨주었다. 헤이디는 내 손을 벗어나려 발버둥 쳤다.

"자, 자. 우리 공주님, 금방 끝날 거야. 조금만 더 씻으면 돼. 자, 이제 다 되었어!"

거실로 다시 나오자 헤이디는 울음을 멈추었다. 하지만 심통이 났는지 혼자 앉아 있으려 하지 않고 내 팔에 계속 매달렸다. 로빈은 팔짱을 끼고 딸 테레사를 지켜보고 있었다. 테레사는 헤이디보다 불과 몇 달 먼저 태어났지만 벌써 긴 문장을 조리 있게 말할 수 있었다.

"어때요?"

그가 내게 말을 걸어왔다.

"요즘도 글을 쓰시나요?"

"네, 조금…"

"집에서 글을 쓰시나요?"

"네, 글을 쓸 수 있는 방이 하나 있어요."

"힘들지 않아요? 그러니까 제 말은… 가끔 글을 쓰는 대신 텔레비전을 보거나 빨래를 하고 싶다거나… 그런 유혹을 느끼지 않는지…"

"괜찮아요. 외부에 작업실이 따로 있을 때보다 글 쓸 시간이 좀 줄어들긴 했지만…"

"그렇겠죠."

그의 금발 곱슬머리는 좀 긴 듯 목에 닿아 있었고, 두 눈은 맑고 깨끗한 푸른색이었으며, 코는 조금 납작했고 각진 턱은 널찍했다. 몸은 건장하다 할 수는 없었지만 그렇다고 호리호리한 체격도 아니었다. 나이는 30대 후반이었지만 옷차림은 20대 중반으로 보이게 입고 있었다. 그의 머릿속에는 어떤 생각들로 채워져 있는지 알 길이 없었지만, 큰 비밀을 숨기고 있는 것 같진 않았다. 밝은 표정과 태도는 그가 오히려 솔직한 사람이라는 느낌을 주기에 충분했다. 하지만 나는 그에게서 어두운 그림자를 감지할 수 있었다.

나는 그가 코뮤네에서 일하는 공무원으로, 외국 이민자들의 사회적응을 담당한다는 말을 들은 적이 있다. 그와 몇 마디 말을 주고받으며 이곳에 정착한 외국 이민자들이 몇 명이나 되며 그들의 근황은 어떠한지 물어본 다음에는 질문을 더 하지 않았다. 나의 시각과 의견은 그가 대변하는 국가적 관점과 너무 큰 차이가 있었기에 까딱 잘못했다간 그에게 멍청하다거나 급진적이라는 느낌을 주기 십상이었다. 물론 나는 절대 그런 사람으로 보이고 싶지 않았기에 가능하면 그와 긴 대화를 이어가는 일을 피해야만 했다.

다른 아이들 옆에 조금 떨어져 앉아 있던 바니아가 내게 시선을 돌렸다. 내가 헤이디를 바닥에 내려놓자 바니아는 때를 기다렸다는 듯 몸을 일으켜 우리에게 다가왔다. 바니아는 헤이디의 손을 잡고 장난감이 가득한 선반 쪽으로 데려가, 나무 달팽이 장난감을 건네주었다.

"헤이디, 이걸 좀 봐!"

바니아는 헤이디의 손에서 달팽이를 잡아채 바닥에 다시 내려놓았다.

"이 끈을 요렇게 잡아당기면… 달팽이의 더듬이가 빙글빙글 돌아. 너도 해봐."

헤이디는 언니가 시키는 대로 끈을 잡아당겨 보았지만, 너무 힘껏 잡아당겼는지 달팽이가 옆으로 쓰러져버렸다.

"아니야, 그렇게 하면 안 돼. 이렇게 해야지. 잘 봐!"

바니아는 달팽이를 바로 세워놓고 조심스레 끈을 잡아당겨 몇 미터 끌고 갔다.

"나한테는 동생이 있어. 너희는 없지?"

바니아가 아이들을 향해 크게 소리를 질렀다. 로빈은 창가에 서서 바깥 풍경을 바라보고 있었다. 스텔라는 평소에도 매우 활발했지만 오늘은 생일 파티 주인공이라 그런지 더 활발하고 자신감이 넘쳐보였다. 알아듣지도 못할 말을 큰 소리로 외치기도 했고, 자기보다 어린 여자아이에게서 인형을 빼앗아 인형 유모차에 실은 다음 거실을 돌아다니기도 했다. 아킬레스는 바니아보다 6개월 먼저 태어난 벤야민과 함께 놀고 있었다. 두 소년은 머리를 맞대고 해적선 레고 블록을 가지고 놀다가 종이에 그림을 그리기도 하는 등 다른 아이들에겐 전혀 관심을 보이지 않았다. 벤야민은 상상력이 풍부하고 착하며 독립심이 강한 아이였다. 두 소년은 자리를 옮겨 바니아와 내가 이어놓았던 기차 철로에 블록을 덧붙여가며 놀기 시작했다. 스텔라보다 한참 어린 두 소녀는 스텔라만 졸졸 따라다녔고, 헤이디는 홀로 우두커니 서서 배가 고픈지 징징대고 있었다. 나는 부엌에 가서 린다 옆에 자리를 잡고 앉았다.

"애들에게 잠시 가봐. 헤이디가 배고픈 것 같아."

린다는 고개를 끄덕이며 내 어깨에 살짝 손을 얹고선 자리에서 일어났다. 나는 식탁 위에서 무슨 이야기가 오고갔는지 파악하기 위해 잠시 귀를 기울여보았다. 보아하니 서로 다른 두 가지 이야기들이 오고간 것 같았다. 하나는 카풀에 대한 이야기였고 다른 하나는 차에 대한 이야기였다. 처음엔 하나의 주제를 바탕으로 대화하다가 다른 주제로 갈라진 지 얼마 되지 않았다는 걸 쉽게 짐작할 수 있었다.

창밖의 어둠이 짙어지자 식탁 위를 드리우는 그림자도 함께 짙어지기 시작했다. 식탁에 둘러앉은 스웨덴인들의 얼굴에도 그림자가 드리워졌다. 그들의 눈동자는 양초 불빛을 반사해내며 반짝였다. 에릭과 프리다, 이름을 기억하지 못하는 또 다른 한 여자가 우리에게 등을 돌리고 조리대 앞에서 음식을 만들고 있었다. 나는 바니아가 애처롭게 느껴져 마음이 편치 않았다. 하지만 내가 바니아를 위해

할 수 있는 일은 아무것도 없었다. 나는 사람들이 하는 말을 귀담아 들으며 누군가 우스운 이야기를 하면 미소를 지었고, 내 앞에 놓인 와인을 조금씩 마시기도 했다.

나의 맞은편에 앉아 있는 남자는 부엌에 모인 사람들과는 어딘지 다른 분위기를 풍겼다. 큼직한 얼굴에는 흉터도 몇 군데 보였고, 피부는 거칠었으며 눈빛은 강렬했다. 식탁 위에 올려놓은 그의 손도 매우 큼직했다. 50년대풍의 와이셔츠, 발목까지 접어 올린 푸른 청바지. 헤어스타일도 50년대풍이었으며, 양 볼의 수염은 길었다. 그가 남다르게 느껴졌던 것은 그의 외모 때문이 아니라 그가 발산하는 분위기 때문이었다. 그는 거의 아무 말도 하지 않았지만 모두 그의 존재를 묵직하게 느낄 수 있을 정도였다.

언젠가 나는 린다와 함께 스톡홀름의 한 파티에 참석한 적이 있었다. 거기엔 권투선수도 있었다. 그는 부엌에 조용히 앉아 있었지만 그의 물리적 존재감은 명백하게 느낄 수 있었다. 내게는 그 느낌이 너무나 강하고 불쾌하게 다가왔으며 심지어는 내 존재감을 상실할 정도로 무력감을 느끼기도 했다. 이상하게도 나의 무력감은 곧 실제 상황으로 변해버리고 말았다. 파티 장소는 린다의 친구인 코라의 아파트였다. 공간이 협소했기에 초대된 사람들은 여기저기 무리를 지어 선 채로 대화를 나누었다.

거실에는 음악이 흘렀고, 창밖의 거리는 흰 눈으로 덮여 있었다. 임신 말기였던 린다는 아이가 태어나면 파티에 참석할 기회가 줄어들 것이라며 즐길 수 있을 때까지는 즐겨야 한다고 고집을 피웠다. 린다는 많이 피곤하지만 조금만 더 있다 집에 가자고 말했다. 나는 게이르의 친구인 토마스와 함께 앉아 와인을 마시며 대화를 나누었다. 토마스는 사진작가였고, 토마스의 애인이었던 마리에는 비스콥스 아르뇌 작가학교에서 코라의 지도교수로 일했기에 모두 서로 잘 아는 사이였다. 린다는 부른 배 때문에 탁자에서 멀찍이 떨어져 앉아 저녁 내내 기분 좋은 미소를 머금고 있었다.

지난 몇 달 동안 린다의 침체되고 내성적인 분위기는 나만 감지할 수 있는 것이었다. 잠시 후, 린다는 자리에서 일어나 거실을 빠져나갔다. 나는 그녀에게 미소를 지어보이고 다시 토마스와 대화를 나누었다. 토마스는 머리색이 빨간 사람들의 특이한 유전인자에 대해 이야기를 하고 있었다.

어디선가 문을 세차게 두드리는 소리가 들렸다.

"코라! 코라!"

린다 목소리인 것 같은데…?

나는 자리에서 일어나 목소리가 들리는 쪽으로 가보았다.

화장실 안쪽에서 문을 두드리는 소리가 났다.

"린다? 당신이야, 린다?"

"맞아요. 나예요. 문이 고장 났는지 열 수가 없어요. 코라 좀 데려와 보세요! 코라라면 이 문을 열 수 있는 방법을 알고 있을 거예요."

나는 거실로 들어가 한 손에는 와인잔, 다른 한 손에는 음식이 담긴 접시를 들고 있는 코라의 어깨를 살짝 두드렸다.

"화장실 문이 잘못되었는지 린다가 못 나오고 있어요. 가서 좀 도와주시겠어요?"

"그래요? 아, 이 일을 어쩐담…"

코라는 와인잔과 접시를 내려놓고 서둘러 화장실로 갔다.

두 여자는 잠긴 화장실 문을 사이에 두고 이래라저래라 하며 갖가지 방법을 시도해 보았지만 전혀 도움이 되지 않았다. 문은 여전히 굳게 닫힌 채였고, 얼마간 시간이 흐르자 집 안에 있던 사람들이 하나둘 관심을 보이기 시작했다. 그들은 걱정을 하며 발을 동동 구르기도 하고, 갇혀 있는 린다에게 희망을 잃지 말라며 용기를 북돋아주기도 했다. 무슨 일인지 보러온 사람들은 화장실 앞을 떠나지 않고 린다에게 이렇게 해보라, 저렇게 해보라며 조언을 했다. 옆에 서있던 코라는 당황해하며 린다가 임신 말기라 절대 안정을 취해야 하는데 이런 일이 일어났다며 울상을 지었다. 결국 사람들은 자물쇠 전문가를 부르기로 의견을 모았다. 그가 오기를 기다리는 동안, 나는 화장실 문을 사이에 두고 린다를 진정시키기 위해 쉴 새 없이 말을 걸었다. 모인 사람들이 내 말을 빠짐없이 듣고 있을 뿐 아니라, 동시에 내가 할 수 있는 일이 그것밖에 없다는 무력감에 당황스러웠다. 문을 발로 차서 부수고 린다를 꺼내올 수는 없었을까. 왜 나는 그토록 간단하고 쉬운 일을 할 수 없었던 걸까.

솔직히 나는 문을 발로 차서 열어본 적이 한 번도 없다. 더욱이 린다를 가로막고 있는 그 문이 어느 정도로 단단한지 알 길이 없었기에 섣불리 시도할 수도 없는 일이었다. 만에 하나, 발로 그 문을 찼는데 문이 열리지 않으면 그 민망함은 어떻게 감당해낼 것인가. 그렇게 된다면 그들의 눈에 내가 바보처럼 보일 것은 틀림없었다.

자물쇠 전문가가 30분 후에 도착했다. 그는 가죽으로 감싼 도구들을 바닥에 펼쳐놓고 이것저것 번갈아가며 시도해보았다. 땅딸한 몸집에 살짝 벗겨진 머리, 코 위에 안경을 걸친 자물쇠 전문가는 모인 사람들에게 아무 말도 하지 않고 묵묵히 자기 할 일만 했다. 문은 꼼짝도 하지 않았다. 결국 그도 두 손을 들고 포기해버렸다.

"이제 어떻게 하죠? 린다는 임신 말긴데…"

자물쇠 전문가는 어깨를 으쓱 추어올렸다.

"발로 차 문을 부수고 들어가는 수밖에 없겠네요."

그는 도구들을 정리하며 돌아갈 채비를 했다.

도대체 누가 문을 발로 차서 부술 수 있단 말인가.

아무리 생각해도 나밖에 없었다. 나는 린다의 남편이니까 문을 열고 린다를 구해내는 것은 내가 할 일이었다.

심장이 두근두근 거세게 뛰기 시작했다.

정말 내가 할 수밖에 없는 일일까. 한 발짝 뒤로 물러서서 내게 쏟아지는 사람들의 눈빛을 받으며 있는 힘을 다해 발로 문을 차는 일. 정말 내가 그 일을 해낼 수 있을까?

만에 하나 문이 꼼짝도 하지 않으면 어떻게 하지? 설령 문이 열린다 해도 떨어져 나간 문짝이 안에 있는 린다를 덮치면 어떻게 하지?

린다는 문에서 멀찍이 떨어져 화장실 구석으로 몸을 피했다.

나는 심호흡을 몇 차례 해보았지만 아무런 도움이 되지 않았다. 내 가슴은 여전히 떨리고 있었다. 이런 식으로 사람들의 주목을 받는 것보다 더 민망한 일은 없다. 게다가 실패라도 한다면 그 뒤엔 뭘 어떻게 해야 할까.

코라는 주변을 둘러보았다.

"발로 문을 차서라도 열어야겠어요. 누가 이 일을 하실 수 있나요?"

자물쇠 전문가는 이미 대문을 나선 후였다. 내가 그 일을 할 것이라면 지금 한 발 앞으로 나서서 자청을 해야만 했다.

하지만 나는 그렇게 하지 못했다.

"미케!"

코라가 소리쳤다.

"미케는 권투선수예요!"

코라는 그를 데리러 가려고 거실을 향해 몸을 돌렸다.

"제가 갈게요."

나는 코라를 멈춰 세웠다. 너무나 수치스러웠다. 아내가 화장실 안에 갇혀 있는데 남편이라는 사람이 용기가 없어 권투선수인 당신, 큰 체격에 힘도 셀 것 같은 당신에게 와서 도움을 청합니다. 정말 그런 말을 할 자신이 없었다. 아, 너무나 부끄럽고 민망했지만 나는 그 말을 해야만 했다. 미케는 창가에 서서 맥주잔을 들고 두 여자와 대화를 나누고 있었다.

"저, 미케 씨…"

그가 내게 고개를 돌렸다.

"아내가 아직 화장실에 갇혀 있어요. 자물쇠를 따러 온 이는 포기하고 그냥 돌아가버렸답니다. 죄송하지만 당신이 문을 발로 차서 좀 열어주실 수 있는지요…?"

"물론이죠. 그쯤이야."

그는 나를 흘끗 돌아본 후 창틀에 맥주잔을 놓아두고 화장실로 향했다. 그의 뒤를 따라가노라니 나에게 쏟아지는 사람들의 눈길이 느껴졌다.

"안에 있어요?"

그가 문 너머 린다에게 말을 걸었다.

"네."

"제가 문을 발로 차볼 테니, 될 수 있으면 문에서 멀찍이 떨어져 계세요."

"알았어요."

그는 잠시 숨을 고른 후 발을 들어 문을 쾅 찼다. 얼마나 세게 찼는지 문의 자물쇠가 한 번에 떨어져 나갔고, 문에서 부서져 나간 나뭇조각들이 사방팔방으로 흩어졌다.

린다가 모습을 드러내자 박수를 치는 사람도 있었다.

"얼마나 마음을 졸였는지 몰라. 미안해, 정말 미안해, 린다. 네가 이런 일을 당하다니…"

미케는 무덤덤한 표정으로 몸을 돌려 다시 거실로 들어갔다.

"괜찮아?"

나는 걱정스러운 말투로 린다에게 물어보았다.

"괜찮아요. 얼른 집에 가고 싶어요."

"그래, 그러자고…"

거실에 흐르던 음악은 멈추었고, 30대 초반의 두 여인이 시를 읊고 있었다. 나는 린다에게 외투를 건넨 후 코트를 걸쳐 입었다. 코라와 토마스에게 작별 인사를 건네자니 수치심으로 얼굴이 화끈 달아올랐다. 하지만 거기서 도망치듯 나설 수는 없었다. 할 일이 남아 있었기 때문이다. 시를 음미하는 사람들을 가로질러 뚜벅뚜벅 걸어간 나는 미케 앞에서 걸음을 멈추었다.

"감사합니다. 오늘 저녁 제 아내를 구해주셔서 진심으로 감사드립니다."

"아이고, 그것쯤이야… 아무것도 아닌 일을 가지고…"

그는 산만 한 어깨를 으쓱 추어올렸다.

집으로 향하는 택시 안에서 나는 린다를 제대로 쳐다볼 수가 없었다. 나서야 할 때 나서지 못하고 다른 사람에게 일을 미루었기 때문이다. 그 민망함과 수치심은 내 눈빛 속에 그대로 나타났을 것이 분명했다. 나는 말 그대로 패배자였다.

잠자리에 들자 아내는 도대체 무슨 일이냐며 내게 물었다. 나는 화장실 문을 직접 발로 차서 열지 못했기에 수치심을 느꼈다고 솔직하게 대답해주었다. 린다는 내 말에 어처구니없다는 표정을 지었다.

그런 생각은 해보지도 않았다며 왜 그 일을 꼭 내가 해야만 한다고 생각하는지 궁금하다고 말하는 것이 아닌가. 그녀는 내가 그런 일을 할 사람과는 거리가 멀다는 걸 진작 알고 있었기 때문에 처음부터 기대도 하지 않았고, 그래서 섭섭한 마음도 없다고 스스럼없이 말했다.

식탁 맞은편에 앉아 있는 남자는 그때 스톡홀름에서 만난 권투선수 미케와 비슷한 분위기를 풍겼다. 그건 체격이나 울퉁불퉁한 근육 때문만은 아니다. 사실, 운동으로 잘 단련되어 몸이 건장한 남자라 해도 분위기가 가볍고 밝은 사람이 있는 반면 같은 공간에 있어도 마치 머릿속을 우연히 스치는 생각 한 조각처럼 무의미하게 느껴지는 사람도 있다. 그런데 내 앞에 앉아 있는 남자는 만날 때마다 말로 콕 집어 설명할 수 없는 묵직하고 기묘한 분위기를 풍겼다. 문득, 그에 비하면 나는 말로 가득한 이 세상에서 어쩔 수 없이 살아가는 약하디 약한 남자일 뿐이라는 생각이 스쳤다. 나는 식탁 위를 오가는 대화를 한쪽 귀로 흘려들으며 가끔 그를 흘낏흘낏 쳐다보았다.

어느새 대화의 주제는 몇 년 후 초등학교에 들어갈 아이들에게 좋을 학교와 교사에 대한 것으로 바뀌었다. 자신이 참여했던 한 스포츠클럽 이야기를 한 리누스의 말이 끝나자 대화의 주제는 최근의 부동산 가격으로 옮겨갔다. 모두 최근 몇 년 동안 갑자기 집값이 올랐다는 데 동의했다. 스톡홀름의 경우는 전례가 없을 정도였지만 언젠가는 거품이 빠질 것이고 집값도 원상태로 되돌아오지 않겠느냐는 낙관론이 뒤를 이었다. 어떤 이는 가격이 하락할 때도 상승할 때와 비슷하게 십삼스러울 것이라고 예견했다. 리누스가 나를 향해 시선을 돌렸다.

"노르웨이의 집값은 어떤가요?"

"여기와 비슷해요. 오슬로는 스톡홀름처럼 비싸지만 외곽으로 갈수록 값이 조금씩 떨어지죠."

말을 끝냈는데도 그는 내게서 눈을 떼지 않았다. 마치 그는 내게 입을 열 기회를 주었으니 그 정도에서 그치지 말고 좀더 말을 해보라는 것 같았다. 내가 아무 말도 하지 않자 그는 고개를 돌리고 하던 말을 계속했다. 어린이집에서 첫 학부모회의를 할 때도 그랬다. 그때는 그의 목소리에 조금 비판적인 분위기가 없지 않았다. 그도 그럴 것이, 린다와 나는 첫 학부모회의가 거의 끝날 무렵까지 단 한마디도 하지 않고 멀뚱멀뚱 앉아 있기만 했으니까. 그러니까 요점은 참여 어린이집의 취지에 맞추어 모두 저마다 한마디씩은 해야 한다는 것이었다.

나는 그날 토의 주제로 오른 여러 가지 사항에 대해서 아무런 생각이 없었다. 무슨 말이라도 해야만 했던 것은 린다의 몫이었다. 린다는 그곳에 모인 사람들의 시선을 받으며 살짝 붉어진 얼굴로 토의된 내용에 대해 가족의 관점에서 장점과 단점을 이야기했다. 그날 토의 내용은 경비를 줄이기 위해 어린이집에 고용되어 있던 요리사를 해고하고 그 대신 요식업체에 음식을 주문하자는 것이었다. 인건비가 비싸니 차라리 음식을 사먹는 편이 비용 절감에 도움이 된다는 것이 요지였다. 이와 함께 요식업체를 이용할 경우 채식을 주문할 것인지 일반 음식을 주문할 것인지도 논의했다. 그 어린이집은 개원 당시 채식주의자들의 요구와 권위를 위해 문을 열었다. 하지만 현재는 두 어린이 가족만 채식을 하기 때문에 어린이집에서 만드는 온갖 채식 위주의 음식은 아이들에게 큰 인기를 끌지 못하는 상황이었다. 대부분의 학부모는 어린이집의 전통을 바꿀 때가 되었다고 입을 모았다.

토론은 몇 시간이나 지속되었다. 이런저런 이야기 끝에 심지어는 바닷물 속에 가라앉아 있는 썩은 그물 등에 대해 언급하는 사람도 있었다. 가게에서 파는 소시지와 요식업체에서 만드는 소시지에는 어느 정도의 고기가 포함되어 있는가 하는 의문도 제기되었다. 솔직히 소시지에 고기가 몇 퍼센트 포함되어 있는지 알고 먹는 사람은 도대체 몇 명이나 될까. 나는 지금까지 소시지는 그냥 소시지인 줄로만 알았다. 그런데 내 눈앞에서는 이제까지 전혀 모르고 있던 새로운 세상이 열리고 있었다. 소시지에 그토록 깊은 관심을 보이는 사람들도 있다니!

나는 아이들을 위해선 요리사가 직접 만들어주는 음식을 먹는 것이 최선이라고 생각했지만, 그런 생각을 입 밖에 내진 않았다. 시간이 어느 정도 흐르자 내가 아무 말을 하지 않아도 토의가 순조롭게 진행되기만을 바라는 나를 발견하게 되었다. 그렇게 묵묵히 앉아 있던 내게, 리누스는 당신도 한마디 해보라는 순진한 눈빛을 보냈던 것이다.

거실 쪽에서 헤이디의 울음소리가 들렸다. 내 머릿속에는 바니아에 대한 생각뿐이었다. 바니아는 뭘 어떻게 해야 할지 모르는 상황에 놓이면 다른 아이들이 하는 대로 따라 하는 것으로 그 상황을 무마하곤 했다. 다른 아이들이 의자를 꺼내면 바니아도 의자를 꺼내고, 아이들이 의자에 앉으면 바니아도 의자에 앉았다. 아이들이 큰 소리로 웃으면 바니아는 그들이 무엇 때문에 웃는지도 모르면서 따라 웃었다. 아이들이 뛰어다니며 한 특정인의 이름을 외치면 바니아도 함께 그 이름을 외쳤다. 그것이 바로 바니아가 다른 아이들과 어울리는 방법이었다.

스텔라는 그런 바니아를 꿰뚫어 보았다. 언젠가 나는 스텔라가 바니아에게 소리 지르는 것을 들은 적이 있다. 넌 따라쟁이야! 앵무새처럼 항상 따라 하기만 하잖아! 앵무새 바니아! 앵무새! 그래도 바니아는 스텔라의 말에 아랑곳하지 않고 자기 방식대로 아이들과 어울렸다. 하지만 스텔라의 생일 파티가 열리는 이곳에서는 바니아도 움찔할 수밖에 없었다. 바니아는 그 때문에 받는 스트레스를 헤이디에게 쏟아부었다. 헤이디가 자기를 따라 하는 앵무새라며 놀려대는 것이었다.

스텔라는 바니아보다 6개월 정도 먼저 태어났다. 바니아는 스텔라를 항상 큰언니처럼 우러러보고 따라 하는 경우가 많았다. 더욱이 그날의 생일 파티는 스텔라를 위한 것이라 바니아뿐만 아니라 다른 아이들도 스텔라를 꽤 조심스러워하는 것 같았다. 스텔라는 어느 모로 봐도 참 예쁜 아이다. 금발 머리에 눈동자가 컸다. 매일매일 상황과 때에 맞추어 옷도 잘 차려입었다. 조금은 가학적이고 잔인한 면이 보이긴 했지만, 항상 무리의 중심 역할을 하는 다른 소수의 아이에 비하면 그리 나쁘진 않았다.

내가 스텔라를 좋아하지 않는 이유는 따로 있다. 스텔라의 태도는 원하는 것을 얻기 위해 어른들에게 접근할 때 너무나 가식적으로 변한다. 커다란 눈동자에 한껏 순진한 빛을 머금고 갖은 아양과 애교를 떠는 것이 한눈에 보인다. 내 차례가 되어 어린이집에서 일할 때, 나는 그런 스텔라를 조금도 배려해주지 않았다. 나는 무언가를 얻어보려 가식적으로 순진한 표정과 눈빛으로 말을 걸어오는 아이를 철저하게 무관심으로 대했다. 그러자 아이는 당황해서 더욱 순진하고 착한 표정을 만들어 몇 번이나 더 시도했다.

한 번은 어린이집 일과를 마친 후 스텔라와 바니아를 더블 유모차에 태우고 공원으로 산책하러 간 적이 있다. 한 손에는 헤이디를 안고, 다른 한 손으로는 유모차를 끌고 가는 도중, 스텔라는 공원에 이르기도 전에 유모차에서 뛰어내려 마구 달리기 시작했다. 나는 스텔라에게 당장 돌아와서 유모차에 앉으라고 소리를 질렀다. 길에 차가 이렇게 많이 달리는데 위험하다는 생각은 하지 않니?

스텔라는 놀란 눈빛으로 나를 올려다보았다. 그렇게 대놓고 자기에게 야단을 치는 어른은 본 적이 없는 것 같았다. 물론 나도 아이에게 그런 식으로 반응을 보였다는 사실에 나 자신도 만족할 수 없었다. 하지만 안 되는 것은 안 되는 것이라고 아이에게 정확히 일러주어야 한다고 생각했다. 스텔라는 자존심이 꽤 상한 것 같았다. 30분쯤 아이들을 공원에서 마음대로 뛰어놀게 한 후, 나는 아이들의 손을 잡고 허공에서 빙글빙글 돌려주었다. 아이들은 소리를 지르며 까르르 웃음을 터뜨렸다. 그러고는 나는 잔디밭에 무릎을 꿇고 앉아 아이들과 가벼운 레슬링을 했다. 바니아는 특히 그 놀이를 좋아했다. 멀리서부터 달려와 내게 몸을 부딪쳐 나를 쓰러뜨리는 것보다 더 재미있는 일은 없었다.

스텔라는 자기 차례가 돌아오자 멀리서부터 속력을 내서 달려오더니 내 허벅지를 힘껏 차는 것이 아닌가. 스텔라는 그 일을 자기 차례가 올 때마다 반복했다. 두 번 정도는 참을 수 있었다. 세 번째가 되니 다리가 아파서 스텔라에게 그렇게 하지 말라고 주의를 주었다. 스텔라는 들은 척도 하지 않았다. 하지 마. 하지 말라고 했지? 스텔라는 들은 척도 않고 큰 소리로 웃음을 터뜨리며 다시 내 허벅지를 걷어찼다. 옆에 있던 바니아도 스텔라를 따라 까르르 웃음을 터뜨렸다.

나는 자리에서 벌떡 일어나 두 손으로 스텔라의 허리를 움켜잡았다. '내 말이 말 같지도 않니? 이 건방진 개구쟁이 같으니라고!'라는 말이 입 밖으로 나오려 했다. 스텔라의 어머니가 아이를 데리러 공원에 오겠다는 말만 하지 않았어도 나는 그 말을 뱉어버렸을 텐데.

"스텔라, 내 말 똑똑히 들어."

나는 아이의 눈을 똑바로 쳐다보며 위엄 있는 목소리로 말했다.

"어른이 한 번 안 된다고 하면 그 일은 안 해야 되는 거야. 알아들었니?"

스텔라는 시선을 내리깔고 아무 대답도 하지 않았다. 나는 손가락으로 스텔라의 턱을 치켜들고 다시 말했다.

"알아들었냐고."

스텔라는 그제야 고개를 끄덕였다.

"이제 나는 저쪽 벤치에 앉아 있을 테니 스텔라 어머니가 오실 때까지 너희끼리 놀도록 해."

바니아는 당황한 눈빛으로 나를 바라보다가 곧 웃음을 터뜨리더니 스텔라를 잡아끌었다. 내게 이런 식으로 꾸중을 듣는 것이 바니아에겐 거의 매일 있는 일이었다. 다행히도 스텔라는 바니아와 함께 다시 웃으며 놀기 시작했다. 그렇지 않았다면 민망한 일이 생길 뻔했다. 만약 스텔라가 내 말에 소리를 지르며 울기라도 했다면 내 처지가 참으로 난처해졌을 테니 말이다. 스텔라는 바니아와 함께 공원 내의 다른 아이들 틈에 섞여 놀고 있었다. 잠시 후 스텔라의 어머니가 종이 커피 두 잔을 들고 내게로 다가왔다. 평소 같으면 그녀가 오자마자 아이를 돌려주고 집으로 왔을 텐데, 커피를 내미는 바람에 어쩔 수 없이 벤치에 앉아 밑도 끝도 없이 털어놓는 그녀의 직장 이야기를 들어주어야만 했다. 따가운 오후 햇살에 이맛살을 찌푸리다가 가끔은 아이들이 노는 곳을 향해 시선을 던지기도 하며.

그 주에는 내가 어린이집에서 일할 차례였다. 학부모들이 하는 일은 어린이집에 고용된 보육교사와 같았다. 나는 이전에도 여러 기관에서 비슷한 일을 해본 적이 있기 때문에 다른 학부모들보다 훨씬 여유롭고 효과적으로 일을 해낼 수 있었다. 그뿐만 아니라 나는 이미 아이들의 옷을 갈아입히거나 기저귀를 갈아주거나 함께 놀아주는 일엔 이력이 날 정도로 익숙해 있었으니 어린이집 일은 그리 힘들지 않았다. 아이들은 저마다 각기 다른 방식으로 나를 대했다. 한 아이는 친구들과 어울리지 않고 매일 나만 졸졸 따라다녔다. 은발로 착각할 만큼 머리색이 옅고 몸집이 자그마한 그 아이는 시도 때도 없이 내게 다가와 무릎 위에 앉곤 했다. 가끔은 책을 읽어달라고 조르기도 했지만 대부분은 그저 무릎 위에 앉아 있는 것만으로도 만족하는 것 같았다. 또 한 아이는 어머니가 늦게 데리러 오는 바람에 다른 아이들이 모두 집으로 돌아간 후에도 나와 30여 분 정도를 함께 있었다. 아이는 기억력에 문제가 있는지 금방 했던 놀이와 장난감 이름을 까먹기가 일쑤였다. 그래서인지 같은 장난감을 가지고 같은 놀이를 되풀이해도 아이는 지루해하지 않았다.

어린이집에서 가장 나이가 많은 한 아이는 나의 약점을 간파하고 나를 놀려먹기 시작했다. 식사 시간이 되어 주머니에서 열쇠꾸러미를 꺼내 식탁에 올려놓았더니 아이는 그것을 냉큼 채어갔다. 나는 화가 머리끝까지 치밀어올랐지만 모른 척 가만히 놔두었다. 그랬더니 아이는 열쇠 중에 차열쇠가 있는지 물었다. 대답 대신 말없이 고개를 저었더니 아이는 왜 차열쇠가 없는지 또 물었다. 왜냐하면 내겐 차가 없거든. 왜요? 운전면허증이 없어. 그럼, 아저씨는 운전을 못 하는 거예요? 응. 아저씬 어른이잖아요! 어른은 모두 차를 몰 수 있어요!

아이는 채어간 열쇠꾸러미를 내 코앞에서 마구 흔들어댔다. 나는 아이가 그렇게 하도록 가만히 놔두었다. 잡아봐요! 못 잡겠죠? 아이는 계속 약을 올렸다. 밥을 먹고 있던 다른 아이들은 우리를 힐끗 쳐다보았다. 함께 앉아 있던 세 어른도 우리에게 시선을 던졌다. 순간, 나는 아이의 손에서 열쇠꾸러미를 홱 낚아채보려고 시도했다. 아이는 번개처럼 내 손을 피하며 건방진 웃음을 터뜨렸다. 하하, 그것도 못 잡아요? 나는 아무렇지도 않은 듯 식사를 계속했다. 아이는 내가 반응을 보이지 않자 열쇠꾸러미로 식탁을 툭툭 내리쳤다.

"하지 마."

아이는 내 말에 입을 씰룩거리며 미소를 지을 뿐 하던 짓을 계속했다. 보다 못한 직원이 아이에게 주의를 주자, 아이는 그제야 하던 짓을 멈추었지만 열쇠꾸러미를 내게 돌려주진 않았다.

"아저씬 죽을 때까지 이 열쇠를 돌려받지 못할 거예요!"

그러자 갑자기 바니아가 끼어들며 소리를 질렀다.

"얼른 우리 아빠에게 열쇠를 돌려줘!"

이게 도대체 무슨 상황이지?

나는 아무렇지도 않은 듯 고개를 숙이고 음식을 먹었다. 하지만 열쇠꾸러미를 갖고 간 작은 악마는 계속해서 열쇠를 흔들어가며 나를 놀려댔다. 나는 식사 시간이 끝나면 아이에게서 열쇠를 빼앗으려고 마음먹었다. 화끈거리는 얼굴을 식히려고 물을 한 모금 마시자, 어린이집의 원장인 올라프가 아이에게 얼른 열쇠를 돌려주라고 야단을 쳤다. 그러자 아이는 한마디의 반항도 하지 않고 선선히 열쇠를 내게 돌려주었다.

나는 성인이 된 후 타인과는 거리를 두고 살아왔다. 그것은 살아가기 위한 나만의 방식이기도 하다. 나는 생각과 느낌으로 타인에게 필요 이상으로 가까이 다가갈 때가 종종 있는데, 그때 상대방이 마음의 문을 닫아버리거나 나를 거부하게 되면 나는 순식간에 내면의 폭풍을 경험하게 되고 고통스러워한다. 나는 어린아이에게도 필요 이상으로 가까이 다가갈 때가 종종 있다. 바로 그 때문에 나는 자리에 앉아 아이들과 함께 놀 수 있는 것이다. 아이들은 어른과 달라서 비록 상대방을 대할 때 예의와 격식을 차린다 해도 마무리 손질을 하지 않은 목제 가구처럼 그 투박한 나뭇결이 그대로 드러난다. 그런 아이들은 나의 깊숙한 내면에까지 자유롭게 도달할 수 있다. 그런 일이 생길 때 내가 스스로 제한을 두고 하지 않는 일은 내게 다가오는 아이들에게 나의 신체적 우월성을 이용해 함부로 대하지 않는다는 것이다. 물론 그렇게 해서도 안 되는 일이다. 나는 아이들이 나의 내면을 휘젓고 다닐 경우 전혀 신경 쓰지 않는 것처럼 무관심하게 대하곤 한다. 하지만 가끔은 나도 아이들이 도를 넘게 친밀감을 표현하면 불쾌해질 때가 있다.

오, 이 얼마나 가치 없는 일인가!

갑자기 모두 동시에 고개를 돌렸다. 바니아가 다니는 어린이집에 대해선 일관적으로 무관심해왔던 내가, 하루에 단 몇 시간이나마 조용하게 글을 쓰기 위해 아이를 어린이집에 보냈던 내가, 아이가 어린이집에서 어떤 경험을 하고 어떤 기분으로 지내는지에 대해선 전혀 몰랐던 내가, 타인과 거리를 두는 것도 모자라 그 누구에게도 마음을 열지 않았던 내가, 이렇게 갑자기 일주일이라는 시간 동안 어린이집에 앉아 거기서 일어나는 일에 그 누구보다도 더 깊이 관여하게 되다니. 다른 학부모들은 아이들을 데려다주고 데려올 때 단 몇 분이라도 어린이집 안에 들어가서 식당이나 놀이방 등에 앉아 다른 학부모들과 이야기를 나누거나 아이들과 놀아주기도 한다. 그것도 매일같이.

나는 바니아를 데리러 갈 때 현관에 서서 누가 볼세라 번개처럼 재빨리 아이에게 외투를 입혀 데려 나오곤 한다. 가끔은 현관에서 다른 학부모들과 마주치면 마지못해 어린이집 안으로 들어가 나도 모르는 사이에 키 작은 소파에 앉아 전혀 관심 없는 이야기에 예의상 귀를 기울이고 미소를 던져야 할 때도 없지는 않다. 그 와중에 좀 머리가 큰 아이들은 내게로 다가와 옷자락을 잡아당기거나 장난감을 던지기도 한다. 가끔 이 아이들은 내게 다가와 안아달라고 말하거나 허공에서 빙글빙글 돌려달라고 떼를 쓰기도 한다. 친절하고 호의적이며 독서를 좋아하는 은행직원 구스타브 씨의 아들 요케는 무언가 뾰족한 것을 들고 와 나를 쿡 찌르고 도망가기도 했다.

가끔 생일 파티가 열리는 토요일이 되면 그날 오후와 저녁 시간에는 빈자리가 없을 정도로 빽빽한 식탁에 끼어 앉아 긴장되어 뻣뻣한 몸짓으로 그들과 함께 야채를 먹고 억지로 예의 바른 미소를 띠어야만 한다. 이것은 어린이집에 아이를 보내는 학부모의 책임이자 의무이기도 하다.

에릭이 찬장에서 접시를 여러 벌 꺼냈다. 프리다는 서랍을 열고 수를 세어가며 포크와 나이프를 꺼냈다. 와인을 한 모금 넘기니 갑자기 허기가 밀려왔다. 발갛게 상기된 얼굴에 땀을 흘리며 스텔라가 부엌문께 멈춰 섰다.

"케이크는 언제 먹나요?"

프리다가 돌아서며 대답했다.

"조금만 기다리세요, 우리 공주님. 그런데 케이크 먹기 전에 식사부터 먼저 해야지?"

그녀는 식탁에 모여 앉아 있는 학부모들을 향해 외쳤다.

"이제 뭐 좀 먹을까요? 어른들은 여기서 먹죠. 접시랑 포크와 나이프는 여기 있으니 각자 알아서 가져가시면 되고… 어른부터 먼저 먹고 나서 아이들에게 음식을 나눠주세요."

"아, 출출하던 참에 잘 되었어요."

리누스가 자리에서 일어나며 말했다.

"뭘 만드셨나요?"

나는 길게 늘어선 줄이 줄어들 때까지 자리에 앉아 있을 생각이었다. 그런데 리누스가 접시에 담아온 콩과 샐러드, 엄청난 양의 쿠스쿠스 그리고 이집트 콩을 불려 만든 죽을 보니 그 자리에 더 앉아 있고 싶은 마음이 사라져 거실로 나가버렸다.

"음식이 다 된 모양이던데."

나는 헤이디를 안고 미아와 대화를 나누고 있는 린다에게 말을 걸었다. 바니아는 린다의 다리를 잡고 서 있었다.

"당신이 뭘 좀 먹을 동안 애들은 내가 볼게."

"잘 되었어요. 그렇잖아도 배가 고파 죽을 지경이었거든요."

"아빠, 집에 언제 가?"

바니아가 물었다.

"글쎄, 지금은 저녁을 먹고 식사 후엔 케이크를 먹는다고 하네. 네게도 음식을 좀 가져다줄까?"

"안 먹을래."

"그래도 조금 가져와볼게. 너는 나랑 같이 가자."

나는 헤이디를 안아 올리며 말했다.

"참, 헤이디는 바나나를 한 개 먹었어요. 그래도 뭘 좀 먹는 게 좋을 것 같아요."

린다가 말했다.

"테레사, 너도 얼른 와. 나랑 같이 가서 음식을 가져오자."

미아가 말했다.

헤이디를 안은 나는 두 사람의 뒤를 따라 들어가 줄을 섰다. 헤이디
는 내 어깨에 머리를 기댔다. 피곤하면 습관처럼 하는 행동이었다. 땀
에 젖은 셔츠가 가슴살에 붙어오는 것을 느꼈다. 내 눈에 보이는 얼굴
들, 내 눈과 마주치는 눈동자들, 내 귀에 들리는 목소리들은 모두 무
거운 납덩이처럼 나를 짓눌렀다. 가벼운 대화를 주고받는 일조차도
있는 힘을 다 짜내지 않으면 불가능했다. 그나마 헤이디를 안고 있을
수 있어 다행이었다. 헤이디는 사람들과 나 사이를 가로막는 방패막
이 노릇을 해주었으니까. 나는 헤이디에게 신경 쓰는 척하며 다른 사
람들과의 접촉을 피할 수 있었다. 헤이디는 쏟아지는 사람들의 관심
과 눈길을 분산해주는 역할을 하고 있었다. 사람들은 헤이디에게 미
소를 지었고 피곤하냐고 물으며 볼을 쓰다듬어주었다.

헤이디와 나와의 관계 중 일부는 내가 헤이디를 안고 다니는 것으
로 이루어져 있다. 안고 안기는 일. 그것은 우리 두 사람의 관계를 말
할 때 기본적인 사항이라 해도 과언이 아니다. 헤이디는 걷기를 싫
어해서 나만 보면 항상 두 팔을 번쩍 쳐들고 안아달라며 졸랐다. 내
가 헤이디를 안아 올리면 헤이디는 만족스러운 미소를 머금었다. 나
는 커다란 눈동자와 욕심스러운 입을 지닌 자그맣고 통통한 헤이디
를 내 몸에 바짝 붙여 안을 때면 행복해진다.

나는 접시에 쿠스쿠스와 콩죽을 조금씩 담고 숟가락 두 개를 얹
어 거실로 가져왔다. 거실에는 아이들이 나직한 탁자를 둘러싸고 앉
아 있었고, 그 뒤에는 학부모 몇이 서서 아이들 식사를 도와주고 있
었다.

"먹기 싫어."

바니아는 내가 접시를 내려놓기가 무섭게 짜증을 냈다.

"알았어. 먹기 싫으면 안 먹어도 돼. 헤이디는 어때?"

나는 포크로 콩을 으깬 후 헤이디의 입으로 가져갔다. 헤이디는 입술을 앙다물고 고개를 홱 돌렸다.

"자, 맛이라도 한 번 봐. 배고픈 거 다 알고 있으니까."

"아빠, 기차놀이 하면 안 돼?"

바니아가 물었다.

나는 바니아에게 눈길을 돌렸다. 평소 같으면 바니아는 기차 장난감을 바라보거나 간절한 눈빛으로 나를 바라보는 게 전부였을 것이다. 그런데 오늘은 어쩐 일인지 직접적으로 내게 물어오는 것이 아닌가.

"물론이지. 되고말고!"

나는 헤이디를 안고 구석으로 가서 무릎을 상체에 붙인 채 바닥에 앉았다. 아이들이 장난감을 가지고 놀 수 있도록 넉넉한 공간을 만들어주기 위해서였다. 나는 장난감 기차와 철로 블록을 하나하나 떼어 바니아에게 건네주었고, 바니아는 그것을 다시 조립하기 시작했다. 바니아는 블록의 이가 들어맞지 않아도 있는 힘을 다해 그것들을 억지로 밀어 넣고 맞추어보려고 끙끙거렸다. 마음대로 되지 않으면 바니아가 장난감을 집어 던지고 히스테리를 부릴 것 같아 나는 바니아의 눈을 피해 기회를 봐가며 몰래 블록을 맞추어놓았다.

헤이디는 그렇게 맞추어놓은 블록들을 다시 빼서 어질러놓으려 했다. 나는 헤이디가 좋아할 만한 장난감을 찾으려 주변을 둘러보았다. 퍼즐? 곰인형? 눈썹이 긴 플라스틱 포니 인형? 하지만 헤이디는 내가 쥐여주는 장난감들을 모두 집어 던져버렸다.

"아빠, 좀 도와줘!"

바니아가 소리쳤다.

"알았어, 잠깐만. 알았다니까. 아, 이걸 좀 봐. 내가 여기 이렇게 다리를 놓으면 기차가 다리 위를 지나갈 수도 있어. 근사하지?"

헤이디는 다리를 이어놓은 블록을 망가뜨렸다.

"헤이디!"

바니아가 짜증 섞인 목소리로 소리를 질렀다.

내가 헤이디의 손에서 블록을 빼앗아들자 헤이디는 소리를 지르며 울기 시작했다. 나는 헤이디를 안고 자리에서 일어났다.

"혼자 못하겠어!"

바니아가 소리를 질렀다.

"금방 올게. 헤이디를 엄마에게 보내놓고 올 테니 조금만 기다려."

나는 힘이 넘치는 아줌마처럼 한 손으로 헤이디를 안고 부엌으로 향했다. 린다는 구스타브와 대화를 나누고 있었다. 그는 어린이집 학부모 중에서 전통적 관점에서 볼 때 유일하게 꽤 그럴듯한 직업을 가진 사람이었고, 린다와 말이 잘 통하는 사람이었다. 그의 얼굴에는 항상 유쾌한 미소가 사라지지 않았고, 땅딸하긴 했지만 늘 청결하고 신사적인 분위기의 옷을 입었다. 굵직한 목과 널찍한 턱으로 강건한 이미지를 주는 얼굴에 반해 그는 늘 밝고 기분 좋은 분위기를 유지했다. 책읽기를 좋아하는 그는 자신이 읽은 책에 대해 자주 이야기를 했는데, 그날은 린다와 함께 리처드 포드가 쓴 책에 대해 대화를 나누고 있었다.

"그가 쓴 책들은 정말 환상적이에요. 리처드 포드의 책을 읽어보았나요? 부동산 중개업자에 대한 이야기 말이에요. 평범한 사람의 일생을 그린 이야기인데 읽다 보니 마치 제 이야기를 읽는 것 같은 느낌이 들었어요. 특별하다고는 할 수 없는데 미국 전체를 열광시켰으니 참 이상한 일이지요. 굉장히 미국적이라고도 할 수 있어요. 미국의 동맥이라고나 할까!"

나도 그가 싫지 않았다. 그가 항상 반듯한 태도로 남을 대한다는 사실과, 어떻게 보면 평범하다고도 할 수 있지만 내가 가까이 지내는 사람들과는 너무나 다른 직업을 가졌다는 사실 때문이었다. 우리는 동갑이었지만, 나는 그를 볼 때마다 적어도 그가 나보다는 열 살쯤 더 나이가 많을 것 같다는 생각을 하곤 했다. 그는 나의 부모님 세대가 자라온 방식으로 성장 시기를 보냈다.

"헤이디가 피곤한가봐. 잠이 와서 짜증을 부리는 것 같아. 배도 고픈 것 같고. 당신, 헤이디와 함께 먼저 집에 갈 수 있겠어?"

"그럴게요. 먹던 음식을 마저 먹고 갈게요. 그래도 괜찮겠죠?"

"그럼, 괜찮고말고."

"어제 당신 책을 처음으로 손에 들어봤어요!"

다비드가 내게 말을 걸어왔다.

"서점에 들렀더니 당신 책이 눈에 띄더라고요. 꽤 재미있을 것 같았어요. 노르스테츠 출판사인가요? 당신 책을 출간한 곳이?"

"네, 맞아요."

나는 억지 미소를 띠며 대답했다.

"그래, 그 책을 사셨어요?"

린다가 궁금한 듯 그에게 물어보았다.

"아니에요. 다음에 사려고요."

그는 냅킨으로 입술을 훔치며 말했다.

"천사가 주제였던가요?"

나는 고개를 끄덕였다. 안겨 있던 헤이디가 스르르 팔에서 미끄러져 내렸다. 아이를 다시 치켜 안다 보니 기저귀가 납덩이처럼 무거워져 있었다.

"집에 가기 전에 내가 기저귀를 갈아줄게. 유모차에 있는 기저귀 가방도 함께 가지고 왔어?"

"그 가방은 현관에 있어요."

"오케이."

나는 기저귀를 가지러 현관으로 갔다. 거실에는 바니아와 아킬레스가 함께 놀고 있었다. 두 아이는 소파에서 바닥으로 연거푸 뛰어내렸고, 바닥에 발을 내딛는 순간 마치 쓰러지기라도 한 듯 납작 엎드려 까르르 웃음을 터뜨렸다. 그 모습을 보노라니 마치 전기에 감전이라도 된 것처럼 가슴 한구석이 찡하게 아려왔다. 몸을 굽혀 기저귀와 물수건을 집어 드니 내게 안겨 있던 헤이디는 떨어지지 않으려 마치 코알라처럼 나를 꼭 붙들었다. 욕실에는 기저귀를 갈 수 있는 테이블이 없었다. 나는 욕실 바닥에 헤이디를 눕혀놓고 스타킹을 벗긴 다음 기저귀 양옆의 테이프를 뜯어내고 젖어 묵직한 기저귀를 벗겨 세면대 아래쪽에 있는 휴지통에 버렸다. 헤이디는 진지한 눈빛으로 나를 바라보고 있었다.

"뽀뽀, 아빠!"

헤이디는 고개를 옆으로 돌려 벽을 바라보며 꼼짝도 하지 않았다. 마치 새 기저귀로 갈아주고 있는 나의 움직임에는 아무런 관심도 없다는 듯. 헤이디는 젖먹이 때부터 기저귀를 갈 때마다 벽 쪽으로 고개를 돌리고선 꼼짝도 하지 않았다.

"자, 다 됐어."

나는 헤이디의 두 손을 잡고 일으켜 세웠다. 축축하게 젖어 있는 스타킹은 꼬깃꼬깃 뭉쳐 기저귀 가방에 넣고, 속을 넣어 두툼한 코듀로이 재킷을 헤이디에게 입혀주었다. 그 재킷은 헤이디가 한 살이 되던 날 윙베 형이 사준 것이다. 운동화를 신기고 있으려니 린다가 욕실로 들어왔다.

"나도 조금 있다가 바니아랑 함께 갈게."

우리는 입맞춤으로 작별 인사를 나누었다. 린다는 한 손으로 기저귀 가방을 거머쥐고, 다른 한 손으로는 헤이디를 안고 그곳을 나섰다.

바니아는 아킬레스와 함께 여전히 팽이처럼 온 집 안을 뛰어다니고 있었다. 아이들이 지나간 곳에서는 아이들이 남긴 웃음소리의 여운을 생생히 느낄 수 있었다. 학부모들이 모여 있는 부엌으로 다시 들어갈 생각을 하니 견딜 수가 없어, 나는 욕실로 되돌아가 문을 잠그고 한참 동안 우두커니 서 있었다. 곧 찬물로 얼굴을 씻고 하얀 수건으로 물기를 구석구석 닦은 후 거울을 바라보았다. 거울 속의 내 눈빛은 너무 어두웠고, 얼굴은 절망으로 뻣뻣하게 굳어 있었기에 마치 생전 처음 보는 낯선 사람을 바라보는 것만 같았다.

부엌으로 들어가니 내가 되돌아왔다는 것을 아무도 알아채지 못한 것 같았다. 아, 내게 잠시 눈길을 던진 여자가 있긴 있었다. 평범하고 조금 각이 진 얼굴에 짧은 머리를 한 여인. 안경 너머로 던지는 강렬한 눈빛. 도대체 내게서 뭘 원하는 걸까?

구스타브와 리누스는 다양한 연금제도에 대해 이야기를 나누고 있었다. 50년대에 유행했던 와이셔츠를 입은 과묵한 남자의 무릎 위에는 옅은 금발 머리 개구쟁이 소년이 앉아 있었다. 곧 그들은 말뫼 스포츠클럽에 대한 이야기로 주제를 바꾸었다. 프리다와 미아는 친구들과의 모임 이야기로 정신이 없었고, 에릭과 마티아스는 텔레비전 화질에 대해 이야기하고 있었다. 리누스는 이들의 이야기에도 끼고 싶은지 자꾸만 눈길을 던지며 관심을 보였다. 그는 구스타브에게도 예의상 짧게나마 시선을 보내는 것을 잊지 않았다. 머리를 짧게 자르고 안경을 낀 여자는 그 어떤 대화에도 끼지 않고 나만 바라보고 있었다. 그녀의 눈길을 피하기 위해 나는 그녀만 쏙 빼고 식탁 앞에 모인 모든 사람에게 차례차례 시선을 던졌다. 결국 그녀는 식탁 위로 상체를 내밀며 어린이집에 만족하느냐고 내게 말을 걸어왔다. 나는 만족한다고 대답한 후, 다른 어린이집보다는 학부모들이 해야 할 일이 많은 게 흠이라면 흠이지만 한편으로는 매우 가치 있는 일이라고 덧붙였다. 아이들의 친구 관계에 대해 잘 알 수 있다는 건 가장 큰 장점 중의 하나라는 말도 했다.

그녀는 무덤덤한 미소를 지어보였다. 나는 그녀가 상처를 입고 불행에 빠져 있다는 생각을 해보았다.

"아니, 이럴 수가!"

리누스가 의자에서 벌떡 일어나며 소리를 질렀다.

"도대체 뭘 하는 거야? 저기서?"

그는 욕실로 성큼성큼 걸어 들어갔다. 다음 순간 욕실에서 나오는 그의 양옆에는 바니아와 아킬레스가 따라오고 있었다. 바니아는 입이 찢어질 만큼 환한 미소를 짓고 있었고, 아킬레스는 살짝 죄책감이 엿보이는 미소를 머금고 있었다. 아킬레스의 작은 양복 소매는 물에 흠뻑 젖어 있었고, 바니아의 팔은 물기로 반들반들했다.

"글쎄, 변기 안에 누가 더 깊이 팔을 집어넣을 수 있는지 내기를 했다지 뭡니까."

리누스가 어이없다는 듯 말했다. 바니아와 눈이 마주친 나는 터져 나오는 미소를 감출 수가 없었다.

"꼬마 신사님, 젖은 옷은 벗는 게 좋겠군요."

리누스가 아킬레스를 데리고 나갔다.

"손도 깨끗하게 씻어야 해!"

79

"바니아, 너도 마찬가지야."

나는 자리에서 일어나며 바니아를 향해 말했다.

"얼른 욕실로 가자."

욕실에 들어서자 바니아는 세면대 위로 두 팔을 쭉 뻗으며 나를 올려다보았다.

"아킬레스와 놀았어!"

"응, 나도 봤어. 그런데 변기에 손을 집어넣을 필요는 없었잖아?"

"아빠 말이 맞아."

바니아는 자지러지게 웃었다.

나는 수돗물에 손을 적시고 비누를 묻혀 바니아의 손가락 끝에서부터 어깨까지 빡빡 씻겨주었다. 수건으로 물기를 닦아준 후에 바니아의 이마에 입을 맞추고 욕실 밖으로 내보냈다. 부엌으로 들어가며 입가에 미안함을 담은 미소를 머금어 보였으나 그럴 필요는 없었다. 모두 변기 사건은 이미 잊어버린 듯했으니까. 리누스조차도 자리에 앉자마자 타이에서 원숭이떼의 습격을 받은 한 남자 이야기를 하기 시작했다. 그는 다른 사람들이 배를 잡고 웃어도 자기는 눈 하나 깜짝하지 않고 여유만만하게 말을 이어갔다. 다른 이들의 웃음소리는 그에게 농담을 이어갈 수 있는 새로운 힘으로 작용했고, 이어지는 그의 말에는 다시 웃음소리가 뒤를 따랐다. 가끔 미소를 짓긴 했지만 그 또한 눈에 띌 정도는 아니었다. 그의 미소는 자신의 이야기 때문에 나오는 것이 아니라, 자신의 이야기가 웃음의 파도를 만들어냈다는 만족감 때문에 나오는 것처럼 보였다.

"그래, 그랬다고요. 정말."

그는 손을 번쩍 들어올려 흔들어 보였다. 안경을 끼고 진지한 표정으로 창가에 앉아 있던 여인은 내가 자리에 앉자 의자를 식탁 안쪽으로 바싹 잡아당겨 식탁 너머의 내게로 상체를 굽혔다.

"터울이 짧은 애들을 키우는 게 보통 일이 아닐 텐데요?"

"그렇다고 할 수도 있어요. 솔직히 좀 피곤하긴 해요. 하지만 하나 보다는 둘이 더 낫지 않겠습니까. 혼자 자라는 애들을 보면 외로워 보이기도 해요. 저는 아이가 적어도 셋은 있어야 한다고 생각해왔 거든요. 그러면 아이들의 하루하루도 더 풍요로워질 것이고, 적어도 부모 수보다 아이들의 수가 더 많아지니…"

나는 미소로 말을 맺었다. 그녀는 아무 말도 하지 않았다. 문득 그 녀에겐 아이가 하나뿐이라는 사실이 떠올랐다.

"하지만 아이가 하나만 있어도 나름대로 장점이 많아요."

그녀는 손으로 턱을 괴었다.

"하지만 저는 구스타브에게 형제가 있으면 좋겠다고 바랐어요. 하나만 있으니 참 외롭더군요. 구스타브도 그렇고 저도 그렇고…"

"구스타브는 어린이집 친구들이 있잖습니까. 너무 걱정 마세요."

"문제는 제게 남자가 없다는 거예요. 그렇다면 이야기는 끝난 거 잖아요."

도대체 이 여자는 왜 그런 말을 내게 하는 걸까.

나는 연민을 담은 시선을 그녀에게 보내며, 눈을 껌벅거리지 않으 려고 무진 애를 썼다. 이런 상황이 닥치면 당황해서 곧잘 눈을 껌벅 거리는 습관이 내겐 있었다.

"제가 만나는 남자들은 제 아이의 아버지가 될 만한 자격이 없는 사람이거든요."

그녀는 계속 말을 이었다.

"네… 너무 걱정 마십시오. 다 잘될 겁니다."

"글쎄요, 저는 그렇게 생각하지 않지만… 어쨌든 고맙군요."

시선의 한쪽에 작은 움직임이 감지되었다. 나는 얼른 고개를 돌려 문 쪽을 바라보았다. 바니아가 나를 향해 걸어오고 있었다.

"아빠, 집에 가고 싶어. 지금 집에 가면 안 돼?"

"조금만 더 있다가 가자. 곧 케이크를 먹을 수 있을 거야. 너도 케이크 먹고 싶지?"

바니아는 아무 대답도 하지 않았다.

"아빠 무릎 위에 앉을래?"

바니아는 고개를 끄덕였다. 나는 내 앞에 놓인 와인잔을 치우고 바니아를 안아 올렸다.

"여기 조금만 더 앉아 있다가 다시 거실로 가보자, 응? 나도 같이 갈게. 오케이?"

"응."

바니아는 내 무릎 위에 앉아 식탁을 둘러싸고 앉은 사람들을 하나하나 바라보았다. 바니아는 저 사람들을 바라보며 무슨 생각을 할까? 이 자리가 바니아의 눈엔 어떻게 비칠까?

나는 바니아에게 눈길을 돌렸다. 바니아의 금발 머리는 어깨까지 드리워져 있었다. 작은 코와 작은 입, 끝이 살짝 올라가 엘프처럼 보이는 두 개의 작은 귀. 감정을 있는 그대로 나타내는 안경 너머의 푸른 눈동자. 바니아는 처음 안경을 꼈을 때 굉장히 자랑스러워했다. 지금은 화가 나면 가장 먼저 집어 던지고 싶어 하는 것이 바로 그 안경이다. 어쩌면 바니아는 우리가 안경을 껴야 한다고 말했기 때문에 화가 나면 안경부터 없애고 싶어 하는 게 아닐까.

히스테리를 부릴 때면 바니아의 눈은 닫혀버리고 아무도 그 눈빛 속으로 들어가지 못한다. 하지만 평상시의 눈빛은 참으로 밝고 순수하며 건강하다. 바니아의 드라마틱한 성격은 온 가족을 수시로 좌지

82

우지했다. 바니아는 특히 자기가 갖고 있는 장난감들에게 매우 복잡한 관계적 의미를 부여한다. 영화 보는 것을 좋아하지만 누가 책을 읽어주는 것도 좋아한다. 영화는 주로 반전이 큰 이야기를 담고 있는 만화 영화를 좋아하며 영화를 본 후에는 우리에게 달려와 영화에 대한 갖가지 질문을 퍼붓기도 하고 줄거리를 자기만의 말로 재구성해서 우리에게 들려주기도 한다. 한 번은 「마디켄」*에 푹 빠져 영화를 보는 내내 소파에서 팔짝팔짝 뛰기도 했다. 영화가 끝나자 바니아는 바닥으로 뛰어내려 눈을 감고 꼼짝도 하지 않았다. 우리는 바니아를 안아 올렸지만 힘없이 축 늘어져 있어서 바니아가 죽은 줄 알았다. 알고 보니 바니아는 뇌진탕의 충격으로 잠시 정신을 잃은 것이었다.

우리는 눈을 감고 축 늘어져 있는 바니아를 조심스레 침대로 옮겼다. 그로부터 사흘 동안 침대에 누워 있어야 했던 바니아는 우리에게 영화 속에 나오는 슬픈 노래들을 불러달라고 했다. 사흘 후 침대에서 내려온 바니아는 곧바로 소파로 달려가 영화 장면을 떠올리며 배우들을 흉내 냈다. 어린이집에서 열렸던 성탄절 공연이 끝난 후, 관객들의 박수소리에 머리 숙여 인사를 한 아이는 바니아밖에 없었다.

보아하니 바니아는 사람들의 관심을 즐기는 것 같기도 했다. 바니아는 어떤 목적이 되는 물건 자체보다 그 물건에 대한 생각과 기대감을 더 즐기는 것 같기도 하다. 토요일에만 먹는 군것질거리가 그 한 예다. 바니아는 온종일 토요일 오후에 먹게 될 군것질거리에 대

---

* 스웨덴 작가 아스트리 린그렌의 동화를 영화화한 작품. 마디켄은 주인공 마르가레타 엥스트룀의 애칭이다.

해 종알거리고 무엇이 나올까 기대하지만, 막상 군것질거리를 접시에 담아 아이의 코앞에 놓아주면 맛만 보고 뱉어버리기가 일쑤였다. 그런 일이 거의 매주 있었지만 바니아는 그 경험에서 무언가를 배운 것 같지 않았다. 다음 토요일이 되면 또 군것질거리에 대한 기대감으로 온종일 종알거렸으니까.

바니아는 스케이트를 타고 싶어 했다. 하지만 막상 스케이트장에 가서 외할머니가 사주신 작은 스케이트화를 신고 머리에는 아이스하키 헬멧을 쓰고 보니 생각처럼 균형을 잡기가 쉽지 않아 짜증을 내며 스케이트화를 벗어버렸다. 그 후엔 한참 동안 스케이트장에 가자는 말은 하지 않았다.

한 번은 친할머니가 스웨덴에 오면서 바니아에게 스키를 사준 적이 있다. 바니아는 집 마당을 얇게 덮고 있는 눈 위에서 스키를 타보더니 스케이트와는 달리 몸의 균형을 잡기가 그리 어렵지 않다는 것을 알게 되었다. 하지만 스키를 타러간다는 기대감, 스키를 탈 수 있다는 자신감은 실제로 스키를 타는 행위보다 훨씬 더 큰 즐거움을 주었던 것이 사실이다.

바니아는 우리와 함께 여행하는 것을 좋아했다. 새로운 장소를 방문한 후에는 거기에서 경험했던 일을 몇 달 동안이나 두고두고 이야기했다. 하지만 바니아가 그 무엇보다도 좋아했던 것은 또래 아이들과 함께 노는 것이었다. 가끔 어린이집에 함께 다니는 벤야민이 우리 집에 와서 같이 놀기라도 하면 바니아는 온 세상을 얻은 듯 기뻐했다. 벤야민이 우리 집에 처음 오기로 한 날, 바니아는 전날부터 장난감들을 하나하나 살펴보면서 벤야민이 좋아할지 모르겠다며 고개를 갸우뚱했다. 당시 바니아는 세 살밖에 되지 않았다. 벤야민이 오자 전날 바니아를 괴롭혔던 걱정과 긴장감은 일순간에 사라져버렸다. 둘은 소리를 지르고 까르르 웃음을 터뜨리기도 하면서 온 집 안을 뛰어다니며 즐겁게 놀았다. 저녁때 집으로 돌아간 벤야민은 자기 부모에게 어린이집에서 가장 좋은 친구가 바니아라고 말했다. 잠자리에 들기 전 침대에 앉아 바비 인형을 가지고 놀던 바니아에게 그 말을 전해주었더니, 바니아는 이전에는 단 한 번도 본 적이 없는 낯선 방식으로 반응을 보였다.

"바니아, 오늘 벤야민이 뭐라고 했는지 아니?"

나는 바니아의 침실 문 앞에 서서 말을 걸어보았다.

"아니…?"

바니아는 갑자기 긴장한 듯 진지한 눈빛으로 나를 바라보았다.

"네가 어린이집에서 제일 좋은 친구래."

바니아의 얼굴이 순식간에 환해졌다. 전에는 보지 못한 낯선 표정이기도 했다. 바니아의 얼굴은 즐거움으로 가득해 빛이 날 정도였다. 그런 바니아를 보니 나도 덩달아 기분이 좋아졌다. 그와 동시에 나의 즐거움 속에서는 어두운 그림자도 함께 머리를 들었다. 저렇게 어린 나이에도 타인의 생각과 의견에 그토록 큰 영향을 받을 수 있다는 생각을 하니 불안하고 걱정이 되었기 때문이다. 즐거움과 슬픔 등의 감정은 자기의 내면에 존재하고 거기서부터 우러나야 하는 것이 아니었던가.

한 번은 어린이집에서도 이와 비슷한 일로 바니아가 나를 놀라게 한 적이 있다. 오후에 바니아를 데리러 들어갔더니 바니아가 내게 달려와 승마장에 스텔라도 함께 가면 안 되느냐고 물었다. 나는 당장은 힘들다며 조심스레 거절했다. 그렇게 하려면 미리 스텔라의 부모님께 연락을 해서 허락을 얻어야 하는 등 사전에 계획을 세울 일이 많다고 했더니 바니아는 여간 실망하는 것이 아니었다. 바니아는

85

어깨를 축 늘어뜨리고 다시 스텔라에게 다가갔다. 옷걸이에 걸린 바니아의 비옷을 내리며 살짝 엿들으니, 바니아는 내가 말했던 것을 스텔라에게 그대로 전하는 것이 아니라 스스로 생각해낸 말을 전하는 것이 아닌가.

"가만히 생각해보니 네가 승마장에 가면 많이 지루해할 것 같아. 그냥 가만히 서서 보기만 하면 재미없잖아."

자기의 생각과 느낌보다 상대방의 감정과 반응을 먼저 고려하는 바니아를 지켜보니, 내 모습을 보는 것만 같았다. 그날, 어린이집을 나와서 비 내리는 시민공원을 거쳐 집으로 오는 동안 주변의 풍경을 관찰하는 바니아에게서도 내 모습을 볼 수 있었다. 그런 바니아의 태도는 숨을 쉴 때 들이마시는 공기처럼 눈에 보이지 않게 바니아를 감싸고 있는 것인가, 아니면 유전적인 것인가.

나는 내 아이들에 대한 이러저러한 생각들을 단 한 번도 입 밖에 낸 적이 없다. 물론 린다는 예외다. 그러한 생각들은 아내와 나만 주고받을 수 있는 것이기도 하다. 이토록 은밀하고 복잡한 것들은 집 안에서 소화를 해야 한다. 반대로 바니아가 살고 있는 이 세상의 현실은 바니아의 눈으로 볼 때 참으로 단순하다. 단순한 세상에서 스스로 자신을 표현하는 아이의 방식도 단순하기 그지없다. 복잡성은 단순한 에피소드가 여러 개 합해지면서 만들어지는 부산물일 뿐이다.

아이들은 이런 부산물을 감지해내지 못한다. 린다와 내가 아이들에 대해 머리가 아플 정도로 깊은 이야기를 나눈다 해도 매일매일의 일상을 영위하는 데는 전혀 도움이 되지 않는다. 우리의 일상이라는 것은 예측과 통제가 불가능한 혼란 그 자체이기 때문이다. 어린이집에서 있었던 이른바 '발전을 위한 대화' 시간에 처음 참석했을 때,

보육교사와 원장과 면담을 했다. 그들은 바니아가 보육교사들과 전혀 접촉을 하지 않으려 한다고 했다. 다른 아이들과는 달리 교사들의 무릎 위에 앉으려 하지도 않고, 누가 머리를 쓰다듬어주는 것도 싫어한다는 것이었다. 보육교사는 바니아가 수줍음이 많은 아이라며 좀더 활발하고 자신감 있는 아이로 자랄 수 있도록 함께 생각해보자고 제안했다. 예를 들어 무리 속에서 놀이를 이끄는 역할을 맡긴다든지 스스로 무언가를 제안하도록 만들어 그 책임을 맡기거나 말을 많이 시키는 것도 좋은 방법이라고 했다.

린다는 바니아가 집에선 매우 활발하며 자신감을 가지고 놀이를 스스로 이끌어간다고 대답했다. 또 한 번 입을 열면 폭포수처럼 말을 늘어놓기도 한다고 덧붙였다. 그러나 그들은 바니아가 어린이집에선 정반대로 행동한다고 말했다. 보육교사는 바니아가 우물쭈물 망설이는 태도로 나직하고 불분명한 발음으로 말을 하며 어휘력도 좋지 않다면서 급기야는 언어장애 치료사를 한 번 찾아가 보는 게 어떻겠느냐고 제안했다. 그뿐만 아니라 그는 미리 준비해놓은 듯 시내에 있는 언어장애 치료원 광고지를 우리에게 내밀기도 했다. 나는 이 나라 사람들이 제정신이 아니라고 생각했다. 언어장애 치료사? 정말 이런저런 치료사, 이런저런 기관에 맡기면 세상의 모든 일이 해결된다고 생각하는 걸까? 세상에! 바니아는 이제 세 살밖에 안 되었는데!

"아닙니다. 언어장애 치료사라뇨. 고려해볼 생각도 없습니다."

상담이 시작된 후 내가 던진 첫마디였다. 그때까지는 그들과 린다만 말을 주고받았다.

"시간이 흐르면 저절로 나아질 것이라 확신합니다. 저는 세 살이 된 후에야 말을 시작했습니다. 그전에는 단어만 몇 개 겨우 말할 수

87

있을 정도였는데, 그나마 그것도 제 형만 알아들을 수 있었지 다른 사람들은 전혀 못 알아들었어요."

그들은 미소를 지었다.

"하지만 일단 말을 시작하고 나서는 긴 문장도 거침없이 구사하곤 했어요. 언어 발달 상황은 개인에 따라 다릅니다. 아직은 우리 바니아를 언어장애 치료사에게 보낼 생각이 없습니다."

"네, 이 일은 전적으로 부모님께 달려 있습니다."

원장인 올라프가 끼어들었다.

"하지만 만약을 위해서 이 안내서를 가져가시는 것이 좋을 것 같군요. 집에 가서서 한 번 찬찬히 읽어보시고 생각해보시기 바랍니다."

"알겠습니다."

나는 바니아의 머리카락을 한 손으로 쓸어 올린 후, 손가락으로 아이의 목을 쓰다듬어주었다. 평소 아이는 내가 이렇게 쓰다듬어주면 좋아하며 안정을 되찾았다. 잠자리에 들기 직전에는 특히 더 좋아했는데, 어쩐 일인지 오늘은 몸을 홱 돌리며 내 손을 빠져나가는 것이 아닌가.

식탁 맞은편에 앉아 있던 여인은 미아와 대화를 나누기 시작했다. 미아는 그녀의 말을 꽤 진지하게 듣고 있었다. 프리다와 에릭은 빈 접시와 포크, 나이프 등을 가져와 세척기 속에 집어넣었다. 상에 오를 다음 음식은 커다란 산딸기로 장식한 하얀 생크림 케이크였다. 케이크 위에는 양초가 다섯 개 꽂혀 있었고, 그 옆에는 무설탕 사과 주스가 차곡차곡 쌓여 있었다.

옆에 앉아 내게 등을 돌린 채 다른 사람들의 이야기에 귀를 기울이고 있던 구스타브가 갑자기 바니아와 나를 향해 고개를 돌렸다.

"바니아! 오늘 재미있게 잘 놀았니?"

바니아는 대답도 하지 않았고 그와 눈도 마주치지 않았다. 그러자 그는 나를 흘끗 쳐다보았다.

"요케와 함께 언제 한 번 우리 집에도 놀러와, 바니아."

그는 나를 향해 눈을 찡긋해 보이며 말을 이었다.

"그럴래?"

"네."

바니아가 갑자기 정신이 든 듯 눈을 휘둥그레 뜨며 대답했다. 요케는 어린이집에서 가장 나이가 많고 몸집도 큰 소년이었다. 그러니 바니아로서는 요케의 집에 놀러간다는 건 지금껏 생각지도 못했던 일이었다.

"그럼 그렇게 하자."

구스타브는 와인을 한 모금 마신 후 손등으로 입술을 닦았다.

"글 쓰는 일은 잘 되나요?"

나는 어깨를 추어올렸다.

"네, 매일 글을 쓰긴 해요."

"집에서 글을 쓰시나요?"

"네."

"그럼, 집에 앉아 영감이 떠오를 때까지 기다리는 거예요?"

"아닙니다. 그런 식으로는 글을 쓸 수가 없어요. 당신이 매일 직장에서 일을 하듯 저도 매일 글을 써야 합니다."

"흠, 흥미롭군요. 아주 흥미로워요. 그런데 집에 있으면 집중하기가 쉽지 않을 텐데…"

"괜찮아요."

"그렇다면야 뭐…"

프리다가 소리 높여 외쳤다.

"모두 거실로 가요. 스텔라를 위해 생일 축하노래를 부를 시간이 왔어요."

그녀는 주머니에서 라이터를 꺼내 케이크 위의 양초에 불을 붙였다.

"케이크가 참 예쁘네요."

미아가 말했다.

"그렇죠? 보기만 좋은 게 아니라 몸에도 좋아요. 생크림에 설탕이 하나도 안 들어갔다니까요."

그녀가 케이크를 들어올렸다.

"에릭, 거실 불을 좀 꺼주겠어요?"

부엌에 모여 있던 사람들은 자리에서 일어나 하나둘 거실로 걸음을 옮기기 시작했다. 나는 바니아의 손을 잡고 그들의 뒤를 따랐다. 초를 켠 케이크를 들고 프리다가 거실에 들어섰을 때, 나는 바니아와 함께 겨우 벽 쪽에 자리를 잡고 설 수 있었다. 프리다는 거실 탁자 앞에 서서 노래를 부르기 시작했다.

"생일 축하합니다."

사람들이 하나둘 노래를 따라 부르자 곧 작은 거실 안은 노랫소리로 가득했다. 스텔라는 반짝이는 눈빛으로 케이크를 바라보았다.

"이제 불을 꺼도 되나요?"

프리다는 노래를 부르며 스텔라에게 고개를 끄덕여보였다.

노래가 끝나자 모두 손뼉을 쳤다. 거실의 불이 켜지자 어른들은 아이들을 위해 케이크를 자르기 시작했다. 바니아는 다른 아이들과 함께 탁자 앞에 앉으려 하지 않았다. 나는 바니아와 함께 벽에 등을 기댄 채 바닥에 쭈그리고 앉았다. 바니아는 무릎 위에 케이크를 담을 접시를 올려놓았다. 문득 나는 바니아가 새로 산 신발을 신지 않고 있다는 것을 알았다.

"네 황금색 신발은 어디 있니?"

"그 신발, 거지 같아!"

"아니야, 그 신발 굉장히 예뻐. 공주님 신발 같잖아!"

"아니야. 거지 같아!"

"신발 어디 있니?"

바니아는 대답하지 않았다.

"바니아!"

바니아는 나를 쳐다보았다. 입술에는 하얀 생크림이 묻어 있었다.

"저기!"

바니아는 턱으로 다른 쪽 거실을 가리켰다. 나는 자리에서 일어나 그곳으로 가 둘러보았지만 바니아의 신발은 어디에도 보이지 않았다. 바니아에게 되돌아온 나는 신발이 어디 있냐고 다시 물어보았다.

"신발을 어디에 두었니? 저기 가도 없던데?"

"꽃 옆에."

꽃? 나는 왔던 곳으로 되돌아가 창틀에 놓인 화분을 살펴보았다. 신발은 거기에도 없었다.

그렇다면 바니아는 유카 종려수를 꽃이라고 말한 걸까?

그랬다. 바니아의 황금색 신발은 종려수 화분 속에 있었다. 나는 신발을 들어올려 대충 흙을 털어낸 후 욕실로 가서 나머지 흙을 깨끗이 털어냈다. 깨끗해진 신발을 바니아의 재킷을 걸쳐놓은 의자 밑에 놓아두었다.

모두 케이크를 먹느라 조용해진 틈을 타, 나는 바니아에게 기회를 다시 주고 싶었다. 어쩌면 지금쯤은 다른 아이들과 어울리는 일이 그리 어렵게 느껴지지 않을지도 모른다.

"나도 케이크를 좀 먹어볼까. 부엌에 가서 먹을 테니 너는 여기서 좀 놀래? 필요하면 아빠한테 오고. 알았지?"

"알았어, 아빠."

부엌문 위에 걸려 있는 시계는 이제 겨우 오후 6시 30분을 가리키고 있었다. 집에 돌아가는 사람은 아무도 없었다. 분위기상 우리도 조금 더 머물러야 할 것 같았다. 나는 케이크를 얇게 썰어 접시에 담아 식탁 의자에 앉았다. 조금 전 내가 앉아 있던 자리엔 다른 사람이 앉아 있어서 나는 그 맞은편에 앉아야만 했다.

"여기 커피도 있으니 원하시면 직접 따라 드세요."

에릭의 입가에는 무언가를 궁금해하는 듯한 미묘한 미소가 걸려 있었다. 분명함과는 거리가 멀지만 언뜻 의미심장해 보이는 미소. 나는 그것이 자기 자신을 의미 있는 존재로 나타내 보이기 위한 하나의 기술이라는 것을 잘 알고 있었다. 그것은 그저 그런 작가가 자신의 글을 마치 대단한 것이라도 되는 양 모호함으로 포장하는 것과 그리 다르지 않다.

아니, 어쩌면 그는 정말로 무언가를 꿰뚫어보고 있었을지도 모른다.

"네, 고맙습니다."

나는 자리에서 일어나 스텔톤 보온병에 들어 있는 커피를 잔에 따랐다. 다시 의자에 앉으니 에릭은 어느새 거실로 나가버리고 없었다. 프리다는 커피머신 앞에 서서 자랑을 늘어놓고 있었다. 커피머신이 너무 비싸 처음엔 구입할 엄두도 못 냈다가 결국 큰맘 먹고 샀더니 비싼 만큼 좋다는 것을 깨달았다나. 사용하면 사용할수록 좋은 점만 드러나 아직도 구입을 후회하지 않고 있으며, 이런 기계 하나쯤은 집집마다 마련해두는 것이 좋을 것이라는 말도 했다. 리누스는 스미스 & 존스 커피머신을 본 적이 있다고 옆에서 거들었다. 그것은 두 부분으로 나뉘어 있는데 하나는 원두를 갈아내고 다른 하나는 커피 물을 우려내는 것이라 했다. 그는 갈아놓은 원두에서 커피 물을 우려내자 기계 속에 원두 찌꺼기가 하나도 남아 있지 않아 너무나 놀랐다고 덧붙였다. 그의 말에 웃는 사람은 아무도 없었고, 리누스는 의기양양하게 두 손을 활짝 벌려보였다.

"커피 역사의 일부일 뿐이에요. 커피와 관련된 재미있는 이야기를 더 알고 계시는 분 없습니까?"

부엌문께 바니아가 서 있었다. 시선으로 식탁 주변을 훑던 바니아는 나를 발견하자 한걸음에 달려왔다.

"집에 가고 싶니, 바니아?"

바니아는 고개를 끄덕였다.

"그래, 사실은 나도 집에 가고 싶어. 케이크를 마저 먹고 집에 가자. 아, 커피도 다 마셔야지. 그동안 아빠 무릎 위에 앉아 있을래?"

나는 다시 고개를 끄덕이는 바니아를 안아 무릎 위에 앉혔다.

"바니아, 오늘 와줘서 참 고맙구나."

프리다는 식탁 너머로 미소를 건네며 말했다.

"곧 낚시놀이를 해야지. 너도 함께할 거지?"

바니아는 말없이 고개를 끄덕였고, 프리다는 리누스를 향해 고개를 돌렸다. 마침 리누스는 프리다가 텔레비전에서 즐겨 보는 HBO 시리즈에 대해 이야기를 하고 있었다.

"너도 낚시놀이를 하고 싶니? 그러면 좀더 기다렸다가 놀이를 끝낸 후에 집에 갈까?"

바니아는 고개를 저었다.

낚시놀이는 아이들이 작은 장난감 낚싯대에 줄을 매달아 커튼 뒤로 던지면, 그 뒤에 숨어 있던 어른이 낚싯줄에 군것질거리나 작은 장난감이 든 봉지를 걸어주는 놀이다. 나는 무설탕에 채소에 몸에 좋은 것만 찾아 먹는 이 집 사람들이라면 낚싯줄에 걸어주는 봉지 속에도 완두콩이나 냉이를 넣어둘 것이 틀림없다고 생각하면서, 바니아 옆으로 포크를 내려 접시로 가져갔다. 케이크 옆부분을 살짝 잘라보았더니 갈색 빵 속에는 하얀 크림과 노란 크림, 빨간 잼이 층층으로 모습을 드러냈다. 나는 포크를 살짝 비틀어 포크 위에 케이크 조각을 얹은 다음 다시 바니아 옆으로 올려 입으로 가져갔다. 케이크의 빵은 부석부석했고, 크림에는 단맛이라곤 전혀 없어 이맛살이 절로 찌푸려졌다. 하지만 커피 한 모금으로 입을 헹구니 나쁘진 않았다.

"너도 한 조각 먹을래?"

바니아는 고개를 끄덕였다. 바니아의 입에 케이크 한 조각을 넣어주니 바니아는 나를 올려다보며 미소를 지었다.

"잠시 거실로 나가보자. 다른 애들이 뭘 하는지 볼 겸. 마음이 내키면 낚시놀이를 해도 되고 말이야."

"집에 간다고 했잖아!"

"좋아. 그러면 집에 가자."

나는 포크를 접시 위에 내려놓고 커피잔을 비운 뒤 바니아를 바닥에 내려놓았다. 의자에서 일어나 부엌을 둘러보았으나 눈을 마주쳐오는 이는 아무도 없다.

"이제 저희는 집에 가봐야겠습니다."

말을 마치는 순간, 한 손에 대나무 작대기를 들고 다른 한 손에는 헴큅 로고가 찍힌 비닐봉지를 든 에릭이 부엌으로 들어왔다.

"낚시놀이를 할 사람은 모두 거실로 오세요!"

몇 명은 자리에서 일어나 에릭을 따라나섰고, 몇 명은 계속 자리에 앉아 있었다. 집으로 가야겠다는 내 말을 들은 사람은 아무도 없는 것 같았다. 부엌에 있는 사람들은 저마다 각기 다른 곳에 관심을 두고 있었기에 작별 인사를 되풀이할 필요는 없어 보였다.

나는 바니아의 어깨에 손을 얹고 거실로 나갔다. 에릭은 거실 한가운데 서서 "낚시놀이를 시작하겠습니다!"라고 소리치고 있었다. 아이들은 우리 곁을 지나쳐 서둘러 에릭 옆으로 모여들었다. 에릭 앞에는 하얀 천으로 만든 벽이 서 있었다. 에릭은 마치 우두머리라도 된 듯 아이들에게 자리에 앉으라고 위엄 있는 목소리로 말했다. 바니아에게 재킷을 입히기 위해 현관에 서 있던 나는 그들의 움직임을 한눈에 볼 수 있었다.

좀 작은 듯한 빨간 파카의 지퍼를 올리고, 빨간 '폴라른 오흐 퓌렛' 모자를 씌워 턱 아래의 끈을 묶은 뒤, 바니아 앞에 발만 찔러넣으면 되도록 장화를 가지런히 놓아주었다. 바니아가 장화를 신은 후 나는 발목 뒤쪽에 있는 지퍼를 올려주었다.

"이젠 작별 인사를 하고 집에 가면 돼."

바니아는 안아 달라는 의사표시로 내 앞에서 두 팔을 번쩍 치켜들었다.

"혼자 갈 수 있잖아?"

바니아는 고개를 저으며 두 팔을 더 높이 치켜들었다.

"알았어. 아빠 옷부터 먼저 입고 안아줄게."

낚시놀이의 첫 번째 주자는 벤야민이었다. 그가 낚싯줄을 던지니 하얀 장막 뒤에 숨어 있던 에릭이 얼른 군것질 봉지를 낚싯줄에 매달고 살짝 잡아당겼다.

"고기를 잡았어! 고기가 잡혔다고!"

벤야민이 소리쳤다.

벽 쪽에 나란히 서 있던 학부모들은 그 모습을 보며 미소를 지었고, 바닥에 앉아 있던 아이들은 환성을 질렀다. 다음 순간 벤야민이 낚싯줄을 감아올리자 그 끝에 빨래집게로 고정되어 있는 빨갛고 하얀 '헴쾹' 봉지가 모습을 드러냈다. 벤야민은 봉지를 잡아채 아이들에게서 한 걸음 떨어진 곳으로 물러나 봉지 안을 살펴보았다.

테레사가 어머니의 도움을 받아 낚싯대를 이어받았다. 나는 목도리를 칭칭 감고 작년 봄 스톡홀름의 '폴 스미스'에서 구입한 파일럿 점퍼처럼 생긴 푸른 재킷의 단추를 채웠다. 역시 같은 가게에서 산 모자를 눌러쓴 나는 벽 쪽에 산더미처럼 쌓여 있는 낯선 신발들 사이에서 노란 끈이 달린 검은색 '랭글러' 신발을 찾아 신었다. 그 신발은 언젠가 문학 행사에 참가하러 코펜하겐에 갔다가 얼떨결에 산 것인데 한 번도 좋아한 적이 없다. 게다가 색깔까지 바랜 그 신발을 보면 문학 행사 때 무대 위에 서서 내게 던져지는 그 열정적이고 지성적인 질문들에 단 한마디도 그럴듯한 대답을 하지 못했다는 자괴감이 서서히 되살아나 괴롭기까지 하다. 그런데도 그 신발을 버리지 못하고 계속 신고 다니는 이유는 그만큼 경제적 여유가 없다는 뜻이다. 아, 검은색 신발에 노란색 끈이라니!

나는 신발끈을 묶고 허리를 폈다.

"이제 다 됐어."

바니아는 다시 팔을 치켜들었다. 나는 바니아를 안은 채 작별 인사를 제대로 하고 가려고 부엌으로 성큼성큼 걸어 들어갔다. 거기에는 학부모 네댓 명이 앉아 대화를 나누고 있었다.

"이제 가보겠습니다. 안녕히 계세요. 덕분에 즐겁게 잘 놀다 갑니다. 감사합니다."

"감사합니다. 안녕히 가세요."

리누스가 인사를 받아주었다. 구스타브는 손을 들어 경례를 하듯 이마로 가져갔다.

현관으로 가다가 벽에 기대서서 아이들을 바라보면서 미소를 짓고 있는 프리다의 어깨에 손을 살짝 얹었다.

"초대해주셔서 감사합니다. 덕분에 좋은 시간 보냈어요."

"아니 벌써 가시려고요? 바니아는 아직 낚시놀이도 못 했는데?"

나는 '아이들은 원래 그렇잖아요'라고 말하듯 의미심장한 미소를 지어보였다.

"네, 할 수 없죠 뭐. 오늘 와주셔서 감사합니다. 안녕히 가세요. 바니아도 잘 가!"

"잠깐만 기다려보세요!"

테레사 옆에 서 있던 미아가 소리쳤다.

그녀는 하얀 커튼 뒤로 걸어가 허리를 굽혀 에릭에게 무슨 말인가를 속삭였다. 보아하니 바니아 몫의 봉지를 미리 주면 안 되겠느냐는 말 같았다. 잠시 후 에릭이 바니아에게 다가왔다.

"바니아, 이걸 집으로 가져가. 원하면 헤이디와 나눠 먹어도 돼."

"나눠 먹기 싫어요!"

바니아는 봉지를 두 손으로 꼭 끌어안았다.

"감사합니다. 모두 안녕히 계세요."

내가 작별 인사를 하자 스텔라가 고개를 돌려 우리를 바라보았다.

"바니아, 벌써 집에 가려고? 왜?"

"잘 있어, 스텔라. 생일 파티에 초대해줘서 고마워."

나는 바니아 대신 스텔라에게 인사를 하고 현관을 나섰다. 어둑한 계단을 내려와 출입문을 열고 거리로 나서니 건물 사이로 들려오는 사람들의 목소리, 발소리, 자동차의 엔진소리가 파도처럼 높아졌다 낮아졌다 하며 귓전을 스쳤다. 바니아는 양팔로 내 목을 감싸고 내 어깨에 머리를 기댔다. 뜻밖이었다. 그것은 평소 헤이디가 하는 행동이었다. 바니아는 내게 안겨 있어도 머리를 기대는 일이 전혀 없었다.

불을 환하게 켠 택시 한 대와 유모차를 함께 끌고 가는 남녀 한 쌍이 우리 곁을 차례차례 지나쳤다. 여자는 20대 정도로 보였고 머리에는 스카프를 두르고 있었다. 슬쩍 훔쳐보니 진한 화장 아래로 드러난 거친 피부가 한눈에 보였다. 함께 가는 남자는 내 나이 또래 정도 되는 것 같았는데 안절부절못하며 사방을 두리번거리고 있었다. 유모차는 건드리기만 하면 부서질 것 같았고 바퀴 위로는 꽃줄기 같은 작대기가 삐죽이 솟아 있었다. 맞은편에서는 열대여섯 살쯤 되어 보이는 소년들이 무리를 지어 걸어오고 있었다. 검은색으로 염색을 하고 젤을 발라 뒤로 빗어넘긴 머리카락, 검은색 가죽 재킷, 검은색 바지. 그중 둘은 발톱 근처에 '퓨마' 로고가 찍힌 검은색 구두를 신고 있었다. 나는 그 신발을 신은 사람을 볼 때마다 바보 같다는 생각을 해왔다. 황금색 목걸이를 한 그들은 팔을 흐늘흐늘 휘저으며 걸었다.

신발.

젠장. 신발을 잊고 가져오지 않았다.

걸음을 멈추었다.

그냥 두고 갈까?

아니, 멀리 오지도 않았는데 그냥 두고 가다니. 말도 안 되는 일이었다.

"바니아, 다시 스텔라 집에 가야겠어. 네 황금색 신발을 깜박 잊고 왔지 뭐니."

바니아는 머리를 치켜들고 칭얼거렸다.

"그 신발 싫어."

"나도 알아. 하지만 거기 그냥 두고 올 수는 없잖니. 일단 집으로 가져가자. 네가 정말 싫다면 앞으로 그 신발을 안 신어도 돼."

나는 서둘러 계단을 올라가 바니아를 내려놓고 대문을 열었다. 거실 쪽으론 눈길도 주지 않고 바니아의 신발만 집어들고 나오다가 벤야민과 눈이 마주쳐버렸다. 하얀 셔츠를 입은 벤야민은 장난감 차를 들고 바닥에 앉아 놀고 있었다.

"안녕!"

벤야민은 내게 손을 흔들어주었다.

나는 미소를 지어보였다.

"안녕, 벤야민!"

대문을 닫고 바니아를 안아 올린 나는 다시 계단을 내려왔다. 거리로 나오니 쌀쌀한 저녁 기운이 느껴졌다. 가로등과 상점들, 지나가는 차들이 내뿜는 불빛, 고층 건물들의 환한 불빛은 구름 낀 하늘의 별빛을 대신하는 듯했다. 어둑한 하늘에 보이는 건 힐튼 호텔 꼭대기에 걸쳐 있는 둥그런 달뿐이었다.

숨결이 만들어내는 하얀 김이 머리 위로 치솟아 오르고 내리막길을 걷는 발걸음이 점점 더 빨라지자, 내 목을 감싼 바니아의 양팔에도 힘이 들어가기 시작했다.

"아빠, 헤이디가 이 신발을 가지고 싶어 할지도 몰라."

바니아가 뜬금없이 말했다.

"그래, 헤이디가 너만큼 크면 그 신발을 신어도 될 거야."

"헤이디는 신발을 참 좋아하잖아."

"네 말이 맞아."

몇 마디 말을 주고받은 우리는 다시 말없이 걸었다. 슈퍼마켓 옆에 있는 바게트 전문점 '서브웨이' 창 너머로는 정신이 혼미한 백발노인이 앉아 우리를 뚫어지게 바라보고 있었다. 그 노인은 매우 호전적이고 가끔 무슨 일을 저지를지 모를 만큼 한 치 앞을 예상하기가 힘든 사람이었다. 온종일 할 일 없이 거리를 돌아다니며 가끔은 큰 소리로 혼잣말을 하기도 했다. 그 노인은 백발의 머리카락을 한 가닥으로 묶고 여름이나 겨울이나 베이지색 코트 한 벌만 입고 다녔다.

"아빠, 나도 생일이 되면 생일 파티를 할 거야?"

"네가 원한다면."

"응, 난 생일 파티를 했으면 좋겠어. 내 생일 파티에는 헤이디랑 엄마랑 아빠를 초대하고 싶어."

"아주 좋은 생각이구나. 조촐하고 정겨운 생일 파티가 될 거야."

나는 오른팔로 안고 있던 바니아를 왼팔로 옮기며 말했다.

"아빠, 내가 생일 선물로 뭘 받고 싶은지 알아?"

"글쎄, 잘 모르겠는데…"

"금붕어! 금붕어를 받으면 좋겠어."

"흠… 금붕어를 선물로 받게 되면 아주 잘 키워야 할 텐데, 우리 바니아가 해낼 수 있겠어? 매일 먹이를 주고 가끔 어항의 물도 갈아줘야 하거든. 그런 일을 하려면 적어도 다섯 살은 되어야 하지 않겠니?"

"난 먹이를 줄 수 있어! 이로도 금붕어를 키우는걸. 그 애는 나보다 훨씬 작아."

"그렇군. 한 번 생각해보자, 바니아. 그런데 생일 선물은 비밀로 해야 하는 거 아니야? 이렇게 미리 말해버리면 생일 선물의 의미가 없어지잖아."

"비밀? 그게 뭐야? 아무도 모르는 거 말이야?"

나는 고개를 끄덕여보였다.

제기랄! 이런, 제기랄! 2미터쯤 떨어진 곳에서 한 얼빠진 미친 여자가 소리를 질렀다. 그녀는 우리의 움직임을 감지했는지 흘낏 뒤를 돌아보았다. 오, 그녀의 두 눈은 몹시 사악해보였다.

"그 신발 어디서 샀어? 그 거지 같은 신발을 어디서 샀난 말이야? 그건 그렇고 내 말 좀 들어봐!"

그녀는 내게 말을 걸었다가 다시 고개를 돌려 욕을 해댔다.

"오, 제기랄! 이 병신 같은 세상!"

"저 아줌마가 지금 뭐라 하는 거야?"

바니아가 내게 물었다.

"아무것도 아냐."

나는 바니아를 더욱 힘주어 꼭 껴안았다.

"너는 내게 이 세상에서 가장 귀중한 사람이란다, 바니아. 알고 있니? 이 세상에서 가장 예쁘고 귀한 사람."

"헤이디보다 내가 더 예뻐?"

나는 미소를 지었다.

"너희 둘은 똑같이 예뻐. 너와 헤이디는 누가 더 예쁘고 덜 예쁘다 할 수 없을 만큼 아주 똑같이 예쁘단다."

"헤이디가 더 예뻐!"

바니아는 아주 당연한 사실을 말하기라도 하듯 감정이 섞이지 않은 중립적인 목소리로 말했다.

"바보 같은 소리! 이 장난꾸러기 아가씨야!"

바니아는 살짝 미소를 지었다. 나는 바니아의 등 뒤에 있는 텅 빈 슈퍼마켓을 창 너머로 들여다보았다. 나란히 세워져 있는 진열대 위에는 온갖 상품이 불빛을 반사해내고 있었다. 계산대에는 두 여인이 지루한 듯 마주 보며 앉아 손님이 오기만을 기다리고 있었다.

횡단보도 건너편에서 엔진소리가 들려왔다. 고개를 돌리니 최근 몇 년 동안 부쩍 자주 눈에 띄었던 거대한 지프 차량이 만들어내는 소리라는 것을 알 수 있었다. 문득 바니아를 향한 애정이 너무나 크고 깊어 온몸에 저릿한 전율을 느꼈다. 나는 그 저릿한 느낌을 떨치기 위해 걸음을 더욱 빨리 옮기기 시작했다.

낮에는 벨리댄스와 가라오케를 즐길 수 있고 밤에는 애프터 셰이브 향을 강하게 풍기는 남자가 문을 지키는 터키 레스토랑 '앙카라'를 지나쳤다. 열린 문으로 슬쩍 안을 들여다보니 텅 비어 있었다. 버거킹 앞 벤치에는 모자를 쓰고 장갑을 낀 뚱뚱한 소녀가 앉아 게걸스럽게 햄버거를 입안으로 쑤셔넣고 있었다. 길 건너편에는 주류상점과 상업은행이 나란히 보였다. 지나가는 차는 한 대도 없었지만, 나는 빨간불이 켜진 신호등 앞에 서서 파란불이 들어오기를 기다렸다. 나는 바니아를 숨이 막힐 정도로 꼭 껴안고 있었다.

"저기 달이 보이니?"

나는 손가락으로 하늘을 가리키며 바니아에게 물어보았다.

"응… 그런데 달에 사람이 간 적이 있었어, 아빠?"

바니아는 인산이 달에 착륙한 적이 있었다는 것을 잘 알고 있었다. 그런데도 질문을 던지는 이유는 내가 그런 이야기하기를 무척 좋아한다는 것을 알고 있기 때문이리라.

"그래. 아빠가 세상에 갓 태어났을 때 우주 비행사 셋이 달로 날아 갔지. 너무너무 멀어서 달까지 가는 데는 며칠이나 걸렸단다. 달에 도착한 비행사들은 달 표면에서 걷기도 했어."

"날아간 게 아니라 우주선을 타고 갔어."

"맞아, 네 말이 맞아."

파란 신호등 불빛 아래 횡단보도를 건넌 우리는 아파트가 있는 광장 쪽으로 걸음을 옮기기 시작했다. 길가에 서 있는 현금 인출기 앞에서는 가죽 재킷을 입은 빼빼 마른 남자가 돈을 찾고 있었다. 어깨까지 내려오는 긴 머리의 남자는 기계가 뱉어내는 카드를 한 손으로 받아쥐고 다른 한 손으로는 이마 위로 흘러내리는 머리카락을 쓸어 넘겼다. 그의 움직임은 너무나 여성스럽다 못해 코믹하기까지 했다. 헤비메탈풍의 옷차림을 한 사람이라 어둡고 딱딱하고 남성적인 분위기를 기대했기에 더 이상하게 보였던 것 같다.

기계가 뱉어낸 영수증들은 남자의 발치에 산더미처럼 쌓여 있었다. 문득 불어온 바람 한 줄기에 영수증들은 소용돌이를 치며 위로 솟아올랐다.

나는 주머니에 손을 넣어 열쇠꾸러미를 끄집어냈다.

"저건 뭐야, 아빠?"

바니아는 아파트 옆, 테이크아웃을 전문으로 하는 타이 레스토랑 앞 커다란 슬러시 머신 두 대를 가리키며 물었다.

"슬러시! 너도 알고 있는 거잖아?"

"먹고 싶어!"

"안 돼! 혹시 너, 배고프니?"

"응."

"닭고기 꼬치구이를 사줄까? 그거 먹을래?"

"응.

"오케이."

나는 바니아를 내려놓고 가게 문을 열었다. 너무나 조그만 가게
라 마치 벽에 뚫린 구멍 속으로 들어가는 것 같은 느낌이 들었다. 이
가게는 매일 그 위에 있는 일곱 개 층에 삶은 면과 튀긴 닭고기 냄새
를 올려보낸다. 45크로네를 내면 주인은 작은 종이 박스에 서로 다
른 두 가지 음식을 섞어 넣어준다. 나는 이전에도 야윈 몸에 표정 없
는 얼굴로 아침부터 저녁까지 열심히 일하는 이 아시아 여성에게서
자주 음식을 사먹었다. 그녀의 입은 항상 반쯤 열려 있었고, 벌린 입
으로는 윗잇몸이 다 드러나 보였다. 그녀는 손님이 무슨 말을 해도
항상 무덤덤한 눈빛으로 음식을 담아주었다. 부엌에서는 젊은 남자
둘이 일하고 있었고 가끔 50대로 보이는 나이 많은 남자도 볼 수 있
었다. 이 남자의 얼굴에도 표정이 없기는 마찬가지였지만 여자와 비
교해 좀더 호의적인 분위기를 느낄 수 있었다. 나는 가끔 건물 지하
의 미로 같은 복도에서 그와 마주치기도 했다. 그는 창고로 물건을
들여오거나 내가기 위해서였고, 나는 쓰레기를 버리거나 빨래를 하
거나 또는 자전거를 세워두기 위해 지하로 내려갈 때가 있었기 때문
이다.

"네가 직접 들어볼래?"

나는 바니아에게 주문한 지 20초도 되지 않아 건네받은 따뜻한
음식 상자를 주었다. 바니아는 고개를 끄덕였고, 나는 음식값을 지
불한 다음 가게 옆에 자리한 아파트 출입문을 열고 복도로 들어섰
다. 바니아는 엘리베이터 단추를 누르기 위해 음식 상자를 바닥에
잠시 내려놓았다.

바니아는 엘리베이터의 층을 표시하는 빨간 숫자를 큰 소리로 읽

었다. 우리 집 대문 앞에 이르자 바니아는 음식 상자를 내게 다시 건네주고 문을 열자마자 엄마를 소리쳐 불렀다.

"신발부터 벗어야지."

나는 바니아를 불러세웠다. 그 순간 거실에 있던 린다가 현관으로 나왔다. 거실에서는 텔레비전 소리가 크게 들려왔다.

무언가 썩는 듯한 퀴퀴한 냄새가 코를 찔렀다. 현관 구석에 접어 놓은 유모차 옆에 작은 기저귀 봉투 두 개와 커다란 쓰레기봉투 한 개가 눈에 띄었다. 헤이디의 신발과 재킷은 현관 바닥에 널브러져 있었다.

젠장, 린다는 왜 헤이디의 옷을 옷걸이에 걸어두지 않고 이렇게 내버려둔 걸까.

현관에는 온갖 옷가지와 장난감, 낡은 광고 전단지, 유모차, 핸드백, 물병들로 발 디딜 틈이 없었다. 린다는 오후 내내 집에 있었으면서도 손 하나 까딱하지 않았던 것이다.

물론 소파에 누워 텔레비전 볼 시간은 있었을 것이다.

"낚시놀이를 하지도 않았는데 과자가 담긴 봉지를 받았어!"

보아하니 바니아에겐 생일 파티에서 가장 중요한 것이 바로 그것 이었다는 생각이 들어 웃음이 터져 나왔다. 내가 허리를 굽혀 바니아의 신발을 벗겨주는 동안에도 바니아는 얼른 집 안으로 들어가고 싶어 몸을 흔들흔들하며 조급해했다.

"아킬레스와도 놀았어!"

"재미있었겠구나."

린다는 바니아 앞에 무릎을 굽히고 앉았다.

"봉지 안에 뭐가 들어 있는지 살펴볼까?"

바니아는 린다의 코앞에서 자랑스럽게 봉지를 열어보였다.

아니나 다를까. 봉지 안에 들어 있는 군것질거리도 친환경 자연식품이었다. 얼마 전 쇼핑센터 내에 문을 연 가게에서 산 것이 틀림없었다. 서로 다른 색의 초콜릿을 입힌 갖가지 콩과 사탕, 건포도 비슷하게 보이는 낯선 것들.

"지금 먹어도 돼?"

"닭꼬치부터 먹어. 부엌에서."

나는 바니아의 재킷을 옷걸이에 걸고, 신발을 신발장에 넣은 다음 부엌으로 갔다. 상자 안에 들어 있는 닭고기 꼬치와 스프링롤, 면을 접시에 담은 후 포크와 나이프를 꺼내고 컵에 물을 채워 바니아 앞에 차려주었다. 식탁 위에는 형형색색의 사인펜과 물감을 담은 팔레트, 물과 붓, 도화지 등으로 빈틈이 없었다.

"당신은 어땠어요? 재미있었어요?"

린다가 바니아 옆에 앉으며 내게 물었다.

나는 고개를 끄덕이며 조리대에 몸을 기대고 서서 팔짱을 꼈다.

"헤이디는 집에 오자마자 금방 잤어?"

"아니에요. 열이 좀 있는 것 같았어요. 그래서 짜증을 냈는지도 몰라요."

"또?"

"음… 하지만 열은 그리 높지 않았어요."

나는 한숨을 쉬며 몸을 돌렸다. 거품을 머금은 싱크대의 물속에는 더러운 접시가 산더미처럼 쌓여 있었다.

"도대체 집 안 꼴이 이게 뭐야! 집에 와선 뭘 보고 있었어?"

"만화영화 보고 싶어!"

바니아가 투덜거렸다.

"지금은 안 돼. 곧 잘 시간이잖아."

"보고 싶단 말이야!"

"뭘 보고 있었냐고 물었잖아!"

나는 린다의 눈을 똑바로 쳐다보며 물었다.

"무슨 말이에요?"

"특별한 건 없어. 집에 오니 당신이 텔레비전을 보고 있기에. 그냥 뭘 보고 있었는지 궁금해서 물어봤을 뿐이야."

이번에 한숨을 쉰 사람은 린다였다.

"자러 가기 싫어!"

바니아는 닭고기 꼬치를 집어 던지려 했다. 나는 얼른 바니아의 팔을 잡았다.

"내려놔!"

"스텔라에게서 얻은 사탕을 먹으면서 10분만 봐."

린다가 끼어들었다.

"내가 방금 안 된다고 했잖아!"

"10분만 보라고 했어요!"

린다가 자리에서 일어나며 말했다.

"그러면 제가 바니아를 재울게요."

"그래? 그러면 설거지는 내가 하란 말이야?"

"지금 무슨 말을 하고 있는 거죠? 당신 하고 싶은 대로 하세요. 저도 오후 내내 헤이디를 돌봐야만 했다고요. 헤이디는 아파서 짜증을 냈는데…"

"담배 한 대 피우고 올게."

"…정말 말이 안 통해. 쳇!"

나는 재킷을 입고 신발을 신은 후 동쪽으로 난 베란다로 나갔다. 나는 자주 그 베란다에 앉아 담배를 피웠는데, 거기 있으면 천장도 있고 눈에 보이는 사람들도 거의 없어서 좋았다. 다른 쪽에 있는 베란다는 아파트 건물 벽을 따라 20미터쯤 길게 이어져 있었고 천장도 없는 데다 아래쪽 광장과 길 건너편 호텔과 쇼핑센터에서부터 마기스트라트 공원까지 이어지는 곳에 항상 사람들이 바글거리고 있어 자주 찾지 않는다.

나는 혼자 있고 싶은 마음뿐이었다. 사람들은 보고 싶지도 않았다. 그래서 코딱지만 한 동쪽 베란다로 가서 구석에 있는 의자에 앉아 담배에 불을 붙였다. 다리를 난간에 올려놓고, 아파트 뒤쪽에 나란히 자리한 건물들의 지붕을 마치 둥근 천장처럼 감싸고 있는 높다란 하늘을 쳐다보았다.

내 눈에 들어오는 풍경은 시시각각으로 변했다. 거대한 산맥과 깎아지른 듯한 절벽, 계곡 등 여러 모양의 구름이 푸른 하늘 한가운데에서 보이더니 다음 순간엔 저 멀리서 비를 머금은 검은 구름이 들이닥쳐 두꺼운 회색 담요처럼 지평선을 덮었다. 여름에 이런 구름이 밀려왔다면 몇 시간 후엔 분명 천둥이 치고 연이어 번개가 쳤으리라. 나는 그런 장대하고 극한적인 하늘의 모습도 좋아하지만 평범한 회색 구름도 좋아한다. 시내의 어둠침침한 무채색 건물들조차도 이 구름들을 배경으로 바라보면 밝고 아름답게 보이니까. 이끼 낀 녹청색 지붕! 주황색 벽돌! 노란 기중기!

잿빛 구름 속에서 아름답게 빛을 발하지 않는 것을 찾을 수 있을까. 평범한 여름날, 밝은 햇살을 담은 푸른 하늘 속에서 유유히 흐르는 구름들은 너무나 가볍고 금방이라도 흩어져버릴 것 같은 무형의 형태를 지니고 있다. 하늘을 향해 솟아오른 건물늘은 이 구름늘 아래서 눈부신 빛을 발한다. 저녁이 오면 지평선을 감싸 안는 은은한 석양의 불꽃 아래서 도시는 타들어갈 듯하다가 가로등 불빛과 길 위로 내려앉는 부드러운 어둠 속으로 젖어들어간다. 그 시간이 되면 도시는 온종일 따가운 햇살 아래 앉아 있다가 행복한 나른함을 느끼는 사람처럼 조용하고 평안한 분위기 속에서 안정을 찾는다. 더욱 짙은 어둠이 내리면 별과 위성, 카스트룹과 스투룹을 오가는 비행기들의 반짝이는 불빛을 볼 수도 있다.

사람들을 보고 싶으면 몸을 굽혀 반대쪽 베란다의 아래쪽을 내려다보면 된다. 거기에선 끝없는 방과 방, 대문과 대문 사이로 나 있는 창으로 얼굴을 알아볼 수 없는 사람들을 만날 수 있다. 어디에선가는 반바지만 입고 냉장고 문을 열어 무언가를 꺼내어 조리대 위에 올려놓는 사람이 있고, 또 다른 어디에선가는 대문이 쾅 닫히는 소리와 함께 코트를 입고 어깨에 핸드백을 걸친 여인이 서둘러 계단을 내려가고 있다. 돌고 도는 계단. 또 다른 곳에는 형체와 느릿느릿한 움직임으로 보아 나이가 꽤 많은 남자가 다리미로 옷을 다리고 있다. 다리미질을 마치고는 불을 끈다. 방은 죽어버린다. 이제 어디로 눈길을 돌려볼까. 위층으로 눈길을 돌리니 한 남자가 팔을 휘저으며 폴짝폴짝 뛰고 있다. 그의 앞에 무언가가 놓여 있다. 갓난아기일까? 다른 창에는 50대 여인이 밖을 내다보고 있다.

저 사람들을 내 시선에서 놓아주어야 한다는 생각이 들었다. 건물의 아래위를 눈으로 훑었던 것은 그 속에 사는 사람들을 자세히 살펴보며 미적 요소를 발견하기 위해서가 아니라 휴식을 취하기 위해서였고, 전적으로 혼자 있음을 즐기기 위해서였으니 말이다.

의자 옆 바닥에 있는 2리터짜리 콜라 라이트병을 집어 들어, 탁자 위에 있는 컵에 콜라를 따랐다. 뚜껑이 없던 병이라 콜라에선 톡 쏘는 맛을 느낄 수가 없었다. 평소 탄산가스 속에 숨어 있던 인공감미료의 쌉쌀한 뒷맛이 더욱 강하게 느껴졌다. 아무래도 좋았다. 나는 음식 맛에는 특별히 신경 쓰는 사람이 아니니.

컵을 내려놓고 담뱃불을 비벼 껐다. 지난 몇 시간 동안 나를 덮쳤던 온갖 느낌과 감정들이 모두 사라지고 없었다. 솔직히 그것들은 나도 모르는 사이에 엄청난 힘으로 나를 파멸시킬 수도 있었다. 다른 사람들과 함께 있을 때 나는 그들에게 제어할 수 없을 정도로 가까이 다가가며 그래서 느끼는 친밀감은 말할 수 없이 크다. 그들의 안녕과 행복은 나의 안녕과 행복보다 훨씬 더 크게 느껴진다. 나는 철저히 그들을 위해 존재하는 사람이 되어 자멸의 경계선까지 다가갈 때도 있다. 그들의 생각과 의견은 내가 제어할 수 없는 어떤 내면적 메커니즘에 따라 내 생각과 감정보다 훨씬 중요한 자리를 차지한다. 하지만 혼자 있을 때면 그들은 내게 아무런 의미도 지니지 않는다. 그건 내가 그들을 좋아하지 않아서도 아니고, 그들에게 환멸을 느껴서도 아니다. 정확히 말하면 정반대다.

나는 내가 만나는 대부분의 사람을 매우 좋아한다. 그중에는 직접적으로 대놓고 좋아할 수 없는 사람도 있다. 하지만 나는 그런 사람들에게서도 항상 내가 동감하거나 연민을 느낄 수 있는 다른 가치를 찾거나 내가 그들과 마주하고 있는 그 순간만큼은 흥미를 느낄 수 있는 다른 면을 찾아내려 노력한다.

내가 그들을 좋아한다는 말은 내가 항상 그들을 위하고 신경을 써준다는 말과는 다르다. 내가 그들에게 친밀감을 느끼는 경우는 그들의 인간성 때문이 아니라 그들과 내가 함께 속해 있는 사회적 조건이 만들어내는 상황 때문이다. 이 두 관점 사이에는 아무것도 존재하지 않는다. 개인적이고 하찮으며 자기파괴적인 좁은 관점과 사회적이고 중대하며 거리감을 창조해낼 수밖에 없는 넓은 관점 사이에는 아무것도 없다는 말이다. 굳이 찾아보자면 그 중간쯤에 있는 것은 소소한 개인적 일상일 것이다.

　내가 평범한 일상을 힘겹게 느끼는 이유는 극과 극에 자리한 두 관점 사이에서 발붙일 곳을 찾지 못해 헤매고 있기 때문일 것이다. 판에 박힌 일과 책임으로 이어지는 일상은 내가 참아내고 살아내야만 하는 것이다. 나는 이런 일상 속에서 즐거움과 의미를 찾을 수가 없다. 나를 행복하게 만드는 요소도 찾을 수 없다. 그렇다고 해서 내가 청소를 하거나 기저귀 가는 일을 싫어한다는 말은 아니다. 내가 일상을 힘들어하는 이유는 그보다 더 근본적인 것에서 찾을 수 있다. 나는 눈앞의 현실이 지니고 있는 가치를 경험할 수 없어 항상 먼 곳을 동경해왔다.

　지금까지 내가 살아온 삶은 내 것이 아니라고 해도 틀린 말은 아니다. 나는 그 삶을 내 것으로 만들어보려 무진 애를 써보았다. 그것이 바로 내가 해온 투쟁이다. 하지만 나는 성공하지 못했다. 먼 곳을 바라보는 동경은 눈앞의 일상에 구멍을 내기 일쑤였으니까.

　도대체 뭐가 문제였나.

　내가 참아내지 못했던 것은 이 사회 곳곳에 흩어져 있는 거짓된 인간들과 거짓된 장소, 거짓된 행위와 거짓된 갈등이 빚어낸 날카롭고 병든 소리였을까. 눈으로는 보고 있지만 함께할 수는 없는 것들, 현대적 생활방식이 한순간도 놓칠 수 없는 귀중한 우리의 삶에 끼어들어와 만들어낸 존재적 거리감 때문은 아니었을까. 내가 동경하는 세상보다 더 내게 가까이 자리 잡고 있는 삶이 바로 이런 것이라면 나는 이 삶을 말없이 받아들여야만 하지 않을까.

　어쩌면 나는 이미 만들어져 있는 삶의 틀 속에서 살아야만 하는 이 세상을 거부하고 있는지도 모른다. 매일 어쩔 도리 없이 따라가야 하는 일상의 규칙과 습관들은 너무나 뻔한 것이라 가끔은 조금의 위안과 열성을 투자해야 할 필요도 있지 않을까.

나는 매번 대문을 나설 때마다 내가 무슨 일을 할 것인지, 내게 무슨 일이 일어날 것인지 잘 알고 있다. 슈퍼마켓에서 장을 보고, 카페에 앉아 신문을 읽고, 어린이집에서 아이를 데려오는 일은 삶의 작은 틀이다. 반면 세상에 태어나 어린이집에 등록을 하고 사회인으로서의 역할을 하다가 요양원에서 생을 마무리하는 것은 삶의 큰 틀이라 할 수 있다.

내가 현실에 안주하지 못하는 이유는 어쩌면 이 세상에 널리 퍼져 있는 닮은꼴 때문인지도 모른다. 비슷하게 닮아가기를 요구하는 사회에서는 내가 하는 모든 행위와 생각이 작아 보이고 무가치하게 느껴진다. 바로 거기서 느끼는 혐오감이 나를 옭아매는 것은 아닐까. 지금 노르웨이를 여행해보라. 눈길을 돌리는 곳마다 비슷한 풍경, 비슷한 사람들뿐이다. 비슷한 거리, 비슷한 집, 비슷한 주유소, 비슷한 가게.

60년대 말만 해도 차를 몰고 귈브란즈달렌을 지나칠 때면 시대에 따라 변해가는 사회와 문화의 한 단면을 선명하게 볼 수 있었다. 예를 들어, 기묘하게까지 여겨지는 검은색 목조 건물들은 참으로 정결하면서도 어딘지 모르게 음침하고 우울하게 보이기도 했다. 그 건물들은 시간이 흐르면서 지역의 작은 박물관 역할밖에 못하게 되었다.

유럽은 또 어떤가. 수많은 나라가 독자적인 문화의 경계선을 스스로 허물어뜨리면서 커다란 하나의 나라가 되어버리지 않았는가. 어디로 눈길을 돌려도 모두 비슷하고 닮은 것들뿐이다. 아니, 그것은 문명과 과학 발전의 산물이라고 할 수 있는 전기 때문인지도 모른다. 전깃불은 점점 더 강렬하게 온 세상을 뒤덮어버렸고 마침내 세상에 존재하는 모든 것을 시각적으로 포용하고 이해 가능한 것으로 만들어버렸다. 우리는 그것들의 내적·존재적 의미를 간과하게 된 것은 아닐까. 숲이 사라지고 각종 동물이 사멸하며, 오래된 전통적 생활방식이 되돌아와 설 자리를 찾지 못했기 때문은 아닐까.

나는 이런 것들을 생각할 때마다 슬픔과 무력감에 빠져든다. 내 생각을 차지하고 있는 세상은 1500~1600년대의 세상이 주를 이룬다. 거대한 숲과 거대한 범선, 마차와 말, 풍차와 성, 수도원과 작은 도시, 화가와 철학자, 여행가와 발명가, 종교인과 연금술사. 모든 것을 사람의 손과 바람과 물로 만들어내야만 했던 그런 세상에 살면 과연 어떤 느낌이 들까. 미국의 인디언들이 평화롭게 살던 그 시기, 삶 그 자체가 가능성이었던 세상, 아프리카가 여전히 오지로 남아 있던 시기, 전깃불이 없어 해가 지면 어둠이 깔리고 해가 떠야 비로소 밝아졌던 시기, 사람 수도 많지 않고 연장과 도구도 간단해서 인간의 행위가 동물들의 멸종에 아무런 영향을 미칠 수 없었던 시기, 여러 날 동안 고생해야 목적지에 닿을 수 있었던 시기, 편안함과 안락함은 오직 최상류층만 누릴 수 있던 시기, 바다에는 고래가 넘쳐나고 숲에는 야생 곰과 늑대가 살며, 한 번도 들어보지 못한 중국 같은 나라가 동화 속의 나라처럼 여겨지던 시기, 바다 건너 여행을 하려면 몇 달을 소비해야 할 뿐 아니라 오직 소수의 항해자와 상인들이 목숨을 걸어야만 가능했던 그런 시기의 세상에 살면 어떤 느낌이 들까.

그런 세상에서 산다는 것은 빈곤과 위험과 불결함과 병과 음주와 무식과 고통과 미신과 짧은 수명을 감수해야 한다는 말도 된다. 그런 세상에서 어찌 셰익스피어 같은 대작가, 렘브란트 같은 대화가, 뉴턴 같은 대과학자가 나올 수 있었을까. 지금도 이들 대가를 넘어서는 사람들을 찾아보기 힘들다. 이들이 그 시대에 역사상 전무후무

한 대가의 경지에 도달할 수 있었던 이유는 도대체 무엇일까. 그들은 죽음을 가까이하고 살았기에 현대인들보다 삶에 대한 열정이 더 컸던 건 아닐까.

글쎄.

시간을 되돌려 살 수 있는 사람은 없다. 우리의 삶은 돌이킬 수 없는 것이다. 뒤를 돌아보게 되면 눈에 보이는 건 삶이 아니라 죽음뿐이다. 현재의 삶에 만족하지 못하거나 제자리를 찾지 못하는 이들은 자주 과대망상 환자나 머저리로 간주되기 일쑤다. 어느 쪽으로 간주되든 자기인식이 부족하기 때문이라는 견해가 일반적이다.

내가 현실을 혐오하는 이유는 현재의 삶이 무의미함에 뿌리를 두고 있기 때문이지만 항상 그런 것은 아니다. 예를 들어 스톡홀름으로 이사 와서 린다를 만난 그해 봄, 세상은 내 앞에서 활짝 문을 열었고 삶은 엄청난 속도로 강렬해졌다. 정신을 잃을 정도로 사랑에 빠졌던 나는 세상의 온갖 것에서 무한한 가능성을 발견했고 주변의 모든 것을 활짝 열린 마음으로 받아들였으며 기쁨과 즐거움을 주체할 수 없어 감정이 폭발하는 경지에까지 이르렀다. 그때 누가 내게 무의미함에 대해 이야기를 꺼냈다면 나는 그의 면전에서 코웃음을 쳤을 것이다. 나는 자유로웠고 세상은 활짝 열려 있었으며 온갖 의미로 가득 차 있었기 때문이다.

불빛을 반짝이며 아파트 아래쪽을 지나던 기차, 19세기 양식의 리데르홀멘 교회탑을 붉게 물들이던 뜨거운 햇볕, 매일 저녁 형언할 수 없이 아름답게 도시를 감싸던 석양, 신선한 바질향과 잘 익은 토마토의 맛. 아스팔트길을 걷는 여인들의 하이힐 소리를 들으며 느지막한 오후 힐튼 호텔 근처의 벤치에 앉아 벅찬 가슴으로 살짝 잡아본 린다의 손. 그런 상태는 반년쯤 지속되었고, 그 반년 동안 나는 너

114

무나 행복했다. 가식 없는 내 모습을 세상에 부끄럼 없이 내보이며 행복하게 세상의 한 부분이 될 수 있었던 때였다. 하지만 반년이 지나니 그 기분은 희미해지기 시작했고 어느새 세상은 손을 뻗어도 닿을 수 없는 곳으로 사라지고 말았다.

그로부터 1년 후엔 조금 다른 방식이긴 하지만 다시 비슷한 기분을 느낄 수 있었다. 바니아가 태어났을 때였다. 린다를 만났을 때는 눈앞의 세상이 환하게 열렸지만 바니아가 태어나자 그 세상은 우리만 남겨두고 문을 닫아버렸다. 그 속에서 나는 일종의 절대적인 집중감을 경험했고 내 삶은 작은 기적으로 가득 채워졌다. 연애를 할 때의 내 삶이 가벼움과 야성적 느낌, 충만감과 환희로 가득했다면, 아이를 가지고 난 후의 내 삶은 조심스럽고 부드러웠으며 주변의 일을 향한 끝없는 관심으로 가득 채워져 있었다. 이 시기는 4주 또는 5주 정도 지속되었던 것 같다. 시내에 장을 보러 갈 때도 나는 뛰다시피 걸었고, 물건을 고를 때는 꼭 필요한 것만 서둘러 장바구니에 담았으며, 계산대 앞에 줄을 서 있을 때는 안절부절못했다. 집으로 가는 길엔 비닐봉지를 양손에 들고 헐떡이며 뛰어갔다. 아이의 삶을 단 1분도 놓치고 싶지 않아서였다. 하루하루는 밤과 낮을 구별할 겨를도 없이 미끄러지듯 이어졌고, 내 가슴은 아플 정도의 애정과 부드러움으로 가득 차 있었다.

바니아가 자다 일어나 부스스 눈을 뜨기만 해도 우리는 좋아 어쩔 줄 몰랐다. 아가야, 이제 일어났구나! 하지만 그것도 영원히 지속되지는 않았다. 우리는 그것을 알고 있었다. 나는 달라가탄에 새로운 작업실을 얻어 매일 글을 썼고, 린다는 집에서 바니아를 보다가 점심때가 되면 내 작업실에 와서 식사를 함께했다. 당시 린다는 무슨 이유에선지 안절부절못하는 것 같았지만 항상 좋은 기분을 유지했다. 아내와 아이 사이의 친밀감은 나와 아이 사이의 친밀감보다 훨씬 강했다.

나는 그때 많은 시간을 글 쓰는 데 할애했다. 처음엔 좀 긴 듯한 에세이처럼 모양을 잡아가던 글이 시간이 흐르면서 쑥쑥 자라기 시작해 어느새 소설로 변해버렸고 어느 시점이 되자 그것은 내 일상의 전부가 되어버렸다.

나는 글 쓰는 것 외에는 아무 일도 할 수 없었다. 결국 나는 작업실에서 먹고 자며 글을 썼다. 잠은 여기서 한 시간 저기서 한 시간, 토막잠으로 때운 것이 전부였다. 나는 말로 형언할 수 없는 환상적인 느낌으로 가득 차 있었다. 그것은 가슴속에서 불꽃이 치솟아 오르는 그런 느낌이었다. 그 불꽃은 뜨겁고 맹렬한 것이라기보다는 차갑고 선명하며 밝은 빛을 발하는 것이었다.

밤이 되면 나는 커피잔을 들고 밖에 나가 병원 앞 벤치에 앉아 담배를 피우며 커피를 마셨다. 거리는 쥐죽은 듯 고요했지만 나는 가슴이 벅차 가만히 앉아 있기가 힘들었다. 나는 세상 모든 일에서 가능성과 의미를 찾을 수 있었다.

소설 속의 특정한 두 부분은 정말 이걸 내가 썼나 고개를 갸우뚱할 정도로 내 능력을 넘어서는 것이었다. 물론 그 글을 읽은 사람들은 이 특정 부분을 알아채지도 못했고 따로 언급한 적도 없었다. 하지만 내겐 그 부분이 지난 5년간의 실패와 좌절을 한 번에 무마해줄 만큼의 가치를 지니고 있었다. 그 부분을 쓸 때, 나는 생애 최고의 행복감을 맛보았다. 내 평생을 통틀어 그때만큼 행복해했던 적은 단 한 번도 없었다. 그때 나를 채웠던 행복감과 전하노 성복할 수 있을 것 같던 자신감은 이후 다시는 나를 찾아오지 않았다.

소설을 마무리하고 몇 주가 더 흐른 후, 나는 아이 보는 남자로 자리바꿈을 했다. 린다가 이듬해 봄까지 드라마 학교에서 마지막 해 수업을 듣는 동안 나는 집에서 바니아를 보기로 한 것이다. 6주 동안 이나 작업실에서 먹고 자며 글만 쓰다 보니 린다는 물론 다섯 달밖에 되지 않은 바니아와도 자주 얼굴을 보지 못했다.

그랬기 때문에 탈고를 하고 나니 누구보다 린다가 가장 기뻐하고 안도했다. 따지자면 나는 린다에게 큰 빚을 진 셈이었다. 마음으로는 항상 아내와 함께했다 하지만 물리적으로는 함께한 적이 거의 없었기 때문이다. 나는 집에 있는 동안 이 빚을 갚기 위해 아내와 모든 일을 함께하고 최대한의 배려와 관심을 보여주어야만 했다.

하지만 나는 그 일을 해내지 못했다. 몇 달 동안이나 나는 아내와 함께하는 현재의 삶보다 지난 6주 동안 머물렀던 작업실과 글 쓰는 일, 그 차갑고 선명하며 가슴 뿌듯한 동경과 환희를 갈망했기에 항상 아련하게 치솟는 슬픔을 억눌러가며 살아야 했다.

소설이 출간되고 반응이 좋다는 사실은 내게 아무런 의미도 주지 못했다. 비평가들이 긍정적인 평을 할 때마다, 외국 출판사에서 내 책에 관심을 보인다거나 저작권을 구입하기 위해 오퍼가 들어왔다고 알려오는 에이전시와 통화를 할 때마다 나는 기뻐 어쩔 줄 모르며 당장에라도 다음 책을 집필하고 싶은 열망에 휩싸이곤 했다. 그렇게 반년이라는 시간이 흐른 후 내 책이 노르딕 평의회 문학상에 노미네이트되었다는 소식을 들었을 때 나는 그저 무덤덤하기만 했다.

아무래도 좋았다. 어떤 평을 듣고 어떤 상을 받느냐는 것은 내게 그다지 중요하지 않았다. 내겐 오직 글 쓰는 일만이 전부라는 것을 깨달았기 때문이다. 모든 가치는 글 쓰는 작업, 그 속에서만 찾을 수 있었다. 그럼에도 나는 여기저기서 들려오는 찬사와 관심에서 완전히 고개를 돌릴 수가 없었다. 그것들이 주는 만족감은 인위적인 것이라 깊이도 의미도 없지만, 일단 한 번 맛보게 되면 벗어나기 힘든 마약 같은 것이다.

이런 유혹에서 벗어나기 힘들었던 나는 유모차에 바니아를 태워 스톡홀름 시내를 걷고 또 걸었다. 혹여 저널리스트가 인터뷰 요청을 해올까봐, 행사기관에서 초청을 해올까봐, 저작권 오퍼가 들어왔다는 출판사의 전화가 올까봐 손에서 휴대폰을 놓지 않았던 것은 물론이다. 이런 일이 계속되자 결국은 내가 지금 뭘 하고 있는 건가 하는 자기혐오에 빠지기 시작했다.

나는 내게 들어오는 모든 요청을 거절해버렸다. 그제야 평범한 일상으로 관심을 돌릴 수 있었다. 하지만 아무리 애써도 일상에 완전히 몰입하기는 불가능했다. 나는 항상 눈앞의 삶이 아닌 다른 그 무언가를 동경하고 있었다.

시내 여기저기를 정처 없이 걷는 동안 바니아는 유모차에 앉아 신기한 듯 이곳저곳을 바라보았다. 가끔은 홈플레고르덴 놀이터에 앉아 한 손엔 장난감 삽을 들고 모래를 퍼담기도 했다. 우리 주변에는 패션 잡지에나 나올 만한 옷을 입고 시도 때도 없이 휴대폰으로 통화하는 스톡홀름의 젊은 여인들로 가득했다.

산책이 지겨울 때쯤 나는 집에 돌아와 바니아를 식탁 앞에 앉히고 음식을 떠먹여주었다. 아, 이 모든 일은 숨이 막힐 정도로 지루하기만 했다. 집 안에서 바니아와 단둘이 앉아 대화라는 것을 할 때면 내가 얼마나 바보같이 느껴지는지 모른다. 바니아는 아무 말도 하지 않으니 귀에 들리는 건 나의 바보 같은 목소리뿐이다.

바니아는 침묵을 지키거나 웃음을 띠고 알지 못할 말을 옹알거리기만 한다. 짜증내며 울 때면 나는 바니아에게 옷을 입혀 밖으로 나간다. 예를 들어 스켑스홀멘의 현대박물관 같은 곳으로. 거기에 가면 바니아를 보는 동안 나도 그럴듯한 몇 작품은 감상할 수 있으니 말이다.

바니아와 함께 대학 내에 사무실이 있는 게이르에게 가기에 너무 멀다고 느껴지는 날이면 대형 서점이나 시내에서도 자연을 만끽할 수 있는 듀르고르덴이나 브룬스비켄 공원을 찾는다. 시간이 좀 흐르니 갓난아기를 보살피는 일엔 선수가 되었다. 하지만 내가 아무리 아이를 사랑하고 배려하며 잘 돌본다 해도 일상에서 느끼는 지루함이나 무기력함은 어쩔 수 없었다.

내게 아이를 돌본다는 것은 아이가 잘 때까지 기다린다는 뜻이라 해도 과언이 아니다. 아이가 자면 나도 그 틈을 이용해 책을 읽을 수 있으니까. 나는 마치 시간을 흘려보내는 것이 목적인 사람처럼 달력에 가위표를 쳐가며 하루하루를 보냈다. 아이와 함께 있는 동안 나는 변두리 구석에까지 가보지 않은 카페가 없고, 공원의 벤치에는 앉아보지 않은 자리가 없을 정도로 밖으로 돌아다녔다.

나는 공원에 앉아 한 손으로는 유모차를 흔들어주고 다른 한 손으로는 책을 들고 읽었다. 그때 읽었던 책이 도스토옙스키의 『악령』과 『카라마조프의 형제들』이다. 나는 그 책 속에서 다시 빛을 보았다. 그것은 휠덜린처럼 높고 선명하며 깨끗한 빛이라곤 할 수 없었다. 도스토옙스키의 책에선 높은 산과 신성한 인식을 찾아볼 수 없다. 오직 낮고 인간적인 인식만이 작가의 히스테리 같은 비천하고 초라하고 아픈 목소리에 둘러싸여 있을 뿐이다.

나는 도스토옙스키의 바로 그런 목소리 속에서 또 다른 빛을 보았다. 바로 그 빛 속에서 도스토옙스키만이 표현할 수 있는 신성함을 보았던 것이다. 하지만 그것이 내가 추구하는 것인가. 무릎을 꿇

119

고 항복하는 사람처럼 진정 그 낮은 곳까지 내려가야만 하는 것일까. 책을 읽을 때면 이런 생각은 떠오르지 않는다. 순전히 책에 빠져들 뿐. 며칠이나 걸려 처음 몇백 페이지를 읽고 나니 그간 느릿하나마 치밀하게 짜여진 등장인물들의 얽히고설킨 관계 속에 나도 모르게 빠져들었고 결국 거기서 헤어나오기 힘들 정도가 되었다. 그러다 보면 어느새 바니아는 잠에서 깨 여기가 어디냐고 묻는 듯 멀뚱멀뚱한 눈으로 나를 바라보기도 했다.

바니아가 잠에서 깨면 책을 덮는 수밖에 없다. 바니아를 유모차에서 빼내고 숟가락과 이유식을 담아놓은 유리병을 찾는다. 실내에 있을 때는 턱받이를 찾고, 실외에 있을 때는 근처 카페를 찾아가 아기 의자를 찾아 바니아를 앉히고 데스크에 가서 이유식을 데워달라고 부탁한다. 그들은 항상 이유식을 데워달라는 부탁을 마지못해 들어준다. 최근 출생률이 부쩍 높아져 아이를 데리고 카페를 찾는 사람이 많고 더불어 이런 부탁을 해오는 사람도 늘었다. 직장에 다니거나 자신만을 위해 살던 30대 여성들의 이야기를 주로 싣던 여성잡지도 최근 들어 마치 아이가 자신의 장식품이라도 되는 듯 멋지고 화려하게 꾸민 젊은 엄마들의 사진을 자주 싣는다. 아이나 가족들과 함께 인터뷰를 하거나 사진을 찍어 올리는 유명인사도 부쩍 많아졌다. 전에는 사적 영역에 속하던 삶의 부분이 이제는 공적 영역에까지 마구 침범하게 되었다. 여기저기 출산의 고통과 제왕절개 수술, 수유와 아기옷, 유모차, 아이가 딸린 가족이 많이 찾는 휴양지에 대한 정보로 가득 차 있다.

집에서 아이를 보는 남자, 직장과 양육을 병행하다 지친 여자들의 이야기도 마찬가지다. 이전에는 평범한 대화 주제에 불과했던 아이와 양육에 대한 문제가 이제는 삶의 전면에 부각되었고 사람들은 눈을 치켜떠가며 저마다의 경험과 의견을 격앙된 목소리로 말한다. 이 건 도대체 어떻게 된 추세인가? 이렇게 사회가 미쳐 돌아가고 있는 와중에 나는 집에 남아 아이를 돌보는 다른 남자들과 마찬가지로 유모차를 밀면서 시내를 걷는다. 카페에 앉아 바니아에게 음식을 먹일 때면 거기엔 나 같은 남자가 항상 적어도 한 명 이상은 앉아 있는 걸 볼 수 있다.

이들은 하나같이 30대 중반, 즉 내 또래처럼 보였고, 머리가 빠지기 시작하는 걸 감추려고 아예 머리를 싹 밀어버린 사람들이 대부분이다. 무슨 까닭인지 나는 그들을 볼 때마다 불쾌감이 치솟는다. 그들의 여성적인 손놀림과 태도를 내가 받아들이기는 쉽지 않다. 물론 다른 사람들의 눈엔 나의 움직임도 그들과 크게 다르지 않을 것이다. 유모차를 끌고 다니는 남자들을 보면서 내가 느끼는 혐오감은 양날의 칼처럼 안팎으로 작용한다. 나도 그들과 마찬가지로 유모차를 밀며 걸으니 말이다.

나는 서서히 올라오는 이 혐오감이 나만의 것이 아니라는 것을 잘 안다. 가끔 놀이터에 나와 아이들을 돌보는 젊은 남자들의 안절부절 못하는 눈빛은 나의 눈빛과 너무나 닮아 있다. 조급함을 느낄 수 있는 그들의 태도는 마치 아이들이 앉아 노는 모래밭 위에서 팔굽혀펴기를 몇 번이나 해야 진정될 수 있을 것만 같다. 내 아이를 데리고 하루에 몇 시간씩 놀이터에서 시간을 보내는 건 순전히 내 개인적인 일이다.

세상에는 이보다 받아들이기 훨씬 힘든 일이 너무 많다. 내가 글을 쓰고 린다가 집에서 바니아를 보았을 때, 린다는 바니아를 국립도서관에서 운영하는 베이비댄스 교습장에 데려갔다. 상황이 바뀌어 내가 집에서 바니아를 보게 되자, 린다는 바니아가 베이비댄스를 계속했으면 좋겠다고 했다. 나는 그 말을 듣는 순간 무언가 끔찍할 정도로 민망한 일이 다가올 것이라 직감했다.

내가 바니아를 돌보는 동안엔 베이비댄스는 생각지도 말라고 잘라 말했다. 하지만 린다는 가끔 잊지 않고 베이비댄스를 입에 올렸다. 몇 달 후, 바니아에 대한 사랑 때문에 물러질 대로 물러진 내 마음을 이기지 못해 어느 날 갑자기 바니아를 데리고 베이비댄스 교습장에 가보겠다고 내뱉고 말았다. 바니아가 많이 컸기 때문에 바니아의 일상에 조금의 변화가 필요하다는 생각도 없지 않았다. 린다는 베이비댄스 교습을 받으러 오는 사람이 많아 금방 자리가 꽉 찬다면서 이왕 갈 거면 시작 시간에 맞추어가지 말고 일찍 집을 나서는 게 좋다고 조언해주었다.

바니아를 유모차에 태워 스베아베겐 오르막길을 오른 후 길을 건너 국립도서관에 도착하니 무슨 이유에선지 지금까지 단 한 번도 그곳을 찾은 적이 없다는 생각이 스쳤다. 국립도서관 건물은 1920년대에 아스프룬의 설계로 지어졌으며 시내에서 가장 아름다운 건물에 속한다. 더욱이 역사 속에서 내가 가장 좋아하는 시기가 바로 그때인데도 이곳을 단 한 번도 찾지 않았다니 믿을 수가 없었다.

바니아는 베이비댄스 교습장에 오기 전에 잠을 푹 자두었기에 기분이 좋은 상태였다. 나는 바니아에게 베이비댄스하기에 걸맞은 예쁘고 깨끗한 옷을 입혀주었다. 유모차를 밀고 건물 안으로 들어가니 커다랗고 둥근 홀이 나타났다.

나는 안내 데스크에 앉아 있는 여인에게 교습장을 물었고 그녀가 가르쳐주는 대로 옆 건물을 향해 걸음을 옮겼다. 그림책과 아동도서로 가득한 방의 끝 쪽에 보이는 문에는 베이비댄스 교습을 오후 2시에 시작한다는 공고문이 붙어 있었다. 복도에는 유모차 세 대가 서 있었다. 벽에 붙어 있는 긴 의자에는 유모차의 주인으로 보이는 세 여인이 두꺼운 외투를 입은 채 피곤한 표정으로 앉아 있었다. 모두 35세 전후로 보였다. 그들의 발치에는 코흘리개 갓난아기들이 엉금 엉금 기어 다니고 있었다.

나는 바니아의 유모차를 그들의 유모차 옆에 세웠다. 바니아를 안아 올려 내 무릎 위에 앉힌 후 재킷과 신발을 벗기고 조심스레 바닥에 내려놓았다. 다른 아이들과 함께 기어 다니며 놀아보라는 의도였다. 하지만 바니아는 엄마와 함께 이곳에 온 기억이 없는지 낯설어하며 두 팔을 천천히 들어올렸다. 내 무릎 위에 계속 앉아 있고 싶어하는 눈치였다. 다시 내 무릎 위에 앉은 바니아는 발아래에서 엉금 엉금 기어 다니는 다른 아이들을 흥미로운 눈초리로 지켜보았다.

복도 끝 쪽에서 젊고 아름다운 여인이 기타를 손에 들고 걸어왔다. 25세 정도 되었을까. 긴 금발 머리, 무릎까지 오는 코트, 긴 검정 부츠. 그녀는 내 앞에서 걸음을 멈추었다.

"안녕하세요. 오늘 처음 보는 분이네요. 베이비댄스 강좌를 들으러 오셨나요?"

"네."

나는 그녀를 올려다보았다. 오, 그녀는 눈이 부시도록 아름다웠다.

"등록은 하셨나요?"

"어… 아니요. 등록을 해야 하나요?"

"네. 그런데 오늘은 자리가 꽉 찼네요. 이를 어쩌죠?"

기분 좋은 뉴스였다.

"할 수 없죠, 뭐."

나는 자리에서 일어났다.

"걱정 마세요. 오늘은 모르고 오셨으니 제가 특별히 자리를 만들어드릴게요. 등록은 다음번에 하세요."

"감사합니다."

그녀는 정신을 잃을 정도로 아름다운 미소를 남기고 교습실 안으로 들어갔다. 나는 상체를 쭉 내밀어 문틈으로 그녀를 훔쳐보았다. 그녀는 기타를 바닥에 내려놓고 코트와 스카프를 벗어 의자 등받이에 걸어두었다. 그녀가 발산하는 분위기는 신선하고 가벼운 봄바람 같았다.

나는 그 자리에서 일어나 바로 집으로 왔어야만 했다. 내가 그곳에 간 이유는 나를 위해서가 아니라 바니아와 린다를 위해서였다. 나는 그 자리에 계속 눌러앉아 있었다. 8개월이 된 바니아는 눈앞에서 일어나는 모든 일을 하나도 놓치지 않으려는 듯 흥미로운 눈초리로 지켜보았다. 그런 바니아를 보니 도저히 그 자리를 박차고 나올 수가 없었다.

유모차를 밀며 여인들이 차례차례 모여들기 시작했다. 교습실과 복도는 대화를 나누는 여인들의 목소리, 기침소리, 웃음소리, 아이들의 울음소리, 두꺼운 겨울옷이 부석거리는 소리, 핸드백을 뒤지는 소리로 채워졌다. 보아하니 대부분의 여인은 둘씩 셋씩 짝을 지어 온 것 같았다. 아무리 봐도 혼자 그곳을 찾은 사람은 나밖에 없는 것 같았다. 몇 분 후, 두 남자가 유모차를 밀면서 들어왔다. 분위기로 짐작하건대 둘은 서로 아는 사이 같진 않았다. 큼직한 얼굴에 안경을 낀 땅딸한 남자가 내게 머리를 살짝 숙이며 인사를 건넸다. 나는 그 남자를 발로 힘껏 차버리고 싶었다. 내가 그와 비슷한 송류의 사람이라고 생각했던 건 아닐까. 도대체 무슨 이유로? 다른 한 남자는 입고 온 오버롤 작업복과 모자와 신발을 벗고 젖병과 딸랑이 장난감을 꺼낸 후 아이를 바닥에 내려놓았다.

여인들은 교습실 안으로 하나둘 들어가기 시작했다. 나는 가장 마지막까지 복도에서 기다렸다가 시작 시간 1분 전에 바니아를 안고 들어갔다. 교습실 바닥에는 참석자들이 앉을 수 있도록 방석이 깔려 있었다. 아름답고 젊은 여교사는 우리 앞에 있는 의자에 앉았다. 기타를 무릎 위에 내려놓은 그녀는 미소를 띠며 참석자들을 둘러보았다. 그녀의 베이지색 캐시미어 스웨터 아래로는 젖가슴이 봉긋하게 솟아 있었고 허리는 잘록했다. 검은색 부츠를 신은 채 두 다리를 꼬고 앉은 그녀는 한쪽 발을 쉴 새 없이 흔들거렸다.

나는 방석 위에 앉아 바니아를 무릎 위에 올려놓았다. 바니아는 참석자들에게 큰 소리로 인사를 건네는 여교사를 뚫어지게 바라보았다.

"오늘은 새로운 얼굴이 더러 보이네요. 새로 오신 분들은 자기소개를 해주시겠어요?"

"모니카라고 해요."

"크리스티나입니다."

"룰이라고 합니다."

룰? 그게 이름이었어? 무슨 이름이 그럴까?

갑자기 조용해졌다. 기타를 든 아름다운 여인은 나를 향해 미소를 던졌다. 아, 내 차례였지.

"칼 오베라고 합니다."

나는 목소리를 깔아 묵직한 톤으로 내 이름을 말했다.

"이제 환영의 노래를 불러볼까요?"

그녀는 첫 화음을 짚으며 어떻게 노래를 하면 되는지 설명해주었다. 부모들은 자기 차례가 되면 아이의 이름을 부르고, 다른 이들은 그 아이의 이름을 가락에 맞추어 따라 부르는 것이었다.

그녀가 화음을 다시 연주하자 모두 노래를 하기 시작했다. 친구에게 손을 흔들면서 인사를 건네는 내용의 가사였다. 걷지도 못하는 아이들이라 노래 가사를 이해하기는 어려웠다. 부모들은 아이들의 손목을 잡고 흔들어주면서 노래를 했다. 사람들이 1절을 부르는 동안 나는 입도 뻥긋하지 않고 침묵을 지켰다. 2절이 시작되자 가만히 앉아 있기가 민망해 나도 노래를 따라 불렀다. 우중충하고 묵직한 내 목소리는 여인들의 밝고 아름다운 목소리에 섞여 마치 음침한 병균처럼 느껴졌다. 아이들의 이름을 부르며 인사를 나누는 노래는 열두 번이나 반복한 후에야 끝이 났다.

다음 노래는 신체의 각 부위 명칭을 배우는 노래였다. 아이들은 노래 속에 나오는 신체 부위를 손가락으로 가리키며 노래를 따라 불러야 했다. 이마, 눈, 귀, 코, 입, 배, 무릎, 발. 이마, 눈, 귀, 코, 입, 배, 무릎, 발. 다음 노래는 교사가 나누어준 리듬악기를 흔들며 따라 불러야 했다.

나는 그 자리에 앉아 있는 것이 힘들고 민망해서 어쩔 줄 몰랐다. 자존심이 상했고 수치스럽기도 했다. 모든 움직임은 너무나 작고 선하고 부드러웠으며 호의적이었다. 나는 방석 위에 쭈그리고 앉아 다른 젊은 엄마들과 아이들처럼 리듬악기를 흔들며 노래를 배우기보다는 차라리 잠자리를 같이했으면 좋을 아름다운 여자의 지도에 따라 동요를 부르고 있었다.

그곳에 앉아 있자니 체면을 세울 수가 없었다. 성불구자가 된 것처럼 느껴졌다. 나와 그녀 사이에는 그녀가 나보다 훨씬 아름답다는 사실만 제외하고선 아무런 차이점도 찾을 수가 없었다. 그 상황, 즉 내가 나다울 수 없는 상황에선 나는 나일 수 있는 모든 것을 포기할 수밖에 없었다. 심지어는 남들보다 훨씬 큰 키와 몸집마저도 스스로 포기하지 않으면 안 될 것만 같았다. 그렇게 내가 포기한 것들이 빠져나간 자리는 짜증과 울분으로 채워졌다.

"이제 아기들이 춤을 출 차례예요!"

교사는 기타를 바닥에 내려놓고 자리에서 일어나 의자 옆에 있는 CD기기를 향해 걸어갔다.

"모두 둥그렇게 원을 만들어 선 다음에 이쪽 방향으로 먼저 움직여주세요. 움직일 때에는 이렇게 발을 굴러주시고요."

그녀는 아름다운 발을 들어 바닥을 쿵쿵 내리쳤다.

"그다음엔 뒤로 돌아서서 같은 방식으로 나아가시면 됩니다."

나는 자리에서 일어나 바니아를 일으켜 세우고 원 속으로 끼어들었다. 문득 젊은 두 아빠가 생각나 그들에게 고개를 돌려보았더니, 그들은 자기 아이에게 집중하느라 옆도 돌아보지 않았다.

"휴, 바니아… 네 증조할아버지의 말씀이 생각나는구나. 세상에는 온갖 종류의 사람이 있다고 하셨지."

바니아는 나직하게 말하는 나를 올려다보았다. 바니아는 지금까지 교사가 시키는 것은 단 한 동작도 따라 하지 않았다. 심지어는 마라카스도 흔들려 하지 않았다.

"이제 시작합니다!"

아름다운 여교사는 CD를 틀었다.

포크송 분위기의 멜로디가 교습실을 채웠다. 나는 다른 사람들의 뒤를 따라 박자에 맞추어 걸음을 옮겼다. 한 팔로 안아 올린 바니아는 내 가슴께에서 대롱대롱 흔들리고 있었다. 발을 구르고 바니아를 한 번 획 돌려준 후 뒤를 돌아 반대 방향으로 걸었다. 여기저기서 웃음소리가 들리는 것으로 보아 다른 사람들은 그것을 재미있게 즐기

고 있는 게 분명했다. 원을 그리며 노래를 부르는 일이 끝나자 이번
에는 아이와 함께 춤을 출 차례가 되었다.

구토가 날 정도로 부드럽고 선한 분위기에서 낯선 엄마들과 낯선
아이들과 함께 있어야 하는 상황. 나는 지옥이 이런 것이라 생각하
면서 바니아의 팔을 잡고 몸을 흔들거렸다. 그다음은 모두 함께 커
다란 천을 잡고 파도처럼 일렁이도록 흔들며 바다에 대한 노래를 불
렀다. 노래를 하는 중간에 아이들이 천 밑으로 기어들어가면 어른들
은 천을 위로 확 잡아 올렸다.

여교사가 작별을 고하자마자 나는 뒤도 돌아보지 않고 교습실을
빠져나왔다. 복도에서 바니아에게 옷을 입힐 때도 시선은 내리깔고
움직이지 않았다. 복도를 채워오는 목소리는 교습 시작 전의 목소리
와 비교해 훨씬 즐겁게 들떠 있었다. 나는 서둘러 바니아를 유모차
에 앉힌 후 안전띠를 채우고 종종걸음으로 국립도서관을 나섰다. 마
음 같아선 번개처럼 달려 집으로 가고 싶었지만 남들 눈에 이상하게
보일까봐 차마 그렇게 하진 못했다. 거리로 나온 나는 있는 힘을 다
해 목이 터져라 고함을 지르며 무언가를 닥치는 대로 깨부수고 싶은
마음밖에 없었다.

"바니아, 바니아…"

나는 스베아베겐의 내리막길을 걸으며 나직이 말을 걸어보았다.

"오늘 어땠니? 생각했던 것만큼 재미있었니?"

"타타타."

바니아는 웃지 않았지만 눈동자는 기쁨과 즐거움으로 가득했다.

바니아가 무언가를 가리켰다.

"아, 모터사이클? 도대체 모터사이클과 네가 무슨 상관이 있다고
그러는 거니?"

128

길을 건넌 나는 저녁 장을 보기 위해 콘숨 슈퍼마켓으로 들어갔다. 베이비댄스 교습장에서 느꼈던 밀실 공포증 같은 불쾌감은 여전히 떨칠 수가 없었다. 하지만 짜증과 울분으로 생겨났던 호전성은 어느 정도 사라진 후였다. 유모차를 밀며 상품 진열대 사이를 걷고 있자니 어느새 울화는 말끔히 사라져버렸다.

그 가게는 내가 3년 전 스톡홀름으로 옮겨왔을 때 자주 이용했던 곳이다. 엎어지면 코 닿을 곳에 있었기에 노르스테츠 출판사에서 제공한 작업실에서 몇 주간 생활할 때도 그 가게를 이용했었다. 이전의 삶에서 도망치듯 스웨덴으로 옮겨온 나는, 당시 몸무게가 100킬로그램 이상 나갔고 정신분열증에 걸린 사람처럼 어둠 속에서 살고 있었다. 기분 좋은 일은 그 어디에서도 찾을 수가 없었다.

나는 그 상태에서 벗어나고 싶었다. 매일 저녁 릴-얀스 숲으로 가서 달리기를 했다. 100미터도 달리기 전에 심장 박동은 제어할 수 없을 정도로 빨라졌고 허파는 부풀어 올라 숨을 쉬기가 힘들 정도였다. 100미터를 더 달리면 다리가 후들거려 땅에 주저앉지 않으면 안 되었다.

그렇게 매일같이 달리기를 한 다음엔 호텔 같은 아파트로 돌아가 딱딱한 납작빵과 수프를 먹었다. 그러던 어느 날 콘숨 슈퍼마켓에서 한 여인을 만났다. 다른 곳도 아니고 정육 데스크 앞에 서 있던 나는 내 옆에 바짝 다가서는 그녀를 돌아보았다. 그녀에게선 무언가 색다른 분위기를 느낄 수 있었다. 외모와 신체적 분위기가 너무 매혹적이라 그녀 옆에 서 있자니 한순간 폭발할 것 같은 성욕으로 몸을 가눌 수가 없을 정도였다.

쇼핑카트 손잡이에 두 손을 올려놓은 그녀는, 두근두근 뛰는 심장을 억지로 누르고 목구멍으로 마른 침을 넘기고 있던 나를 15초쯤

뚫어지게 바라보았다. 곧 고개를 돌린 그녀는 점원에게서 살라미 한 봉지를 받아들고 몸을 홱 돌려 가버렸다. 잠시 후 계산대 앞에 이른 나는 옆 계산대에 서 있는 그녀를 보았다. 그녀는 봉투에 물건을 넣고 가게를 빠져나갔다. 그 후 나는 그녀를 단 한 번도 보지 못했다.

유모차에 앉아 있던 바니아는 강아지를 손가락으로 가리켰다. 나는 바니아의 눈에 비친 세계는 어떠한지 항상 궁금했다. 끝없는 사람들의 행렬, 낯선 얼굴들과 자동차, 가게와 간판은 바니아에게 어떤 모습으로 비치며 또 어떤 의미가 있을까. 보아하니 바니아의 눈은 나름의 관점을 바탕으로 차이점을 짚어내고 있는 것 같았다. 모터사이클과 고양이, 강아지와 아기들은 눈에 띄기만 하면 꼭 손가락을 들어 가리키곤 했으니까. 특히 사람들을 볼 때는 항상 린다를 먼저 찾아내곤 했다. 그다음은 나, 그다음은 외할머니. 바니아는 이런 식으로 최근 자신과 함께 있었던 사람 중에서 친밀감을 바탕으로 차례를 정해놓은 것 같았다.

"그래, 저건 강아지!"

나는 바니아의 손가락을 보며 말했다.

우유 한 통을 유모차에 올려놓은 나는 옆 진열대로 가서 파스타 한 봉지를 집어 들었다. 세라노 햄 두 봉지, 올리브 한 병, 모차렐라 치즈 한 봉지, 바질과 토마토. 이전에는 꿈에도 생각지 않았던 메뉴였다. 솔직히 그런 음식이 있는지도 몰랐다. 스톡홀름의 중산층 문화권에 들어서고 나니 스웨덴 음식과는 거리가 먼 이탈리아 음식, 스페인 음식, 프랑스 음식 등 넘쳐나는 외국 음식에 익숙해지기 시작했다. 그런 나 자신을 돌아보니 혐오스럽기까지 했지만 그런 것에 서마저 힘을 뺄 생각은 없었기에 그저 그러려니 하고 받아들였다. 아, 생각해보면 유행에 휘둘린다는 것은 얼마나 어리석고 멍청한 일인가. 내가 그리워하는 것은 훈제 돼지고기, 양배추, 감자와 고기를 섞어 만든 스튜, 생선 크로켓, 야채 수프, 감자 덤플링, 미트볼, 잘게 썰어 다진 간고기, 양고기 스튜, 소시지, 고래 고기, 사고(sago) 야자 수프, 밀기울 푸딩, 라이스 푸딩, 사워크림 푸딩 등 6, 70년대 음식들과 그 특유의 맛이다. 하지만 나는 어떤 음식을 먹든 상관하지 않는다. 그러니 린다가 좋아하는 음식을 만들어 먹어도 해가 될 일은 전혀 없다.

신문 가판대에 이른 나는 석간을 두 종류 구입할까 잠시 망설였다. 그것은 일종의 타블로이드였고, 그것을 읽는다는 것은 머릿속에 쓰레기를 집어넣는 것과 다름이 없었다. 가끔은 조금의 쓰레기로 머릿속을 채워넣는 건 상관없지 않은가. 그래서 나는 가끔 그것들을 사볼 때가 있다. 하지만 오늘은 아니었다.

물건값을 지불한 나는 거리로 나섰다. 회색 아스팔트는 부드러운 겨울 하늘과 인도 옆에 줄지어 정차해 있는 자동차들의 불빛을 희미하게 반사해내고 있었다. 퇴근 시간의 복잡한 거리를 벗어나기 위해 나는 테이네르가탄 안쪽 길을 따라 걸었다. 언뜻 길가에 있는 고서점의 창을 바라본 나는 말라파르테의 책을 발견했다. 게이르가 입에 침이 마르도록 추천했던 바로 그 책이었다. 그 옆에는 아틀란티스의 갈릴레오 갈릴레이 시리즈도 진열되어 있었다. 나는 얼른 유모차를 돌려 발꿈치로 서점 문을 열고 뒷걸음질을 쳐서 안으로 들어갔다.

"창에 진열된 책 두 권을 구입하고 싶은데요. 갈릴레오 갈릴레이와 말라파르테."

"쾨를롯?(실례지만 지금 뭐라고 하셨습니까?)"

와이셔츠를 입은 50대의 서점 주인이 각진 안경 너머로 나를 바라보았다.

"이 퀸스트레트(창가). 트보 뵈케르(책 두 권). 갈릴레이, 말라파르테."

"『하늘과 전쟁』말입니까?"

그는 책을 꺼내기 위해 몸을 돌렸다.

바니아는 잠에 빠져 있었다.

베이비댄스 때문에 피곤해진 걸까.

나는 유모차의 머리 부분을 조절해 바니아를 조심스레 눕혔다. 바니아는 잠결에 한 손을 들어 휘두르더니 주먹을 꼭 쥐었다. 세상에 갓 태어났을 때도 자주 했던 행동이다. 엄마 배 속에 있을 때부터 바니아의 그 본능적인 행동은 세상을 접한 후 시간이 흐르면서 의지에 따른 행동에 묻혀 서서히 사라졌지만, 잠을 잘 때만큼은 어쩔 수 없이 가끔 고개를 드는 것 같았다.

나는 서점에 들어오는 사람들을 위해 유모차를 한쪽 구석에 밀쳐두고, 주인이 구식 기계로 책 두 권의 영수증을 만들어내고 있는 동안 서점 안의 책장을 둘러보았다. 바니아가 잠들었으니 그 정도의 여유는 부릴 수 있었다. 단번에 내 눈에 뜬 책은 페르 마닝의 사진책이었다. 그것을 발견한 것은 행운이었다. 나는 항상 그의 사진을 좋아했다. 특히 동물을 찍은 시리즈는 내가 가장 좋아하는 사진 중의 하나였다. 소와 돼지, 강아지와 바다표범. 그는 동물들의 영혼까지도 표현할 수 있는 작가다. 사진 속 동물들의 눈빛을 보면 누구나 그리 느낄 것이다. 그가 사진으로 표현한 동물들의 눈빛에는 친밀감이 어려 있다. 가끔은 고뇌와 고통, 허무함과 절박함도 볼 수 있다. 그는 동물들의 내면을 17세기 화가들처럼 신비스럽게 담아내는 작가다.

나는 그 책도 계산대 위에 올려놓았다.

"방금 들어온 책이에요. 아주 좋은 책이죠. 그런데 당신은 노르웨이 사람인가요?"

"네. 조금 더 둘러봐도 되죠?"

나는 들라크루아의 『일기』와 터너의 책도 집어 들었다. 사진으로 찍었을 때 터너의 그림만큼 본질에서 멀어지는 그림도 없지만 워낙 희귀한 책이었기에 집어 들지 않을 수가 없었다. 그 외에도 함메르스회이에 대한 포울 바드의 책과 딜럭스 판본으로 출간된 동양예술학 책도 한 권 꺼내 들었다.

계산대에 이르자 휴대폰이 울렸다. 내 전화번호를 알고 있는 이는 거의 없다. 나는 검은 파카 옆주머니에 깊숙하게 넣어둔 휴대폰을 꺼내 발신자를 확인했다. 전혀 불쾌하거나 짜증스럽지 않았다. 아니 그 정반대였다. 그도 그럴 것이 베이비댄스 강사와 복도에서 몇 마디 주고받은 것을 제외하면, 린다가 아침에 자전거를 타고 학교에 간 후 종일 그 누구와도 대화를 나누지 못했으니까.

"여보세요? 지금 뭐해?"

게이르였다.

"상처받은 자존심을 치료하고 있는 중이야. 너는?"

나는 벽 쪽으로 돌아서며 말했다.

"별일 없어. 사무실에 앉아서 창밖으로 지나가는 사람들을 보고 있는 중이지. 그런데 무슨 일이야?"

"굉장히 아름다운 여자를 만났어."

"그래?"

"대화도 나눴고."

"허허. 그래?"

"나를 초대하기도 했다고."

"초대를 받아들였어?"

"물론이지. 심지어는 내 이름이 뭐냐고 묻기까지 했다니까."

"그런데…?"

"베이비댄스 강사였어. 난 그 여자 앞에 앉아서 바니아를 무릎에 앉히고 손뼉을 치며 동요를 불러야 했다고. 그것도 코딱지만 한 방석에 앉아서 한 무리의 젊은 엄마들과 갓난아기들과 함께…"

게이르는 귀청이 떨어질 정도로 크게 웃었다.

"앉아서 이상한 리듬악기도 같이 흔들어야 했어."

"하하하!"

"그렇게 몇 시간 앉아 있다 오니 너무 화가 나서 뭘 해야 될지 모르겠더라고. 어쨌든 내 넓적한 궁둥이를 흔들어대니 아무도 내 뱃살은 안 보더라. 좋은 건지 나쁜 건지…"

"네 뱃살이 어때서. 부들부들하고 보기 좋잖아?"

게이르는 다시 웃음을 터뜨렸다.

"오늘 저녁에 만났으면 해서 전화했어."

"왜? 화를 더 돋워주려고?"

"농담하는 거 아니야. 7시 정도면 일을 마칠 수 있어. 그 후에 시내에서 만나면 어떨까?"

"오늘은 안 돼."

"도대체 스톡홀름에 살고 있는 이유가 뭐야? 같은 도시에 있으면서도 이렇게 얼굴 보기가 힘드니… 그건 그렇고 네가 스톡홀름에 처음 왔을 때 기억나? 내가 나이트클럽에 가지 않겠다고 했더니 네가 나더러 슬리퍼 밑창 신세*라고 했던 거."

---

* 아내에게 꼭 쥐여 사는 남편을 가리키는 속어.

"스톡홀름에 처음 왔을 때? 음…"

"관둬. 내 말의 요점은 네가 했던 그 말이야. 슬리퍼 밑창 신세라는 거. 기억나?"

"응, 불행히도 똑똑히 기억하고 있어."

"그래서? 결론을 내려봐!"

"솔직히 상황이 좀 다르다고 생각지 않니? 나는 슬리퍼 밑창 신세가 아니라 슬리퍼 신세라고. 그리고 너는 중세 시대의 풀렌*이고."

"하하하. 그럼 내일은?"

"내일은 프레드릭과 카린이 오기로 했어. 저녁을 함께 먹기로 했거든."

"프레드릭? 영화감독이라는 그 머저리 말이야?"

"그런 식으로 표현하고 싶지는 않지만, 맞아. 바로 그 사람이야."

"세상에! 알았어. 알았다고. 그럼 일요일은 어때? 아, 일요일도 안 되겠구나. 너희 부부 쉬는 날이니까. 월요일? 월요일에 만나자."

"오케이."

"월요일엔 시내가 좀 번잡할 거야."

"월요일 펠리카넨에서 보자. 그건 그렇고 말라파르테의 책을 구했어."

"그래? 지금 고서점에 있지? 그 책, 아주 좋아."

"들라크루아의 『일기』도 샀어."

"그 책도 아주 좋아. 토마스가 그 책 이야기를 하는 걸 들었어. 다른 건 없어?"

"아프텐포스텐에서 어제 전화가 왔어. 특별 인터뷰를 하자면서."

---

* 중세 시대 남성들 사이에 유행했던 앞부분이 길고 굽이 낮은 구두.

"한다고 했어?"

"응."

"바보 아냐? 네가 네 입으로 인터뷰 같은 건 절대 안 한다고 했잖아."

"알아. 나도 안다고. 하지만 출판사에서 그 기자가 특별히 실력이 있다고 말하는 바람에… 마지막으로 한 번 더 해보는 것도 나쁘진 않다고 생각했어. 예상과는 달리 기사가 잘 나올지 또 누가 알아?"

"잘 나올 리가 없어!"

"맞아. 나도 알아. 하지만 아무래도 좋아. 어차피 인터뷰를 하겠다고 대답을 해놓았으니까. 넌 어때? 다른 일 없고?"

"아무 일도 없어. 사회인류학자들과 빵으로 점심을 때웠지. 사무실에 돌아오니 학장이 수염에 음식을 더덕더덕 붙인 채 내 방으로 들어오더라. 바지의 앞 지퍼는 활짝 열어놓고서. 어휴. 그냥 세상 돌아가는 이야기가 하고 싶어서 들렀다고 하더군. 여기 사람 중에서 그 사람을 면박하지 않는 사람은 나밖에 없어. 그래서 자꾸만 나를 찾아오는 것 같아."

"옛날엔 그렇게 단호하고 무뚝뚝한 사람이었다며?"

"맞아. 요즘은 일자리를 빼앗길까봐 노심초사하고 있는 중이야. 그에게 남아 있는 건 이제 일밖에 없거든. 최근엔 성질이 많이 죽은 것 같아. 환경이 사람을 만드는 것 같다는 생각이 들어. 단호할 때는 단호하고, 그렇지 않을 때는 어쩔 수 없이 물러지고 친절해질 수밖에 없는…"

"내일 오전 중에 네 사무실에 잠깐 들를게. 시간 되니?"

"되고말고! 그런데 바니아는 데려오지 마라, 알았지?"

"하하. 그런데 지금 가게에 들어가서 돈을 내야 돼. 내일 아침에 보자."

"알았어. 린다와 바니아에게 안부 전해."

"크리스티나에게도 안부 전해."

"잘 있어."

"안녕."

나는 휴대폰을 주머니에 찔러넣고 가게 안으로 들어갔다. 바니아는 여전히 자고 있었다. 의자에 앉아 카탈로그를 들여다보고 있던 서점 주인이 계산대 앞에 선 나를 올려다보았다.

"1,530크로네입니다."

나는 그에게 카드를 건네주었다. 영수증은 뒷주머니에 잘 넣어두었다. 내겐 세금 환불을 받을 수 있는 유일한 수단이 그것밖에 없었다. 유모차 아래에 책을 담은 봉투를 얹은 후, 나는 벨소리도 요란한 서점 문을 열고 거리로 다시 나섰다.

시간은 어느새 오후 3시 30분을 넘어섰다. 나는 그날 새벽 4시 30분에 일어나 6시 30분까지 담 출판사에서 의뢰해온 번역물 교정을 보았다. 원문과 비교해가며 하나하나 꼼꼼하게 살펴봐야 하는 아주 지루한 작업이었지만 오전 내내 아이를 보고 베이비댄스 교습장에 가는 것보다는 백배 더 흥미로운 일이었다. 그러고 보니 나는 정말 시간을 보내기 위해 살고 있는 것 같다는 생각이 들었다. 이런 삶속에서는 피곤해질 수가 없다. 그렇다고 해서 내가 신체를 움직이고 힘을 소비해서 피곤해지는 삶을 동경한다는 말은 아니다. 나는 이삶 속에서 조금의 영감도 동기도 찾을 수 없기에 자꾸만 땅으로 꺼져 들어가고 있다. 마치 구멍 난 타이어처럼.

되벨른스가탄으로 향하는 횡단보도를 건넌 후 오른쪽으로 방향을 틀어 요한네스 성당이 있는 언덕을 올라갔다. 성당의 붉은 벽돌

담과 쑥색의 판금 지붕은 베르겐의 요한네스 성당, 아렌달의 삼위일체 성당과 똑같다. 말름실나즈가탄을 따라 걸은 후 다비드 바가레스가타에 이른 나는 아파트의 뒤쪽 출입문을 열고 들어섰다. 맞은편 카페 앞에는 작은 횃불 두 개가 길을 밝히고 있었다. 지릿한 오줌 냄새가 났다. 수트레플란에서 밤늦게까지 놀다가 집으로 향하는 이들이 자주 멈춰 서서 쓰레기더미 위에 소변을 보고 가는 곳이 바로 거기다.

길모퉁이에는 2년 전 이곳에 이사 왔을 때부터 자주 보아온 비둘기 한 마리가 서성이고 있었다. 비둘기는 그 당시만 해도 벽돌담에 나 있는 작은 구멍을 보금자리 삼아 살았다. 어느 날 인부들이 와서 그 구멍을 메워버리고 주변에 뾰족한 철조망을 둘러 세우니 비둘기는 갈 곳이 없어져 길바닥에 내려와 살기 시작했다.

그곳에는 들쥐도 살고 있다. 가끔 한밤중에 나와 담배를 피우다 보면 환하게 불이 켜진 건물들 틈에서 어두컴컴한 골목 모퉁이로 달려와 몸을 피하려는 들쥐들을 자주 볼 수 있다. 근처 미장원에서 일하는 미용사가 길모퉁이에 서서 담배를 피우며 휴대폰을 들고 통화를 하고 있었다. 그녀는 40세 정도로 보였다. 나는 그녀가 시골의 한 작은 도시에서 미녀 소리를 들으며 자랐을 것이라고 짐작했다. 적어도 내 눈에는 내가 자란 아렌달에서 한여름에 밤늦게까지 시내에서 놀던 여인들과 비슷하게 보였다. 지나치다 싶을 정도로 밝은 금발 또는 새카만 검은색으로 염색한 머리, 선탠을 하거나 짙게 화장을 해서 갈색으로 만들어버린 피부, 유혹하는 듯한 눈빛, 머리를 젖혀가며 귀청이 떨어져 나갈 정도로 웃음을 토해내는 40대 여인. 하얀 유니폼을 입고 통화를 하는 미용사의 목소리는 쉬어버린 듯 걸걸했고 스코네 지역 사투리로 이야기를 하고 있었다.

그녀는 나와 눈이 마주치자 가볍게 고개를 끄덕여 인사를 건넸다. 나도 살짝 고개를 끄덕여 답례를 해주었다. 그녀와 마주 앉아 이야기를 해본 적이 없지만 나는 어쩐 일인지 그녀가 좋았다. 그녀는 지금까지 스톡홀름에서 보아온 사람들과는 너무 달랐다. 스톡홀름 사람들은 모두 중산층에서 상류층으로 향하는 계단에 서 있는 사람들이었고 개중에는 이미 최상류층에 도달한 사람도 많았다. 물론 대부분은 자기가 중상류층에 속한다고 믿는 사람들이었지만. 그녀는 이런 스톡홀름 사람들의 옷차림과 물건들, 사고방식과 태도와는 거리가 먼 사람처럼 보였다.

나는 문 앞에서 걸음을 멈추고 열쇠를 찾아들었다. 세탁실 창 위의 환풍기에서 깨끗한 옷가지들의 냄새, 향긋한 세제 냄새가 풍겨나왔다. 문을 열고 아주 조심스럽게 복도로 발을 들여놓았다. 바니아는 이곳의 모든 소리에 너무나 익숙해 있어 아파트 복도에 들어서기만 하면 자다가도 벌떡 일어나곤 했기 때문이다. 조심하긴 했지만 이번에도 마찬가지였다. 바니아는 소리를 질렀다. 나는 바니아가 소리를 지르도록 내버려둔 채 엘리베이터 문을 열고 층 번호를 누른 후 2층으로 올라가는 동안 엘리베이터 벽에 걸린 거울을 보았다. 린다는 바니아의 울음소리를 들었는지 대문 앞에 서서 우리를 기다리고 있었다.

"이제 오세요? 오늘 어땠어요? 우리 공주님, 자다가 깼나 보네? 이리 와, 엄마가 안아줄게…"

린다는 유모차의 안전띠를 풀고 바니아를 안아 올렸다.

"나쁘지 않았어."

린다는 스웨터 단추를 풀고 수유를 하기 위해 바니아를 거실로 데려갔다. 나는 빈 유모차를 현관 안으로 들여놓았다.

"그런데 말이야… 난 이제 죽을 때까지 베이비댄스 교습장엔 안 갈 테니 그리 알아."

"그 정도였어요?"

린다는 내게 미소를 보인 후 젖을 무는 바니아를 내려다보았다.

"그 정도였냐고? 지금까지 내가 해본 일 중에서 최악이었어. 교습이 끝난 후엔 화가 머리끝까지 치밀어 오를 정도였으니까."

"이해해요."

린다는 그 이상은 관심을 보이지 않았다.

바니아를 향한 린다의 배려와 사랑은 너무나 특별하다. 완벽한 포용감과 진실함과 순수함.

나는 장을 봐온 음식들을 정리해서 냉장고에 넣고, 바질은 창가의 화분에 심고 물을 주었다. 유모차에 있던 책을 가져와 책장에 꽂고 노트북을 켠 후 이메일을 확인했다. 오전에 확인한 후 그날 두 번째로 메일을 확인한 셈이다. 칼 요한 발그렌이 보낸 이메일을 열어보니 노미네이트된 것을 축하한다는 내용이었다. 아직 책을 구하지 못해 읽어보진 못했다는 말과 맥주 한 잔을 같이하고 싶으면 언제든 전화하라는 말도 쓰여 있었다. 발그렌은 내가 진정으로 좋아하는 이다. 그의 특이한 태도에 대해 어떤 이들은 불쾌하다고 여기기도 했고, 어떤 이들은 지나치게 엘리트적인 분위기가 풍겨 바보 같다고 말하기도 했다. 반면 스웨덴에서 산 2년 동안 나는 그에게 단 한 번도 좋지 않은 감정을 느낀 적이 없다. 하지만 그와 함께 맥주를 마시며 시간을 보낸다는 것은 있을 수 없는 일이다. 두 번이나 시도해보았지만 어쩐 일인지 나는 그의 앞에서 아무 말도 할 수 없어 침묵만 지켰던 기억이 난다.

다음 이메일을 열어보니 마르타 노르헤임이 보낸 것이었다. 그녀는 NRK 방송국의 P2 라디오 문학상 수상과 관련해 인터뷰 요청을 해왔다. 세 번째 이메일은 책을 보내줘서 고맙다는 군나르 삼촌의 것이었다. 삼촌은 책을 아직 읽진 않았지만 곧 시간을 내서 꼭 읽어보겠다면서 노르딕 평의회 문학상도 꼭 수상하기를 바란다고 했다. 추신에는 윙베 형과 카리 안네가 곧 이혼할 것이라는 말이 덧붙여져 있었다. 나는 답을 쓰지 않고 그 자리에서 노트북을 닫아버렸다.

"이메일 확인한 거예요? 흥미로운 것도 있었나요?"

"그냥 그래. 발그렌의 축하말과 NRK에서 2주 후에 인터뷰를 하자고 요청해온 것들… 참, 군나르 삼촌도 이메일을 보냈어. 책을 보내줘서 고맙다고 하더군. 뜻밖이야. 『세상 밖에서』를 보냈을 때 삼촌이 얼마나 화를 냈는지 기억해?"

"기억해요. 그건 그렇고 발그렌에게 전화해서 한 번 만나보는 것도 좋지 않겠어요?"

"당신 기분이 좋은 모양이군."

린다는 내게 혀를 쏙 내밀어보였다.

"좋은 아내가 되려고 노력 중이란 말이에요."

"알아, 알아. 미안해. 그런 뜻은 아니었어. 오케이?"

"괜찮아요."

나는 그녀 옆에 있는 책장에서 『카라마조프의 형제』 제2권을 꺼냈다.

"이제 나가볼게. 잘 있어."

"잘 다녀오세요."

내게는 한 시간의 여유가 있었다. 집에서 낮에 바니아를 보살피기로 했을 때 내가 요구한 것은 매일 오후 혼자 있을 수 있는 나만의 여유를 한 시간만 달라는 것이었다. 린다는 나의 요구가 매우 정당하지 않다고 반발했다. 왜냐하면 그녀가 집에서 아이를 보살폈을 때는 그 한 시간의 여유도 얻지 못했기 때문이다. 나는 린다가 자신만의 시간을 요구하지 않았던 것은 미처 그 생각을 해보지 못했기 때문이고, 미처 그 생각을 못 했던 것은 린다가 혼자 있기보다는 우리와 함께 있고 싶어서라고 짐작했다. 하지만 나는 린다와는 달랐다.

내게는 혼자만의 시간이 반드시 필요했다. 매일 오후 한 시간의 여유를 얻은 나는 근처 카페에 앉아 책을 읽으면서 담배를 피웠다. 나는 같은 카페를 연이어 네댓 번 이상 찾지 않는다. 그렇게 하면 점원은 나를 단골손님으로 취급하기 때문이다. 단골손님이 되어버리면 그들은 내가 들어설 때마다 알은체하고 나의 성향을 알아내어 나를 감동시키려 노력한다. 가끔은 이런저런 세상사에 대해 이야기를 하면서 나의 호의적인 대답을 기대하기도 한다.

내가 대도시에 사는 이유는 전적으로 혼자 있고 싶기 때문이다. 한 번도 본 적 없는 불특정 대다수의 낯선 얼굴들 속에선 마음의 문을 닫고 거리를 두는 일이 그리 어렵지 않다. 낯선 얼굴들의 파도 속에서 혼자 헤엄칠 수 있다는 것은 대도시의 장점이기도 하다. 온갖 형태의 사람이 모여드는 지하철역. 기차와 거리와 카페 그리고 대형 쇼핑센터들.

거리감, 거리감. 나는 이 거리감이 아무리 커도 만족할 수가 없을 정도다. 카페의 바리스타가 나를 발견하고 인사를 대신해 미소를 짓고, 커피 한 잔과 함께 요청하지도 않은 크루아상까지 곁들여 줄 때가 되면 나는 그 카페를 찾지 않는다. 다른 카페로 옮기는 것은 그리 어렵지 않나. 나는 내노시의 한가운데 살고 있으며, 반경 10분 정도의 거리엔 카페가 수두룩하니까.

그날은 레게링스가탄을 따라 시내 중심을 향해 걸어 내려갔다. 거리에는 사람들이 가득했다. 나는 걸음을 옮기며 베이비댄스 교습 강사를 떠올렸다. 도대체 무엇 때문일까. 그렇다. 나는 그녀와 잠자리를 한 번 같이해 보고 싶은 것이 분명하다. 하지만 그런 기회는 절대 오지 않을 것이다. 기회가 온다 해도 나는 그 기회를 잡을 리가 없다. 그렇다면 그녀의 눈앞에서 내가 여자처럼 행동했던 것도 아무런 상관이 없지 않은가.

자기의 이미지나 자아개념에 대해선 모두 할 말이 많을 것이다. 그것은 차갑고 때로는 아프게 여겨지기까지 하는 이성과는 거리가 먼 개념이다. 자아개념이라는 것은 시간을 거쳐 형성되어온 한 인간의 모든 것을 포함할 뿐만 아니라 그가 과거 한순간 어떤 사람으로 살았던 적도 있었다는 사실까지 포함한다. 또 어떤 사람이 되고 싶어 했는지, 어떤 사람이 될 수 있었는지도 이 자아개념에 큰 영향을 미친다. 자아개념이라는 것은 현실과 이론적 가설 사이에 구분선이 없으며, 나이와 감정과 모든 행위가 동시에 영향을 미친다.

유모차를 끌고 시내를 돌아다니고 집에서 아이를 보살피는 일은 내 삶에 발전을 가져다주지 못한다. 오히려 이런 행위는 내 삶에서 무언가를 제거해버린다. 나라는 인간의 한 부분, 남성적인 부분을 없애버리는 것이다.

머릿속의 생각은 나의 이런 행위가 훌륭하다고 칭찬을 멈추지 않는다. 내가 유모차를 끌고 집에 앉아 바니아를 보는 건 린다와 내가 바니아와의 관계에서 동등한 책임과 의무를 다하기 위해서라는 걸 나도 잘 알고 있다는 말이다. 하지만 나를 파고드는 느낌, 가끔은 절망의 구렁텅이까지 몰고 가는 느낌은 유모차를 끌고 바니아의 기저귀를 갈아주는 내 모습을 너무나 짓눌러서 작고 초라하게 만들어 사지를 움직일 수 없을 정도다.

문제는 내 삶에 어떤 변수가 기본적으로 적용되는지 알아야 한다는 것이다. 부부가 의무와 권리를 평등하게 행사해야 한다는 것을 기본적 지표로 삼는다면 나를 비롯한 남성들이 부드러움과 친밀함 속으로 힘없이 빠져드는 일은 아무런 문제가 되지 않는다. 오히려 주변인들에게서 찬사와 박수를 받을 수도 있다. 더 나아가 부부 간 또는 남녀 간의 평등은 분명 사회 발전의 초석이 될 수 있다. 하지만 이것만이 삶의 전부는 아니다. 행복과 삶의 열정도 무시할 수 없는 요소인 것이다.

여자들이 사회활동을 하다가 40대가 되어서야 아이를 낳고, 남자들은 아이가 어린이집에 들어가기 전까지 몇 달간의 육아휴가를 받아 집에서 아이를 보살핀 후 다시 직장으로 돌아가기도 한다. 바로 이 때문에 오늘의 여성들은 이전 세대의 여성들보다 훨씬 더 큰 행복감과 만족감을 느낄 수도 있다. 집에서 갓난아기를 반년 정도 돌보는 남자들이 더 풍부한 삶의 열정을 맛보는 경우도 있다. 이런 남자들에게서 진정으로 매력을 느끼는 여자들도 물론 있을 것이다. 가느다란 팔, 넓적한 엉덩이, 빡빡 깎은 대머리에 검은색 명품 안경을 끼고 유모차와 아기띠는 물론, 집에서 직접 만든 이유식과 가게에서 구입한 친환경 이유식의 장단점을 비교하는 남자들에게 몸과 영혼을 다 바쳐 사랑하는 여자들도 없지 않을 것이다.

삶은 남녀 간의 평등과 정당성이라는 요소만으로는 살아낼 수 없다. 특히 남녀 관계에서는 선택이 중요하다. 나는 선택했고 결정은 내려졌다. 다른 삶을 원했다면 린다가 임신하기 전에 말을 하고 양해를 구했어야 했다. 아이를 낳고 싶지만 집에 앉아 아이를 보살피는 일은 하지 않을 것이오. 그래도 괜찮겠소? 정도로 말이다. 그렇게 말을 했다면 린다는 된다든지 안 된다든지 자신의 의견을 나타냈을 것이다. 우리의 앞날은 거기서 내려진 결정을 바탕으로 계획되고 진행되는 게 정석이다. 하지만 나는 린다에게 아무 말도 하지 않았다. 나는 그때만 해도 우리의 앞날이 어떻게 펼쳐질지 전혀 예측하지 못했기 때문이다.

나는 일반적인 삶의 법칙을 따를 수밖에 없었다. 내가 몸담고 사는 현세대의 문화는 이전 세대 여자들의 역할과 책임으로 여겨졌던 일들을 남녀가 함께 나누어 하는 것을 당연시하고 있다. 나는 자기의 운명에 스스로 발등을 찍은 오디세이가 되어버린 것 같은 기분이 들었다. 때늦은 감이 없지 않지만 자유의 몸이 되기 위해선 내가 가지고 있는 모든 것을 내놓아야만 한다. 하지만 그럴 마음은 추호도 없었다. 나는 현대적이고 여성적인 남자로 위장한 채 스톡홀름 거리를 걸었다. 물론 내 내면에는 치솟는 울분으로 어쩔 줄 모르는 19세기 남자가 자리하고 있었다. 유모차의 손잡이에 손을 대는 순간 내 모습은 마치 마법에 걸린 것처럼 순식간에 달라졌다.

나는 다른 남자들과 마찬가지로 길을 가다 지나치는 여자들에게 자주 흘끗흘끗 곁눈질을 한다. 그건 상당히 미심쩍고 의미 없는 행위에 불과하다. 내가 얻을 수 있는 것은 최선의 경우에 상대방과 단 몇 초 동안 눈을 마주치는 게 전부다. 가끔은 정말 숨이 막힐 정도로 아름다운 여자가 지나가면 눈길만 던지는 것이 아니라 몸을 돌려 그녀의 뒷모습을 바라보기도 한다. 물론 다른 사람이 눈치채지 않도록 아주 교묘하고 신중하게.

내가 그런 짓을 하는 건 도대체 무엇 때문일까. 여인들의 눈동자와 입, 젖가슴과 허리, 둔부와 종아리는 도대체 내게 어떤 의미가 있는 걸까. 그들을 훔쳐본다 해도 몇 초 후나 몇 분 후면 모두 잊어버리고 마는데. 가끔 내 눈길을 의식한 여인들이 나를 돌아보는 경우도 있다. 그럴 때면 강렬한 욕망이 짜릿하게 전신을 스쳐간다. 내게 머무는 여인의 눈길이 몇 초 더 길어진다 해도 그 눈길은 낯선 얼굴들의 무리 속에 포함되는 단 한 명의 눈길에 불과할 뿐 그 이상의 의미는 없다. 나는 그녀에 대해 아무것도 아는 것이 없다. 그녀의 고향이 어디인지, 그녀가 지금까지 어떻게 살아왔는지도 모르지만 우리는 순간적으로 눈빛을 교환한다. 그게 전부다. 그 순간이 지나가고 여인이 몸을 돌려 걸음을 옮기면 방금 있었던 일은 내 기억 속에서도 사라져버린다.

이상하게도 내가 유모차를 끌고 갈 때면 내게 눈길을 주는 여인은 단 한 명도 없고, 나는 거리의 투명인간이 되어버린 것 같다. 어쩌면 유모차는 내가 임자 있는 사람이라는 사실을 상징하기에 그럴지도 모른다. 하지만 내가 린다와 손잡고 길을 걸어갈 때면 내게 눈길을 던지는 여인들과 꽤 자주 마주친다. 이건 어떻게 해석해야 하는가. 아, 아이와 아내가 있으면 길을 지나는 다른 여자들을 쳐다볼 수도 없다는 말인가. 집에 남아 아이를 보고 청소를 하는 대가로 그런 조금의 즐거움을 누릴 수는 없는 걸까.

아니다. 그건 아니다.

있을 수 없는 일이다.

언젠가 토니에는 술집에서 만난 남자 이야기를 해준 적이 있다. 여자 친구들과 함께 앉아 있던 토니에에게 술 취한 한 남자가 다가와 말을 걸었다고 한다. 아내가 아이를 낳았기 때문에 아버지가 된 것을 자축하려고 밖에 나와 술 한 잔을 한다는 그는 시간이 흐르면서 점점 더 집요하게 토니에에게 치근덕거리기 시작했다. 결국 그는 토니에에게 그날 밤 자신의 집으로 함께 가자는 말까지 했다. 토니에는 그 남자가 너무나 혐오스러웠지만 어쩌면 그런 말과 행동을 거침없이 하는지 궁금하기도 했다고 말했다. 그게 정말 가능한 일이야? 도대체 그 사람 머릿속에는 어떤 생각이 들어 있는지 궁금해 죽겠어.

나는 그 남자처럼 아내를 배신하는 말과 행위는 할 수 없다. 생각조차 해보지 않았다. 하지만 길을 지나가는 여인들을 쉴 새 없이 흘낏거리는 내 행동과 그 남자의 행동이 과연 다르다고 할 수 있을까.

문득 집에 있을 린다와 바니아가 떠올랐다. 그들의 눈빛. 바니아는 호기심과 기쁨을 눈빛에 담을 때도 있고 졸리는 눈빛을 할 때도 있다. 린다의 눈은 너무나 아름답다. 린다를 향한 내 사랑은 살면서 한 번도 느껴보지 못했을 정도로 큰 것이었고 린다와 함께 살 수 있다면 더 바랄 것이 없겠다고 생각했던 적도 있다. 이젠 린다뿐만이 아니라 린다가 낳아준 아기와도 함께 살고 있다. 그러니 이젠 나도 안정을 찾을 때가 되지 않았을까. 린다가 학업을 마칠 때까지 1년 동안만 글 쓰는 일에서 손을 떼고 바니아를 돌볼 수는 없을까. 나는 아내와 바니아를 사랑하고 그들도 나를 사랑하는데, 나는 왜 이토록 고통스러운가.

내 주변의 모든 것을 잊어버리고 바니아에게만 집중하며, 린다가 원하는 것을 할 수 있도록 지원해주어야 한다는 생각이 스쳤다. 더 나은 인간이 되기 위해서라도. 젠장! 더 나은 인간? 더 나은 인간은 도대체 어떤 인간일까. 진정 더 나은 인간이 되는 것은 내게 불가능한 일일까.

새로 개장한 소니 가전제품상 앞에 이른 나는 길모퉁이에 자리한 대학서점에 들러 책 몇 권을 산 다음 근처 카페를 찾아갈까 생각했다. 그 순간 길 건너편에서 라스 노렌을 발견했다. 그는 '나이키' 로고가 찍힌 쇼핑백을 들고 나를 향해 걸어오고 있었다. 그를 처음 본 것은 이곳으로 이사하고 몇 주가 지나고 나서 홈믈레고르텐 공원을 산책하던 때였다. 안개가 나무 꼭대기에 걸려 있던 날, 그는 작은 호빗처럼 검은색 옷으로 전신을 감싼 채 공원을 걷고 있었다. 그와 눈을 마주친 순간 나는 순간적으로 식은땀을 흘렸다. 그의 두 눈동자는 칠흑처럼 새카맣게 보였다. 저 사람이 정말 인간인가. 혹 마법사는 아닐까.

"당신도 봤어?"

나는 린다에게 물어보았다.

"라스 노렌이잖아요."

"오, 그 사람이 라스 노렌이었어?"

연극배우였던 린다의 어머니는 아주 오래전 드라마텐 왕립극장에서 상연된 그의 작품에 출연한 적이 있다. 린다의 가장 친한 친구 헬레나도 연극배우 출신으로서 그의 작품에 출연한 적이 있다. 린다는 라스 노렌과 헬레나가 대화를 나누는 것을 들어본 적이 있다고 말했다. 라스 노렌은 평상시와 마찬가지로 이야기했으며 그날 그에게서 특별한 점은 아무것도 찾아볼 수 없었다. 하지만 얼마 후 그의 작품에 출연한 헬레나는 깜짝 놀라고 말았다. 지난번 그와 만났을 때 했던 말이 고스란히 자신이 맡은 역의 대사로 옮겨왔기 때문이다. 린다는 그가 집필한 『혼란은 신의 이웃』과 『밤은 낮의 어머니』가 명작 중의 명작이라며 내게 꼭 읽어보라고 권했다. 하지만 나는 그 책들을 읽지 않았다. 내가 읽어야 하는 책들은 이미 1년 치나 쌓여 있었기에 가끔 길에서 그를 만나는 것만으로 만족하기로 했던 것이다.

린다와 내가 자주 찾던 카페 '사투르누스'에서도 자주 누군가와 만나 대화를 하고 있거나 기자들과 인터뷰를 하고 있는 그를 볼 수 있었다. 길에서 만난 작가는 그뿐만이 아니다. 건너편 제과점에선 크리스티안 페트리를 만나기도 했다. 나는 이미 신문 지상에서 그를 자주 보았기에 그와 마주친 순간 다가가 인사를 건넬 뻔했다.

그 제과점에서 페테르 엥글룬과 마주친 적도 있었다. 한 번은 '카페 델로 스포츠'에 앉아 있으니 『붉은 여인의 성』을 집필한 라스 야콥센이 불쑥 들어오기도 했다. 20대에 스티그 라르손*의 책 『자장가』를 읽으며 주먹으로 명치를 얻어맞은 것처럼 느꼈다면 얼마 전에는 '스투레호프'의 야외 테이블에 앉아 책을 읽고 있는 라르손을 보고선 심장이 멎는 것 같은 느낌을 받기도 했다. 또 한 번은 지인들과 함께 '펠리카넨'에 앉아 있는데 라르손이 들어왔다. 마침 한 지인이 그와 아는 사이라, 나는 우리 테이블 앞에서 잠시 멈춰 선 그와 악수까지 나누었다. 그는 무기력하고 힘 빠진 듯한 미소를 내게 건넸다. '포룸'에서는 어느 저녁 날 아리스 피오레토스와 카타리나 프로스텐손을 보았고, 쇠데르의 한 파티에서는 얀 예데룬도 만났다. 나는 베르겐에 있을 때 이들 작가의 책을 모두 읽어보았다. 그때만 해도 이들의 이름은 낯선 나라에 살고 있는 사람들의 낯선 이름일 뿐이었다. 살아 있는 그들을 내 눈으로 직접 보고 나니 베르겐에서 책을 읽으며 느꼈던 그들의 아우라를 고스란히 맛볼 수 있었고 심지어는 동시대적 결속감까지 느낄 수 있었다.

그들을 실제로 처음 보았을 때 나는 마치 천 년 전의 스톡홀름을 보는 것만 같아 감동이 느껴질 정도였다. 그들은 대부분 8, 90년대에 크게 이름을 떨친 작가들이고 몇몇은 독자들에게도 잊힌 상태였

• 스티그 라르손(Stig Larsson): 『밀레니엄』 시리즈를 집필한 스티그 라르손(Stieg Larsson)과는 다른 사람이다.

지만 그런 건 내게 아무 상관이 없었다. 내가 원한 것은 현실이 아니라 마법이었으니까.

젊은 작가 중에서는 예르케르 비르보리만 내 맘에 들었다. 그의 책 『게』는 안갯속에 있던 인간의 도덕성과 정치성을 안개 밖으로 선명하게 끌어낸 작품이다. 문학성이 뛰어난 작품이라 말할 수는 없지만 그의 작품에선 무언가 다른 것을 발견할 수 있다. 문학의 유일한 의무와 책임은 바로 그것이다. 작가는 문학을 구성하는 온갖 외형적·내형적 요소들 앞에선 자유로울 수 있지만, 무언가 자기만의 독특한 것을 일구어내야 한다는 책임과 의무 앞에선 자유로울 수 없다. 만약 작가가 바로 이 점에서 우물쭈물한다면 그들은 독자들의 경멸과 조롱을 받아도 된다고 생각한다.

내가 싫어하고 혐오하는 작가들도 있다. 가실레브스키, 라타마, 할베리. 그들의 글을 읽으면 구역질이 날 것만 같다.

갑자기 대학서점에 들러보고 싶은 생각이 사라져버렸다.

나는 횡단보도 앞에서 걸음을 멈추었다. 건너편에 자리한 NK 백화점 입구의 작은 카페로 가리라 마음먹었다. 그 카페는 백화점을 찾는 수많은 사람이 시도 때도 없이 들르는 곳이라 항상 번잡했다. 그런 곳에서는 사람들 속에 숨어버리는 일이 쉬워지니 더 큰 자유를 맛볼 수 있다.

나는 아래층 건축자재 가게로 향하는 계단의 난간 옆에 있는 빈 테이블을 발견했다. 의자 등받이에 코트를 걸어두고, 책은 뒤표지를 위로 해서 테이블 위에 놓아두었다. 아무에게도 내가 무슨 책을 읽는지 보여주고 싶지 않아서였다. 커피를 사려고 줄을 서니 바 뒤에서 분주하게 일하고 있는 두 여자와 한 남자가 눈에 들어왔다. 자세히 보니 셋 모두 남매처럼 비슷하게 생겼다. 그중에서 가장 나이가 많아 보이는 여자는 쉭쉭 소리를 내는 커피머신 앞에 서서 커피를 따르고 있었는데, 외모와 분위기는 여성잡지의 모델처럼 보였다. 사진 속에서나 볼 수 있을 것 같은 여자의 분위기 때문이었을까. 방금 그녀를 보고 느꼈던 세속적 욕망이 한순간에 사라져버렸다. 내가 사는 이 세상은 그녀의 세상과는 전혀 다른 것이라는 생각도 스쳤다. 물론 따지고 보면 그리 틀린 말은 아닐 것이다. 그녀와 나 사이에는 서로 마주치는 눈길 외에는 서로를 이어주는 그 어떤 것도 찾을 수 없었으니까.

젠장. 또 시작되었군.

이젠 정말 이런 머저리 같은 생각을 하지 않을 때도 되지 않았나.

나는 꼬깃꼬깃 접어놓았던 100크로네짜리 지폐 한 장을 주머니에서 꺼내 손으로 쭉쭉 폈다. 시선을 돌려 테이블에 앉아 있는 손님들을 바라보니, 모두 하나같이 매끈매끈한 쇼핑백을 들고 있었다. 반짝반짝 광이 나는 부츠와 구두, 매끈하게 다림질한 양복, 코트와 재킷, 털목도리와 금목걸이, 화장으로 잘 가린 주름 가득한 피부와 세월을 머금은 눈빛. 그들 앞에 놓인 커피와 비엔나빵. 그들이 지금 무슨 생각을 하고 있는지 알 수 있다면 내가 가지고 있는 그 어떤 것도 선선히 내놓을 수 있을 것만 같은 생각이 스쳤다.

이 세상은 그들의 눈엔 어떻게 비칠까. 그들의 세상과 나의 세상이 철저하게 또 근본적으로 완전히 다른 것이라면? 검정 가죽 소파를 가득 채우는 즐거움과 만족감. 블랙커피의 씁쓸한 맛. 버터빵 한가운데 불쑥 솟아오른 노란 바닐라 크림. 이 세상이 그들의 가슴속에서 환희의 노래를 부르고 있는 건 아닐까. 하루가 가져다주는 벅찬 기쁨 때문에 그들의 가슴은 터져버리지나 않을까.

사치스러운 쇼핑백에 정교하게 달려 있는 고급 손잡이는 종이봉투에 풀로 붙여진 슈퍼마켓의 종이 손잡이와는 근본이 다르다. 쇼핑백의 로고는 또 어떤가. 누군가가 며칠씩, 몇 주씩 작업실에 틀어박혀 자신의 모든 지식과 전문성을 동원해 디자인을 하고, 다른 부서와의 회의를 거쳐 피드백을 받고, 다시 작업실에 앉아 마무리를 한 다음 친구나 가족들에게 시범적으로 사용해보라 권하기도 했을 것이다. 그토록 정성을 들였는데도 반응이 좋지 않을까봐 며칠씩 뜬눈으로 밤을 지새우다가 마침내 세상에 내놓았을 때의 그 희열감이 쇼핑백에 묻어 있다는 생각은 해보지 않았는가. 금발로 염색을 하고 헤어젤로 머리를 빳빳하게 세운 50대 여인의 무릎 위에 놓인 저 쇼핑백 말이다.

여인은 무언가 생각에 잠겨 있는 듯했다. 그녀의 가슴속엔 길고 행복했던 삶의 말기에 맞이하는 내면의 평화로 가득 차 있는 걸까. 세상의 물질과 현상 속에서 방황하던 여인이 잠시 머무른 지금의 종착역에서 떠올리는 생각은 도대체 어떤 것일까. 그녀 앞에 놓인 하얗고 단단하고 차가운 커피잔과 그 속에서 부드럽게 움직이는 검은 커피가 만들어내는 그 극명한 차이점은 얼마나 완전무결한가. 여인은 벽돌담 옆에 피어 있는 진분홍빛 디기탈리스 꽃도 보았을까. 11월의 어느 날 저녁 온 도시를 신비롭고 아름답게 감싸 안은 안갯속에서 공원의 가로등에 오줌을 누고 가던 강아지 한 마리도 보았을까. 아, 피부와 옷, 금속과 나무를 얇은 막처럼 덮고서 주변의 모든 것을 반사해내는 조그마한 빗방울들은 보았던가. 세상이 그 빗방울 속에서 회색으로 반짝이는 모습도 보았던가. 건너편 집의 지하실 창을 깨고 도둑질하는 낯선 사람을 본 적도 있을까.

인간의 삶은 이 얼마나 이상하고 특별한 것인가! 여인의 부엌 식탁에는 소금과 후추를 담은 원통도 두 개 있지 않을까. 뚜껑에는 수 없이 많은 조그만 구멍이 있어 소금과 후추를 뿌려낼 수도 있었을 것이다. 그녀가 소금과 후추를 뿌린 것은 무엇일까. 돼지고기, 양고기, 잘게 썬 녹색 파가 듬성듬성 보이는 노란 오믈렛, 완두콩 수프와 쇠고기. 매일같이 줄을 지어 오감을 파고드는 이 모든 것, 맛과 냄새와 향과 형체는 모두 그 자체가 삶의 경험이라 할 수 있다. 그렇다면 여인이 세상을 끌어들이기보다는 혼자 평화롭고 조용한 시간을 즐기려는 것은 전혀 이상한 일이 아니지 않은가.

내 앞에 서 있던 남자는 주문한 카페라테 석 잔이 나오자 어렵사리 자신의 테이블로 가져갔다. 어깨까지 내려오는 검은색 머리, 부드러운 입술을 지닌 점원은 아는 얼굴이 보이면 검은색 눈동자에 빛을 발하며 활기를 띠었다. 내 차례가 되어 주문을 하려니 그녀의 활기찬 눈동자는 어느새 중립적이고 무덤덤하게 변해버렸다.

"블랙커피?"

그녀는 내가 입을 떼기도 전에 말했다.

나는 고개를 끄덕였고 그녀가 커피를 가지러 몸을 돌리는 순간 한숨을 내쉬었다. 이유식이 묻어 얼룩진 스웨터를 입고 머리는 언제 감았는지도 모르는 키만 멀쑥하고 슬픈 남자를 그녀도 알아보았다는 생각이 들어서였다.

그녀가 컵을 꺼내 커피를 따르는 몇 초 동안 나는 그녀를 머리부터 발끝까지 슬쩍 훑어보았다. 그녀도 올겨울에 유행하는 무릎까지 오는 부츠를 신고 있었다. 나는 이 유행이 영원히 지속되었으면 좋겠다고 바랐다.

"여기 있습니다."

나는 100크로네짜리 지폐를 건네주었다. 그녀는 투명 매니큐어를 바른 손으로 돈을 받아쥐고 거스름돈을 세어 내게 되돌려주었다.

그녀의 미소는 곧 내 뒤에 줄을 서 있는 다음 손님에게로 미끄러져 갔다.

테이블 위의 도스토옙스키 책을 봐도 읽고 싶은 마음이 생기지 않았다. 책을 읽지 않으면 읽지 않을수록, 넘기는 책장 수가 적으면 적을수록 독서를 향한 마음의 장벽이 높아진다. 여기에 더해 나는 도스토옙스키가 묘사한 세상 속으로 들어가고 싶은 마음이 없었다. 그의 글에 말할 수 없는 매력을 느끼고 작가로서의 그의 업적을 더없이 존중한다 해도 그의 책을 읽으면서 얻는 불쾌감은 떨칠 수가 없다. 아니 그것은 불쾌감이 아니라 불편함이다. 나는 도스토옙스키의 세상 속에서 불편함을 느낀다. 그럼에도 나는 소파에 앉아 책장을 펼쳤다. 카페 안을 한 번 쓰윽 훑어보며 아무도 나를 보지 않는다는 것을 확인한 후에.

도스토옙스키 이전에는 크리스트교적 개념이 이상으로 작용했다. 하늘을 비롯해 인간이 닿을 수 없는 모든 것은 순수하고 강렬했다. 생명체들은 허약하고 그 정신은 취약했으나 그들이 추구하는 이상은 불굴의 것으로 완고하고 엄정했다. 소설 속의 인간은 이를 수 없는 이상에 도달하기 위해 삶을 참고 견뎠고 투쟁을 했다. 도스토옙스키의 책은 모든 것이 너무나 인간적이다. 아니, 더 정확히 말하자면 인간적인 것이 전부다. 그리고 이상이라는 것은 인간의 머릿속에 자리한 한 줄기 바람 같은 것이다. 그 이상에 이르기 위해서 인간은 가지고 있던 것을 모두 포기해야만 했고, 의지보다는 반(反)의지와 순종으로 일관해야 했다. 자아포기 또는 자아소멸 그리고 인간적 겸손은 도스토옙스키의 주요 작품에서 중심 주제로 숨어 있다.

이상이 현실화될 수 없는 세상의 틀을 극명하게 묘사했기에 우리는 도스토옙스키를 거장이라 부른다. 그것은 작가로서의 도스토옙스키가 자기 자신의 소멸적 자아와 겸손을 드러낸 결과다.

문학계의 다른 거장들과는 달리 도스토옙스키는 소설 속에 인간적인 자신을 거의 드러내지 않는다. 그의 소설 속에는 찬란하고 재기 넘치는 문장도 찾아보기 힘들고, 소설의 최종 목표라 할 수 있는 도덕성도 읽어낼 수 없다. 그는 인류에게 개인성과 인간성을 부여하기 위해 부지런하고 근면하게 글을 썼다. 인간성 속에 자리한 겸손과 자아소멸적 성향은 결국 자비와 용서라는 수동성 속에서 용해될 수밖에 없는 것이기에 이에 굴복하지 않으려는 인간들의 온갖 행위와 투쟁은 강렬해질 수밖에 없는 것이다.

우리는 바로 이 시점에서 도스토옙스키가 표현한 허무주의적 관념을 이해해야 한다. 그의 허무주의는 현실화될 수 없는 하나의 고정된 아이디어에 불과하나 관념사의 정수로 거론된다. 그의 작품에서는 세상 속에서 고개를 치켜드는 온갖 형태의 인간다움을 볼 수 있다. 기괴하고 동물적인 인간성에서부터 귀족적이고 세련된 인간성, 추하고 비열하며 가난하여 예수의 이상과는 거리가 먼 인간성도 볼 수 있다. 아울러 넓은 의미의 허무주의에 대한 관점과 의미도 찾아볼 수 있다.

지난 세기 중반 이후 격변기에 활동했던 대작가 가운데 톨스토이는 세상의 모든 믿음과 종교, 도덕관념과 가책받는 양심을 두루 다루었다는 점에서 조금 다른 부류에 속한다. 그의 작품 속에서는 예를 들어, 풍경과 공간, 인간과 그들의 옷차림, 총구에서 총알이 발사되는 찰나, 총성이 만들어내는 희미한 메아리, 총을 맞고 쓰러지는 동물들, 피, 황야를 뒤덮은 비릿한 피 냄새 등이 길게 묘사되어 있다. 그 부분은 사냥이라는 행위를 포괄적으로 설명하고 있다. 이것은 객

관적 현상에 대한 전문가적 진술이며 기록일 뿐 그 이상도 그 이하도 아니다.

행위와 물체에 중심을 부여하는 글쓰기 방법은 도스토옙스키에게선 볼 수 없다. 도스토옙스키의 작품에서는 이러한 것들이 영혼의 드라마 뒤에 숨어 겉으로 드러나지 않는다. 다시 말해 그의 글 속에서는 갖가지 인간상 저변에 자리한 근본적인 요소, 즉 이 세상의 인간과 세상 밖의 그 무언가를 이어주는 요소를 일부러 간과하는 듯한 분위기를 느낄 수 있다.

인간을 스치는 바람의 종류는 수도 없이 많다. 인간 영혼의 밑바닥에는 또 다른 형태의 그 무언가가 존재한다. 구약성서를 집필한 사람들은 그 누구보다 이 점을 잘 알고 있었다. 구약성서에는 이 세상에서 찾아볼 수 있는 온갖 형태의 인간상이 풍부하게 묘사되어 있다. 여기에서 드러나지 않는 것은 우리가 최고의 가치를 두고 있는 인간의 내면뿐이다. 인간성을 의식과 무의식, 이성과 비이성적인 면으로 양분하는 것은 현대로 들어오면서 새롭게 모습을 드러낸 발상이다. 의식과 무의식, 이성과 비이성 사이에는 언뜻 명확한 구분선이 존재하는 것 같지만, 사실은 그렇지 않다. 하나는 다른 하나와 밀접하게 연결되어 있고, 하나를 설명하기 위해선 다른 하나를 심층적으로 연구해야 한다.

신을 이해하고 신에게 귀의한다는 것은 삶의 투쟁을 멈추고 스스로 자기의 내면에서 평화를 발견해야 가능한 일이다. 사리사욕을 배제하는 일은 영혼과 신에 대한 실질적 지식과 그에 반영되는 우리 자신의 모습을 알아야 가능한 일이기도 하다. 동시에 우리는 인간과 세상의 관계를 다른 시각으로 바라볼 수도 있어야 한다. 이전에는 인간이 세상 속에서 방황했지만, 지금은 세상이 인간 속에서 방황하고 있다. 의미가 옮아가면 무의미도 함께 옮겨지기 마련이다.

19세기의 작품은 내면의 신을 토해내고 거부함으로써 순전히 인간성만이 자리를 차지하고 있다. 도스토옙스키와 뭉크와 프로이트가 그 예다. 이들은 필수불가결한 시대상 때문에 또는 계몽적 관점에서 인간성에 최고의 가치를 부여했다. 그 시점에서 인간은 한 발짝도 뒤로 물러설 공간을 찾지 못했다. 한 발짝이라도 물러서게 되면 세상과 존재의 의미를 모두 잃어버리게 되었으니까. 그 시대의 사람들은 인간의 머리 위에 있는 하늘은 텅 비어 있고 차가우며 영원한 것이라 생각했다.

이 우주에서 인간은 도대체 어떤 가치가 있는 존재인가. 인간이 땅을 기어 다니는 절지동물과 다른 점은 무엇인가. 우리는 세상에 존재하는 수많은 생명체 가운데 하나의 생명체에 불과한 것을. 인간이 바다의 해조류, 숲속의 버섯, 물고기의 배 속에 있는 수천 개의 알, 나무 둥지 속에 숨어 있는 들쥐, 바위 위에 듬성듬성 붙어 있는 조개와 무엇이 다른가. 삶과 죽음이 돌고 도는 세상에서 한데 모여 사는 것 외에는 삶의 목적과 방향을 찾을 수 없는데도 왜 우리는 이 일은 할 수 있되 저 일은 할 수 없다고 생각하는가. 삶은 결국 한 줌의 축축한 흙과 누렇게 바싹 마른 뼈다귀로 변할 뿐인데, 우리는 왜 끊임없이 삶의 가치에 대해 질문하는가. 이런 관점 속에서 죽음은 어떤 역할을 하고 있는가. 이 세상을 다른 관점으로 보는 것이 정말 가능한 일인가.

그렇다. 차가운 강물과 너른 숲, 나선형 달팽이집과 인간이 파놓은 동굴, 핏줄과 대뇌의 회전부, 황폐한 유성과 팽창하는 은하수를 기적이라 볼 수도 있지 않을까. 가능한 일이다. 의미라는 것은 부여하는 것이지 얻는 것이 아니기 때문이다. 죽음이 삶을 무의미하게 만드는 이유는 우리가 투쟁을 하여 얻으려 했던 모든 것을 한순간에 앗아가기 때문이다. 그러면서 죽음은 삶에 너무나 가까이 닿아 있기에 우리가 소유한 것들과 매 순간을 더욱 가치 있게 만들어주기도 한다. 하지만 현대의 삶에선 이러한 의미의 죽음이 배제되어 있어 찾아보기 힘들다. 우리에게 죽음은 신문이나 텔레비전 또는 영화 속의 한 장면으로 다가올 뿐이며, 죽음을 향한 과정이나 죽음으로 얻어지는 결말 같은 것도 찾아볼 수 없다. 불연속성으로 포장된 죽음이라는 말이다.

이러한 죽음을 매일 반복해서 접한다는 사실 때문에 우리는 죽음의 불연속적 연속성을 경험하기도 한다. 이상하게도 우리는 죽음의 바로 이런 모습 때문에 삶에서 안정을 찾고 삶 속에 뿌리를 내릴 수 있다.

비행기 충돌 사고는 일정한 간격을 두고 같은 형태로 우리에게 찾아온다. 하지만 우리는 이 사고를 직접 경험하진 않는다. 신문이나 텔레비전을 장식하는 사고 소식은 한 걸음 떨어져서 바라보는 우리에게 안전함과 긴장감과 강렬함을 함께 가져다준다. 죽음을 코앞에 둔 몇 초 동안 인간이 얼마나 고통스러워하는지 생각해본 적이 있는가. 우리가 보고 행하는 모든 것은 강렬함을 포함하고 있다. 그 강렬함은 우리 자신이 아니라 우리의 내면에서 분출되는 무언가일 뿐이다.

그렇다면 우리는 이것을 어떻게 해석해야 하는가. 현대의 우리는 진정 내가 아닌 타인의 삶을 살고 있는 존재란 말인가. 현대의 우리는 직접 경험해보지 못한 일이라 할지라도 어떤 의미에서는 그것을 경험해봤다고 말할 수 있으며, 그 일이 발생한 곳에 직접 가보지 않았다 해도 그 일의 한 부분이 되어봤다고 말할 수 있다. 이것은 가끔 있는 일이 아니라 매일 접하는 일이기도 하다. 나뿐만 아니라 내가 아는 모든 사람, 이 세상의 서로 다른 문화권에 사는 모든 사람, 이 지옥 같은 삶을 살고 있는 모든 사람이 똑같이 경험하는 일이기도 하다. 이 세상의 모든 장소와 실체는 이미 모두 탐험되고 탐구되었다.

비나 눈과 바다의 관계도 마찬가지다. 인간이 발을 디뎌보지 못한 곳은 없고 인간이 모르는 것은 없다. 인간성 또한 이미 깊이 연구되고 고찰되었다. 그것은 우리의 선조들도 해왔던 일이다. 그들은 인간의 통찰과 지식, 인간다움이 신성하고 거대한 관점에서 차지하는 자리가 너무나 좁다는 것을 이미 깨달았으리라. 하지만 지금은 어떤가. 주위를 둘러보라. 삶의 무의미함에 대해 머리를 싸매고 고민하는 사람은 거의 찾아볼 수 없다. 있다면 10대 청소년들뿐이다. 10대들이 존재적 질문에 관심을 갖는 이유는 그들이 순수하고 미성숙한 존재이기 때문이다. 그들의 눈에는 인간적 품위를 순수하게 지니고 있는 성인들이 오히려 이상하게 보인다. 그도 그럴 것이, 10대들보다 더 삶을 강렬하게 느끼고 받아들이는 어른은 없다. 마치 세상에 처음 발을 내딛는 존재처럼 그들의 느낌과 감정은 새롭고 강렬하다. 이들의 머릿속에 자리한 온갖 생각과 질문은 결국 긴장감과 압박감에 짓눌려 빈자리를 찾으려 이곳저곳으로 발산되기 마련이다.

그렇다면 이들은 누구에게서 위로받을 수 있을까. 바로 도스토옙스키 삼촌이다. 도스토옙스키는 10대들을 위한 작가다. 허무주의에 대한 질문은 10대들의 전용 질문이다. 도스토옙스키를 읽은 10대들이 성인이 되었을 때 어떤 삶을 사는지 결과는 알 수 없다. 하지만 적어도 그들의 거대한 문제의식은 그 법적 정당성과는 상관없이 진보적 사고로 변하게 되고, 바로 그 시점에서 인간 삶의 정당성과 평등이라는 요소로 모습을 바꾸어 드러낸다.

19세기 허무주의와 현대 허무주의 사이에는 공허감과 평등의식이 자리하고 있다. 1949년에 독일 작가 에른스트 윙거는 미래의 인간은 세계국가의 한 국민으로 살아갈 것이라 말했다. 사회형태적 관점에서 보면 현대의 가장 보편적인 체제는 바로 자유민주주의라고 할 수 있다. 이 점을 고려한다면 그의 예견은 맞아떨어졌다고 할 수도 있다. 우리는 모두 민주주의를 부르짖고 자유를 갈구한다. 이와 같은 공통적 목표 아래서 서로 다른 국가와 문화와 인간성은 희생되기 마련이다.

이러한 움직임이 허무주의에 바탕을 두고 있다는 데 반대할 사람이 있는가. 윙거는 "허무주의적 세상은 생태적 관점에서 보면 점점 축소될 것이며 결국 필수불가결하게 제로점에 도달할 것"이라고 말했다. 개별적으로 축소되는 것들은 예를 들어 신을 궁극적인 선(善)이라고 보는 관점, 세상의 온갖 복잡다단한 것들을 하나로 통일할 수 있다고 보는 성향 또는 개별적으로 전문화할 수 있다고 보는 성향, 모든 것을 숫자로 변환하여 해석할 수 있다는 의지 등이 있다. 여기에는 아름다움과 숲과 예술과 신체 등 모든 것이 포함된다.

돈은 무엇인가. 그것은 극과 극에 존재하는 서로 다른 것들을 교환이라는 방법으로 평등하게 만드는 것이 아니었던가. 윙거는 "세상의 모든 분야는 시간이 흐름에 따라 조금씩 하나의 공통적 목표와 개념 속에 녹아들어갈 것이다. 심지어는 이성과 인과관계마저도 꿈과 용해되어 분리할 수 없게 될지도 모른다"고 했다. 현대의 우리는 어떤가. 우리의 꿈은 모두 엇비슷하지 않은가. 그렇다면 우리는 이미 꿈조차도 교환하고 거래할 수 있는 실체라고 생각하고 있는 것은 아닌가. 똑같은 가치. 이것은 무관심을 또 다른 말로 표현한 것뿐이다.

바로 거기에 우리의 밤이 자리하고 있다.

읽던 책을 덮고 커피를 리필하려고 자리에서 일어나니 카페 안의 사람이 부쩍 줄어들었다는 생각이 스쳤다. 창밖으로 고개를 돌리니 거리에는 이미 어둠이 내려앉은 후였다. 나도 모르는 사이에 시간이 흘렀던 게 틀림없었다.

시계를 보니 5시 50분이었다.

젠장!

집에는 5시까지 들어가기로 했었다. 더욱이 금요일 저녁 식사는 특별히 신경 써서 챙겨 먹기로 하지 않았던가. 적어도 우리의 계획은 그랬다.

빌어먹을. 이 일을 어쩌지.

나는 코트를 입고 책을 주머니에 넣은 후 서둘러 카페를 나왔다.

"안녕히 가세요!"

점원이 내게 인사를 건넸다.

"안녕히 계세요!"

나는 뒤도 돌아보지 않고 인사를 했다. 집으로 가는 길에 장을 봐야만 했다. 가장 먼저 주류 전문점에 들러 소머리가 그려져 있는 제일 비싼 와인 한 병을 집어 들고 쇼핑센터로 향하는 지하 복도를 따라 걸었다. 건물은 너무 크고 화려해서 나는 그곳에 발을 들여놓을 때마다 초라하고 지저분한 노숙자가 된 것 같은 느낌에 시달린다. 계단을 내려가 역시 스톡홀름에서 유일무이한 일류 슈퍼마켓으로 향했다. 이곳은 우리의 수입이 가장 많이 지출되는 곳이기도 하다. 우리가 고급 음식만 골라 먹는 상류층 사람이기 때문이 아니라 베르게르 야릉스가탄에 있는 터널 옆의 값싼 슈퍼마켓까지 가서 장을 보기엔 우리가 너무 게으르기 때문이다. 내가 돈의 가치에 대해선 전적으로 무관심하기 때문이기도 하다.

나는 주머니에 돈이 있으면 이것저것 생각 않고 지갑째 거지에게 줄 수 있기도 하고 주머니에 돈이 없으면 어쩔 줄 몰라 쩔쩔매기도 한다. 이건 아주 멍청한 생활방식이고, 이런 생활방식 때문에 사는 게 어려울 때가 한두 번이 아니다. 중도를 지키며 산다면 우리는 비록 떵떵거리며 살지는 못할지라도 평범한 가정경제를 무리 없이 유지할 수 있을 것이다. 하지만 나는 돈이 손에 들어오기만 하면 물 쓰듯 써버렸고 다음 3년 동안은 존재로서의 최소가치만 유지하며 살기를 반복해왔다. 하지만 누가 몇 주 후, 몇 달 후, 몇 년 뒤의 삶 때문에 눈앞의 편안함을 거부할 수 있단 말인가? 적어도 나는 아니다.

나는 환상적으로 잘 숙성된 고기를 진열해놓은 정육코너로 가서 정신이 아찔할 정도로 비싼 고틀란드산 쇠고기를 쇼핑카트에 넣었다. 나 같은 사람도 특별히 맛있다고 생각할 정도이니 다른 사람들은 어떨까. 나는 고기와 함께 그곳에서 직접 만들어 파는 소스도 샀다. 감자 한 봉지, 토마토 몇 개, 브로콜리와 양송이버섯도 쇼핑카트 속에 자리를 잡았다. 신선한 산딸기를 본 나는 충동적으로 그것마저도 한 바구니를 집어 들었고 다음으로 찾은 냉동식품 코너에선 최근에 새로 나온 바닐라 아이스크림 한 통과 프랑스 과자처럼 생긴 것도 한 봉지 집어 들었다. 그러다 보니 어느덧 슈퍼마켓의 끝에 도달했다. 다행히 계산대는 그곳에도 있었다.

이를 어쩌지. 시간은 벌써 6시 15분이었다.

집에 들어가면 약속한 시간보다 한 시간 반은 족히 넘어 있을 것이다. 린다가 화를 내며 기다리는 것도 문제지만 우리가 함께할 수 있는 저녁 시간이 짧아졌기 때문에 나는 안절부절못했다. 우리는 평소 일찍 잠자리에 드는 편이다. 물론 나는 이러나저러나 아무 상관이 없다. 소파에 앉아 텔레비전을 보며 빵 한 조각을 먹고 오후 7시 30분에 잠자리에 들어도 괜찮지만 린다는 달랐다.

나는 최근 오슬로에서 사흘간 진행된 행사에 참석하고 돌아온 직후였다. 다음 주 주말엔 또 행사가 있어 집을 비워야 하기 때문에 그날 저녁만큼은 린다를 위해 내가 할 수 있는 일은 다 해주고 싶었다.

계산대 옆에 물건들을 올려놓으니 컨베이어가 움직이며 그것들을 점원 앞으로 가져갔다. 점원은 상품들을 하나하나 집어 올려 바코드를 확인했고 기계에서 빨간불과 함께 삐 소리가 나면 상품들을 다시 내려놓았다. 그녀의 양손은 마치 꿈속에서 움직이듯 했다. 천장에서 쏟아지는 불빛은 너무나 환하고 강렬해서 화장으로 덮은 그녀의 땀구멍까지 볼 수 있을 정도였다. 그녀의 입술은 양쪽 끝이 좀 처진 형이었다. 그건 그녀의 나이가 많아서가 아니라 그녀의 얼굴 전체가 살점으로 부풀어 올라 있었기 때문이다. 헤어스타일에 엄청난 시간과 노력을 들인 것은 한눈에 알아챌 수 있었지만 그것이 그녀의 전체 이미지에 도움을 주진 않았다. 마치 당근 위에 부스스한 녹색 야채를 얹어놓은 것 같았으니까.

"520크로네입니다."

그녀는 마치 왕관을 보듯 자신의 손톱을 내려다보며 말했다. 나는 단말기에 카드를 넣고 비밀번호를 눌렀다. 결제완료를 알리는 화면이 뜨기를 기다리며 단말기를 뚫어지게 보던 나는 물건을 담아갈 봉투를 잊어버렸다는 것을 깨달았다. 가끔 그런 일이 생겨 뒤늦게 점원에게 봉투를 부탁할 때면 항상 그 값을 꼭꼭 지불한다. 내가 봉툿값을 내지 않으려고 잔머리를 굴린다는 인상을 주고 싶지 않아서다.

163

물론 마음속으로는 점원이 괜찮다며 봉투를 그냥 가져가라고 말해 주기를 기다리는데, 사실 공짜로 봉투를 얻어갈 때도 꽤 많았다. 그런데 그날은 현금이 한 푼도 없어서 봉툿값으로 단돈 몇 크로네를 지불하기 위해 다시 카드를 사용하기가 좀 민망스러웠다. 어쩌라고. 점원의 눈에 내가 어떤 사람으로 보일지는 전혀 신경 쓰고 싶지 않았다. 그녀는 보기 흉할 정도로 뚱뚱하기까지 하니 말이다.

"저… 봉투를 깜박 잊었어요."

"2크로네 되겠습니다."

나는 계산대 밑의 종이 상자에서 봉투를 하나 꺼낸 후 다시 카드를 내밀었다.

"현금 없으세요?"

"네, 마침 잔돈이 한 푼도 없네요."

그녀는 관두라는 듯 손을 휘휘 저었다.

"아니에요. 봉툿값을 지불해야죠."

그녀는 피곤한 미소를 머금으며 말했다.

"괜찮아요. 봉투는 그냥 가져가세요."

"감사합니다."

나는 봉투 속에 물건을 꾹꾹 눌러 담고 계단을 향해 걸었다. 건물 중 내가 서 있는 쪽에는 양쪽 벽을 유리로 세운 옥션 회사가 자리하고 있었다. 문을 열고 나가니 맞은편에 있는 NK 백화점에서 쏟아내는 휘황찬란한 불빛이 어둠을 밝히고 있었다. 도심의 한복판에서도 가장 번화가인 그곳에는 지하에 또 다른 보행 네트워크가 있다. 파사시엔에서 계단을 내려가면 NK 백화점의 지하층이 나오고, 그곳에서 왼쪽으로 틀면 또 다른 쇼핑센터인 갈레리안의 지하층으로 갈 수 있다. 지상으로 올라가면 문화회관 입구가 바로 옆에 보이고 거기서 조금만 더 가면 플라탄 광장과 지하철역이 나온다. 지하철역에 서는 시내 기차역까지 지하 보도를 이용해 걸어갈 수도 있다. 비가 오는 날이면 나는 항상 이 지하 보도를 이용한다. 비가 오지 않을 때 도 가끔 이 길을 이용할 때가 있다. 나는 아직도 어렸을 때 사로잡혔던 지하세계의 동화적 이미지를 떨쳐버리지 못하고 있기 때문이다.

나는 어렸을 때 터널이나 동굴 안에서 노는 것을 제일 좋아했다. 어느 겨울날 집 앞에는 2미터 높이로 눈이 쌓였다. 1976년이나 1977년 겨울이라고 기억한다. 우리는 주말 내내 쌓인 눈을 삽으로 파헤쳤고 결국 이웃집 정원에까지 이르는 긴 터널을 만들었다. 우리는 마치 무언가에 홀린 사람들처럼 터널 속, 눈의 동굴 안에 앉아 밤새 이야기를 나누었다.

사람들로 가득한 아메리칸식 바 앞. 금요일 저녁이면 이곳에 들러 맥주 한잔을 하려는 퇴근길의 사람들로 북적인다. 주말 밤을 본격적으로 즐기기 전에 가볍게 한잔하려는 사람들도 이곳을 거쳐 가곤 한다. 의자 등받이에 두꺼운 재킷을 걸어놓고 미소를 지으며 술을 마시는 불그스레한 얼굴들. 대부분은 40대지만, 그중에는 젊고 앳된 얼굴도 더러 보인다.

긴 검은색 앞치마를 두른 호리호리한 남녀들은 주문을 받고 맥주잔을 담은 쟁반을 테이블 위에 올려놓고 빈 잔을 가져간다. 즐거움으로 가득한 사람들, 따스하고 호의적인 미소와 나직한 웃음소리 사이엔 커다란 웃음의 파도가 한 차례씩 쓸고 가기도 한다.

문이 열리더니 다섯 사람이 나와 인도에 나란히 섰다. 모두 저마다 자기 일로 바쁘다. 핸드백을 열고 담뱃갑이나 립스틱을 찾는 사람, 휴대폰의 번호를 누르고 전화기를 귀에 댄 채 응답을 기다리는 사람, 지나가는 사람들을 바라보는 사람, 눈이 마주치면 미소를 보내는 사람. 그들이 기다리고 있는 것은 되돌아오는 작은 미소뿐이다.

"레게링스가탄으로 갈 택시 한 대…"

등 뒤에서 들려오는 목소리.

어둠이 깔린 차도에는 줄지은 차들이 느릿느릿 달리고 있었고, 행인들의 얼굴은 가로등 불빛을 머금고 환하게 빛을 발했고, 택시 기사들의 얼굴은 계기판의 푸른빛을 반사해내고 있었다. 어디선가 베이스와 드럼 소리가 들려왔다.

길 건너편에는 NK 백화점에서 쇼핑을 마친 사람들이 쏟아져나오고 있었다. 백화점 스피커에서는 15분 후에 문을 닫는다는 알림 소리가 울려 퍼졌다. 두툼한 털, 작은 몸뚱어리, 쉴 새 없이 꼬리를 흔들어대는 강아지. 짙은 색 모직 코트, 가죽 장갑, 쇼핑백을 여러 개 양손에 나누어 든 사람. 10대들에게 어울릴 파카를 입은 사람, 통이 넓은 나팔바지를 입은 사람, 털모자를 쓴 사람. 한 손으로는 모자를 들고 다른 한 손으로는 열린 코트깃을 모아 쥐며 종종걸음을 걷는 여인. 그녀는 어딜 그리 바쁘게 가고 있는 걸까. 표정이 너무나 심각해보여 나는 뒤를 흘깃 돌아보았으나, 그녀는 이미 모퉁이를 돌아 사라진 후였다.

길가에는 노숙자 셋이 나란히 앉아 있었다. 그 하나는 커다란 도화지에 밤에 잠잘 곳을 구하려면 돈이 필요하다는 글을 사인펜으로 적어 무릎 위에 올려놓고 있었다. 옆에는 동전이 몇 개 담긴 모자가 놓여 있었다. 다른 두 노숙자는 길바닥에 앉아서 술을 마시고 있었나. 나는 그늘을 지나칠 때 고개를 돌려 못 본 척했다.

대학서점 옆 횡단보도를 건너 딱딱하고 표정 없는 건물 사이의 비좁은 길을 뛰다시피 걸으며 나는 린다를 떠올렸다. 오붓한 저녁 시

166

간을 함께 보내기는 이미 글렀다고 생각하면서 짜증을 내고 있진 않을까. 나는 린다를 볼 염치가 없었다. 다시 길을 건너 고급 이탈리아 레스토랑을 지나치며 길 위편에 자리한 '글렌 밀러 카페'를 슬쩍 돌아보니, 남녀가 택시에서 내려 레스토랑 안으로 들어가려는 참이었다. 날렌 클럽 건물 앞에는 대형 밴드 차량과 대절 버스 한 대가 주차되어 있었다. 길 위에는 밴드 차량에서 뻗어 나온 길고 두꺼운 전선이 똬리를 틀고 있었다. 그날 저녁 날렌 클럽에선 어떤 밴드가 공연을 하는지 기억을 더듬어 보았지만 아무것도 생각나지 않았다.

마침내 아파트 앞에까지 온 나는 출입문 앞에 있는 세 개의 계단을 오른 후 비밀코드를 누르고 안으로 들어섰다. 계단을 오르니 위쪽에서 대문 열리는 소리가 들렸다. 우리 집 아래층에 살고 있는 러시아 여자가 외출을 하려는 모양이었다. 그녀와 마주치고 싶은 마음이 조금도 없었기에 엘리베이터를 타고 싶었지만 이미 때는 늦었다. 계단을 오르자 몇 초 후 아니나 다를까 러시아 여자가 계단을 내려오고 있었다. 그녀는 나를 못 본 척했지만 나는 개의치 않고 인사를 건넸다.

"안녕하세요!"

그녀는 나를 휙 지나친 후에 알아들을 수 없는 말을 중얼거렸다.

그 러시아 여자는 지옥에서 온 이웃이었다. 우리가 이 아파트에 이사 온 후 처음 7개월간 그녀의 집은 비어 있었다. 그러던 어느 날 새벽 1시 30분쯤 린다와 나는 그녀의 집에서 들려오는 소음에 잠을 깼다. 귀가 찢어질 듯한 음악 소리에 우리는 서로의 말도 제대로 못 알아들을 정도였다. 베이스와 큰북이 주를 이루는 유로디스코풍의 음악에 우리 집 바닥이 들썩이고 유리창이 흔들렸다. 마치 우리 침실에 스피커를 갖다놓은 것만 같았다. 임신 8개월째였던 린다는 그렇잖아도 밤에 잠을 이루기 힘들어했는데 온 집 안이 흔들릴 정도로 시끄러운 음악 때문에 뜬눈으로 앉아 있었다.

나는 아무리 시끄러워도 눈만 감으면 잠에 빠져들곤 했지만 그 날은 예외였다. 음악 소리만 들리는 것이 아니라 사이사이로 그녀 가 지르는 괴성까지 들려오니 참을 수가 없었다. 결국 우리는 거실 로 나갔다. 이런 경우를 대비해 설치해둔 주민 전용 서비스 전화를 사용할까. 나는 그렇게까지 하고 싶진 않았다. 그건 너무나 스웨덴 적인 일이라 싫었다. 차라리 직접 아랫집을 찾아가 초인종을 누르고 사정을 설명하는 게 더 낫지 않을까. 린다는 하고 싶으면 그렇게 하 라며 내 등을 떠밀었다.

나는 아래층으로 내려가 초인종을 눌렀지만 도움이 되진 않았다. 대문을 쿵쿵 두드려 보았지만 나오는 사람이 없었다. 헛걸음을 치고 집으로 돌아와 다시 거실에 멀뚱멀뚱 앉아 30분을 보냈다. 시간이 지나면 저절로 해결되겠지 했다. 하지만 더 참을 수 없었던 린다는 발을 쿵쿵 구르며 직접 아래층으로 내려갔다. 초인종을 누르자 어쩐 일인지 이번에는 주인인 러시아 여자가 바로 대문을 열어주었다. 그 녀는 스웨덴 말을 잘 알아듣지 못하는 것 같았다. 대문을 열자마자 린다의 부른 배를 쓰다듬으면서 임신 중이냐고 강한 러시아 억양으 로 말을 걸어왔다. 미안해요. 이렇게 시끄럽게 해서. 그런데 내게도 그럴 만한 사정이 있다고요. 남편이란 사람이 바람이 나서 집을 나 가버렸지 뭐예요. 혼자 남아 있으려니 뭘 해야 될지 모르겠어요. 당 신도 이해하죠? 음악과 와인. 이 춥고 외로운 스웨덴에서 도움이 되 는 건 그것밖에 없어요. 하지만 당신은 배 속에 아이가 있으니 얼른 자러 가요.

대답을 얻은 린다는 만족한 얼굴로 돌아와 러시아 여자가 한 말

168

을 내게 전해주었다. 우리는 다시 침실로 들어가 자리에 누웠다. 그런데 10분도 채 지나지 않아 다시 소음이 들리는 게 아닌가. 막 잠에 빠지려던 찰나 음악 소리 때문에 눈을 뜬 나는 참을 수가 없었다. 여인의 괴성도 음악 소리에 섞여 함께 들려왔다.

우리는 다시 거실로 나왔다. 시계는 새벽 3시 30분을 가리키고 있었다. 이젠 어떡하지? 린다는 서비스 전화를 이용하자고 제안했다. 하지만 난 정말 그렇게까지 하고 싶지 않았다. 서비스 전화를 통하면 신고한 사람의 신원은 공개되지 않지만, 러시아 여자로서는 누가 신고를 했는지 뻔히 알 수 있는 일이었다. 게다가 그녀의 정신 상태가 그다지 건강하게 보이진 않았기에 그 뒤에 벌어질 일은 미리 각오하는 게 좋을 것 같았다.

린다는 오늘은 그냥 넘어가고 내일 아침에 편지를 써서 전해주는 게 좋겠다고 말했다. 그러면 우리가 얼마나 이해심이 깊고 인내심이 많은 사람인지 알리는 동시에, 한밤중에 그토록 소란을 피우는 건 도저히 받아들일 수 없는 일이라는 걸 명확하게 전할 수 있다고 했다. 린다는 부른 배를 감싸 안고 소파에 비스듬하게 누웠다. 나는 침실로 들어가 잠을 청했다. 한 시간쯤 지났을까. 새벽 5시가 가까워오자 그제야 음악 소리가 멈추었다. 다음 날 아침 린다는 편지를 썼고, 우리는 오전에 함께 외출하면서 그 편지를 러시아 여자의 대문 틈에 끼워두었다. 그날은 오후 대여섯 시가 될 때까지 아무 일 없이 조용했다. 그런데 갑자기 누가 우리 집 대문을 쾅쾅 두드리는 것이 아닌가. 대문을 여니 러시아 여자가 서 있었다. 술에 절어 있는 꺼칠한 얼굴은 화를 참지 못해 창백하게 변해 있었다. 그녀는 린다의 편지를 손에 쥐고 있었다.

"이게 뭡니까?"

그녀는 복도가 떠나가라 소리를 질렀다. 감히 내게 이럴 수 있나요? 내 집에서 내가 음악을 듣는데 당신들이 왜 이래라저래라 하는 거예요? 정말 이상한 사람들이네!

"그건 호의를 담은 편지였습니다만…"

"호의고 뭐고 당신에겐 볼일이 없으니 비켜요. 당신들 중에 실제로 결정권을 쥐고 있는 사람 없어요? 당장 나오라고 해요!"

"무슨 말씀이신지요?"

"당신은 꼼짝도 못 하는 사람이잖아. 집 안에서 담배를 못 피우니까 맨날 밖에 나와 피우는 거, 내가 다 알고 있어! 내가 그런 당신을 못 본 줄 알아? 얼른 당신 부인 나오라고 해!"

그녀는 나를 지나쳐 집 안으로 들어가려고 했다. 그녀에게선 술 냄새가 지독하게 났다.

심장이 쿵쿵 뛰기 시작했다. 내가 두려워하는 오직 하나는 격렬한 노여움을 대할 때다. 분노하는 상대방 앞에서 약자의 처지에 서 있을 때면 나는 온몸을 휩싸는 두려움을 숨기기가 쉽지 않다. 두 다리에선 힘이 쭉 빠졌고, 양팔의 뼈는 흐물흐물 녹아내리는 것 같았으며, 목소리는 사정없이 떨렸다. 머릿속에는 러시아 여자가 나의 이런 반응을 알아채지 못했으면 좋겠다는 생각뿐이었다.

"저랑 얘기하십시다!"

나는 그녀 앞으로 한 발짝 다가섰다.

"그럴 필요 없어! 편지를 쓴 사람은 당신 부인이잖아. 나는 당신 부인과 이야기를 하려고 왔어!"

제 말을 좀 들어보세요. 당신은 한밤중에 온 아파트가 떠나갈 정도로 음악을 크게 틀어놓았습니다. 저희는 그 소리 때문에 한숨도 못 잤어요. 당신은 잘한 게 없어요. 그건 아시겠지요?"

"아니, 당신! 당신 말이야! 당신은 나한테 그런 말할 자격이 없어!"

"글쎄요, 그럴지도 모르죠. 하지만 한 건물에 살면서 서로 기본적인 예의는 지켜야 하지 않겠습니까?"

"내가 여기 살면서 다달이 얼마나 내는지 알아? 1만 5,000크로네야, 1만 5,000크로네! 무려 8년이나 여기 살면서 이런 일은 처음이야. 당신들만 잘난 줄 알아? 배부른 몸으로 와선 '임신 중이에요'라고 말하는 꼴이란… 쯧쯧."

그녀는 린다의 흉내를 내려는 심사였는지 입을 뾰족하게 오므리고 배를 불쑥 내밀었다. 두 눈을 치켜뜬 그녀의 머리카락은 부스스했고, 피부는 창백했으며, 퉁퉁한 양 볼은 축 처져 있었다.

그녀는 화가 나 어쩔 줄 몰라 하며 나를 쏘아보았다. 나는 고개를 숙여 시선을 아래로 떨구었다. 그러자 그녀는 몸을 돌려 계단을 내려갔다.

나는 대문을 닫고 현관 벽에 기대어 서 있는 린다를 향해 돌아섰다.

"참 현명한 짓을 했군."

"지금 편지 이야기를 하는 거예요?"

"응. 이제 전쟁이 시작된 것 같아."

"그게 제 책임이라는 말인가요? 책임을 져야 할 사람은 아래층 여자라고요."

"진정해. 우리가 싸울 일이 아니라고."

아래층에서 다시 음악 소리가 들려왔다. 지난밤과 마찬가지로 시끄러웠다. 린다는 나를 바라보았다.

"나갈까요?"

171

"아래층 여자한테 우리가 쫓겨나는 꼴이 되어 별로 내키지 않아."

"하지만 여기서 계속 이러고 있을 수는 없잖아요."

"당신 말이 맞아."

외출할 채비를 하고 있으려니 음악 소리가 뚝 멈췄다. 어쩌면 러시아 여자는 자기 귀에도 음악 소리가 너무 크다고 생각했는지 모른다. 우리는 내친김에 집을 나서서 바닷가에 자리한 뉘브로플란 광장을 향해 걸었다. 검은 수면 위에는 도심의 불빛이 내려앉아 있었고, 부두에 정박해 있는 듀르고르덴행 페리 앞에는 질척질척한 진흙이 쌓여 있었다. 그 건너편에는 왕립극장 드라마텐이 마치 거대한 성처럼 우뚝 솟아 있었다.

나는 이 도시에서 그 건물을 제일 좋아한다. 건물이 아름다워서가 아니다. 솔직히 그 건물은 아름답다고 할 수 없다. 왕립극장 드라마텐은 주변의 건물과는 달리 분위기가 매우 독특하다. 벽돌의 색이 거의 하얗게 보일 정도로 연한 색이라 그럴지도 모르고, 각각의 벽돌 크기가 너무나 커서 비 오는 어두컴컴한 날이면 건물 전체가 빛을 발하는 것처럼 보여 그럴지도 모른다. 바닷바람에 펄럭이는 입구의 깃발은 활짝 문을 열어젖힌 열린 공간처럼 보여 가슴이 탁 트이는 느낌을 주기도 한다. 드라마텐은 거대하고 묵직하긴 하지만, 규모가 큰 여느 다른 건물들과는 달리 인공적이지 않다. 바닷가에 작은 산처럼 서 있는 건물이 바로 이것이다.

우리는 손을 잡고 스트란가텐을 함께 걸었다. 스켑스홀멘의 수면은 칠흑처럼 어두웠다. 주변의 건물들에서 하나둘 불빛이 사라질 때가 뇌번 노심은 녹특하고도 기묘한 리듬을 생성해낸다. 마치 도심의 생명력이 그곳에서부터 서서히 사라져 외곽의 자연으로 흡수되어버리는 것 같다가 다시 반대편에 자리한 감믈라 스탄, 슬루셴, 언덕 위의 쇠데르를 밝히는 환한 불빛을 머금고 다시 되살아나는 것같이 느껴지기 때문이다.

린다는 왕립극장 드라마텐에서 있었던 일을 자주 내게 이야기해주었다. 그녀는 드라마텐에서 자랐다고 해도 과언이 아닐 정도로 어린 시절의 대부분을 그곳에서 보냈다. 배우로 일하면서 홀로 아이 둘을 키운 린다의 어머니는 왕립극장에 자주 아이들을 데리고 갔다. 그 덕분에 린다는 극장에서 배우들의 연습장면은 물론 공연도 빠짐없이 보며 자랐다. 내겐 마치 신화나 전설처럼 딴 세상의 일처럼 느껴지지만, 린다에겐 평범하고 하찮은 일이었다. 그래서인지 린다는 어린 시절의 일을 자주 입에 올리지 않았다. 내가 끝까지 물어보지 않았으면 이야기를 해주지 않았을지도 모른다.

린다는 연극배우에 대해선 모르는 것이 없었다. 그들의 허영심과 자연발화적 열정, 그들의 걱정과 불안 그리고 음모 등을 속속들이 잘 알고 있었다. 린다는 배우 중 가장 멍청하고 이해력이 나쁜 사람이 가장 실력 있고 유명한 배우로 둔갑하는 경우가 많다고 했다. 지적이고 머리가 좋은 배우는 근본적으로 배우가 될 자질이 없다고까지 한 적도 있었다. 그렇다고 해서 그녀가 모든 연극배우를 혐오하는 것은 아니었다. 린다는 그들의 과장된 제스처와 값싸고 무모하며 텅 빈 삶을 싫어할 뿐 그들이 최선을 다해 무대에 올린 작품이 완벽함을 보일 때면 입이 아플 정도로 찬사를 보내곤 했다.

그녀는 특히 베르그만이 연출한「페르귄트」에 대해선 환상적이며 동화적 느낌이 물씬 나는 작품이라고 침이 마를 정도로 칭찬을 했다. 작품이 상연될 당시, 린다는 드라마텐의 배우 의상실에서 아르바이트를 하고 있었기 때문에 수도 없이 작품을 관람할 수 있었다. 스톡홀름 국립극장에서 윌슨이 연출한「꿈의 연극」이 상연될 때는 극작가학교에서 아르바이트를 하고 있었기 때문에 그 작품도 셀 수 없이 볼 수 있었다. 린다는 두 작품 모두 마법적인 분위기를 풍기기는 했지만 「꿈의 연극」이 「페르귄트」보다 더 정갈하고 격조 있는 작품이었다고 말했다.

성장 시기를 연극 무대의 뒤편에서 보냈기 때문인지, 린다는 한때 연극배우가 되려고 연극학교 시험을 보기도 했다. 첫해 시험에 실패하고 다음 해 시험에선 최종 시험까지 갔지만 끝내 고배의 잔을 들어야 했던 린다는 결국 연극배우가 되겠다는 꿈을 접었다. 그 대신 린다는 다른 방향으로 관심을 돌렸고 비스콥스 아르뇌 작가학교에 들어가 공부를 했다. 이듬해 린다는 거기서 쓴 시를 모아 시집을 출간했고 시인으로 데뷔했다.

린다는 드라마텐에서 아르바이트를 할 때 연극배우들과 함께 외국 공연장까지 따라간 적이 있었다. 세계 각지를 돌며 공연을 하던 베르그만과 그의 배우들은 어디를 가든 스타인 척 거드름을 피우기 일쑤였다. 일행은 일본 공연을 마친 후 도쿄의 최고급 레스토랑을 찾았다. 그들은 주변인들은 조금도 개의치 않고 사케잔에 담뱃재를 털거나 식당이 떠나가도록 목소리를 높여 웨이터를 부르기도 했다. 린다는 짧은 원피스를 입고 빨간 립스틱을 발랐으며 검은색으로 염색한 청순한 단발머리를 하고선 담배를 피웠다. 그 자리에 함께 있는 페터 스토르마레를 짝사랑했던 린다는 그때 겨우 열다섯 살이었다. 린다는 그 당시의 자기 모습이 일본인들의 눈에는 괴물처럼 보였으리라며 웃음을 터뜨렸다. 물론 린다를 향해 혀를 차거나 코웃음을 지는 일본인은 아무도 없었다. 그들은 눈 하나 까딱 않고 조용히 자신들이 할 일만 했을 뿐이었다. 스웨덴 배우들이 주먹다짐을 하다가 종이벽에 구멍을 내고 바닥에 쓰러져도 마찬가지였다.

린다는 이런 이야기를 해주며 연신 미소를 지었다.

"집으로 갈 때가 되니 웨이터가 내게 봉투를 하나 건네주었어요. 요리사가 전하는 특별선물이라나. 그런데 봉투 안에 뭐가 들어 있었는지 알아요?"

"아니…? 뭐가 들었는데?"

"봉투 속에는 살아 있는 작은 꽃게가 가득 들어 있었어요."

"꽃게? 왜? 요리사가 왜 그걸 당신에게 줬대?"

린다는 어깨를 으쓱 추어올렸다.

"저도 몰라요."

"그래서 그걸 어떻게 했어?"

"호텔로 가져갔죠. 엄마는 술이 너무 취해서 동료들의 도움을 얻어서 호텔로 간 후였어요. 그래서 나는 꽃게가 들어 있는 봉투를 들고 혼자서 택시를 탔어요. 택시 안에선 봉투를 어떻게 해야 될지 몰라 발치에 내려두었죠. 호텔에 도착한 뒤엔 욕조에 찬물을 가득 담아 꽃게를 풀어놓았어요. 도쿄 한복판에서 꽃게들이 밤새도록 욕조에서 꼼지락 꼼지락 움직이는 동안 나는 벽 하나를 사이에 둔 채 세상모르고 잤다는 걸 생각하면 참 우습기도 하고 이상한 기분이 들기도 해요."

"그다음에 어떻게 했어?"

"이야기는 거기서 끝이에요."

린다는 내 손을 꼭 잡아쥐며 미소를 건넸다.

린다는 이상하게도 일본과 적잖은 인연을 이어왔다. 시집으로 첫 해외 문학상을 받은 나라도 일본이다. 그녀의 책상 위에는 최근까지만 해도 낯선 일본어로 적힌 상패와 사진이 놓여 있었다. 그러고 보니 린다의 조그마한 얼굴과 아름다운 윤곽선도 어딘지 모르게 일본

175

인을 닮은 것 같지 않은가.

우리는 나선형의 거대한 야외 수영장이 있는 카를라플란 광장을 향해 걸어갔다. 여름에는 중앙 분수대에서 물줄기를 뿜어 올리지만 지금 수영장을 채우고 있는 건 주변의 거목에서 떨어진 빛바랜 낙엽들뿐이었다.

"우리가 함께 본 입센의 「유령」, 기억해?"

"물론이죠. 기억하고말고요. 그건 평생 잊지 못할 거예요."

그건 나도 잘 알고 있었다. 임신을 하고 나서 앨범을 정리하던 린다가 그 옛날 우리가 함께 보았던 입센의 연극 입장권을 사진 사이에 고이 끼워두는 것을 본 적이 있기 때문이다. 입센의 「유령」은 은퇴를 앞둔 베르그만의 마지막 연출 작품이었다. 우리는 정식으로 연애를 하기 전에 그 연극을 보았다. 우리가 맨 처음에 함께한 최초의 일 중 하나였던 것이다. 그로부터 1년 6개월밖에 흐르지 않았지만 돌이켜보니 그 시간은 한평생처럼 느껴진다.

린다가 온몸에 전율이 흐를 정도의 따스한 눈빛으로 나를 바라보았다. 살을 에는 듯 차가운 공기를 실은 바람이 스쳤다. 문득 스톡홀름 동쪽 지역이 너무나 멀고 낯설게 느껴졌다. 내가 살던 곳과는 너무나 다른 곳. 나는 무엇이 다른지 정확히 꼬집어 말할 수가 없다. 그곳은 스톡홀름 전역에서 가장 부유한 동네이긴 하지만 인간미를 느낄 수 없을 정도로 메마른 곳이기도 하다. 거리는 언제나 텅 비어 있으며 사람들을 찾아보기도 힘들다. 그런데도 사방팔방으로 이어지는 길은 스톡홀름의 그 어느 길보다 더 널찍하다.

남녀 한 쌍이 우리를 향해 걸어오고 있었다. 커다란 가죽모자를 쓴 남자는 뒷짐을 지고 걷고 있었고, 털코트를 입은 여자는 작은 테리어 강아지 한 마리를 앞세워 걷고 있었다.

176

"어디 잠깐 들러 맥주라도 한잔할까?"

"그래요. 마침 출출한데 '지타'로 가는 건 어때요?"

"좋은 생각이야!"

불어오는 차가운 바람을 막기 위해 나는 코트 깃을 올려세웠다.

"젠장, 오늘 저녁은 진짜 추운걸. 당신도 추워?"

아내는 고개를 저었다. 그녀는 가장 친한 친구이자 작년 겨울에 자기만큼 배가 불렀던 헬레나의 커다란 파카를 빌려 입고 있었다. 아내가 쓰고 있는 털모자는 얼마 전 함께 여행했던 파리에서 내가 사준 것이다. 양쪽 끝에 줄이 달려 있고 그 줄에는 작고 동그란 털뭉치가 달려 있는 털모자.

"배 속에선 움직임이 느껴져?"

린다는 두 손으로 배를 감싸 쥐었다.

"아니에요. 지금 자고 있는 모양이에요. 내가 걸을 때면 아기는 항상 잠을 자는지 조용해요."

"아기… 당신이 아기라고 말하니까 온몸에 전율이 느껴져. 아직도 당신 배 속에 특정한 한 인간이 살아 움직인다는 게 실감이 나지 않아."

"저는 매일 실감하고 있는 걸요. 그나저나 당뇨병 검사를 했을 때 아이가 얼마나 화를 냈는지 기억해요?"

나는 고개를 끄덕였다. 린다의 아버지가 당뇨병에 시달렸기 때문에 린다도 당뇨병에 걸릴 확률이 높았다. 린다가 자신의 당뇨병 여부를 알아보기 위해 의사가 준 일종의 고농도 설탕을 삼켰더니 배 속의 아기는 무려 한 시간 동안이나 사지를 내저으며 린다를 피곤하게 했던 일이 있다.

"그때 아이가 많이 놀랐나봐."

177

나는 맞은편 길에 자리한 홈플레고르덴 공원을 바라보며 미소를 지었다. 가로등 불빛이 묵직한 나무둥치와 가느다란 나뭇가지들 사이 그리고 축축하게 젖어 있는 누런 잔디 위로 내려앉았다. 가로등 불빛이 닿지 않는 곳은 칠흑처럼 어두웠다. 마치 도깨비라도 나올 듯 음침했지만, 이 음침함은 한밤중 숲속에서 느낄 수 있는 것이라기보다는 극장의 무대 위에서 느낄 수 있는 것과 비슷했다.

우리는 내리막길을 걷기 시작했다. 낙엽이 쌓여 있는 곳도 있었고, 매끈매끈한 마룻바닥처럼 깨끗하게 청소된 곳도 있었다. 한 남자가 느린 속도로 조깅을 하며 금방이라도 넘어질 듯 린네* 조각상을 한 바퀴 돌았다.

또 다른 남자가 숨을 헐떡이며 긴 내리막길을 전속력으로 달리고 있었다. 내리막길 아래쪽에는 왕립도서관 소유의 거대한 창고가 자리하고 있다. 거기서 한 블록을 더 가면 스투레플란 광장이 나온다. 그곳에는 스톡홀름에서 가장 비싸고 화려해 특권층만 들어갈 수 있는 나이트클럽들이 줄지어 있다. 우리는 거기서 엎어지면 코가 닿을 정도로 가까운 곳에서 살았지만 마치 딴 세상처럼 그곳에서 무슨 일이 일어나는지는 전혀 알지 못했다. 길에서 총을 맞아 숨진 사람들의 이야기는 다음 날 아침 뉴스를 보고서야 알 수 있었고, 전 세계의 유명인사들, 스웨덴의 내로라하는 문화계나 경제계 인사들이 그곳을 찾았다는 사실은 저녁 신문을 읽고 나서야 알 수 있었다.

문 앞에 줄을 서 있다 해도 나이트클럽에 들어가기는 하늘의 별 따기다. 관계자가 나와 문 앞에 모여 있는 사람들을 쭉 둘러본 후 손

---

* 스웨덴의 식물학자로서 생물 분류학의 기초를 놓는 데 결정적인 기여를 하여 현대 '식물학의 시조'로 불린다.

가락으로 가리킨 사람만 들어갈 수 있다. 나는 이처럼 딱딱하고 온기를 느낄 수 없는 도시를 이전에는 본 적이 없다. 이곳에서 경험하는 문화적 거리감은 평생 경험해보지 못한 낯선 것이었다.

노르웨이에서는 거리감이 지리적 의미에서만 존재한다. 또 인구가 적기 때문에 사회 계층 피라미드의 꼭대기로 오르는 길이나 중심으로 향하는 길은 그리 길지 않다. 기업이나 정부 등 온갖 기관에서 한자리를 차지하고 있는 사람들은 모두 학교를 같이 다녔거나 한동네에서 살았던 사람들이다. 한두 다리만 건너면 모두 아는 사람이라는 말이다.

반면 스웨덴의 사회적 거리감은 너무나 크다. 노르웨이와는 정반대로 도심 중심의 정책이 시행되는 나라이기에 도시에만 사람들이 바글거린다. 무언가를 이루려는 사람들은 하나같이 스톡홀름으로 향한다. 모든 의미 있는 일은 스톡홀름에서만 일어나고 이 일들은 항상 신문지상에서 극도로 가시화된다.

"가끔 내가 어떤 곳에서 온 사람인지 생각해본 적 있어?"

린다는 고개를 저었다.

"솔직히 그런 생각은 해본 적이 없어요. 당신은 칼 오베, 내가 사랑하는 남편인걸요. 그뿐이에요."

"트로뫼이야의 작은 마을… 당신은 상상도 할 수 없을 정도로 작고 보잘것없는 마을이야. 나는 스톡홀름이 너무나 낯설게 느껴져. 내 어머니가 우리 집에 처음 왔을 때 했던 말, 기억나? 안 난다고? '칼 오베, 네 외할아버지가 여길 와봤어야 했는데'라고 하셨지."

"좋은 말이군요. 칭찬처럼 들리는걸요."

"하지만 어머니가 왜 그런 말을 했는지 이해할 수 있어? 당신에겐 그 집이 일상의 한 부분이지만, 어머니의 눈엔 그 집이 작고 화려한

무도장처럼 보였을 거야."

"당신에겐 어떻게 보이나요?"

"내게도 마찬가지야. 하지만 좋다거나 나쁘다거나 하는 건 내가 하고 싶은 말이 아니야. 내가 살아왔던 곳은 여기와는 너무나 다른 곳이라는 사실을 말하고 싶을 뿐이지. 세련됨과는 믿을 수 없을 정도로 동떨어져 있는 곳… 하지만 난 개의치 않아. 여기서 살든 거기서 살든 아무 상관이 없어. 요점은 이곳이 내 것이 아니라는 거야. 여기서 아무리 오래 산다 한들 내 것으로 만들 수 있을 것 같진 않아."

우리는 가볍게 입을 맞춘 후 린다가 자란 동네 옆의 비좁은 골목길을 걷기 시작했다. '사투르누스'를 지나 '지타'가 있는 비르게르야를스가탄에 이를 때가 되니 내 얼굴은 한기 때문에 뻣뻣해졌고, 두 다리는 얼음장처럼 차가워졌다.

"당신은 참 행운아예요. 그런 배경이 당신에게 얼마나 큰 영향을 미쳤는지 생각해본 적이 있나요? 갈 곳이 있다는 것은 엄청난 행운이에요. 고향에서 벗어나 갈 수 있는 낯선 곳, 그 낯선 곳에서 되돌아갈 수 있는 고향…"

"당신이 무슨 말을 하고 있는지 이해할 수 있을 것 같아."

"이곳은 제게 전부예요. 저는 이곳에서 자랐고, 여기에서 저를 떼어 생각하는 건 있을 수도 없는 일이라는 느낌이 자주 들거든요. 주변의 기대감도 마찬가지예요. 당신에게서 무언가를 기대하는 사람은 없으니 당신은 자유로울 수 있어요. 아, 교육을 잘 받고 좋은 직장을 얻기를 바라는 부모님의 기대감 외엔 말이죠."

나는 어깨를 으쓱 주어올렸다.

"난 한 번도 그런 식으로 생각해본 적은 없어."

"그래요?"

잠시 침묵이 흘렀다.

"저는 항상 테두리를 벗어나지 못한 채 살아왔어요. 물론 엄마는 내가 행복하기만을 바랐겠지만…"

린다가 내게 시선을 돌렸다.

"바로 그 때문에 엄마가 당신을 그토록 좋아하는지도 몰라요."

"그래? 정말 장모님이 날 좋아해?"

"여태 그것도 몰랐어요? 당신이 그렇게 무딘 사람인지는 몰랐네…"

"하긴… 나도 느낄 수 있었어."

나는 아직도 린다의 어머니를 처음 만난 날을 기억하고 있다. 숲속에 있는 자그마하고 오래된 집. 늦가을. 장모님은 우리가 도착할 때에 맞추어 음식을 차려놓았다. 식탁 위에는 김이 모락모락 나는 고기 수프, 갓 구운 빵, 양초가 놓여 있었다. 식사를 하는 동안 장모님은 따스함과 호기심 가득한 눈길을 내게 던졌다.

"그런데 내게 진정으로 영향을 미친 사람은 엄마가 아니었어요. 법무장관을 지낸 요한 노르덴팔크! 중학교 교사 출신이었나요? 아, 감당할 수 없을 정도의 부와 문화가 지배했던 사회와 모두 성공해야 한다는 강박감… 내 친구 중엔 자살을 한 아이가 세 명이나 있었어요. 신경성 식욕 부진에 걸린 애들은 셀 수도 없을 정도였다고요."

"혼란스러운 시대였어. 사람들은 왜 천천히 갈 생각을 하지 않는 걸까?"

"저는 우리 아이들이 그런 사회에서 자라는 걸 원치 않아요."

"지금 '아이들'이라고 했어?"

린다가 미소를 머금었다.

"트로뫼이야로 가면 되겠군. 거기선 내가 아는 사람 중에 자살한 사람이 한 명밖에 없어."

"그런 농담은 하지 마세요."

"알았어. 미안해."

길고 빨간 드레스를 입고 하이힐을 신은 여자가 우리를 지나쳐갔다. 그녀는 한 손으로 핸드백을 쥐고 있었고, 다른 한 손으로는 검은 그물 목도리를 가슴께에 모아쥔 채 걸었다. 그녀 뒤에는 수염이 듬성듬성한 젊은 두 남자가 파카를 입고 등산화처럼 생긴 투박한 신발을 신고 지나갔다. 한 남자는 담배를 손에 들고 있었다. 그들 뒤에는 세 여인이 파티에 가는 길인지 화려한 드레스를 입고 작은 손지갑을 든 채 걷고 있었다. 그들은 모두 차가운 바람을 막기 위해 드레스 위에 얇은 방풍점퍼를 입고 있었다.

외스테르말름의 거리와 비교하면 이곳은 서커스장을 연상시킬 정도로 휘황찬란했다. 길 양쪽은 사람들로 가득한 고급 레스토랑에서 새어 나오는 불빛으로 환했다. '지타' 옆에 자리한 두 곳의 영화관 앞에는 한기에 몸을 웅크린 사람들이 줄지어 서 있었다.

"솔직히 트로뫼이야는 별로 내키지 않지만, 노르웨이라면 어디라도 좋아요. 노르웨이 사람들은 스웨덴 사람들보다 훨씬 인간적이고 착하니까요."

"맞아."

나는 린다를 위해 육중한 문을 열어준 후, 장갑과 모자를 벗고 코트의 단추를 풀고 목도리도 풀었다.

"그런데 나는 노르웨이에서 살고 싶은 마음이 없는데 어떡하지?"

린다는 아무 대답도 않고 벽에 걸린 영화 포스터를 바라보고는 내게로 몸을 돌렸다.

"「모던 타임즈」를 상영하고 있네요!"

"그걸 보러 갈까?"

"그래요! 그런데 배가 고파 뭘 좀 먼저 먹어야 되겠어요. 지금 몇 시죠?"

벽시계를 찾아 사방 벽을 둘러보니 계산대 뒷벽에 걸린 작고 도톰한 시계가 눈에 들어왔다.

"8시 40분."

"9시에 영화가 시작하니까 볼 수 있을 것 같아요. 바에 가서 먹을 걸 사는 동안 당신은 영화표를 끊어오세요."

"알았어."

나는 주머니에서 100크로네짜리 지폐 몇 장을 꺼내 매표소로 갔다.

"「모던 타임즈」 표를 구입하고 싶은데, 빈자리가 있나요?"

머리를 땋고 안경을 낀, 20세도 안 되어 보이는 여자가 매표소 유리창 너머로 거만한 눈길을 내게 보냈다.

"실례지만 지금 뭐라고 하셨나요?"

"「모던 타임즈」 표 있나요?"

"네."

"두 장 주세요. 뒷자리 가운데. 두 장!"

나는 노파심에서 손가락 두 개를 들어보였다.

그녀는 표 두 장을 꺼내 내 앞으로 밀어주고 내게서 받은 지폐를 잘 펴서 금전출납기 안에 넣었다. 나는 북적거리는 사람들을 헤치고 바의 계산대 앞에 서 있는 린다를 찾아 그 옆에 섰다.

"사랑해."

나는 그런 말을 자주 하지 않는다. 그래서인지 린다가 눈을 반짝이며 나를 쳐다보았다.

"정말?"

우리는 가볍게 입을 맞추었다. 점원은 나초 스낵이 들어 있는 작은 광주리와 과카몰레 소스가 담긴 종지를 우리에게 건네주었다.

"당신, 맥주 안 마셔요?"

나는 고개를 저었다.

"영화를 본 다음에. 하지만 그때쯤이면 당신은 많이 피곤해 있을 거야."

"그럴 것 같아요. 그런데 표는 구했나요?"

"응."

나는 스무 살 때 베르겐의 한 영화 동호회에서 처음으로 「모던 타임즈」를 보았다. 그때 나는 영화 시작부터 끝까지 웃음을 참지 못했다. 언제 마지막으로 웃었는지 기억하는 사람은 그리 많지 않다. 나는 20년 전에 웃었던 일을 지금도 기억하고 있다. 그건 내가 평소 잘 웃지 않아서일지도 모른다. 영화를 보며 정신없이 웃음을 터뜨리던 나는 통제력을 잃어버렸다는 느낌과 온몸을 적시던 즐거움을 동시에 느꼈다. 영화 속 채플린은 일종의 뮤직홀에서 공연을 할 참이었다. 아주 중요한 공연이었기에 긴장감을 떨칠 수 없었던 그는 노래 가사를 적어 소맷귀에 끼워놓는 등 만반의 준비를 했다. 그런데 쇼가 시작되는 순간, 그는 그 종이를 잃어버렸다. 관중을 향해 크고 과장된 몸짓으로 인사를 하는 바람에 종이가 소매에서 빠져나갔던 것이다. 밴드는 음악을 연주하기 시작했지만 가사를 기억하지 못하는 채플린은 아무것도 할 수 없었다. 그래서 그는 관중들이 눈치채지 않도록 즉흥적으로 춤을 추며 바닥에 떨어진 종이를 찾아 헤맸다. 그동안 밴드는 곡의 도입부를 수없이 되풀이해서 연주했다.

나는 그 장면을 보며 눈물까지 흘려가며 웃었다. 쇼는 계속 진행되어야 했기에 결국 밴드는 연주를 이어나갔고, 채플린은 노래를 해야만 하는 상황이 되었다. 가사를 기억하지 못하는 그는 무슨 말인가를 중얼거리긴 했지만 그것을 알아들을 수 있는 사람은 아무도 없었다. 관중들의 귀엔 그저 노래의 멜로디만 들릴 뿐이었다.

나는 그 영화를 보며 무한한 행복감을 느꼈다. 내게만 국한된 행복감이 아니라 전 인류의 따스함과 인간다움을 느낄 수 있었기에 누린 행복감이었다. 나는 내가 이런 영화를 만들 수 있는 인류의 한 부분이라는 사실에 벅찬 마음으로 전율하지 않을 수 없었다.

린다와 나란히 앉아 영화가 시작되기를 기다리던 나는 이번엔 어떤 느낌을 가지게 될지 짐작할 수 없어 안절부절못했다. 채플린이라니. 그건 포스네스 한센이 유머를 주제로 한 에세이를 쓸 때나 끄집어오는 캐릭터가 아니었던가. 20년 전에 이미 눈물까지 흘려가며 웃었는데 다시 웃음이 나올까.

기우였다. 나는 20년 전과 똑같은 장면에서 다시 웃음을 터뜨렸다. 채플린이 무대에 등장하고 관중석을 향해 인사를 하고 커닝페이퍼가 소매에서 흘러내리고, 발을 질질 끌며 춤을 추는 장면. 그는 춤을 추며 종이를 찾는 동안에도 관중석을 향해 시선을 보내고 예의 바르게 목례를 하는 것을 잊지 않았다. 그의 팬터마임이 뒤를 잇자 어느새 나는 눈물까지 흘리며 웃고 있었다.

그날 저녁은 모든 것이 아름답게만 느껴졌다. 우리는 극장을 나서면서도 미소를 잃지 않았다. 린다는 행복해했다. 짐작건대 내가 행복한 모습을 보였기에 그녀도 행복해했던 것 같다. 우리는 손을 잡고 영화 장면에 대해 쉴 새 없이 이야기를 나누며 핀란드 문화원 옆 돌계단을 올라갔다.

레게링스가탄을 걷던 우리는 제과점과 가구점, US 비디오 가게를 지나쳐 우리 아파트에 도착했고 계단을 올라가 대문을 열었다. 밤 10시 30분이 좀 넘은 시간. 린다는 너무 피곤해 눈을 뜨고 있기도 힘든 것 같았다. 우리는 곧바로 잠자리에 들기로 했다.

10분 후, 아래층에서 집이 떠나갈 듯한 음악 소리가 들려왔다. 러시아 여자에 대해선 까맣게 잊고 있던 우리는 침대에서 벌떡 일어났다.

"에잇! 정말 못 견디겠어!"

"아직 11시도 안 된 데다 오늘은 금요일 저녁이잖아. 이 정도는 참아줘야 하지 않겠어?"

"상관없어요. 이젠 정말 신고를 해야겠어요. 이런 식으로 나오면 결과가 어떻다는 걸 보여주고 말겠어요."

린다가 침실을 나서자마자 음악은 멈추었다. 우리는 안도의 한숨을 쉬며 다시 잠자리에 들었다. 깜박 잠이 들었다고 생각했다. 그런데 다시 음악 소리가 들리는 게 아닌가. 조금 전과 다름없이 사방 벽이 흔들릴 정도로 큰 소리였다. 시계를 보니 11시 30분이었다.

"당신이 전화를 해요! 한숨도 못 잤단 말이에요."

이번에도 몇 분이 지나자 음악 소리가 멈추었다.

"오늘 밤엔 거실에서 잘게요."

그날 밤, 우리는 두 번이나 더 음악 소리 때문에 잠을 깼다. 마지막에 들린 소음은 30분이나 지속되었다. 우습기도 하고 불쾌하기도 했다. 정신이 나간 러시아 여자는 우리에게 그런 식으로 보복을 하는 게 틀림없었다.

그로부터 일주일쯤은 아무 일도 일어나지 않았다. 문제는 우리가 대문 앞에 화분을 내놓은 다음에 일어났다. 원래 복도는 공용지역이라 개인 물건을 내놓는 것이 금지되어 있었다. 하지만 위층에 사는 사람도 대문 앞에 화분을 내놓았기에 우리도 차갑고 딱딱한 복도를 꽃과 식물로 꾸며보기로 결심했다.

이틀 후, 우리 집 대문 앞에 있던 화분들이 흔적도 없이 사라져버렸다. 크게 신경 쓸 일은 아니었지만, 그 화분들은 돌아가신 할머니에게서 물려받은 것으로 크리스티안산에서 가져온 몇 개 안 되는 물건 중의 하나였기에 마음이 불편했다. 할머니의 손길과 수십 년의 세월을 품은 골동품을 잃어버렸다는 생각을 하니 슬프기도 하고 짜증도 났다. 누가 화분을 훔쳐간 것이 틀림없었다. 누가 화분을 훔쳐갔을까. 그렇지 않다면 우리에게 적의를 품고 있던 사람이 일부러 화분을 숨겼을지도 모른다. 우리는 생각 끝에 아파트 주민 알림판에 메모를 남겨 사라진 화분의 행방을 물어보기로 했다.

같은 날 저녁, 우리의 메모 위에는 문법에 맞지도 않는 이상한 스웨덴어가 파란 사인펜으로 적혀 있었다. 대부분은 욕설이었다. 요점은 우리가 얼마나 잘났기에 같은 건물에 사는 이웃들을 도둑으로 몰아가느냐는 것이었다. 차라리 우리가 이사를 가는 게 여러모로 좋을 것이라는 말과 인생을 그렇게 살면 안 된다는 말도 적혀 있었다.

며칠 후, 나는 이케아에서 육아용 체인징테이블을 사왔다. 그것을 조립하려면 망치 소리를 내야 했지만 저녁 7시밖에 안 되었기에 이웃에 누를 끼칠 이유는 없다고 생각하고선 조심조심 일을 하기로 마음먹었다. 문제는 거기서 발생했다. 망치 소리를 딱 한 번 냈을 뿐인데 아래층에서 천장을 쾅쾅 올려치는 소리가 들렸다. 러시아 여자는 우리가 망치 소리를 내며 자기에게 보복을 가해온다고 생각한 것이 틀림없었다. 나는 망치질 한 번으로 멈출 수가 없어 조립을 계속했다. 몇 분 후 아래층 대문이 쾅 닫히는 소리가 들렸고, 곧 우리 집 초인종 소리가 뒤를 이었다. 문을 열어보니 아니나 다를까, 러시아 여자가 붉으락푸르락하며 서 있었다. 이런 식으로 보복을 하는 거야? 그녀는 다짜고짜 내게 고함을 질렀다. 나는 한밤중에 건물이 떠나갈 정도로 크게 음악을 틀어놓는 것과 저녁 7시에 가구를 조립하는 건 완전히 다른 일이라고 설명했지만 귀머거리에게 말을 하는 셈이었다. 그녀는 흥분된 표정으로 나를 쏘아보았다. 우리가 잠을 자고 있던 그녀를 깨웠다는 것이다. 자기보다 잘난 것도 없는 사람들이 꼭 잘난 척을 하며 괴롭힌다는 말도 했다. 우리는 그녀보다 우리가 잘났다고는 한 번도 생각해본 적이 없는데…

그 후, 러시아 여자는 우리 집에서 조그만 소리라도 들리면 천장을 쾅쾅 울려쳤다. 나는 늦은 저녁 시간이면 발소리도 함부로 낼 수 없어 뒤꿈치를 들고 걸어야만 했다. 소리는 벽을 타고 흘러들어오고 불평하는 사람의 모습은 볼 수 없었기에 우리 집은 일종의 죄의식으로 채워졌다. 나는 그런 분위기를 견딜 수가 없었다. 내 집 안에서조차도 편안하지 못하다면 나는 어디로 가야 하는가.

성탄절이 가까워오자 아래층도 잠잠해졌다. 우리는 훔믈레고르덴 공원 위쪽에서 파는 성탄절 나무를 구입했다. 어두컴컴한 겨울 저녁, 눈발이 흩날리는 길은 성탄절을 준비하는 사람들로 북적였다. 모두 저마다의 생각과 계획으로 옆에 누가 지나가는 줄도 모르고 바깥세상에는 관심도 없는 것처럼 보였다. 판매인은 우리가 고른 나무를 운반하기 좋도록 그물로 칭칭 감싸 소시지처럼 만들어놓았다. 나는 돈을 지불하고 커다란 나무를 어깨에 둘러멨다. 나무가 너무나 무거워 나는 집으로 가는 길에 몇 번이나 걸음을 멈추고 숨을 몰아쉬어야만 했다.

30분 후 집에 도착해 거실에 나무를 내려놓은 우리는 얼굴을 마주 보고 어이없는 웃음을 동시에 터뜨렸다. 우리가 사온 성탄절 트리는 너무나 커서 거실과 전혀 어울리지 않았다. 어쩌면 잘된 일인지도 모른다. 왜냐하면 그해의 성탄절은 린다와 내가 단둘이 보낼 수 있는 마지막 성탄절이 될 참이었으니까. 성탄절 이브엔 린다의 어머니가 가져온 스웨덴식 성탄절 음식을 함께 먹고 선물을 열어보았으며, 일전에 사다놓은 채플린 영화 시리즈 중에서 「서커스」를 골라 보았다. 우리는 성탄절을 전후로 매일 채플린 영화를 보았고 조용한 거리를 걸으며 산책을 오래 했다. 러시아 여자는 완전히 잊어버렸고, 세상도 우리의 머릿속에서 자취를 감추어버렸다. 우리는 서로만 바라보며 성탄절을 보냈고 새해가 오기를 기다렸다. 린다의 어머니 집에서 며칠을 보낸 후 다시 집으로 돌아온 우리는 신년 파티 준비를 했다. 게이르와 크리스티나, 안더스와 헬레나가 우리 집에서 함께 신년을 맞을 계획이었다.

나는 오전 내내 집청소를 하고 장을 보았으며 하얀 식탁보를 다림질해두었다. 원래 있던 식탁에 간이 테이블을 길게 이어 손님들을 위한 자리를 만들어놓았고, 은수저와 양초꽂이를 닦아 광을 내놓았으며, 냅킨을 접고 거실 탁자 위에는 과일을 가득 담은 장식용 접시를 얹어놓았다. 7시경에 찾아올 손님들에게 우리도 사람처럼 살고 있다는 인상을 주고 싶었기 때문이다.

가장 먼저 초인종을 누른 이는 안더스와 헬레나 그리고 그들의 딸이었다. 헬레나는 린다의 어머니 밑에서 배우 수업을 받은 적이 있었다. 린다보다 무려 일곱 살이나 나이가 많았지만 시간이 흐르자 둘은 세상에서 둘도 없는 친구가 되었다. 안더스는 지난 3년 동안 헬레나와 함께 살아온 남자다. 헬레나는 배우였고, 안더스는… 흠… 일종의 범죄자였다.

한기 때문에 발갛게 달아오른 얼굴로 복도에 서 있던 그들은 대문을 열자 환한 미소를 지었다.

"안녕하세요!"

안더스가 힘차게 인사를 건넸다. 그는 귀를 덮는 갈색 가죽 모자를 쓰고 있었고, 큼직한 푸른색 파카에 검은색 구두를 신고 있었다. 세련되고 고상하다는 느낌은 주지 않았지만, 하얀 코트와 하얀 털모자, 검은색 부츠를 신고 있는 헬레나와 잘 어울린다는 생각이 들었다.

그들 옆에는 둘 사이에서 태어난 어린 딸이 유모차에 앉아 심각한 표정으로 나를 올려다보았다.

"안녕!"

나는 아이의 눈을 바라보며 말을 건네보았다.

아이의 얼굴 근육은 조금도 움직이지 않았고 눈빛은 무덤덤했다.

"어서 들어오세요!"

나는 한 발짝 옆으로 비켜서며 그들에게 길을 내주었다.

"유모차를 안으로 들여가도 될까요?"

헬레나가 물었다.

"물론이죠. 들여올 수 있겠어요? 아니, 제가 옆문을 열어드릴까요?"

헬레나는 조심스럽게 유모차를 밀어 현관 구석에 세워두었고, 안더스는 점퍼를 벗었다.

"우리 세뇨리타는 어디 있나요?"

그가 린다를 찾았나.

"잠시 쉬고 있어요."

"아픈 데는 없나요?"

190

"건강하게 잘 지내고 있어요."

"다행이군요. 그런데 오늘 날씨가 굉장히 춥네요."

그가 손을 비비며 말했다.

헬레나는 유모차에 브레이크를 걸어놓고 딸아이를 안아 올려 바닥에 내려놓았다. 아이는 엄마가 모자를 벗기고 빨간 코트의 지퍼를 내리는 동안 꼼짝도 하지 않았다. 아이는 코트 밑에 짙은 청색 원피스를 입고 하얀 스타킹과 하얀 구두를 신고 있었다.

침실에 있던 린다가 환한 얼굴로 현관으로 나왔다. 그녀는 헬레나와 포옹을 했다. 두 여인은 포옹을 한 후에도 한동안 손을 마주 잡고 미소를 담은 서로의 눈을 지그시 바라보며 재회의 순간을 만끽했다.

"안 보는 동안 더 예뻐진 것 같아! 도대체 뭘 어떻게 한 거야? 내가 임신 9개월이었을 때는…"

"엄마가 입던 구식 드레스를 입었을 뿐인데…"

"아니, 드레스가 아니라 너 말이야! 참 행복해 보여!"

린다는 만족스러운 미소를 지으며 안더스를 향해 몸을 굽혀 포옹을 했다.

"거실 탁자 좀 봐! 우아, 정말 근사한걸!"

헬레나는 거실로 들어서며 탄성을 질렀다.

나는 그 자리에 서 있기가 민망해서 무언가를 살펴보려는 척 부엌으로 들어갔다. 분위기가 좀 가라앉으면 다시 나올 생각이었다. 부엌에 들어서자마자 초인종 소리가 들렸다.

"잘 있었어?"

게이르가 열린 문 안쪽을 향해 소리를 질렀다.

"오, 청소를 한 모양이군!"

"아, 너도 왔어? 월요일에 보기로 하지 않았나? 신년 파티를 할 예정인데 이렇게 갑자기 찾아오면 어떡하니? 정 원한다면 자리를 만들어주지…"

나는 게이르에게 농담을 건네며 인사를 대신했다.

"안녕하세요, 칼 오베!"

크리스티나가 내게 포옹을 건네며 말했다.

"그간 잘 지냈어요?"

"그럼요."

나는 몇 발짝 뒤로 물러서 그들에게 빈 공간을 만들어주었다. 곧 린다가 현관으로 나와 그들을 맞았다. 다시 포옹이 이어졌고 재킷과 구두를 벗는 소리가 현관을 채웠다. 거실에는 안더스와 헬레나가 앉아 있었고, 그들의 딸은 바닥을 기어 다니고 있었다. 먼저 온 손님, 나중에 온 손님들은 자리에 앉기 전에 따스하고 반가운 눈빛을 교환하며 인사를 나누었다.

"성탄절을 제대로 보낸 모양이군."

안더스는 거실 구석에 세워진 거대한 성탄절 트리를 향해 고갯짓을 하며 말했다.

"800크로네를 주고 산 나무라 시들 때까지 거실에 두려고. 이 집에선 돈을 낭비하는 일이란 있을 수 없는 일이라…"

안더스가 큰 소리로 웃음을 터뜨렸다.

"어쩐 일이야? 농담을 다 하고?"

"농담은 매일 하는데… 문제는 스웨덴 사람들이 내 농담을 이해 못한다는 거지."

"하하, 그렇군. 솔직히 나도 처음에 당신이 하는 말을 적어도… 에… 그러니까 단 한마디도 못 알아들었다고요."

"그러니까 신흥부자가 된 걸 기념하느라 비싼 성탄절 트리를 구

192

입했단 말이지?"

게이르가 끼어들었다.

안더스와 게이르는 노르웨이어와 스웨덴어를 섞어가며 대화를 나누기 시작했다. 그럴 때면 자주 나오는 노르웨이어가 몇 개 있다. '쳄페'와 '굿'. 이 두 노르웨이 단어는 스웨덴인들의 귀에는 너무나 우습게 들리기 때문에 그들은 말끝마다 이 단어들을 집어넣곤 했다. 그들은 내가 쓰는 노르웨이어가 사투리인 줄도 모르고 뉘노스크*라고 짐작하기도 했다.

"사실을 말하자면…"

나는 미소를 지으며 말을 이었다.

"저렇게 커다란 성탄절 트리를 구입했다는 게 민망스러워. 그건 나도 인정해. 그런데 나무를 살 때만 해도 저렇게 큰지 몰랐거든. 막상 집에 가져오니 거실에 어울리지 않을 정도로 크다는 걸 깨달았어. 하긴 나는 비율에 대해서만큼은 항상 어렵다고 생각해왔으니 그다지 이상한 일도 아니야."

"그건 그렇고, 안더스! 노르웨이어로 '쳄페'가 무슨 뜻인지 알아요?"

린다의 질문에 안더스는 고개를 저었다.

"쳄페는 신문이고 굿은 창문 아냐?"

나는 전혀 엉뚱한 뜻을 대며 농담을 했다.

"'쳄페'는 '매우'라는 의미의 노르웨이어예요. 스웨덴어의 '옛테'와 같죠. 즉, '쳄페스토르'(매우 큰)는 '옛테스토르'(매우 큰)와 같은 말

• 노르웨이에는 공용어가 두 개 있다. 그 하나는 부크몰(Bokmål)이고 다른 하나는 뉘노스크 (Nynorsk)로서 공영방송이나 일간지에서는 대부분 부크몰을 사용한다.

이에요."

아니, 린다가 지금 내게 한 수 가르쳐주려 하는 걸까.

"저는 그걸 칼 오베와 사귄 지 반년이나 지나서야 알게 되었어요. '쳄페'와 '옛테'가 같은 뜻이라는 걸요. 아직도 제가 안다고 생각하지만 실제로는 전혀 모르는 노르웨이 단어가 많아요. 그렇게 하나하나 알아가니까 2년 전에 섀테르바켄의 책을 번역했던 기억이 떠올라 부끄러워져요. 어찌 그리 무모하게 덤벼들었는지… 그때는 노르웨이어를 거의 몰랐거든요."

"일다는 노르웨이어를 할 수 있었어?"

헬레나가 물었다.

"일다? 아니! 전혀 못했어. 나보다 더 못했는걸. 얼마 전에 내가 번역한 책의 첫 장을 들춰본 적이 있었어. 다시 보니까 그렇게 나쁘진 않았어. 딱 한 단어만 제외하고 말이야. 그 생각만 하면 지금도 얼굴이 붉어져. '스투에'는 거실이라는 뜻의 노르웨이어인데, 나는 그걸 '스투가'로 써놓았거든… 그러니까 주인공이 '스투가'에 앉아 창밖을 내다보았다고 번역을 했는데, 원문에는 주인공이 '스투에'에 앉아 있었던 거지."

"그럼 '스투가'는 노르웨이어로 무슨 뜻인가요?"

"별장이라는 뜻이에요."

나는 안더스의 질문에 대답을 해주었다.

"아, '스투가'가 별장이라는 뜻이군! 정말 그러고 보니 거실과 별장은 좀 거리가 있네…"

"그런데 아무도 그걸 지적하지 않았어요."

린다가 웃음을 터뜨리며 말했다.

"샴페인 드실 분?"

194

"제가 가져올게요."

린다는 부엌에서 샴페인잔을 다섯 개 가져온 후, 샴페인의 코르크 병마개를 둘러싸고 있는 가느다란 금속실을 벗겨내기 시작했다. 코르크 병마개를 딸 때는 폭발음을 예상한 듯 고개를 살짝 옆으로 돌리고 눈을 지그시 감았다. 잠시 후 코르크는 퍽 하는 축축한 소리를 내며 린다의 손을 벗어났고, 린다는 유리잔에 샴페인을 따랐다.

"샴페인을 따르는 데는 전문가적 재능이 있으시군요."

"아주 오래전에 레스토랑에서 아르바이트를 한 적이 있어요. 하지만 그때도 잔에 술을 따르는 일은 잘 못했어요. 입체적인 것을 가늠하는 일과는 원래 거리가 멀어서…"

안더스의 말에 린다는 농담처럼 대답을 했다.

린다는 손님들에게 샴페인을 따른 잔을 하나씩 돌렸고, 자신을 위해서는 무알코올 샴페인을 따랐다.

"위하여! 모두 와주셔서 감사합니다!"

우리는 잔을 부딪쳤다. 나는 잔을 비운 후 부엌으로 들어가 랍스터를 다듬기 시작했다. 게이르는 나를 따라 부엌으로 들어와 의자에 앉았다.

"랍스터? 하하. 이렇게 짧은 시간에 스웨덴 사회에 적응한 너를 보니 정말 감동이다! 여기 온 지 2년밖에 안 되었으면서 신년 파티에 친구들을 초대하고 그것도 모자라 스웨덴식 전통 신년 음식까지 내놓다니!"

"나만 그런 건 아니잖아."

"맞아, 그건 나도 알아."

게이르는 미소를 지으며 말을 이었다.

"크리스티나와 나는 성탄절을 멕시칸 음식으로 때웠어. 그 이야기를 해줬었나?"

"응."

나는 랍스터 하나를 이등분해서 접시에 얹고 다음 랍스터를 집으며 대답했다. 게이르는 쓰고 있는 원고에 대해서 이야기를 시작했다. 나는 그가 하는 말에 집중할 수가 없었다. 내 관심은 오로지 랍스터에게로 향하고 있었지만 그가 기분 나빠 하지 않도록 가끔 '그래?' 또는 '응'이라는 말로 장단을 맞추어주었다. 원고에 대한 이야기는 지극히 개인적인 일이라 아무나 붙잡고 말을 늘어놓을 수는 없다. 그래서 그는 나를 따라 부엌까지 온 것이었다. 잠시 담배를 피우러 베란다에 나갈 때도 그는 내게 따라붙었다.

게이르는 초고를 작성하는 데만 1년 6개월이라는 시간을 쏟아부었다. 그의 글을 읽고 작성한 나의 의견은 A4용지로 90장이나 되었다. 광범위하고도 세세했던 나의 의견과 비평 사항은 불행히도 반어적이고 비꼬는 듯한 분위기를 함축하고 있었다.

나는 게이르가 이 세상 모든 것을 참아낼 수 있는 사람이라고 믿었지만, 그건 옳지 않은 생각이었다. 그 어느 누구도 이 세상 모든 것을 참아낼 수는 없다. 더군다나 자기 자신의 일에 대해 누군가가 빈정대고 비꼬기를 계속한다면 그 누가 인내할 수 있단 말인가. 하지만 나는 나의 한계를 넘어서지 못했다. 다른 작가들의 원고 컨설팅을 할 때도 풍자와 비꼼의 비평은 여전했다. 게이르의 문제점은 그 자신도 잘 알고 있듯 글 속에 표현된 행위와 사건 간의 거리감이 필요 이상으로 크며, 그 거리감 속에 존재하는 저변의 사항과 느낌들을 독자들도 이미 믿고 있다는 신세하에 글을 전개한다는 것이나.

그의 글을 읽다가 잠시만 한눈을 팔게 되면 돌이킬 수 없는 미로로 빠져들게 된다. 나는 이런 것들에 대해 풍자적으로 또는 반어적으로 비평서를 작성해 그에게 주었다. 내 반응을 읽은 그의 기분은 어땠을까. 어쩌면 그는 내가 잘난 척을 한다고 생각했을지도 모른다. 사실 그와 비교한다면 나는 새 발의 피인데도 말이다.

아니야.

아니라고?

"솔직히 네게 미안하다고 말하고 싶었어."

나는 세 개째 랍스터의 배에 칼을 꽂으며 말했다. 랍스터의 껍데기는 게의 껍데기보다 훨씬 부드러웠다. 그 단단함과 농도로 본다면 얇은 플라스틱으로 만든 예술품이 떠오를 정도다. 붉은 색깔은 완벽하다 못해 인공적으로 보이지 않는가. 다리에서 볼 수 있는 옅은 줄무늬와 꼬리를 덮고 있는 얇은 외피는 또 어떠한가. 이것들은 르네상스 예술가들의 손에서 태어난 작품처럼 보이지 않는가.

"알았어. 그렇다면 너의 죄를 뉘우치고 악을 물리친다는 의미에서 성모송을 열 번 읊도록 해. 솔직히 원고 자문을 해준답시고 네가 써준 글을 읽고 있으면 내가 왜 매일같이 너의 경멸과 조롱 앞에서 무릎을 꿇어야 하는지 이해할 수 없을 때가 많아. '나는 정말 바보인가'라는 질문도 스스로 해보지. 곰곰이 생각한 후에 대답을 찾아보면 백이면 백, 나는 바보가 맞다는 거야…"

"기술적인 질문 하나 해도 될까?"

나는 칼을 껍데기 속으로 꽂으며 그에게 말을 걸었다.

"기술적인 질문? 기술적이라… 네겐 그렇게 말하는 게 쉽겠지. 너는 화장실에서 대소변을 보는 일에 대해서도 스무 장씩 글을 쓸 수 있는 사람이니까. 그뿐만 아니라 사람들이 그 글을 읽고 싶게 만들고 심지어는 눈물까지 흘리도록 만들 수 있잖아. 그렇게 글을 쓸 수 있는 사람이 도대체 몇이나 된다고 생각해? 마음은 있는데 정작 그

197

런 글을 쓸 수 없어 절망하고 허탈해하는 작가가 얼마나 많은지 알아? 왜 수많은 작가가 밤낮으로 앉아서 현대시랍시고 한 장에 고작 단어 세 개만 적어놓고 종이를 째려보는지 알기나 해? 그것 외에는 할 수 있는 일이 없기 때문이야. 지난 수년 동안 글을 써왔다면 이제 그 정도는 감을 잡을 수도 있을 텐데 말이야. 그들도 할 수만 있었다면 했을 거라고. 그런데 너는 불행히도 네 글과 능력에 대해 전혀 감사해하지도 않고 가치를 부여하지도 않아. 오히려 쓸데없는 에세이나 잘 써보려고 애를 쓰고 있단 말이지. 그런데 그거 알아? 에세이는 누구나 쓸 수 있어! 이 세상에서 제일 쉬운 게 바로 에세이를 쓰는 거야."

나는 갈라진 껍데기 사이로 삐죽이 빠져나온 랍스터의 하얀 살을 바라보았다. 보일 듯 말 듯 빨간 줄무늬가 있는 것 같기도 했다. 그걸 보고 있자니 소금기를 머금은 짭짤한 바다 냄새가 희미하게 나는 것 같기도 했다.

"너는 글을 쓸 때 글자들을 보지 않는다고 했지? 내 눈에는 빌어먹을 글자밖에 안 보여. 그것들은 마치 거미줄처럼 얽히고설켜서 결국에는 눈앞에 장막을 쳐버리지. 그 거미줄에서 얻어낼 수 있는 건 아무것도 없어. 이런 나를 이해할 수 있니? 그것들은 살을 파고들며 자라는 발톱 같은 거야."

"얼마나 오래 그 글을 붙들고 있었니? 1년? 1년은 아무것도 아니야. 나는 글 한 편을 쓰는 데 무려 6년이나 소비했어. 6년을 붙들고 있어도 겨우 130쪽 분량의 에세이… 머저리 같은 천사 이야기 한 편밖에 못 썼다고. 2009년에 다시 나를 찾아와. 그때라면 이야기가 통할지도 모르니. 하지만 내가 읽어본 네 글은 정말 좋았어. 스토리 라인도 훌륭했고 인터뷰 부분도 깊이를 느낄 수 있었거든. 이젠 철두

철미하게 다시 살펴보는 일만 남았어."

"하!"

게이르가 코웃음을 쳤다.

나는 껍데기를 벗기지 않고 이등분해둔 랍스터를 접시에 올려놓았다.

"내가 너에 대해 뭐라고 말해줄 수 있는 건 이 분야밖에 없다는 걸 너도 알고 있니?"

나는 마지막 랍스터를 거머쥐며 말했다.

"흠… 나에 대해서라면 네가 알고 있는 게 적어도 한두 개는 더 있어. 다른 사람들은 몰라도 되는 일…"

"아, 그거! 그렇다면 문제는 달라지지."

그는 내 농담에 진심이 담긴 화통한 웃음을 터뜨렸다.

몇 초 동안 침묵이 흘렀다.

내 말에 마음이 상한 걸까.

나는 칼로 랍스터의 껍데기를 가르기 시작했다.

알 수 없었다. 그는 언젠가 내가 그의 마음을 상하게 했더라도 자기가 직접 말해주지 않으면 나는 죽을 때까지 그 이유를 모를 것이라고 말한 적이 있다. 그는 자존심이 센 만큼 건방졌으며, 거만한 만큼 진실한 사람이었다. 그는 친구가 거의 없었다. 남 앞에서 굽힐 줄 모르는 데다 마음에 있는 말을 거침없이 해버리는 성격 때문이리라. 그가 마음에 두고 있는 말을 내뱉으면 주변 사람은 아무도 좋아하지 않았다.

1년 전 겨울 그와 나 사이는 별로 좋지 않았다. 그와 함께 바에 나란히 앉아 있을 때도 마찬가지였다. 그는 입만 열면 내게 심술을 부렸고 빈정대기를 멈추지 않았다. 나는 어떻게든 그를 이겨보려고 계속 머리를 굴렸다. 그러곤 갑자기 그에게서 연락이 끊어졌다. 그로부터 2주가 지난 후 크리스티나에게서 전화가 왔다. 게이르가 리서치 작업을 위해 터키로 갔으며 몇 달이나 있어야 돌아올 예정이라는 그녀의 말을 듣고, 나는 놀라지 않을 수 없었다. 전혀 예상치 못했던 일이었고, 은근히 기분도 상했다.

그는 왜 내게 터키에 갈 것이라는 말을 한마디도 해주지 않았을까. 몇 주 후, 노르웨이에 사는 한 친구가 텔레비전 저녁 뉴스에 게이르가 나온 것을 보았다는 말을 전해주었다. 게이르는 바그다드에서 살아 있는 방패막이 역할을 하며 인터뷰를 하고 있었노라고 했다. 그 말을 들은 나는 미소를 짓지 않을 수 없었다. 너무나 게이르답다는 생각 때문이었다. 그렇지만 그가 왜 이 모든 일을 내게는 비밀로 하고 떠났는지 이해할 수가 없었다.

나중에야 깨달은 사실이지만 나는 어떤 식으로든 게이르의 마음을 상하게 했던 게 틀림없다는 생각이 들었다. 하지만 구체적인 이유는 끝까지 알 수 없었다. 4개월 후 게이르는 인터뷰를 녹음한 수십 개의 마이크로 카세트를 가지고 스톡홀름으로 되돌아왔고 우리의 관계는 예전과 다름없이 호의적으로 변했다. 그 가을과 겨울 동안 우리 사이에 존재했던 찜찜한 분위기는 온데간데없이 사라져버렸다. 우리의 우정은 그때부터 제대로 자리를 잡아나가기 시작했다.

게이르와 나는 같은 해에 태어났고, 얼마 떨어지지 않은 곳에서 자랐다. 아렌달 근처에 있는 서로 다른 두 섬, 히쇠이아와 트로뫼이야에서 자랐지만 우리는 서로를 알지 못했다. 고등학교에 입학하면서 접촉할 수 있는 기회가 있었지만, 내가 크리스티안산으로 옮겨가는 바람에 그마저도 이루어지지 못했다. 내가 그를 처음 만난 건 베르겐에서 대학교에 다닐 때였다. 그는 아렌달 출신의 학생들과 가끔 어울렸고, 나는 윙베 형을 통해 그들과 접촉할 수 있었다. 게이르와 만나 대화를 나눈 나는 그와 당장 친구가 될 수 있을 것 같다는 생각을 했다. 당시 대학 신입생으로 베르겐에서 자취를 하던 나는 친구가 없어 매일 윙베 형만 따라다녔기에 그의 존재가 더욱 크게 느껴졌던 것이다.

우리는 저녁에 몇 번 술을 함께 마시기도 했다. 그는 쉴 새 없이 껄껄 웃음을 터뜨렸고 무모할 정도로 거침이 없었다. 주변인들에게 순수하게 관심을 보였고 그들과 함께 진실한 대화를 나누었다. 그는 한마디로 군계일학이었다. 내게도 친구가 생겼다는 기분 좋은 생각은 1989년 봄 몇 주 동안 내 머릿속에서 떠나지 않았다. 그런데 게이르는 그 삶에 안주하려 하지 않았다. 베르겐에서 썩을 수는 없다면서 졸업 시험을 치르자마자 짐을 싸서 스웨덴의 웁살라로 떠났다. 그해 여름, 나는 그에게 편지를 썼다. 그 편지는 끝내 보내지 못했고, 그로써 게이르도 내 삶과 내 머릿속에서 사라져버렸다.

11년 후, 그는 내게 우편으로 책 한 권을 보냈다. 권투에 대한 내용이었고 제목은 『부러진 코의 미학』이었다. 몇 장을 넘기지 않았는데도 나는 무모할 정도로 거침없고 어딜 가도 눈에 띨 수밖에 없는 그의 비범함을 느낄 수 있었다. 책을 읽다 보니 그에게도 그간 많은 일이 있었다는 것을 알 수 있었다. 그는 권투에 관한 책을 쓰기 위해 스톡홀름의 한 권투 클럽에서 무려 3년이라는 시간을 보냈다. 그의 책에는 남성적인 태도, 명예, 폭력과 고통 등 현대 복지사회의 가치 속에 묻혀 사라져버린 이전 시대의 지배적 가치가 직접적으로 묘사되어 있었다. 특히 관심을 끈 것은 어떤 사회나 집단을 묘사하는 데 있어 외부 시각과 내부 시각이 너무나 다를 수 있다는 것이었다.

한 인간이 그간 익숙해 있던 세상이 아닌 또 다른 낯선 세상을 만날 때에는 습관적으로 몸에 배어 있는 모든 익숙함을 버려야 그 세상으로 잦아들어갈 수 있다. 그렇게 하면 모든 것은 다르게 보이기 시작한다. 게이르는 책에서 자신이 묘사한 세상, 즉 고전적이고 반자유적 고등문화에 전적으로 흡수되어버린 것 같았다. 그것은 니체와 윙거에서 시작해 미시마 유키오와 에밀 치오란의 선상에 존재하는 세상이다. 그 세상 속에는 그 어떤 것도 돈의 가치로 측정할 수 없다.

그의 시각으로 바라본 내 모습은 또 어떤가. 그간 너무나 자연스럽게 여겨졌기에 나의 한 부분이라 생각해왔던 것조차도 사실은 상대적이며 임의적이라는 것일 뿐이라는 생각이 들었다. 그런 면에서 보면 나에게 게이르의 책은, 인간의 내면에 항상 자리하고 있는 고풍스럽고 구시대적인 요소를 믿지 못할 정도의 확실성을 가지고 선명하게 묘사해낸 미셸 세르의 『형상』과 현대 사회와 언어가 우리의 행위와 현실적 감각에 어떤 영향을 미치는지, 또 삶이 전개되는 현재의 사회 내에서 통용되는 이해력이 어떤 방식으로 다른 사회를 노출시키게 되는지를 묘사한 미셸 푸코의 『말과 사물』만큼이나 중요하고 가치 있는 책이라 할 수 있다.

이 책들의 공통점은 동시대를 벗어난 외부 시각에서 쓰였다는 것이다. 그것이 동시대를 둘러싸고 있는 경계선 밖에 존재하는 수평적 시각이라면 게이르의 시각과 비슷하다고 할 수 있을 것이다. 그리 오래되지 않은 가까운 과거에 존재했던 주요 가치들이 스스로 소멸되기를 거부하며 일종의 은둔 장소를 만들어 면면히 명맥을 이어오고 있는 권투 클럽 내의 환경이 여기에 속한다. 반면 그것이 동시대 밖에 존재하는 수직적 시각이라면 우리는 역사를 통해 우리가 알고 있던 모든 것이 뒤집혀버리는 것을 경험할 수 있을 것이다.

나는 그간 제로점을 향해 움직여왔던 것 같다. 머릿속의 생각과 마찬가지로 타인의 눈에는 띄지 않는 존재가 되어 비틀거리며 한발 한발 제로점을 향해 움직이던 중, 나는 이 책들을 발견했다. 이 책들은 내가 찾아 헤맸다기보다는 누군가가 어느 날 갑자기 내 책상 위에 툭 던져놓고 간 듯, 그렇게 나를 찾아왔다. 문학사에 한 획을 긋는 이른바 대작들은 거의 모두, 내겐 추상적이라 여겨지는 생각과 감정과 느낌이라는 것들에 언어라는 옷을 입혀주었다. 쓰레기 같은 불쾌감과 불만족, 제자리를 찾을 수 없는 울분. 이런 것들에서는 방향성과 명백성과 설득력을 찾아볼 수 없다.

게이르의 책이 내게 그토록 크고 중요하게 다가온 것은 우리의 배경이 너무나 비슷하다는 이유도 있다. 동갑에 같은 장소, 같은 사람들에 얽힌 기억이 많기 때문이다. 우리는 어른이 된 후에도 책을 읽고 글을 쓰고 공부를 하는 일로 대부분의 시간을 보냈다. 그런데도 그는 나와는 정반대인 급진적이고 과격한 환경에 발을 담갔다.

그 이유는 무엇일까. 나는 초등학교에 다닐 때부터 비판적이고 독립적인 사고를 해야 한다고 배웠다. 이 비판적 사고는 삶의 어느 한 시점까지는 긍정적으로 작용했다. 비판적이고 독립적인 사고의 테두리 밖에 있던 모든 것은 원래의 의도가 어떻든 간에 부정적인 것으로 변해버렸다. 이것은 서른을 한참 넘긴 나이에 깨달은 사실이다. 왜 그렇게 늦어졌던 것일까? 그건 내가 항상 함께하는 주변인들이 너무나 순수하고 선한 의도를 지닌 사람들뿐이었기에 나도 알게 모르게 영향을 받았기 때문일 것이다.

나는 그들의 의도와 의견에 대해 의심을 품어본 적은 있지만 그 조건적 전제에 대해선 단 한 번도 문제를 제기하거나 의심을 해본 적이 없다. 그들이 말하는 이른바 '비판적 사고'가 진정으로 비판적인지, '급진적'인 것들이 진정으로 급진적인지, '선한' 것들이 진정으로 선한 것들인지에 대해선 생각해보지 않았다는 말이다. 이성적인 사람들이라면 격한 감정의 소용돌이 속에 빠져들기 마련인 청소년기만 벗어나게 되면 한 번쯤 생각해봤음직한 것들인데도 말이다. 또 다른 이유는, 나를 비롯하여 나와 동시대를 살던 사람들은 추상적인 사고를 하도록 사회의 격려를 받았다는 것이다.

나는 서로 다른 분야에서 다양한 사고를 할 수 있도록 나 자신을 훈련시켜왔으며, 이러한 행위는 타인의 관점에서 사고할 수 있는 힘을 키우면서도 자신의 비판적 사고력을 떨어뜨리는 데 한몫을 해왔다. 물론 여기에 전적으로 사회적 또는 외부적 요소만이 작용했던 것은 아니다. 나 자신의 식견과 통찰력도 그 이유가 될 수 있다. 나는 사고력이 추상적 근거를 벗어나지 않는 범위에서 지식을 갈구했다. 결국 나의 사고 작용은 이차적 현상세계 속에서 제 역할을 지속해나가는 하나의 행위적 요소가 되어버렸다.

나에게 이차적 현상세계는 철학, 문학, 사회학, 정치학 등을 들 수 있다. 반면 내가 발을 딛고 사는 이 세상, 잠을 자고, 음식을 먹고, 말을 하고, 사랑을 하고, 두 발로 뛰는 이 세상, 냄새를 맡을 수 있고, 소리를 들을 수 있고, 비와 바람을 보고 느낄 수 있는 세상, 피부에 직접 와닿는 이 세상은 단 한 번도 사고의 주제가 되지 않았다. 이런 일차적 현상세계에서도 나는 생각이라는 것을 하지만, 그것은 어떤 의도를 바탕으로 한 실용적인 것에 불과할 뿐이다. 추상적 세상에서는 무언가를 이해하기 위해 사고하지만, 구체적 세상에서는 무언가를 다루고 처리하기 위해 사고한다. 추상적 세상에서는 의미적 존재인 '나'를 떠올리지만, 구체적 세상에서는 몸뚱이와 눈빛과 목소리를 지닌 나를 떠올린다. 독립심이라는 것은 바로 이 구체적 세상 속의 내가 키워나가야 하는 것이다.

독립적 사고도 마찬가지다. 게이르의 책에서 다루고 있는 것은 이런 것들뿐만이 아니라 그 배경이 되는 공간과 환경도 포함하고 있다. 그는 오로지 자신의 눈으로 직접 보고, 자신의 귀로 직접 들은 이야기만 썼다. 그것들을 이해하기 위해 그가 시도했던 것은 사고가 아니라 그 속에 직접 들어가 한 부분이 되는 구체적 행위였다. 그가 기록했던 것은 삶에 가장 가까이 다가갔을 때 얻는 반응의 형태였던 것이다. 권투선수는 자신의 말이나 의견으로 평가되는 것이 아니라, 자신의 행위로 평가되는 사람이라는 것을 게이르는 표현하고 싶어 했다.

그리스의 장군 피로스는 '미솔로지', 언어 혐오증이 있었다.

그렇다면 '피로마니아'는 글쟁이들 사이에서 볼 수 있는 증상이 아닐까?* 언어로 말할 수 있는 것은 모두 언어로 반박할 수 있다. 그렇다면 논문과 소설과 문학은 어떤가? 다른 말로 해보자. 진실을 말할 수 있다면 거짓도 말할 수 있다. 제로점은 바로 여기에서 찾아볼 수 있다.

이 제로점에 전적인 무가치가 자리하고 있고 여기서부터 가치를 더해나가거나 줄여나간다는 말이다. 이 제로점은 사(死)의 점과는 의미가 다르다. 문학에서도 마찬가지다. 문학을 이루는 언어와 글은 독자의 내면에 존재하는 그 무언가를 일깨워주는 매개체다. 문학의 진정한 가치는 흔히 생각하듯 형식과 기술적인 요소에서 찾을 수 있

---

* 작가는 방화벽을 지닌 사람을 'Pyromania'라고 일컫는다는 점에 착안해, 피로스의 이름을 딴 피로마니아(Phyrromania)라는 새로운 단어를 만들어냈다. 일종의 말장난이다.

는 것이 아니라, 소통이라는 기본적 기능을 넘어 문학 속에서 파계(破契)적이고 초월적인 기능을 하는 말과 언어에서 찾을 수 있다. 파울 첼란이 비밀스럽고 수수께끼 같은 언어를 사용했던 것은 접근불가나 단절을 표현하기 위해서가 아니라, 인간의 내면 깊숙한 곳에 자리하고 있어 닿을 수 없는 것들에게 다가가기 위한 시도와 노력이라고 볼 수 있다. 파울 첼란의 언어는 언어로 반박할 수 없으며 전환과 변경도 불가능하다.

그림과 사진이 내게 큰 의미가 있는 것도 이런 이유에서다. 그림과 사진 속에는 이해해야만 하는 언어나 개념이 존재하지 않는다. 나는 그림과 사진을 볼 때 개념이 없는 무언가를 직접적으로 경험한다. 바로 이것이 그림과 사진에 큰 의미를 부여하는 이유다. 물론 이러한 나만의 의미부여 방식은 지성과는 상관이 없는 것이기에 바보처럼 여겨지기도 한다. 지성이라는 것은 내가 인지하고 받아들이기에 쉽지 않은 것이기도 하고, 내가 추구하고 싶은 가장 중요한 단순 요소 가운데 하나이기도 하다.

게이르의 책을 읽은 지 반년 정도 지난 후 나는 그에게 이메일을 보냈다. 당시 내가 편집장으로 있던 『바간트』*에 에세이를 한 편 써 달라고 부탁하기 위해서였다. 게이르는 선선히 내 청을 들어주었고, 그 후로 우리는 일과 관련된 사무적이고 예의 바른 이메일을 몇 차례 주고받았다.

그로부터 1년 후, 나는 토니에와 헤어졌다. 베르겐에서 그녀와 함께했던 삶을 뒤로하고 노르웨이를 떠나려 작정했을 때, 나는 세이브

* 노르웨이의 문학 정기 간행물. 스칸디나비아 3개 국어로 발행된다.

에게 이메일을 보내 스톡홀름에 머무를 곳이 있는지 물어보았다. 그는 아는 장소가 없다며 방을 구할 때까지 자기 집에서 함께 지내자고 제의했다. 그렇게 해도 될까. 그렇다면 정말 좋겠는데. 문제없어. 방을 구할 때까지 우리 집에서 지내. 그런데 언제 올 예정이니? 내일. 내일?

몇 시간 후, 나는 베르겐에서 오슬로로 가는 밤기차를 탔고 다음 날 오전엔 오슬로에서 스톡홀름으로 가는 기차를 탔다. 커다란 슈트케이스 두 개를 질질 끌고 플랫폼을 거쳐 스톡홀름 중앙역에 도착한 나는 슈트케이스가 들어갈 만한 큰 사물함을 찾아 두리번거렸다. 나는 지난 며칠 동안 있었던 일, 내가 떠나야만 했던 이유를 잊기 위해 기차 안에서 내내 책을 읽었다. 역에 내리니, 기차를 타려는 수많은 사람의 바쁜 움직임 속에서 그동안 책을 읽으며 잠재워두었던 불안과 걱정이 슬며시 머리를 들기 시작했다.

영혼 깊숙한 곳까지 한기를 느낀 나는 지친 몸으로 걷기 시작했다. 집 열쇠가 들어 있던 주머니에는 기차역의 사물함 열쇠가 들어와 자리바꿈을 했다. 근처 화장실을 찾은 나는 정신을 차리기 위해 차가운 물로 얼굴을 씻었다. 거울을 보니 마치 내가 아닌 다른 사람을 보는 것만 같았다. 부기마저 보이는 백지장처럼 하얀 얼굴, 빗지 않아 덥수룩한 머리 그리고 눈동자… 눈동자… 두 눈은 무언가를 뚫어지게 바라보고 있었지만 외부로 향한 생명력은 찾아볼 수 없었다. 그것은 초점을 맞춘 그 무언가의 내면으로 들어가 그 속에서 힘없이 녹아버리기 직전의 눈빛이었다.

저런 눈빛을 언제 보았더라…

나는 온수를 틀어놓고 양손 위로 물을 한참 흘려보냈다. 온기가 팔로 퍼져나갈 때쯤 나는 물을 잠그고 휴지 한 장을 뜯어 물기를 닦았다. 사용한 휴지는 세면대 옆에 있는 휴지통에 버렸다. 나는 101킬로 그램의 거대한 몸에 희망이라곤 하나도 찾아볼 수 없는 남자였다. 여기까지 왔잖아. 지금으로선 그것만으로도 충분해. 나는 스스로 자신을 위로하며 계단을 올라갔다. 바쁘게 움직이는 사람들 무리 한가운데 서 있는 나는 앞으로 무엇을 해야 할지 계획을 세워보려 했다. 오후 2시를 좀 넘긴 시간이었다. 게이르와 만나기로 약속한 시간은 5시였다. 그러니 내겐 세 시간의 여유가 있었다. 그동안 배를 채우고 목도리를 사면 되겠다는 생각이 스쳤다. 머리도 좀 손질하면 좋겠는데…

역을 나와 택시 승강장 앞에서 걸음을 멈추었다. 회색 하늘은 차갑게만 보였고 공기는 축축했다. 오른쪽으로 고개를 돌리니 여러 갈래의 갈림길과 콘크리트 다리가 눈에 들어왔다. 그 뒤에는 작은 호수가 있었고 호수 뒤편으로는 높다란 사각형 건물들이 나란히 서 있었다. 왼쪽으로 고개를 돌리니 자동차들이 줄지어 달렸다. 지저분한 담벼락을 끼고 정면에 쭉 뻗어 있는 길은 교회를 둘러싸고 왼쪽으로 방향이 꺾여 있었다.

어느 길로 갈까?

나는 벤치 위에 한 발을 올리고 종이로 돌돌 만 잎담배에 불을 붙인 후 왼쪽으로 나 있는 길을 걷기 시작했다. 100여 미터쯤 걷던 나는 걸음을 멈추었다. 길에는 속력을 내서 달리는 자동차뿐 사람이라곤 전혀 보이지 않았다. 나는 발길을 돌려 온 길로 되돌아왔다. 이번에는 역에서 정면으로 보이는 길을 가보기로 마음먹었다. 길을 따라 올라가니 널찍한 가로수길이 나왔고, 맞은편에는 벽돌로 쌓아올린 거대한 쇼핑센터가 서 있었다. 조금 더 가니 광장처럼 생긴 널찍한 공간이 있었고, 그 오른쪽에는 커다란 유리빌딩이 하나 서 있었다.

빌딩 앞에는 '문화회관'이라고 붉은 글씨로 쓴 팻말이 보였다. 그 건물 안으로 들어간 나는 에스컬레이터를 타고 2층으로 올라갔다. 카페를 발견한 나는 거기서 미트볼과 바게트, 적양배추 샐러드를 사서 창가 테이블에 앉았다. 창밖에는 조금 전 지나온 광장과 쇼핑센터 앞길이 한눈에 보였다.

여기 살려고 온 거야? 이제 여기서 살 거야?

어제 오전만 해도 나는 베르겐의 내 집에 있었다.

어제. 어제만 해도 말이다.

토니에는 기차역까지 나를 따라왔다. 플랫폼을 비추어 내리는 전깃불, 벌써 한밤중이라도 된 듯 목소리를 낮추어 대화를 나누는 야간열차 승객들, 아스팔트 위를 스치는 슈트케이스의 바퀴 소리. 토니에는 눈물을 흘렸다. 나는 울지 않았다. 토니에를 안아주고 양 볼을 타고 흘러내리는 눈물을 닦아주니, 토니에는 눈물 사이로 미소를 지었다. 기차에 오르니 토니에의 뒷모습을 보아낼 용기가 나지 않았다. 창밖으로 눈길을 돌리지 않으려 무진 애를 썼지만 결국 나는 플랫폼을 나서 출입구 밖으로 사라지는 그녀의 뒷모습을 보고야 말았다.

토니에는 여기에 남아 있을 수 있을까.

우리가 함께 살던 집에?

나는 바게트를 한 입 베어 물고 머릿속을 덮쳐오는 생각을 지워버리기 위해 창밖의 광장을 내려다보았다. 상점이 줄지어 자리한 한쪽 길에는 사람들이 개미떼처럼 까맣게 모여 있었다. 지하철역을 들고 나는 사람들, 갤러리로 가기 위해 터널을 들고 나는 사람들, 에스컬레이터를 오르내리는 사람들. 우산, 코트, 핸드백, 쇼핑백, 배낭, 모자, 유모차 그리고 자동차와 버스들.

쇼핑센터의 벽시계는 2시 50분을 가리키고 있었다. 머리를 자르려면 지금 미용실을 찾는 게 좋을 것 같았다. 미루다 보면 게이르와의 약속 시간에 늦어질지도 모르니 말이다. 에스컬레이터를 타고 내려가면서 주머니에 들어 있는 휴대폰을 꺼내 저장된 연락처를 쭉 훑어보았다. 전화를 하고 싶은 사람은 아무도 없었다. 해야 할 말과 설명해야 할 것들은 너무나 많았지만 대답으로 얻을 수 있는 말은 너무나 적었기 때문이다. 건물 밖으로 나오니 무자비한 3월의 오후가 나를 기다리고 있었다. 어디선가 묵직한 눈송이가 날아와 내려앉았다. 나는 휴대폰의 전원을 끄고 주머니에 다시 집어넣은 후, 미용실을 찾기 위해 드로트닝가탄 위쪽으로 발걸음을 옮겼다. 쇼핑센터 앞에는 한 남자가 서서 하모니카를 연주하고 있었다. 아니 그는 하모니카를 연주한다기보다는 상체를 앞뒤로 흔들어대며 있는 힘을 다해 하모니카 속에 숨을 불어넣고 있었다. 긴 머리, 거친 얼굴. 그가 발산하는 강렬한 공격성이 내게로 고스란히 전달될 정도였다. 그의 앞을 지나치자 이유를 알 수 없는 두려움이 갑작스럽게 나를 덮쳤다.

신발가게 입구에는 한 젊은 여인이 유모차를 세워놓고 갓난아기를 안아 올리고 있었다. 털모자를 쓴 아기는 털이 복슬복슬한 침낭 속에서 빠져나와 무덤덤한 눈으로 지나가는 나를 바라보았다. 한 팔로 아기를 안은 여인은 다른 팔로 가게 문을 열고 들어갔다. 길 위로 내려앉은 눈송이는 바닥에 닿자마자 녹아버렸다. 모퉁이에는 '여기서 왼쪽으로 50미터를 가면 레스토랑이 있습니다. 판자 비프 단 109크로네!'라고 쓰인 팻말을 무릎 위에 얹고 한 남자가 간이 의자에 앉아 있었다. 판자 비프라니? 그건 또 뭐지?

길을 가는 여인들은 하나같이 외모가 비슷비슷했다. 안경을 끼고 통통한 몸을 코트로 가린 50대의 여인들. 손에는 올렌스, 린덱스, NK, 쿱, 헴큅 등의 쇼핑백을 들고 있었다. 그 나이 또래의 남자들은 수적으로 열세였지만 그들도 외모가 비슷하긴 매한가지였다. 안경, 희끗희끗한 머리, 생기 없는 눈동자, 쑥색 또는 회색의 캐주얼한 느낌이 나는 재킷. 뚱뚱한 남자보다는 호리호리한 남자가 더 많았다. 나는 이방인이 된 듯한 느낌을 지우려 애를 써보았지만 그건 불가능했다. 내가 할 수 있는 일은 발걸음을 옮기는 일밖에 없었다.

지나치는 얼굴들은 모두 낯설기 그지없었다. 이 낯선 느낌은 몇 주 동안이나 나를 떠나지 않을 것만 같았다. 그도 그럴 것이 그 도시엔 내가 아는 영혼은 단 하나도 없었으니까. 그럼에도 나는 타인의 눈길을 의식하지 않을 수 없었다. 주민이 세 명밖에 안 되는 작은 섬에 살 때도 나는 그들의 눈길을 의식하며 살았다. 코트에 뭐가 묻었을까. 옷깃이 잘못 접혀 있는 건 아닐까. 구두는 봐줄 만한가. 내 걸음걸이가 이상하게 보이진 않을까. 상체를 앞으로 숙이고 구부정하게 걷고 있는 건 아닐까.

오, 나는 머저리였다. 세상에 둘도 없는 머저리. 갑자기 얼굴이 화끈 달아올랐다. 오, 나는 얼마나 멍청한 바보였던가. 젠장. 내 구두, 내 코트. 머저리. 머저리. 머저리. 내 입과 내 생각과 내 감정들은 모두 형태를 찾아볼 수 없는 무정형의 것들이다. 이것들은 내게서 시도 때도 없이 미끄러져 나가버린다. 뿌리를 내릴 수도 없고 형체를 만들어낼 수도 없는 것들. 내게는 단단하게 제자리를 지키고 있는 것들을 찾아볼 수 없다. 모두가 부들부들하고 멍청할 뿐이다.

젠장. 제기랄. 아, 빌어먹을! 카페 안에서도 나는 안정을 찾을 수가 없었다. 그곳에 있는 사람들에게서 벗어날 수가 없었던 것이다. 그들의 의미 없는 몸짓과 무심코 던지는 눈길이 내 심장에 박혔고, 나는 핏줄을 타고 온몸을 도는 그들의 눈길과 몸짓을 떨쳐버릴 수 없어 숨이 막힐 지경이었다. 책장을 넘기다 보면 나아질까. 그들과 같은 눈짓과 몸짓을 한다면 나아질까. 이 얼마나 바보 같은 짓인가. 그건 내가 바보라는 것을 온 천하에 내놓고 광고하는 것과 다를 바가 없었다. 여기 바보 멍청이가 하나 앉아 있습니다. 그렇다면 카페를 벗어나는 수밖에 없다. 카페를 들고 나는 사람들. 한자리에 지긋이 앉아 있는 사람은 거의 없었다.

어느새 나는 그들 속에서 내 모습을 엿보기 시작했다. 여기도 머저리, 저기도 머저리, 이 구석에도 머저리, 저 구석에도 머저리. 그건 노랫가락처럼 내 머릿속에 스며들기 시작했다. 나는 그 생각이 너무나 엉뚱하고 비이성적이라는 것을 잘 알고 있었다. 그것은 내 머릿속에서만 돌고 도는 쓸데없는 생각이라는 것도 잘 알고 있었다. 하지만 그걸 알고 있다고 해서 도움이 되진 않았다. 나는 이미 그것에 얽매여 옴짝달싹할 수도 없는 상태에 있었으니까.

나의 내면을 여기저기 찔러오는 이 편집증적인 생각은 도대체 어디서부터 시작된 것일까. 사회 부적응자들, 추한 사람들, 뚱뚱한 사람들, 심지어는 멍청하게 입을 쩍 벌린 채 초점 없는 눈동자로 허공을 응시하는 저 바보 같은 여자조차도 나를 향해 여기는 네가 있을 곳이 아니라고 말하는 것 같았다.

나는 다시 걷기 시작했다. 어두컴컴한 하늘 아래 북적이는 사람들 틈에서 떨어지는 눈을 맞으며 화려하게 장식한 상점과 상점 사이를 걸었다. 이젠 나의 새로운 보금자리가 될 도시에서 혼자 걷다 보니 문득 앞으로 어떤 일이 닥치든 상관없다는 생각이 들었다. 설말 아무 상관도 없다는 생각과 함께 나를 스친 생각은 참아내는 수밖에 없다는 것이었다. 지금, 여기서만 참고 견뎌내면 된다는 생각. 그것은 바로 지금까지 내가 해온 일이기도 하다.

　처음엔 무심코 지나쳐 있는지도 몰랐던 미용실이 눈에 띄었다. 쇼핑센터 옆길에 있는 미용실이었다. 예약을 하지 않아도 되는 드롭인 미용실이었기에 그냥 문을 열고 들어가 자리에 앉기만 하면 되었다. 머리를 감겨주는 사람도 없었다. 미용사는 물이 들어 있는 스프레이 병을 들고 와 내 머리에 뿌려주었다. 아랍인으로 보이는 미용사는 어떤 스타일을 원하느냐고 물었다. 나는 엄지손가락과 집게손가락 사이에 조금의 틈을 만들어보이며 이 정도로 짧게 잘라달라고 했다. 그는 내게 직업이 뭐냐고 물었다. 학생이라고 대답하니 어디서 왔느냐며 또 질문을 던졌다. 노르웨이에서 왔다고 하니 휴가 여행 중이냐고 되물었다. 그렇다고 하니 그는 더 묻지 않았다. 잘려나가 바닥에 떨어진 내 머리카락은 거의 검은색으로 보일 정도로 색이 짙었다. 이상했다. 거울을 보면 내 머리카락은 항상 옅은 색이었으니 말이다. 어쩌면 내 머리카락은 정말 짙은 색일지도 모른다. 내 눈에만 옅은 색으로 보이는 건 아닐까. 유년기의 내 머리 색깔은 항상 옅은 색이었다. 그 당시의 사진에서도 볼 수 있다. 그런데 이상하게도 머리를 자를 때면 항상 떨어져 나간 머리카락 뭉치의 색은 짙었다. 바닥이 흰색일 때는 검은색처럼 보일 때도 있었다.

　30분 후 미용실에서 나오니 헬멧처럼 두피를 감싸고 있는 짧은 머리카락 사이로 찬바람이 스며들었다. 4시를 앞둔 시각, 하늘은 어느새 컴컴해졌다. 나는 목도리를 사기 위해 몇 시간 전에 길을 걸으면서 봐둔 H&M에 들렀다. 남성의류 매장은 지하에 있었다. 그곳을 한 바퀴 둘러보았지만 목도리는 눈에 띄지 않았다. 나는 계산대 뒤에 서 있는 젊은 여인에게 목도리가 어디 있냐고 물어보았다.

213

"실례지만 뭐라고 하셨나요?"

"목도리는 어디 있습니까?"

"무슨 말씀을 하시는지 알아들을 수가 없군요. 미안하지만 다시 한 번만 말씀해주시겠어요?"

그녀는 내게 영어로 말을 하기 시작했다.

"목도리."

나는 목을 가리키며 말했다.

"어디 있나요?"

"미안합니다. 영어로 말씀해주시겠어요?"

"스카프! 스카프를 사려면 어디로 가야 합니까?"

"아, 스카프! 여기서는 '할스둑'이라고 하죠. 미안합니다. 철이 지나서 겨울용품은 다 들여놓았어요. 저희 매장엔 없습니다."

거리로 나온 나는 '올렌스' 가게에 가면 목도리를 살 수 있을까 잠시 생각해보았지만, 곧 목도리는 포기하기로 마음먹었다. 다시 복잡한 가게 안으로 들어가 말이 안 통하는 점원을 붙들고 머저리 노릇을 하긴 싫었기 때문이다. 나는 2년 전 여름, 며칠 묵은 적이 있는 펜션 쪽으로 발길을 돌렸다. 정처 없이 걷는 것보다는 목적지를 정해두고 걷는 게 낫다는 생각이 들어서였다. 오르막길을 걷던 나는 고서를 파는 책방에 잠시 들렀다. 그곳에는 높다란 책장들이 너무나 빽빽하게 들어서 있어 몸을 돌리기가 쉽지 않을 정도였다. 무덤덤한 눈길로 책들을 살펴보던 나는 문득 계산대 옆에 쌓아놓은 한 무더기의 책 중 가장 위쪽에 놓여 있는 횔덜린의 책을 발견했다.

"이 책, 파는 건가요?"

나는 시선으로 나를 쫓고 있는 내 나이 또래의 점원에게 물어보았다.

"물론입니다."

제목은『노래들』이었다.『애국의 노래들』을 번역한 책일까.

나는 출판정보가 실려 있는 임프린트 페이지를 넘겨보았다. 발행 연도는 2002년. 그렇다면 출간된 지 얼마 안 되는 책이다. 그런데 원서의 제목은 어디를 봐도 찾을 수가 없었다. 에필로그 부분을 넘겨 이탤릭체로 표기된 글자들을 하나하나 살펴보니 아니나 다를까 『애국의 노래들』이라는 원서 제목을 볼 수 있었다. 그런데 왜 번역서의 제목을『노래들』이라고 했을까.

상관없는 일이었다.

"이 책, 얼마예요?"

"실례지만 지금 뭐라고 하셨습니까?"

"책값이 얼마인지 알고 싶습니다."

"책 좀 주세요. 가격표가 어디 붙어 있을 텐데… 아, 152크로네입니다."

돈을 지불하니 그는 책을 넣은 작은 봉투와 영수증을 내게 건네주었다. 나는 영수증을 뒷주머니에 넣고 손에 든 봉투를 흔들거리며 가게 문을 나섰다. 밖에는 비가 내리고 있었다. 나는 멈춰 서서 배낭 속에 책이 든 봉투를 넣고, 화려한 불빛으로 반짝이는 상점 거리를 걸었다. 하얀 눈이 쌓인 처마와 창틀, 조각상의 두상, 베란다의 바닥, 블라인드와 바람에 날리는 커튼, 화단의 가장자리, 휴지통의 뚜껑과 펌프. 하지만 길 위에 쌓인 눈은 진흙더미처럼 시커멓게 변해 창으로 새어 나오는 불빛과 가로등 빛을 받아내고 있었다.

미용사가 머리카락에 바른 젤이 빗방울과 함께 이마로 떨어져 내렸다. 나는 손으로 끈적끈적한 빗방울을 훔친 후 바지에 문질러 닦았다. 문득 길 한쪽 옆에 작은 창고 같은 건물이 눈에 띄었다. 나는 담배에 불을 붙이려 그곳으로 다가갔다. 안쪽을 살펴보니 널찍한 정원과 야외 테이블을 마련해둔 레스토랑이 두 곳쯤 보였다. 정원 한가운데에는 작은 수영장도 있었다. 레스토랑 옆 건물의 출입구에는 '스웨덴 작가협회'라는 팻말이 붙어 있었다. 잘되었다는 생각이 스쳤다. 작가협회는 묵을 곳을 찾기 위해 전화를 해볼 몇 안 되는 기관 중의 하나였기 때문이다.

나는 담배에 불을 붙이고 내키진 않았지만 시간을 보내기 위해 방금 구입한 책을 배낭에서 꺼내 벽에 등을 기댄 채 책장을 넘겨보았다.

휠덜린은 내게 아주 친숙한 이름이다. 그의 글을 하나하나 정독한 적은 없다. 올라브 헤우게의 번역 시선집에서 그의 시를 몇 편 보고, 그가 튀빙겐에 머무르던 말년에는 정신이상 증세에 시달렸다는 피상적인 이야기밖에는 아는 게 없다. 그의 이름은 내가 열여섯 살이 되던 해 어머니의 동생인 샤르탄 외삼촌에게서 처음 들었다. 샤르탄 삼촌은 형제 중 유일하게 고향집인 쉬르뵈보그의 작은 농가에서 부모님과 함께 살고 있었다. 외할아버지는 거의 여든이 되었지만 믿을 수 없을 정도로 건강했다. 외할머니는 파킨슨 증후군 말기 환자였기에 혼자서는 거의 아무 일도 못 했다. 20제곱미터를 넘지 않는 작은 규모의 땅이었지만 농사를 지으려면 시간과 노력을 들여야 한다. 외삼촌은 농사일 외에도 일상의 모든 일에 도움을 받아야 하는 어머니를 보살폈고, 매일 수십 킬로미터나 떨어진 조선소로 가서 선박 배관공으로 일했다. 외삼촌은 보기 드물 정도로 섬세한 남자였고, 삶의 실질적인 일에 대해선 전혀 관심을 보이지 않았다. 외삼촌의 하루하루는 하지 않으면 안 되는 일을 억지로 참고 견디며 하는 것으로 이어졌다. 며칠, 몇 달, 몇 년을 외삼촌은 순전히 의지력과 인내심으로 견뎠다.

외삼촌의 일상이 그랬던 것은, 외삼촌이 타고난 운명을 스스로 벗어날 수 없었기 때문도 아니고, 흔히 생각하듯 낯선 세상이 두려워 익숙한 환경에 눌어붙어 버렸기 때문도 아니다. 외삼촌의 일상은 그 섬세한 성격 때문에 받아들여야만 했던 결과적 산물이었다.

절대적 가치와 순수한 이상을 추구하는 젊은 청년이 1970년대 중반에 할 수 있었던 일은 무엇일까. 만약 외삼촌이 자신의 아버지처럼 1920년대를 살았던 젊은이였다면 당시 문화의 특징이라고도 할 수 있는 생동감과 자연스러움과 말기의 낭만주의적 이상을 추구하고 이를 문제없이 받아들였을 것이다. 그러한 시대적 흐름은 특히 뉘노스크로 작품활동을 하던 올라브 뉘가르, 올라브 둔, 크리스토퍼 웁달, 올라브 에우크루스트에게서 볼 수 있었고, 그 뒤를 이은 올라브 헤우게는 그 시대와 우리 시대를 이어주는 역할을 했다. 만약 외삼촌이 1950년대를 산 젊은이였다면 진보문화적 개념과 이론을 추구하고 이를 받아들였을 것이다. 물론, 당시 평행선에 자리하고 있다가 결과적으로 서서히 자멸해버린 보수문화적 흐름이 외삼촌을 먼저 덮치지 않았다면 말이다.

1970년대 초반에 청년이 된 외삼촌은 마오의 사상을 바탕으로 한 노르웨이 노동공산당의 당원으로 가입했고 자청하여 자신을 프롤레타리아화했다. 조선소에서 배관공으로 일했던 것은 현실보다 더 나은 세상을 이룰 수 있다는 꿈이 있었기 때문이다. 외삼촌은 몇 달이나 몇 년 동안만 일을 한 것이 아니라 근 20년 이상을 그곳에서 일했다. 시대가 바뀌어도 외삼촌은 이상을 포기하지 않는 몇 안 되는 사람 중의 하나였다. 비록 사회적으로나 개인적으로 지불해야 할

217

것이 적잖았고, 시간이 흐를수록 그 부담은 더욱 늘어갔지만 외삼촌은 이상을 포기하지 않았다.

　작은 시골 마을에서 공산주의자로 산다는 것은 대도시에서 공산주의자로 사는 것과 엄연히 다르다. 도시에서는 자신의 이상을 혼자 추구하지 않아도 된다. 주변을 둘러보면 항상 자신과 같은 생각이나 이념을 가진 이들을 찾아볼 수 있으며 한 개인의 신념은 특별히 눈에 띄지 않는다. 반면 시골 마을의 공산주의자는 말 그대로 '공산주의자'가 되어버린다. 공산주의자가 그의 정체성이 되며 그의 삶이 되어버리는 것이다.

　70년대 초반에 공산주의자로 산다는 것은 사회적 파도에 몸을 싣고 움직이는 것과 다르지 않았고, 80년대에 공산주의자로 산다는 것은 쥐떼마저도 떠나버린 적막한 폐선에 혼자 남아 있는 것과 같았다. 외로운 공산주의자는 언뜻 패러독스처럼 여겨지기도 하지만 샤르탄 외삼촌의 경우엔 현실이었고 운명이었다.

　어린 시절 여름 방학에 외할아버지 댁을 방문했을 때, 잠을 자려고 침대에 누워 있으면 아래층 거실에서 토론하는 아버지와 외삼촌의 목소리를 들을 수 있었다. 나는 두 분이 하는 말을 잘 알아듣지도 못했고 이해도 할 수 없었지만, 아버지와 외삼촌 사이에는 분명 큰 의견 차이가 있다는 것을 느낄 수 있었다.

　아버지는 샤르탄 외삼촌의 무모함을 일깨워주려는 제한적 태도를 취했지만, 외삼촌은 절실한 삶과 죽음의 문제 또는 전부가 아니면 차라리 아무것도 택하지 않겠다는 태도를 취했다. 분위기가 필요 이상으로 가열되면 누군가가 항상 중재를 했다. 적어도 나는 그렇다고 생각했다. 아버지는 현실적 관점에서 이야기를 했다. 아버지가 의미하는 것은 학교 수업, 축구 경기, 만화책, 낚시여행, 쌓인 눈 치우기, 주말에 먹는 라이스푸딩 등 바로 여기, 지금 이 순간에 속한 것들이었다. 반면 샤르탄 외삼촌은 이와는 너무나 다른 것들, 다른 곳에 속해 있는 것들에 대해 이야기했다. 외삼촌은 자신의 신념을 현실화할 수 없었고, 어떤 면에서 보면 그 신념을 위해 자신의 삶을 스스로 희생했다고 볼 수 있었다. 그것이 바로 아버지가 보는 외삼촌이었고, 외삼촌의 신념은 아버지가 말하는 현실과는 전혀 상관없는 것이었다. 현실은 외삼촌이 말하는 것과는 다르며 앞으로도 외삼촌이 바라는 세상은 오지 않을 것이라고 단언했던 아버지는 외삼촌에게 몽상가라고 쏘아붙이기도 했다. 하지만 외삼촌은 몽상가와는 거리가 먼 사람이었다. 외삼촌은 아버지가 말하는 그 구체적이고 물질적이며 세속적인 현실을 외면하지 않고 그 속에서 인내하며 사는 사람이었다.

결속과 연대에 대한 이론을 지지하는 외삼촌이 무리에서 배제당하고 홀로 설 수밖에 없는 상황이라니. 이 얼마나 기이한 상황인가. 세상을 이상적이고 추상적인 눈으로 바라보았던 외삼촌, 그 누구보다 더 섬세하고 선한 영혼의 소유자였던 외삼촌이 무거운 짐을 들어 올리고 그것을 옮기고, 선박 주변을 기어 다니다시피 하며 망치질을 하고 땜질을 하고 나사못을 돌렸다. 그뿐만 아니라 소에게 여물을 주고 소젖을 짜고 외양간 바닥에 쌓인 동물들의 배설물을 모아 봄이 되면 밭에 뿌렸다. 잔디를 깎고 건초를 쌓고, 집안일을 하고 날이 갈수록 더욱 몸이 불편해지는 어머니를 돌보는 일도 외삼촌이 한 일이다. 그것이 외삼촌의 삶이었다.

80년대가 되자 사회를 휩쓸었던 공산주의 이념은 서서히 사그라들었고, 외삼촌의 열정적인 목소리도 들릴 듯 말 듯 한풀 꺾이기 시작하더니 어느덧 완전히 자취를 감추어버렸다. 사회를 바라보는 외삼촌의 시각도 달라졌을지 모르지만 삶은 바뀌지 않았다. 외삼촌은 여전히 새벽녘에 일어나 소젖을 짜고 외양간에 여물을 넣어준 후 버스를 타고 공장에 가서 온종일 일을 한 다음 집에 돌아와 부모님을 돌보았다. 외할머니가 많이 피곤해하지 않는 날은 외할머니를 부축해 집 안을 조심조심 함께 걸었다. 외할머니의 다리를 주물러주고 용변 보는 일을 도와주었으며 다음 날 입을 옷을 미리 내놓았을 뿐 아니라, 외양간에서 외삼촌의 저녁 손길을 기다리는 동물들을 보살펴주었다.

하루 일을 모두 끝내면 외삼촌은 저녁을 먹고 다음 날 아침까지 잠을 잤다. 하지만 밤새 잠을 푹 잘 수 있는 날은 그리 많지 않았다. 외할머니는 한밤중에도 통증에 시달릴 때가 많았는데, 그럴 때면 외할아버지는 매번 자는 아들을 깨워 도움을 청했기 때문이다. 그것이 바로 외부인의 눈으로 본 외삼촌의 삶이었다.

외삼촌이 공산주의 이념에 빠지기 시작했을 때 나는 겨우 두 살짜리 갓난아기에 불과했다. 내가 초등학교에 다닐 무렵이 되자 외삼촌의 열정은 조금씩 식어가기 시작했다. 열여섯 살이 되어 내 주변인들에게 그들이 누구인지 철학적인 관심을 갖기 시작했을 때 내가 가지고 있던 외삼촌의 이미지는 희미한 과거의 장막 같은 것에 불과했다.

당시 외삼촌이 내게 큰 의미가 있었던 이유는 외삼촌이 시를 쓴다는 점 때문이었다. 내가 시에 관심을 갖고 있어서가 아니라, 외삼촌이 시를 쓴다는 사실은 그가 누구인지 또 어떤 사람인지를 더 잘 말해주는 것 같은 느낌이 들어서였다. 시는 아무나 그냥 끄적인다고 써지는 것이 아니라 시인만이 쓸 수 있는 것이 아니었던가.

외삼촌은 시를 쓴다는 것을 우리에게 대놓고 말한 적은 없지만 그

렇다고 숨기려 하지도 않았다. 어쨌든 우리는 외삼촌이 시를 쓴다는
것을 잘 알고 있었다. 외삼촌의 시는『다그 오 티』에 실린 적도 있고
『클라세캄펜』에 실린 적도 있다. 작품 옆에는 작고 단순하긴 하지만
노동자의 이미지를 부각시키는 외삼촌의 사진도 함께 볼 수 있었다.
거창하고 화려한 명성과는 거리가 멀었지만 그것은 하틀뢰이 가문
의 학자적 분위기를 엿볼 수 있는 한 예이기도 했다.

　한 번은『빈두에』뒷면에 외삼촌의 시와 사진이 함께 실린 적이
있었다. 그로부터 몇 년이 흐른 후『빈두에』편집부에서는 두 면 전
체를 할애해 외삼촌의 시를 특집으로 싣기도 했다. 그것을 본 나는
외삼촌에게 진정한 시인의 피가 흐른다고 믿었다.

　외삼촌은 그 당시 철학책을 읽기 시작했다. 공장에서 돌아온 삼촌
은 저녁때 피오르를 바라보며 앉아 몹시도 복잡하고 어려운 하이데
거의『존재와 시간』을 독일어 원문으로 읽었다. 분명 한 단어 한 단
어 사전을 들추어가며 읽었으리라. 내가 아는 한 외삼촌은 학교를
졸업한 이후 독일어를 사용한 적이 한 번도 없었으니까. 외삼촌은
하이데거가 언급한 시와 시인들, 횔덜린과 소크라테스 이전 철학자
들 그리고 니체에 대해 자주 읽었으며, 특히 하이데거를 읽으면 마
음의 고향에 되돌아온 것 같다고 말했다. 하이데거는 외삼촌의 가슴
을 말 그대로 꽉 채웠고 외삼촌은 거기에서 실질적 경험이 주는 종
교적 신성함까지도 느꼈던 것 같다. 계몽과 반전, 구시대를 채우는
새로운 의미.

　그즈음, 아버지는 우리 가족을 떠났다. 그래서 어머니와 나, 윙베
형은 샤르탄 외삼촌이 사는 외할아버지 댁에서 매년 성탄절을 함께
보냈다. 서른 중반이었던 외삼촌은 그때까지도 공장에서 일했을 뿐
아니라 외할아버지 내외를 돌보며 살고 있었다. 그들과 함께 보낸

네댓 번의 성탄절은 내 평생의 성탄절 중에서 가장 기억에 남는 것이기도 하다.

외할머니는 병들고 아픈 몸이었기에 항상 식탁 옆에 구부정하게 앉아 온몸을 사시나무 떨듯 떨었다. 손도, 팔도, 머리도, 양다리도 쉴 새 없이 달달 떨던 외할머니는 가끔 경련을 일으키기도 했다. 그러면 우리는 외할머니를 소파로 옮기고 야윈 팔다리를 주물러주었다. 비록 사지는 썩어들어가는 나무와 다를 바 없었지만, 외할머니의 정신은 온전했고 두 눈은 총기 어린 빛을 발했다. 우리를 볼 때면 기쁨에 가득 찬 눈빛을 던지기도 했다.

항상 재바르게 움직였던 몸집이 자그마한 외할아버지는 가끔 어린 시절의 이야기를 해주며 웃음을 터뜨렸고 가끔은 웃다가 눈물까지 흘리는 적도 있었다. 불행히도 외할아버지가 옛날이야기를 꺼낼 기회는 그리 많지 않았다. 샤르탄 외삼촌 때문이었다. 하이데거에 푹 빠져 있던 외삼촌은 집안일과 농사일, 공장일을 하면서도 1년 넘게 매일 하이데거를 읽었다. 그렇게 책을 읽어도 주변엔 이야기를 나눌 수 있는 영혼이 단 한 명도 없었다. 근처 수십 킬로미터를 뒤져도 하이데거를 들어본 사람을 찾을 수 없었거니와 하이데거에 대해 들어보려 원하는 사람도 찾을 수 없었다. 물론, 외삼촌도 이야기를 나눌 만한 사람을 찾으려 시도는 해보았을 것이다. 그토록 하이데거에 푹 빠져 있었으니 자연스러운 일이 아닌가.

외삼촌의 시도는 물거품이 되고 말았다. 아무도 하이데거를 이해하지 못했고, 이해하고 싶어 하는 사람도 없었기에 외삼촌은 늘 홀로 있을 수밖에 없었다. 그러다 우리가 대문에 들어서면 이야기는 달라졌다. 누나인 시셀은 간호학교의 강사였으며 정치, 문학, 철학 등 다방면에 깊은 관심을 가지고 있었고, 첫째 조카인 윙베는 외삼촌으로선 꿈도 꿔보지 못한 대학생이었으니까. 그리고 둘째 조카인 칼 오빼. 나는 그때 열일곱 살의 고등학생이었고 외삼촌의 시는 단 한 글자도 이해하지 못했다. 하지만 외삼촌은 내가 책을 많이 읽는 다는 것을 잘 알고 있었다. 외삼촌에겐 그것만으로도 충분했다.

우리가 대문에 들어서면 외삼촌의 세계도 활짝 열렸다. 외삼촌은 지난 시간 동안 모아온 온갖 지식과 생각의 조각들을 봇물 터지듯 우리에게 쏟아부었다. 우리가 외삼촌의 말을 이해 못 한다는 사실, 우리가 성탄절을 함께 보내기 위해 그곳을 찾았다는 사실은 개의치 않았다. 식탁 위에 차려진 양고기, 감자, 황색 무, 맥주와 아쿠아비트 는 안중에도 없었다. 외삼촌은 오직 하이데거에 대한 이야기로 식사 시간을 채웠다. 외부 세상과 소통하기 위한 연결 고리도 없이 오직 자신의 가슴속에서 우러나오는 이야기로 말이다. 존재와 인간, 트라 클과 휠덜린, 헤라클레이토스와 소크라테스, 니체와 플라톤, 나무 위 의 새들과 피오르의 파도, 인간의 존재의식과 존재의 표현방식, 하 늘의 태양과 공기 중의 빗방울, 고양이의 눈과 폭포수.

외삼촌의 머리는 빗지 않아 덥수룩했고, 양복의 옷깃은 비뚤어져 있었으며, 넥타이는 여기저기 얼룩져 있었다. 하지만 쉴 새 없이 이 야기를 하는 외삼촌의 눈은 생동감으로 빛을 발했다. 나는 그날 저 녁을 평생 가슴속에 간직하고 싶다. 1986년 노르웨이에서 보낸 성 탄절 이브. 창밖은 칠흑같이 어두웠고, 쉴 새 없이 창을 때리는 빗방 울, 성탄절 트리 아래 놓인 선물 상자들, 저마다 가장 좋은 옷을 입고 식탁에 둘러앉은 우리. 그날 저녁을 채운 이야기는 오직 하이데거에 대한 것뿐이었다. 외할머니는 온몸을 달달 떨고 있었고, 외할아버지 는 고기뼈를 집어 들고 살점을 발라먹었으며, 어머니는 외삼촌의 이 야기에 진지한 표정으로 귀를 기울였다. 윙베 형은 외삼촌의 이야기를 한 귀로 듣고 한 귀로 흘려보냈다.

　나는 식탁에서 무슨 이야기가 오가는지 전혀 신경을 쓰지 않았다. 성탄절이라는 분위기에 젖어 즐거워하기만 했으니까. 나는 외삼촌이 하는 이야기는 한마디도 알아들을 수가 없었고, 외삼촌이 쓴 시도 이해하지 못했으며, 외삼촌이 입에 침이 마르도록 찬양하는 시인들에 대해서도 아는 게 하나도 없었다. 하지만 나는 외삼촌이 하는 말이 모두 옳다는 것을 직관적으로 알 수 있었다. 이 세상에는 최상의 가치를 지닌 철학과 최상의 가치를 지닌 시가 있다는 것. 그것을 이해하지 못하고 가슴으로 품을 수도 없다면 스스로의 한계를 인정하고 물러나야 한다는 것이다. 나는 그때부터 세상의 최고가치에 대해 생각할 때마다 횔덜린을 떠올린다. 횔덜린을 떠올리면 산과 피오르, 밤과 비, 하늘과 땅, 반짝반짝 빛나던 외삼촌의 눈동자가 뒤이어 떠오른다.

　그후 나는 많이 변했다. 하지만 시에 대한 내 자세는 근본적으로 달라진 것이 없다. 시를 읽어도 시어에 빠져들거나 시의 세상이 내게 문을 열어준다는 느낌은 느껴보지 못했다. 그것은 내가 시를 이해할 '자격'이 없기 때문이다. 시는 나와는 다른 세계의 것이라 해도 지나친 말이 아니다. 시에 가까이 다가갈 때면 나는 나 스스로가 일종의 사기꾼처럼 생각되고 언젠가는 그런 내 정체가 탄로 날 것이라는 불안감에 빠진다.

　시인들은 항상 내게 이렇게 말하는 것만 같다.

　'네가 누군지 알고나 있어? 네가 누군데 감히 이 문을 열고 들어서려는 거야?'

　오시프 만델스탐의 시가 그러했고, 에즈라 파운드의 시가 그러했

224

다. 고트프리트 벤의 시, 요하네스 보브롭스키의 시도 마찬가지다.
시를 읽고 이해하기 위해서는 시를 읽을 만한 자격이 있어야 한다.

어떻게?

그건 어렵지 않다. 책을 펼쳐 읽다가, 시의 세상이 나를 위해 자연
스럽게 문을 열어준다고 느낀다면, 그는 시를 읽을 수 있는 자격이
있는 사람이다.

그런 느낌이 들지 않는다면 그는 시를 읽을 자격이 없는 사람이
다. 내가 시를 읽을 만한 자격이 없는 사람이라는 것을 깨달은 때는
20대 초반 즈음이었다. 미래에 대한 동경과 삶에 대한 열정으로 가
득했던 때였기에 그 깨달음에는 크나큰 절망이 따랐다. 문학의 한
장르에 다가설 수 없다는 사실 때문이었다. 시는 눈앞의 현실을 다
른 방식으로 보는 수단임과 동시에 이 세상보다는 더욱 진실한 또
다른 세상의 현실을 볼 수 있는 방편이라 할 수 있다.

시를 쓴다는 것은 배워서 습득할 수 있는 능력과는 거리가 멀다.
나는 시를 읽고 이해하기는커녕 시를 쓸 수 있는 능력도 없었기에
자신을 스스로 무가치한 존재라 생각하기 시작했다. 여기에 따르는
고통은 이루 말할 수가 없었다. 시를 읽고 이해할 수 없는 사람들은
엄밀히 말해 서로 다른 세 가지 방법으로 반응한다.

첫째 반응은 자신의 모자람을 인정하고 받아들이는 것이다. 이 첫
째 범주에 속하는 사람들은 '나는 평범한 삶을 사는 보통 사람이며
다른 세상이 아닌 내가 발을 딛고 사는 바로 이 세상 속에서 의미를
찾는 사람'이라고 생각하면서 자신의 능력과 가치에 안주한다. 나는
어떤 면에서 보면 이 첫째 범주에 속하는 사람이라고도 할 수 있다.
나는 축구경기 관람을 좋아했고, 기회가 생기면 직접 축구를 하기
도 했다. 팝뮤직을 좋아했고 일주일에 두 번 정도 밴드에서 드럼을

치기도 했다. 학교에선 수업을 들었고 가끔 친구들과 술을 마시기도 했으며, 저녁이면 애인과 함께 소파에 앉아서 텔레비전을 보기도 했으니까.

둘째 반응은 이를 거부하고 '내게도 잠재력과 능력이 있지만 아직 실현되지 않았을 뿐'이라 생각하는 것이다. 이런 생각을 하는 사람들은 자주 문학 속에서의 삶을 지향하면서 비평가나 대학 교수 또는 작가로 활동하기도 한다. 문학이 문을 열어 그들을 받아들이지 않는다 해도 문학의 근처에서 어슬렁거리며 떠도는 것은 얼마든지 가능하기 때문이다. 예를 들어 횔덜린에 대해서도 구문론적 근거, 언어의 선택, 이미지의 사용 등을 들어 그의 시가 무엇을 어떤 방식으로 말하고 있는지에 대해 적잖은 분량의 논문을 써낼 수 있다. 그리스적 배경과 크리스트교적 배경을 비교하거나, 시에서 묘사된 자연 풍경이나 날씨 기능 또는 시인과 동시대의 정치적·역사적 현실의 관계도 그 주제가 될 수 있다. 일대기적 면에 중점을 둔다면 시인의 독일식 프로테스탄트 배경이나 당시 사회에 엄청난 영향을 미쳤던 프랑스혁명과 관계된 배경에 대해서도 이야기할 수 있다.

시인과 동시대의 다른 독일 이상주의자들과의 관계에 대해서 언급해도 된다. 괴테, 실러, 헤겔, 노발리스 또는 핀다로스와의 관계와 그들이 주고받은 영향 등을 그 예로 들 수 있다. 소포클레스를 번역할 때 시인이 비정통파적 번역기법을 사용했다는 사실, 그의 일기에 언급된 시에 대한 고찰 등을 예로 들 수도 있을 것이다.

횔덜린의 시를 하이데거적 관점에서 이해하는 접근방식도 가능하다. 또는 거기에서 한 걸음 더 나아가 하이데거나 아도르노와 맞부딪쳤던 가치에 대한 횔덜린의 투쟁도 그 주제가 될 수 있다. 횔덜린을 바라보는 시각의 역사적 변화 또는 번역의 역사도 주제가 될 수 있음은 물론이다. 이 모든 것은 횔덜린의 시가 문을 열어주지 않는다 해도 얼마든지 할 수 있는 일이다. 시의 세계에 들어갈 수 없다 해도 열심히 노력하면 시 비슷한 글을 끄적이는 것도 할 수 있다. 진정한 시와 시를 닮은 유사시는 시인만이 구별할 수 있다.

언급한 두 가지 서로 다른 반응 중에서 능력의 한계를 깨닫고 받아들이는 첫째 반응이 가장 좋은 방법이긴 하지만 가장 어려운 방법이기도 하다. 자신의 능력적 한계를 전적으로 거부하고 시의 주변에서 떠도는 둘째 반응 방법은 쉽기는 하지만 꽤 불편하고 불쾌한 방법이라 할 수 있다. 시의 세상에 너무나 가까이 닿아 있긴 하지만 정작 그 세상은 문을 열어주지 않기에, 자신이 하는 일에 그 어떤 가치도 부여할 수 없기 때문이다.

셋째 방법은 모든 문제점을 거부하는 것이다. 어떻게 보면 이 방법이 가장 좋다고 할 수 있다. 이것은, 세상에는 최상의 가치를 지닌 것도 없고 최상의 가치를 발견하기 위한 그 어떤 특별한 통찰력이나 관점도 있을 수 없다는 견해다. 그 어떤 것도 다른 것들과 비교해 특출하게 더 좋다거나 더 진실할 수 없다는 것이다. 시가 문을 열어주지 않는다 해도 그 때문에 내가 보잘것없는 존재라거나 내가 쓰는 시가 무가치하다는 말은 아니다. 결국은 내게 문을 열어주지 않는 시나, 내가 쓰는 시나 모두 똑같은 게 아니었던가. 이것들은 모두 텍스트로 이루어져 있다. 내 시가 아무리 보잘것없는 것이라 할지라도 그것이 회복불능의 상태가 만들어낸 결과적 산물이라 단정할 수도 없고, 내게 재능이나 능력이 아예 없다고 잘라 말할 수도 없는 것이다. 이것은 노력과 성숙된 경험으로 얼마든지 바뀔 수 있는 것이기 때문이다.

여기에도 어느 정도의 한계는 있다. 재능과 가치 개념은 여전히 절대적이고 일관적이다. 모든 이가 시를 잘 쓸 수는 없다는 말이다. 중요한 점은 닿을 수 없는 심연이나 넘을 수 없는 정상의 꼭대기 사이에는 재능이 있는 사람도 있고 없는 사람도 있으며, 그 무언가를 본 사람도 있고 못 본 사람도 있다. 여기에는 유와 무, 소유와 무소유의 차이가 아니라 정도의 차이만 존재하고 있을 뿐이다. 이 얼마나 감사하고 긍정적인 생각인가. 어렵지도 않다. 이 생각은 60년대 중반부터 지금까지 모든 예술, 비평, 대학 사회에 적용되어 주를 이루어온 개념이라고도 할 수 있다. 이 개념은 내가 가지고 있던 것이며, 나의 한 부분이기도 했지만 나는 그것이 일종의 개념이라는 사실을 전혀 모르고 있었다. 자연히 나는 이 개념을 가시화하거나 표현해본 적도 없다. 그저 느끼고만 있었을 뿐. 반면 표현이 가능하다는 생각과 나를 지배해온 중심적 개념은 정결하고 순수한 최상의 낭만주의적 사고방식이었다. 나를 비롯해 낭만주의를 선호하는 사람들은 낭만주의의 원천적 요소 중 현대사회에 끼워 맞출 수 있는 요소들만 골라내어 모든 면에 적용하는 경향이 있다. 비록 그것이 미완성적 파편이나 아이러니라 할지라도.

반면 내가 정작 관심을 두고 있었던 문화사조는 바로 바로크다. 가슴은 낭만주의적 성향에 젖어 있었다 할지라도 말이다. 공간성, 아찔한 높이와 깊이, 삶과 연극에 대한 관점, 거울과 신체, 빛과 어둠, 예술과 과학. 관심을 가지고 있긴 했지만 나는 바로크적 세상의 근본적 가치와 존재적 심연에 닿을 수 없어 그 주변만 어슬렁거렸을 뿐이다.

닿지 못해 절망하는 그 느낌이 낭만주의적이냐 아니냐 하는 것은 문제가 될 수 없다. 나는 이 느낌이 자아내는 고통을 아우르고 소화해내기 위해 앞서 언급한 세 가지 서로 다른 방법들을 모두 시도해

보았다. 특히 셋째 방법은 그것이 진실이라고 아주 오랫동안 믿기도 했다. 미와 진실이 열정적으로 산화되는 곳, 삶의 진정한 얼굴을 볼 수 있는 곳이 바로 예술이라 믿어온 내 생각은 잘못된 것이었다. 그럼에도 이 생각은 지금도 여전히 나를 덮칠 때가 있다. 토론이 가능한 말과 사고의 영역이 아닌 느낌의 영역으로 말이다. 나는 그것이 거짓이며 스스로를 속이는 짓이라는 걸 잘 알고 있었다.

그것이 바로 2002년 3월의 어느 날 오후, 스톡홀름의 스웨덴 작가협회 건물 벽에 등을 기대고 서서 횔덜린의 마지막 작품을 번역한 피오레토스의 글을 읽으며 했던 생각이다.

오, 나는 얼마나 초라하고 가련한 존재인가.

거리에는 낯선 얼굴들이 파도처럼 오갔다. 행인들의 파카와 비닐봉지, 아스팔트 표면은 흔들리는 가로등 불빛을 머금고 빛을 반사해냈다. 집과 집 사이를 희미한 발소리와 즐거운 목소리들이 채웠고, 2층 창가에는 두 마리 비둘기가 꼼짝도 않고 앉아 있었다. 나는 빗방울을 모아 일정한 간격으로 땅에 떨어뜨리는 건물 처마 끝에 서 있었다. 배낭 속에 책을 집어넣은 나는 시간을 확인해보려 코트 주머니에서 휴대폰을 꺼냈다. 화면이 꺼져 있었기에 나는 걸음을 옮기며 전원을 켰다. 문자 메시지가 하나 도착해 있었다. 토니에였다.

도착했어? 네 생각 하고 있는 중이야.

그 두 문장은 그녀가 바로 옆에 있는 것처럼 느끼게 했다. 그녀의 모습이 한순간 눈앞을 가렸다. 아는 사람을 떠올릴 때 눈앞에 나타나는 얼굴이나 몸짓이 아니라 그녀의 얼굴이 만들어내는 온갖 표정과 그녀를 떠올릴 때면 한마디로 정의할 수 없는 그 모든 것이 한꺼번에 나를 덮쳤다. 사랑하는 사람을 생각할 때면 말로 정의할 수 없는 것들이라 할지라도 선명하게 느낄 수 있을 때가 있지 않은가. 하지만 나는 대답을 하고 싶은 마음이 없었다. 대답을 하면 그녀에게서 벗어나기 위해 여기까지 온 것이 무의미해질 것 같아서였다. 문득 슬픔과 고통의 파도가 온몸을 휘몰아쳤다. 나는 그녀의 문자 메시지를 삭제하고 시간을 확인했다.

16 : 21

게이르와의 약속 시간까지는 30분이 조금 넘게 여유가 있었다.

앗, 약속 시간이 4시 30분이었던가?

정말 그랬었나?

젠장, 가만히 생각해보니 약속 시간은 5시가 아니라 4시 30분이었다.

나는 길 아래쪽을 향해 달리기 시작했다. 두 블록 정도를 달린 후 멈춰 서서 숨을 몰아쉬었다. 화살표가 그려진 팻말을 들고 의자에 앉아 있던 남자가 눈에 띄었다. 길을 바로 찾았다는 운명적인 생각에 나는 화살표가 가리키는 쪽으로 다시 달리기 시작했다. 횡단보도에 이르자 건너편 건물 벽에 '아를란다 엑스프레스'라고 적힌 노란 간판이 보였다. 그렇다면 기차역은 그 옆에 있을 것이 틀림없었다. 4시 26분. 시간에 맞추어 약속 장소에 가려면 나는 있는 힘을 다해 달려야만 했다. 길을 건너고 공항기차 터미널을 거쳐 플랫폼과 역 광장, 나란히 자리한 상점들과 카페들, 벤치와 사물함을 지나쳐 마침내 중앙역 광장에 이른 나는 걸음을 멈추고 허리를 굽혀 두 손으로 무릎을 짚은 채 숨을 몰아쉬었다.

우리는 중앙역을 둘러싼 나선형 울타리 옆에서 만나기로 했다. 거기서는 아래층을 지나치는 사람들을 한눈에 내려다볼 수 있었다. 허리를 펴고 역의 벽시계를 확인하니 정확히 4시 30분이었다.

저기!

나는 나란히 자리한 가게 옆에 보이는 작은 공간으로 가서 벽에 몸을 기대고 게이르가 나를 발견하기 전에 내가 그를 볼 수 있으면 좋겠다고 바랐다. 그를 마지막으로 본 것은 무려 12년 전이었다. 그때도 두 달에 네댓 번밖에 만나지 못했다. 그러고는 12년이 지난 뒤에 그에게 이메일을 보내 묵을 곳을 구걸했던 것이다.

나는 그를 다시 알아보지 못할까봐 두려워졌다. 물론 '다시'라는 것은 상대적 개념일 뿐이다. 왜냐하면 나는 그가 어떤 모습을 하고 있는지 짐작도 할 수 없었으니까. 게이르를 떠올리면 내 머릿속을 파고드는 것은 그의 얼굴이 아니라 그의 이름뿐이었다. 게.이.르라는 글자. 그리고 그의 웃음소리. 내가 기억하는 우리의 만남은 베르겐에 있는 펙테르로프테의 어느 술집에서의 만남뿐이다. 게이르는 너털웃음을 터뜨리며 나에게 실존주의자라고 말했다. 내 머릿속에 왜 그 기억만 남아 있는지는 나도 모른다. 어쩌면 내가 '실존주의자'라는 말의 뜻을 전혀 몰랐기 때문인지도 모른다. 내가 유명한 철학사조적 개념의 하나로 묘사되었다는 점에 은근히 기분이 좋았기 때문일 수도 있었다.

나는 실존주의자가 무슨 뜻인지 지금도 모른다. 물론 말은 들어본 적이 있다. 어렴풋한 개념과 관련된 이름과 그 시기는 나도 알고 있지만, 실존주의의 정확한 내용은 전혀 모른다.

어설픈 지식의 제왕. 그게 바로 나다.

나는 배낭을 양다리 사이에 내려놓고 난간에 기대어 어깨를 흔들 흔들거리며 아래층을 내려다보았다. 게이르처럼 보이는 남자는 아무도 없었다. 게이르라고 생각되는 사람이 나타나면 그가 나를 알아봐주기를 기대하며 그에게 먼저 다가가볼까. 어쩌면 민망하게도 그가 정말 게이르인지 물어봐야 하는 일이 생길지도 모른다.

역의 벽시계로 다시 시선을 돌렸다. 4시 35분.

그렇다면 약속 시간은 4시 30분이 아니라 5시였던가.

무슨 이유에선지 나는 그가 약속 시간을 정확히 지키는 사람이라고 생각해왔다. 그렇다면 약속 시간은 5시였을 게다. 거기서 몇 분을 더 기다리던 나는 조금 전에 봐둔 인터넷 카페로 향했다. 게이르와 주고받은 이메일을 다시 읽고 싶어서였다. 약속 시간을 재확인하려는 마음도 있었지만 이메일 속에 담긴 그의 말투와 분위기를 다시한 번 확인해보고 싶은 마음도 없지 않았다. 그렇게 하면 그와 만날 때 낯선 느낌이 덜할지도 모른다는 생각이 들어서였을까.

스웨덴 말을 거의 못했기에 나는 안내 데스크에 앉아 있는 여인에게 "인터넷?"이라고 한마디밖에 할 수 없었다. 그녀는 고개를 끄덕이며 비어 있는 컴퓨터 한 대를 가리켰다. 나는 컴퓨터 앞에 앉아 이메일을 열었다. 읽지 않은 메일 5개를 열어 한눈으로 쓱 훑어보았다. 모두 『바간트』 편집부에서 온 것이었다. 하루 전만 해도 베르겐에 앉아 있었지만, 프레벤, 에이릭, 핀, 외르겐 사이에 오가는 이메일을 참고인 자격으로 읽고 있으려니 그들과 나는 전혀 다른 세상에 사는 것만 같은 느낌이 들었다. 마치 내가 넘지 못할 선을 넘어버린 사람, 돌아올 수 없는 곳으로 떠나버린 사람이 되어버린 것 같았다.

어제까지만 해도 거기 있었는데… 나는 혼잣말로 중얼거렸다. 나는 여기에 얼마나 오래 머무를지 전혀 생각해보지 않았다. 그러니 내가 원한다면 일주일 후 아니 내일이라도 당장 되돌아갈 수 있다. 하지만 느낌은 그렇지 않았다. 다시는 되돌아갈 것 같지 않다는 느낌이 나를 지배하고 있었다.

고개를 돌려 '버거킹' 쪽을 바라보았다. 입구 쪽 테이블 위에는 햄버거 하나와 콜라컵이 넘어진 채로 놓여 있었다. 검은 액체는 테이블 가장자리를 타고 흘러내려 바닥에 고여 있었다. 그 뒤의 테이블에는 양 무릎을 꼭 붙이고 앉아 있는 한 남자가 마치 벌을 받는 양 햄버거를 먹고 있었다. 두 손으로 햄버거를 들고 먹던 그는 가끔 감자칩이 들어 있는 봉지와 케첩이 담긴 종지를 향해 한 손을 뻗기도 했다. 그는 햄버거를 베어 물지 않을 때도 햄버거를 입 앞에서 떼지 않았다. 입속에 햄버거를 넣고 우물우물 씹던 그는 손등으로 입술을 훔쳐 닦고 콜라를 마시며 건너편에 앉아 있는 검은 머리 10대 소녀 세 명에게 눈길을 보냈다. 한 소녀가 나를 정면으로 바라보았다. 나는 얼른 시선을 입구 쪽으로 돌렸다. 슈트케이스를 끌며 막 문을 들어서는 비행기 승무원 두 명을 잠시 바라보던 나는 다시 컴퓨터 화면을 바라보았다. 귓전에는 그들의 하이힐 소리가 또각또각 들려왔다.

다시 돌아가지 않고 여기서 눌러살게 될 것인가. 이건 오랫동안 내가 바라왔던 일이기도 했다. 여기, 완전히 홀로. 낯선 도시에서. 타인과 엮이는 일 없이 완벽히 홀로 서서 내가 하고 싶은 일들을 할 수 있는 자유를 누리는 일.

그런데도 내 마음을 짓누르는 이 무거운 느낌은 어떻게 설명해야 할까.

나는 게이르의 이메일을 읽기 시작했다.

칼 오베에게.

좋은 생각이야. 웁살라는 너도 말했듯이 대학도시라고 할 수 있지. 어떤 면에서 보면 말이야. 웁살라는 수십 년 전 노르웨이의 쇠를란데와 비슷해. 연구개음이라고 할 수 있는 프랑스식 R을 가르치려는 부모들은 아이들을 모두 이곳으로 보내지. 스톡홀름은 전 세계에서 가장 아름다운 수도 중의 하나야. 하지만 평화롭고 조용한 도시라고는 할 수 없어. 스웨덴은 세상에서 가장 역설적인 이미지를 지니고 있는 나라지. 매우 개방적인 나라지만 유럽에서 가장 차별이 심한 나라거든. 웁살라에서 살 생각이 없다면 스톡홀름에서 지내라고 권하고 싶어. (웁살라와 스톡홀름은 기차로 4, 50분이면 갈 수 있는 거리에 있어. 기차는 30분마다 다녀.)

집이나 자취방 또는 하숙방을 구하는 건 굉장히 어려워. 웁살라는 집을 구하려는 학생이 많아서 아주 힘들지만 그렇다고 완전히 불가능하진 않아. 현재로선 방이 나온 게 있는지 모르지만 한 번 알아볼게. 내 짐작이 맞다면, 네가 스웨덴에서 평생 살 생각은 없는 것 같구나. 우선 1년 정도 살 생각이라면 임대 하청업체에 문의해보는 것도 좋을 거야. 그건 그렇고 '스웨덴 작가협회'에는 전화를 해봤니? 거기엔 외국 작가들을 위한 숙소가 있으니까 빈방이 없다 해도 도움을 얻을 수는 있을 거야. 네가 원한다면 내가 여러 기관이나 협회에 전화를 해서 알아봐줄게.

벌써 3월 16일이군. 주말에 올 생각이야? 아니면 가게들이 문을 여는 주중에 와서 며칠 머물러보고 마음을 결정할 생각인지… 아니 이미 확실하게 결심한 거야? 그렇다면 적어도 다음 주 초엔 숙소를 알아볼게. 어쨌든 네가 숙소를 구하기 전엔 우리 집에 머물러. 대환영이니까 전혀 부담 갖지 말고.

그러고 보니 내겐 네 전화번호가 없어. 이런 이야기는 전화로 하면 더 쉬울 텐데. 스웨덴에선 노르웨이 사람들에게 아주 호의적이야. 스웨덴보다 노르웨이의 임금 수준이 높아서겠지. 그런데 한 달에 지불할 수 있는 집세는 어느 정도로 생각하고 있는지 물어봐도 될까? 방이 몇 개 딸린 집을 염두에 두고 있는지도 알려줘.

어쨌든 다시 만나게 되어 반가워.

게이르

칼 오베에게.

지금 기차 안이 아니라면 오슬로나 스톡홀름이나 상관없으니 내게 전화를 해줘. 절대 부담 갖지 말고. 그리고 호텔 같은 데서 돈을 낭비하는 멍청한 짓은 절대 하지 마, 알았지? 내 전화번호는 웁살라 대학 내선 1477번이야.

스톡홀름 번호는 708 96 93

게이르

전화하는 걸 좋아하지 않는다는 말이지? 그렇다면 중앙역(네가 기차를 타고 와 내리는 곳)에서 오후 5시에 만나도록 하자. 역 광장 한가운데 가면 둥그런 울타리가 있어. 거기서 만날게. 다른 사항이 생기면 전화해줘. (아무리 전화하는 걸 싫어해도 그 정도는 할 수 있겠지?)

게이르

그게 전부였다. 나는 자기 집에서 머무르라며 선선히 제안하는 그의 진정성을 조금도 의심하지 않았다. 그럼에도 그의 제안을 덥석 받아들일 수가 없었다. 이런 상황이라면 커피 한 잔을 하기 위해 만나는 것이 일반적일 것이다. 하지만 그의 제안을 받아들인다 해도 내가 잃을 것은 없었다. 따지고 보면 그는 내 고향사람이 아닌가.

나는 이메일 창을 닫고 버거킹에 앉아 있는 세 소녀를 향해 눈길을 던진 후 배낭을 들고 자리에서 일어났다. 셋 가운데 대화를 주도하던 소녀는 주제 넘는다고 여겨질 정도로 잘난 척을 하며 쏜살같이 말을 쏟아냈다. 대화를 나누지 않고 가만히 앉아만 있을 때는 열아홉 살 정도 되어 보였지만, 대화를 나누는 모습을 보니 그들은 겨우 열다섯 살밖에 되지 않은 것 같았다.

입구 쪽에 앉아 있는 소녀가 고개를 돌려 다시 나를 바라보았다. 그것은 솔직하고 열린 눈빛이 아니라, 내가 그를 보고 있다는 것을 확인하려는 눈빛이었다. 그 눈빛은 내 눈과 마주치자마자 환해졌다. 마치 번개가 스쳐간 듯한 순간적인 환함과 기쁨이 스며 있었다. 소녀의 눈빛을 뒤로하고 돈을 지불하기 위해 계산대 앞에 서니 갑작스럽게 소녀의 눈빛에 전염된 듯 알 수 없는 설렘이 온몸을 스쳤다. 나는 서른세 살, 성인이었다. 그런데도 왜 나는 마치 스무 살 청년처럼 생각하고 있는가.

도대체 언제쯤이면 이 유아기적 사고가 나를 떠날 수 있을 것인가. 내 아버지가 서른세 살이었을 때, 아버지에겐 열세 살짜리 아들과 아홉 살짜리 아들이 있었고, 집과 자동차와 직장도 있었다. 서른세 살의 아버지는 성인이었고, 내 눈에 비친 아버지의 모습 또한 성인의 모습이었다. 이런 생각을 하면서 나는 계산대 앞 차가운 대리석 데스크 위에 손을 올려놓았다. 점원은 의자에서 일어나 돈을 받기 위해 내게로 걸어왔다.

"얼마입니까?"

"실례합니다만…?"

나는 한숨을 푹 내쉬었다.

"몇 크로네…?"

그녀는 화면을 확인한 후 대답했다.

"10크로네입니다."

나는 꾸깃꾸깃한 20크로네짜리 지폐 한 장을 내밀었다.

"잔돈은 필요 없습니다."

나는 어딜 가든 들을 수 있는 '실례합니다만'이 그녀의 입에서 빠져나오기 전에 도망치듯 그곳을 벗어났다. 중앙역 벽에 걸린 시계는 4시 54분을 가리키고 있었다. 나는 조금 전과 같은 자리에 서서 둥근 울타리 주변을 서성거리는 사람들을 바라보았다. 게이르와 비슷하게 생긴 사람이 아무도 없다는 것을 깨달은 나는 역 안으로 들어오고 있는 사람들에게로 시선을 돌렸다. 맞은편 상점에서 머리가 엄청나게 크고 키가 땅딸한 한 남자가 나왔다. 남자의 외모가 너무나 특별했기에 나는 그에게서 눈을 떼지 못했다. 50대의 남자, 누런 모래알 색깔과 같은 머리색, 널찍한 얼굴과 커다란 코, 조금 비뚤어진 듯한 입과 작은 눈. 그는 마치 지하세상의 도깨비처럼 생겼다. 외모는 그러했지만 그의 옷차림과 몸짓은 다른 사람들과 하나도 다를 게 없었다. 양복과 코트, 한 손에 든 고급 가죽 서류가방, 팔 아래 끼고 있는 신문. 어쩌면 나는 대도시 냄새가 나는 옷차림을 뚫고 마구 고개를 치켜드는 그의 또 다른 모습을 느꼈을지도 모른다.

나는 그가 플랫폼으로 향하는 계단을 내려가 기차 안으로 자취를 감출 때까지 눈으로 그를 따랐다. 문득 모든 것이 너무나 오래되고 낡아 있다는 생각이 스쳤다. 등, 손, 발, 머리, 귀, 머리카락, 손톱… 역 안을 채운 수없이 많은 몸은 너무나 낡고 오래된 신체 부분들로 이루어져 있다는 생각이 들었다. 그들의 목소리도 오래된 것이었고, 그들의 즐거움과 욕망도 오래된 것이었으며 앞으로의 일에 대한 기대감조차도 오래된 것이었다. 그럼에도 그것들은 새롭기만 했다. 그것들은 우리에겐 새로운 것이었다. 그것들은 우리가 살고 있는 이 시대에 속한 것들이기 때문이다. 역 밖의 택시들과 정류장 앞에 길게 늘어진 줄, 카페 데스크 위의 커피머신, 상점 내에 진열된 잡지, 휴대폰과 아이패드, 고어텍스 재킷과 사람들의 가방에 넣어져 역을 들고 나는 노트북, 기차와 자동문, 자동 매표기계와 목적지가 표시된 전광판처럼. 낡고 오래된 것들은 발을 붙일 수가 없는 이곳. 그럼에도 그것들은 이곳을 가득 채우고 있었다.

이 얼마나 끔찍한 생각인가.

나는 주머니에 손을 찔러넣어 사물함 열쇠를 확인하고 가슴께의 주머니를 만지작거리며 신용카드를 확인했다. 다행히 모두 제자리를 지키고 있었다.

사람들의 파도 속에서 낯익은 얼굴이 하나 나타났다. 심장 박동이 빨라졌다. 게이르는 아니었다. 어렴풋이 알고 있는 사람이 분명했다. 친구의 친구였던가? 학교를 같이 다녔던 동창인가?

나는 그에게 미소를 보냈다. 한참이나 지난 후에 가만히 생각해보니 그는 바로 버거킹에 앉아 있던 남자였다. 그는 전광판 앞에 서서 기차 출발 시간을 확인했다. 서류가방을 쥔 손의 엄지와 집게손가락 사이에는 기차표가 쥐어져 있었다. 전광판을 확인한 그는 서류가방을 든 손을 코앞까지 올려 손목시계를 확인했다.

나는 다시 벽시계를 확인했다. 2분 전. 내가 생각했던 것처럼 게이르가 정말 약속 시간을 정확히 지키는 사람이라면 그는 이미 역 안에 들어와 있어야 했다. 나는 내가 서 있는 곳으로 다가오는 사람들을 하나하나 살펴보았다. 왼쪽. 오른쪽.

저기.

게이르가 틀림없었다.

그렇다. 그는 게이르였다. 얼굴을 보니 그를 기억할 수 있을 것 같았다. 그는 나를 빤히 바라보며 내게 다가오고 있었다.

나는 미소를 지으며 손바닥을 허벅지에 표시 나지 않게 문질러 닦고선 그에게 손을 내밀었다.

"안녕!"

"오랜만이군."

미소를 짓던 게이르는 악수를 하는 둥 마는 둥 내 손을 슬쩍 건드렸다.

"정말 그렇군. 하나도 안 변했어."

게이르가 나를 보며 말했다.

"정말?"

"응. 베르겐에서 봤을 때와 비교해 변한 게 하나도 없어. 큰 키에 심각한 표정. 그리고 코트."

그는 웃음을 터뜨렸다.

"나가볼까? 그런데 네 짐은 어디에 있니?"

"아래층 사물함에 있어. 먼저 커피부터 한잔할까?"

"좋아. 어디로 갈래?"

"난 아무래도 좋아. 아, 출입문 옆에서 카페를 봤어."

"오케이. 그럼 거기로 가자."

앞장서서 걷던 그는 한 테이블 앞에서 걸음을 멈춘 후, 나를 돌아보지도 않은 채 크림과 설탕이 필요한지 물었다. 내가 배낭을 어깨에서 내리는 동안 그는 커피를 주문하러 갔다. 나는 자리에 앉아 잎담배를 꺼냈다. 그는 점원과 몇 마디 말을 나눈 후 지폐를 건넸다. 내가 역 안에서 그를 한눈에 알아볼 수 있었던 것은 내 무의식 속에 그의 옛 모습이 저장되어 있었기 때문일 것이다. 그런데 그가 자아내는 분위기는 옛날과 같지 않았다. 생각했던 것보다 훨씬 부드러웠고 예상했던 몸짓의 묵직함도 찾아볼 수 없었다. 어쩌면 그건 게이르가 권투를 했다는 사실 또한 내 무의식 속에 저장되어 있었기 때문이 아닐까.

문득 드러누워 잠을 자고 싶다는 생각이 밀려들었다. 빈방에 드러누워 불을 끄고 세상에서 사라져버리고 싶은 생각밖에 없었다. 그것이 바로 내가 원하는 것이었다. 하지만 나를 기다리고 있는 것은 그것이 아니라 몇 시간 동안의 사회적 의무와 예절, 가벼운 대화라는 것을 생각하니 견딜 수가 없었다.

한숨을 푹 내쉬었다. 천장의 전깃불은 광장에 있는 모든 것 위로 비추어 내렸고, 유리창은 그 빛을 반사해냈다. 금속 손잡이, 대리석 바닥, 커피잔. 이전 같으면 여기 앉아 그것들을 보고 있다는 사실만으로도 나는 충분히 즐거워할 수 있었다. 그림자처럼 역 안을 왔다 갔다 하는 수백 명의 사람, 8년이나 함께 살았던 토니에, 너무나 아름다웠던 토니에도 나를 충분히 즐겁게 해줄 수 있었다. 윙베 형과 조카들을 만나는 일도 나를 즐겁게 해줄 수 있었다. 이 세상의 모든 음악, 이 세상의 모든 문학 작품, 모든 예술 작품도 나를 즐겁게, 즐겁게, 즐겁게 해줄 수 있었다. 하지만 나는 지금 참을 수 없을 만큼 아름다운 세상의 모든 것을 무덤덤한 눈으로 바라보고 있을 뿐이다. 나의 친구들, 나의 삶도 무덤덤하게 느껴지긴 마찬가지였다. 이런 무덤덤함이 너무나 오래 지속되다 보니 나는 그것을 참을 수가 없었고 결국엔 뛰쳐나올 수밖에 없었다. 나는 다시 즐거움을 만끽하고 싶었다. 바보같이 들릴 것 같아 그 누구에게도 털어놓을 수 없는 말이지만, 그건 사실이다. 나는 다시 즐겁게 살고 싶었다.

잎담배를 돌돌 만 종이를 입으로 가져가 침을 바른 후 엄지손가락으로 눌러 고정시켰다. 양쪽에 삐죽이 빠져나온 잎담배를 손가락으로 뜯어내서 담뱃갑 속에 다시 집어넣었다. 그러고는 잎담배 부스러기가 아래쪽으로 흘러내릴 수 있도록 담뱃갑을 테이블 위에 탁탁 친후, 뚜껑을 닫고 의자에 걸어놓은 코트 안주머니에 넣었다. 종이로 돌돌 만 잎담배를 입술 사이에 끼워 넣고 라이터의 떨리는 황금색 불꽃을 빌려 담배를 태웠다. 커피잔 두 개를 앞에 놓고 커피를 따르는 게이르 앞에 점원은 잔돈을 놓고, 50대처럼 보이는 장발의 남자에게 시선을 돌렸다. 그는 목이 긴 부츠를 신고 판초처럼 생긴 겉옷을 입고 있었다.

게이르를 바라보고 있자니 신체적 묵직함은 느낄 수가 없었다. 반면 그와 역에서 만났던 그 순간, 어쩐 일인지 내 눈과 마주치려 하지 않았던 그 순간, 내가 내민 손을 슬쩍 움켜쥐었던 그 순간부터 카페까지 오는 동안 느꼈던 것은 그가 왠지 안절부절못하고 있다는 것이었다. 그는 쉴 새 없이 몸을 움직여야 하는 사람 같았다.

그는 양손에 커피잔을 하나씩 움켜쥐고 테이블로 걸어왔다. 나는 미소를 짓지 않을 수 없었다.

"자, 여기."

그는 잔을 테이블 위에 내려놓고 의자를 꺼냈다.

"이젠 어떡하려고? 스톡홀름으로 완전히 옮겨온 거야?"

"그런 것 같아."

"그렇다면 적어도 내 소망은 이루어진 셈이군."

그는 나를 쳐다보지도 않고 말을 이었다. 그의 눈길은 커피잔의 손잡이를 쥐고 있는 자신의 손가락을 향하고 있었다.

"크리스티나에게 몇 번이나 말했는지 몰라. 문학에 관심을 가지고 있는 노르웨이인 친구가 여기로 이사 오면 정말 좋겠다고 말이야. 그런데 다른 사람도 아닌 바로 네가 이렇게 불쑥 나타나다니!"

그는 커피잔을 들어 입으로 후후 분 다음에 커피를 마셨다.

"네가 웁살라로 이사 갔던 그해 여름에 네게 편지를 썼어. 아주 긴 편지였지. 그런데 부치진 못했어. 그 편지는 아직도 봉해진 채 우리 어머니 집에 있어. 편지 내용은 기억나지 않아."

"그게 정말이야?"

그는 나를 쳐다보았다.

"왜, 읽어보고 싶어?"

"아니야. 읽어보고 싶지 않아. 너도 그 편지를 열어보지 마. 그 편지는 평생 네 어머니 댁에 놔둬. 봉해진 과거의 시간이니까."

"알았어. 솔직히 난 그 당시의 일은 하나도 기억할 수가 없어. 그때 쓴 일기와 원고는 모두 태워버렸거든."

"태워버렸다고? 그냥 버린 것도 아니고 모두 태워버렸어?"

나는 고개를 끄덕였다.

"참, 극적이군. 옛날 베르겐에 있을 때도 그렇다고 생각했는데."

"내가?"

"응."

"넌 안 그렇고?"

"난 아니지."

그는 소리 내어 껄껄 웃으며 고개를 돌려 카페의 출입문을 드나드는 사람들과 다른 테이블에 앉아 있는 사람들을 바라보았다. 나는 재떨이에 담뱃재를 톡톡 털었다. 천장으로 솟아오른 연기는 쉴 새 없이 열리고 닫히는 문을 향해 파도처럼 다가가고 있었다. 나는 그가 눈치채지 못하도록 짧은 시선을 던져 그를 살펴보았다. 그의 분위기는 얼굴 표정과는 사뭇 달랐다. 그의 눈동자는 어두웠고 어딘지 모르게 슬픔으로 가득 차 있는 것 같았다. 하지만 그의 몸짓이 자아내는 분위기는 어둠이나 슬픔과는 거리가 멀었다. 그는 기쁨에 넘쳐 있는 것 같았으며 매우 수줍어하고 있었다.

"스톡홀름은 어때?"

나는 고개를 저었다.

"글쎄, 잘 모르겠어. 여기 온 지 겨우 몇 시간밖에 안 되는걸."

"아름다운 도시야. 하지만 얼음장처럼 차가운 도시이기도 하지. 이웃의 얼굴도 모르는 채 평생을 사는 게 가능한 도시거든. 그 어느 곳에서도 타인과 접촉하는 건 불가능하도록 설계된 사회이기도 해. 심지어는 길 가다가 부딪치는 것도 허용이 안 되는 사회라고. 저기 에스컬레이터를 한 번 보렴."

게이르는 턱 끝으로 역 안의 에스컬레이터를 가리키며 말을 이었다.

"가만히 서 있는 사람들은 모두 오른쪽에 줄지어 서 있지? 발걸음을 떼는 사람들은 모두 왼쪽에 몰려 있어. 오슬로에선 길을 가다 보면 여기저기서 부딪쳐오는 사람들이 셀 수 없이 많아. 팔꿈치가 닿기도 하고 옷깃이 닿기도 하지. 왼쪽으로 걷다가 오른쪽으로 걷다가 갑자기 누굴 만나 인사를 나누는 사람들이 길을 막고 서 있으면 다시 왼쪽으로 가서 걷기도 하잖아. 그런 일은 여기서 눈을 씻고 찾아봐도 볼 수 없어. 모두 어디로 가야 하는지, 무엇을 해야 하는지 너무나 잘 알고 있고 거기에 맞춰 움직이는 사람들 같아. 공항에서도 수화물을 보낼 때 안내 데스크 앞의 노란 선을 넘어서는 사람은 하나도 없어. 덕분에 수화물 점검과 운송은 아주 질서 있게 이루어지지.

이 나라에선 사람 간의 대화도 그런 식으로 이루어져. 여기저기에 넘어서는 안 될 노란 선이 자리하고 있거든. 하나같이 예의 바르고 교양 있는 사람들뿐이야. 모두 해야 할 말만 하고, 물리적으로나 감정적으로 부딪치는 것을 피하려고 해. 이런 사회에 익숙해 있는 스웨덴 사람들은 노르웨이 신문의 토론란을 읽으면서 큰 충격을 받아. 그 열기에 놀라는 거지. 서로 주고받는 말이 필요 이상으로 거칠다고 생각하기 때문이야.

스웨덴에선 찾아볼 수 없는 일이야. 노르웨이인 교수가 이곳 텔레비전에서 자신의 의견을 말하는 일은 거의 없어. 여기선 아무도 노르웨이라는 나라에 신경 쓰지 않거든. 스웨덴에선 노르웨이를 찾아볼 수 없어. 가끔 노르웨이 사람이 드러날 때도 있긴 있어. 그럴 때면 하나같이 정글이나 황무지에서 살다온 사람처럼 덥수룩한 머리와 남루한 옷 또는 사회적 예절과는 거리가 먼 이상한 옷을 입고선, 스웨덴 사람들이 입에 올리기에 거북스러워하는 말을 거침없이 내뱉곤 해. 그건 노르웨이인으로서 본다면 학계와 학자들의 전통적 모습일 뿐인데 말이야. 어느 한 사람의 교육 정도는 그 사람의 표면적 모습과는 일치하지도 않고 일치해서도 안 된다는 그런 전통적 의식… 다른 말로 표현하면 한 사람의 표면적 모습과 사회적 조건은 그 사람의 내면이나 개인적 정체성을 반영하지 않는다고도 할 수 있지. 여기서는 같은 사회적 조건을 가진 사람들, 같은 외부적 요소를 공유하는 사람들은 모두 거기에 걸맞는 일반적이고 집합적인 의견만 표현할 뿐이야. 그러니 스웨덴 사람들은 노르웨이 사람들이 하는 말을 못 알아들을 수밖에. 그들의 눈엔 노르웨이 사람들이 마치 야생 짐승처럼 보일 거야.

스웨넨에선 스웨덴적인 것만이 유일한 가능성이라 믿고 있어. 스웨덴적인 것에서 조금이라도 벗어나면 사람들은 무언가 잘못되었다거나 무언가 부족하다고 생각하지. 그러니 이 나라에 사는 노르웨이 사람들은 짜증으로 숨이 넘어갈 판이야. 아, 언젠가 욘 빙[•]이 스웨덴에 온 적이 있었어. 야생짐승의 이미지 그 자체였지. 긴 머리와 콧수염, 털실로 짠 스웨터를 입고 온 것으로 기억해.

스웨덴 학자들은 외모와 행동거지가 모두 적절하고 올바른 사람들뿐이야. 사회적 관점에서 봤을 때 그렇다는 얘기야. 그들은 타인의 기대에 벗어나는 말과 행동은 절대 하지 않아. 학자들뿐 아니라 전 국민이 그래. 물론 공식적인 자리에서 말이지. 거리의 일상적인 모습은 조금 달라. 참, 몇 년 전에 모든 정신병원 환자를 거리로 내보낸 적이 있었단다. 길에는 무언가 혼잣말로 중얼거리거나 소리를 지르며 뛰어다니는 사람들로 가득했어. 다른 나라, 다른 사회에서 본다면 얼마든지 정상적인 사람들이라 생각할 수도 있겠다는 생각이 들더군. 어쨌든 이 나라는 그래. 가난한 사람들은 정해진 구역에 함께 모여 살고, 부유한 사람들도 정해진 구역에 함께 모여 살지. 문화계의 사람들과 외국인들도 저마다 함께 모여 사는 지역이 있어. 너도 여기 살다 보면 차차 이해하게 될 거야."

그는 커피를 한 모금 마셨다. 나는 무슨 말을 해야 할지 몰라 침묵을 지켰다. 그는 내가 방금 노르웨이에서 왔다는 사실을 염두에 두고 그런 말을 한 게 분명했다. 이것저것 생각해보니 나는 여기서 살아보기도 전에 결과를 알아버렸다는 느낌도 들었다. 물론 그의 말은 전적으로 '말'에 불과하다는 것을 나도 잘 알고 있었다. 그는 하고 싶은 말을 했을 뿐… 내 경험으로 보건대 이런 식으로 어떤 주제에 집착해 있는 사람들은 스스로 풀이 죽어 포기할 때까지 하고 싶은 말을 다 하도록 내버려둬야만 했다. 그렇게 하고 나면 그들의 내면

• 노르웨이의 작가.

245

에 있는 또 다른 면도 서서히 모습을 드러내기 마련이니까. 나는 그의 말과 주장에서 좌절과 욕구불만을 감지했을 뿐 그것이 옳고 그른지는 알아낼 방도가 없었다. 어쩌면 그는 단순히 욕구불만을 해소하고 싶었는지도 모른다. 스웨덴이라는 나라, 자기 자신에 대한 욕구불만 말이다. 내게는 상관없는 일이었다. 그는 하고 싶은 말을 하고 있을 뿐이니까. 하지만 나는 그의 욕구불만을 해소해주기 위해 스웨덴까지 오진 않았다.

"노르웨이에선 스포츠와 학문을 얼마든지 병행할 수 있어. 음주와 학문도 마찬가지. 베르겐에 살 때의 기억이 나. 학생들은 어떤 종류의 운동이든 모두 한 가지 이상은 했지. 하지만 여기는 달라. 스포츠와 학문은 절대 공존할 수 없어. 내가 말하는 학문이란 건 이른바 지성인이라 자처하는 사람들이 하는 일이지. 여기서는 거의 모든 지성인이 학문적 환경 속에서 소통하고 의견을 개진해. 그 테두리를 벗어난 지성인들은 거의 찾아볼 수 없지. 그들은 세상의 모든 일이 지성과 학문 아래의 하위 테두리에 속하는 것이라 믿고 있지. 특히나 신체를 사용하는 행위는 딴 세상일이나 다름없어.

반면 노르웨이는 그렇지 않아. 지성과 학문은 일상에서 그리 대접받지 못해. 달리 말하면 노르웨이 사람들은 너무나 인간적이고 현실적이기 때문에 나 같은 사람이 학자로 살아도 별문제가 없다는 말이야. 더군다나 자연스럽고 인간적인 주변 환경 때문에 지성인들은 가끔 다이아몬드처럼 빛을 발하기도 하지. 스웨덴에선 지성인들 때문에 주변 환경이 빛을 발한다고 할 수 있어. 고급 문화권도 마찬가지야. 노르웨이에선 고급 문화라는 걸 찾아볼 수 없어. 엘리트들만의 문화도 존재하지 않아. 그 엘리트 문화가 동시대적이고 보편적 성격을 지니고 있다면 또 모르지만… 스웨덴에선 보편적 문화와 엘리트적 문화는 뚜렷한 경계선을 사이에 두고 양존하고 있어. 보편적 문화는 이쪽에, 엘리트적 문화는 저쪽에 있어야 한다고 정해두고 두 문화 사이의 교류라는 건 있지도 않고 있을 수도 없는 게 스웨덴의 모습이야. 물론 예외도 있겠지. 하지만 주된 흐름은 바로 그거야.

노르웨이와 스웨덴 간의 또 다른 차이점은 사회 속에서의 개인의 역할을 들 수 있어. 지난번 노르웨이에 갔을 때, 아렌달에서 크리스티안산으로 가는 버스를 탔어. 그런데 버스 운전사가 갑자기 마이크를 잡더니 자기는 원래 버스 운전사가 아니라는 거야. 다른 일을 하고 있는데 성탄절이 되어 갑자기 버스 회사에 일손이 필요하게 되어 자청해서 운전사 일을 맡았다고 하더군. 그러면서 승객들에게 서로를 위하고 보살피는 따스한 마음으로 성탄절을 보내라며 말을 맺었어. 스웨덴이라면 있을 수도 없는 일이야. 여기선 개인의 정체성이란 직업과 직접적으로 연결되어 있다 해도 과언이 아니지. 그 역할에서 벗어난다는 것은 생각할 수조차 없어. 역할 속에 감금되어 있는 인간을 상상해봐. 아무 곳으로도 움직일 수 없는 인간 말이야. 문을 열고 고개를 내밀어 이게 진실한 내 모습이라고 소리칠 수도 없어."

"그런데 너는 왜 여기 사니?"

그는 나를 흘끗 쳐다보며 대답했다.

"편하게 살 수 있는 나라니까."

그는 카페 안을 시선으로 더듬으며 말을 이었다.

"아무리 차가운 사회라도 난 상관하지 않아. 나는 단지 내 삶 속에 그 차가움이 기어들어오는 것을 용납하지 않을 뿐, 차가움 속에서는 얼마든지 잘 살 수 있어. 내 말을 이해할 수 있겠어? 스웨덴은 아름다운 나라일 뿐 아니라 실용적인 나라이기도 하지. 나는 그런 이 나

247

라를 혐오하지만, 이 나라의 그런 점을 이용하면서 살고 있기도 해. 자, 이제 나가볼까?"

"그래, 그러자."

나는 담뱃불을 비벼 끄고 커피잔을 비운 후 의자에 걸어놓은 코트를 몸에 걸치고 배낭을 어깨에 메고서 그의 뒤를 따라나섰다. 발걸음을 빨리해 그의 옆에 붙어서니 그가 내게 고개를 돌렸다.

"다른 쪽으로 가서 걸을래? 이쪽 귀로는 아무 소리도 들을 수 없어서 그래."

나는 그가 시키는 대로 했다. 문득 그가 발끝을 바깥쪽으로 향해 오리처럼 걷는다는 사실을 발견했다. 나는 그렇게 걷는 사람이 있으면 항상 반응을 보이곤 했다. 발레를 전공한 여자와 사귄 적이 있기 때문에 주로 발레 댄서들이 그렇게 걷는다는 것도 잘 알고 있다. 나는 그녀의 걸음걸이가 눈에 걸려 결코 그녀를 좋아할 수가 없었다.

"짐은 어디 있니?"

"아래층으로 내려가 오른쪽으로 방향을 틀면 사물함이 있어. 거기에 보관해두었어."

"그럼 저 계단으로 내려가자."

그는 역 끝에 보이는 계단을 턱으로 가리켰다.

내가 보기엔 오슬로 기차역이나 스톡홀름 기차역이나 사람들의 행동은 별반 다를 게 없었다. 적어도 눈에 띌 만큼의 큰 차이점은 볼 수 없었다. 게이르가 말한 차이점은 극소수에게서나 볼 수 있는 무의미한 것이 아니라면, 오랫동안 조국을 떠나 살았던 게이르가 가슴속에 묵혀두었던 생각이 쌓이고 쌓여서 봇물 터지듯 터져 나온 것이라고밖에 여겨지지 않았다.

"아무리 봐도 내 눈에는 노르웨이와 비슷하게 보이는걸. 여기저기 부딪치며 오가는 사람들도 더러 보이고…"

"조금만 더 기다려봐."

그는 나를 쳐다보며 미소를 지었다. 그 미소는 반어적인 분위기를 풍겼을 뿐 아니라 '내가 너보다는 더 잘 알지'라는 속내도 드러내고 있는 것 같았다. 내가 참을 수 없는 몇 안 되는 것 중에는 상대방을 은근히 무시하고 잘난 척하는 사람들의 태도도 포함된다. 그것이 어떤 형태로 나타나든 간에 그것이 의미하는 것은 단 한 가지뿐이다. 너는 나보다 아는 게 없다는 말이 아니었던가.

"저길 좀 봐."

나는 걸음을 멈추고 머리 위의 전광판을 가리켰다.

"뭘?"

"출발 장소와 도착 시간을 알리는 전광판 말이야. 바로 저것 때문에 내가 여기까지 왔어."

"무슨 뜻이야?"

"자세히 봐. 쇠데르텔리에. 위네스함른. 게블레. 아르보가. 베스테로스. 외레브로. 할름스타. 웁살라. 모라. 예테보리. 말뫼. 소리를 내어 하나하나 읽어보면 도시 이름에서조차 상상할 수 없을 정도로 이국적인 분위기가 느껴지지 않아? 내겐 스웨덴이라는 나라가 그렇게 느껴져. 노르웨이와 스웨덴은 언어도 비슷하고 도시의 모습도 비슷해. 스웨덴 시골 마을의 사진을 보면 노르웨이 시골 마을과 구별을 할 수 없을 정도야. 물론 자세하게 따져 들어가면 다른 점이 많이 보이겠지만 차이점은 크지 않아. 익숙한 것들, 닮은 것들이 너무나 많지만 그럼에도 따지고 보면 다른 점이 있다는 말이지. 내겐 바로 이런 것들이 매력적으로 느껴져."

그는 어이없는 표정으로 나를 바라보았다.

"미쳤군!"

그는 큰 소리로 웃음을 터뜨렸다.

우리는 아무 일 없었다는 듯 다시 걷기 시작했다. 그런 말을 하다니… 평소 같으면 생각지도 않았을 말을 그렇게 스스럼없이 내뱉은 내 모습에 나는 적잖이 당황스러웠다. 하지만 그와의 관계적 불균형은 바로잡아야 한다는 생각이 들었기에 어쩔 수 없었다. 그가 우리의 관계를 지배적으로 주도하는 것은 참을 수 없었으니까.

"난 항상 그런 것들에서 매력을 느껴왔어. 인도나 미얀마 또는 아프리카처럼 차이점이 현저한 나라에서 매혹을 느끼진 못했지만 일본은 달라. 특히 도쿄가 아닌 바닷가의 조그만 도시들 말이야. 너도 본 적이 있지? 자연 풍경은 유럽의 다른 나라들과 크게 다르지 않지만 일본인들의 집과 생활방식 등 그들의 문화는 너무나 낯설고 이해하기도 힘들어. 미국의 '메인'도 마찬가지야. 그곳의 바닷가 정경을 본 적이 있니? 자연은 노르웨이의 남쪽 지방과 비슷하지만 인간의 손이 거쳐간 다른 모든 것은 너무나 미국적이야. 내 말을 이해할 수 있겠니?"

"아니. 하지만 듣고 있으니 계속해봐."

"더 계속할 이야긴 없어."

우리는 지하 보도로 내려가 바글바글 모여 있는 사람들을 헤치며 걸어가 사물함에서 슈트케이스를 두 개 꺼냈다. 게이르와 나는 슈트케이스를 하나씩 들고 100미터쯤 떨어진 지하철 플랫폼으로 향했다.

30분 후 우리는 1950년대에 건설된 한 위성도시에 도착했다. 가로등 불빛은 3월의 어스름 속에 자리한 50년대풍의 도시를 고스란히 보여주고 있었다. 베스테르토르프. 그곳에는 벽돌로 지어올린 사각형 건물이 대부분이었다. 높낮이와 크기까지 같았다면 각각의 건물을 구별하기조차 힘들 것이라는 생각이 스쳤다. 도시 중심부에 자리한 사각형 건물들은 거의 모두 나직했고 1층에는 온갖 종류의 상점이 들어서 있었다. 건물들은 중심부에서 외곽으로 나가면서 그 크기와 높이를 더했지만 역시 반듯한 사각형을 유지하고 있었다. 블록과 블록 사이에는 거대한 소나무들이 굳건하게 서 있었다. 가로등과 건물의 유리창으로 새어 나오는 불빛 사이로 군데군데 작은 언덕과 호수들이 보였다. 게이르는 지하철 안에서부터 쉬지 않고 말했다. 대부분은 눈앞을 스쳐가는 것들에 대한 설명이었다. 내 귀에는 낯선 지하철역 이름조차도 아름답게 들렸다. 슬루센, 마리아 광장, 은행잎 호수, 호른스툴, 백합 언덕, 한여름 밤의 가장자리, 전화광장…

"다 왔어."

그는 길가에 있는 건물을 손가락으로 가리켰다.

우리는 복도를 거쳐 계단을 오른 후 대문을 열고 집 안으로 들어갔다. 벽을 따라 세워놓은 책장에는 책이 빈틈없이 꽂혀 있었고, 옷걸이에는 갖가지 옷이 걸려 있었다. 낯선 삶의 분위기를 느낄 수 있었다.

"크리스티나! 우리의 노르웨이인 친구가 왔어. 인사 나누지 그래?"

그는 왼쪽에 있는 방을 들여다보며 소리쳤다. 나는 한 발짝 앞으로 내디뎠다. 연필을 들고 책상 위의 커다란 도화지를 들여다보던 여인이 고개를 들었다.

"안녕하세요, 칼 오베 씨! 만나서 반가워요. 말씀 많이 들었어요."

"오, 불행히도 저는 아무 말도 들은 게 없는데 어떡하죠? 아, 게이

251

르의 책에서 읽었던 기억은 납니다만…"

미소를 지으며 악수한 후, 그녀는 책상 위를 정리하고 커피를 끓이기 시작했다. 게이르는 내게 집 안 여기저기를 보여주었다. 방 두 개밖에 없는 조그만 집이라 오래 걸리진 않았다. 방 안에는 바닥에서 천장에까지 이르는 책장이 벽을 메웠고 책장에는 책이 가득했다. 크리스티나는 거실로 사용하는 방 한쪽 구석에 자신만의 일을 하기 위한 공간을 가지고 있었고, 게이르는 침실로 사용하는 방에 자신만의 공간을 가지고 있었다. 그가 벽장 문을 열어 보였다. 벽장 안에는 마치 줄자를 사용해서 정리해놓은 것처럼 질서정연하게 책이 꽂혀 있었다. 자세히 보니 책은 알파벳 순서대로 정리된 것이 아니라 작가의 이름과 시리즈별로 정리되어 있었다.

"정리정돈의 귀재군."

"맞아. 난 눈에 보이는 모든 것을 정리해놓지 않으면 견딜 수가 없어. 내 삶은 계획과 정리정돈으로 이루어져 있다 해도 과언이 아니야."

"왠지 무서워지는걸."

내 말에 게이르는 미소를 지었다.

"사돈 남 말 하고 있네. 난 하루 전에 통보하고 스톡홀름으로 훌쩍 떠나온 네가 더 무서워."

"그렇게 할 수밖에 없었어."

"어떤 일을 할 수밖에 없을 때도 따지고 보면 그 배경엔 스스로 원하는 마음이 있기 마련이야. 신비주의자인 막시무스가 『황제와 갈릴레이인』에서 했던 말이지. 앞뒤 문구를 더 정확히 인용하자면 '삶의 가치는 무엇인가? 산다는 것은 게임과 장난에 불과할 뿐. 의지와 바람은 따지고 보면 같은 것'이라고 할 수 있지. 입센은 그 작품에서 슬기로움과 현명함을 내보이려고 무진 애를 썼어. 그의 현학자적인 분위기는 작품 속 한마디에서 선명하게 드러나지. '나는 모든 필연적인 것을 거부한다! 그것들에 종속되는 것을 원하지 않는다. 나는 자유로운 사람이다. 자유. 자유!' 흥미롭지 않아? 사뮈엘 베케트의 『고도를 기다리며』도 마찬가지야. 나는 그 작품을 읽을 때 완전히 빠져버렸어. 그는 지나간 시대와 소통을 시도했어. 그렇기 때문에 가설과 가정이라는 것은 들어설 자리를 찾을 수 없었지. 굉장히 흥미로운 책이었어. 너도 읽어봤어?"

나는 고개를 저었다.

"베케트의 역사의식과 관련된 책은 하나도 읽어보지 않았어."

"사람들이 모든 것을 재평가하는 시대에 쓰인 책이지. 바로 그게 그가 한 일이야. 너도 알다시피 카틸리나는 배신의 상징이라고 알려져 있어. 하지만 입센은 그 상징성을 완전히 뒤바꾸어버렸어. 마치 우리가 크비슬링*의 상징성을 완전히 뒤엎어버리는 것과 비슷할 정도의 급진적인 시도였지. 그 시기의 입센은 집필 작업에 깊은 열정을 보였어. 그가 가치를 뒤엎으려 시도했던 것은 모두 고대 작품 속에 등장하던 요소였지. 그래서 우리가 이해하기엔 쉽지 않은 점도 있어. 예를 들어 키케로… 솔직히 키케로를 읽는 사람은 없잖아.

그건 그렇고 입센은 작품 속에서 황제와 갈릴레이인과의 화해를 시도했어. 물론 성공하진 못했지. 어떻게 보면 넓은 의미에서 성공하지 못했다고 해야 할 거야. 입센은 그 방면에서 상당히 상징적인 존재이기도 하잖아. 두려움을 모르는 대담무쌍한 사람이기도 했지. 너도 알다시피 입센은 대가의 대열에 끼어보려 갖은 노력을 했던 사

---

* 나치 점령 시기 히틀러 편에 섰던 노르웨이의 국가적 반역자.

253

람이야. 나는 입센이 평생 성경 한 권밖에 읽은 책이 없다고 말했던 걸 믿을 수가 없어. 비슷한 사람을 들자면 실러도 생각해볼 수 있어. 실러의『군도』읽어봤어? 그 작품도 일종의 시대 반항적 요소를 담고 있지. 하인리히 폰 클라이스트의 작품『미하엘 콜하스』도 마찬가지야. 비외른손의 몇몇 작품에서도 이런 경향을 볼 수 있어.『시규르 슬렘베』였던가? 기억나?"

"비외른손에 대해선 아는 게 없어."

"맞아, 내 생각엔『시규르 슬렘베』가 맞는 것 같아. 행위를 위한 적절한 시기에 대해 쓴 글이지. 움직일 것인가, 말 것인가.『햄릿』같은 고전과도 비슷하다 할 수 있지. 자신의 삶에 주인공으로 참여할 것인가 아니면 관중의 처지에서 관조할 것인가."

"너는 어느 쪽이니?"

"좋은 질문이야."

게이르는 잠시 침묵을 지키며 곰곰이 생각하더니 말을 이었다.

"난 내 삶을 관조하는 관중이라 할 수 있을 것 같아. 하지만 그 삶은 모든 대사와 행위가 사전에 치밀하게 계획된 것이라야만 해. 아주 어려운 일이지. 솔직히 내가 볼 수 없는 내 모습도 많다고 생각해. 하지만 내가 볼 수 없는 나도 과연 나라고 할 수 있을까? 그건 그렇고, 너는 어때?"

"나? 난 관중일 것 같아."

"하지만 넌 지금 여기 있잖아. 어젠 베르겐에 있었고."

"맞아. 하지만 그건 내가 선택한 일이라고 할 수는 없어. 어쩔 수 없이 해야만 했던 일…"

"어쩔 수 없이 해야 하는 일도 선택의 한 방법이라고 볼 수 있지 않겠어? 일이 일어나는 대로 그냥 지켜보는 것…"

"글쎄…"

"따지고 보면 참 이상해. 무의식적으로 살면 살수록 결과적으론 삶에 더 적극적으로 참여하게 된다는 것 말이야. 너도 읽어봤겠지만 내가 쓴 권투선수들에 대한 책 말이야… 권투선수들을 지켜보니 그들은 믿을 수 없을 정도로 눈앞의 삶을 충실하게 살고 있더라고. 그들은 삶의 진정한 주인공이라 해도 과언이 아니야. 그렇다고 해서 그들이 자신의 삶을 관조하지 않는다는 말은 아니야. 단지 지난 일에 조금도 연연하지 않을 뿐이지. 기억을 못 하는 게 아닌가 싶을 정도로.

맞아, 그들의 기억 속엔 단 하나도 남아 있는 게 없었어. 그들은 바로 지금 이 순간의 삶을 살고 있을 뿐이었어. 그게 바로 그들이 보여줄 수 있는 것의 전부였지. 어찌 보면 그건 삶을 살아가는 하나의 방법이라고도 할 수 있을 것 같아. 그들은 항상 링 위에 올라가야 해. 지난번 게임에서 무자비할 정도의 KO패를 당했다 해도 과거의 기억에 안주하면 다음번 게임을 할 수 없지. 기억에 연연하다 보면 결국 권투선수로서의 생명도 접을 수밖에 없어. 삶의 주인공으로 살아가는 그들의 열정은 다른 어느 곳에서도 볼 수 없을 정도로 강렬한 것이었어. '비바 컨템플라티바' 또는 '비바 악티바'!* 삶은 바로 이두 가지 형태로 이루어져 있다고 할 수 있지 않겠어? 그건 아주 오래전부터 나타났던 문제점이기도 해. 삶의 관조자들은 특히 이 문제를 두고 고심했지. 하지만 삶의 주인공이자 참여자들은 그렇지 않았어. 그러니까 이건 삶의 관조자들이 고민하는 전형적인 문제라는

---

* 비바 컨템플라티바: 인간의 고정가치는 명상과 관조로 만들어진다.
  비바 악티바: 인간의 고정가치는 인간의 활동으로 만들어진다.

건데…"

크리스티나가 방문 틈으로 고개를 들이밀었다.

"커피 드시겠어요?"

"네, 고맙습니다."

우리는 둥근 식탁 앞에 자리를 잡고 앉았다. 부엌 창 너머로 가로등 아래 텅 빈 거리가 보였다. 나는 크리스티나에게 우리가 들어왔을 때 무엇을 그리고 있었느냐고 물어보았다. 그녀는 스웨덴 북쪽 지방에 있는 작은 구두 공장에서 의뢰해온 디자인 작업을 하고 있었다고 했다.

문득 스웨덴의 한 낯선 위성도시에서 낯선 사람들과 함께 그들의 부엌에 앉아 이야기를 나누고 있다는 사실이 너무나 이상하게 느껴졌다. 도대체 지금 내가 뭘 하고 있는 거지? 이곳과 내가 과연 무슨 상관이 있기에?

크리스티나는 저녁을 짓기 시작했다. 나는 게이르와 함께 거실에 앉아 이야기를 나누었다. 토니에에 대한 이야기, 그녀와 함께했던 삶, 우리에게 일어났던 일, 베르겐에서의 생활에 대해 풀어놓고 나니 게이르도 13년 전 자기에게 어떤 일이 있었으며 왜 베르겐을 떠났는지에 대한 이야기, 스웨덴에서의 삶에 대한 이야기를 들려주었다. 그중에서 내가 가장 관심 있게 들은 이야기는 그가 참여했던 『스벤스카 다그블라데』라는 신문의 토론란에 실린 한 스웨덴 교수의 말에 너무나 화가 나 토론 전문이 실린 신문을 움살라 성문에 붙여놓고 거기다 오줌을 누려 했다는 것이었다. 물론 그가 신문지 위에 오줌을 갈기기 전에 크리스티나가 만류해서 결국 그 일은 못 했지만 말이다.

우리는 양고기 요리, 구운 감자, 그리스식 샐러드로 저녁을 먹었

256

다. 나는 너무 배가 고파 접시를 눈 깜짝할 사이에 비워버렸다. 크리스티나는 그런 나를 보고 미안한 듯한 표정을 지었다. 나도 부끄럽고 민망하기는 마찬가지라 그녀에게 멋쩍은 미소를 되돌려주었다. 뜬금없이 그녀가 나와 비슷한 사람이라는 생각이 언뜻 머리를 스쳤다. 식사 후, 우리는 와인을 마시며 스웨덴과 노르웨이의 차이점에 대해 이야기를 나누었다. 나는 그들의 이야기를 들으며 스웨덴은 그렇지 않은데… 노르웨이는 안 그런데… 라는 생각으로 머릿속을 채웠지만 겉으로는 그들의 말에 고개를 끄덕이며 맞장구를 쳐주었다.

11시가 되자 눈이 저절로 감길 정도로 잠이 쏟아졌다. 게이르는 거실에서 잠을 자기로 한 나를 위해 소파에 침대보를 씌워주었다. 침대보를 쭉 펴던 그의 얼굴이 순간적으로 변했다고 생각했다. 마치 낯선 사람을 보는 듯했다. 곧 그 얼굴은 순식간에 내가 아는 얼굴로 되돌아왔다. 어떤 얼굴이 게이르의 진짜 얼굴인지 몰라 혼란스러워진 나는 내가 아는 얼굴이 진짜 그의 얼굴이 틀림없다고 생각하며 마음을 진정시켰다.

갑자기 그의 얼굴이 다시 확 변해버렸다.

나는 침대보의 가장자리를 고정시킨 후 소파에 앉았다. 두 손이 사시나무 떨듯 떨리고 있었다. 도대체 무슨 일이 생긴 걸까.

게이르가 나를 돌아보았다. 그의 얼굴은 몇 시간 전 중앙역에서 처음 보았을 때의 얼굴과 똑같았다.

"아직 네 책에 대해선 한마디도 하지 않은 것 같아서 말이야."

그는 탁자 맞은편에 자리를 잡고 앉으며 말을 이었다.

"네 책은 내게 지울 수 없는 강렬한 인상을 주었어. 네 글을 읽으면서 온몸이 오싹해질 정도의 전율을 느낄 정도였으니까."

"왜?"

"그건 네가 지나치게 과장했기 때문이야. 믿을 수 없을 정도로. 네가 이룬 것을 보고 내 일처럼 기뻐했지. 책을 읽으면서 혼자서 미소를 짓기도 했어. 우리가 처음 만났을 때 너는 작가가 되고 싶다고 말했어. 그때 우리 주변엔 작가가 되겠다는 사람이 없었지. 그런데 너는 달랐어. 작가가 되고 싶다고 말한 사람은 너뿐이었다는 걸 기억하니? 그런데 정말 작가로 우뚝 서 있는 너를 보게 되어 정말 기뻤지. 하지만 전율을 느낄 정도로 오싹했던 건 그 때문이 아니야. 방금 말했듯이 네가 너무 과장해버렸기 때문이지. 정말 이게 가능한 일일까. 두렵기까지 했어. 난 그렇게까진 할 수 없으니까."

"도대체 지금 무슨 말을 하고 있는 거야? 어떤 면에서 내가 과장을 했다는 거니? 그건 평범한 소설일 뿐인데?"

"너는 너 자신에 대해 너무나 많은 것을 말해버렸어. 열세 살짜리 소녀에 대한 이야기도 그렇고… 그 이야기만큼은 대놓고 꺼낼 수 없는 것으로 생각했거든."

찬바람 한 줄기가 온몸을 스쳐가는 듯한 느낌이 들었다.

"네가 무슨 말을 하는지 도무지 이해할 수가 없어. 그 이야기는 지어낸 이야기에 불과해. 큰 힘을 들이지 않아도 쓸 수 있는 이야기라고."

그는 미소를 지으며 내 눈을 빤히 바라보았다.

"베르겐에서 만났을 때 네가 네 입으로 그 이야기를 해줬어. 너는 그 전해 여름 북쪽 지방에서 살다가 베르겐으로 돌아왔지. 그때 너는 북쪽 지방에서 겪었던 이야기를 자주 해주었어. 아주 신이 나서 말이야. 네 아버지 이야기도 했고, 네가 열여섯 살 때 너 스스로 글렌 장교라고 떠벌리면서 연애를 했던 이야기도 해주었지. 그뿐만 아니라 네가 북쪽 지방에서 교사로 일하고 있을 때 열세 살짜리 소녀와 관계를 맺었다는 이야기도 했어."

"하하, 지금 농담하는 거야? 그렇다면 집어치워. 그렇게 우스운 농담도 아니니까."

게이르의 얼굴에서 미소가 사라졌다.

"지금 기억 못 하겠다고 말하는 거야? 그 아이는 네 수업을 들었어. 내가 이해하기론, 너는 당시 그 아이에게 엄청 빠져 있었어. 세상에는 온갖 일이 일어나기 마련이니 그런 일도 가능하겠지. 너는 어느 파티에서 아이의 어머니와도 이야기를 나누었다고 내게 말해주었어. 나중에 네 책을 읽으니 그 장면이 정확하게 묘사되어 있더군. 물론 그게 잘못되었다는 건 아니야. 사랑의 감정이 일방적인 것이 아니라면 말이지. 하지만 주변인들의 눈에는 다르게 보일 수도 있다는 걸 생각해봤니? 문제는 바로 그거야. 내 학교 동창 중에도 열세 살짜리 소녀랑 연애를 한 녀석이 있었어. 그때 그 녀석은 열일곱 살이었지. 너는 열세 살짜리 소녀랑 연애를 했을 때 열여덟 살이었나? 무슨 상관이야! 어쨌든 중요한 건 그게 아니야. 문제는 네가 그 일을 책에 그대로 썼다는 거야."

우리는 쏘아보다시피 서로를 바라보았다.

"뭐야? 유령이라도 본 듯한 그 눈은?"

"농담이 아니라면 어떻게 그런 말을 할 수 있는 거니? 정말 심각하게 말하는 거야? 나는 절대 그런 이야기를 한 적이 없어."

"내 기억 속에 못으로 박아놓은 듯 선명하게 남아 있는데도?"

"하지만 그건 정말 없었던 일인데?"

"네가 분명히 그랬어. 실제로 있었던 일이라고!"

보이지 않는 손이 내 심장을 꾹 움켜쥐는 듯한 느낌이 들었다. 그가 하는 말을 믿을 수가 없었다. 어떻게 그런 말을 할 수 있지? 정말 내가 그런 심각한 일을 저질렀다고? 그 일을 기억 한편에 놓아두었다가 그게 진실인지 꿈인지도 모른 채 책으로 썼다고?

아니.

아니야. 설마.

믿을 수가 없었다.

생각할 수조차 없는 일이었다.

설사 그게 사실이라 할지라도 지금에 와서 그 말을 꺼내는 게이르의 의도를 이해할 수 없었다.

그가 자리에서 일어났다.

"미안해, 칼 오베. 하지만 네가 그 이야기를 했던 건 사실이야."

"이해할 수가 없어. 그런데 네가 거짓말을 하는 것 같지는 않구나."

그는 고개를 절레절레 저으며 미소를 지었다.

"잘 자."

"너도 잘 자."

두 사람이 잠자리에 드느라 부스럭거리는 소리를 벽 너머로 들으며 나는 어두컴컴한 거실의 허공을 뚫어지게 바라보았다. 창밖에는 달빛을 닮은 가로등 불빛이 가득했다. 나는 게이르가 한 말을 떠올리며 좀더 명백한 해답을 찾아보려 생각에 생각을 거듭해보았지만 느낌과 감정은 이미 내려진 판결에 승복해버린 듯 착잡하기 그지없었다. 그의 말은 나의 내면을 완전히 뒤집어버렸다. 온몸에 통증이 느껴지기 시작했다. 나는 창밖에서 간간이 들려오는 전철 소리로 스스로를 위로했다. 저 멀리선 끊임없이 차 소리가 들렸다. 마치 파도 소리 같기도 했다. 문득 여기가 스톡홀름이라는 생각이 스쳤다. 스톡홀름이라면 멀지 않은 곳에 고속도로가 있을 것이니 이상한 일은 아니었다.

나는 모든 것을 거부했다. 내가 그토록 심각한 일을 저질렀다니. 생각할 수조차 없는 일이었다. 나는 내 기억 속에 커다란 구멍이 뚫려 있다는 것도 잘 알고 있었다. 북쪽 지방에 살던 때, 나는 주말이면 동네 어부들과 어울려 코가 비뚤어지도록 술을 마셨다. 하룻저녁에 독주 한 병을 비우는 일은 문제도 아니었다. 그랬기 때문에 그 직후의 일은 마치 어둠과 바람과 칼날처럼 날카로운 느낌이 되어 캄캄한 기억의 터널 속으로 사라져버리기 일쑤였다. 내가 무슨 일을 했던가. 도대체 내가 했던 일은 무엇인가.

베르겐으로 돌아와 대학을 다닐 때도 코가 비뚤어지도록 술을 마시는 일은 계속되었다. 수많은 저녁과 밤이 술과 함께 사라져버렸다. 나는 시내에서 길을 잃기도 했고 기억과 느낌을 잃어버리기도 했다. 재킷에 피를 묻혀 집에 돌아온 적도 있었다.

도대체 무슨 일이 있었던 걸까. 남의 옷을 입고 집에 돌아온 적도 있었다. 지붕 위에서 잠을 깬 적도 있고, 공원의 덤불 속에서 눈을 뜬 적도 있었다. 한 번은 정신병원 복도에서 잠을 깬 적도 있었다.

경찰이 와서 나를 데려갔고 심문을 했다. 누군가가 그 근처 건물에 침입해 돈을 훔쳐갔다는 신고가 들어왔다고 했다. 당신이 범인입니까. 나는 알 수 없었다. 아닙니다라는 말만 연거푸 되풀이했을 뿐. 이 모든 기억의 빈자리, 무의식의 어둠은 수년 동안이나 계속되었다. 수수께끼 같은 일들, 귀신이 곡할 정도로 알 수 없는 일들. 내 기억의 가장자리에서 갈 곳을 찾지 못했던 그 시절의 일들이 내게 엄청난 자책감과 죄의식을 심어주었다. 이제 게이르마저 내가 북쪽 지방에서 열세 살짜리 소녀와 관계를 맺었다고 말한다. 나는 가슴에

261

손을 얹고 아니라고 말할 수 있는가.

그렇게는 할 수 없었다. 내 속에는 여전히 의문이 존재하기 때문이다. 그때는 너무나 많은 일이 있었다. 나는 너무나 많은 일을 기억하지 못하고 있다. 그러니 게이르가 말했던 그 일이 없었던 일이라고 어떻게 장담할 수 있단 말인가.

나의 어두운 기억과 죄의식 속에는 토니에와 나 사이에 일어났던 일 또는 앞으로 일어날 것 같은 일도 자리 잡고 있다.

나는 그녀를 정말 떠나왔는가. 우리의 삶은 이제 끝이 나버린 건가. 아니, 우리는 지금 몇 달쯤 떨어져 지내며 각자 생각할 시간을 갖기 위해 관계의 휴식을 취하고 있는 건 아닌가.

우리는 8년을 함께 살았다. 그중 6년은 결혼한 부부의 이름으로 살았다. 그녀는 지금도 여전히 나와 가장 가까운 사람이고, 어제까지만 해도 한 침대를 사용했던 사람이다. 지금 당장 그녀에게 돌아가지 않는다면 영영 헤어져 살 것 같은 느낌이 들었다. 그건 전적으로 내게 달린 일이라는 생각도 스쳤다.

내가 원하는 건 무엇인가.

나는 내가 무엇을 원하는지 전혀 모르고 있었다.

나는 스톡홀름 외곽에 있는 한 집 안의 소파에 누워 있었다. 낯선 사람들로 가득한 곳. 혼란스러웠고 불안하기 그지없었다. 결국 온몸을 휩쓸던 불안감은 내가 누구인가 하는 존재적 상념의 뿌리마저도 흔들어대기 시작했다.

작은 베란다 창에 얼굴 하나가 어른거렸다. 그 얼굴은 내가 뚫어지게 바라보자 스르르 사라져버렸다. 심장 박동이 빨라지기 시작했다. 나는 눈을 감아도 그 얼굴을 볼 수 있었다. 옆으로 비스듬히 고개를 돌리고 나를 쏘아보는 그 얼굴. 곧 그 얼굴은 서서히 변하기 시작했다. 다른 얼굴이 되는가 싶더니 다시 변하기 시작했다. 몇 번이나 변했을까. 나는 그 얼굴들을 이전에는 단 한 번도 본 적이 없었다. 그럼에도 그 얼굴들은 너무나 현실적이고 의미심장하기까지 했다. 문득 코는 부리로 변하고 두 눈은 맹금의 눈으로 변했다. 그 얼굴은 매의 얼굴이 되어 내 가슴속을 파고들어 왔고 거기에서조차도 나를 째려보고 있었다.

나는 옆으로 돌아누웠다.

나는 오직 올바른 사람이 되고 싶을 뿐이었다. 그게 바로 내가 원하는 것의 전부였다. 올바르고 진실하며 정의로운 사람. 사람들의 눈을 거리낌 없이 대할 수 있는 사람, 누구든 신뢰할 수 있는 사람.

하지만 실제로는 그와 정반대였다. 나는 책임져야 할 곳을 슬그머니 빠져나가는 비겁한 사람에 불과했다. 지금도 나는 비겁하게 도망치고 있지 않은가.

다음 날 아침, 나는 게이르의 목소리에 잠을 깼다. 그는 내가 누워 있는 소파의 가장자리에 걸터앉아 김이 모락모락 나는 뜨거운 커피를 내게 내밀었다.

"잘 잤어? 벌써 7시야. 야행성이니 어쩌니 하는 쓸데없는 말은 하지 마."

나는 몸을 일으키며 그를 흘겨보았다.

"난 평소 오후 1시에 일어나. 그리고 잠을 깬 뒤에는 한 시간이 지나야 제대로 말을 할 수 있는 사람이야."

"안됐군. 그건 그렇고, 나는 내 삶을 가만히 바라보기만 하는 방관자가 아니라는 결론을 내렸어. 내가 바라보는 건 내 삶이 아니라 다른 사람의 삶이야. 내가 그거 하나는 잘한다고. 그런데 내가 내 삶을 바라보는 건 불가능한 일이라는 생각이 들더군. 어쩌면 방관자니 관중이니 하는 말은 옳지 않다는 생각도 들어. 그건 일종의 완곡어법에 불과해. 문제의 핵심은 내가 행위의 주체자인가 아닌가 하는 것이지. 커피 마셔."

"난 아침엔 차를 마셔. 하지만 오늘은 특별히 너를 위해서 커피를 마셔주지."

나는 그의 손에서 잔을 받아 커피를 한 모금 삼켰다.

"하던 말은 마저 해야지. 『황제와 갈릴레이인』은 근본적으로 실패한 작품이야. '자라투스트라'와 정확히 같은 방법으로 실패의 길을 걸었다고 할 수 있지. 어제는 생각이 나지 않아서 말을 못했는데, 요점은 바로 이거야. 스스로 실패해보지 않은 사람은 실패가 뭔지 모른다는 거야. 이거 아주 중요한 말이야."

그는 내 대답을 기다리듯 나를 쳐다보았다. 나는 고개를 끄덕인 후 말없이 커피를 마셨다.

"그리고 네 소설 말이야… 내가 전율을 느꼈던 건 네가 열세 살짜리 소녀와 관계를 가졌다는 사실 때문이 아니라, 네가 너 자신을 무자비할 정도로 발가벗겨 독자들에게 내보였다는 사실 때문이었어. 그건 엄청난 용기가 필요한 일이잖아."

"글쎄… 난 그렇게 생각하지 않아. 난 아무래도 상관없는 사람이거든."

"사람들이 주시하는 건 바로 그거야! 너처럼 할 수 있는 사람이 도대체 몇이나 된다고 생각하니?"

나는 어깨를 으쓱 추어올렸다. 소파에 드러누워 잠을 더 자고 싶은 생각밖에 없었다. 하지만 게이르는 소파에서 일어날 생각을 하지 않았다.

"오늘은 시내로 가볼까? 내가 시내 구경을 시켜줄게. 스톡홀름은 영혼이라곤 찾아볼 수 없는 도시이지만 참으로 아름답고 매력적인 도시야. 그것만큼은 인정해줘야 돼."

"그래도 되고… 하지만 지금 당장은 싫어. 조금만 더 있다가… 그런데 지금 몇 시니?"

"8시 10분."

그는 자리에서 일어나며 말을 이었다.

"얼른 옷 입어. 아침 먹게. 크리스티나가 베이컨과 계란을 굽고 있어."

나는 자리에서 일어나고 싶은 생각이라곤 눈곱만큼도 없었지만 억지로 일어나 주섬주섬 옷을 껴입었다. 하지만 여전히 집 밖으로 나갈 생각은 조금도 없었다. 내가 하고 싶은 일은 온종일 소파에 앉아 있는 것이었다. 아침 식사를 한 뒤에도 나는 일부러 시간을 질질 끌었다. 하지만 게이르의 의지와 열정은 그 누구도 꺾지 못할 정도로 강렬했다.

"몸을 움직이는 게 좋아. 그렇게 축 처져 앉아 있기만 하면 그게 산 사람이니? 죽은 사람이지! 너도 잘 알잖아. 자, 일어나! 얼른! 이제 나가보자고!"

앞장서서 전철역으로 향하던 그는 뒤를 따르는 나를 돌아보며 입가를 실룩거렸다. 그는 분명 미소를 지어보려 했으리라.

"노르웨이 북쪽 지방에서 경험했던 일을 이제 네 무의식 속에서 끄집어냈니? 아니, 아직도 기억이 캄캄한 거야?"

"어제 잠에 빠지기 직전에 결론을 낼 수 있었어. 그렇게 할 수 있었기에 안도감도 들었지. 한순간, 나는 네가 진실을 말하고 있다고

265

믿기로 했어. 그 모든 일이 실제로 일어났었다고 말이야. 기분이 좋지 않았던 건 사실이야."

"그렇다면 결론은 뭐야?"

"너는 내가 들려준 서로 다른 세 편의 이야기를 하나로 짜깁기해서 그걸 사실이라고 믿고 있는 게 틀림없어. 베르겐에서 내 이야기를 들었을 때였든지, 아니면 내 책을 읽었을 때 말이야. 맞아. 내가 북쪽 지방에 있을 때 거기서 연애를 하긴 했었어. 그 아이는 열여섯 살이었고 난 열여덟 살이었지. 아니, 잠깐만… 그 아이는 열다섯 살이었어. 아니, 열여섯 살이었나? 확실히 기억할 수가 없어. 어쨌든 열세 살은 아니야."

"넌 네 학생 중 한 명과 사랑에 빠졌다고 하지 않았니?"

"그런 말은 한 적이 없어."

"젠장! 칼 오베! 내 기억력은 누구에게도 뒤지지 않아. 난 아직도 네가 한 말을 선명하게 기억하고 있어."

매표소에서 표를 산 후, 우리는 긴 콘크리트 터널을 거쳐 플랫폼으로 향했다.

"내가 가르쳤던 학생 중에 나를 짝사랑했던 아이가 있긴 있었어. 아마 넌 그 이야기를 기억하고 있는 것 같아. 그리고 나를 짝사랑했던 아이와 내가 사랑했던 아이를 동일인이라고 생각하고 있는 게 틀림없어."

"그럴 수도 있겠군. 하지만 그때 네가 했던 말은 그게 아니었다고!"

"관둬. 제기랄. 이러려고 스톡홀름까지 온 건 아니니까. 난 문제를 피해서 왔는데 여기서 또 다른 문제를 만나고 싶진 않아."

"그렇다면 잘 왔어, 친구! 앞으론 그 이야기에 대해 단 한마디도 하지 않을게."

우리는 전철을 타고 시내로 갔다. 터널을 지날 때마다 새로운 역이 나타났고, 역을 지날 때마다 새로운 풍경이 뒤를 이었다. 게이르의 말대로 아름답기 그지없었지만, 나는 눈앞을 스쳐가는 풍경들을 한데 엮어낼 수가 없었다. 게이르와 함께 며칠 동안 아침부터 저녁까지 시내를 돌아다니며 이곳저곳을 보았지만, 내겐 스톡홀름이라는 도시가 하나의 집합체로 보이기는커녕 여기저기 흩어져 있는 조각들로만 여겨졌다.

우리는 나란히 함께 걸었다. 그가 왼쪽을 가리키면 나는 왼쪽으로 갔고, 그가 오른쪽을 가리키면 나는 오른쪽으로 갔다. 게이르는 시내를 걷는 동안 눈에 보이는 모든 것과 그것들이 연상시키는 또 다른 모든 것에 대해 소리 높여 열정적으로 설명을 늘어놓았다. 나는 얼마 가지 않아 그가 모든 것을 결정하는 우리들의 불균형적인 관계에 대해 싫증이 나, 그의 말과는 반대로 움직이기 시작했다. 가끔은 시내 지리도 모르면서 오른쪽, 왼쪽을 가리키며 내 멋대로 발걸음을 옮기기도 했다.

그는 미소를 지으며 선선히 내 말을 따라주었다. 내가 그렇게 해서라도 만족하고 기뻐할 수만 있다면 자기는 아무 상관이 없다고 했다. 우리는 매일 다른 장소에서 점심을 먹었다. 노르웨이에선 점심으로 빵을 먹었다. 밖에 나가서 음식을 사먹는 일은 1년에 두 번이 될까 말까 했다. 반면 게이르와 크리스티나는 매일 나가서 음식을 먹는다고 했다. 가끔은 점심과 저녁 모두 밖에서 먹는 적도 있다고 했다. 가격은 노르웨이와 비하면 거의 공짜였고 음식 종류도 엄청나게 많았다.

내가 식당을 고를 차례가 되었을 때, 나는 충동적으로 학생회관 식당처럼 생긴 곳을 가리켰다. 베르겐에서 본 식당과 많이 닮아 있었기 때문이다. 하지만 게이르는 내 제안을 거부했다. "우리가 아직도 20대인 줄로 착각하니?" 그는 학생 문화와는 거리를 두고 싶어 했다. 오후나 저녁이 되면 게이르는 내가 알고 있는 모든 스웨덴 사람에게 전화를 해보라고 다그쳤다. 그들은 거의 모두 『바간트』에서 편집일을 하며 알아둔 글쟁이들이었다. 나는 내가 아는 사람들뿐만 아니라 내 동료의 지인들에게까지도 연락을 해야만 했다.

게이르는 이 도시에서 아는 사람을 거치지 않고서 살 집을 구하기는 하늘의 별 따기라고 했다. 나는 이곳저곳 전화를 걸기가 죽기보다 싫었다. 그저 누워 잠을 자거나 멍청하게 앉아 시간을 보내고 싶은 마음밖에 없었다. 하지만 그는 스스로 발 벗고 나서지 않으면 되는 일이 아무것도 없다면서 쉴 새 없이 나를 다그쳤다.

우리는 덴마크, 노르웨이, 스웨덴, 러시아 시인들이 와서 자신들의 작품을 소개하는 시 낭독회에도 함께 참석했다. 그중에는 노르웨이에서 익히 알고 지내던 스테펜 쇠룸도 있었다. 그는 자신의 차례가 되자 무대 위에 올라가 "헬로, 스톡홀름!"이라고 소리쳤다. 그 순간 나는 얼굴이 화끈거려 그 자리에 앉아 있을 수가 없을 지경이었다. 아니, 자기가 무슨 록스타라도 되는 양 생각했던 걸까? 잉게르 크리스텐센이 시를 낭독한 후, 한 러시아 작가가 무대에 올랐다. 그는 무대 위를 펄쩍펄쩍 뛰어다니며 요즘 세상엔 시를 좋아하는 사람들이 아무도 없다고 고함을 질렀다.

"당신들은 모두 시를 혐오하고 있어요!"

그의 작품을 번역한 스웨덴 번역가는 작은 배낭을 메고 무대 위로 올라와 작가를 진정시키느라 갖은 애를 썼다. 그는 작가가 뒷짐을 지고 무대 위를 왔다 갔다 하는 동안 스웨덴어로 번역된 러시아 시를 낭송했다. 낭송이 끝나자 우레와 같은 박수 소리가 터져 나왔다. 그러자 작가는 번역가를 포옹하며 좋아 어쩔 줄 몰라 했다.

관중석에는 문학계의 문어발인 잉마르 레마겐도 보였다. 나는 그 덕분에 무대 뒤에 있는 작가 대기실에 갈 수 있었다. 민망함을 무릅쓰고 거기 모인 스웨덴 작가들에게 집을 구하고 있는 중이라 말하며 도움을 청했다. 라타마는 내가 일주일 내로 들어갈 수 있는 집을 알고 있다고 했다. 기분이 좋아진 나는 그들과 함께 어울려 밖으로 나갔다. 문을 나서니 스웨덴 시인인 마리에 실케베르그가 내게 바짝 붙어서며 자기가 내 소설을 읽어야 하는 이유를 말해 달라고 했다. 나는 그럴듯한 대답을 찾지 못해, 내 책은 한 번 읽으면 끝까지 읽을 수밖에 없는 책이라고 얼렁뚱땅 얼버무렸다. 그러자 그녀는 보일 듯 말 듯한 미소를 내게 지어보이고 총총걸음으로 사라졌다.

그 미소는 내 자존심을 상하게 할 만큼 짧은 미소도 아니었고, 내게 여운을 남길 만큼 긴 미소도 아니었다. 그녀는 나와는 더 할 말이 없다고 생각했는지 아는 얼굴을 찾아 두리번거리기 시작했다. 그도 그럴 것이 그녀는 시인이었고, 나는 대중소설을 쓰는 작가였으니까. 게이르는 나와는 달리 시와 시인을 혐오하고 경멸했다. 그런 그가 결국은 그날 저녁 분위기에 휩쓸려 실케베르그 시인의 집에서 열린 뒤풀이 파티에 참석하게 되었다. 게이르는 실케베르그의 거대한 집이 도심 한가운데 자리하고 있다는 것을 발견하고선 그녀가 엄청난 부자라는 사실 외에는 아무런 감흥도 보이지 않았다.

동이 틀 무렵이 되어서야 파티장에서 빠져나온 우리는 슬루센 역을 향해 걷기 시작했다. 게이르는 문화계의 중산층이 얼마나 큰 특권을 누리고 있는지 이야기했고, 이념을 재생산하는 것이 전부인 그들에게 문학이란 사교적 수단으로밖에 작용하지 않는다고 열변을 토했다. 또한 그들이 말하는 결속력을 보일 때는, 자기들보다 문화적으로 하위급에 속하는 사람들을 대할 때뿐이라고 했다. 노동자 계급을 대할 때는 거들먹거리고 잘난 척을 하지만 정작 그들은 문학의 가치를 떨어뜨리고 크기를 줄이는 일을 할 뿐이라고도 했다. 그들이 말하는 문학의 가치는 정치와 이념을 벗어나지 못하고 있다고 말하던 게이르는 급기야 문학뿐 아니라 대학과 사회 전반도 정치와 이념을 벗어나지 못하는 것은 마찬가지라고 결론을 내리기에 이르렀다. 나는 내가 알고 있는 현실과 그의 말을 전혀 연관 지을 수 없었다. 결국 내키진 않았지만 그가 편집증적 성향을 가지고 있는 게 아니냐며 반발했다. 그는 주변의 모든 것에 자신만의 잣대를 들이대어 촘촘한 빗으로 빗어내리듯 엄격하게 판단해버리는 묘한 습관이 있으며, 이념 뒤에는 항상 인간이 자리하고 있다는 사실을 잊고 있다고 쏘아붙이기도 했다.

우리는 불편한 침묵 속에서 전철역의 에스컬레이터를 타고 내려갔다. 갑자기 게이르가 잉게르 크리스텐센이 매우 독특하고 매력적인 사람이라면서 뜬금없이 말문을 열었다.

"물론 그녀에게 찬사를 보내는 사람도 많지만 너도 알다시피 내가 이런 말을 한다는 건 그녀가 진정으로 특별하기 때문이라고 생각지 않니?"

"응."

짐승의 두 눈을 닮은 전철의 헤드라이트 불빛이 어두운 터널을 가로질렀다. 전철이 역으로 들어오며 만들어낸 한 줄기 바람에 플랫폼에 있던 비닐봉지가 허공으로 치솟았다.

"그녀는 다른 차원에 속하는 작가야."

게이르가 말을 이었다.

"국제적이야."

나는 그녀가 시를 낭독할 때 별 특별한 점을 느끼지 못했다. 오히려 나는 그녀가 시를 낭독하기 전 홀로 바에 앉아 무언가를 마시고 있을 때 더 큰 관심을 가지고 그녀를 바라보았다. 자그맣고 통통하고 나이 많은 여자. 한쪽 팔에 핸드백을 걸고 앉아 있던 여자.

"「나비의 계곡」은 순환 소네트*라고 할 수 있어."

전철이 멈추자 나는 한 발짝 앞으로 내디디며 말했다.

"매우 엄격한 형식과 구조를 갖춘 것이지. 각각의 소네트 첫 행만으로 마지막 소네트를 만들어내야 하니까."

"응. 순환 소네트에 대해선 하들레가 몇 번이나 내게 설명해줬지만 단 한 번도 제대로 기억한 적이 없어."

"이탈로 칼비노도 『어느 겨울밤 한 여행자가』에서 비슷한 시도를 했었지. 물론 순환 소네트의 엄격한 구조를 완벽히 따르진 않았어. 칼비노의 경우엔 각각의 이야기 제목이 모여 또 다른 이야기를 만들어내는 방식이었지. 그 작품 읽어봤니?"

전철 문이 열리는 바람에 나는 게이르의 대답을 듣지 못했다. 우리는 전철 안으로 들어가 서로 마주 보며 자리를 잡고 앉았다.

"칼비노, 보르헤스, 코르타사르… 그런 작가들은 그냥 너만 알고 있어도 돼. 난 유명한 작가들의 유명한 작품을 천성적으로 좋아할 수가 없거든. 판에 박은 듯 찍어내는 작품은 좋아하지 않아. 내겐 작품이나 작가의 명성보다는 인간성이 먼저라고."

• 순환 소네트는 15개의 소네트가 한데 모여 또 하나의 소네트를 만들어내는 것으로, 마지막 열다섯 번째 소네트는 앞의 열네 편 소네트 중 첫 행만을 모아서 써야 한다. 마스터 소네트라고 불리는 마지막 열다섯 번째 소네트는 경우에 따라 앞의 열네 편 소네트 중 마지막 행만을 모아쓰기도 한다.

"크리스텐센은? 그 여자만큼 판에 박힌 듯한 형식을 바탕으로 글을 쓰는 사람도 없잖아. 그녀의 작품을 읽다 보면 가끔 수학적이라는 느낌이 들 정돈데?"

"내가 들었던 작품은 안 그랬어."

나는 게이르의 말에 아무 대답도 하지 않고 막 출발한 전철의 창 너머로 고개를 돌렸다.

"네가 들었던 건 작품이 아니라 그녀의 목소리였어. 그녀의 작품 속엔 온갖 숫자와 갖가지 시스템으로 가득하다고. 따지고 보면 보르헤스도 마찬가지야. 적어도 전성기 때는 그랬지."

"전혀 도움이 되지 않아."

게이르가 고집을 부렸다.

"좋아할 수가 없다고?"

"응."

"알았어."

우리는 한동안 침묵을 지켰다. 전철 안은 조용했고 대화를 나누는 승객도 없었다. 초점 없는 눈빛, 뻣뻣한 몸, 가볍게 흔들리는 창과 바닥.

"시 낭송회에 참석하는 건 병원에 가는 것과 다를 게 없어."

전철이 다음 역을 출발할 때 게이르가 말문을 열었다.

"사방팔방 눈에 띄는 사람이라곤 모두 신경증 환자처럼 보여."

"크리스텐센은 아니고?"

"바로 그거야. 그녀는 어딘지 모르게 다른 분위기를 지니고 있었어."

"그녀의 그런 분위기가 작품 속에 나타나는 엄격한 구조적 특성과 마주쳐 서로 균형을 이루고 있기 때문에 네가 좋아하는 거니? 객

관적으로 봤을 때 말이야."

"그럴지도 모르지. 어쨌든 그녀가 아니었다면 저녁 시간을 완전히 망칠 뻔했어."

"다행이군. 그건 그렇고 빈집이 있다고 말한 사람이 라타야마였어? 아니 라타마였던가?"

다음 날 아침, 나는 라타마에게서 받은 전화번호를 눌러보았다. 아무도 전화를 받지 않았다. 그날 하루와 다음 날, 몇 번이나 전화를 걸어보았지만 대답을 하는 사람은 아무도 없었다. 사흘째 되던 날, 우리는 라타마가 참석하는 행사장으로 향했다. 그가 행사를 마치고 나올 때까지 우리는 맞은편 카페에 앉아 기다렸다. 마침내 건물을 나서는 그를 발견한 우리는 재빨리 그에게 뛰어갔다. 내 얼굴을 알아본 그는 고개를 푹 숙였다.

"참 미안하게 됐어요. 한발 늦었나봅니다. 빈집이 있긴 있었는데 벌써 누가 들어갔나봐요."

나는 내 소설을 편집한 게이르 귤릭센에게 전화를 해서 스웨덴 출판사 노르스테츠의 연락처를 알아내 그곳 편집자들과 점심 약속을 했다. 그들은 내가 연락해볼 만한 작가들의 연락처 목록을 내게 건네주었다.

"최고의 작가들이라고 할 수는 없지만 모두 좋은 사람들이니 한번 연락해보세요."

그뿐만 아니라 그들은 출판사에서 운영하는 게스트 하우스에서 보름 동안 묵어도 좋다고 말했다. 나는 그들의 제안을 그 자리에서 선선히 받아들였다.

게스트 하우스에 묵으면서도 나는 계속 빈집이나 하숙방을 알아보았다. 언젠가『바간트』에 시를 싣기도 했던 요아르 티베리에게 연락을 했더니, 마침 그는 한 달 정도 집을 비우는 여자를 알고 있다면서 그 집에서 한 달간 묵을 수 있도록 손을 써보겠다고 했다.

그 와중에도 나는 가끔 잊지 않고 토니에게 전화를 했고, 우리는 서로 어떻게 지내고 있는지 오늘은 무슨 일을 했는지 등에 대해 이야기를 주고받았다. 그런데 정작 우리가 진심으로 무슨 생각을 하고 있는지 또는 앞으로 어떻게 할 것인지에 대해선 서로 묻지도 않았고 대답도 하지 않았다.

나는 조깅을 시작했고 다시 글을 쓰기 시작했다. 첫 소설을 출간한 지 벌써 4년이나 흘렀다. 내게 남아 있는 것은 아무것도 없었다. 무엇에 대해 써야 할지도 알 수 없었다. 낯선 여인의 집을 빌려 누워 있는 동안, 나는 두 가지 소재 중 하나를 쓰기로 결심했다. 그 하나는 현재의 내 삶에 대한 것이었다. 일기 형식으로 써나가되 과거에 일어났던 일은 어두운 분위기로 묘사하고 아직 일어나지 않은 일은 밝고 열려 있는 분위기로 표현할 생각이었다. 나는 그것을『스톡홀름 일기』라고 부를 예정이었다.

다른 하나는 스톡홀름행 기차를 타기 사흘 전에 시작한 글을 계속 써나가는 것이었다. 나쁘진 않을 것 같다는 생각이 들었다. 그건 내가 열두 살 때 아버지와 형과 함께 외딴 섬에 갔던 한여름 밤의 이야기였다. 아버지는 게를 잡았고 나는 죽은 갈매기를 발견했다. 열기와 어둠, 게와 모닥불 그리고 나와 윙베 형, 아버지가 함께 섬 위쪽으로 올라갈 때 둥지를 지키려고 울어대던 갈매기들의 처절한 울음소리. 그 분위기는 너무나 독특하고 이국적이었지만 가만히 생각해보니 한 권의 소설로 다시 태어나기에는 부족한 감이 없지 않았다.

나는 낮에는 침대에 누워 책을 읽었다. 게이르는 하루가 멀다 하

274

고 찾아왔고, 우리는 함께 점심을 먹었다. 저녁이 되면 나는 글을 쓰거나 조깅을 했다. 가끔은 지난 보름 동안 더욱 가까워진 게이르와 크리스티나를 찾아가 저녁을 함께 먹기도 했다. 우리는 문학에 대한 이야기, 게이르가 자주 꺼내는 정치와 이념에 대한 이야기 외에도 서로의 삶에 대해 솔직하게 대화를 나누었다. 나는 비워도 비워도 없어지지 않을 것만 같은 내 어릴 적 이야기와 아버지의 죽음에 대한 이야기, 쇠르뵈보그에서 보냈던 여름과 토니에를 만났던 겨울 이야기를 털어놓았다.

게이르는 매우 영민한 사람이었다. 그는 어떤 이야기를 외부인의 관점에서 들으면서도 매번 그 핵심을 간파해내는 능력이 있었다. 그는 마치 내가 신뢰할 만한 사람이라는 것을 확신할 때까지 기다렸다는 듯 이전에는 하지 않았던 이야기를 하나둘 털어놓기 시작했다. 듣고 보니 그의 과거는 나의 과거와 정반대였다. 그는 야심이 없었고 책장에서는 책 한 권 볼 수 없는 노동자층 가정에서 자랐다. 반면 나는 성인이 되어 가정을 꾸린 후에도 지속적으로 교육을 받은 부모님 밑에서 자랐으며 전 세계의 문학 도서를 원하는 대로 찾아볼 수 있는 중산층 환경에서 어린 시절을 보냈다. 그는 학교에서 싸움질을 일삼다가 퇴학을 당하고 심리학자의 상담을 받았지만, 나는 항상 선생님의 칭찬과 관심을 받기 위해 노력하는 모범생에 속했다. 그는 전쟁놀이를 하며 언젠가는 자기만의 무기를 가지기를 원했던 소년이었고, 나는 축구를 하며 언젠가는 프로축구 선수가 되겠다는 꿈을 지닌 소년이었다. 나는 학생 선거에서 사회주의 좌파당의 패널로 참석했고 니카라과 혁명을 주제로 글을 쓰기도 했다. 반면 그는 군대에 자원하기도 했고 진보 청년당의 당원으로 활동하기도 했다. 내가 「지옥의 묵시록」을 보고 손목이 잘린 어린이와 인간의 잔인함에 대해 시를 썼을 때, 그는 미국 시민권을 받기 위해 그 가능성을 알아보고 있었다.

이렇게 차이점이 많은데도 우리는 함께 대화를 나눌 수 있었다. 나는 그를 이해할 수 있었고, 그도 나를 이해해주었다. 나는 어른이 된 후 처음으로 머릿속에 있는 온갖 생각을 누군가에게 거리낌 없이 털어놓을 수 있었다.

나는 게와 갈매기에 대한 이야기를 글로 쓰려고 마음먹었다. 스무 장을 쓰니 어느새 서른 장이 되었고, 조깅을 하는 거리는 매일 늘어나 마침내는 쇠데르를 한 바퀴 돌 수 있을 정도가 되었다. 몸무게는 점점 줄어들었고 토니에와의 전화통화 횟수도 점점 줄어들었다.

그리고 린다를 만났으며 태양은 다시 떠오르기 시작했다.

다른 적절한 표현은 생각해낼 수가 없다. 태양은 내 삶 속에서 다시 떠올랐다는 말 외엔. 그것은 처음엔 지평선을 비추어 내리는 희미한 빛에 불과했다. 그 빛은 마치 이곳을 바라봐야 한다고 내게 말하는 것만 같았다. 뒤를 잇는 강렬한 빛 한 줄기. 세상의 모든 것은 그 빛을 받아 더욱 선명해졌고 더욱 가벼워졌으며 더욱 생동감을 얻기 시작했다. 그와 동시에 내겐 기쁨이 하나둘 쌓이기 시작했다. 조금 더 시간이 지나니, 어느새 태양은 내 삶의 하늘 한가운데로 떠올라 이글거리며 타들어가고 있었다.

린다를 처음 만난 건 1999년 여름 스톡홀름 외곽에 있는 비스콥스 아르뇌 작가학교에서 열린 노르딕 데뷔작가 세미나에서였다. 그녀는 학교 건물 앞, 햇살에 얼굴을 드러내고 서 있었다. 선글라스를 끼고 가슴께에 붉은 줄무늬가 그려진 하얀 티셔츠와 카키색 바지를 입고 서 있는 그녀는 호리호리했고 너무나 아름다웠다. 그녀가 자아낸 분위기는 어둡고 야성적이고 에로틱하면서도 파괴적이었다. 나는 그녀를 보는 순간, 내가 가지고 있는 모든 것이 한꺼번에 사라져버리는 듯한 느낌이 들었다.

두 번째로 그녀를 만난 건 그로부터 반년쯤 지난 후였다. 그녀는 오슬로의 한 카페에 앉아 있었다. 커다란 가죽 재킷과 청바지를 입고, 검정 부츠를 신고 있던 그녀는 너무나 섬세하고 연약해 보였으며 금방이라도 공기 중으로 증발해버릴 것 같았다. 나는 그녀에게 달려가 꽉 안아주고 싶었지만 그렇게 할 수는 없었다.

스톡홀름에 왔을 때 내가 알고 있는 사람은 게이르와 린다뿐이었다. 나는 그녀의 전화번호도 알고 있었다. 스톡홀름에 도착한 다음 날, 나는 게이르와 크리스티나의 집에서 린다에게 전화를 걸어보았다. 비스콥스 아르뇌에서 있었던 일은 이미 모두 잊어버렸으며 그녀를 향한 어떤 감정도 남아 있지 않았다. 집을 구하고 있던 나는 아는 사람에겐 모두 연락을 해봐야 할 처지였다. 린다는 작가였다. 그렇다면 린다도 꽤 많은 사람을 알고 있지 않을까. 어쩌면 린다가 아는 사람 중엔 나를 도와줄 수 있는 사람이 있을지도 모르는 일이었다.

린다는 전화를 받지 않았다. 나는 전화를 끊고 게이르를 돌아보았다. 내 옆에 서서 나를 보고 있던 그는 내가 고개를 돌리니 갑자기 딴청을 피웠다.

"집에 아무도 없나봐."

"좀 있다 다시 해봐."

나는 게이르의 말대로 몇 시간 후 다시 전화를 해보았다. 역시 아무도 전화를 받지 않았다.

나는 크리스티나의 도움으로 스톡홀름 신문에 광고를 냈다.

'노르웨이 작가. 하숙집 구함.'

우리는 어떤 문구를 쓰면 좋을지 머리를 맞대고 토론했다. 게이르와 크리스티나는 '작가'라는 단어가 들어가면 문화계에 관심이 많은 사람이 연락을 해올 확률이 높고, '노르웨이'라는 단어가 들어가면 선하고 기분 좋은 느낌을 준다며 그렇게 하자고 제안했다.

그들의 말이 틀리진 않은 것 같았다. 광고를 내자마자 전화가 빗발치듯 왔기 때문이다. 대부분의 집은 시내 중심에서 멀리 떨어진 위성 도시 내에 자리하고 있었기에 거절했다. 여기까지 와서 숲속 한가운데 처박혀 살고 싶진 않았으니까. 더 나은 제안이 들어오기를 기다리는 동안, 나는 노르스테츠의 게스트 하우스에서 얼굴도 모르는 낯선 여인의 집으로 옮겨갔다. 일주일쯤 지나니 쇠데르에 있는 한 아파트를 임대하겠다는 사람이 나타났다. 약속 장소로 가서 문 앞에 기다리고 있으려니 쌍둥이처럼 보이는 50대 여자 둘이 차에서 내렸다. 인사를 나누자, 그들은 폴란드에서 왔다며 아파트를 최소 1년 이상 임대할 계획이라고 했다. 집을 한 번 봤으면 좋겠어요. 그럼, 함께 올라가시죠. 집을 본 후에 마음에 들면 당장 계약서를 써드릴게요.

평범한 집이었다. 30제곱미터 남짓한 공간에 방 하나와 거실, 부엌과 욕실이 있는 곳으로 그리 나쁘지 않았다. 내가 제일 마음에 들었던 건 아파트 위치였다. 나는 당장 계약서에 서명을 했다. 그런데 왠지 마음 한구석이 찜찜했다. 무언가 잘못된 것 같은 느낌도 들었다. 천천히 계단을 내려오던 나는 아파트 입구에 걸려 있는 주민 명패를 살펴보았다. 주소는 브랜휘르카가탄 92번지. 어디선가 본 듯한 주소였다. 어디서 보았을까? 도대체 어디서? 나는 입주 주민의 이름도 하나하나 살펴보았다.

앗, 이럴 수가!

린다 보스트룀.

등골이 오싹했다.

그건 바로 린다의 주소였다. 나는 언젠가 그녀에게 『바간트』에 실을 글을 의뢰한 적이 있었다. 브랜휘르카가탄 92번지. 책이 나온 후, 내가 직접 주소를 쓰고 책을 보내준 기억이 그제야 떠올랐다.

세상에 이런 우연도 있을 수 있을까.

이 도시엔 150만 명이나 살고 있다. 그중에서 내가 알고 있는 사람은 딱 한 사람밖에 없다. 신문에 광고를 내고 마음에 드는 대답을 딱 하나 들었다. 그리고 난생처음 보는 폴란드 쌍둥이 여자에게서 집을 빌렸는데, 그 집이 린다와 같은 아파트 건물 안에 있다니!

나는 전철역을 향해 천천히 걸었다. 내가 묵고 있는 낯선 여인의 집까지 오는 동안 나는 전철 의자에 앉아 안절부절못했다. 내가 자신의 윗집으로 이사를 했다는 걸 알면 나를 어떻게 생각할까. 혹여 나를 스토커라고 생각하진 않을까.

있을 수 없는 일이었다. 그 집에서 살 수는 없었다. 특히나 비스콥스 아르뇌에서 있었던 그 일을 생각한다면…

집으로 돌아와 가장 먼저 한 것은 폴란드 여자에게 전화를 해서 계약을 취소한 일이었다. 다시 생각해봤더니 안 되겠어요. 더 나은 집이 나타나서… 계약을 취소하고 싶은데 가능합니까? 정말 죄송합니다.

할 수 없죠, 뭐. 괜찮습니다.

손에 들어온 기회를 날려 보낸 나는 다시 집을 구하러 돌아다녀야만 했다.

"미쳤어?"

게이르에게 자초지종을 이야기했더니, 그는 펄펄 뛰었다.

"쇠데르 중심에 있는 집을 거절했단 말이야? 그 부근에 있는 다른 집들은 그 가격으론 어림도 없어. 정신이 나갔군. 아니, 그리 잘 알지도 못하는 사람이 너를 두고 스토커라고 생각할까봐 계약을 포기하다니… 내가 여기 처음 왔을 때 시내에 있는 집을 구하려고 몇 년이나 알아봤는지 알긴 알아? 그게 얼마나 어려운 일인지 알긴 아느냐고! 그런데도 너는 똥구멍에 누런 털을 달고 와선 대번에 집을 구하고 계약서에 서명까지 하더니, 이제 와서 그걸 스스로 차버려?"

"어쨌든 일은 그렇게 되어버렸어. 저녁때 너희 집에 갈까? 이젠 너랑 크리스티나가 내 가족처럼 느껴져. 마치 일요일 저녁이면 함께 모여 식사를 하는…"

"맞아. 나도 그렇게 느끼고 있어. 단, 오늘은 일요일이 아니라 월요일이라는 사실만 제외하면 다 맞아. 그런데 가족이라 해도 아버지와 아들과의 관계는 끼워 맞추기가 힘드니까 다른 걸로 하자. 아버지와 아들을 떠올리면 카이사르와 브루투스가 생각나서 말이야."

"우리 중에 누가 카이사르지?"

"그런 멍청한 질문은 하지 마. 넌 얼마 가지 않아 내 등에 칼을 꽂을 테니까. 어쨌든 우리 집에 와. 나머지 이야기는 우리 집에 와서 하고."

식사를 마친 후 나는 베란다로 나가 담배를 피우며 커피를 마셨다. 게이르도 따라 나와 세상을 보는 상대적 관점에 대해 이야기를 하기 시작했다. 우리는 둘 다 세상에 대해 상대적 관점을 가지고 있었기에 대화는 술술 이어졌다. 요점은 문화가 변하면 세상도 변하지만 외부적 시각으로 보면 변화된 세상이 보이지 않을 때도 있다는 것이었다. 우리의 시각이 같았던 이유는 후기 구조주의와 포스트모더니즘의 물결이 가장 강렬했던 시기, 푸코와 데리다를 읽었던 시기에 함께 대학을 다녔기 때문인지도 모른다. 아니, 어쩌면 우리는 세상의 성격 가운데 하나인 견고하고 불변하며 절대적인 그 무언가를 의식적으로 거부했는지도 모른다. 게이르는 당시 세상의 상대성과 절대성에 관해 열띤 토론을 하다가 결국 자기와 연을 끊은 친구도 있다고 말했다.

나는 그가 왜 갑자기 그런 말을 하는지 의아했지만 아무 말도 하지 않았다. 게이르는 사회적인 것, 인간적인 것에 전적인 가치를 부여했다. 그 외의 것들엔 관심도 없어. 그래? 나는 그렇지 않아. 어? 그럼 네가 관심이 있는 건 뭐니? 나무들. 그는 내 말에 웃음을 터뜨렸다. 나뭇잎과 크리스털과 돌멩이. 자연 풍경. 우주. 그러니까 네가 말하는 건 차원 분열적 도형이라고도 할 수 있겠네? 음, 그렇다고 할 수도 있어. 그렇다 할지라도 세상의 모든 것은 생명이나 죽음과 어떤 식으로든 연결되어 있어. 세상에 존재하는 모든 형태의 것 말이야.

하늘! 모래언덕! 나는 이런 모든 것에도 관심을 가지고 있어. 세상에! 넌 정말 지루하게 사는군. 아니야. 내가 보기엔 그렇다는 말이야. 이제 들어갈까? 응.

나는 커피를 잔에 채우고 게이르에게 전화를 빌려 써도 되느냐고 물어보았다.

"되고말고! 그런데 누구한테 전화를 걸려고?"

"린다에게. 너도 알다시피 그녀는…"

"알아, 알아. 네가 집을 포기하도록 만든 여자!"

열다섯 번쯤 전화벨이 울렸을까. 나는 그녀가 집에 없다고 생각하고 전화를 끊으려고 했다. 그런데 갑자기 그녀가 전화를 받았다.

"여보세요? 린다입니다."

"어… 안녕하세요. 칼 오베예요."

"오, 안녕하세요! 지금 어디예요?"

"스톡홀름에 있어요."

"그래요? 휴가 중인가요?"

"아니… 저도 잘 모르겠어요. 당분간 머무를 생각으로 왔어요."

"그렇군요."

"여기 온 지 벌써 몇 주나 되었어요. 전화를 몇 번 했었는데 받지 않더군요."

"네, 전 비스뷔에 있었어요."

"그래요?"

"거기서 글을 썼어요."

"그랬군요."

"굉장히 아름다운 곳이에요. 그런데 생각만큼 글을 많이 쓰진 못했어요. 하지만…"

"그럴 수도 있죠, 뭐."

침묵이 흘렀다.

"그런데 말이죠… 우리 언제 한 번 커피 한잔 함께할까요?"

"얼마든지! 당분간은 스톡홀름에 머무를 생각이니까요."

"그럼, 내일은 어때요? 오전 중에."

"좋아요."

"그런데 지금 어디 사시나요?"

"뉘토르그 광장 옆에 묵고 있어요."

"잘됐어요. 제가 그쪽으로 갈게요. 모퉁이에 있는 피자집 알아요? 그 맞은편에 카페가 있는데, 거기서 만날까요?"

"좋아요. 시간은 언제가 좋을까요? 11시? 12시?"

"12시가 좋을 것 같네요."

"그럼 내일 봐요."

"그래요."

나는 전화를 끊고 거실로 갔다. 게이르는 소파에 앉아 두 손으로 커피잔을 감싼 채 나를 쳐다봤다.

"어떻게 됐어? 미끼에 물린 거야?"

"응. 내일 오전에 만나기로 했어."

"잘됐어! 내일 저녁에 네 집에 갈 테니 다 이야기해줘."

나는 약속 시간보다 한 시간이나 일찍 카페에 도착해 크리스틴 네스의 신간 교정을 보며 시간을 보냈다. 린다를 떠올릴 때마다 작은 긴장감이 온몸을 스쳤다. 그녀와 뭘 어떻게 해보려는 생각은 조금도 없었다. 그 감정은 이미 오래전에 사라져버렸으니까. 내 몸을 스친 긴장감은 그녀를 만난다는 설렘과도 비슷한 것이었다.

자전거에서 내리는 린다가 눈에 들어왔다. 그녀는 자전거의 앞바퀴를 주차대에 끼워넣고 자물쇠를 채운 다음 카페 유리창을 흘낏 바라보았다. 유리창을 거울삼아 자신의 모습을 비춰보는 것 같았다. 문을 열고 들어온 그녀는 사람들로 빈틈이 없는 카페 안에서 단번에 나를 찾아냈다.

"안녕하세요."

"네, 안녕하세요."

"먼저 뭘 좀 주문하고 올게요. 함께 주문해드릴까요?"

"아니요, 괜찮습니다."

그녀를 보는 순간, 지난번에 봤을 때보다 좀 살이 오른 것을 알아차렸다. 그녀를 마지막으로 봤을 때는 마치 남자아이처럼 비쩍 말라 있었는데.

그녀는 한 손을 데스크 위에 올려놓고 커피머신 뒤에 서 있는 점원을 향해 고개를 돌렸다. 그 모습을 보고 있자니 한 줄기 욕망이 온몸을 쫘 하게 스쳐갔다.

나는 담배에 불을 붙였다.

그녀는 차 한 잔을 테이블 위에 내려놓고 자리에 앉았다.

"잘 지냈어요?"

"네, 덕분에."

문득 잿빛을 띤 그녀의 녹색 눈동자는 아무 이유도 없이 갑자기 동공을 확대시키곤 했던 기억이 떠올랐다.

그녀는 찻잎을 담은 둥근 여과기를 잔에서 꺼낸 뒤 후후 불어가며 차를 마셨다.

"참 오랜만이죠. 그간 어떻게 지냈나요?"

그녀는 찻잔을 테이블 위에 내려놓았다.

"그럭저럭 지냈어요. 얼마 전에 한 친구와 함께 브라질 여행을 하고, 집에 돌아오자마자 비스뷔로 갔죠. 그래서 아직도 좀 얼떨떨해요."

"글은 계속 쓰시나요?"

그녀는 코에 찡긋 주름을 잡아보이며 시선을 떨구었다.

"노력은 하고 있어요. 당신은 어때요?"

"저도 마찬가지예요. 노력은 하고 있죠."

그녀는 미소를 지었다.

"그런데 스톡홀름에서 살 계획이라는 말, 진심인가요?"

나는 어깨를 으쓱 추어올렸다.

"적어도 당분간은 여기 살 것 같아요."

"잘됐군요. 그러면 앞으로도 자주 만날 수 있겠네요. 아니,

가끔…"

"네."

"여기 아는 사람은 있나요?"

"딱 한 사람밖에 없어요. 게이르라는 친군데 노르웨이 사람이에요. 그 외에는 아무도 없어요."

"미리아도 알고 있잖아요. 비스콥스 아르뇌에서 인사했던…"

"아… 지나가다 인사만 나눈 사인걸요. 그건 그렇고 미리아 씨는 요즘 어떻게 지내고 있나요?"

"잘 지내고 있는 것 같아요."

우리는 한동안 침묵을 지켰다.

내가 입 밖에 낼 수 없는 말은 너무나 많았고, 생각나지 않는 말도 너무나 많았다. 하지만 얼굴을 마주 보고 앉아 있으니 무슨 말이라도 해야 했다.

"지난번에 『바간트』에 실린 작품 있잖아요… 그 작품, 참 좋았어요. 정말 좋았다고요."

그녀는 미소를 지으며 시선을 아래로 떨구었다.

"고마워요."

"글 속에서 폭발적인 에너지를 느낄 수 있었어요. 그러면서도 너무나 아름다웠죠. 마치… 아, 뭐라고 해야 하나… 최면적이라고나 할까. 맞아요. 최면적인 글이었어요."

그녀는 여전히 아래를 내려다보고 있었다.

"지금 단편을 쓰고 있나요?"

"네… 단편이든 장편이든 소설을 쓰고 있는 건 사실이에요."

"그렇군요."

"당신은요?"

"아무것도 못 쓰고 있어요. 4년 전에 소설을 써보려고 시도했었는데, 여기 오기 직전에 원고를 모두 버렸어요."

다시 침묵이 흘렀다. 나는 담배를 꺼내 불을 붙였다.

"이렇게 다시 보게 돼서 참 반가워요."

"저도 그래요."

"당신이 오기 전에 소설 원고를 읽고 있었어요."

나는 내 옆 소파 위에 놓인 원고 뭉치를 턱으로 가리켰다.

"혹시 크리스티네 네스 알아요?"

"네! 그의 작품을 읽어본 적은 없지만 만나본 적은 있어요. 비스콥스 아르뇌 세미나에 두 젊은 남자 작가와 함께 왔던 기억이 나요."

"그래요? 소설 속의 이야기도 비스콥스 아르뇌에 대한 거예요. 노르웨이 출신의 한 소녀가 그 학교에 다니기 위해 스웨덴으로 간 이야기…"

아니, 지금 도대체 내가 무슨 이야기를 하고 있는 거지?

린다는 미소를 지었다.

"저는 책을 많이 읽지 않아요. 제가 작가라는 생각도 해본 적이 없는걸요."

"그런 말은 마세요. 당신이 작가가 아니라면 누가 감히 작가라고 할 수 있겠어요?"

"어쨌든 그때 일은 지금도 기억하고 있어요. 노르웨이 작가들은 야심이 굉장히 큰 것 같다고 생각했었죠. 특히 크리스티네 네스와 함께 온 두 청년 작가는 더했어요. 마치 문학이 그들의 삶 자체라는 생각이 들 정도였거든요."

"그 청년 작가들 이름을 기억하나요?"

그녀는 숨을 깊이 들이마셨다.

"그중 하나는 토레였다는 것만 기억해요. 둘 다 『바간트』의 후원으로 왔죠."

"그렇다면 그 두 작가의 이름을 알 것 같기도 해요. 토레 렌베르그와 에스펜 스투엘란이 아니었나요? 저도 그들이 스웨덴에 갔던 걸 기억하고 있어요."

"맞아요. 토레 렌베르그와 에스펜 스투엘란!"

"저와 가장 친한 친구들이기도 해요."

"그래요?"

"네. 하지만 그 둘은 마치 고양이와 개 같아서 함께 있는 게 불가능할 정도죠."

"그렇다면 당신은 그 둘을 따로따로 알고 있는 건가요?"

"네, 그렇게도 말할 수 있어요."

"저는 당신이 더 굉장해 보이는걸요."

"제가요?"

"네. 당신이 여기 오기 전에 잉마르 레마겐이 당신 책 이야기를 하는 걸 들은 적이 있어요. 그는 그 자리에 있는 우리는 안중에도 없는 듯 당신 책 이야기만 했다고요."

다시 침묵이 흘렀다.

린다는 화장실에 다녀오겠다며 자리에서 일어났다.

나는 상황이 절망적이라고 생각했다. 내 입에서 나오는 말은 하나같이 바보 같은 말뿐이었다. 하지만 다른 할 말을 찾기가 쉽지 않았다.

다른 사람들은 함께 만나 어떤 이야기를 할까.

데스크 위의 커피머신이 요란한 소리를 냈다. 그 앞에는 커피를 사려는 사람들이 조급한 몸짓으로 길게 줄을 이어 서 있었다. 창밖엔 구름 낀 하늘이 보였다. 공원의 누런 잔디는 축축하게 젖어 있었다.

화장실에서 돌아온 린다가 자리에 앉았다.

"여기선 뭘 하면서 시간을 보내나요? 시내 구경은 해보셨나요?"

나는 고개를 절레절레 저었다.

"많이 하진 못했어요. 낮엔 주로 글을 쓰면서 시간을 보내죠. 매일 메보르가르 광장에 있는 수영장에 가서 수영도 하고…"

"그래요? 저도 거기서 수영을 해요. 매일은 아니지만."

우리는 동시에 미소를 지었다.

나는 휴대폰을 꺼내 시간을 확인했다.

"실례지만 이제 가봐야 할 것 같아요."

그녀는 고개를 끄덕였다.

"다시 볼 수 있겠죠?"

"그럼요. 언제 다시 볼까요?"

그녀는 어깨를 으쓱 추어올렸다.

"전화하세요."

"그러죠, 뭐."

나는 원고와 휴대폰을 가방에 넣고 자리에서 일어났다.

"만나서 반가웠어요."

"안녕히 가세요."

가방을 든 나는 카페를 나와 공원을 가로질러 내가 묵고 있는 집을 향해 뻗어 있는 널찍한 대로에 들어섰다. 다시 제자리로 돌아왔다는 느낌이 들었다. 생각해보니 제자리를 벗어난 것은 하나도 없었고, 우리가 움직여놓은 건 아무것도 없었다. 카페에서 나와도 들어갈 때와 달라진 것은 아무것도 없었다.

도대체 나는 무엇을 기대했던 것일까.

우린 그저 한 번 만나서 가벼운 대화를 나누었을 뿐이다. 처음부터 뭔가 바라고 그녀를 만났던 건 아니잖은가.

나는 그녀에게 집을 구한다는 말을 하지 않았다. 아는 사람 중에 임대를 하는 사람이 있는지도 물어보지 않았다.

게다가 나는 뚱뚱하기까지 했다.

대문을 열고 들어간 나는 침대 위에 드러누워 천장만 멀뚱멀뚱 바라보았다. 그녀는 너무나 많이 변해 있었다. 오늘 만난 그녀는 예전에 내가 알고 있던 그녀와 완전히 다른 사람처럼 여겨졌다.

비스콥스 아르뇌에서 본 그녀는 주변인들과는 너무나 다른 독특한 분위기를 자아내고 있었다. 그 생동감과 에너지는 어느 누구와도 비교할 수가 없을 정도였다. 그녀의 고집스러운 의지와 생명력에 맞닥뜨린 나는 자존심이 상했으면서도 그녀에게 형언할 수 없을 정도로 강렬한 매력을 느꼈다. 그녀가 지니고 있던 무자비하다고 느껴질 만큼의 강인함과 섬세함은 온데간데없이 사라져버렸다. 여전히 섬세한 느낌을 주긴 했지만 예전과는 달랐다. 예전에는 섬세함 속에 손만 대면 깨질 것 같은 연약함도 느낄 수 있었지만 지금은 아니었다. 지금의 섬세함은 연약함보다는 부드럽고 새침한 거부감에 더 가까웠다. 마치 네가 아무리 노력해도 내게 더 가까이 다가올 수는 없다고 말하는 것 같기도 했다. 나는 그녀에게서 수줍음과 열린 마음을 동시에 느낄 수 있었다. 아니, 정말 내가 그녀의 열린 마음을 느꼈던가. 곰곰이 생각해보니 그런 것 같기도 하고 아닌 것 같기도 했다.

비스콥스 아르뇌에서 함께 강좌를 들었던 가을을 넘기면서, 린다는 아르베와 연애를 하기 시작했다. 나는 그해 겨울과 이듬해 봄에 걸친 기간에 아르베에게서 그녀의 상황을 들을 수 있었다. 그즈음, 린다는 조울증에 시달리다 결국 병원에 입원하게 되었다는 소식을 들었다. 조울증에 시달리던 린다는 내게도 집으로 전화를 해온 적이 있었다. 아르베와 연락하고 싶다며 그를 찾아달라고 했다. 나는 아르베의 친구들에게 전화를 해서 그를 수소문했다. 친구들의 말을 듣고 내게 전화를 한 아르베는 자기를 찾는 사람이 내가 아니라 린다라는 말에 적잖이 실망했다. 한 번은 나와 이야기를 하고 싶다며 새벽 6시쯤 린다가 전화를 했다. 문학을 본격적으로 공부하기 시작했으며 한 시간 후에 예테보리로 갈 것이라고 했다. 전화벨 소리에 깬 토니에는 누가 그렇게 이른 시간에 전화를 하느냐며 짜증을 냈다. 린다. 스웨덴에서 만났던 여자. 아르베의 여자 친구. 그런데 왜 여기로 전화를 해? 나도 몰라. 조울증에 시달리고 있다는 말을 들었어.

린다와 다시 만났지만 우리는 그런 이야기를 할 수 없었다.

지난 이야기를 나누지 못한다면 도대체 무슨 이야기를 나누어야 할까.

얼굴을 마주하고 앉아 안녕, 잘 지냈어? 등의 가볍고 피상적인 이야기밖에 나눌 수 없다면 만날 이유도 없지 않았을까.

눈을 감고 린다를 다시 떠올려보았다.

내가 아직도 그녀에게 연정을 느끼고 있는 건 아닐까.

아니었다.

내게 남아 있는 감정은 그 무수한 일을 경험한 후 느꼈던 연민과 배려에 지나지 않았다. 그게 전부였다. 다른 감정은 모두 사라져버린 지 오래였다.

그렇다면 좋아해야 할 일이 아닌가.

나는 몸을 일으켜 수영복과 수건, 샴푸를 가방에 넣고, 재킷을 걸친 후 메보르가르 광장으로 향했다. 그 시간엔 항상 수영장이 텅 비어 있었다. 나는 수영복으로 갈아입고 물속으로 뛰어들었다. 창으로 비치는 희미한 3월의 햇살을 받으며 나는 물 위로, 물 아래로 헤엄치며 1,000미터를 움직였다. 헤엄친 거리와 시간만으로 머릿속을 채우며 완벽한 수영 자세를 취하는 데만 열중했다.

나는 탈의실에 앉아 별것 아닌 사소한 아이디어를 바탕으로 글을 쓰고 있는 나 자신에 대해 생각해보았다. 마치 탈의실 붙박이장처럼 무엇을, 왜, 어떻게 해야 할지 전혀 모르고 있는 나.

도대체 언제쯤이면 거대하고 창의적인 소재를 생각해낼 수 있을까.

베르겐의 한 아파트에서 한 사내가 의자에 묶인 채 머리에 총을 맞고 죽었다. 하지만 그는 글 속에서 계속 살아 있었다. 글 속의 나는 내 장례식을 지켜보았고 땅속에 묻혔다.

사실. 실제적 현상. 그것이 바로 내가 쓰려는 것이었다.

나는 이마에 맺힌 땀을 수건으로 닦고 축 늘어진 뱃살을 내려다보았다. 창백하고 뚱뚱하고 멍청한 나.

아, 여기는 스톡홀름이었지!

나는 몸을 일으켜 샤워실로 들어갔다.

여기엔 아는 사람이 없으니 남의 눈을 의식하지 않아도 되었다. 나는 완벽한 자유의 몸이었다.

그런데 나는 정말 토니에와 헤어진 걸까. 그렇다면 나는 한두 달, 아니 여름 내내 여기서 지내다가 그 후엔 어디로든 가도 되지 않을까. 부에노스아이레스. 도쿄. 뉴욕. 남아프리카로 가서 기차를 타고 빅토리아 호수까지 여행을 해도 좋을 것이다. 이왕이면 내친김에 모스크바까지 가보는 건 어떨까. 생각만 해도 가슴이 설렜다.

나는 눈을 감고 온몸에 비누칠을 했다. 물을 틀어 몸을 헹구고 탈의실로 가서 옷을 입었다.

원한다면 완벽한 자유의 몸이 될 수도 있었다.

글을 쓰는 일 따윈 하지 않아도 되었다.

나는 젖은 수건과 수영복을 가방에 넣고 구름 낀 하늘 아래로 걸어 나왔다. 살루할렌으로 간 나는 선 채로 치아바타*를 먹고 집으로 향했다. 글을 써보려고 책상 앞에 앉았지만, 머릿속엔 게이르가 약속 시간보다 더 일찍 나를 찾아왔으면 좋겠다는 생각밖에 없었다. 다시 침대로 기어들어간 나는 텔레비전에서 미국 연속극을 보다가 잠에 빠져버렸다.

눈을 뜨니 창밖은 어두컴컴했다. 대문을 두드리는 소리가 들렸다.

문을 여니 게이르가 서 있었다. 우리는 악수를 했다.

"어땠어?"

"그럭저럭. 어디로 갈까?"

게이르는 어깨를 으쓱 추어올리며 집 안으로 들어와 책장 앞에서 걸음을 멈추고 나를 돌아보았다.

"여기저기서 똑같은 책을 볼 수 있다는 사실이 가끔 이상하게 여겨지지 않아? 그러니까 내 말은… 이 집 주인 여자가 한 스물다섯 살쯤 되었다고 했지? 오르프론트에서 일하고 쇠데르에 사는 이 낯선 여자의 집에 꽂혀 있는 책들은…"

"맞아, 아주 이상해. 자, 이젠 어디로 갈지 말해봐. 귤다판? 크바르넨? 펠리카넨?"

"크바르넨은 생략하고. 귤다판은 어때? 배고파?"

● 이스트를 넣고 만든 이탈리아식 빵.

나는 고개를 끄덕였다.

"그럼 거기로 가자. 메뉴가 좋아. 특히 닭고기 요리는 어딜 내놔도 빠지지 않아."

밖에 나가니 금방이라도 눈이 내릴 것 같았다. 춥고 축축했다.

"그건 그렇고, 오늘 어땠냐니까? 도대체 어떤 면에서 그럭저럭이었다는 거야?"

"만나서 이야기하고 헤어졌지, 뭐. 그게 다야."

"오랜만에 보니 어땠어? 기억 속에 있던 이미지 그대로였어?"

"글쎄… 조금 달라진 것 같기도 했어."

"어떻게?"

"도대체 어디까지 물어볼 생각이야?"

"그러니까 내 말은 그녀를 보는 순간 느낌이 있었냐는 거지."

"생각했던 것보다 느낌이 적었어."

"왜?"

"왜? 젠장. 그런 질문이 어디 있어? 그걸 내가 어떻게 알아? 느낌이 오면 느끼는 거지, 느낌에 이유가 있다고 생각해? 실오라기처럼 미미한 영혼의 파동마저도 분석하고 밝혀내는 건 불가능해."

"그게 바로 네가 하는 일 아냐?"

"아니야. 나는 내가 경험하는 모든 민망함과 당혹감과 난처함을 글로 표현할 뿐이야. 전혀 다른 일이라고."

"그러니까 그녀를 봤을 때 영혼의 파동이 있었다는 거야, 없었다는 거야?"

"다 왔어. 저녁 먹자고 했지?"

나는 문을 열고 안으로 들어갔다. 칵테일 바를 지나니 레스토랑이 나왔다.

레스토랑에 이르자 게이르는 앞장서서 걷기 시작했고, 나는 그의 뒤를 따랐다. 곧 자리를 잡고 앉은 우리는 메뉴를 확인하고 닭고기 요리와 맥주를 주문했다.

"아르베와 여기 온 적이 있어. 그 이야기를 내가 해줬나…?"

나는 게이르에게 물어보았다.

"아니."

"아르베와 함께 스톡홀름에 왔을 때 어쩌다가 여길 오게 되었지. 처음엔 광장을 헤맸어. 지금 생각하니 그 광장은 스투레플란 광장이었던 것 같아. 아르베는 거기 있는 사람들에게 스톡홀름에 사는 작가들이 어디서 모여 술을 마시는지 물어봤어. 사람들은 웃음을 터뜨리며 영어로 대답을 해줬어. 우리는 광장을 좀더 걸었어. 아주 비참한 기분이 들었지. 왜냐하면 난 그때 아르베를 존경하다 못해 우러러보고 있었거든. 그는 내가 알고 있는 최고의 지성인 중 한 명인 데다 『바간트』의 창업 멤버이기도 했어. 나는 공항에서 만난 아르베에게 한마디도 할 수가 없었어. 아를란다 공항에 내려서도 마찬가지였지. 스톡홀름에 도착해서 펜션에 이를 때까지 난 한마디도 하지 않았어. 함께 저녁을 먹으러 나가서도 입을 열 수가 없었어.

난 아르베 앞에서 무슨 말인가를 하려면 술의 힘을 빌릴 수밖에 없다고 생각했어. 그래서 술을 마셨지. 드로트닝가탄에서 맥주를 마시면서 사람들에게 갈 만한 곳을 물어봤더니 쇠데르에 있는 귤다판을 추천하더군. 그래서 우리는 택시를 타고 이곳까지 온 거야. 독한 양주를 마시고 나니 그제야 입이 열리는 것 같았어. 여기 한마디, 저기 한마디. 갑자기 아르베가 내 귀에 대고 나직이 말을 건네더군. 저기 저 여자가 너를 뚫어지고 보고 있어. 자리를 피해줄까? 저 여자랑 단둘이 있고 싶으면 말해. 나는 어떤 여자인지 되물어보았어. 저기

294

저 여자. 나는 그녀를 향해 고개를 돌려봤어. 정신을 잃을 정도로 아름다운 여자가 앉아 있어서 술이 확 깨는 것만 같았어. 하지만 나는 그 여자보다 아르베가 왜 내게 그런 말을 했는지가 더 궁금했어. 너도 이상하다고 생각하지 않니?"

"응."

"우리는 코가 비뚤어질 정도로 술을 마셨어. 그쯤 되니 특별히 이야기를 할 필요도 없었지. 술에 취한 우리는 비틀거리면서 거리를 걷기 시작했어. 백야의 하늘은 희뿌연 빛을 발하고 있었고, 내 머릿속엔 아무 생각도 없었어. 맥주홀을 발견한 우리는 그냥 지나칠 수가 없었어. 맥주홀 분위기에 취해버린 나는 아르베가 자기 아이들 이야기를 할 때도 정신없이 맥주만 마셨어. 그런데 갑자기 아르베가 울고 있는 거야. 나는 그가 무슨 말을 했는지도 모르고 있다가, 갑자기 두 손으로 얼굴을 가리고 소리 내서 흐느끼는 아르베를 보고선 얼마나 당황했는지 몰라.

문을 닫을 때가 되어서 우리는 택시를 타고 다른 술집으로 향했어. 그런데 거기선 우리를 들여보내려 하지 않았지. 화가 난 우리는 길모퉁이 편의점까지 걸어갔어. 지금 생각하니 거긴 쿵스트래드고르덴 같아. 편의점 앞에는 기둥에 쇠사슬로 고정시켜놓은 의자가 몇 개 있었는데, 우리는 그 의자를 들어올려 벽에 집어 던졌어. 경찰이 오지 않은 건 천만다행이었지. 거기서 택시를 잡아타고 펜션으로 돌아간 우리는 다음 날 기차 출발 시간보다 두 시간이나 지나서야 잠에서 깰 수 있었어. 이미 갈 데까지 갔다는 생각에 우린 기차 시간 따윈 전혀 개의치 않았지.

주섬주섬 짐을 챙긴 우리는 기차역에 가서 다음 기차를 탔어. 그동안 나는 단 1초도 쉬지 않고 온갖 말을 다 늘어놓았어. 마치 지난 몇 년간 내 가슴속에 담아두었던 말이 한꺼번에 터져 나오는 것 같은 느낌이었어. 그건 바로 그가 아르베였기에 가능했던 일이지. 아르베의 어떤 점 때문인지는 정확하게 알 수 없었어. 일종의 포용력이라고나 할까.

어쨌든 나는 내 삶의 구석진 곳에 있던 이야기까지 모두 그에게 털어놓았어. 아버지의 죽음과 그 지옥 같던 상황, 작가로 데뷔했던 일. 모든 일이 한꺼번에 일어났던 시기였어. 그 이야기를 하고 난 후에도 난 말을 멈추지 않았어. 사람이라곤 그림자도 보이지 않는 곳에서 택시를 기다리는 동안에도 나는 이야기를 했고, 아르베는 그런 나를 바라보기만 했지. 나의 어린 시절과 학창 시절… 내가 끄집어내지 않았던 이야기는 하나도 없을 정도였어.

나는 이야기를 하는 동안 오직 나만 생각했어. 다른 건 하나도 생각하지 않고 오직 나, 나, 나만 생각했던 거야. 그 생각은 말이 되어서 아르베에게 쏟아부어졌지. 아르베가 아니었다면 불가능했던 일이었어. 그는 내가 하는 말과 그 의미를 모두 이해하고 있었어. 난 그런 사람을 이전에는 만나본 적이 없었어. 말을 나누다 보면 항상 이해의 한계력과 태도의 다양성 또는 상대방보다 자기 자신을 우위에 두려는 의도 때문에 우리의 말은 어느 한 시점에서 막혀 버리거나 처음과는 완전히 다른 방향으로 뻗어가기 마련이지. 우리가 한 말은 항상 다른 무언가로 변해버리기 때문에 그 본질을 유지하기가 쉽지 않다는 거야.

그런데 아르베는 달랐어. 그는 상대방을 위해 자기 자신을 활짝 열어놓고 상대방을 포용해줄 수 있는 사람이었어. 아울러 상대방의 말에 호기심을 보이고 귀를 기울이며 상대방의 말을 이해하려고 노력하는 사람이었지. 그의 태도에는 사회적 예의 같은 기계적인 모습은커녕 사이비 심리학자 같은 모습도 볼 수 없었어. 그가 보이는 호기심에는 진심이 어려 있었어. 그가 세상을 보는 눈은 굉장히 노련하고 전문적이었어. 도를 깨우친 사람 같기도 했어. 그런 사람들에겐 웃음과 미소만 남아 있지. 따지고 보면 타인의 의도와 행위에 정면으로 마주쳤을 때 우리가 보일 수 있는 적절하고도 충분한 반응 방법은 웃음과 미소밖에 없잖아?

나는 아르베의 그런 면을 이용했던 것이나 마찬가지야. 그가 내게 보인 개방적이고 포용적인 태도를 이용해 나 자신을 비워냈다고나 할까. 그를 이용하고 싶진 않다는 생각에 나 자신을 통제해보려고도 했지만 그렇게 할 수 없었어. 내가 이렇게 의지가 약한 사람이었나 하는 생각에 두려워지기까지 하더군.

그는 내가 모르고 있던 것들, 이해하지 못했던 것들, 보지 못했던 것들을 이미 모두 알고 이해하고 본 사람이었어.

그런 말을 했더니 그는 미소를 지었어.

'내 나이가 마흔이야, 칼 오베. 자네는 서른밖에 안 되었잖아. 서른과 마흔의 세상은 아주 달라. 자네가 느꼈던 건 아마도 그 차이점일 거야.'

'전 그렇게 생각하지 않아요. 이건 다른 문제라고요. 제게 부족한 통찰력이라고나 할까… 선배는 바로 그런 걸 가지고 있다고요.'

'하하. 좋아. 좋아. 계속해봐.'

아르베의 매력과 카리스마는 어둡고 열정적인 눈동자에 집중되어 있지만, 그 자신은 어둠과는 거리가 먼 사람이야. 항상 소리를 내어 웃고, 그의 입가에는 미소가 떠나지 않지. 그가 뿜어내는 매력과 존재감은 아주 강렬해. 하지만 그의 존재감은 신체적인 요소와는 아무런 상관이 없어. 그의 몸은 호리호리해서 눈에 잘 띄지도 않거든.

적어도 나는 그렇다고 생각해. 아르베를 떠올리면 반짝반짝하게 밀어버린 머리, 짙은 눈동자, 항상 입가를 떠나지 않는 미소와 힘 있는 웃음소리가 생각나. 이야기를 나누다 보면 그의 사고는 항상 내가 예상치도 못했던 곳으로 우리의 대화를 이끌어가지. 그가 내게 마음의 문을 열어주리라곤 기대하지도 않았던 일이야. 그런데 갑자기 나는 마음속에 묻어두었던 것들을 그에게 다 털어놓을 수 있게 되었지. 마치 무언가에 전염이 되어버린 듯한 느낌이었어. 어느새 나도 그의 사고방식으로 생각을 하고 사물을 바라보게 되었으니까. 그걸 깨달았을 때 나는 희망을 느꼈어. 어쩌면 나도 진정한 의미의 작가라고 할 수 있지 않을까? 그때까지만 해도 아르베는 진정한 작가였지만 나는 아니라고 생각하고 있었거든. 난 너무나 평범한 사람이었으니까. 성장기를 특별나게 보냈던 사람도 아니야. 축구를 하고 그저 그런 영화를 보며 시간을 때웠을 뿐.

나는 계속 이야기를 했어.

택시의 트렁크를 열고 짐을 실으면서도 나는 말을 멈추지 않았어. 여전히 술이 덜 깬 상태였지만 신나게 이야기를 했지. 발치에 배낭을 내려놓고 비스콥스 아르뇌로 가는 택시 안에서도 쉴 새 없이 이야기를 했어. 비스콥스 아르뇌에 도착해 택시에서 내리니 첫 번째 세미나는 이미 오래전에 끝난 후였어. 다른 참석자들은 점심 식사를 하고 있더군."

"그렇게 이야기가 시작된 거야?"

게이르가 끼어들었다.

"응, 그렇게 이야기가 시작된 거야."

한 남자가 내게 다가와 잉마르 레마겐이라고 자신을 소개했다. 비

298

스콥스 아르뇌에서 진행할 세미나 책임자였다. 그는 내 책을 읽어보았다며 찬사를 늘어놓았다. 내 책을 읽으니 또 다른 노르웨이 작가가 떠올랐다고도 했다. 누가 떠올랐나요? 그는 세미나 시간에 텍스트를 모두 살펴본 후에 대답해주겠다며 의미심장한 미소를 지었다.

나는 보나마나 핀 알네스나 앙나르 뮈클레라고 생각했다.

나는 짐을 복도에 두고 식당에 들어가 접시에 음식을 담은 후 허겁지겁 배를 채웠다. 여전히 술기운에서 벗어나지 못했기에 눈앞의 세상은 마구 흔들렸고 머리는 어질어질했지만 가슴은 내가 그곳에 있다는 사실 때문에 기대감과 기쁨으로 가득했다.

내 몫으로 배정된 방을 찾아 짐을 내려놓은 나는 다음 세미나가 진행되는 강의실을 찾아갔다. 그녀를 본 것은 바로 그때였다. 그녀는 벽에 기대어 서 있었다. 주변에 다른 사람들도 많았기 때문에 그녀에게 다가가 말을 걸어보진 않았다. 하지만 나는 그녀를 보았고, 그녀를 보는 순간 그녀가 가지고 있는 그 무언가를 나도 가지고 싶다는 열망을 느꼈다.

그것은 일종의 폭발이었다.

우리는 같은 그룹에 배치되었다. 세미나를 이끈 핀란드 여인은 우리가 자리를 잡고 앉아도 아무 말을 하지 않았다. 그건 그녀만이 가지고 있던 일종의 강의 수법이었는데 우리에게 먹혀들진 않았다. 5분쯤 정적이 흐른 후 누군가가 조심스레 말문을 열었다.

내 모든 감각과 느낌과 의식은 그녀에게로 집중되어 있었다.

그녀의 말과 말투, 표정과 몸짓. 나는 그녀와 같은 공간에 있다는 것만으로도 가슴이 벅찼다.

그 이유는 나도 모른다. 어쩌면 나는 바로 그 순간 그녀가 가지고 있던 모든 것, 그녀가 발산해내는 모든 것을 아무런 저항 없이 받아들일 수 있는 상태에 있었기 때문일지도 모른다.

그녀가 자기소개를 했다. 린다 보스트룀. 시집『상처를 편안히 감싸안을 수 있도록 해주세요』로 데뷔했고 스톡홀름에 살고 있으며 나이는 25세라고 했다.

5일간 지속된 세미나 기간에 나는 그녀의 주변을 맴돌았다. 저녁이 되면 몸을 가누기 힘들 정도로 술을 마셨고 잠은 거의 자지 않았다. 어느 날 저녁, 나는 아르베를 따라 파티가 열리는 건물 지하실로 가보았다. 그는 방 안을 빙빙 돌며 춤을 추었고 나는 그와 눈빛도 마주칠 수 없었다. 밖으로 나와버린 나는 그가 다가갈 수 없는 존재라는 것을 깨닫고 울기 시작했다. 잠시 후 밖으로 나온 그도 내가 흐느끼는 걸 보았다.

"지금 울고 있어?"

"네."

"괜찮아. 내일 아침이면 다 잊어버릴 거야."

밤새 눈을 붙이지 않은 날도 있었다. 새벽 5시쯤 파티를 마치고 모두 자기 방으로 돌아간 후에도 나는 잠자리에 들지 않고 숲속을 걸었다. 해는 벌써 떠 있었고, 나는 숲속 나무 사이로 뛰어다니는 사슴을 보았다. 너무나 기쁘고 벅찬 느낌에 거기 서 있는 사람이 마치 내가 아닌 것 같다는 생각마저 들었다.

세미나 기간에 내가 쓴 글은 전에 없이 훌륭했다. 글쓰기의 핵심과 정점에 이른 것처럼 느껴졌다. 그동안은 전혀 모르고 있던 낯선 내 모습이 글 속에 신선하고도 선명하게 자리 잡고 있었다. 어쩌면 낯설고 격렬한 행복감에 도취되어 있었기에 판단력이 흐려졌는지도 모른다.

전체 세미나 시간에 나는 린다 옆자리에 앉았다. 그녀는「블레이드 러너」의 한 장면 중 창으로 들어온 한 줄기 빛이 주변의 모든 것을 은은하게 감싼 장면을 기억하느냐고 물었다. 나는 그렇다고 하며 부엉이가 고개를 홱 돌렸던 장면을 기억하느냐고 되물었다. 영화에서 그 장면이 가장 아름다웠다고 말하자, 린다는 전혀 기억이 안 난다는 듯 의아한 눈빛으로 나를 바라보았다.

강사는 우리가 쓴 글을 하나하나 읽고 분석하며 세미나를 진행했다. 내 차례가 되었다. 레마겐은 내 글 속에서 서서히 비상하는 그 무언가를 느낄 수 있다고 말했다. 나는 내 글을 두고 그런 식으로 말하는 사람을 그때까지 한 번도 본 적이 없었다. 그는 내 글이 세상의 모든 본질적인 것을 진정성 있고 순수하게 표현하고 있다고 말했다. 내 글의 특징은 등장인물이나 글의 주제 또는 글의 표면에서 발견할 수 있는 외향적 요소들이 아니라 글 속에서 눈에 띄지 않는 방법으로 제 역할을 충실히 해내고 있는 메타포적 요소들이라 했다. 이것들은 모든 본질적인 것을 생명을 느낄 수 있는 유기체적 방식으로 한데 엮어내고 있다고 했다.

나는 글을 쓸 때 그런 점에 대해선 단 한 번도 생각해보지 않았지만, 그의 말을 듣고 보니 어렴풋이 이해할 수 있을 것 같기도 했다. 내겐 나무와 나뭇잎, 잔디와 구름, 이글거리는 태양일 뿐이었지만 그의 해석을 들으니 그것들 속에 감추어진 빛을 볼 수 있을 것 같았다.

그는 나를 바라보며 말을 이었다.

"자네 글을 읽고 나니 토르 울벤이 떠올랐어. 칼 오베, 자네도 그 사람을 알고 있겠지?"

나는 고개를 끄덕이며 시선을 아래로 떨구었다.

화끈 달아올라 붉어진 얼굴, 내 가슴속에서 팡파레를 울리는 트럼

301

펫 소리를 아무도 눈치채지 않았으면 좋겠다는 생각뿐이었다. 토르 울벤! 그와 비교된다는 건 상상도 못 했던 일이었다.

나는 그가 잘못된 판단을 내렸다는 것을 너무나 잘 알고 있었다. 그는 나를 과대평가했던 것이다. 그는 스웨덴 사람이니 노르웨이어의 세밀한 표현법에 대해 속속들이 알고 있진 않을 것이다. 그럼에도 나는 그가 울벤의 이름을 입에 올렸다는 사실에 기뻐 어쩔 줄 몰랐다. 나는 지금까지 내가 별 볼일 없는 대중소설 작가인 줄로만 알았다. 그런데 내 글 속에서 정말 토르 울벤을 생각나게 하는 요소를 볼 수 있단 말인가?

피는 기쁨으로 끓어올랐고, 환희는 신경선을 타고 온몸으로 번졌다.

나는 여전히 시선을 떨군 채 그가 얼른 다음 참석자의 글로 넘어가기를 바랐다. 마침내 그가 다음 차례의 글을 집어 들자 나는 그제야 안도의 한숨을 내쉴 수 있었다.

그날 밤엔 모두 내 방에 모여 술을 마셨다. 린다는 천장에 달려 있는 화재경보기를 뜯어버리면 방 안에서도 담배를 피울 수 있다고 말했다. 나는 그녀의 말대로 화재경보기를 내려놓고서 윌코의「섬머 티스」를 틀었다. 린다가 음악에 관심을 보이지 않자, 나는 전날 세미나 참석자들과 함께 웁살라에 가서 산 루마니아 요리책을 꺼내보였다. 같은 음식이라도 루마니아식 요리법으로 만들면 재미있을 것 같다고 말했지만 린다는 아무런 흥미를 보이지 않았다. 그뿐만 아니라 갑자기 몸을 홱 돌려 이야기를 나눌 다른 사람을 찾기 시작했다.

시간이 흐르자 사람들은 하나둘씩 자기들 방으로 돌아갔다. 나는 린다가 더 오래 남아 있기를 바랐지만 그녀도 곧 내 방에서 나갔다.

나는 곧장 숲으로 가서 밤새 산책을 한 후 아침 7시쯤 돌아왔다.

건물 앞에 이르니 한 남자가 내게 달려왔다. 크나우스고르! 당신이 크나우스고르요? 네, 그런데요…? 그는 다짜고짜 화를 내며 소리를 질렀다. 화재경보기, 위험한 일, 무책임한 행위. 나는 죄송합니다, 미처 생각을 못 했습니다, 앞으로는 조심하겠습니다를 연발하며 사과했다.

그는 화난 눈빛으로 나를 쏘아보았다. 나는 똑바로 서 있을 수가 없어 몸을 비비 꼬았다. 그가 아무리 화를 내며 말해도 내 귀엔 한마디도 들어오지 않았다. 나는 방으로 들어가 두 시간쯤 눈을 붙였다.

아침 식사를 하기 위해 식당에 내려오니 레마겐이 내게 다가왔다. 그는 아침에 있었던 일을 사과했다. 경비원이 심했다며 앞으로는 그런 일이 없도록 하겠다고 말했다.

나는 아무것도 이해할 수가 없었다. 레마겐이 사과할 일은 아니지 않은가.

나는 그즈음 열여섯 살의 소년으로 되돌아가 있었고, 내가 한 일은 10대 소년이나 하는 행위였다. 내 느낌과 감정, 판단 의식과 행동마저도 열여섯 살 소년의 것과 다르지 않았다. 내 행동과 말에 대한 확신도 희미해지기 시작했다. 다시 전체 세미나 시간이 돌아왔다. 모두 한 방에 모여 자기가 쓴 글을 낭독할 참이었다. 한 사람이 먼저 글을 읽기 시작하면 일정한 간격을 두고 다음 사람이 차례차례 글을 읽는 방법으로 결국엔 참석자들이 모두 함께 글을 읽게 되는 이를테면 캐논 방식의 글 읽기 방법이었다. 레마겐이 지명한 사람이 글을 읽기 시작했다. 그는 곧 나를 지명했다. 딴 데 정신을 팔고 있던 나는 어리둥절한 표정을 지으며 그에게 되물었다.

"지금 읽으라고요? 저 사람이 읽고 있는 도중에 말입니까?"

모두 웃음을 터뜨렸다. 나는 고개를 들 수 없을 정도로 얼굴이 붉어졌다. 곧 거기 모인 참석자들은 모두 입을 모아 글을 읽기 시작했다. 서로 다른 텍스트였지만 그렇게 읽다 보니 스스로의 글에 더 집중할 수 있어 좋은 점도 있었다. 나는 내 글이 다른 참석자들의 글과는 차원이 다르다 할 정도로 뛰어난 것이라고 생각했다. 매우 특별하고 더욱 본질적인 것에 가까운 글이라는 생각도 들었다.

세미나를 마친 후 건물 밖 자갈밭에서 휴식을 취할 때, 나는 아르베에게 그 이야기를 했다.

그는 미소만 띨 뿐 아무 말도 하지 않았다.

매일 저녁 두세 명의 작가가 돌아가며 자기 글을 읽는 시간이 있었다. 나는 내 차례가 오기만을 고대했다. 린다에게 내가 누군지 보여주고 싶었기 때문이다. 평소 낭송이라면 어딜 내놔도 빠지지 않았으니까 글 읽는 것만큼은 자신이 있었다. 박수를 받을 자신도 있었다. 그런데 막상 내 차례가 오니 생각했던 것과는 달랐다. 첫 문장을 읽고 나니 이건 아니다 싶은 생각이 들었다. 이게 정말 내가 쓴 글인가 싶을 정도로 형편없는 문장이었다. 뒤로 갈수록 글은 더욱 이상하다 못해 우스꽝스러워졌고 나는 자신감을 잃기 시작했다. 글을 다 읽고 난 후엔 수치심으로 얼굴을 들 수조차 없었다.

다음 차례는 아르베였다. 그가 글을 읽는 동안 사람들은 마치 혼이 빠진 듯 그의 글에 집중했다. 그는 마치 마법사와도 같았다.

"우아, 저 사람, 정말 글을 잘 쓰네요!"

아르베가 낭독을 마치자 린다가 나를 돌아보며 말했다.

나는 고개를 끄덕이며 미소를 지었다.

"맞아요. 아르베는 정말 글을 잘 써요."

수치심과 질투심, 솟구쳐 오르는 화를 참지 못한 나는 결국 중간에 세미나장을 빠져나와 버렸다. 맥주 한 병을 가져온 나는 건물 밖 계단에 앉아 세미나실 문을 뚫어지게 바라보았다. '린다, 거길 나와! 내 말이 들려? 당장 거기서 나와 내게로 오란 말이야. 나를 따라오라고. 그렇게만 한다면 우리 둘만 있을 수 있어. 얼른 나와!'

나는 문을 쳐다보며 린다만 생각했다.

갑자기 문이 열렸다.

린다였다!

심장 박동이 빨라졌다.

린다! 텔레파시가 통한 건 아닐까. 어떻게 이런 일이! 문을 열고 나온 사람은 정말 린다였다.

나는 행복감에 온몸이 부들부들 떨렸다.

린다는 세미나실을 나와 옆 건물로 가기 위해 발길을 돌리며, 나를 향해 손을 들어보였다.

다음 날, 나는 세미나 참석자들과 함께 숲으로 산책하러 갔다. 린다와 나는 앞선 무리 틈에 끼어 나란히 걸었다. 곧 우리 뒤를 따르던 사람들이 점점 더 뒤로 처져버렸고, 결국 우리는 숲속에 둘만 남게 되었다. 손가락으로 갈대를 비비 꼬던 린다는 나를 향해 미소를 지었다. 나는 아무 말도 할 수 없었다. 단 한마디도! 나는 땅을 내려다보았고, 숲속을 바라보았으며, 그녀에게 눈길을 보냈다.

그녀의 눈동자는 반짝반짝 빛을 머금고 있었다. 가끔 그녀에게서 볼 수 있었던 어둡고 깊고 불안한 분위기는 전혀 느낄 수 없었다. 숲속에서의 그녀는 가볍고 밝았으며 유혹하는 듯 미소를 지으며 나를 보다가 땅을 내려다보기를 반복했다. 손으로 갈대를 비비 꼬는 일도 멈추지 않았다.

이건 뭘까.

이건 도대체 무슨 의미일까.

나는 우리가 가지고 있는 책을 서로 맞바꾸자고 제안했다. 린다는 선선히 응했다. 산책을 마친 후, 그녀는 잔디 위에 누워 구름을 바라보고 있는 내게 책을 내밀었다. 책 표지에는 '비스콥스 아르뇌. 1999년 7월 1일. 칼 오베에게. 린다가'라고 적혀 있었다. 나는 얼른 방으로 뛰어들어가 미리 헌사를 적어놓았던 책을 가져와 그녀에게 건네주었다. 그녀가 방으로 돌아간 후, 나도 방으로 돌아와 린다의 책을 읽기 시작했다. 내가 읽는 모든 단어와 문장이 바로 린다의 것이라고 생각하니 그녀를 향한 동경과 욕망에 온몸이 고통스러울 정도였다.

린다를 향한 동경과 욕망, 열여섯 살 소년과 다름없는 무모한 열정 때문인지 세상을 보는 내 눈도 달라지기 시작했다. 성장하는 녹색의 숲은 너무나 야성적이고 혼란스러웠지만 아울러 각각의 나무와 풀이 지닌 형태는 얼마나 단순하고 명백한 것인지 볼 수 있었던 나는 무아지경의 황홀경에 빠져들 것만 같았다. 늙은 떡갈나무와 나뭇잎 사이로 스치는 바람, 태양과 끝없이 푸른 하늘.

나는 잠을 자지 않았다. 음식도 거의 먹지 않았다. 밤마다 술을 마셨지만 나는 피곤하지도 않았고 배가 고프지도 않았다. 그렇기 때문에 매일 열리는 세미나에도 빠짐없이 참석할 수 있었다. 나는 기회가 올 때마다 아르베와 대화를 나누었다. 나 자신에 대한 이야기를 더 털어놓고 싶어 참을 수 없던 마음은 시간이 흐를수록 린다에 대해 이야기를 하고 싶은 마음으로 변해버렸다. 그는 나를 바라보았고 세미나에 참석한 다른 이들도 바라보았다.

우리는 문학에 대한 이야기를 나누었다. 문득 문학에 대해 이야기를 하는 나의 태도가 이전과는 다르다는 생각이 스쳤다. 그와 함께 있으면 자유롭게 사고할 수 있었다. 그건 커다란 선물이었다. 휴식 시간이 되면 우리는 잔디 위에 누워 대화를 나누었다. 다른 사람들과 함께 누워 대화를 나눌 때도 있었다. 나는 아르베가 다른 이들과 대화를 나누면 은근히 질투심을 느꼈다. 나도 그들처럼 아르베에게 깊은 인상을 주고 싶었기 때문이다.

어느 날 저녁, 우리는 잔디 위에 앉아 술을 마시며 대화를 나누었다. 그는 『바간트』에 인터뷰 기사를 싣기 위해 스베인 야르볼과 만났던 이야기를 해주었다. 인터뷰를 한 그날 저녁, 그는 눈앞의 세상이 어떤 식으로 열렸는지, 또 이전에는 희미하게만 알고 있던 현상들을 시각화하는 데 명확한 언어의 힘이 얼마나 중요한 것인지를 깨달았다고 했다.

나 역시 『바간트』에 실을 인터뷰 기사를 쓰기 위해 루네 크리스티안센을 만났을 때 그와 비슷한 경험을 했다고 말했다. 나는 시에 대해선 전혀 문외한이었기 때문에 그를 만나기 전에 적잖이 긴장했었다. 하지만 막상 그를 만나 대화를 나누다 보니 생각과는 달리 그의 세계에 빠져들 수 있었으며 인터뷰도 예상외로 큰 성공을 거두었다고 덧붙였다.

아르베는 너털웃음을 터뜨렸다.

그는 왜 내가 하는 말이라면 모두 웃음으로 덮어버려 내 자존심을 뭉개버리는 걸까. 거기 있던 사람들은 모두 아르베의 말이 맞다는 것을 알고 있었다. 모든 권위는, 최면적인 분위기까지 발산하는 그의 얼굴과 말에 집중되어 있었으니까. 린다도 그 자리에 있었는데 그녀 또한 아르베에게서 눈길을 떼지 못했다.

아르베는 대화 주제를 권투로 돌려 이야기하기 시작했다. 마이크

타이슨이 홀리필드의 귀를 물어뜯은 마지막 경기.

　나는 타이슨을 이해하는 건 어렵지 않다고 말했다. 타이슨은 자신이 경기에서 패하리라는 것을 이미 알고 있었다. 그가 경기 막바지에 이르러 상대방 선수의 귀를 물어뜯은 것은 그에게 돌파구가 필요했기 때문이었다. 아르베는 다시 너털웃음을 터뜨리며 내 말에 동의할 수 없다고 했다. 타이슨이 정말로 돌파구를 찾기 위해 상대방의 귀를 물어뜯었다면 그것은 타이슨의 처지에서 보면 이성적인 행위라고도 할 수 있을 것이다. 그렇지만 타이슨은 이성과는 거리가 먼 사람이기에 그의 행동은 동물적이고 충동적인 것에 불과하다고 말했다. 그의 말을 듣고 있으니 문득「지옥의 묵시록」에서 소의 머리를 도끼로 찍어내리는 장면이 떠올랐다. 어둠과 피와 혼수상태. 그런 생각이 떠오른 건 전날 아르베가 해준 이야기 때문인지도 모른다. 그는 베트남 군인들이 백신을 맞은 아이들의 팔을 잘라버린 이야기를 해주었다. 어떻게 그런 일을 할 수 있을까. 목적을 위해서라면 무슨 일이든지 할 수 있다는 확고한 의지가 없다면 그런 일을 하는 건 불가능할 것이다.

　다음 날 우리는 몇몇이 함께 모여 축구를 했다. 잉마르 레마겐이 축구공을 구해주었고, 우리는 한 시간쯤 축구를 했다. 축구를 하고 난 뒤 나는 콜라병을 손에 들고 잔디밭에 앉아 있는 린다 옆에 가서 앉았다. 린다는 내가 축구선수처럼 걷는다고 말했다. 축구와 하키를 하는 오빠가 있는데 내가 걷는 모습과 오빠가 걷는 모습이 거의 비슷하다고 했다.

　"그런데 아르베는 달라요. 그가 걷는 모습을 지켜본 적이 있나요?"

　"아뇨."

"그는 마치 발레리나처럼 걸어요. 공기처럼 가볍게 걷는 걸 봤어요. 정말 못 봤나요?"

"아니요…"

나는 린다를 보며 미소를 지었다. 린다는 재빨리 미소를 던진 후 자리에서 일어났다. 나는 잔디에 누워 푸른 하늘 깊은 곳에서 천천히 움직이는 하얀 구름을 뚫어지게 바라보았다.

이른 저녁 식사를 마친 나는 숲에서 꽤 오래 산책을 했다. 참나무 앞에 서서 위쪽에 달린 나뭇잎들을 올려다보았다. 도토리를 하나 따서 걷는 동안 내내 그것을 손 안에서 굴려보았다. 가끔 발걸음을 멈추고 도토리를 자세히 살펴보기도 했다. 도토리 껍데기에 보이는 가늘고 규칙적인 무늬. 매끈한 표면을 장식하고 있는 연두색 줄무늬. 완벽한 형체. 그것은 비행기 같기도 했고 고래 같기도 했다.

나뭇잎들은 모두 비슷비슷하다. 해마다 봄이 되면 믿을 수 없을 정도로 엄청난 양의 싹을 틔워내는 나무들. 나무들은 햇살과 물을 사용해 아름답고 복잡한 무늬의 나뭇잎들을 생산해내는 공장이다. 아, 단조로움에 대해 생각하는 것은 참을 수 없는 일이다. 이것들은 작년 여름에 루네 크리스티안센이 추천해주어 읽었던 프랑시스 퐁주의 텍스트에서 끄집어낸 것이다. 그의 눈으로 본 나무와 나뭇잎이란 고갈되지 않는 생명수에서 자라는 또 다른 생명체였다.

아, 이 무기력함이란…

세상에서 자라는 모든 것을 감싸고 있는 이 거대하고 무한한 힘, 끝없이 타들어가는 저 거대한 태양 아래서 걷는다는 것은 얼마나 두려운 일인가.

숭고하고 고귀한 무엇에 젖어들어가던 내 속에는 강렬한 동경이 치밀어오르기 시작했다. 그것은 지금까지 뚜렷한 목적 없이 아련하게 치밀어올랐던 동경심과는 거리가 먼 구체적이고 명백한 것이었다. 동경의 대상은 지금 이 순간에도 내게서 불과 몇 킬로미터밖에 떨어지지 않은 곳에 있는 그녀였다.

이 무슨 정신 나간 짓인가. 나는 발걸음을 옮기며 생각에 잠겼다. 나는 이미 결혼한 사람이고 사랑하는 아내와 함께 조만간 집을 구입할 계획도 세우고 있는데, 이제 와서 모든 일을 망쳐버릴 생각이란 말인가.

그러고 싶었다.

나뭇잎이 점점이 만들어내는 그림자 속을 걸으며, 여름 숲이 발산하는 무더운 공기를 마시던 나는, 내가 삶의 한가운데 도달했다고 생각했다. 시간과 함께 나이를 먹는 삶이 아니라 생명을 지닌 존재의 한가운데 말이다.

심장이 떨리기 시작했다.

세미나 마지막 날, 우리는 가장 큰 강의실에 한데 모였다. 한가운데에는 와인과 맥주가 가득 놓여 있었다. 일종의 종강 파티였다. 나는 어쩌다 린다 옆자리에 앉았고, 와인 코르크를 열려던 린다는 미소 띤 얼굴로 내 눈을 지그시 바라보며 내 손을 살짝 쓰다듬어주었다. 린다도 나를 원하고 있다는 건 너무나 명백했다. 나는 저녁 내내 맥주를 마시며 조금씩 취해갔고 머릿속으로는 린다 생각만 했다. 나는 린다와 함께 살아갈 운명인가. 그렇다면 베르겐으로 돌아가지 않아도 되지 않을까. 정말 과거는 모두 잊어버리고 여기서 린다와 함께 살아도 되지 않을까.

새벽 3시가 좀 넘은 시간, 머리끝까지 취해 있던 나는 린다를 밖으로 불러냈다. 해야만 하는 말이 있다고 했다. 그리고 하고 싶었던 말을 해버렸다. 내가 어떤 느낌을 가지고 있는지, 무슨 생각을 하고 있는지에 대해서.

"나도 당신이 좋아요. 당신은 참 좋은 사람이에요. 하지만 난 당신에겐 관심이 없어요. 미안해요. 제가 관심을 가지고 있는 사람은 당신 친구예요. 이해하시겠어요?"

"네."

나는 몸을 돌려 걷기 시작했다. 그녀가 발길을 돌려 다시 파티장으로 들어가는 것을 등 뒤로 느낄 수 있었다. 건물 입구 나무 아래 한 무리 사람이 모여 있었다. 아르베는 거기에 없었다. 나는 파티장으로 돌아가 아르베를 찾아서, 린다가 내게 한 말을 그에게 전해주었다. 린다가 관심을 가지고 있으니 그녀와 잘해보라고. 아르베는 린다에게 관심이 없다고 했다.

"난 애인이 있는걸! 어쨌든 미안해. 자네 처지를 이해할 수 있을 것 같아."

"제게 미안해할 일은 아니에요."

나는 몸을 돌려 걷기 시작했다. 나 자신 외에는 아무것도 볼 수 없는 캄캄한 터널을 걷는 것 같았다. 건물 밖에 모여 있는 사람들을 지나쳐 내 방으로 들어온 나는 책상 위에 있는 노트북에 이어져 있는 전선을 확 낚아챈 후 노트북을 닫고 욕실로 들어갔다. 세면대 위에 있는 유리컵을 집어 든 나는 벽을 향해 있는 힘을 다해 던졌다. 혹여 옆방에 있는 사람들이 그 소리를 듣고 달려올지도 모른다는 생각에 나는 한동안 숨을 죽이고 기다려보았다. 아무런 반응이 없자 나는 깨진 유리 조각 중 가장 큰 것을 집어 들고 거울을 보며 얼굴을 그어 대기 시작했다. 가능한 한 깊은 상처를 남기기 위해 기계적으로 온 얼굴을 그어댔다. 턱과 양 볼, 이마와 코, 턱에 이르기까지 한 군데도 남기지 않고, 흐르는 피를 수건으로 닦아가며 유리 조각으로 얼굴에 상처를 남겼다. 긋고 닦기를 수차례 계속한 후 그제야 나는 만족할 수 있었다. 얼굴에 단 한 줄도 더 그을 만한 틈이 남아 있지 않은 것을 확인한 나는 마침내 잠자리에 들었다.

눈을 뜨기 한참 전, 나는 무언가 끔찍한 일이 있었다는 것을 직감적으로 알 수 있었다. 얼굴이 통증으로 화끈거렸다. 눈을 뜨자마자 나는 어젯밤 일을 기억해냈다.

그날 하루를 살아낼 수 있을 것 같지 않았다.

집으로 가서 토니에와 함께 쿠아르트페스티벌에 갈 계획이었다. 우리는 이미 반년 전에 호텔도 예약해놓았다. 그뿐만 아니라 페스티벌에는 윙베 형과 카리 안네도 올 계획이었다. 나를 사랑하는 그녀와 함께 보낼 휴가가 코앞에 닥쳤는데 이런 짓을 해버리다니.

나는 주먹을 움켜쥐고 침대를 내리쳤다.

모두 나를 흘끗흘끗 돌아보며 수군댈 것이 뻔했다.

얼굴의 상처를 감출 수 있는 방법은 없었다. 모두 나를 돌아볼 것이고, 나는 그들의 눈에 띌 수밖에 없는 일을 자진해서 해버렸던 것이다.

베개를 내려다보니 피로 흥건히 젖어 있었다. 손을 얼굴에 대보니 상처로 얼룩덜룩했다.

술기운이 가시지 않아 나는 비틀거리며 침대에서 일어났다.

묵직한 커튼을 열어젖히니 밝은 햇살이 방 안으로 쏟아져 내렸다. 건물 밖 잔디밭에는 배낭이나 슈트케이스를 챙겨 들고 집으로 돌아가려는 사람들로 가득했다.

나는 다시 주먹을 움켜쥐고 침대 난간을 힘껏 내리쳤다.

나는 그들과 마주쳐야만 했다. 피할 길은 없었다. 그들과 정면으

312

로 부딪치는 일 외에 다른 방법은 없었다.

짐을 싸기 시작했다. 상처 가득한 얼굴은 불에 덴 듯 화끈거렸다. 내 가슴도 난생처음 느껴보는 강렬한 수치심으로 화끈거리긴 마찬 가지였다.

나는 슈트케이스를 들고 방을 나섰다. 처음엔 아무도 내게 눈길을 주지 않았다. 잠시 후 누군가가 내 얼굴을 보고 비명을 질렀다. 그러 자 모두 나를 돌아보았다. 나는 걸음을 멈추었다.

"아무 일도 아니에요. 아무 일도 아니라니까요."

눈을 휘둥그레 뜨고 나를 바라보던 린다가 울음을 터뜨렸다. 잠시 후 다른 한 여자도 울기 시작했다. 누군가가 내게 다가와 어깨 위에 손을 얹었다.

"괜찮아요. 어제 많이 취해 있었거든요. 미안합니다."

사방이 쥐죽은 듯 고요해졌다.

이 난감한 상황을 어떻게 극복해나갈 수 있을까.

나는 털썩 주저앉아 담배에 불을 붙였다.

아르베와 눈이 마주친 나는 그에게 미소를 보냈다.

그가 내게 다가왔다.

"도대체 무슨 일이야?"

"술에 많이 취했어요. 나중에 자세한 이야기를 모두 해드릴게요. 지금은 곤란해요."

곧 우리는 대절 버스를 타고 기차역으로 갔다. 내가 탈 비행기는 다음 날 출발할 예정이었다. 나는 다음 날까지 어떻게 견뎌내야 할 지 아무 생각이 나지 않았다. 스톡홀름 거리에서 마주치는 행인들은 하나같이 나를 뚫어지게 바라보았고 마치 내가 괴상한 동물이라도 되는 듯 멀찍이 떨어져서 걸었다. 수치심 때문에 온몸이 화끈거렸지만 내가 할 수 있는 일은 참고 시간을 보내는 일밖에 없었다. 하루만 더 참고 견디면 된다는 마음. 하루만 더. 하루만 더.

우리는 쇠데르 쪽으로 걸어 내려갔다. 우리는 그곳에서 린다를 만나기로 했다. 메보르가르 광장에서 만나기로 약속했지만 지리를 잘 모르는 우리는 다른 광장에서 그녀를 기다리고 있었다. 한참 후, 린다가 자전거를 타고 우리가 서 있는 광장으로 왔다. 약속 장소에 가도 우리가 보이지 않아서 혹시나 싶어 거기까지 와봤다고 했다. 린다는 내게 눈길도 주지 않았다. 어차피 잘된 일이었다. 나도 그녀의 시선을 견뎌낼 수 없었을 테니까. 우리는 함께 피자를 먹었다. 분위기는 이상하기 그지없었다. 피자 레스토랑을 나온 우리는 광장 잔디밭에 모여 앉았다. 머리 위에는 이름 모를 새들이 떼를 지어 날고 있었다. 아르베는 적자생존 원칙을 고수하는 진화론을 믿지 않는다고 말문을 열었다.

"저 새들을 보세요. 새들은 자기들이 해야만 하는 일을 할 뿐만 아니라 하고 싶은 일도 하잖아요. 기쁨을 얻을 수 있는 일, 만족할 수 있는 일 말이에요. 그러고 보면 기쁨과 만족이라는 것은 다소 과소평가되지 않았나 싶어요."

나는 아르베가 린다를 염두에 두고 그 말을 한다고 생각했다. 어제, 나는 린다가 한 말을 그에게 전해주었다. 오늘, 아르베가 하는 말을 들으니 결국 이 두 사람이 짝을 이루게 될 것이 분명하다는 생각이 스쳤다.

나는 일찍 펜션으로 돌아갔다. 다른 사람들은 시내에 계속 남아서 술을 마셨다. 나는 숙소에서 홀로 텔레비전을 보았다. 견딜 수 없는 시간이 계속 흘렀고, 나는 겨우 잠자리에 들 수 있었다. 아침이 되어 눈을 뜨니 아르베의 침대가 비어 있었다. 어젯밤 숙소로 돌아오지 않은 것 같았다. 대문을 열어보니 술에 취한 아르베가 계단에서 자고 있었다. 나는 그에게 어젯밤 린다와 함께 있었느냐고 물어보았다. 그는 아니라며 딱 잡아뗐다.

"린다는 어제저녁 내내 울면서 네 이야기를 하고 싶어 했어. 그런데 린다는 일찍 집으로 돌아갔어. 난 퇴게르와 함께 밤새 술을 마셨어. 그게 전부야."

"믿을 수가 없어요. 그냥 사실대로 말하셔도 괜찮아요. 저는 이제 아무렇지 않으니까요."

"정말이라니까 그러네."

다음 날 오전 오슬로 공항에 내린 후에도 사람들은 나를 흘낏흘낏 쳐다보았다. 선글라스를 끼고 최대한 고개를 푹 숙이고 걸어보았지만 도움이 되진 않았다.

나는 그날 인터뷰 약속이 있었다. 아주 오래전에 NRK의 알프 반데르 하겐과 잡아놓은 약속이었다. 그는 심층 인터뷰를 할 예정이었기에 시간이 오래 걸릴 것 같다며 자기 집으로 나를 초대했다. 그의 집으로 가는 동안 나는 이것저것 생각하지 않고 그가 하는 질문에만 솔직하게 모두 대답하리라 마음먹었다.

"아니, 세상에!"

대문을 열던 그가 내 얼굴을 보고 깜짝 놀라 소리를 질렀다.

"도대체 무슨 일입니까?"

"심각한 일은 아니에요. 술에 많이 취해 있었거든요. 살다 보면 이런 일도 있고 저런 일도 있을 수 있잖아요."

"그 얼굴로 인터뷰할 수 있겠어요?"

"그럼요. 저는 괜찮아요. 얼굴이 이렇다 보니 보기에 좋지 않을 뿐이지…"

315

집에 도착하니 토니에는 나를 보자마자 울음을 터뜨렸다. 나는 술에 많이 취했을 뿐 아무 일도 없었다고 그녀를 달랬다. 사실 그건 맞는 말이었다. 페스티벌에서도 내게 흘낏흘낏 곁눈질을 하는 사람들이 대부분이었다. 토니에는 그런 내가 안쓰러워 시도 때도 없이 눈물을 흘렸다. 시간이 흐르자 나를 옭아매고 있던 수치심과 고통은 완전히는 아니지만 어느 정도 내게서 사라진 것 같은 느낌이 들었다. 우리는 '가비지' 콘서트를 관람했고, 토니에는 나를 사랑한다고 말했다. 나도 그녀에게 사랑한다고 말하며 스웨덴에서 있었던 일은 모두 잊어버리기로 마음먹었다. 다시는 그 일을 떠올리지도 않을 것이며 내 삶에서 되풀이하지도 않을 것이라 굳게 결심했다.

이른 가을, 아르베가 전화를 해서 린다와 동거를 시작했다고 말했다. 나는 그럴 줄 알았다고 말했다.

"하지만 정말 맹세하건대 그날은 아무 일도 없었어. 우리가 마음을 확인한 건 한참 후에 있었던 일이라고. 린다가 먼저 내게 편지를 보냈고 그 후에 나를 찾아왔어. 칼 오베, 우리가 계속 친구로 지낼 수 있으면 좋겠어. 물론 어렵다는 건 알아. 하지만 난 정말 우리가 다시 친구 사이로 돌아갈 수 있기를 원해. 내가 바라는 건 그것뿐이야."

"물론이죠. 다시 친구로 지낼 수 있습니다."

그건 사실이었다. 나는 그에게 아무런 감정이 없었으니까. 감정을 가질 이유도 없었다.

한 달 후, 오슬로에서 아르베를 만났다. 나는 그에게 한마디도 할 수 없었기에 우리의 관계는 다시 그 옛날로 돌아간 것 같았다. 술을 마셔 보았지만 입술 밖으로 새어 나오는 말은 한마디도 없었다. 그는 린다가 내가 참 아름다운 남자라며 내 이야기를 자주 한다고 했다. 나는 그녀의 말에 큰 의미를 부여하지 않았다. 그녀가 나를 두고 아름답다고 했던 것은 단지 그녀의 호기심을 표현한 한마디 말에 지나지 않는다고 믿었기 때문이다. 내가 절름발이라거나 곱사등이라도 한마디 했을 게 분명하니까. 더군다나 나는 그 말을 린다에게 직접 들은 것이 아니라 아르베에게서 들었다. 그가 왜 그런 말을 굳이 내게 전해주었을까.

얼마간 시간이 흐른 후, '예술인의 전당'에서 우연히 아르베를 만났다. 너무나 취해 말도 제대로 못 하던 그는 내 손을 잡고 사람들이 빽빽이 앉아 있는 테이블로 가서 "이 사람, 참 아름답지 않습니까?"라고 혀 짧은 말로 소리쳤다. 나는 모른 척 그 자리를 슬며시 빠져나왔다. 한 시간쯤 후에 다시 그와 마주친 나는, 그간 나 자신에 대해 참으로 많은 말을 했지만 나는 그에 대한 이야기를 한 번도 들어본 적이 없다고 했다. 그러자 그는 내게 실망했다며 내가 마치 일간지 주말판에서나 볼 수 있는 고민 상담 전문가 같다고 했다. 나는 알았다고 얼버무렸다.

그가 틀린 말을 한 건 아니었다. 그는 항상 바른말, 옳은 말만 하는 사람이고, 언제나 옳고 그른 것을 가리는 논쟁의 테두리 밖에 서 있는 절대적 권위를 지닌 사람이니까. 그는 내게 큰 영향을 미친 사람이긴 하지만 나는 이제 내 마음속에서 그를 떠나보내야겠다고 마음먹었다. 베르겐의 삶으로 되돌아온 나는 스웨덴의 잔재를 모두 지워버려야만 했다. 그렇지 않으면 살 수가 없었으니까.

겨울이 온 후, 나는 아르베와 린다를 함께 만났다. 그는 린다가 나를 만나고 싶어 한다며 우리에게 자리를 마련해준 후, 자기는 어디론가 가버렸다. 30분쯤 지나 돌아온 그는 린다를 데리고 갔다.

린다는 커다란 가죽 재킷을 걸치고 앉아 있었다. 작고 호리호리한 몸은 약하게 떨리고 있었다. 나는 그날, 과거의 린다에게 쏟았던 내

317

모든 감정과 느낌이 완전히 죽어버렸다는 것을 확인했다.

게이르는 내가 이야기를 하는 동안 줄곧 테이블만 내려다보고 있다가, 이야기를 마치자 눈을 들어 나를 바라보았다.

"흥미롭군! 넌 모든 것을 내면으로 받아들였어. 고통과 적개심과 수치심. 모든 것을 밖으로 쏟아내지 못하고 안에 쌓아두었던 것 같아. 너를 고통스럽게 만들었던 건 다른 사람이 아닌 바로 너 자신이었어."

"어리석은 10대 소녀들도 할 수 있는 일이야."

"아니야. 10대 소녀들은 너처럼 얼굴에 그어대는 짓은 하지 않아. 어린 여자애들이 자기 얼굴에 상처를 냈다는 얘기는 한 번도 들어본 적이 없어."

"깊은 상처를 만든 것도 아닌데, 뭘 그래. 겉으로 보기엔 꽤 험악하고 고통스러워 보였지만 사실은 그렇지 않았어."

"도대체 누가 스스로 그런 일을 할 수 있겠어?"

나는 어깨를 으쓱 추어올렸다.

"모든 것이 한 점으로 모였던 때라고나 할까. 아버지의 죽음, 책에 쏟아지는 관심, 토니에와의 결혼 생활. 그리고 린다."

"오늘 린다를 만났을 때 정말 아무 느낌도 없었다는 거지?"

"특별한 느낌은 없었어."

"다시 만날 생각이야?"

"글쎄. 아마 다시 만나게 될 것 같아. 여기에도 친구 한 명쯤 있으면 좋을 테니까."

"한 명 '더' 있으면 좋겠지."

"맞아."

나는 손가락을 들어올려 점원을 불렀다.

다음 날 내게 집을 임대해준 여자가 전화를 했다. 그녀는 자신의 친구가 월세를 분담하기 위해 함께 살 사람을 찾고 있다고 말했다.

"무슨 뜻인가요?"

"말 그대로 월세로 나가는 돈을 절약하기 위해 함께 세 들어 살 사람을 구한다는 말이죠."

"저에게 해당하는 조건은 아닌 것 같군요."

"하지만 위치도 좋고 집도 아주 깨끗해요. 바스투가탄에 있는 집이에요. 스톡홀름에서 가장 좋은 지역이지요."

"그렇다면… 좋습니다. 그분께 전화를 해보겠습니다."

"제 친구는 노르웨이 문학에 아주 관심이 많아요."

나는 이름과 전화번호를 받아 적은 후 즉시 전화를 해보았다. 그녀는 내게 일단 집부터 보고 이야기를 하자며 그곳으로 오라고 말했다.

집은 정말 깨끗하고 나무랄 데 없었다. 그녀는 나보다 나이가 어려 보였다. 벽에는 남자 사진으로 빈틈이 보이지 않을 정도였다. 그녀는 사진 속의 남자가 죽은 남편이라고 했다.

"아, 애도를 표합니다."

그녀는 집 안으로 들어가 방을 보여주었다.

"여기가 당신이 사용할 방이에요. 물론 이 집에 살 마음이 있다면 말이죠. 욕실과 부엌도 따로 쓸 수 있어요."

"나쁘지 않군요."

"출입구도 따로 있으니 이 공간은 전적으로 당신 마음대로 쓸 수 있죠. 예를 들어 여기 이 문만 닫아버리면 조용하게 앉아 글을 쓸 수도 있고…"

"좋습니다. 계약하죠. 언제 입주하면 되나요?"

"원하신다면 지금 당장 오셔도 좋아요."

"그래요? 그렇다면 오늘 오후에 짐을 옮겨 오겠습니다."

집에 가본 이야기를 해주니 게이르가 웃음을 터뜨렸다.

"아는 사람 한 명도 없이 혈혈단신으로 와서 바스투가탄에 있는 집을 얻다니. 이런 기적 같은 일이 있나! 이제 알겠니, 칼 오베? 신이 너를 애지중지하는 게 틀림없어. 난 확신해."

"카이사르는 아니고?"

"음, 물론 카이사르도 널 좋아해. 단지 너를 조금 질투한다는 사실만 제외한다면…"

사흘 후, 린다에게 전화해서 이사를 했다는 말과 함께 만나서 커피나 한잔하자고 제안했다. 그녀는 선선히 응했다. 한 시간 후 우리는 호른스가탄에 있는 한 카페에서 만났다. 그녀는 지난번 보았을 때보다 밝아 보였다. 내게 오늘도 수영을 했느냐고 물었다. 나는 미소를 지으며 오늘은 수영장에 가지 않았다고 대답했다. 그녀는 새벽같이 일어나 수영을 했기 때문에 기분이 상쾌하다고 말했다.

우리는 마주 보고 앉아 각자의 카푸치노를 저었다. 할 말을 찾지 못한 나는 담배에 불을 붙이며 아마도 린다를 만나는 건 이번이 마지막이 될 것 같다고 생각했다.

"연극 관람을 좋아하세요?"

나는 고개를 저었다. 내가 본 연극이라곤 국립극장에서 상연된 전통 연극 몇 편뿐인 데다 그마저도 배우들이 마치 수족관 속의 힘없는 물고기처럼 연기를 하는 바람에 재미라곤 전혀 못 느꼈다고 말했다. 베르겐에서 열린 국제연극페스티벌에서 「파우스트」를 본 적도 있지만 극이 상연되는 내내 길고 검은 코를 그려 붙인 배우들이 알수 없는 말을 중얼거리며 무대 위를 왔다 갔다 하는 바람에 코를 골뻔했다는 말도 했다. 그러자 린다는 내게 베르그만이 연출한 입센의 「유령」은 꼭 보라고 제안했다. 나는 그렇다면 연극이라는 장르에 기회를 한 번 더 줘보겠다고 말했다.

"그럼 그렇게 하는 거죠?"

"네. 재미있을 것 같아요."

"당신의 노르웨이인 친구도 함께 데려오세요. 이참에 인사도 나눠보게요."

"그럴게요. 게이르도 좋아할 것 같군요."

우리는 15분쯤 더 앉아 있었다. 침묵이 길어지자 그녀의 눈길은나를 떠나 카페 여기저기를 향하기 시작했다. 그 모습을 보던 나는담뱃갑을 주머니에 넣고 자리에서 일어났다.

"표를 함께 사러 가는 건 어때요?"

그녀가 물었다.

"그렇게 해요."

"내일?"

"네."

"여기서 11시 30분에 만날까요?"

"그러죠."

드라마텐 왕립극장이 있는 언덕으로 오르는 20여 분 동안 우리는거의 아무 말도 나누지 않았다. 린다에게는 무슨 말이든 다 할 수 있을 것 같기도 했고 아무 말도 할 수 없을 것 같기도 했다. 하지만 그순간만큼은 아무 말도 할 수 없었다. 앞으로도 그럴 것 같았다.

린다가 표를 산 후 우리는 다시 온 길을 되돌아갔다. 도시에 내리쬐는 햇살, 새싹을 틔우는 온갖 식물. 거리를 가득 메운 행인들은 봄을 맞아 들떠 있었다.

쿵스트레드고르덴 길을 걷던 린다는 햇살에 이맛살을 찌푸리며 나를 바라보았다.

"일주일 전쯤 텔레비전에서 이상한 것을 봤어요. 한 슈퍼마켓에 설치해놓은 감시카메라에 녹화된 장면이었죠. 상품 진열대에서 갑자기 불이 난 거예요. 처음엔 연기만 살짝 피어오르는 정도였어요. 그런데 점원은 진열대에서 등을 돌리고 있는 상태라 불길을 볼 수 없었지요. 하지만 계산대 앞에서 점원과 마주하고 서 있는 손님들은 불길을 볼 수 있었어요. 점원은 상품의 바코드를 찍으면서 등 뒤의 낌새가 이상했는지 잠시 몸을 돌렸죠. 진열대에서 불이 난 걸 분명히 봤을 거예요. 그런데 그는 아무 일도 없다는 듯 다시 몸을 돌려 손님에게 잔돈을 건네주는 거예요. 더 우스운 건 손님도 불꽃은 눈에 보이지도 않는다는 듯 성큼성큼 가게를 나가버리더군요. 세상에, 가게 안에 불이 났는데도 말이죠."

린다는 다시 나를 바라보며 미소를 지었다.

"다음 손님이 들어와 계산대 앞에 설 때쯤 되니 걷잡을 수 없을 정도로 불길이 번졌어요. 손님은 불이 난 진열대를 바라보고도 아무 일 없다는 듯 돈을 지불하고 가게를 나갔어요. 정말 이해할 수 없는 장면이었지요. 당신은 이해가 되나요?"

"네. 어쩌면 그 손님은 귀찮은 일에 말려들고 싶지 않아서 모른 척했을 수도 있을 것 같아요."

"아니에요. 그렇진 않은 것 같았어요. 정말 그런 건 아니었다고요. 제가 보기엔 그 손님은 분명히 불이 난 걸 봤지만 자기 눈을 의심하는 것 같았어요. 슈퍼마켓 안에서 불이 나다니요. 있을 수 없는 일이 잖아요. 아마 그 사람은 눈으로 보고 있는 장면보다 자기 생각을 더 신뢰하는 것 같았어요."

"그다음엔 무슨 일이 있었나요?"

"세 번째로 가게에 들어온 손님은 불을 보자마자 소리를 질렀어요. 진열대의 반 이상이 타버린 후였죠. 도저히 못 보았다고는 할 수 없는 상황이었거든요. 정말 이상하죠?"

"네."

우리는 성이 있는 언덕 앞 다리에 도착했다. 거기엔 관광객들과 이민자들이 모여 서서 낚시를 하고 있었다. 나는 린다가 해준 이야기를 며칠 후에도 가끔 떠올려보았다. 가게 안에서 불이 난 장면을 머릿속에 떠올릴 때마다 린다의 말에서 조금씩 멀어져 하나의 독자적인 현상으로 내 속에 자리를 잡기 시작했다. 솔직히 나는 린다에 대해 잘 모르고 있었다. 그녀는 스웨덴인이었기 때문에 그녀의 말투나 옷차림으로 내가 해석해낼 수 있는 것도 없었다. 그녀의 시집은 비스콥스 아르뇌에서 한 번 읽고 난 후엔 딱 한 번 다시 꺼내보았을 뿐이다. 그것도 윙베 형에게 린다의 사진을 보여주려고 책을 꺼냈을 때였다.

하지만 그녀의 언어는 내 머릿속에 너무나 선명하게 남아 있었다. 자신을 침팬지 새끼로 알고 있는 일인칭 화자가 거울을 바라보는 모습. 왜 그 장면이 내게 그토록 선명하게 남아 있는지는 알 수 없다. 집에 돌아온 나는 다시 그녀의 시집을 꺼내보았다. 고래와 땅과 거대한 짐승들이 상처 입은 연약한 일인칭 존재로 표현되어 있었다.

이것이 바로 그녀였던가?

며칠 후 우리는 연극을 보기 위해 극장으로 향했다. 린다, 게이르

323

그리고 나. 1막은 끔찍할 정도로 형편없었다. 막간 휴식이 시작되자 우리는 바다를 배경으로 한 테라스의 테이블에 둘러앉았다. 게이르와 린다는 연극이 형편없었다는 점과 그 이유에 대해 열띤 토론을 했다. 나는 그들과는 달리 연극 수준이 그리 낮았다고 생각하진 않았다. 비록 비좁기 그지없는 무대가 배우들의 행동과 관중들의 시선에 영향을 미치기는 했지만, 그 속에는 무언가 다른 것이 우리를 기다리고 있다는 생각을 했기 때문이다.

어쩌면 그것은 연극 자체와는 상관없이 베르그만과 입센이라는 조합이 주는 특별한 분위기였을지도 모른다. 바로 그 때문에 나는 무언가가 틀림없이 뒤를 이어 나올 것이고 우리에게 감동을 줄 것이라 기대했던 것 같다. 그게 아니라면 나는 극장 자체의 분위기에 속아 넘어가 무언가 더 장대하고 감동적인 장면이 숨어 있을 것이 분명하다고 생각했는지도 모른다.

2막이 시작되자, 아니나 다를까, 분위기가 서서히 달라지기 시작했다. 비좁은 무대 위에 서 있는 사람은 어머니와 아들 역을 맡은 두 배우밖에 없었지만 그들의 열정과 연극적 효과는 점점 고양되기 시작했고 마침내 일종의 한계를 찾아볼 수 없는 영원성과 야성적 이미지와 무자비로 치달았다. 그 시점에 이르자 배우들의 몸짓과 공간은 그 속에 녹아들었고, 남아 있는 것은 느낌과 감정뿐이었다. 이 느낌과 감정 또한 너무나 강렬한 것이었기에 존재의 정점을 들여다볼 수 있을 것만 같은 착각이 들 정도였다. 미학과 분별력이라는 것은 어느새 사라져버렸고, 무대 위에는 이글이글 타들어가고 있는 거대한 태양밖에 없었다.

오스발이 발가벗고 무대 위를 데굴데굴 굴렀던가. 나는 이제 내 눈으로 직접 본 것을 믿을 수가 없었다. 모든 디테일은 배우들이 일깨워준 그 감각적인 상황 속에 녹아 사라져버렸고, 남은 것은 배우들과의 일체감뿐이었다. 그것은 너무나 뜨거우면서도 차갑기 그지없었다.

무대와 배우와 극이 이끄는 곳으로 들어가기를 거부한다면, 무대 위의 행위들은 모두 과장되고 심지어는 진부하고 통속적인 것으로 여겨지기 마련이다. 내가 보기에 그 연극의 진정한 미는 1막에 있었다. 거기에서 이미 모든 것이 결정되어버렸다 해도 과언이 아니었다. 그것은 50년 이상을 연출에 종사하며 평생을 연극에 바친 사람이 지닌 현명함, 냉철함, 용기, 직관과 통찰력이 아니라면 선보일 수 없는 것이기도 했다.

미리 계획을 짠다고 해서 가능한 일도 아니었다. 나는 어떤 작품의 진정한 핵심에 그런 식으로 다가가는 것을 지금껏 본 적이 없었다. 책도 마찬가지였고 연극이나 영화는 두말할 나위가 없었다.

연극이 끝난 후 극장을 나서는 사람들의 무리에 섞여 거리로 나온 우리는 아무 말도 하지 않았다. 그들의 멍한 표정을 보며 나는 그들이 연극의 여운에서 아직 빠져나오지 못했다고 짐작했다. 너무나 비참하지만 진실이 고스란히 숨어 있기에 아름다울 수밖에 없는 베르그만의 입센. 베르그만은 입센을 정확히 이해했고 표현한 연출가였다.

우리는 KB로 가서 맥주 한 잔씩 하기로 했다. 그곳으로 가는 동안 우리는 마치 최면에 걸린 듯한 상태에서 서서히 빠져나올 수 있었고, 곧 열정적이고 기쁨이 가득한 분위기에 몸을 맡겼다. 나는 어느새 린다처럼 매력적인 여성과 가까이 있을 때면 자주 느끼곤 했던 수줍음과 3년 전에 있었던 그 복잡한 기억에서 빠져나올 수 있었다.

그녀는 베르그만의 연극 오디션을 보았던 일과 베르그만이 날카

롭게 쏟아냈던 말을 듣고 얼굴을 붉혔던 일을 이야기해주었다. 우리
는 극적으로 서로 다른 「유령」과 「페르귄트」에 대해 이야기를 나누
었다. 그 하나는 너무나 피상적이고 다른 하나는 진정으로 깊이 있
는 작품이었지만 두 작품 모두 진실을 이야기한다는 데는 이견이 없
었다.

그녀는 막스 폰 쉬도브의 죽음을 패러디한 작품을 이야기했고, 베
르그만이 연출한 영화 몇 편에 대해 게이르와 토론했다. 게이르로
말할 것 같으면 몇 년 동안이나 홀로 극장에 앉아 고전 작품은 모두
섭렵한 사람이었다. 나는 두 사람의 이야기를 들으며 행복에 겨워
어쩔 줄 몰랐다. 베르그만의 연극을 보았다는 사실, 스톡홀름으로
이사를 왔다는 사실, 린다와 게이르와 함께 있을 수 있다는 사실에
너무나 만족스러웠고 행복했다.

그들과 헤어져 마리아베르게에 있는 집까지 걸어가는 동안 내 머
리를 스쳤던 것은 두 가지였다.

그 하나는 가능한 한 빨리 린다를 다시 만나고 싶다는 것. 다른 하
나는 그날 저녁 내가 보고 경험했던 그 상태에 다시 빠져들고 싶다
는 것이었다.

그건 내가 해야만 하는 일이었다. 다른 것들은 이제 내게 아무런
의미도 없었다. 바로 그곳으로. 존재의 핵심으로. 인간성의 가장 안
쪽에 자리한 진정한 존재적 핵심으로 움직여갈 생각이었다. 그곳에
도달하기까지 40년이 걸린다면 40년을 투자할 생각이었다. 내가 갈
곳은 바로 그곳이라 평생 염두에 두고 기억하며 살 것이라 마음먹
었다.

그곳. 그곳으로.

이틀 후 린다가 전화를 했다. 두 친구와 함께 파티를 열게 되었다며 나를 초대하고 싶다고 했다. 그녀는 게이르도 함께 데려오라고 했다. 2002년 3월 어느 금요일, 게이르와 나는 파티가 열리는 쇠데르의 한 장소로 가서 각자 펀치 한 잔씩을 손에 든 채 소파 깊숙이 몸을 파묻었다.

그곳에는 어떤 식으로든 스톡홀름의 문화계와 관련이 있는 젊은 이들로 가득했다. 재즈 음악가, 연극계 종사자, 문학 기고가와 작가, 연극배우. 파티를 함께 주최했던 린다, 미카엘라, 월레고르는 스톡홀름 국립극장에서 일하며 서로 알게 된 사이였다.

그즈음 드라마텐 왕립극장에서는 '시르쿠스 시르쾨르'•와 협력하여 「로미오와 줄리엣」을 상연하고 있었다. 그래서 그곳에서는 연극배우들 외에도 마술사와 입으로 불꽃을 뿜어내는 사람, 공중곡예가들도 볼 수 있었다. 몹시 불편한 자리였지만 한마디도 하지 않고 자리에 앉아 있을 수만은 없었기에 나는 무거운 몸을 질질 끌고 이 그룹, 저 그룹 무리 지어 모여 있는 사람들 사이를 다니며 인사를 나누고 예의상 가볍게 한마디씩 던졌다. 진토닉을 몇 잔 마시고 나니 꼭 해야 하는 말 외에도 몇 마디 정도는 어렵지 않게 할 수 있었다.

나는 연극계에 종사하는 사람이나 연극배우들과 주로 이야기를 나누고 싶었다. 베르그만의 입센을 본 후, 연극에 대한 내 생각이 확 바뀌었기 때문이다. 한 편의 연극이 그토록 풍성하게 내면을 채워줄 줄은 꿈에도 몰랐기에 연극에 대해 이야기를 나누고 싶은 열정은 더욱 커졌다. 두 연극배우를 발견한 나는 봇물 터지듯 베르그만에 대해 칭찬을 늘어놓았다. 그들은 내 말에 코웃음을 치기만 했다.

• 스웨덴의 현대 서커스단.

"아, 그 구닥다리 작품을 말씀하시는 건가요? 전통과 고전이라는 이름표를 달고 구닥다리 냄새를 풍기는 그런 작품들을 떠올리면 토할 것만 같아요!"

나는 당황해서 어쩔 줄 몰랐다. 그들이 베르그만을 혐오하는 건 너무나 명백한 사실이었다. 베르그만은 그들 세대보다는 이전 세대에게 더 잘 알려진 사람이었다. 그러니 그들이 베르그만을 구세대로 몰아붙이는 건 당연한 일이었다.

지금은 어떠한가. 현대 서커스단이 셰익스피어의 고전을 무대에 올리는 때다. 횃불·공중곡예가·광대·죽마가 무대에 등장하는 셰익스피어 작품은 베르그만의 작품보다 젊은 세대들에게 더 신선하게 다가갈 수 있었다. 그들은 베르그만에게서 너무나 멀어져 있어 돌아올 길을 찾을 수 없을 정도였다. 그런 사람들을 상대로 절망에 빠진 것 같은 멍청한 노르웨이 사람이 다가가 베르그만을 마치 새 시대의 대가인 양 찬사를 늘어놓다니!

린다와 게이르가 미소를 띠어가며 무언가에 대해 신나게 이야기를 주고받는 모습을 보니 심장 한구석에 통증이 느껴졌다. 다시 내 친구에게 린다를 빼앗겨버릴 것만 같은 걱정 때문이었다. 나는 파티장 여기저기를 기웃거리다가 한 재즈 음악가와 이야기를 나누게 되었다. 그는 노르웨이 재즈에 대해 잘 아느냐고 말을 걸어왔다. 나는 보일 듯 말 듯 고개를 끄덕였다. 그는 몇몇 이름을 듣고 싶어 했다. 노르웨이 재즈 음악가? 얀 가르바레크 외에 또 누가 있더라… 문득 언젠가 『바간트』 파티에 초청한 재즈 음악가 이름이 떠올랐다. 에스펜이 조정해서 작은 콘서트를 열었던 음악가늘이었다. 부게 베셀토프트. 그는 고개를 끄덕이며 매우 훌륭한 음악가라고 말했다.

나는 안도의 한숨을 쉬며 일행들에게서 빠져나와 혼자 자리를 잡고 앉았다. 휴식이 필요했다. 넓적한 얼굴에 짙은 머리카락, 커다란 입과 정열적인 갈색 눈동자를 가진 여자가 내게 다가왔다. 꽃무늬 원피스를 입은 그녀는 내게 노르웨이에서 온 작가냐고 물었다. 그렇다고 했더니, 그녀는 얀 셰르스타, 욘 에릭 라일리, 올레 로베르트 순데 등을 아느냐고 물었다.

나는 내가 알고 있는 그들에 대해 이야기를 해주었다.

"정말 그래요?"

"네."

"여기 그대로 앉아 계세요. 제 남편을 데려올게요. 문학 교수예요. 라일리에게 큰 관심을 가지고 있죠. 어디 가지 마시고 여기서 잠깐만 기다려보세요. 곧 돌아올게요."

나는 사람들을 헤치고 종종걸음으로 부엌에 들어가는 그녀를 시선으로 따라갔다. 그녀 이름이 뭐였더라. 분명히 자기 이름을 소개하긴 했는데… 힐다? 아니, 빌다? 젠장. 도대체 이름이 뭐였지? 일다. 맞아, 일다라고 했지. 이렇게 이름을 기억하기가 어려워서야.

곧 그녀가 모습을 드러냈다. 뒤에는 한 남자가 질질 끌려오듯 따라오고 있었다. 그는 대학이라는 글자가 한눈에 떠오를 정도로 학구적 분위기를 풍겼다.

"자, 이제 말씀해보세요!"

나는 일다가 시키는 대로 했다. 하지만 그녀의 열정에 지쳐버린 나는 간단하게 이야기를 마무리하고 그들에게 양해를 구한 후 부엌으로 가서 먹을 것을 찾아 두리번거렸다. 게이르는 창가에 서서 낯선 이와 이야기를 하고 있었고, 린다는 책장 앞에 서서 누군가와 대화를 나누고 있었다. 소파에 앉아 닭다리를 뜯어먹던 나는 검은색으로 머리를 염색한 한 여자와 눈이 마주쳤다. 그녀는 내 눈길을 초대의 눈길로 간주했는지 내게로 다가왔다.

"누구세요?"

나는 얼른 씹던 음식을 목구멍으로 넘기고 손에 쥐고 있던 닭다리를 종이 접시 위에 올려놓은 후 그녀를 쳐다보았다. 상체를 펴보려 했지만 푹신한 소파에 깊이 파묻혀 있던 몸은 움직이면 움직일수록 한쪽으로 기울어져 더욱 깊이 파묻히기만 했다. 내 입술은 분명 닭고기 기름으로 번질번질할 게 틀림없었다.

"칼 오베라고 합니다. 노르웨이에서 왔어요. 여기 이사 온 지 몇 주밖에 안 되었어요. 그러는 당신은…?"

"멜린다라고 해요."

"무슨 일을 하시나요?"

"연극배우예요."

"오, 그래요?"

내 목소리에선 베르그만에게 도취되었을 때의 열정이 조금 묻어 나오는 것 같기도 했다.

"「로미오와 줄리엣」에 출연하시나요?"

그녀는 고개를 끄덕였다.

"무슨 역을 맡으셨나요?"

"줄리엣."

"오, 그래요?"

"저기 보이는 저 사람이 바로 로미오예요."

근육으로 잘 다져진 몸에 잘생긴 남자가 그녀를 향해 걸어오고 있었다. 그는 여자의 양 볼에 입을 맞춘 후 나를 바라보았다.

젠장, 이 거지 발싸개 같은 소파 같으니! 소파에서 몸을 쭉 펴지도 못하고 있던 나는 그들 앞에서 난쟁이가 된 듯한 느낌이 들어 불쾌

330

하기 짝이 없었다.

　나는 고개를 끄덕이며 미소를 건넸다. 그는 내게 미소를 건넨 후 줄리엣에게 고개를 돌렸다.

"뭘 좀 먹었어요?"

"아뇨."

　곧 두 사람은 자취를 감추었다. 나는 다시 닭다리를 뜯기 시작했다. 술을 마시는 일 외엔 할 일을 찾을 수가 없을 것 같았다.

　집으로 가기 전 나는 가슴이 깊게 파인 옷을 입은 여자와 함께 사진첩을 들여다보았다. 평소엔 술을 마시면 기분이 좋아지고 방해가 되는 일도 찾을 수 없었지만 그날은 아무리 술을 마셔도 그런 기분을 느낄 수 없었다. 더 깊고 어두운 곳으로 빠져들어갈 뿐. 눈앞의 모든 것은 안개처럼 희미해졌다. 그런 상태에서 무언가 재미있는 일이 일어나리라 기대하면서 그 자리에 죽치고 앉아 있기보다는 차라리 일찍 집으로 돌아간 건 두고두고 생각해도 잘한 일이었다.

　린다는 완전히 잃어버렸다고 생각했다. 그녀와는 파티장에서 한마디도 나누지 않았다. 나는 대부분의 시간을 소파에 앉아 있었기에 그 자리는 '내 자리'로 통할 정도였다. 저녁 내내 내가 한 말은 작은 엽서도 채울 수 없을 만큼 적었으니 그 어떤 여자도 내게 흥미를 느끼지 못한 건 너무나 당연한 일이었다. 그럼에도 나는 다음 날 저녁 린다에게 전화를 걸었다. 파티에 초대해줘 고맙다는 인사말은 해야 할 것 같아서였다. 휴대폰을 귀에 대고 창가에 서서 석양으로 붉게 물든 스톡홀름 시가지를 내려다보노라니 이상하게도 그 순간이 마치 운명의 순간처럼 여겨졌다. 린다의 목소리가 들리자 나는 파티에 초대해줘서 고맙다고 인사했다. 그녀는 기분 좋은 파티였다며 나도 좋은 시간 보냈기를 바란다고 말했다.

침묵이 흘렀다. 그녀는 아무 말도 하지 않았고 나도 입을 떼지 않았다. 나는 그런 상황 속에서 좀체 먼저 말을 꺼내지 않는다. 혹여 말실수를 할까봐서 그렇다. 아니, 먼저 말을 해볼까? 시간은 계속 흘러갔다. 거기서 전화를 끊어버려도 예의에 어긋나는 일은 아니었다. 하지만 그렇게 하면 다시는 린다를 볼 수 없을 것 같았다. 그만큼이나 전날 파티는 민망했고 잊어버리고 싶은 것이었다. 막상 그렇게 생각하니 말을 더 한다 해도 잃을 게 없다는 생각이 들었다.

"지금 뭐 해요?"

나는 길고 거북했던 침묵 후에 조심스레 말문을 열었다.

"텔레비전에서 하키 경기를 보고 있었어요."

"하키 경기요?"

우리는 15분쯤 더 이야기를 나누었고, 다시 만나기로 약속했다.

린다를 다시 만났지만 관계는 여전히 밋밋하기만 했다. 기대감과 긴장감은 어디서도 찾을 수 없었다. 아니, 어쩌면 우리를 둘러싸고 있는 기대감과 긴장감이 너무 컸기에 우리는 그것을 알아채지 못했는지도 모른다. 우리는 보이지 않는 기대감과 긴장감 속에 하고 싶었지만 할 수 없는 말들을 모두 묻어버렸다.

예의를 차린 가벼운 대화를 주고받다 보니, 곧 무언가 다른 것을 향한 새롭고 작은 문이 열리는 것 같았다. 그녀의 일상, 같은 도시에 살고 있는 그녀의 어머니 그리고 그녀의 오빠와 친구들. 그녀는 피렌체에서 반년쯤 산 것을 제외하면 평생을 스톡홀름에서 살았다고 했다. 당신은 어디서 살아봤나요?

아렌달, 크리스티안산, 베르겐. 아이슬란드에서 반년, 노르웨이에서 4개월.

형제는 있나요?

형과 배다른 여동생.

결혼하셨다고 했죠?

네. 지금도 기혼의 몸이에요.

오…

4월 중의 어느 이른 저녁, 린다가 전화를 해서 만나자고 했다. 그
럼요. 그런데 지금 게이르랑 크리스티나와 함께 밖에 있어요. 귤다
판에 있는데 이리로 올래요?

30분 후 그녀가 왔다.

그녀는 무척이나 밝아 보였다.

"DI*에 합격했어요. 오늘 결과를 듣고 얼마나 기뻤는지 몰라요.
당신을 만나 이 소식을 전해주고 싶었다고요."

그녀는 나를 바라보며 말했다.

나는 그녀에게 미소를 보냈다.

우리는 그날 저녁 늦게까지 밖에서 술을 마셨다. 그녀는 우리 집
까지 나를 바래다주었다. 나는 대문 밖에서 그녀와 포옹을 하며 작
별 인사를 대신했다.

다음 날 게이르가 전화를 했다.

"린다가 네게 완전히 푹 빠져 있더군. 멀리서도 한눈에 느낄 수 있
을 정도였다고. 어제 우리가 헤어지고 나서 크리스티나가 가장 먼저
한 말도 바로 그거였어. 저렇게 사랑에 빠지는 게 정말 가능한 일일
까라고 말이야. 그녀는 너를 사랑하고 있어, 칼 오베."

• DI는 Dramatiska Institutet의 약자로 스톡홀름에 있는 드라마 학교를 말한다.

"믿을 수가 없어. 어제 그녀는 DI에 합격했다고 기뻐했잖아. 그 모습을 보고 네가 오해한 게 분명해."

"그런데 그 소식을 왜 하필이면 네게 먼저 알려주려고 했는지 생각해봤어?"

"글쎄, 그건 나도 몰라. 네가 전화해서 한 번 물어보지 그래?"

"네 느낌은 어때?"

"좋아."

린다와 나는 극장에 가서 새로 나온 영화 「스타워즈」를 보았다. 그건 아이들을 위한 영화였다. 우리는 웃음을 터뜨리며 오페라 하우스로 걸어가 건물 밖 잔디밭에 앉았다. 그러나 특별히 주고받은 말은 없었다.

집으로 돌아오는 길, 나는 무거운 마음을 주체할 수가 없었다. 누군가에게 그저 그런 말 한마디도 제대로 못 하는 내가 너무나 바보 같았다.

무겁던 마음은 시간이 흐르니 좀 나아지는 것 같았다. 나는 혼자서도 잘 살 수 있었고, 내 앞에는 낯설고 새로운 도시가 펼쳐져 있었으니까. 봄이 왔다. 나는 이틀에 한 번씩 낮 12시가 되면 운동복으로 갈아입고 쇠데르를 한 바퀴 돌았다. 거리로 따지면 10킬로미터쯤 되었다. 조깅을 하지 않는 날이면 수영장에 가서 천 미터를 헤엄쳤다. 살이 10킬로그램이나 빠졌다. 나는 다시 글을 쓰기 시작했다.

새벽 5시가 되면 일어나 테라스에 나가 담배를 피우고 커피를 마시면서 스톡홀름 시가지를 내려다보았다. 낮 12시까지는 글을 썼고, 12시가 되면 밖에 나가 조깅을 하거나 수영을 했다. 조깅이나 수영을 하고 나면 시내 카페에 앉아 책을 읽었고 게이르를 만나지 않는 날엔 여기저기 할 일 없이 돌아다니며 저녁 시간을 보냈다.

　지는 해가 침대 머리맡의 벽을 붉은 핏빛으로 물들이는 8시 30분이 되면 나는 잠자리에 들었다. 어느 날 게이르가 추천해준 칼 헨리크 비크마르크의 『카린할의 사냥꾼들』을 석양빛을 받으며 읽던 중 나는 갑자기 형언할 수 없는 행복감에 몸을 떨었다. 나는 자유의 몸, 완벽한 자유를 누리고 있는 사람, 내 삶은 환상적이라는 생각이 머리를 스쳤다. 가끔 그런 기분에 젖어들 때가 없지 않다. 반년에 한 번쯤, 아주 강렬하게 나를 스치는 그 느낌은 몇 분 후면 사라지고 말았다. 그런데 이번에는 이 강렬한 행복감이 그대로 지속되는 게 아닌가. 다음 날 아침 눈을 떠도 행복감은 사라지지 않고 내게 머물러 있었다. 어렸을 때 이후엔 경험해본 적이 없는 일이었다.

　나는 테라스에 앉아 옅은 아침 햇살을 받으며 큰 소리로 노래를 불렀다. 글을 쓸 때는 그게 좋은 글인지 나쁜 글인지 생각지도 않고 그저 생각나는 대로 마구 써내려갔다. 이 세상에는 소설을 쓰는 것보다 훨씬 보람된 일이 얼마나 많은가. 그러니 내 글이 좋은지 나쁜지는 크게 보았을 때 아무 상관이 없었다.

　조깅할 때도 마찬가지였다. 몸은 깃털처럼 가벼웠고 주위를 돌아보며 녹색 나무와 푸른 운하, 무리 지어 걷는 사람들, 아름답거나 아름답지 않은 건물들을 모두 눈에 넣고 즐겼다. 전에는 살을 빼기 위해 마지못해 달리면서 몇 바퀴째인지에만 온 신경을 집중했었는데… 조깅을 마치고 집에 돌아오면 샤워를 하고 딱딱하고 납작한 빵과 수프로 끼니를 때웠다. 그러고는 공원으로 가서 비크마르크의 데뷔 소설을 읽었다. 노르웨이의 마라톤 선수가 1936년 베를린 올림픽 기간에 어쩌다 그곳 사냥꾼들이 아지트로 삼고 있는 한 성에 들어가 좌충우돌 겪은 일을 쓴 책이었다.

나는 가끔 에스펜, 토레, 에이릭에게 전화를 하거나 어머니, 윙베 형, 토니에와 통화를 하기도 했다. 일찍 잠자리에 들었고 나도 모르게 한밤중에 일어나 자두나 사과를 먹기도 했다. 아침에 일어나 침대 옆에 떨어져 있는 자두 씨나 사과 씨를 발견하면 그제야 내가 지난밤에 무엇을 먹었는지 깨닫는 일도 적잖았다.

나는 5월 초에 비스콥스 아르뇌로 갔다. 반년 전 세미나에서 강의하기로 약속했지만 스톡홀름에 오자마자 나는 레마겐에게 전화해서 약속을 취소해야겠다고 말했던 적이 있었다. 무엇으로 강의를 해야 할지 알 수가 없었기 때문이다. 그는 내가 굳이 강의를 하지 않더라도 세미나에 참석해서 다른 사람들의 강의를 듣고 토론에 참여하는 것도 좋을 것이라 했다. 혹여 써놓은 글이 있다면 저녁 시간에 낭독을 해도 좋을 것이라고 덧붙였다.

건물 밖에서 나를 기다리고 있던 레마겐은 내가 참석했던 그해의 세미나만큼 특별한 세미나를 경험해보지 못했다며 만나자마자 찬사를 늘어놓았다. 나는 그의 말을 이해할 수 있었다. 나도 그해 세미나의 특별한 분위기를 여전히 기억하고 있었으니까.

강의는 지루했고 흥미를 느낄 수 없었다. 어쩌면 나는 삶의 열정과 기쁨에 넘쳐 있었기에 세미나 따위는 안중에도 없었는지 모른다. 참석자 중에선 아이슬란드에서 온 나이 많은 두 작가 외에 흥미를 느낄 만한 사람을 찾을 수 없었다. 그들의 글은 매우 독특했으며 토론에도 열심이었다. 나는 그들과 함께 저녁에 술을 마셨다. 헨리크 호블란도 그 자리에 있었다. 그는 군 복무할 때의 이야기를 하면서 술자리 흥을 돋웠다. 기억나는 이야기로는 인간의 분비물과 대소변 냄새는 날이 지날수록 더욱 강해지기 때문에 일정 기간이 지나면 칠흑 같은 어둠 속에서도 마치 동물처럼 냄새로 서로를 알아볼 수 있다는 것이었다. 그 이야기를 믿는 사람은 아무도 없었고 모두 웃어 넘겼다.

나는 아릴 레인의 책에서 읽은 한 부분을 그들에게 이야기해주었다. 주인공이 엄청난 크기의 똥을 누었는데 그 어떤 변기도 그의 똥을 내릴 수 없어 결국 그는 자신의 똥 덩어리를 양복 주머니 속에 넣고 파티장을 빠져나왔다는 내용이었다.

다음 날엔 덴마크 작가 둘이 왔다. 옙페와 라스였다. 옙페의 강의는 나무랄 데 없이 훌륭했다. 그들은 함께 술을 마시기에도 나무랄 데 없는 사람들이었다. 세미나가 끝난 후 나는 그들과 함께 스톡홀름으로 왔다. 술에 취해 길을 걷던 나는 린다에게 문자 메시지를 보냈다. 우리는 크바르넨에서 린다와 만나기로 약속했다. 약속 장소에 나온 린다는 나에게 포옹을 하며 인사를 건넸다. 쉴 새 없이 웃으며 대화를 나누던 도중, 나는 갑자기 절망감에 휩싸였다. 옙페는 평범하지 않은 지성의 소유자였고 강렬한 남성적 매력을 발산하는 남자였다. 나는 린다가 그에게 빠져들 것이라 의심치 않았다.

바로 그 때문에 나는 린다의 관심을 내게로만 집중시키기 위해 토론을 시작했다. 어쩌다 그 많은 주제 중에서 낙태와 유산을 고른 것은 전적으로 내 잘못이었다. 하지만 그녀는 주제가 무엇이든 개의치 않는 것 같았다. 자리를 옮겨가면서도 토론하던 우리는 길에 있는 나이트클럽에 들어가보려 시도했지만, 옙페 때문에 무산되었다. 아마도 그가 들고 있던 비닐봉지 때문인 것 같았다. 물론 그가 매우 취해 있었다는 것도 이유가 될 수 있었겠지만 말이다.

우리는 결국 내가 사는 집으로 발길을 돌렸다. 라스는 집에 도착하자마자 잠에 떨어졌고, 옙페와 나는 해가 뜰 때까지 이런저런 이야기를 나누었다. 그는 자신의 아버지에 대해 이야기를 늘어놓았다.

어느 모로 보나 참으로 훌륭한 분이었는데 얼마 전에 임종을 지켜볼 수밖에 없었다고 말하는 그의 눈에서 눈물이 뚝 떨어져 내렸다. 나는 그 순간을 영원히 기억하고 싶었다. 바로 그 순간 엡페가 예상치도 않게 마음을 열어보였기 때문인지도 모른다. 새벽의 희미한 한 줄기 빛, 벽에 머리를 기댄 엡페 그리고 그의 양 볼을 흐르는 눈물.

다음 날 우리는 근처 카페에서 아침 식사를 했다. 아를란다로 향하는 그들을 배웅한 후, 나는 집으로 돌아와 부족한 잠을 마저 잤다. 잠에서 깨니 열어둔 창으로 비가 내려 백업이라곤 전혀 해두지 않은 내 노트북을 흠뻑 적셔놓았다.

하루가 지난 후 설마 하는 마음으로 노트북 전원을 켜니 어쩐 일인지 아무 이상 없이 잘 작동되었다. 잘못 돌아가는 일은 아무것도 없었다. 게이르가 전화를 해서 5월 17일*이니 함께 외식을 하자고 했다. 그와 크리스티나, 나와 린다? 나는 린다와 토론을 했던 이야기를 해주었다. 그는 내게 바보 멍청이라고 소리를 질렀다. 여자들과는 무슨 일이 있어도 낙태를 주제로 토론을 하면 안 된다는 것이었다. 젠장, 칼 오베! 여자들은 대부분 한 번쯤 낙태를 해본 경험이 있어. 너는 그런 것들을 어찌 그리 잘 아니? 잔소리 말고 린다에게 전화해봐. 어쩌면 린다는 그런 일에 신경 쓰지 않을지도 몰라. 그러니 전화해서 확인해보란 말이야.

"그런 일이 있었는데 무슨 염치로 전화를 할 수 있겠니…"

"이 경우 일어날 수 있는 최악의 상황은 뭐라고 생각해? 린다가 네게 화를 내고 있다면 만나자는 제안을 거부할 것이고, 그렇지 않다면 만나러 나올 거야. 그건 네가 알아내야 해. 다만 린다가 싫어할

---

* 노르웨이의 헌법 제정일.

것이라고 지레짐작해서 아예 전화도 하지 않는다면 그보다 더 바보 같은 짓이 어디 있겠니?"

나는 린다에게 전화를 해보았다.

린다는 나를 만나러 나오겠다고 했다.

우리는 크레페 전문점에 앉아 노르웨이와 스웨덴의 관계에 대해 이야기를 나누었다. 게이르는 신이 나서 쉴 새 없이 말을 했고, 린다는 말없이 내게 눈짓을 했다. 그녀는 불쾌한 기색을 보이지 않았지만, 나는 확신할 수가 없었다. 단둘이 있을 때 어떤 식으로든 사과를 해야 마음이 놓일 것 같았다. 그녀는 내가 사과할 일이 아니라며 웃어넘기면서 누구든 자신의 의견을 피력할 권리가 있다고 덧붙였다. 나는 엡페에 대해서도 물어보고 싶었지만 차마 입이 떨어지지 않았다.

우리는 오페라 하우스 앞에 자리를 잡고 앉았다. 그곳은 린다가 가장 좋아하는 곳이었다. 매일 저녁 문을 닫을 때면 러시아 국가가 울려 퍼진다고 했다. 그녀는 러시아를 좋아하며 특히 체호프에 대해 관심이 많다고 말했다.

"체호프를 읽어봤어요?"

"아뇨."

"안 읽어봤다고요? 꼭 한 번 읽어보세요!"

그녀는 무언가에 대해 열정을 보이며 말할 때마다, 말하기 직전 입술을 양쪽으로 살짝 벌리고 이빨을 조금 드러내 보였다. 나는 그녀의 말을 들으며 그녀의 입술을 쳐다보았다. 그녀의 입술은 너무나 아름다웠다. 녹색을 띤 그녀의 눈동자도 너무나 아름다워 빤히 쳐다보면 온몸이 아려올 정도였다.

"제가 제일 좋아하는 영화도 러시아 영화예요.「태양에 의해 타들어가다」라는 영화 본 적이 있나요?"

"아뇨."

"그 영화, 언제 우리 함께 보기로 해요. 여주인공의 연기가 환상적
이에요. 그 여배우는 「개척자」라는 영화에도 출연했는데, 그 영화는
뭐랄까… 아동을 위한 정치적 영화 같은 분위기를 느낄 수 있어요."

그녀는 웃음을 터뜨리며 말을 이었다.

"당신에게 보여줄 것이 너무 많아서 이를 어쩌죠. 그건 그렇고 말
이 나왔으니 말인데… 닷새 후에 크바르넨에서 문학 행사가 열려요.
거기서 제가 텍스트 한 구절을 낭독할 예정인데 보러 오시겠어요?"

"물론이죠. 뭘 읽을 예정인가요?"

"스티그 섀테르바켄."

"왜 하필이면 그 작가의 책으로 정했나요?"

"그 사람의 책을 제가 스웨덴어로 번역했거든요."

"그래요? 그런데 왜 지금까지 그 이야기를 안 해줬어요?"

"물어보지도 않았잖아요."

그녀는 미소를 지었다.

"작가도 참석할 예정인데… 긴장도 되고 두렵기도 해요. 왜냐하
면 제 노르웨이어 실력은 생각보다 형편없거든요. 하지만 작가는 제
번역 원고를 읽고 아무 말도 하지 않았어요. 그 작가의 작품을 좋아
하나요?"

"『샴』은 좋아했던 기억이 나네요."

"제가 번역한 책이 바로 그 책이에요. 일다와 함께 번역했죠. 일다
기억하죠?"

나는 고개를 끄덕였다.

"그 전에 만나도 되는데… 내일 바빠요?"

"아뇨, 괜찮아요."

스피커에서 러시아 국가가 울려 퍼지기 시작했다. 린다는 자리에서 일어나 재킷을 입고 나를 바라보았다.

"여기서 8시, 어때요?"

"좋아요."

그녀의 집으로 향하는 지름길은 호른스가탄을 거치는 길이었고, 우리 집으로 가는 길은 그 반대편에 있었다.

"제가 집까지 바래다드릴까요? 그래도 되나요?"

"물론, 되고말고요!"

우리는 한동안 침묵을 지키며 걸었다.

"참 이상하죠…?"

나는 마리아베르게로 향하는 진입로로 들어서며 말문을 열었다.

"당신과 함께 있으면 기분이 참 좋아지는데, 이상하게 아무 말도 할 수가 없어요. 당신 앞에만 서면 벙어리가 되어버리는 것 같은 느낌이에요."

"저도 느꼈어요."

그녀는 내게 살짝 시선을 던지며 말을 이었다.

"하지만 저는 아무렇지도 않아요. 정말이에요."

나는 그녀를 이해할 수 없었다. 같이 있으면서 아무 말도 못 하는 남자를 어디다 쓰려고…?

다시 침묵이 흘렀다. 우리의 발소리는 담벼락에 부딪혀 메아리를 만들어냈다.

"참 기분 좋은 저녁이죠?"

"어떻게 보면 이상한 날이기도 해요. 오늘은 5월 17일이잖아요. 노르웨이의 헌법 제정일이라 해마다 오늘이 되면 축제 분위기에 휩싸였는데, 여기 오니 너무나 조용해서 왠지 허전해요. 스웨덴에 사는 노르웨이인들은 5월 17일에 뭘 하는지 궁금해지네요."

그녀는 손을 들어 내 팔을 살짝 쓰다듬어주었다.

내가 아무리 멍청한 말을 해도 자기는 다 들어주고 이해해주겠다는 표시인가.

집 앞에 도착한 우리는 걸음을 멈추었다. 나는 한 발짝 앞으로 다가가 그녀를 껴안았다.

"내일 봐요."

"그래요. 잘 자요."

나는 집 안으로 들어왔다가 다시 대문을 열고 나가 보았다. 그녀를 다시 한 번 더 보고 싶어서였다.

혼자 내리막길을 내려가는 린다의 뒷모습이 보였다.

오, 나는 얼마나 그녀를 사랑하는가.

그런데 왜 이리도 마음이 아픈 거지?

다음 날, 나는 평소와 마찬가지로 글을 쓰고 조깅을 하고 밖에 나가 책을 읽었다. 내가 찾은 공원은 롱홀멘 근처에 있었다. 집중할 수가 없었다. 머릿속에는 린다 생각뿐이었다. 다시 그녀를 만난다는 생각에 가슴이 들떠 가만히 앉아 있을 수조차 없었다. 내가 원하는 것은 아무것도 없었다. 오직 린다뿐. 하지만 린다를 떠올리면 그 한 구석에는 항상 어두운 그림자가 드리워져 있었다. 다른 생각을 할 때는 그 그림자를 찾아볼 수가 없는데 도대체 그 이유는 무엇일까.

왜?

몇 년 전 있었던 그 일 때문일까?

물론이다. 하지만 내겐 확신이 없었다. 그 어두운 그림자는 단지 느낌에 불과할 뿐 분명하게 뭐라 꼭 집어 말할 수 없는 것이었다.

그날 저녁, 우리의 대화는 다시 가라앉기 시작했다. 그녀도 나의 어두운 분위기에 전염되었는지 그다지 즐거워하는 것 같지 않았다. 전날의 밝고 활기찬 분위기는 어디로 갔는지 찾을 수가 없었다.

한 시간쯤 함께 시간을 보내고 나서 우리는 자리에서 일어났다. 그녀는 자신의 집에 들러 차 한잔하고 가라는 제안을 했다.

"그렇게 하죠."

계단을 오르자 문득 내게 집을 임대해주려 했던 쌍둥이 폴란드 여자가 떠올랐다. 대화 주제로 손색없는 이야기였지만 나는 린다에게 아무 말도 할 수 없었다. 그 이야기를 털어놓게 되면 그녀를 향한 내 복잡한 감정이 그대로 드러나버릴 것 같아서였다.

"제가 사는 곳은 바로 여기예요. 들어와서 차 한잔 마시고 가세요."

린다는 원룸에서 살고 있었다. 한쪽 구석에는 침대가 있고, 다른 쪽 구석에는 식탁이 있었다. 나는 재킷을 입은 채 신발을 벗고 들어가 의자에 앉았다.

린다는 차를 끓이며 콧노래를 부르고 있었다.

"칼 오베, 당신이 점점 좋아지기 시작했어요."

린다는 찻잔을 식탁 위에 내려놓으며 말했다.

좋아진다고? 그게 다야? 내가 좋아진다고?

"나도 당신이 좋아요."

"정말요?"

잠시 침묵이 흘렀다.

"우리가 친구 이상의 사이로 발전할 수도 있을까요?"

린다가 뜸을 들이며 물어왔다.

"우린 그냥 친구 사이로 지내는 게 좋을 것 같아요."

린다는 내게로 향했던 눈길을 떨구었다. 그러고는 마치 거기에 있던 찻잔을 그제야 발견한 듯 서둘러 차를 입으로 가져갔다.

나는 자리에서 일어났다.

"여자 친구가 있나요? 그러니까 제 말은… 그냥 친구…"

나는 고개를 저었다.

"아, 그러고 보니 고등학교 다닐 때는 여자 친구가 몇 명 있었어요. 아주 오래전 일이지요."

린다는 다시 나를 쳐다보았다.

"차… 고마워요. 이제 그만 가봐야 할 것 같아서… 이만…"

린다는 자리에서 일어나 대문까지 나를 배웅해주었다. 나는 그녀에게 인사를 건네기 전에 몇 발짝 뒤로 물러났다. 그녀가 포옹을 할까봐 두려웠기 때문이다.

"잘 있어요."

"잘 가요."

다음 날 오전, 나는 공원으로 향했다. 벤치 앞 테이블 위에 노트를 올려놓고 린다에게 편지를 쓰기 시작했다. 그녀가 내게 어떤 사람인지, 처음 그녀를 보았을 때부터 그녀가 어떤 모습으로 내 속에 자리를 잡았는지, 지금의 그녀는 내게 어떤 의미를 지니고 있는지를 구구절절 써내려갔다. 그녀가 열정을 담아 말할 때면 양쪽으로 살짝 벌어지며 이빨을 드러내 보이는 아름다운 입술, 어둠 속에서 반짝반짝 빛을 발하며 주변의 빛을 모두 삼켜버리는 듯한 환상적인 두 눈동자. 걸을 때면 보일 듯 말 듯 마네킹처럼 움직이는 앙증맞은 엉덩이. 일본 여자처럼 섬세한 그녀의 얼굴 윤곽. 세상의 모든 것에게로 퍼져나갈 것 같은 그녀의 밝은 웃음소리. 그런 그녀를 사랑하는 내 마음.

나는 그녀가 자주 사용하는 단어들도 써보았다. 그녀가 '별'이라고 말할 때 살짝 움직이는 입술과 혀, 주변의 모든 것을 그녀만의 언어로 감싸 안는 순수함. 나는 그녀의 이런 면을 모두 보았지만 여전히 그녀를 알 수 없다고 썼다. 그녀의 생각, 세상과 인간을 보는 그녀의 시각에 대해선 아무것도 알 수 없지만 나는 내 눈에 보이는 그녀의 모습만으로도 만족하고 사랑하며, 앞으로도 깊이 그녀를 사랑할 것이라 썼다.

"칼 오베?"

누군가가 내 이름을 불러서 고개를 돌렸다.

린다였다.

나는 얼른 노트를 덮었다.

우연일까? 이게 정말 가능한 일일까?

"어, 안녕, 린다! 어제 고마웠어요."

"별말씀을. 친구와 함께 산책하러 나왔어요. 같이 앉아도 될까요? 아니면 여기 혼자 있고 싶으세요?"

"어… 지금 일하는 중이라…"

"알았어요. 이해해요."

나는 그녀에게 고개를 끄덕여 보이며 양해를 구했다.

저 멀리서 린다와 비슷한 또래 여자가 양손에 커피를 들고 걸어오고 있었다. 린다는 친구를 향해 걸어가 맞은편 벤치에 자리를 잡고 앉았다.

나는 지금 글을 쓰고 있는 순간, 그녀가 공원 벤치에 앉았다고 썼다.

그녀와 나 사이에 존재하는 이 거리감만 없앨 수 있다면 나는 이 세상 전부를 바칠 수도 있다고 썼다.

'하지만 그건 있을 수 없는 일이에요. 나는 당신을 사랑해요. 당신도 나를 사랑한다고 생각할지 모르지만 당신은 나를 사랑하지 않아요. 나는 당신이 나를 좋아한다고 믿어요. 그것만큼은 확신할 수 있어요. 하지만 나는 당신에게 걸맞지 않은 사람이에요. 당신도 그걸 알고 있어요. 어쩌면 당신은 누군가가 필요할지도 몰라요. 그런데 내가 나타난 거죠. 당신은 그 사람이 바로 나일지도 모른다고 생각하는 거예요. 하지만 나는 당신에게 그런 사람이 되고 싶진 않아요. 나는 당신의 전부가 아니면 아예 당신을 원하지 않겠어요. 당신도 나처럼 사랑의 열정으로 가슴이 타오르나요? 나는 당신의 가슴이 타오르기를 원해요. 이해하나요? 나는 당신의 강인함도 보았고 연약함도 보았어요. 세상을 향해 자신을 열어보이는 당신의 모습도 본 적이 있어요. 당신을 사랑해요. 하지만 그것만으론 충분치 않아요. 친구로 지낸다는 건 무의미한 일이에요. 나는 당신 앞에만 서면 할 말을 잃어버리는데 어떻게 친구가 될 수 있겠어요? 부디 언짢게 생각하지 말아요. 나는 있는 그대로를 말하고 있을 뿐이니까요. 당신을 사랑해요. 진심으로. 어쩌면 다른 세상에선 우리에게 무슨 일이 생기더라도 서로 사랑할 수 있을지 몰라요.'

나는 서명을 하고 자리에서 일어났다. 린다는 내게 등을 돌리고 앉아 있었기에 나는 그녀의 친구와 눈이 마주쳤다. 하지만 그녀는 내가 누군지 몰랐다. 그러니 인사를 건넬 필요도 없었다. 린다가 눈치채지 않도록 살짝 그곳을 빠져나온 나는 서둘러 집으로 가서 편지를 봉투에 넣었다. 운동복으로 갈아입은 나는 다시 밖으로 나가 쇠데르를 한 바퀴 돌았다.

다음 날부터는 일상에 속도가 더해졌다. 조깅을 하고 수영을 하고, 행복한 마음만큼이나 불안한 마음을 가라앉히고 슬픈 마음만큼이나 기쁜 마음을 통제하기 위해 무엇이든 해야만 했다. 기대감을 닮은 긴장감은 사라질 기미를 보이지 않았기에 나는 온몸을 떨어야 했다. 조깅과 수영을 했으며, 온밤을 지새워야만 했다. 배도 고프지 않았다. 나는 이미 그녀를 거절했으니 이제 끝난 것이나 다름없었다. 이젠 가슴속에 남아 있는 이 미련과 여운이 사라지기만을 기다리면 되었다.

문학 행사가 열리는 토요일이 되자, 나는 린다에게 가지 않기로 마음먹었다. 대신 게이르에게 전화해 시내에서 만나자고 했다. 오후 4시 KB에서 만나기로 약속한 후, 나는 야외 수영장인 에릭스달스바데까지 뛰어가 한 시간쯤 수영을 했다. 상쾌하기 그지없었다. 공기는 차가웠고 물은 따스했다. 회색빛 하늘은 비를 머금고 있었고 주변엔 한 사람도 보이지 않았다. 수영을 마치고 나니 피곤해서 온몸에 열이 나는 것만 같았다. 나는 옷을 갈아입고 수영장 밖으로 나가 담배를 피운 후, 배낭을 어깨에 둘러메고 시내로 걸어갔다.

나는 창가에 자리 잡고 맥주를 주문했다. 몇 분 후, 그가 불쑥 나타나 손을 덥석 내밀었다.

"뭐 새로운 소식이라도 있어?"

그는 자리에 앉으며 물었다.

"그렇다고 할 수도 있고 아니라고 할 수도 있고…"

나는 지난 며칠 동안 있었던 일을 게이르에게 모두 이야기했다.

"너도 참! 끝까지 신파적으로 놀 거야? 조금 천천히 가면 안 되니? 항상 이거 아니면 저거라는 생각에서 이젠 좀 벗어나면 안 되겠어?"

"알아, 나도 안다고. 하지만 이번 경우는 아니야."

"편지는 보냈어?"

"아니, 아직…"

그 순간 문자 메시지가 도착했다. 린다였다.

'행사장에서 당신을 보지 못했어요. 거기 왔었나요?'

'아뇨. 사정이 생겨서 못 갔어요. 행사는 잘 마쳤나요?'

나는 문자 메시지에 답신을 보내고 게이르를 향해 잔을 들어올렸다.

"위하여!"

"위하여!"

새로운 문자 메시지가 도착했다.

'보고 싶어요. 지금 어디 있어요?'

보고 싶다고?

심장 박동이 빨라졌다. 나는 답을 보내려고 문자를 찍기 시작했다.

"관둬. 내 앞에서 전화기만 들여다보고 있을 거라면 난 당장 집으로 가버릴 거야."

"잠시만 기다려. 오래 걸리지 않아."

'나도 당신이 보고 싶어요. 지금 KB에 있어요.'

"린다지? 그렇지?"

게이르가 물었다.

"응."

"정신 나간 사람처럼 보여. 너도 알고 있어? 여기 들어와서 너를 보는 순간 다시 몸을 돌려 나가고 싶었다고!"

다시 새 문자가 도착했다.

'제게로 와요, 칼 오베. 지금 오페라 하우스에 있어요. 기다릴 게요.'

나는 자리에서 벌떡 일어났다.

"미안해, 게이르. 지금 가봐야 해."

"지금?"

"응."

"관둬. 린다보고 30분쯤 기다리라고 하면 안 돼? 혼자 앉아 술 마시려고 내가 30분이나 전철을 타고 온 줄 알아? 혼자서 술 마시는 건 집에서도 할 수 있단 말이야."

"미안해, 정말 미안해. 나중에 전화할게."

나는 거리로 뛰쳐나가 택시를 잡았다. 왠지 마음이 진정되지 않아 소리라도 크게 질러보고 싶었다. 마침내 오페라 하우스에 도착한 나는 택시비를 지불하고 린다를 찾아 달리기 시작했다.

그녀는 1층 로비에 앉아 있었다. 나는 건물 안으로 들어가 그녀를 보는 순간 급하게 뛰어올 필요가 없었다는 걸 직감했다.

그녀는 나를 향해 미소를 지었다.

"빨리도 오셨네요!"

"급한 일인 것 같아 서둘렀어요."

"아니에요. 급한 일이 뭐가 있겠어요."

나는 그녀와 포옹을 한 후 옆자리에 앉았다.

"뭘 좀 마실래요?"

"네. 당신도?"

"글쎄… 와인을 마실까요?"

"그래요."

우리는 포도주 한 병을 나누어 마시며 이런저런 이야기를 나누었다. 의미라곤 찾을 수 없는 가벼운 대화였다. 눈길이 마주칠 때마다 마치 감전이라도 된 듯 온몸에서 전율이 일어났다.

"오늘 '베르티고'에서 파티가 있어요. 같이 갈래요?"

"네. 재미있을 것 같아요."

"스티그 섀테르바켄도 올 거라고 했어요."

"음… 그렇다면 다시 생각해봐야겠는걸요. 언젠가 그의 글을 혹평한 적이 있거든요. 그 후에 어느 신문에서 그의 인터뷰 기사를 읽었더니 자기 글을 혹평한 비평문은 하나도 빠짐없이 모아두었다고 하더군요. 아마 내가 쓴 건 그가 모은 비평문 중에서도 가장 최악이었을 거예요. 『모르겐블라데』에 전면 기사로 실렸거든요. 그 후 토론회에서 한 번 만난 적이 있는데 토레와 나를 향해 눈에 띌 정도로 반감을 표시했어요."

그녀는 고개를 절레절레 저었다.

"그러면 다른 곳으로 갈까요?"

"아니요, 괜찮아요. '베르티고'로 가요."

오페라 하우스를 나설 즈음엔 밖이 어둑어둑해져 있었다. 온종일 하늘 아래 나직하게 자리하고 있던 회색 구름은 더욱 짙어졌다.

우리는 택시를 타고 '베르티고'로 향했다. 건물 지하실에 있는 파티 장소 문을 열고 들어서니 사람들로 가득했다. 공기는 무덥고 텁텁했으며 짙은 담배 연기 때문에 숨 쉬기가 힘들 정도였다. 나는 린다에게 돌아서며 조금만 있다가 밖으로 나가자고 제안했다.

"어, 이게 누구야! 크나우스고르 씨!"

소리 나는 쪽으로 몸을 돌리니 섀테르바켄이 서 있었다. 그는 미소를 지으며 옆에 서 있는 사람에게 말문을 열었다.

"크나우스고르 씨와 나는 거의 원수지간이지. 그렇지 않소, 크나우스고르 씨?"

그는 나를 돌아보며 되물었다.

"전 아닌데요…"

"흠, 몸을 사리는 건가요? 맞아요, 당신 말이 맞아요. 지난 일은 잊어버리는 게 좋지요. 그건 그렇고 지금 새 소설을 쓰고 있어요. 이번엔 당신이 말한 대로 써보려고 노력 중이지요. 당신이 가르쳐준 대로…"

헛 참. 그에게서 이런 칭찬을 듣다니!

"그래요? 흥미롭군요."

"그렇죠. 아주 흥미로운 일이에요. 책이 나오면 한 번 읽어보세요."

"그럴게요. 다시 뵙겠습니다."

"그러죠."

린다와 나는 바에 가서 진토닉을 주문한 후 빈자리를 찾아 앉았다. 린다는 아는 얼굴이 보일 때마다 그들에게 다가가 이야기를 나누고 내게 다시 돌아왔다. 술기운이 돌기 시작했다. 하지만 오페라 하우스에서 린다와 함께 있었을 때 기분 좋았던 느낌은 여전히 사라지지 않았다. 우리는 서로 눈을 마주치며 함께 있다는 것을 수시로 확인했다. 그녀가 내 어깨에 손을 얹을 때나 저 멀리서 다른 사람들과 대화를 나누다가도 나와 눈이 마주치면 미소를 던질 때도 나는 그녀와 함께 있다는 것을 확인할 수 있었다.

몇 시간 뒤 우리는 파티장 한쪽 구석에 있는 안락의자에 자리를 잡고 앉았다. 갑자기 섀테르바켄이 다가와 우리에게 발 마사지를 해주겠다고 제안했다. 그는 자기가 발 마사지에 관한 한 전문가라고 자부했다. 나는 그의 제안을 거절했다. 있을 수 없는 일이었다. 린다는 신발을 벗고 그의 무릎 위에 발을 올려놓았다. 그는 린다의 발을 주무르며 그녀의 눈을 빤히 쳐다보았다.

"기분이 어때요?"

"아주 좋아요."

"크나우스고르 씨, 이젠 당신 차례입니다."

"아닙니다. 어떻게…"

"몸 사리지 말라고 제가 말했죠? 자, 어서 신발을 벗어요!"

결국 나는 그의 고집을 꺾을 수 없어 신발을 벗고 그의 무릎 위에 발을 올려놓았다. 기분은 나쁘지 않았다. 하지만 다른 사람도 아닌 섀테르바켄이 내 발을 주무르고 있다는 사실이 불편하기 그지없었다. 더욱이 그의 입가에서 사라지지 않는 미소를 보니 그가 마치 악마처럼 보이기도 했다. 나는 그 상황을 어떻게 받아들여야 할지 알 수가 없었다.

그가 발 마사지를 마쳤다. 나는 그에게 최근 발표한 신간에 대해서 물어보았고 우리는 술을 마시며 잠시 이야기를 나누었다. 문득 고개를 돌리니 린다가 벽에 기대어 서서 한 여자와 대화를 나누고 있었다. 그 여자는 발보리에서도 본 적이 있는 여자였다. 힐다, 빌다? 아니, 빌어먹을. 일다라고 했지.

린다는 너무나 아름다웠다.

그녀는 믿을 수 없을 정도의 생명력을 발산하고 있었다.

정말 린다를 내 여자로 만들 수 있을까?

미처 생각을 정리하기도 전에 그녀가 내게 미소를 지으며 손을 흔들었다.

나는 몸을 일으켜 그녀에게 걸어갔다.

때가 왔다는 생각이 들었다.

지금 이 기회를 잡지 않으면 앞으로 영영 기회를 잡을 수 없을 것 같았다.

나는 침을 꿀꺽 삼키며 린다의 어깨에 손을 얹었다.

"내 친구, 일다예요."

"전에도 인사를 나눈 적이 있죠."

일다는 미소를 지으며 말했다.

"린다, 잠깐만!"

린다는 의아한 표정으로 나를 바라보았다.

그녀의 눈동자가 살짝 어두워지는 것 같았다.

"지금요?"

나는 아무 말도 하지 않고 그녀의 손을 잡아끌었다.

우리는 한마디도 하지 않고 문을 열고 나가 계단을 올라갔다.

밖에는 비가 폭포수처럼 내리고 있었다.

"당신도 알다시피, 나는 이미 오래전에 당신을 포기한 적이 있어요. 그땐 너무나 아팠죠. 지금도 그 아픔이 다시 재현될 수 있다는 걸잘 알고 있어요. 그렇다 해도 이젠 정말 어쩔 수 없어요. 당신에게 하고 싶은 말이 있어요. 당신에 대한 말이에요."

"저에 대한 말이라고요?"

그녀는 나를 쳐다보았다. 머리카락은 비에 젖어 있었고, 얼굴은 흘러내린 빗방울로 반짝였다.

"네."

나는 그녀가 내게 어떤 사람인지 털어놓기 시작했다. 편지에 적어놓은 글 그대로. 그녀의 입술과 눈동자와 걷는 모습 그리고 그녀가 사용한 단어들. 나는 비록 그녀를 잘 알지 못하나 진심으로 사랑한다는 것. 그녀와 세상 끝까지 함께 있고 싶다는 것. 내가 원하는 건 그녀뿐이라는 것.

그녀는 발꿈치를 들어 내게로 얼굴을 내밀었다. 나는 허리를 굽혀 그녀에게 키스를 퍼부었다.

온 세상이 캄캄해졌다.

나는 두 남자가 아스팔트 위에서 내 양다리를 질질 끌고 창고 건물 같은 곳으로 옮겨갈 때 눈을 떴다. 한 남자는 휴대폰에 대고 "마약인지도 모르지만 아직은 확실치 않습니다"라고 말했다. 그들은 몸을 굽혀 나를 내려다보았다.

"이제 정신이 드나요?"

"네. 그런데 여기가 어딥니까?"

"'베르티고' 앞이에요. 마약을 하셨나요?"

"아니요."

"이름이 뭡니까?"

"칼 오베 크나우스고르라고 합니다. 잠시 정신을 잃은 것 같아요. 저는 괜찮습니다."

린다가 내게로 뛰어왔다.

"이제 정신이 들어요?"

"어, 린다! 도대체 무슨 일이 있었나요?"

"상황 해결되었습니다. 의료팀은 안 와도 됩니다. 상태는 정상으로 보입니다."

남자가 휴대폰에 대고 말했다.

"잠시 정신을 잃었던 것 같아요."

린다가 말을 이었다.

"갑자기 푹 쓰러지던걸요."

"오, 젠장… 미안해요."

"미안해할 일이 아니에요. 그런데… 당신이 한 말… 아무도 내게 그토록 아름다운 말을 해준 적이 없어요."

"혼자 가실 수 있겠습니까? 괜찮아요?"

남자가 내게 다가와 물었다.

내가 고개를 끄덕이자 그들은 자리를 떠났다.

"당신과 키스를 나눌 때 온 세상이 정전된 듯 갑자기 캄캄해졌어요. 눈을 뜨니 여기에…"

나는 몸을 일으켜 비틀거리며 걷기 시작했다.

"집에 가는 게 좋겠어요. 원한다면 당신은 좀더 있다 와요."

그녀는 웃음을 터뜨렸다.

"우리 집에 가요. 제가 보살펴드릴게요."

"당신에게서 보살핌을 받다니… 흠… 기분이 좋아질 것 같아요."

그녀는 미소를 지으며 주머니에서 휴대폰을 꺼냈다. 비에 젖은 그녀의 머리카락은 이마에 촉촉하게 붙어 있었다. 바지도 비에 축축하게 젖어 있었다. 나는 젖은 내 머리카락을 손으로 쓸어넘겼다.

"이상하게도 술기운을 느낄 수가 없어요. 그런데 배가 고파 죽겠어요."

"언제 마지막으로 음식을 먹었나요?"

"어제… 어제 아침…"

그녀는 휴대폰으로 택시를 부르면서 장난기 담은 눈길로 나를 쏘아보았다. 비 내리는 밤, 택시를 탄 우리는 10분 후 린다의 집에 도착했다.

눈을 뜬 나는 내가 어디에 있는지 기억할 수가 없었다. 하지만 린다를 보는 순간 모든 것을 기억해낼 수 있었다. 나는 그녀 옆에 몸을 바짝 붙여 파고들어갔다. 린다는 눈을 떴고 우리는 다시 사랑을 나누었다. 옳은 일을 하고 있다는 느낌. 잘못되었다는 느낌은 하나도 들지 않았고 너무나 기분이 좋았다. 이 세상에는 그녀와 나, 오직 우리 둘만 존재하는 것 같았다.

"당신의 아이를 갖고 싶어요. 당신과 내가 함께 아이를 가지지 않는다면 그건 자연의 법칙을 거스르는 일이에요."

그녀는 웃음을 터뜨렸다.

"그렇게 될 수밖에 없을 거라고 확신해요. 내 평생 이처럼 강한 확신을 가지긴 처음이에요."

린다는 웃음을 멈추고 나를 바라보았다.

"정말이에요?"

"그럼요. 만약 당신이 나와 다른 생각을 가지고 있다면 문제가 달라지지만. 그런데 당신도 그렇게 생각하죠? 내 생각과 똑같은 거죠?"

"제가 꿈을 꾸고 있는 걸까요? 당신이 나와 한 침대에 누워 있다는 것. 당신이 나의 아이를 갖고 싶다고 말하는 것."

"정말 당신 생각도 내 생각과 같은 거죠? 그렇죠?"

린다는 고개를 끄덕였다.

"하지만 난 그런 말은 입 밖에도 못 냈을 거예요."

난생처음으로 완벽한 행복감을 맛보았다. 기쁨 위에 드리운 그림자는 찾을 수 없었다. 우리는 온종일 붙어 다녔다. 횡단보도에서, 레스토랑 테이블 앞에서, 버스에서, 공원에서. 서로에게 요구하는 것은 아무것도 없었고 함께 있고 싶다는 욕구 외에 우리를 구속하는 것은 아무것도 없었다. 나는 너무나 자유로웠고 내 마음속에는 그녀와 영원히 함께 있고 싶다는 열망밖에 없었다. 그녀와 잠시라도 떨어져 있으면 그녀가 그리워 가슴이 아려왔다. 이상하고도 행복한 느낌이었다. 그 느낌은 강렬했고 긍정적인 것이었다. 게이르와 크리스티나는 우리와 한자리에 앉아 있을 수가 없을 정도라고 말했다. 우리는 서로만 바라보았으며 다른 사람은 안중에도 없었다. 세상에는 오직 우리 둘만 존재했다.

여름이 오자 우리는 미카엘라가 빌려놓은 숲속 별장에 묵기 위해 룬마뢰로 향했다. 나는 백야의 스웨덴 밤 속에서 쉴 새 없이 웃음을 터뜨렸고 노래를 불렀으며 농담을 했다. 모든 것은 의미로 가득 차 있었다. 마치 새로운 빛이 세상을 감싸오는 듯한 느낌이었다.

스톡홀름에선 함께 수영을 했으며 공원에 함께 누워 책을 읽었고 레스토랑에 가서 함께 음식을 먹었다. 우리가 무슨 일을 하는지는 상관없었다. 어떤 일이든 함께한다는 것에서 의미를 찾을 수 있었다.

나는 횔덜린을 읽기 시작했다. 그의 시는 마치 마른 풀잎 속으로 젖어드는 강물처럼 내 가슴을 적셨고, 내가 이해할 수 없는 것은 하나도 없었다. 시어 속을 흐르는 전율은 내 가슴을 흐르는 전율이 되었다. 나는 그의 시와 일체감을 느낄 수 있었다.

6월, 7월, 8월. 태양은 석 달 내내 머리 위에서 이글거렸다. 우리는 다른 연인들과 마찬가지로 서로에 대해 솔직하게 이야기를 털어놓았다. 우리는 연애를 시작할 때의 들뜨고 행복한 느낌이 오래 가지 않는다는 것을 잘 알고 있었다. 그래도 우리는 모른 척 행복감 속에서 순간순간을 즐겼다. 언젠가 그 끝은 오기 마련이지만 우리는 상관하지 않았다. 걱정도 하지 않았다. 이렇게 행복하고 좋은데 두려워하고 걱정할 일은 또 무엇이란 말인가.

어느 날 아침 샤워를 하고 있는데 나를 부르는 린다의 목소리가 들렸다. 나는 서둘러 침실로 갔다. 하늘을 볼 수 있도록 벽에 바짝 붙여놓은 침대 위에 린다가 벌거벗은 채 누워 있었다.

"저길 좀 봐요. 저 구름이 보이나요?"

나는 그녀 옆에 누워 하늘을 바라보았다. 푸른 하늘에는 구름 한 점이 떠 있을 뿐이었다. 하트 모양의 구름. 그 구름은 우리를 향해 천천히 다가오고 있었다.

"보고 있어요."

나는 그녀의 손을 꼭 잡아줘었다.

그녀는 웃음을 터뜨렸다.

"완벽해요. 이보다 더 완벽할 순 없어요. 지금까지 단 한 번도 이런 느낌을 가져본 적이 없어요. 행복해요. 당신이 있어 너무나 행복해요."

"나도 그래요."

우리는 배를 타고 섬으로 갔다. 숲속에 있는 작은 별장을 빌린 후, 우리는 몇 시간 동안 숲속을 거닐었다. 소나무와 철쭉 향을 맡으며 걷다 보니 어느새 깎아지른 낭떠러지에 이르렀다. 발밑에는 검푸른 바다가 보였다. 발길을 돌려 걸으니 저 멀리 작은 강이 보였다. 우리 앞에는 소떼가 모여 멀뚱멀뚱 우리를 바라보고 있었다. 우리는 웃음을 터뜨리며 손을 맞잡았다. 우리는 아이들처럼 나무 위에 올라가 대화를 나누었다.

"어렸을 때 아버지 담배 심부름을 하러 집에서 2킬로미터쯤 떨어져 있는 가게까지 걸어간 적이 있어요. 그때 나는 일곱 살이나 여덟 살쯤 되었을 거예요. 가게까지 가는 길은 숲으로 뒤덮여 있었지요. 나는 눈을 감고도 그 숲길을 걸어갈 수 있었어요. 갑자기 덤불 뒤에서 부스럭거리는 소리가 들렸어요. 나는 걸음을 멈추고 소리 나는 쪽을 돌아보았죠. 거기엔 생전 처음 보는 색깔이 화려하고 커다란 새가 한 마리 있었어요. 마치 먼 곳에 있는 다른 나라에서나 볼 수 있는 새 같았어요. 아프리카, 아시아…? 그 새는 곧 날개를 펴고 어디론가 날아가버렸어요. 그 후엔 그런 새를 본 적이 없어요. 어딜 가면 볼 수 있는지도 몰라요."

"그게 정말이에요? 나도 똑같은 경험을 한 적이 있어요."

린다가 눈을 동그랗게 뜨고 말을 이었다.

"주말에 외곽에 살고 있는 친구에게 놀러간 적이 있었어요. 나는 지금처럼 나무 위에 올라가 친구가 돌아오기를 기다리고 있었지요. 한참을 기다리다 지루해진 나는 나무에서 뛰어내려 정처 없이 걷기 시작했어요. 그때 갑자기 난생처음 보는 오색찬란한 새 한 마리가 눈앞에 서 있지 뭐예요. 그 후엔 그런 새를 본 적이 없어요."

"정말이에요?"

"네."

이런 식이었다. 모든 것은 의미로 가득 차 있었고, 우리의 삶은 마치 베틀에 걸린 씨실과 날실처럼 서로에게 엮여 들어갔다. 집으로 돌아오는 길에 우리는 앞으로 태어날 아이의 이름을 생각해보았다.

"만약 남자아이라면 부르기 쉬운 단순한 이름을 붙여주고 싶어요. '올라' 어때요? 난 항상 그 이름을 좋아했어요. 당신은 어떻게 생각해요?"

"좋네요. 굉장히 노르웨이적이라는 느낌이 들어요. 마음에 꼭 들어요."

나는 창밖을 내다보았다.

작은 나무배 한 척이 우리 곁을 지나가고 있었다. 등록번호판을 보니 'OLA'라고 쓰여 있었다.

"저걸 좀 봐요!"

린다도 몸을 굽혀 창밖을 내다보았다.

"결정했어요. 사내아이가 태어나면 '올라'라고 해요."

어느 날 늦은 저녁 우리 집으로 향하는 언덕길을 오를 때였다. 우리는 여전히 더할 나위 없는 행복감에 취해 있었다. 그녀는 잠시 침묵 속에 빠져들었다가 말을 이었다.

"칼 오베, 당신에게 해야 할 말이 있어요."

"그게 뭔가요?"

"난 자살을 시도한 적이 있어요."

"지금 뭐라고 했어요?"

그녀는 아무 말도 하지 않고 땅만 내려다보았다.

"아주 오래전 일인가요?"

"2년 전쯤이에요. 병원에 입원했던 것도 그즈음의 일이에요."

나는 내 눈길을 피하는 린다를 꼭 안아주었다. 한참을 그렇게 서 있던 우리는 계단을 올라가 엘리베이터에 몸을 실었다. 대문을 열고 집에 들어가서 린다는 침대에 털썩 주저앉았다. 나는 창문을 활짝 열었다. 늦은 여름밤, 도시가 만들어내는 소리가 열린 창을 통해 집 안으로 스며들었다.

"차 마실래요?"

"네."

나는 부엌으로 가서 물을 끓인 후 찻잔에 티백을 넣어 린다에게 건넸다. 나는 창가에 서서 차를 마셨다. 린다는 그 당시 일을 이야기하기 시작했다.

병원에 입원해 있던 린다는 어머니와 함께 잠시 집에 들러 무언가를 가져올 참이었다. 집 앞에 이르자 린다는 달리기 시작했고, 그녀를 멈추게 하려고 어머니도 달리기 시작했다. 린다는 있는 힘을 다해 계단을 뛰어올라가 대문을 열자마자 창으로 향했다. 몇 초 후 린다의 뒤를 따라 들어온 어머니는 창문에서 뛰어내리려던 그녀를 겨우 끌어내릴 수 있었다.

"난 그때 제정신이 아니었고 광폭하기까지 했어요. 어머니를 죽일 수 있다고도 생각했으니까요. 나는 어머니를 마구 때렸고 어머니는 그런 나를 진정시키느라 무진 애를 썼죠. 거의 10분쯤 그렇게 싸움 아닌 싸움을 했던 것 같아요. 나는 어머니를 향해 냉장고를 넘어뜨렸어요. 하지만 어머니는 내 생각보다 훨씬 강한 사람이었어요. 결국 어머니는 나를 쓰러뜨렸고 내 가슴 위에 앉아 나를 꼼짝 못 하게 만들었죠. 난 그때서야 포기했어요. 어머니는 경찰에 전화했고, 나는 다시 병원으로 돌아갔어요."

침묵이 흐르는 가운데 나는 그녀를 바라보았다. 그녀는 마치 겁먹은 새처럼 재빨리 내게 눈길을 던졌다 거두었다.

"내 생애 가장 부끄럽고 수치스러운 일이에요. 하지만 당신도 언젠가는 알아야 될 것 같아서 이야기했어요."

나는 무슨 말을 해야 할지 알 수 없었다. 우리는 과거 린다가 빠져버렸던 심연과 심연 사이의 낯선 곳에 서 있었다. 적어도 내게는 그런 느낌이 들었다. 어쩌면 그녀는 그렇게 생각하지 않을지도 모른다.

"왜 그런 짓을 했어요?"

"나도 몰라요. 그 당시에도 제정신으로 뭘 알고 했던 일은 아니니까요. 하지만 난 그때 일을 기억하고 있어요. 여름이 끝으로 치달을 무렵 저는 심각한 조울증에 시달렸어요.

어느 날 저녁, 저와 이름이 같은 린다라는 친구가 우리 집에 왔어요. 저는 그때 부엌 조리대 위에 앉아 알 수 없는 숫자들을 세고 있었어요. 그녀와 윌레고르는 저를 정신병원으로 데려갔죠. 병원에선 제게 수면제를 몇 알 주고선 린다에게 며칠 동안 저와 함께 지낼 수 있느냐고 물었어요. 저는 린다의 집에서 가을이 올 때까지 지냈어요. 하지만 그것도 도움이 되진 않았어요. 다시 너무나 깊고 어두운 우울증에 시달렸고 거기서 빠져나갈 길은 찾을 수가 없었어요. 나는 그 시기에 아무도 만나지 않았어요. 그 어느 누구에게도 그때의 내 모습이 세상을 떠나기 전 마지막 모습이라는 걸 보여주고 싶지 않았기 때문이죠.

내가 찾아간 심리상담원은 내게 자살을 생각해본 적이 있느냐고 묻더군요. 나는 아무 말도 못 하고 그냥 울기만 했어요. 그러자 상담원은 상담 시간 외의 제 상태에 대해선 책임질 수 없다며 병원에 입원하라고 권하더군요. 나는 입원을 앞두고 병원 관계자와 나누었던 대화 기록물을 본 적이 있어요. 나는 질문에 대답하기까지 몇 분이나 침묵을 지키고 있다가 겨우 대답을 했다고 적혀 있었어요. 맞아요. 그때 나는 말을 하는 게 너무나 힘들었어요. 말과 단어는 내게서 멀리 떨어져 닿을 수 없는 곳에 있었어요. 모든 것이 그랬죠. 내 얼굴은 굳어 있었고 표정이나 움직임도 찾아볼 수 없었어요."

린다가 말을 멈추고 나를 올려다보았다. 내가 침대에 걸터앉자, 그녀는 찻잔을 테이블 위에 올려놓고 천장을 바라보며 침대에 누웠다. 나는 그녀 옆에 누웠다. 창밖에는 여름밤에선 좀체 느낄 수 없는 낯설고 이상한 묵직함이 어둠 속에 잦아들었다. 저 아래에선 리데르 피예르덴으로 향하는 기차가 다리를 건너고 있었다.

"나는 그때 죽어 있었어요. 나는 그런 식으로 삶을 떠나고 싶진 않았어요. 하지만 삶은 이미 나를 떠나버린 후였죠. 그래서 상담원이 내게 입원하라고 말했을 때 나는 일종의 안도감을 느꼈어요. 입원을 하면 누군가가 나를 보살펴주겠구나 하는 생각이 들었기 때문이에요. 하지만 막상 병원에 입원하고 나니 내가 생각했던 것과는 너무나 달랐어요. 거기 더 있을 수가 없었어요. 그래서 계획을 세우기 시작했죠. 그곳을 벗어날 수 있는 단 하나의 가능성이라곤 하루쯤 병원의 허락을 받아 집에 다녀오는 것뿐이었어요. 옷을 가져온다거나 하는 그런 핑계로 말이죠. 그런데 혼자 가는 건 허락되지 않았어요. 내가 아는 사람과 동행해야만 했죠. 생각나는 사람은 어머니뿐이었어요."

린다는 잠시 침묵을 지킨 후 말을 이었다.

"하지만 내가 정말 죽고 싶었다면 자살에 성공할 수도 있었을 거예요. 지금 생각하니 그래요. 그때 집 안으로 뛰어들어갔을 때 창을 열 필요도 없었어요. 그냥 창에 부딪혀 밖으로 떨어져버리기만 했어도 되었는데… 어차피 죽을 생각이었다면 창문이 무슨 상관이겠어요. 그 조심성… 맞아요. 정말 내가 죽기를 원했다면 가능했을 거예요."

"난 당신이 그때 창문을 열려고 시도한 일이 얼마나 감사한지 몰라요."

나는 린다의 머리를 쓰다듬어주었다.

"그런데 다시 그런 일이 일어날 것 같아 가끔 두려워지기도 하나요?"

"네…"

다시 침묵이 흘렀다.

집을 함께 사용하는 여자가 무언가를 찾고 있는지 벽 너머로 부스럭거리는 소리가 들려왔다. 위층 테라스에선 누군가가 기침을 했다.

"난 다시 그런 일이 일어나지 않을 거라고 확신해요."

그녀는 고개를 돌려 나를 바라보았다.

"그래요?"

"난 당신을 잘 알고 있거든."

"아직 나를 완벽하게 이해하진 못하잖아요?"

"알아요."

나는 그녀에게 키스를 했다.

"하지만 그런 일은 다시 일어나지 않을 거예요. 그것만큼은 확신할 수 있어요."

"그렇다면 나도 확신할 수 있어요."

그녀는 미소를 지으며 내게 팔을 둘렀다.

끝없는 여름밤은 환하게 열려 있었고, 우리는 검은색 택시를 타고 시내 곳곳에 있는 서로 다른 바와 카페를 전전했다. 우리끼리만 갈 때도 있었고 친구들과 함께 갈 때도 있었다. 우리가 취해 있던 행복감은 점점 고조되는가 싶더니 서서히 가라앉기 시작했다. 땅 위에서 하늘은 제자리를 잡아가고 밝고 유동적이던 세상은 어느새 우리를 가운데 두고 좁혀오기 시작했다. 그리 나쁘진 않았다. 밤이 오면 정적이 찾아들었고, 잦아드는 어둠을 품고 묵직하게 내려앉았던 벽은 아침이 되면 다시 고개를 들었다. 다시 일상으로 되돌아간 듯한 느낌과 함께 두 발이 제대로 땅을 디디며 살고 있다는 생각도 들었다. 공기처럼 가볍게만 여겨지던 여름밤은, 아침이 되어 눈을 뜨면 기억할 수 없는 꿈처럼 우리에게서 달아나기 시작했다.

린다는 드라마 학교에 입학했고 수업은 고되기 그지없었다. 첫 학기인데도 수업을 따라가지 못해 학업을 포기하거나 제적당한 학생이 부지기수였다. 긴장감과 압박감 속에서도 학업 성취도를 높일 수 있도록 학생들을 훈련시키려는 학교의 의도 때문이었다. 아침이면 린다는 자전거를 타고 학교에 갔고, 나는 집에 남아 글을 썼다. 천사에 대한 텍스트는 1944년 출산을 하고 병원에 누워 있는 한 여인의 이야기 속에 집어넣었다. 온갖 생각이 머릿속을 휘저었지만 글로 표현하기는 쉽지 않았다. 조각난 이야기 사이의 거리감이 너무 멀었고 내겐 그것들을 하나의 이야기로 엮어낼 능력이 없었다. 한 장 한 장 써나가는 것조차 힘이 들었지만 나는 개의치 않았다. 내 인생에서 가장 중요한 것은 린다 하나뿐이었으니까.

일요일이 되어 우리는 카를라플란 광장 근처에 있는 외스테르말름 야외 카페에서 점심을 먹었다. 린다는 무릎 위에 담요를 덮고 치킨샐러드를 먹었으며, 나는 클럽 샌드위치를 먹었다. 거리에는 휴일 분위기가 완연했다. 어디선가 미사를 알리는 성당의 종소리가 들려왔다. 우리 테이블 뒤에는 소녀 셋이 함께 앉아 있었고, 그들 뒤에는 남자 둘이 앉아 있었다. 테이블 아래에서는 작은 참새들이 뛰어다니며 떨어진 음식 부스러기를 주워 먹었다. 참새들은 가끔 빈 테이블 위에 놓인 접시 위에 올라가, 남은 음식 속에 작은 부리를 집어넣기도 했다.
갑자기 우리 머리 위로 그림자가 드리워졌다. 고개를 들어보니 거대한 새 한 마리가 우리를 향해 전속력으로 날아오고 있었다. 그 새는 눈 깜짝할 사이에 참새 한 마리를 움켜쥐고 허공으로 다시 날아올랐다.
나는 린다를 돌아보았다. 린다는 입을 반쯤 멍하게 벌리고 새가 날아오른 하늘을 쳐다보고 있었다.
"방금 커다란 새가 참새를 채어간 거 맞아요? 아니면 내가 꿈을 꾸었나…"

나는 린다를 향해 물어보았다.

"세상에! 내가 본 것 중에서 가장 끔찍한 장면이었어요. 도시 한 가운데서 이런 일이 일어나다니! 도대체 무슨 새였을까요? 독수리? 매? 아, 불쌍해라. 조그만 참새가 너무 불쌍해요."

"매였던 것 같아요."

나는 웃음을 터뜨렸다. 너무나 어이없고 기묘한 장면을 보았기에 기분이 들뜨는 것을 느낄 수 있었다. 린다는 눈에 미소를 담고 나를 쳐다보았다.

"우리 외할아버지는 대머리였어요."

나는 린다를 향해 말을 꺼냈다.

"정수리에 흰 머리카락 몇 오라기밖에 없었죠. 내가 어렸을 때, 외할아버지는 어느 날 갑자기 매 한 마리가 날아와서 당신 머리카락을 채어갔다고 이야기해주었어요. 그 이야기를 할 때, 할아버지는 두 손을 들어 매가 무언가를 채어가는 시늉을 해보였어요. 나는 할아버지 이야기가 정말인 줄로만 믿고 하늘을 올려다보았죠. 하지만 매는 한 마리도 볼 수 없었어요."

"지금 보았잖아요!"

"같은 매인지 어떻게 알아요?"

"맞아요, 누가 알겠어요. 나는 다섯 살 때 조그만 햄스터를 키운 적이 있어요. 여름이면 작은 케이지에 넣어서 공원으로 데려갔죠. 햄스터가 잔디밭에서 자유롭게 움직일 수 있도록 몇 시간 동안 풀어주기도 했어요. 이느 닐 아침 햄스터를 데라스에 풀어주었더니 갑자기 커다란 새가 날아와서 햄스터를 채어갔지 뭐예요."

"그게 정말이에요?"

"네."

"정말 끔찍하군요!"

나는 접시를 밀어놓고 담배에 불을 붙인 후 의자에 등을 기댔다.

"우리 외할아버지는 총을 가지고 있었어요. 할아버지가 마당에 날아든 까마귀를 그 총으로 쏘는 것을 본 기억이 나네요. 할아버지는 까마귀를 죽이려는 마음이 없었기에 일부러 까마귀 다리를 겨냥해 총을 쏘았어요. 샤르탄 삼촌 말로는 그 까마귀가 아직도 농장에 있대요. 원망하듯 쏘아보는 눈빛의 외발 까마귀."

"정말 재미있는 이야기네요."

"조류 세계의 외눈박이 해적이라고나 할까. 그러고 보니 '아하브' 선장이 생각나는군요. 그렇게 따지면 외할아버지는 거대한 흰고래가 되는 셈이군요. 당신이 우리 외할아버지와 만날 수 있었다면 좋았을 텐데. 당신이 좋아할 만한 사람이에요."

"우리 외할아버지도 마찬가지예요."

"당신 외할아버지는 돌아가셨죠?"

그녀는 고개를 끄덕였다.

"뇌내출혈로 돌아가셨어요. 소식을 듣고 노를란으로 부랴부랴 가보았지만 할아버지는 이미 세상을 떠난 후였어요."

린다는 테이블 위에 있는 내 담뱃갑으로 손을 내밀며 나를 쳐다보았다. 내가 고개를 끄덕이자 그녀는 담배를 한 개비 꺼냈다.

"사실 내가 가깝게 지냈던 사람은 외할머니예요. 스톡홀름에 올 때마다 부산을 떨었죠. 외할머니가 우리 집에 오면 가장 먼저 하는 일이 뭔지 아세요? 대청소였어요. 온 집안을 말끔하게 청소하고 나면 빵을 굽고 음식을 만들고 우리와 함께 시간을 보냈어요. 아주 강한 여성이셨죠."

"당신 어머니도 그렇잖아요."

"맞아요. 우리 어머닌 갈수록 외할머니를 닮아가는 것 같아요. 왕립극장의 배우 생활에서 은퇴하고 시골로 이사 간 후엔, 그동안 잊고 있었던 평범한 생활을 되찾으려는 생각에서였는지 평범한 일상을 치열하게 살기 시작했어요. 마당에 채소를 재배하고 모든 음식은 처음부터 하나하나 다 직접 만들어 먹어요. 창고에 가면 커다란 냉동고가 네 개나 있는데 거기엔 세일할 때 사다놓은 온갖 식재료가 가득해요. 게다가 이젠 외모에도 전혀 신경을 쓰지 않는 것 같아요. 적어도 이전의 어머니와 비교한다면 그렇다는 이야기예요."

그녀가 갑자기 내 눈을 빤히 바라보며 말을 이었다.

"그런데 우리 외할머니가 붉은 오로라를 봤다는 이야기를 했던가요?"

나는 고개를 저었다.

"혼자 산책을 하다가 핏빛처럼 붉은 오로라가 하늘에서 넘실넘실 춤을 추듯 움직이는 걸 봤대요. 너무 아름답다고 생각하면서도 지구 종말을 예감하게 하는 것 같아 등골이 오싹했다고 하더군요. 집에 와서 붉은 오로라를 봤다고 했더니 아무도 믿어주질 않았대요. 사실 외할머니도 당신 눈을 믿을 수가 없을 정도였는데 누가 믿어주겠어요. 붉은 오로라라니! 당신은 붉은 오로라를 본 적이 있나요? 아니, 들어본 적은 있나요?"

"아니요."

"몇 년이 지난 후에 나는 어머니와 함께 홈플레고르덴 공원으로 산책하러 나갔어요. 거기서 붉은 오로라를 직접 봤죠. 스톡홀름에도 아주 드물긴 하지만 가끔 오로라가 나타날 때가 있어요. 그런데 그날 저녁에 본 오로라는 정말 피처럼 붉은색이었다고요! 어머니는 집에 오자마자 외할머니에게 전화해서 붉은 오로라를 직접 봤다고 말했어요. 그 말을 들은 외할머니는 흐느끼며 울었대요. 나중에 책에서 읽었더니 붉은 오로라는 기상 이변 현상 중의 하나라고 하더군요."

나는 테이블 너머로 몸을 내밀어 그녀에게 입을 맞추었다.

"커피 마실래요?"

고개를 끄덕이는 린다를 뒤로하고, 나는 카페 안으로 들어가서 커피 두 잔을 가지고 나왔다. 한 잔을 린다 앞에 내려놓으니 그녀가 나를 올려다보았다.

"또 다른 이상한 이야기가 떠올랐어요. 아니, 어쩌면 그리 이상한 이야기라 할 수 없을지도 몰라요. 하지만 그 당시엔 참으로 이상하다고 생각했죠. 근처 섬에 놀러간 적이 있었어요. 혼자 숲속을 거닐고 있는데 갑자기 머리 위에 풍선 같은 비행기구가 둥실둥실 떠 있는 거예요. 어디서 나타났는지 모를 비행기구가 바람을 타고 나무 위를 떠다니더니 곧 숲 밖으로 사라졌어요."

"난 항상 비행풍선에 관심이 많았어요. 아주 어렸을 때부터. 그건 상상할 수 있는 모든 것 중에서 가장 환상적인 것이었죠. 비행풍선의 세계! 무언가가 나를 위해 거기 모여 있는 것 같았어요. 하지만 나는 그게 뭔지 몰랐죠. 당신은 그게 뭔지 아나요?"

"지금까지 들은 이야기를 종합해보면, 당신은 어렸을 때 잠수부와 돛단배와 우주선 그리고 비행풍선을 좋아했어요. 맞죠? 언젠가 잠수부와 우주인과 돛단배를 그리기도 했다는 이야기를 내게 해준 적이 있어요."

"그랬나요?"

"글쎄, 그게 뭘 뜻하는지는 저도 잘 몰라요. 어쩌면 그건 동경이

369

아닐까요? 잠수부는 인간이 도달할 수 있는 가장 깊은 곳에 갈 수 있는 사람이고, 우주인은 인간이 도달할 수 있는 가장 높은 곳에 갈 수 있는 사람이고, 돛단배는 수평선 너머까지 갈 수 있는 것이니까요. 비행풍선은 이룰 수 없는 세상… 뭐, 이런 게 아닐까요?"

"맞는 말 같아요. 하지만 내가 생각했던 건 그렇게 거대하고 지배적인 개념의 것이 아니라 존재의 가장자리에 자리한 작고 보잘것없는 것에 더 가까워요. 인간의 가슴은 너무나 작기 때문에 세상으로 채워질 수 있는 게 아니었던가요. 그게 바로 내가 생각한 거예요. 세상을 피할 수 있는 방법은 없어요. 꼭 세상을 피해야 한다는 법도 없고… 적어도 항상 그런 것만은 아니죠."

"지금은 어때요?"

"지금? 뭐가요…?"

"지금도 무언가를 동경하고 있나요?"

"천만에요! 올여름은 열여섯 살 이후 처음으로 무언가를 그리워하지 않은 여름이었어요."

우리는 자리에서 일어나 듀르고르덴 공원 앞의 다리를 향해 걷기 시작했다.

"그거 알아요? 초기의 비행풍선은 방향을 조절할 수 없었다고 해요. 그래서 커다란 새들, 예를 들어 독수리나 매 같은 새들을 훈련시켜서 그 부리에 비행풍선을 매달아 방향을 조절했다고 하더군요."

"그건 몰랐어요. 내가 알고 있는 건 내가 당신을 사랑한다는 그 사실뿐이에요."

그즈음의 날들은 매일매일 새롭기만 했다. 우리는 정해진 일상 속에서도 강력한 자유를 만끽할 수 있었다. 우리는 아침 일찍 눈을 떴다. 린다는 자전거를 타고 학교에 갔으며, 나는 온종일 글을 썼다. 가끔 점심시간에 '필름하우스'에 들러 린다와 함께 점심을 먹기도 했다. 린다가 학교에서 돌아오는 오후 시간부터 잠자리에 들기까지 우리는 함께 붙어 다녔다. 주일에는 저녁 무렵 오페라 하우스나 굴다판 또는 폴크헴멧이나 오덴플란으로 가서 외식을 했고 밤늦게까지 술을 마셨다.

변한 것은 없었다. 모든 것은 그대로였다. 그러면서 우리의 삶은 눈에 띄지 않게 서서히 시들해지기 시작했다. 서로에게 집중되어 있던 열망은 조금씩 세상 밖으로 흩어지기 시작했고, 사소하긴 했지만 말다툼과 오해도 생겨났다. 어느 토요일 아침 잠에서 깬 나는 가끔 홀로 있을 수 있다면 얼마나 좋을까 하는 생각에 잠겼다. 혼자 고서점에 들르기도 하고 혼자 카페에 앉아 신문을 읽을 수 있다면 얼마나 좋을까… 우리는 함께 집을 나서서 근처 카페에서 아침 식사를 했다. 라이스 푸딩과 요구르트, 토스트와 달걀, 주스와 커피. 나는 신문을 읽었고 린다는 테이블을 뚫어지게 바라보거나 카페 안 여기저기로 시선을 던졌다. 곧 린다는 참을 수 없다는 듯 "꼭 여기 앉아서 신문을 읽어야 해요? 함께 대화를 나눌 수는 없나요?"라고 내게 한마디 던졌다. 나는 얼른 읽고 있던 신문을 덮었고 우리는 이런저런 이야기를 나누기 시작했다. 그 일로 인해 내 가슴에 살짝 묻었던 얼룩은 시간이 좀 지나자 사라져버렸다. 홀로 앉아 자유를 누리고 싶다는 생각도 함께 사라져버렸다. 하지만 그런 일이 계속되자 사라져버린 줄로만 알았던 내 가슴속의 얼룩이 조금씩 번져 고개를 쳐들기 시작했다.

'만약 당신이 정말 나를 사랑한다면 내게 무언가를 요구하지 말고 있는 그대로의 나를 받아들여줘!'

나는 린다에게 소리치고 싶었지만 아무 말도 하지 않았다. 내가 굳이 이야기하지 않아도 린다가 스스로 내 마음을 알아주기를 바랐기 때문이다.

어느 날 저녁 윙베 형이 전화를 했다. 아스비외른과 함께 셋이 런던을 여행하자는 제안에 나는 선뜻 그러자고 응했다. 전화를 끊으니 거실 다른 쪽에 있던 린다가 내게 물었다.

"누구예요?"

"윙베 형. 런던에 같이 가자고 전화를 했어요."

"설마 같이 가기로 한 건 아니겠죠?"

"어, 같이 가면 안 되나요?"

"여행을 해도 나와 먼저 해야 되는 거 아니에요? 나와 함께 외국 여행을 하기 전엔 아무 데도 갈 수 없어요!"

"지금 무슨 이야기를 하는 거예요? 형이랑 내가 어딜 가든 그건 당신과 상관없는 일이잖아요!"

린다는 대답도 하지 않고 보고 있던 책 속으로 시선을 돌렸다. 그녀의 눈동자는 분노로 이글거리고 있었다. 나는 그녀가 화내는 걸 바라지 않았다. 하지만 그런 상황을 아무 일도 없었다는 듯 얼버무리며 그냥 넘겨버리고 싶진 않았다.

"윙베 형을 본 지도 꽤 오래되었어요. 당신도 알다시피 난 여기에 아는 사람이라곤 아무도 없어요. 만나는 사람들은 당신 친구들밖에 없잖아요. 내 친구들은 모두 노르웨이에 살고 있으니…"

"아주버님은 방금 여기 다녀가셨잖아요."

"참 내…"

"가세요!"

"알았어요."

잠자리에 들자 린다는 자기가 속이 좁았다며 사과를 했다.

"괜찮아요. 아무것도 아닌 일을 가지고 뭘 그래요…"

"생각해보니 우린 잠시도 떨어져 있었던 때가 없었어요."

"맞아요. 어쩌면 때가 왔는지도 몰라요."

"무슨 말이에요?"

"평생 서로만 바라보고 붙어살 수는 없다는 말이었어요."

"우린 잘 지내고 있다고 생각했는데요…?"

"맞아요. 우린 잘 지내고 있어요. 하지만 내가 무슨 말을 하는지 당신도 알잖아요."

"알아요. 하지만 우리가 서로를 이해하고 서로 상대방의 말에 동의한다고는 생각하지 않아요."

나는 런던에서 하루에 두 번씩 꼬박꼬박 린다에게 전화를 했고, 가지고 있던 돈을 모두 털어 린다에게 줄 선물을 샀다. 몇 주 후면 린다가 서른 살 생일을 맞기 때문이었다. 스톡홀름에 돌아가면 린다에게 더 잘해줘야겠다고 생각했고, 글도 더 열심히 써야겠다고 생각해보았다. 그녀와 함께했던 여름은, 내면은 행복했는지 모르지만 외면적인 생활은 엉망이었다.

가을이 되어도 마찬가지였다. 나는 좀체 글을 쓸 수가 없었다. 작가로 데뷔한 지 벌써 4년이나 흘렀는데 나는 다음 책에 손도 못 대고 있었던 것이다. 그간 써놓은 800쪽 분량의 글은 도입부가 각기 다른 조각난 글일 뿐이었다. 데뷔 소설을 쓸 때, 나는 저녁 8시쯤 일어나 다음 날 아침까지 글을 썼다. 내가 글을 쓸 수 있었던 것은 자유로움이 뒷받침해주었기 때문이다. 다시 제대로 된 글을 쓰기 위해선 밤에 일어나 일해야 하지 않을까.

베르겐에 있을 때 마지막 몇 주와 스톡홀름에 왔을 때 처음 몇 주

동안은 글이 술술 잘 나왔다. 한여름 밤에 두 아들을 데리고 바닷가 섬에 가 게를 잡던 아버지의 이야기. 아버지는 갈매기가 언젠가 천사의 모습으로 지낸 적이 있다고 말했다. 아버지와 두 아들은 살아 있는 게를 양동이에 가득 채워 배를 타고 돌아왔다. 게이르 귤릭센은 "여기에 바로 오프닝이 있어요. 여길 도입부로 해서 이야기를 만들어보면 좋겠어요"라고 했다. 그의 말엔 틀림이 없었다. 하지만 나는 어떻게 이야기를 이어가야 할지 도무지 알 수가 없었다. 지난 몇 달 동안 그다음 부분을 쓰기 위해 끙끙거렸다. 1940년대 한 병원에서 아이를 낳은 여인. 그녀가 낳은 아이는 헨리크 방켈*의 아버지였다. 그녀가 갓 태어난 아이를 데리고 돌아온 곳은 빈 술병이 가득한 낡은 농가를 개조한 집이었다. 하지만 그 이야기는 가짜였다. 어디를 봐도 진실성을 느낄 수가 없었다.

나는 길을 잃고 헤매기 시작했다. 다른 이야기를 생각해보았다. 같은 집. 아버지를 잃은 형제가 잠자리에 들었다. 동생은 뜬눈으로 밤을 지새우며 옆에서 자고 있는 형을 바라보았다. 아, 그 이야기도 진실성을 느낄 수가 없었다. 나는 당황하기 시작했다. 소설을 쓸 수 없을 것 같다는 절망감이 밀려왔다.

런던에서 돌아온 후 처음 맞는 월요일 아침, 나는 린다에게 그날은 밤새 글을 쓸 계획이니 다음 날 보자고 했다. 린다는 선선히 알았다고 말했다. 밤 9시쯤 되자 린다가 문자 메시지를 보내왔다. 나는 짤막한 답신을 보냈고, 린다는 다시 문자를 보내왔다. 내가 사는 집 근처 술집에서 코라와 함께 맥주를 마시고 있다는 내용이었다. 나는 린다에게 저녁 시간 잘 보내라며 사랑한다고 문자를 보냈다. 문자

• 헨리크 방켈은 크나우스고르의 소설 『세상 밖으로』의 주인공.

374

메시지가 몇 번 왔다 갔다 한 다음 휴대폰이 조용해졌다.

나는 린다가 집에 가서 잠자리에 들었으리라 짐작했다. 그런데 밤 12시쯤 되자 린다가 대문을 두드리는 것이 아닌가.

"린다? 오늘 밤엔 글을 쓴다고 했잖아요."

"알아요, 알아. 하지만 당신의 문자 메시지를 보니 뜨거운 사랑이 느껴져서… 나는 당신이 나를 보고 싶어 한다고 생각했죠."

"오늘 밤엔 일을 해야 하는데… 진심이에요."

"이해해요."

그녀는 이미 재킷과 신발을 벗은 후였다.

"당신이 일을 하는 동안 여기서 자도 되죠?"

"그렇게 할 수 없다는 건 당신도 잘 알잖아요. 나는 고양이 한 마리랑 같은 방에 있어도 글을 쓸 수가 없어요."

"나와 같은 방에서 글을 써본 적은 없잖아요. 오늘 밤에 시험해보세요. 혹시 누가 알아요? 당신이 글을 쓰는 데 내가 아주 긍정적인 영향을 줄 수 있을지."

나는 화가 머리끝까지 치밀어 올랐지만 린다를 쫓아 보낼 수는 없었다. 내게는 그럴 권리가 없었다. 만약 린다를 쫓아 보낸다면 내 글이 린다보다 더 중요하다고 선포하는 것과 다름없었기 때문이다. 물론 그 순간에는 내 글이 린다보다 더 중요했지만 나는 차마 그렇게 할 수 없었다.

"오케이."

우리는 함께 차를 마시고 창가에 서서 담배를 피웠다. 린다는 옷을 벗고 침대에 누웠다. 방은 조그마했고 내가 앉아 있는 책상은 린다가 누워 있는 침대에서 1미터도 떨어지지 않은 곳에 있었다. 그녀가 같은 방에 있으니 집중을 하는 건 불가능했다. 내가 혼자 글을 쓰겠다고 미리 말을 했는데도 린다가 나를 찾아왔다는 사실을 떠올리니 답답하고 짜증이 나서 숨이 막힐 것만 같았다. 하지만 나는 잠을 잘 수가 없었다. 내가 글 쓰는 일을 포기하고 잠자리에 들어버리면 린다가 이기는 꼴이 되어버리기 때문이다. 나는 린다가 자기 마음대로 행동하고선 의기양양해하는 모습을 볼 수가 없었다. 30분쯤 후 나는 자리를 박차고 일어나 밖으로 나가버렸다. 그건 린다에게 항의하는 나만의 방식이기도 했다. 안개 낀 쇠데르 거리를 정처 없이 걷던 나는 길모퉁이 구멍가게에 들러 핫도그를 사먹고 아파트 건물 옆에 있는 벤치에 앉아 어둠이 내려앉은 도심을 바라보며 담배를 연달아 다섯 개비나 피웠다. 도대체 내게 무슨 일이 일어난 걸까. 도대체 어쩌다가 내가 여기까지 오게 되었을까.

다음 날 저녁 나는 아침이 될 때까지 글을 썼고, 해가 뜬 후엔 밀린 잠을 잤다. 린다의 집에서 두 시간쯤 머무른 후, 나는 다시 내 집으로 돌아와 밤새 글을 썼다. 다음 날 오후, 나는 린다가 깨우는 바람에 눈을 떴다. 린다는 할 말이 있다고 했다. 우리는 함께 산책을 했다.

"이제는 나와 함께 있고 싶지 않은 거예요?"

"아니. 그런 건 아니에요."

"하지만 우린 이제 함께 있지 않잖아요. 얼굴을 보는 것도 힘든데…"

"난 일을 해야 돼요. 당신도 이해하지요?"

"이해할 수 없어요. 왜 밤에 글을 써야만 하나요? 난 당신을 사랑해요. 바로 그 때문에 난 당신과 함께 있고 싶은 거라고요."

"난 일을 해야 돼요."

"알았어요. 그렇다면 헤어지는 수밖에 없어요."

"설마 진심으로 하는 소리는 아니겠지요?"

376

그녀는 나를 빤히 바라보았다.

"진심으로 하는 소리가 아니면 뭐라고 생각하세요?"

"당신이 그런 식으로 내 생활에 간섭할 수는 없어요."

"당신 생활에 간섭하는 게 아니에요. 이건 연인으로서 제가 당신에게 요구하는 사항일 뿐이라고요. 우린 서로 사랑하는 사이고… 난 온종일 혼자 있고 싶지 않아요."

"온종일?"

"흥. 당신이 그만두지 않는다면 난 당신을 떠날 거예요."

나는 한숨을 쉬었다.

"알았어요. 글 쓰는 일이 그렇게까지 중요하진 않아요. 당신 말대로 할게요."

"좋아요. 그럼 됐어요."

다음 날 나는 게이르에게 전화를 해서 그간 있었던 일을 이야기해주었다. 빌어먹을! 너, 미쳤니? 너는 글을 쓰는 작가잖아. 젠장! 다른 사람이 네게 이래라저래라 할 수는 없는 일이야! 네 말이 맞아. 하지만 그게 그렇게 간단한 일이 아니거든. 치러야 할 대가가 있으니 말이야. 그 치러야 할 대가는 또 뭐야? 관계. 린다와 나의 관계. 이해할 수 없어. 칼 오베, 제발 정신 차려! 다른 일은 네가 한발 양보할 수 있다 해도 글 쓰는 일만큼은 양보할 수 없어. 좀더 강해져 보라고! 하지만 너도 알다시피 난 강한 것과는 거리가 먼 사람이잖아. 맞아, 길고 부들부들하지. 그는 큰 소리로 웃음을 터뜨렸다. 어쨌든 네 인생이니 잘 생각해봐!

9월은 그렇게 흘러갔다. 빨갛고 누렇게 변해버린 나뭇잎은 바람에 부딪혀 떨어져 나갔고, 푸른 하늘과 공기는 더욱 청명해져갔으며, 여름 내내 높이 떠 있던 태양은 나직이 내려앉았다. 10월 중순이 되자 린다는 쇠데르의 한 이탈리아 레스토랑에서 친구들과 함께 생일 파티를 열었다. 서른이 된 린다는 너무나 아름다웠고 신선한 생동감을 발산하고 있었다. 그런 린다를 바라보는 나는 자랑스럽기 그지없었다. 그녀의 애인이 바로 나라는 생각에 자랑스러울 뿐 아니라 감사하기까지 했다.

파티를 마친 우리는 도시의 네온사인 불빛을 받으며 집으로 걸어갔다. 린다는 내가 런던에서 선물로 사다준 하얀 코트를 입고 있었다. 아름답고 여전히 낯선 도시에서 그녀와 손을 잡고 걷노라니 벅찬 마음에 심장이 터질 것만 같았다. 우리는 여전히 열정적으로 사랑했고, 근본적으로 변해버린 삶을 함께 살고 있었다. 그 삶은 스치는 바람처럼 눈에 띄지 않게 서서히 변하는 삶과는 거리가 먼 것이었다.

우리는 아이를 낳을 계획도 세우고 있었다. 우리 앞에 있는 것은 행복 외에는 아무것도 없는 것 같았다. 있다 해도 우리에겐 그것을 볼 눈이 없었다. 적어도 나는 그랬다. 철학, 문학, 예술 또는 정치와 관련된 질문이 아니라 내가 몸 담고 사는 삶, 내 주변을 바람처럼 스쳐가는 삶에 대해선 깊이 고민해본 적도 없었다. 나는 오직 하루하루 내게 다가오는 삶을 살 뿐이며, 나의 행위를 결정하는 것은 내 느낌과 감정뿐이었다.

그즈음, 노르웨이 '뵈'라는 도시에 있는 작가학교에서 내게 2주간 강의를 해달라는 의뢰가 왔다. 투레 에릭이 함께 강의를 진행할 사람으로 나를 추천했기에 그때 응하지 않으면 두 번 다시 그런 기회를 삼기가 쉽지 않았다. 린다는 2주간 혼자 있을 수 없다고 했다. 그렇게 긴 시간 동안 어떻게 혼자 있으란 말이에요? 린다의 말을 듣고 보니 2주라는 시간이 참 긴 것 같기도 했다. 내가 노르웨이에서 일하는 2주 동안 린다 혼자 스톡홀름에 남아 있을 수 있을까. 하지만 나는 그 기회를 놓치고 싶지 않았다. 글쓰기는 이미 벽에 부딪혀버렸으니 무언가 다른 일을 해야만 했다. 더군다나 내가 존경하는 투레 에릭이 나를 추천했다는데…

나는 어머니에게 전화를 했다. 어머니는 린다와 나 사이에 아직 아이도 없는데 뭘 망설이냐고 되물었다. 린다가 몇 주 동안 혼자 있을 수 없다는 건 말도 안 된다며 글과 관련된 일은 무엇이든 하라고 용기를 북돋아주었다. 어머니 말엔 틀린 게 하나도 없었다. 조금 떨어져서 보니 이렇게 명백하게 보이는 걸 두고 그간 이렇게나 고민해왔다니. 이젠 린다에게서도 한 발짝 떨어져 삶을 바라볼 때가 왔다는 생각도 들었다. 하지만 나는 그 한 발짝을 뗄 수가 없었다.

린다와 나는 그동안 한 몸처럼 살아왔다. 싱켄스담에 있는 린다의 원룸은 어두침침하고 비좁기 그지없었다. 그 공간은 지난 반년 동안 우리의 삶을 조금씩 조금씩 갉아먹고 있었다. 연애 초기 우리 앞에 활짝 열려 있던 문은 우리도 모르는 사이에 서서히 닫혀갔고, 일심 동체였던 우리의 삶은 조금씩 경직되어가면서 서로에게 보일 듯 말 듯 상처를 내고 있었던 것이다. 말다툼이 생길 때면 그 순간엔 무의미하게 느껴졌지만, 그것들은 사라지지 않고 점점 쌓여 우리를 옭아 매었다.

어느 늦은 저녁 시간, 나는 그룹 과제를 하기 위해 슬루센에 있는 주유소 옆 광장으로 가는 린다를 따라갔다. 그런데 갑자기 그녀가 몸을 홱 돌리더니 아무것도 아닌 일을 트집 잡아 내게 짜증을 부렸다. 지옥으로나 가버리라는 말도 퍼부었다. 나는 도대체 그게 무슨 짓이냐며 그녀에게 물어보았지만 그녀는 대답도 않고 10미터쯤 앞장서서 걷기 시작했다. 나는 그녀의 뒤를 말없이 따라갔다.

어느 날 오후, 린다의 친구인 일다와 케틸을 저녁에 초대한 우리는 장을 보기 위해 살루할렌에 있는 대형 슈퍼마켓으로 갔다. 나는 팬케이크를 굽자고 제안했다. 린다는 내게 경멸의 눈초리를 보내며 팬케이크는 어린애들이 생일 파티할 때나 먹는 음식이라고 쏘아붙이는 게 아닌가. 그렇다면 크레페는 어때? 팬케이크를 크레페라고 부르면 좀 격식이 있어 보여? 그녀는 나를 쏘아보며 몸을 홱 돌려 가 버렸다.

우리는 주말이면 도시 곳곳에 있는 아름답고 경치 좋은 곳으로 산책을 다녔다. 행복한 기분에 젖어 있었지만 매번 그녀의 어두운 면이 짜증으로 변해 내게 쏟아질 때면 나는 뭘 어찌해야 좋을지 몰라 당황하곤 했다. 다시 혼자 있고 싶다는 바람이 강렬하게 나를 감싸기 시작했다.

가을이 되자 린다의 기분은 점점 더 가라앉았고, 그러면 그럴수록 린다는 나를 더욱 심하게 옭아매었다. 나는 우리에게 무슨 일이 일어나고 있는지 이해할 수가 없었다. 그녀와 함께 있으면 밀실공포증 같은 답답함이 덮쳐왔기에 나는 탈출구를 찾기 시작했고 그녀와 거리를 두려고 했다. 동시에 그녀는 내가 만들어둔 거리감을 좁히기 위해 안간힘을 썼다.

출판사에서 마련해준 숙소에서 글을 쓰기 위해 나는 이탈리아 베네치아로 날아갔다. 린다는 그곳에서 나와 함께 일주일간 지내다가 집으로 돌아갈 예정이었고, 나는 린다를 보내고 나서 며칠 더 그곳에 남아 글을 쓸 계획이었다. 린다는 베네치아에 머무르는 동안 시무룩한 얼굴로 쉴 새 없이 짜증을 냈다. 내가 그녀를 사랑하지 않는다는 말만 앵무새처럼 되풀이했다. 당신은 나를 사랑하지 않아요. 진정으로 나를 원하지 않죠. 당신은 나를 사랑하지 않아요. 진심으로 사랑하지 않는다고요. 당신은 나를 사랑하지 않아요.

"당신이 뭐라 해도 난 당신을 사랑해!"

나는 가을의 한기를 머금은 무라노의 거리로 뛰쳐나왔다. 두 눈은 선글라스로 가린 채. 솔직히 나는 린다가 그런 말을 할 때마다 혼자 있고 싶은 생각밖에 없었다. 그녀를 사랑한다는 마음보다 혼자 있고 싶다는 마음. 그것이 진실에 더 가까웠다.

그녀의 혼란은 도대체 어디서 온 것일까.

정말 나 때문일까.

혹여 그녀를 대하는 내 태도가 차갑게 느껴졌던 건 아닐까.

나는 정말 나만 생각하는 이기적인 인간일까.

베네치아 일정을 마치고 집으로 돌아가면 린다는 나를 어떻게 대할까. 기쁜 마음으로 나를 맞아줄까. 그녀와 다시 행복한 저녁 시간을 보낼 수 있을까. 그렇지 않으면 그녀는 또 무언가 트집을 잡고 내게 짜증을 부릴까. 예를 들면 우리가 이제는 매일 밤 사랑을 나누지 않는다는 이유로. 우리는 다시 침대 위에 나란히 앉아 텔레비전을 볼 수 있을까. 롱홀멘으로 함께 산책하러 갈 수도 있을까. 아, 나는 그녀의 집착과 요구에 온몸이 갈기갈기 찢기는 것만 같았다. 어떻게든 나를 소유하고픈 그녀의 욕구를 도대체 무슨 방법으로 견뎌낼 수 있단 말인가.

린다와 나 사이에 인위적인 거리감을 두는 일에 점점 지치기 시작했다. 언젠가는 끝내야 할 것 같다는 생각도 들었다. 내 머리는 복잡하기 그지없었다. 그러니 그녀와의 대화도 제대로 이어나갈 수가 없었다. 물론 그녀도 눈치챘으리라. 그래서 그녀는 내가 그녀를 사랑하지 않는다고 지레짐작해버린 건 아닐까.

나는 점점 마음의 문을 닫아버렸고, 그녀는 그 문을 부수기 위해 나를 더 쪼아댔다. 그녀가 나를 쪼아대면 쪼아댈수록 나는 혼란스러워졌고 왔다 갔다 하는 그녀의 기분 때문에 나는 어쩔 줄 몰라 안절부절못했다. 나는 매일 그녀의 기분이 어떤지 의식적으로든 무의식적으로든 눈치를 봐야만 했고, 그녀의 기분에 맞추어 조심스레 말하고 행동했다.

그녀가 불같이 화를 낼 때면 나는 그녀가 마치 한 방에 있는 커다란 사냥개 같다는 생각을 하기도 했다. 함께 앉아 대화를 나누면서, 가끔 그녀의 깊은 사고와 경험을 느낄 때면 내가 너무나 보잘것없는 사람처럼 느껴져 열등감이 들기도 했다. 반면 가끔 내게 안겨오는 그녀의 등을 쓰다듬어주거나 무언가에 불안해하고 자신 없어 하는 그녀를 위로할 때면 내가 이 세상 어느 누구보다도 더 강한 사람이라는 생각이 들고 자신감이 샘솟기도 했다.

이렇게 극과 극을 오가는 생각과 느낌은 시간에 따라 중도적으로 변해버리기 마련이었지만 얼마간의 간격을 두고 다시 고개를 들곤 했다. 시간이 흐르자 그 간격은 점점 더 좁혀졌고, 혼자 있고 싶다는 바람과 그녀와 함께하고 싶다는 바람이 동시에 점점 더 강해졌기에 나는 지치기 시작했다.

우리가 함께했던 그 짧은 시간 동안, 우리는 그 어떤 일에도 열성을 다했으며 그 어떤 일도 중도에서 멈추는 일이 없었다. 이번 경우도 마찬가지였다.

어느 날 저녁 우리는 또 말다툼을 했고 여느 때와 마찬가지로 곧 화해를 한 후 아이에 대한 이야기를 하기 시작했다. 우리는 린다가 학교에 다니는 동안 아이를 낳기로 계획을 세운 적이 있었다. 린다는 출산하면 한 학기를 휴학할 계획이었고 다음 학기가 되어 복학하게 되면 내가 집에서 아이를 돌보기로 했다. 린다가 임신을 하기 위해선 복용하던 온갖 우울증약을 끊어야만 했다. 의사는 탐탁지 않게 생각했지만, 심리상담원은 그녀의 결정을 환영했다. 어쨌든 최종 결정은 린다만이 내릴 수 있는 것이었다.

우리는 아이에 대한 이야기를 거의 매일같이 나누었다.

나는 린다에게 출산을 조금 미루는 게 어떻겠느냐고 제안했다.

소리를 죽인 텔레비전의 화면 빛만이 어둑한 집 안을 밝히고 있었다. 창밖에는 가을 저녁의 어둠이 도심을 삼키는 거대한 바닷물처럼 밀려들었다.

"조금 미루는 건 어떨까요."

"지금 무슨 말을 하는 거예요?"

린다가 나를 째려보았다.

"조금 더 기다리면서 상황을 보자는 말이에요. 당신은 학업을 마친 후에도 임신을…"

린다가 갑자기 몸을 벌떡 일으키더니 손바닥으로 내 얼굴을 후려쳤다.

"천만에요! 절대 그런 일은 없을 거예요!"

"이게 무슨 짓이야? 당신 미쳤어? 지금 내게 손찌검을 한 거야?"

린다의 손이 스쳐간 볼이 화끈거리기 시작했다. 있는 힘을 다해 나를 때린 것 같았다.

"가볼게. 다시는 돌아오지 않을 거야. 이젠 끝이야!"

나는 현관으로 가서 옷걸이에 걸려 있는 코트를 집어 들었다.

그녀는 내 등 뒤에서 소리 내어 흐느끼기 시작했다.

"가지 마세요, 칼 오베! 내 옆에 있어주세요. 제발 부탁이에요. 가지 마세요."

나는 몸을 돌렸다.

"정말 당신 마음대로 다 할 수 있다고 생각해? 정말 그렇게 생각하는 거야?"

"용서해줘요. 제발 가지 마세요. 내 옆에 있어 달라고요. 오늘 저녁만이라도."

나는 어둠 속에 우두커니 서서 그녀를 바라보았다.

"알았어. 오늘 저녁만 함께 있을게. 그게 전부야."

"고마워요."

다음 날 아침 7시쯤 잠에서 깬 나는 아침 식사도 하지 않고 그녀의 집을 나와버렸다. 내 집에 돌아온 나는 테라스에 나가 발아래 도시를 내려다보며 담배를 피웠다. 머릿속은 앞으로 뭘 어떻게 해야 할지에 대한 고민으로 가득했다.

나는 그녀와 더는 함께 지낼 수 없다고 결심했다.

나는 게이르에게 전화해 듀르고르덴에서 함께 산책을 하자고 말했다. 중요한 일에 대해 상의할 것도 있다고 덧붙였다. 그는 급한 일을 먼저 해결해놓고 나서 노르디스카 박물관 앞 다리 위에서 만나자고 했다.

거기서 만난 우리는 다리 끝 쪽에 있는 레스토랑으로 가서 점심을 먹기로 했다. 회색 하늘과 벌거벗은 나무 아래 누렇고 빨간 낙엽이 쌓인 길을 걸으며 무슨 말인가를 하려 했지만, 내 입에선 아무 말도 나오지 않았다. 게이르에게 차마 전날 밤의 이야기를 털어놓을 수가 없었다. 그녀가 내게 손찌검을 했다는 말을 도대체 누구에게 할 수 있단 말인가. 어렵게 입을 뗀다 해도 쓰레기처럼 짓이겨진 내 자존심을 누구에게 하소연할 수 있단 말인가.

나는 린다와 말다툼을 했다는 말밖에 하지 않았다. 뭘 해야 될지 몰라서 이야기를 하고 싶었다고 하자, 게이르는 내 느낌이 가는 대로 움직이라고 말했다. 나는 내 느낌이 어떤 것인지 모르겠다고 말했다. 게이르는 그럴 리가 없다며 잘 생각해보라고 등을 툭 쳤다.

그건 사실이었다. 나는 내 안에 자리 잡고 있는 서로 다른 두 가지 생각 중에서 어떤 것이 진실한 것인지 가려낼 수가 없었다. 그 하나는 '이제 린다를 떠나. 그녀는 네게 너무 많은 것을 원하고 있어. 그녀와 계속 함께 지낸다면 너는 머지않아 자유를 잃어버리고 그녀만을 위해 네 시간을 모두 바쳐야 할 거야. 그렇다면 네가 그토록 원하는 글쓰기, 독립적인 생활은 평생 잊어버리는 게 좋아'라는 생각이었다. 다른 하나는 '넌 린다를 사랑해. 린다는 다른 사람이 줄 수 없는 특별한 것을 네게 줄 수 있는 사람이야. 그녀는 네가 누군지 잘 알고 있잖아. 네가 누군지 정확하게 알고 있는 사람은 린다뿐이야'라는 생각이었다.

둘 다 맞는 생각이었지만 둘 다 실현할 수는 없었다. 나는 하나를 선택하면 다른 하나는 버려야 하는 처지에 놓여버렸다.

게이르와 함께 걷는 동안, 난 이번만큼은 내가 먼저 결정을 내려야겠다고 마음먹었다. 더는 린다에게 휘둘리기 싫었기 때문이다.

베스테르토르프행 전철 안에서 린다의 전화를 받았다. 게를 사놓았으니 자기 집에서 함께 저녁을 먹자고 했다. 게는 내가 제일 좋아하는 음식이다. 나는 저녁때 가겠다고 말했다. 어차피 그녀와 이야기를 해야만 했으니까.

나는 열쇠를 가지고 있었지만 초인종을 눌렀다. 대문을 연 린다는 조심스럽게 미소를 건넸다.

"어서 와요."

그녀는 내가 좋아하는 흰색 블라우스를 입고 있었다.

그녀의 한쪽 손이 마치 나를 포옹이라도 할 듯 살짝 움직이는가 싶었다. 하지만 그녀는 얼른 손을 내리고 한 발짝 뒤로 물러섰다.

"들어오세요."

나는 그녀에게 등을 돌린 채 옷걸이에 재킷을 걸었다. 몸을 돌리니 그녀가 팔을 쭉 뻗어 내게 포옹을 해왔다.

"배고파요?"

"꽤 출출한걸…"

"그럼 저녁부터 먹을까요?"

나는 린다의 뒤를 따라 창가에 놓여 있는 식탁 앞으로 갔다. 다른 창가 아래에는 침대가 있었다. 린다는 식탁 위에 하얀 식탁보를 깔아놓았다. 두 개의 접시 사이에는 유리잔과 맥주 두 병이 있었으며 창문으로 새어 들어온 바람은 세 개의 촛대에 꽂아놓은 양초의 불꽃을 흔들고 있었다. 가운데 놓인 커다란 접시 위에는 게가 가득했고, 그 옆에는 프랑스빵과 버터, 레몬과 마요네즈가 차려져 있었다.

"게 요리를 자주 먹어보질 못해서 그런데… 당신이 껍데기를 열어볼래요? 당신이라면 게 껍데기쯤은 문제없을 것 같다고 생각했어요."

내가 게 다리를 꺾어 부러뜨리고 껍데기를 벗기는 동안, 린다는 맥주병을 땄다.

"오늘 뭐 했어?"

나는 속살이 가득한 게다리를 그녀에게 건네며 물어보았다.

"아무것도 못 했어요. 학교에 갈 마음이 생기지 않아 미카엘라에게 전화해서 함께 점심을 먹었어요."

"무슨 일이 있었는지 미카엘라에게 얘기했어?"

그녀는 고개를 끄덕였다.

"당신이 내게 손찌검을 했다는 이야기도?"

"네."

"그러니까 미카엘라는 뭐래?"

"별말 하지 않았어요. 제 말을 듣기만 한걸요."

린다는 나를 빤히 쳐다보며 말을 이었다.

"나를 용서해줄 수 있겠어요?"

"물론이야. 당신이 진심으로 원해서 한 일은 아니라고 믿기 때문이지. 나는 다만 당신이 왜 그랬는지 이해할 수 없을 뿐이야. 어떻게 그런 식으로 통제력을 잃을 수가 있는지…"

"칼 오베."

"응?"

"미안해요. 정말 미안해요. 하지만 당신이 한 말 때문에 정말 많이 아팠어요. 당신을 만나기 전엔 내가 아이를 가질 수 있다고 생각지도 못했거든요. 용기를 낼 수가 없었어요. 내가 당신을 사랑한다는 것을 알고 난 후에도 아이 생각은 할 수 없었어요. 그런데 당신이 아이를 가지고 싶다고 했어요. 나와 함께. 기억나요? 나와 함께 보낸 첫날, 당신이 내 아이를 가지고 싶다고 했어요. 나는 내 귀를 믿을 수가 없었어요. 너무너무 기뻤죠. 가능성이 있다는 생각만으로도 저는 행복했어요. 당신이 내게 그 가능성을 보여주었던 거라고요. 그런데… 어제는… 당신이 했던 말을 스스로 되돌려버린 거나 마찬가지였어요. 나는 너무너무 실망했고 그 때문에 고통스럽기까지 했어요. 절망했죠. 네, 맞아요. 당신 말이 맞아요. 나는 완전히 통제력을 잃었고 하지 말았어야 할 일을 하고 말았어요."

포크로 게살을 파서 빵 위에 옮겨 담고 있던 린다의 눈에 눈물이 맺히기 시작했다.

"제 마음을 이해할 수 있나요?"

나는 고개를 끄덕였다.

"이해할 수 있어. 하지만 그렇다고 당신이 무슨 일이든 할 수 있다는 뜻은 아니야. 아무리 당신 감정을 통제하기 어렵다 해도 말이지. 그건 있을 수 없는 일이야. 젠장. 있어선 안 되는 일이라고. 나는 그런 식으로 살고 싶진 않아. 그때의 내 기분은 어땠는지 알아? 당신이 손을 들어올려 내 얼굴을 때렸을 때? 빌어먹을! 나는 정말 그렇게는 살고 싶지 않다고! 우리 둘뿐이야. 그렇지? 그런데 우리가 원수지간으로 지내다니, 말이 된다고 생각해? 난 그렇겐 살고 싶지 않아. 있을 수 없는 일이야, 린다!"

"알아요. 당신 마음 다 알아요. 앞으로 조심할게요. 정말이에요. 약속할게요."

잠시 침묵이 흐르고 우리는 다시 대화를 나누며 음식을 먹기 시작했다. 가볍고 일상적인 이야기를 나누다 보니 어제 일은 잊을 수 있을 것 같기도 했다.

내 머릿속에서는 어제 일을 잊고 싶다는 생각과 잊고 싶지 않다는 생각이 서로 충돌하고 있었다.

빵 위에 올라온 게살은 매끈해 보이면서도 쭈글쭈글했다. 마치 흙 속의 지렁이처럼 갈색이 도는 붉은빛의 살, 텁텁한 소금기를 느낄 수 있는 바다의 맛은 달착지근한 마요네즈에 묻혀 제자리를 못 찾는가 싶더니 어느새 레몬즙의 도움을 받아 더욱 강렬하게 입안을 자극했다.

"맛있어요?"

린다가 미소를 지으며 내게 말을 걸었다.

"응, 아주 맛있어."

우리가 함께 눈을 떴던 첫날, 내가 린다에게 한 말은 그저 입에서

만 나온 것이 아니라 온몸을 감싸고 있던 진실한 느낌이기도 했다. 나는 진정으로 그녀와 함께 아이를 가지고 싶었다. 그 전에는 느껴 보지 못한 감정이었다. 그토록 온몸을 가득 채워온 느낌과 생각이었기에 나는 그것이 진실로 내가 원하는 것이라 믿었다.

어떤 대가를 치르고서라도?

어머니가 스톡홀름에 왔다. 나는 레스토랑에서 린다를 소개시켜 주었다. 분위기는 나쁘지 않았다. 린다는 수줍은 듯하면서도 밝고 외향적인 모습을 보여주었다. 나는 어머니와 린다가 서로에게 어떤 반응을 보일지 조마조마해하며 지켜보았다. 어머니는 내 집에서 묵기로 했다. 나는 아파트 출입문 앞까지 어머니를 배웅하고 거기서 10분쯤 떨어진 곳에 있는 린다의 집으로 뛰어갔다. 다음 날 카페에서 아침 식사를 하기 위해 어머니를 모시러 갔더니, 어머니는 전날 밤 복도에 불이 켜지지 않아 한 시간 동안 집에도 들어가지 못하고 복도에서 헤맸다고 했다.

"내가 계단에 서 있는데 갑자기 불이 꺼지지 뭐니. 너무 캄캄해서 바로 눈앞에 있는 것도 안 보이더라고."

"스웨덴 사람들이 구두쇠라서 그래요. 얼마나 절약을 하며 사는지 잠시 밖에 나갈 때도 실내의 불을 다 끄고 나가요. 그래서 공공건물에는 자동조절 장치가 설치되어 있는 곳도 있어요. 그런데 왜 불을 다시 켜지 않았어요?"

"너무 캄캄해서 스위치가 어디 있는지 찾을 수가 없었어."

"하지만 스위치 불빛은 보이잖아요?"

"아! 벽에서 반짝거리는 게 스위치였어? 나는 그게 화재경보기쯤 되는 줄 알았지."

"라이터는요?"

"라이터는 한참 후에야 생각해냈어. 뭘 어떻게 해야 할지 몰라 답답한 마음에 밑에 내려가서 담배나 피워야겠다고 생각했지. 그때 라이터 생각이 나더구나. 그래서 다시 올라갔지. 라이터 불로 비춰보고 나서야 겨우 대문을 열 수 있었어."

"어머니도 참!"

"내게는 외국이잖니. 낯설어서 그래. 익숙하게 보이는 것들도 막상 닥쳐보면 그게 아니라고."

"그런데 린다는 어떻게 생각하세요?"

"참 괜찮은 아가씨야."

"그렇죠? 어머니도 그렇게 생각하시죠?"

나는 뜻밖의 말에 적잖이 놀랐다. 물론 어머니가 린다를 좋아할 것이라는 생각엔 의심의 여지가 없었지만, 내가 그간 토니에와 오랫동안 사귀었다는 점도 간과할 수 없었다. 심지어는 그녀와 결혼까지 했으니까. 어머니는 토니에를 한 가족처럼 여겨왔다. 비록 우리의 관계는 끝났지만 어머니가 토니에를 생각하는 마음은 전과 다르지 않았다. 윙베 형은 가족이 한자리에 모일 때 토니에가 보이지 않아 섭섭하다고 했다. 어머니 마음도 형과 다르지 않을 것이다.

여름이 끝나갈 무렵, 토니에와 나는 함께 쓰던 물건을 나누고 관계를 완전히 정리했다. 아주 자연스럽게. 우리는 서로를 배려했고 앞날을 축복했다. 별다른 감정의 동요는 없었다.

단 한 번 슬픔 비슷한 감정에 빠져들기는 했다. 무언가를 가지러 지하실에 갔을 때 갑자기 그녀와 함께했던 날들이 이젠 모두 끝났다는 생각이 들어 나는 소리 내어 울었다. 그 후엔 조금의 갈등이나 고통 없이 토니에와 모든 것을 정리했다.

토니에와 함께 키우던 고양이는 월스테르에 사는 어머니가 키우기로 했다. 고양이를 데리고 어머니에게 간 나는 린다에 대해 털어놓았다. 어머니는 그리 탐탁지 않게 여기는 듯했지만 아무 말도 하지 않았다. 30분쯤 지난 후, 어머니는 내가 듣기에 뜨끔한 말을 했다. 내가 다른 사람은 보지도 않고 볼 수도 없는 장님이라며, 어디서든 누구에게서든 오직 자기 자신의 모습만 비춰보는 사람이라고 했다.

"네 아버지는 다른 사람을 꿰뚫어볼 수 있는 사람이었어. 한 번만 보고도 그 사람이 어떤 사람인지 대번에 알아낼 수 있는 사람이었지. 너는 그렇게 못했어. 단 한 번도!"

나는 어머니의 말이 맞을지도 모른다며 얼버무렸다.

어머니의 말은 틀리지 않을 것이다. 하지만 중요한 건 어머니의 말이 맞고 틀리고가 아니라, 어머니가 다른 사람도 아닌 아버지와 나를 비교했다는 것이다. 그 추악한 인간을 나와 비교했다는 것은 어머니가 내게 화를 내고 있다는 의미였다. 그 또한 내겐 새로운 일이었다. 어머니는 평생 내게 화를 낸 적이 없었으니까.

어머니는 린다와 내가 서로를 깊이 사랑한다는 사실도 알았다. 당신의 아들이 사랑과 삶에 대한 기대감으로 빛을 발하는 모습도 보았다.

스톡홀름에서 반년쯤 지내고 나니 모든 것이 달라졌다. 내 영혼은 좀이 쏠 듯 고뇌에 잠식되기 시작했고, 린다와의 관계는 밀실공포증을 일으킬 만큼 답답하고 어두웠다. 나는 그녀를 떠나고 싶었지만 마음이 약해 떠날 수가 없었다. 그녀만 생각하면 안쓰러웠다. 과연 나 없이 혼자 살아갈 수 있을까. 내가 그녀를 떠날 수 없었던 이유는 내 마음이 약했던 탓이고, 내가 그녀를 사랑하고 있었기 때문이다.

우리는 필름하우스에서 점심을 먹었고 온갖 잡다한 이야기를 열성적으로 주고받았다. 집에서나 카페에서나 우리는 쉴 새 없이 대화를 나누었다. 내 삶과 그녀의 삶뿐만 아니라 우리가 나누어야 할 대화는 너무나 많았다. 우리의 삶은 주변인들의 삶과 어우러져 그렇게 자리를 잡았다.

나는 린다를 만나기 전에는 나를 드러내지 않고 조심스러운 눈길로 주변인들을 관찰했다. 마치 정원 깊숙한 곳에 혼자 앉아 그곳을 거니는 사람들을 바라보는 듯했다. 린다는 그런 나를 정원의 가장자리로, 내 존재의 심리적 가장자리로 끌어냈다. 그곳으로 가서 보니 모든 것이 더욱 가깝고 강렬하게 느껴졌다.

'시네마테케' 극장에서 본 영화들, 늦은 밤을 보낸 도심, 그네스타에 살고 있는 린다 어머니와 함께 보낸 주말들. 평화로운 숲속에서 린다는 섬세하고 여린 소녀처럼 보였다.

린다는 베네치아에서 내가 자기를 사랑하지 않는다고 몇 번이나 되풀이해서 소리를 질렀다. 저녁이 되자 우리는 취할 때까지 술을 마셨고 사랑을 나누었다. 야만적이고 새롭고 낯설어 두렵기까지 했던 사랑.

다음 날 돌이켜보니 우리는 서로를 아프게 만들기 위해 사랑을 나누었던 것 같다는 생각이 들었다. 그녀가 집으로 돌아간 후, 나는 손가락 하나도 까딱할 수 없을 정도로 지쳐 있었다. 다락방에 앉아 글을 쓰던 나는 몇백 미터밖에 되지 않는 근처 슈퍼마켓까지 가는 것도 힘들었다. 담벼락은 차가웠고, 골목길은 텅 비어 있었으며, 운하는 관을 닮은 곤돌라로 가득 차 있었다. 내가 본 것은 죽은 것들이었고, 내가 쓴 것은 가치 없는 것들이었다.

한기로 가득한 이탈리아의 다락방에 앉아 글을 쓰다가 린다와 첫

날밤을 보낸 바로 그날 우연히 섀테르바켄과 마주쳤던 일이 떠올랐다. 그는 다음 소설을 쓸 때 나처럼 써보겠다고 말했다.

갑작스레 몰려오는 수치심에 온몸이 화끈거렸다.

그는 반어적으로 나를 비꼬았는데, 나는 그의 말을 곧이곧대로 믿었던 것이다.

그때 나는 정말 그가 진심으로 그렇게 말하는 줄로만 알았다.

아, 얼마나 자기도취에 깊이 빠져 있으면 그런 말도 진실이라 믿어버리는 걸까. 내 어리석음의 한계는 도대체 어디까지란 말인가. 아니, 도대체 한계라는 게 있기는 한 걸까.

나는 서둘러 계단을 내려가 재킷을 걸쳐 입고 밖으로 나갔다. 섀테르바켄의 아이러니에 무너져내린 내 자존심을 떠올릴 때마다 거대한 파도처럼 밀려오는 부끄럽고 비참한 심정을 어떻게든 가라앉혀 보려 걷기 시작했다. 운하를 따라 한 시간쯤 걸으며 나는 더럽고 지저분하며 짙은 녹색을 띤 물과 오래되어 낡은 담벼락 속에 숨겨져 있는 아름다움, 뒤틀리고 쇠퇴한 세상 속에 숨겨져 있는 장엄함을 찾아보려고 노력했다.

정신없이 걷다 보니 커다란 광장이 나타났다. 나는 카페에 들어가 커피를 주문하고 담배에 불을 붙인 후 생각에 잠겼다. 문득 섀테르바켄의 말이 내 생각과는 달리 그다지 큰 의미를 품고 있진 않다는 생각이 스쳤다.

나는 집게손가락과 가운뎃손가락으로 에스프레소 잔을 살짝 들어올렸다. 조그마한 잔에 비하니 내 손가락은 마치 거인의 손가락처럼 보였다. 의자에 등을 기대고 확 트인 하늘을 바라보니 문득 내가 걸어온 여러 갈래의 비좁은 길과 운하가 지하세계의 미로 같다는 생각이 들었다. 비좁은 길들이 한데 만나는 곳에 갑자기 나타난 널찍한 광장, 건물 지붕과 교회탑이 가리키는 높고 깊은 하늘을 무심코 바라볼 때면 나는 항상 예상치 못했던 것을 만나기라도 하듯 깜짝 놀란다. 아, 세상일은 모두 이런 것이 아니었던가. 하늘은 언제나 그 자리에 있고, 태양도 항상 제자리를 지키고 있다. 그것을 볼 수 있는 사람들은 하늘처럼, 태양처럼 더 밝게, 더 가볍게 마음이 열리는 것을 경험하기 마련 아니었던가.

새테르바켄도 내 말을 아이러니로 받아들였을 게 틀림없다는 확신이 들기 시작했다.

가을이 되자 갑자기 기온이 내려갔고, 스톡홀름의 강과 운하는 모두 얼어버렸다. 우리는 일요일에 쇠데르에서 감믈라 스탄까지 얼음길을 걸었다. 나는 미끄러지지 않으려 노트르담의 꼽추처럼 등을 구부정하게 굽히고 발걸음을 옮겼고, 린다는 쉴 새 없이 웃음을 터뜨렸다.

우리는 서로 사진을 찍기도 했다. 모든 것은 선명했고 밝았다. 그녀를 향한 내 감정도 마찬가지였다. 우리는 사진을 인화하여 카페에 앉아 보았고, 집으로 달려가 사랑을 나누었고, 영화 두 편을 빌리고 피자를 사서 저녁 내내 침대 위에서 시간을 보냈다. 그날은 오래도록 기억하고 싶은 날 중의 하나였다. 어쩌면 나는 너무나 일상적인 일들을 그리워하고 있었는지도 모른다.

겨울이 되자 눈송이가 흩날렸다. 하얀 거리, 하얀 지붕. 도심의 소리는 눈 속에 파묻힌 듯 먹먹하게 들려왔다. 어느 날 저녁, 우리는 눈으로 뒤덮인 길을 정처 없이 걸었다. 언덕 위에 자리한 바스투가탄으로 걸음을 옮기던 중, 린다가 올 성탄절은 어디서 보낼 계획이냐고 물었다. 나는 집에서 보낼 계획이라고 했다. 윌스테르의 어머니

집. 린다도 그러고 싶다고 했다. 나는 그러기엔 너무 이르다며 안 된다고 했다. 왜 너무 이르다고 생각하는 거죠? 당신도 알잖아. 아뇨, 몰라요. 음…

우리의 대화는 결국 말다툼으로 이어졌다. '비숍스 아름스'에서 각자 맥주 한 잔씩 앞에 놓고 앉은 우리는 아무 말도 하지 않았다.

나는 린다의 마음을 누그러뜨리기 위해 깜짝 성탄 선물을 준비했다. 월스테르에서 성탄절을 보내고 사흘 후에 스톡홀름으로 돌아온 나는 린다를 데리고 아를란다 공항으로 갔다. 영문도 모르고 따라나선 린다는 내게서 파리행 비행기표를 받아들고 깜짝 놀랐다. 우리는 파리에서 일주일 동안 머무르기로 했다.

린다는 파리에 있는 내내 불안해하고 짜증을 냈다. 아무것도 아닌 일에 화를 냈고 시도 때도 없이 비이성적인 말과 행동으로 나를 곤란하게 냈다.

첫날 저녁, 우리는 식사를 하기 위해 고급 레스토랑을 찾았다. 린다는 웨이터에게 무슨 말을 해야 할지 몰라 쭈뼛거리는 내게 경멸의 눈초리를 보냈다. 절망적이었다. 내가 도대체 왜 이런 고생을 사서 하는지 이해할 수가 없었다. 내 인생은 어디로 가고 있는가.

나는 가게를 돌아보며 쇼핑을 하고 싶었지만 불가능하다는 것을 깨달았다. 린다는 목적 없이 가게를 돌아다니며 쇼핑하는 것을 전에도 그리 좋아하지 않았지만 파리에서는 거의 증오하다시피 했다. 그렇다고 린다 혼자 남겨놓고 나만 쇼핑할 수도 없는 노릇이었다. 린다는 혼자 있는 것도 싫어했으니까.

내가 쇼핑을 포기하는 수밖에 없었다. 에펠탑을 보러간 날은 그럭저럭 문제없이 하루를 시작할 수 있었다. 에펠탑은 내가 본 것 중에서 19세기의 특징을 가장 강렬하게 발산하는 건축물이기도 하다.

저녁이 되자 우리는 파리에 살고 있는 린다의 친구를 방문했고 그 옆에 있는 마르셀 프루스트의 묘지도 함께 가보았다.

그해의 마지막 날, 프랑스 전문가라고 자처하는 베르겐의 한 친구에게 전화를 해서 아주 근사한 레스토랑을 알아냈다. 린다와 나는 그곳에서 저녁을 먹으며 행복했던 반년 전의 일을 간간이 주제로 꺼내 대화를 나누었고, 밤 11시쯤 손을 잡고 센 강변을 따라 호텔까지 걸어갔다. 파리에 머무르는 동안 우울해했던 린다는 스웨덴에 도착한 비행기에서 내리자마자 다시 밝은 모습으로 돌아왔다.

내게 집을 임대했던 여자가 집을 팔 예정이라고 했다. 나는 1월 초에 내 짐—짐이라고 해봤자 책밖에 없었다—을 시내 외곽의 한 창고로 옮겨놓고 집 안팎을 닦고 청소한 후 열쇠를 주인에게 돌려주었다. 린다는 친구들에게 전화해서 내가 글을 쓸 수 있는 장소를 물색했다. 코라는 여러 명의 프리랜서가 함께 사무실을 빌려 월세를 내는 곳을 알고 있다고 했다. 슬루센 주변 작은 언덕 꼭대기에 있는 성 같은 건물, 그 다락에 위치한 사무실이었다. 그곳은 내가 살던 집에서 100미터밖에 떨어지지 않은 곳이었다. 나는 그 건물 꼭대기 층에 작은 방을 하나 얻었고 낮에는 거기서 글을 썼다. 새로운 시작이었다. 이미 써둔 100쪽 정도의 글을 모두 지워 버리고 다시 글을 쓰기 시작했다. 이번에는 천사에 대한 부분을 그냥 흘려보내지 않겠다고 결심했다. 서점으로 간 나는 천사 그림으로 가득한 싸구려 미술 서적을 구입했다. 책장을 넘기다 보니 흥미로운 천사 그림이 눈에 띄었다. 16세기 롯사님으로 이널리아의 사연 퉁정 녹을 서니는 세 천사를 그린 그림이었다.

나는 그 세 천사를 본 양치기 소년에 대해 글을 쓰기 시작했다. 사라진 양 한 마리를 찾으려 숲속을 거닐던 소년은 나무 사이로 천사들을 보았다. 희귀한 경험이었지만 그렇다고 있을 수 없는 일은 아니었다. 책이나 구전 또는 사람들의 기억 속에 자리 잡고 있는 천사들은 항상 인간 삶의 외곽이나 한적한 숲속에서 볼 수 있는 존재가 아니었던가. 그게 끝이었다. 나는 그 부분을 끝으로 글을 더 이어나갈 수 없었다. 도대체 내가 뭘 쓰려고 했던 거지?

나는 나와 전혀 상관없는 이야기를 쓰고 있었다. 글 속에선 의식적으로나 무의식적으로 내 삶을 조금도 찾아볼 수 없었다. 글과 나를 어떤 방식으로든 일체화할 수 없었던 나는 글을 전개시킬 수도 없었다. 그렇다면 배트맨이나 해골무덤에 대한 글을 쓰는 것과 뭐가 다르단 말인가.

도대체 '이야기'는 어디에서 찾아볼 수 있는 걸까.

무의미한 글쓰기 작업은 매일 계속되었다. 하지만 내겐 계속 글을 쓰는 것 외엔 대안이 없었다. 내가 만나는 사람들은 모두 예의 바르고 친절했지만 하나같이 급진 좌파적이고 선의의 사상으로 무장되어 있었기에 커피를 기다리는 동안 함께 앉아 있을 때 무심코 던지는 나의 말 한마디에 입을 쫙 벌리고 놀란 표정을 짓기가 일쑤였다. 예를 들어 '깜둥이'라는 말이 나오면 그들은 양팔을 휘저으며 내 표현을 고쳐주었다. 그도 그럴 것이 그들을 위해 사무실을 청소해주고 식당에서 음식을 만들어주고 화장실을 청소해주는 사람은 모두 흑인이었으니까. 그들의 말에서는 결속력과 평등사상과 선의를 느낄 수 있었다. 하지만 그것은 겉으로 보이는 현실을 감싸는 거미줄 같은 것에 불과했다. 그들의 내면은 불평등과 인종차별적인 생각으로 가득했다. 물론 이것은 전적으로 내 느낌이었기에 옳다고 단정할 수는 없는 일이다.

397

그곳에서 글을 쓰기 시작한 후 두 번 정도 침입 사건이 있었다. 어느 날 아침 사무실에 도착하니 경찰들이 그곳에 모인 사람들을 하나하나 심문하고 있었다. 없어진 물건은 노트북과 사진기 등이었다. 잠겨 있는 건물 출입문에선 침입 흔적을 발견할 수 없었고 몇몇 사무실 문만 부서져 있었기에 도둑은 건물 열쇠를 가지고 있는 내부인이 분명하다고 했다.

경찰이 가고 난 후, 우리는 한자리에 모여앉아 이야기를 나누었다. 나는 아래층에 정체를 알 수 없는 마약 중독자들이 모여 있는 것을 본 적이 있으니 도둑을 잡는 일은 그리 어렵지 않을 것이라고 말했다. 아마 그중 한 명이 건물 열쇠를 손에 넣었던 게 틀림없다고 하자 사람들은 일제히 나를 쳐다보았다. 어떻게 그런 말을 할 수 있죠? 나는 내게 말한 남자에게 의아한 표정을 지어보였다. 선입견과 편견을 바탕으로 죄 없는 사람들을 범인으로 몰 수는 없습니다. 하지만 우린 그들이 누구인지 모르고 있잖습니까? 그렇다고 해서 그들을 범인이라고 단정하는 일은 피해야 합니다! 단지 마약 중독자라고 해서 그들이 도둑질을 했다고 말하는 건 옳지 않아요! 맞아요, 그들에게도 기회를 주어야 해요!

나는 나를 몰아세우는 사람들에게 고개를 끄덕여보이며 그들의 말이 맞다고 했다. 하지만 속으로는 화가 치밀어 견딜 수가 없었다. 왜냐하면 나는 회의가 끝나기 전과 후에 그들이 계단 앞에 모여 있는 모습을 보았고, 그들은 내 눈에 돈이라면 무엇이든 할 수 있는 무리로 보였기 때문이다. 빌어먹을. 선입견과 편견을 가진 사람들은 바로 그들이었다. 그들의 선입견과 편견은 이중적이고 잔인무도하기까지 했다.

이것이 바로 게이르가 말한 스웨덴의 모습이었다. 나는 그와 이야기를 나누고 싶어 미칠 지경이었다. 하지만 그는 바그다드로 떠나고 없었다.

그즈음 노르웨이에서 스톡홀름으로 오는 지인들이 부쩍 늘었다. 나는 거의 매일같이 그들을 만나 시내 구경을 시켜주었고 린다를 소개해주었으며, 레스토랑에서 저녁을 먹고 취할 때까지 술을 마셨다. 주말에는 투레 에릭이 올 예정이었다. 다시는 노르웨이로 돌아가고 싶은 생각이 없다며 차를 몰고 사하라 사막을 횡단한 그가, 그 낡은 차를 끌고 나를 만나러 스톡홀름으로 온다고 했다. 나는 그를 좋아하다 못해 우러러보기까지 했다. 그가 한 일, 그가 쓴 글. 나는 그의 책 중에서 『살렘』을 가장 좋아했다. 그 책에서 느낄 수 있는 그의 사고는 매우 급진적이었고 다른 노르웨이 소설에서는 볼 수 없는 새로운 무언가를 드러내고 있었다. 그의 언어는 타협이 불가능할 만큼 단호하고 독특했다. 그의 언어는 그의 성격과 사고방식을 고스란히 드러내고 있다 해도 과언이 아니었다.

'예술가의 전당'에서 그와 처음 만났을 때는 어깨를 스치며 피상적이고 가벼운 인사말만 나누었기 때문에 그의 참모습을 제대로 알 수가 없었다. 하지만 그와 만나는 횟수가 늘어나면서 나는 점점 그에게 빠져들어갔다. 더욱이 텔레마크의 한 황폐한 캠핑장에서 자그마한 별장 두 채를 빌려 그와 함께 며칠을 보낸 겨울은 내게 잊을 수 없는 기억으로 남아 있다. 낮에는 눈앞에 흐르는 강을 볼 수 있었고, 밤에는 별들이 가득한 하늘을 볼 수 있는 곳이었다. 체구가 유난히 큰 그는 바위 같은 주먹과 우락부락한 얼굴을 가지고 있었다. 두 눈은 생기로 가득했고 항상 그의 기분을 있는 그대로 보여주었다. 나는 그의 책을 너무나 좋아했기 때문에 그의 앞에선 말 한마디도 제대로 할 수 없을 정도였다. 입을 열기만 하면 내가 생각해도 부끄러워지는 멍청한 말이 튀어나오기 일쑤였으니까. 우리는 텔레마크 캠핑장에서 함께 아침을 먹었고 거기서 2킬로미터쯤 떨어진 학교까지 걸어가 함께 강의를 했다. 저녁을 먹은 후엔 커피나 맥주를 함께 마셨다.

그렇게 쉴 새 없이 붙어 다니니 나도 무슨 말인가 하긴 해야 했다. 그는 '뵈' 기차역 이름이 원래는 '뵈'가 아니라 '광대 뵈'였다며 오래도록 껄껄 웃었다. 나는 내 점퍼가 원래는 그냥 점퍼가 아니라 가죽점퍼였다고 민망할 정도로 밋밋한 농담을 했다. 그러자 그는 조금 전보다 더 크게 웃는 게 아닌가.

그렇게 물꼬를 튼 우리의 대화는 서서히 자연스러워지기 시작했고, 나도 편안하게 그와 앉아 있을 수 있었다. 그는 차를 타고 가는 동안에도 눈에 보이는 모든 것에 대해 이야기를 했고 거기서 이어지는 또 다른 이야기를 늘어놓곤 했다. 그는 무언가 극한적인 것을 동경하고 있었다. 세상을 항상 새로운 눈으로 보았으며, 그가 묘사하는 세상은 내게 '투레 에릭적인 세상'으로 다가왔다. 나는 그 독특한 세상을 그의 태도와 그의 글에서도 선명히 볼 수 있었다.

투레 에릭만큼 열정으로 세상을 대하는 사람은 거의 찾아볼 수 없다.

그와 함께 다니는 동안, 나는 마치 그의 동생이 되어버린 것 같은 느낌이 들었다. 그는 항상 나를 챙겨주었고 이것저것 보여주었으며 내가 하는 말에 호기심을 가지고 들어주었다. 어느 날 저녁 그는 자기가 쓴 글을 읽어봐 달라고 했다. 물론이죠. 그는 내게 A4 용지 두 장을 내밀었다. 폭발적인 도입부였다. 오래되고 낡은 건물로 가득한 한 마을을 파괴한 다이너마이트는 지구 종말을 떠올리게 할 정도였다. 학교 운동장에 있던 한 어린이가 숲속으로 달음질치는 장면은 마법처럼 나를 사로잡았다. 글을 읽다가 언뜻 고개를 돌려 바라보니 그는 마치 수줍어하는 어린아이처럼 두 손으로 바위처럼 큼직한 얼굴을 가리고 앉아 있었다.

"휴, 부끄러워 죽겠어. 이렇게 부끄러울 수가 있나…"

뭐가?

투레 에릭이 정신이 나가버린 건 아닌가.

바로 그 남자. 관대한 만큼 고집이 세고, 꼿꼿한 만큼 부드러운 그 특별한 남자가 나와 린다를 만나기 위해 스톡홀름으로 온다고 했다.

그가 오기 이틀 전, 우리는 미카엘라의 생일 파티에 초대를 받았다. 서른 살이 된 미카엘라는 쇠데르의 한 원룸에서 살고 있었다. 롱홀멘 공원에서 그리 멀지 않은 그녀의 집에 도착하니 사람들로 가득해 발 디딜 틈이 없었다. 우리는 한구석에 빈자리를 찾아 앉은 후 일종의 평화기구에서 일하는 한 여자와 대화를 나누기 시작했다. 그녀의 남편은 전화기 공장에서 엔지니어로 일한다고 했다. 그들 부부와 맥주 두 잔을 함께 마시고 나니 좀더 독한 술을 마시고 싶어서 부엌으로 갔다. 아쿠아비트 한 병을 발견한 나는 그것을 홀짝홀짝 마시기 시작했다. 점점 취해갔다.

밤은 더욱 깊어졌고 사람들은 하나둘 집으로 돌아갔으나 우리는 여전히 거기에 남아 있었다. 술에 취해 이성을 잃어버린 나는 테이블 위의 냅킨을 돌돌 말아 종이공을 만들어서 옆에 앉아 있는 사람들의 머리를 향해 휙 던졌다. 이미 대부분의 사람이 집으로 돌아간 후였기에 그곳에 남아 있는 사람은 린다와 가장 친한 몇몇뿐이었다. 나는 그들의 머리를 조준해 냅킨을 뭉친 종이공을 던졌고, 혀 짧은 말로 온갖 헛소리를 해댔으며, 집이 떠나가도록 웃음을 터뜨리기도 했다. 거기 모인 모든 사람에게 한마디씩 기분 좋은 말을 해주고 싶었지만 그건 생각처럼 잘 되지 않아, 의도는 좋았다는 생각만으로 만족해야 했다.

린다는 참다못해 나를 집으로 끌고 가려 했다. 나는 완강히 저항했다. 이렇게 기분 좋게 잘 지내고 있는데 왜 그러냐며 투덜댔더니 그녀는 나를 쏘아보며 더욱 세게 내 팔을 잡아당겼다. 나는 할 수 없이 코트를 걸쳐 입고 그곳을 나섰다.

나는 린다가 왜 화를 내는지 도저히 이해할 수 없었다. 도대체 뭐가 잘못된 거야? 나는 술에 취했을 뿐이다. 문제는 술에 취한 사람이 나뿐이었다는 것이다. 스물다섯 명이나 되는 다른 손님들은 말짱하게 제정신을 유지하고 있었다. 이것이 바로 스웨덴의 모습이었다.

파티가 성공하려면 첫째 조건은 모든 손님이 파티를 시작했을 때의 상태를 끝까지 유지하는 것이었다. 반면 나는 정신을 잃을 때까지 술을 마셔야 그 파티가 성공했다고 생각해왔다. 서른 살 생일 파티에서는 코가 비뚤어지도록 술을 마시면 안 된다는 법이 있는가.

나는 린다를 부끄럽게 만들었다. 그녀는 너무나 부끄럽고 민망해 어쩔 줄 몰라했다. 그녀의 가장 친한 친구들이 모인 파티에서 그녀의 애인이라는 사람만 술에 취해 종이공을 사람들 머리에 던지는 등 통제력을 잃은 모습을 보였다. 린다는 지금껏 친구들에게 내 자랑을 해왔다. 그런데 내가 린다의 친구들 앞에서 그런 모습을 보였던 것이다.

나도 화가 났다. 한계점에 이른 듯한 느낌도 들었다. 아니 나는 너무나 취해 있었기 때문에 한계점이 어딘지 몰랐다고 하는 게 더 정확한 표현일 것이다. 나는 린다에게 소리를 지르기 시작했다. 그녀의 머릿속에 들어 있는 생각이라곤 나를 자기 맘대로 조종하는 일밖에 없다고 했다. 당신이 나를 대하는 방식이 얼마나 병적인지 알긴 알아? 당신은 미쳤어. 제대로 된 사람이라면 애인을 그런 식으로 다루진 않아. 이제 당신과 헤어지겠어. 다시는 당신을 볼 생각이 없어.

나는 몸을 돌려 다른 방향으로 걷기 시작했다. 린다는 나를 따라 뛰어왔다.

많이 취했어요. 진정해요. 내일 아침에 이야기해요. 이 상태로 어딜 간다는 건 말도 안 돼요.

안 될 건 또 뭐야? 나는 그녀의 손을 뿌리치고 걷기 시작했다. 다시 당신과 마주칠 일은 없을 거야. 나는 린다를 향해 소리친 후 길을 건넜다. 린다는 집 앞에 서서 나를 소리쳐 불렀다. 나는 고개도 돌리지 않고 쇠데르와 감믈라 스탄을 지나 중앙역까지 걸어갔다. 화를 억누를 수가 없었다. 내 계획은 간단했다. 기차를 타고 오슬로로 가는 것이었다. 이 빌어먹을 도시를 떠나 다시는 돌아오지 않을 생각이었다. 다시는! 다시는 돌아오지 않으리라 다짐했다. 눈도 오고 날씨는 살을 에는 듯 추웠지만 불같이 화를 내고 있던 나는 추운지도 몰랐다. 기차역에 도착해 전광판을 바라보니 글자가 희미하게 어른거렸다. 글자도 술에 취한 듯 비틀거리고 있었다. 나는 정신을 집중해 균형을 잡아보려 한동안 애를 썼다. 몇 번이나 눈을 비벼가며 가까스로 읽어낸 기차 시간표는 오슬로로 가는 첫 기차가 오전 9시와 10시 사이에 있었다. 시계를 보니 새벽 4시였다.

기차를 타기 전까지 뭘 하지?

나는 구석에 있는 벤치에 가서 눈을 붙이려 했다. 잠에 빠지기 직전 내가 한 생각은 잠에서 깨더라도 우유부단하게 린다에게 돌아갈 생각은 절대 하지 말아야 한다는 것이었다. 술이 말짱하게 깨더라도

403

스톡홀름엔 다시 발을 들여놓지 않을 생각이었다.

누군가가 내 어깨를 툭 치는 바람에 눈을 떴다.

"여기 누워 있으면 안 돼요."

"기차를 기다리고 있어요."

나는 천천히 몸을 일으켰다.

"좋아요. 하지만 여기서 잠을 자면 안 됩니다."

"앉아 있으면 되나요?"

"네… 그런데 술에 많이 취하셨네요. 그렇죠? 차라리 집에 가는 게 더 좋지 않을까요?"

"알았어요."

나는 벤치에서 일어났다.

어이쿠. 여전히 술기운이 가시지 않아 눈앞이 빙글빙글 돌기 시작했다.

8시가 조금 지나자 기차역엔 사람들이 몰려들기 시작했다. 나는 잠을 자고 싶은 생각밖에 없었다. 머리는 무겁기 그지없었고 몸에는 열이 나는 것 같기도 했다. 눈앞에 보이는 모든 것은 마치 영화의 한 장면처럼 나와는 상관없다는 듯 무심하게 흘러갔다. 나는 전철을 타고 집으로 돌아갔다. 주머니를 뒤져도 대문 열쇠를 찾을 수 없어 대문을 쾅쾅 두드리기 시작했다.

잠을 자야겠다는 생각밖에 없었다. 그 외엔 아무 생각도 할 수 없었다.

린다가 대문을 열고 뛰쳐나왔다.

"오, 이제 왔어요?"

린다는 두 팔로 나를 감싸 안았다.

"얼마나 걱정했는지 알아요? 시내에 있는 병원이란 병원엔 모두 전화를 해봤어요. 키 큰 노르웨이 남자가 오지 않았느냐고⋯ 도대체 지금까지 어디 있었던 거예요?"

"중앙역에. 노르웨이로 가는 기차를 타려고. 그런데 지금은 눈 좀 붙여야겠어. 혼자 있게 좀 내버려둬. 깨우지 마."

"오케이. 자고 일어난 후엔 뭘 먹고 싶어요? 콜라? 베이컨?"

"상관없어. 아무거나 다 괜찮아."

나는 쓰러질 듯 집 안으로 들어가서 옷을 벗은 후 이불 속으로 기어들어갔다. 다음 순간 나는 잠에 빠지고 말았다.

눈을 뜨니 창밖이 어둑어둑했다. 린다는 부엌에 있는 의자에 앉아 비스듬하게 서 있는 외다리 물새 모양 램프 아래서 책을 읽고 있었다.

"이제 일어났어요? 기분은 어때요?"

나는 컵 속의 물을 단숨에 비웠다.

"괜찮아. 술을 많이 마신 후면 괜히 불안해지는 증세만 제외하면 말이지."

"어제는 미안했어요."

린다는 의자 팔걸이에 책을 내려놓은 후 몸을 일으켰다.

"나도 미안해⋯"

"그런데 헤어지고 싶다는 말은 진심이었어요?"

나는 고개를 끄덕였다.

"응. 한계에 이른 것 같았어. 더는 견뎌내지 못할 것 같다는 생각도 들었고⋯"

린다는 두 팔로 나를 감싸 안았다.

"이해해요. 당신을 이해할 수 있어요."

"파티에서의 일 때문만은 아니야."

"알아요."

"거실로 가자…"

나는 컵에 물을 다시 채운 후 거실 의자에 앉았다. 뒤따라 온 린다는 거실 불을 켰다.

"내가 처음 여기 온 날, 기억해? 바로 여기."

린다는 고개를 끄덕였다.

"당신은 내가 좋아질 것 같다고 했지."

"그건 내 마음을 완곡히 표현한 말이었어요."

"알아. 하지만 그때는 몰랐지. 나는 그 말에 굉장히 자존심이 상했어. '좋아한다'는 말은 노르웨이 사람이 듣기엔 꽤 약한 말이라고. '친애하는 당신에게'와 비슷한 형식적인 말에 불과하지. 스웨덴어와 노르웨이어의 어감 차이를 난 몰랐던 거야. 난 당신이 내게 조금 애정을 느끼기 시작한다고 말하는 줄로만 알았어. 잘 지내다 보면 그게 사랑으로 발전할 수도 있다는 말로 해석했지."

린다는 보일 듯 말 듯한 미소를 지으며 시선을 떨구었다.

"나는 그때 당신에게 모든 것을 걸었어요. 당신을 집으로 초대해 내 마음이 어떤지 당신에게 알려주고 싶었죠. 그런데 당신은 너무나 차갑고 냉정했어요. 당신은 그냥 친구로 지내자고 했죠. 기억나요? 당신에게 모든 것을 걸었던 나는 그 한마디 말에 모든 것을 잃어버린 것 같았어요. 당신이 간 후에 나는 너무나 허망해서 어쩔 줄 몰랐죠."

"하지만 지금은 여기 함께 앉아 있잖아."

"맞아요."

"린다, 내가 무엇을 해야 하는지 당신이 결정할 수는 없어. 그건 있을 수 없는 일이야. 다시 그런 일이 생기면 난 정말 떠나버릴 거야.

술뿐만 아니라 다른 모든 일도 마찬가지야. 난 누구에게도 간섭이나 통제를 받고 싶지 않아."

"알아요."

잠시 침묵이 흘렀다.

"냉장고에 미트볼이 있지 않았어? 빌어먹을. 배고파 죽겠어."

린다는 고개를 끄덕였다.

나는 냉장고에서 미트볼을 꺼내 프라이팬에 쏟아붓고 스파게티를 삶기 위해 냄비에 물을 채웠다. 린다가 내 뒤에 와 섰다.

"지난여름에도 내가 술 마시고 실수한 적이 있었지. 그때는 아무 말도 하지 않았잖아."

"당신 말이 맞아요. 정말 환상적인 여름이었어요. 요즘 나는 일상의 평범함을 벗어나는 일에 두려움을 느껴요. 하지만 그때는 그렇지 않았어요. 당신과 함께 있으면 너무나 편안하고 좋았죠. 두려운 것도 없었어요. 조울증에 다시 빠져들 일도 없다고 확신했어요. 그런 기분은 난생처음이었어요. 하지만 지금은 달라요. 우리는 이미 그 단계를 벗어나 있어요."

"그래?"

나는 마가린이 녹기 시작하는 프라이팬에서 시선을 돌려 린다를 바라보았다.

"그럼 지금 우리는 어떤 단계에 있다는 거지?"

린다는 어깨를 으쓱 추어올렸다.

"나도 몰라요. 하지만 지금은 무언가를 잃어버린 듯한 느낌, 무언가가 끝나버린 듯한 느낌이에요. 시간이 좀더 지나면 모두 사라질 것 같은 두려운 생각도 들어요."

"그렇다 해도 나를 간섭하고 통제할 수는 없는 일이야. 그건 당신 말대로 모든 것을 사라지게 하는 최선의 방법이 될 뿐이지.”

“물론이에요. 나도 그것쯤은 알고 있어요.”

나는 끓는 물에 소금을 집어넣었다.

“같이 먹을까?”

린다는 엄지손가락으로 흐르는 눈물을 닦으며 고개를 끄덕였다.

투레 에릭은 다음 날 오후 2시에 도착했다. 그의 거구가 현관에 발을 들여놓자마자 온 집안이 꽉 차는 듯한 느낌이 들었다. 우리는 고서점에 가서 고대 자연에 대한 책이 있는지 살펴보았고, ‘펠리카넨’에서 저녁을 먹고 문을 닫을 때까지 맥주를 마셨다. 나는 그에게 오슬로로 가는 기차를 타려고 기차역에서 밤을 지새운 이야기를 해주었다.

“내가 온다는 건 생각도 못 했어? 아니, 여기까지 온 나를 버려두고 노르웨이로 돌아갈 생각을 했단 말이야? 괘씸한 사람 같으니라고!”

“눈을 뜨고 난 후에 가장 먼저 한 생각이 바로 그거라고요. 투레 에릭 룬드가 오는데 지금 되돌아갈 수는 없지!라고 생각했죠.”

그는 껄껄 너털웃음을 터뜨리며 폭풍과도 같았던 그의 연애담을 털어놓았다. 그의 이야기를 들으니 린다와 나의 관계는 한여름 밤의 꿈과 같은 희극에 지나지 않았다. 나는 그날 저녁 맥주를 스무 병이나 마셨다. 기억에 남아 있는 것이라곤 필름이 끊기기 직전 몇 분 동안 어느 스웨덴 주정뱅이가 우리 테이블로 와서 내게 아름답다고 말하며 수작을 걸었고 투레 에릭은 그를 밀치느라 애를 썼다는 것뿐이었다. 그는 주정뱅이를 따돌리면서도 어깨로 나를 툭툭 밀치며 눈을 찡긋해 보였다. 집 앞에 도착하자 그는 잠을 자기 위해 자신의 차 뒷좌석으로 들어갔다. 차가운 잿빛 하늘에선 깃털처럼 가벼운 눈송이가 떨어져 내리고 있었다.

　부엌이 딸린 원룸 아파트. 우리의 일상이 이루어지는 곳은 바로
그곳이었다. 우리는 그곳에서 요리를 만들고, 음식을 먹고, 잠을 자
고, 사랑을 나누고, 텔레비전을 보고, 책을 읽고, 말다툼을 하고, 손님
을 맞아들였다. 너무나 비좁은 공간이지만 그럭저럭 살 만했다. 하
지만 아이가 생기면 도저히 그곳에서 살 수 없을 것 같았다. 더 큰 집
을 구해야만 했다.

　린다의 어머니는 시내 한가운데 방 두 칸짜리 아파트를 소유하고
있었다. 방은 두 개밖에 없었지만 80제곱미터나 되기 때문에 지금
살고 있는 집에 비하면 축구장이나 다름없었다. 그 집을 임대하고
있던 린다의 어머니는 우리에게 그 집을 인수하라고 제안해왔다. 스
웨덴은 가족 간이라 해도 증여가 불가능하기 때문에 우리는 계약서
를 쓰고 집을 맞바꾸기로 했다.

　우리는 날을 잡아 집을 보러 가기로 했다.

　린다의 어머니가 소유하고 있는 집은 내가 봐온 집 중에서 가장
고전적인 분위기를 풍겼다. 거실 한쪽 끝에는 지난 세기에나 유행
했을 듯한 거대한 러시아식 대리석 벽난로가 있었고, 침실에도 거실
벽난로보다 크기는 좀 작았지만 높이는 비슷한 벽난로가 있었다. 벽
은 아름답고 세밀하게 잘라낸 패널로 장식되어 있었고, 4미터나 되
는 높은 천장은 르네상스 시대에나 볼 수 있는 스투코 장식으로 마
무리되어 있었으며, 바닥 쪽마루는 생선가시 모양의 지그재그로 자
리 잡고 있었다. 집 안을 채운 가구는 19세기 말의 가구들처럼 묵직
하면서도 섬세한 느낌을 주었다.

　"여기서 우리가 살 수 있을까?"

나는 집 안을 둘러보며 린다에게 슬쩍 물어보았다.

"아뇨. 이런 집에선 못 살 것 같아요. 차라리 스케르홀멘에 있는 집과 바꾸자고 해볼까요? 이 집은 죽어 있는 집 같아요."

스톡홀름의 위성도시인 스케르홀멘에는 주로 외국인 이민자들이 살고 있었다. 어느 토요일 그곳에 있는 슈퍼마켓으로 장을 보러 갔다가 스톡홀름과는 너무나 다른 분위기에 적잖이 놀랐던 기억이 났다.

"동감이야. 이 집을 '우리 집'으로 만드는 건 불가능하다는 생각이 들어."

말은 그렇게 했지만 솔직히 그 집으로 옮겨가고 싶은 마음도 없지 않았다. 시내 한가운데 있는 널찍하고 아름다운 집을 누가 마다할 수 있단 말인가. 설사 묵직한 집 안 분위기가 우리를 지배하고, 우리가 이 집 안에 묻혀 들어간다 해도 문제될 일은 없다. 어쩌면 우리는 이 집의 묵직함과 싸워 이겨 우리만의 분위기를 풍기는 집으로 바꿀 수도 있지 않을까?

나는 항상 문명적이고 사회적인 틀에 걸맞은 사람으로 살고 싶어 했다. 딱딱하고 거추장스럽게 보이는 온갖 사회 규칙은 걷잡을 수 없는 속성을 지닌 인간들이 제자리를 지키며 함께 어울려 살아가는 데 꼭 필요한 요소라고 생각해왔다. 흔히 말하듯 개인의 자유와 권리를 갈가리 찢어버리기 위해 마련된 것은 아니라는 말이다. 하지만 막상 그런 사회적 틀 속에 틀어박혀 사는 사람들과 어울리게 되면 어쩐 일인지 내 속에 자리한 비사회적인 모습, 틀에 적응하지 못하는 모습이 더욱 두드러져 나타나곤 했다. 예를 들어 할아버지와 할머니, 토니에의 아버지를 방문할 때면 내가 설 자리를 찾을 수 없어 당황해한 적이 한두 번이 아니었다. 나는 그런 내 모습을 증오했다.

그런데 여기? 린다와 나와 새로 태어날 아이? 새로운 삶, 새로운 도시, 새로운 집, 새로운 행복?

생각에 생각을 더하다 보니 집에 처음 들어왔을 때 느꼈던 어두침침하고 묵직한 분위기는 서서히 자취를 감추기 시작했다. 우리는 침대에 누워 사랑을 나누었고 누운 채 담배를 피우며 이야기를 하기 시작했다. 그러다 보니 그 집에서 새 삶을 시작할 수 있을 것 같은 자신감이 생겨났다.

4월 말, 게이르가 이라크에서 돌아왔다. 우리는 감믈라 스탄에 있는 미국식 레스토랑에서 저녁을 먹었다. 게이르에게선 전에는 본 적이 없는 생기가 넘쳐흘렀다. 그가 이라크에서 경험한 일을 모두 털어놓는 데는 몇 주나 걸렸다. 나는 그가 만난 사람을 세세하게 그려볼 수 있을 정도가 되었다. 시간이 흐르자 게이르의 여행 경험담도 바닥이 나기 시작했고 우리는 그제야 일상적 이야기를 나눌 수 있게 되었다. 5월 초, 린다와 나는 안데스의 도움을 얻어 짐을 옮기기 시작했다. 먼저 살던 집을 다 비우고 나니 청소하는 일만 남았다. 우리는 반나절 내내 함께 청소를 했지만 밤 11시가 되어도 끝낼 수가 없었다. 갑자기 린다가 벽에 등을 기댄 채 바닥에 주저앉았다.

"더는 못하겠어! 힘들어 죽겠단 말이에요!"

"한 시간만 더하자. 최대한 한 시간 반이면 끝낼 수 있어. 힘내. 그 정도는 견딜 수 있지?"

린다의 눈에서 눈물이 흐르기 시작했다.

"어머니에게 전화할래요. 오늘 청소를 마치지 않아도 되잖아요. 내일 어머니가 와서 청소를 마저 해도 돼요. 아무 문제 없어요."

"다른 사람에게 당신이 살던 집을 청소해달라고 부탁할 수는 없는 일이야. 당신이 남긴 온갖 지저분한 자취를 어떻게 남의 손에 맡길 수 있어? 당신이 어린애야? 문제가 생길 때마다 어머니에게 달려가 도움을 청하는 것도 좋지 않아. 젠장. 당신은 서른 살이나 먹은 어른이야!"

린다는 한숨을 푹 내쉬었다.

"나도 알아요. 하지만 피곤해 죽겠단 말이에요. 어머니는 내가 부탁하면 기꺼이 도와줄 거예요."

"하지만 이 일은 나도 책임을 져야 할 문제야. 당신도 마찬가지고."

린다는 걸레를 집어 들고 몸을 일으켜 욕실의 문틀을 닦기 시작했다.

"정 피곤하면 가서 쉬어. 나머지는 내가 할게."

"정말 그렇게 해도 되겠어요?"

"되고말고."

"오케이."

린다는 옷을 챙겨 입고 어둠이 깔린 문밖으로 나섰고, 나는 청소를 계속했다. 다음 날, 우리는 내 짐부터 먼저 옮겼다. 짐이라고 해봤자 책뿐이었지만 그간 사모은 책만 해도 2,500권이 넘었다. 이사를 도와주던 안더스와 게이르는 책이 담긴 상자를 엘리베이터에서 집 안으로 옮기며 쉴 새 없이 투덜거렸다. 게이르는 미 해군의 무기상자를 들어올리는 것과 다름없이 힘들다고 말했다. 그에게는 겨우 몇 주 전의 일이었지만 내겐 낯선 나라의 물소 사냥 이야기처럼 생소하게만 들렸다. 높다란 두 개의 산처럼 책을 쌓아놓은 후, 나는 벽에 페인트칠을 하기 시작했다.

린다는 스웨덴의 한 라디오 방송국에서 의뢰받은 일을 하기 위해 노르웨이로 떠났다. 5월 17일 행사를 취재하고 인터뷰하기 위해서였다. 린다는 노르웨이에 머무는 동안 내 어머니와 함께 지낼 예정이었다. 스톡홀름에서 몇 시간밖에 얼굴을 마주하지 않았는데도 내 어머니 집에서 머물 생각을 하다니. 난 린다가 참 용감하다고 생각했다.

린다가 기차에 오른 후 나는 부랴부랴 어머니에게 전화를 했다. 찜찜한 일을 해결하기 위해서였다. 어머니 집에는 아직도 토니에의 자취가 남아 있었다. 지난번 성탄절에 어머니 집을 방문했더니 벽에는 아직도 토니에와 나의 결혼사진이 걸려 있었다. 어머니는 내 결혼 앨범도 보관하고 있었다. 나는 린다에게 그것을 보여주고 싶지 않았다. 린다가 그 사진들을 보면 자신이 내 삶의 가장자리 한 부분만 겨우 차지하고 있다고 오해할 것 같아서였다. 나는 린다에게 낯선 여인을 대신해 내 삶에 들어왔다는 느낌을 주고 싶지 않았다.

나는 어머니에게 선뜻 용건을 꺼낼 수가 없어 다른 말만 하며 시간을 끌었다. 결국 더 할 말을 찾지 못한 나는 본론을 꺼냈다. 벽에 걸려 있는 사진을 떼어내면 좋겠다고 말했다. 적어도 눈에 잘 띄지 않는 곳에 걸어두면 좋을 것 같다는 말도 덧붙였다. 무슨 사진? 거 왜 있잖아요… 토니에와 제 결혼사진. 아, 그거? 그 사진은 이미 벽에서 떼어냈어. 너희는 이미 헤어졌잖니. 그럼, 앨범은요? 결혼 앨범…? 그것도 눈에 띄지 않는 곳에 치워두면 안 될까요? 세상에! 칼 오베! 그건 네 앨범이 아니라 내 앨범이야. 내 삶의 한 시기가 들어 있는 앨범이기도 해! 그건 숨기고 싶지 않아. 린다도 그 정도는 이해할 거야. 린다도 네가 결혼한 적이 있다는 걸 알고 있잖아. 너희는 성인이야. 네, 알았어요. 어머니 말씀이 맞아요. 그건 어머니 앨범이기도 해요. 저는 단지 린다에게 상처를 주고 싶지 않아서 그랬어요. 걱

413

정 마. 잘될 거야.

린다가 어머니에게 먼저 손을 내민 것은 참으로 용감한 행동이었다. 린다가 노르웨이에 있는 동안 우리는 하루에도 몇 번씩 통화를 했다. 린다는 노르웨이 서부 지방의 아름다운 자연경관에 감탄했다고 말했다. 녹색과 푸른색과 흰색이 어우러진 언덕, 하늘을 찌를 듯 높이 솟아 있는 산과 깊고 검푸른 피오르, 사람이라곤 그림자도 찾아볼 수 없는 깊은 숲, 이글거리는 태양. 그녀는 마치 꿈을 꾸는 것 같다고 했다. 발레스트란의 작은 펜션에 도착한 린다는 내게 전화로 창밖의 풍경을 묘사했다. 창밖으로 얼굴을 내밀면 귀를 스치는 파도 소리에 아무것도 들리지 않는다고 말했다. 전화기 너머로 들려오는 그녀의 목소리는 미래에 대한 꿈과 희망으로 가득 차 있었다.

그녀가 무슨 말을 하든지 간에 나는 그녀의 목소리만으로 우리 두 사람의 미래를 그려볼 수 있었다. 세상은 너무나 아름다웠고 우리는 이 아름다운 세상 속에서 서로를 사랑하며 살고 있었다. 세상은 우리였고, 우리는 세상이었다. 나는 새로 이사한 집이 지금은 우중충한 회색이 아니라 밝은 흰색으로 바뀌었다고 말해주었다. 나 또한 미래에 대한 기대와 희망으로 벅차올라 가슴을 진정시키기 쉽지 않았다. 나는 린다가 얼른 돌아와 새롭게 바뀐 집을 봤으면 좋겠다고 생각했다. 나는 시내 한가운데 있는 아름다운 집에서 린다와 새로 태어날 아이와 함께 살 수 있는 날이 하루빨리 오기를 고대했다.

전화를 끊은 나는 페인트칠을 계속했다. 다음 날은 5월 17일이었다. 오후엔 에스펜과 에이릭이 오기로 했다. 그들은 비스콥스 아르뇌에서 열린 비평가 세미나에 참석하고 돌아가는 길에 내게 잠깐 들르기로 했다. 우리는 함께 저녁을 먹었고, 나는 그들에게 게이르를 소개시켜 주었다. 이런저런 대화를 기분 좋게 나누는 에이릭과 게이르를 보니 죽이 착착 맞는 것 같았지만, 에스펜과 게이르는 처음부터 앙숙처럼 보였다. 게이르는 자기 의견을 너무나 당연하다는 듯 말했고, 에스펜은 그런 게이르에게 쉴 새 없이 이의를 제기했다. 시간이 흐르면 흐를수록 에스펜을 대하는 게이르의 태도는 점점 차가워졌다. 나는 두 사람 사이의 분위기를 부드럽게 만들어보려 에스펜과 게이르에게 서로 다른 태도로 접근해보았다. 하지만 때는 이미 늦었다. 두 사람은 평생 가도 다시 대화를 나눌 수 있을 것 같지 않았다. 둘은 서로를 좋아하지도 않았고 존중하지도 않았다.

　나는 두 사람, 아니 거기 모인 세 사람을 모두 좋아했다. 돌이켜보니 내 인생은 항상 그런 식이었다. 내가 속한 세상에는 극과 극이라 할 수 있을 정도로 서로 너무나 다른 두 개의 틀이 존재하고 있었고, 나는 각각의 틀을 대할 때마다 거기에 맞게 내 태도를 바꾸어왔다. 문제는 그 양극에 자리하고 있는 서로 다른 요소가 한자리에 있을 때면 나는 어찌할 줄 몰라 당황해한다는 것이다. 어느 한쪽을 선택할 수는 없는 일이라 양쪽을 왔다 갔다 하며 우물쭈물하는 내 태도는 내가 봐도 낯설었다. 내가 에스펜을 좋아하는 이유는 그가 바로 에스펜이기 때문이다. 내가 게이르를 좋아하는 이유는 그가 바로 게이르이기 때문이며 다른 사람들의 눈에는 진실하지 않게 보이는 그의 독특한 성격마저도 내게는 진실하게 보일 뿐만 아니라 호의적이며 교감할 수 있는 것으로 보였기 때문이다.

　다음 날 린다는 전화로 전날 우리 가족과 온종일 함께 보냈다고 말했다. 어머니는 린다를 데리고 언니 셸레우그와 형부 마그네가 사는 달레의 한 농장으로 갔다. 린다는 동네 사람들이 모여 5·17 행사를 하는 것을 보았고, 몇몇 주민과 인터뷰를 하기도 했다. 린다는 그 모습들이 너무나 이국적이고 낯설었다고 했다. 연설과 전통복장과 악대와 행진. 그들은 이른 아침 숲속을 거니는 순록떼를 목격했고, 집으로 오는 길에는 피오르에서 헤엄치는 돌고래를 보았다. 어머니는 5월 17일 날 돌고래를 보면 그해 내내 행운이 깃든다고 말해주었다.

그곳에서 돌고래를 목격하는 일은 흔치 않았다. 나는 지금까지 돌고래를 가까이에서 딱 두 번 보았다. 외할아버지와 보트를 타고 안개 자욱한 피오르를 건널 때 돌고래들이 우리를 향해 헤엄쳐 온 적이 있었다. 처음엔 이상한 소리만 들리더니 곧 수면 위로 반짝반짝 빛나는 짙은 회색 돌고래들의 몸체가 보이기 시작했다. 돌고래들은 우리가 탄 보트 주변을 빙빙 돌며 자맥질을 했다. 그때 외할아버지는 돌고래를 보면 행운이 온다고 말씀하셨다. 린다는 노르웨이에 있는 내내 들떠 있었지만 피곤해 견딜 수가 없다고 말했다. 차를 타고 구불구불한 길을 여행하는 바람에 멀미가 난 린다는 어머니 집에 도착하자마자 자리에 누워야만 했다.

전날 저녁에는 외할머니의 여동생 알브디스를 방문했다. 알브디스는 어머니보다 열 살이 많았고, 그녀의 남편인 안핀은 땅딸한 몸집에 항상 기분 좋은 태도를 유지했기에 린다가 좋아했다. 이야기를 들어보니 안핀도 린다를 마음에 들어 했던 것 같다. 그는 과거에 고래잡이배를 탄 이야기를 린다에게 해주었다. 아마 인터뷰를 하기 위해 린다가 들고 있던 마이크 때문에 그도 기분이 들떠 있었으리라. 린다는 그들 부부가 펭귄 알로 팬케이크를 만들어주었다며 웃음을 터뜨렸다. 반면 린다는 인터뷰에 대해 적잖이 염려하는 것 같았다. 스웨덴 사람들이 그들의 투박한 윌스테르 사투리를 잘 알아들을 것 같지 않다고 했다.

에스펜은 다음 날 오전에 떠났고, 에이릭은 시내 구경을 하며 좀

더 머무를 예정이었다. 나는 다음 날 린다가 오기 전까지 책을 모두 꽂아놓기 위해 부지런히 움직였다. 우리는 저녁에 잠시 밖에 나갔다가 집으로 돌아와 밤새 면세점 술을 들이켰다. 린다는 그 와중에도 어지럽고 피곤하다는 문자 메시지를 쉴 새 없이 보냈다. 어질어질하고 피곤하다고? 그렇다면 그 이유는 단 하나뿐. 문자 메시지가 오가는 횟수가 늘어나자 우리의 말투도 점점 더 연애 초기의 따스하고 사랑이 넘치는 말투로 변해갔다. 결국 피곤을 이기지 못한 린다는 '잘 자요, 나의 왕자님. 내일이 기대돼요'라는 메시지를 마지막으로 잠에 빠졌다.

우리는 밤새 술을 마셨고 나는 아침 7시경에 잠자리에 들었다. 양주의 독한 여운에 나는 눈앞의 사물을 분간할 수 없을 정도로 취해 있었다. 나의 내면에 더욱 가까이 다가갈 수 있을 것만 같은 느낌에 밤새 술을 놓지 못했던 까닭도 있었다. 그럼에도 나는 기상 알람을 9시에 맞춰놓을 정신은 있었다. 기차역에서 린다를 데려오기 위해서였다.

9시가 되어 눈은 떴지만 여전히 술기운에서 헤어날 수가 없었다. 그렇다고 계속 자리에 누워 있을 수는 없었다. 나는 젖먹던 힘까지 짜내어 자리에서 일어나 두 발을 질질 끌다시피 해서 욕실로 들어가 샤워를 했다. 깨끗한 옷으로 갈아입은 나는 에이릭에게 기차역으로 나가보겠다고 소리친 후 대문을 나섰다. 옷을 입은 채로 소파에서 자고 있던 에이릭은 밖에 나가 아침을 사먹겠다고 했다. 우리는 12시쯤 어제 갔던 레스토랑에서 다시 만나기로 했다. 나는 비틀거리며 계단을 내려가 기차역을 향해 걷기 시작했다. 햇살은 날카롭고 선명했으며 아스팔트에서는 봄 냄새가 났다.

기차역으로 가는 도중, 나는 작은 슈퍼마켓에 들러 콜라 한 병을 사 단숨에 마시고 한 병을 더 샀다. 가게 유리문에 비친 내 얼굴은 내 것이 아닌 것 같았다. 붉게 충혈된 눈. 피곤이 가시지 않은 뻣뻣한 얼굴.

세 시간의 여유만 더 얻을 수 있다면 무슨 일이라도 할 수 있을 것 같았다. 하지만 그건 있을 수 없는 일이었다. 린다가 탄 기차는 13분 후에 도착할 예정이었다.

플랫폼에 내린 린다는 나를 발견하고 환하게 미소를 지었다. 내가 손을 흔들자 한 손으로 슈트케이스를 끌던 그녀는 다른 한 손을 들어올려 흔들어주었다.

"잘 지냈어?"

"또 술 마셨어요?"

나는 한 발짝 앞으로 다가가 두 팔로 린다를 감싸 안았다.

"응. 어제 많이 마셨어. 하지만 걱정할 일은 아무것도 없어. 집에 앉아서 에이릭 하고만 술을 마셨으니까."

"어휴, 술 냄새!"

그녀는 몸을 홱 비틀어 내 팔 안에서 빠져나갔다.

"어떻게 제게 이럴 수가 있죠? 더군다나 오늘 같은 날?"

"미안해. 화낼 일은 아니잖아?"

린다는 아무 대답도 않고 앞장서서 걷기 시작했다. 기차역을 벗어날 때까지 그녀는 단 한마디도 하지 않았다. 언덕 꼭대기로 향하는 계단에 이르자 린다는 내게 마구 소리를 지르며 화를 내기 시작했다. 마침 일요일이어서 언덕 꼭대기에 있는 약국이 문을 닫아 우리는 NK 맞은편에 있는 약국으로 발길을 돌려야만 했다. 린다는 화가 풀리지 않는지 씩씩 숨을 몰아쉬며 걸었다. 나는 마치 죄지은 강아지처럼 고개를 푹 숙이고 그녀를 따라 걸었다. 두 번째로 찾아간 약국은 문이 열려 있었다.

"빌어먹을! 정말 당신에게 실망했어요! 내가 왜 당신과 사는지 스스로도 이해할 수가 없어요! 당신은 당신 생각만 하죠? 이기주의자 같으니라고! 어제 우리가 나눈 말은 정말 당신에게 아무 의미도 없는 거예요?"

린다는 줄을 서서 차례를 기다리는 동안에도 쉴 새 없이 나에게 쏘아붙였다.

임신 테스트기를 사고 약국을 나선 후에도 린다는 계속 소리를 질렀다. 지나가는 행인들이 고개를 돌려 우리를 바라보았지만 린다는 조금도 개의치 않았다. 나는 린다가 화를 낼 때마다 무서워 어쩔 줄을 몰랐다. 제발 길에선 그러지 말라고 말리고 싶었지만 나는 한마디도 입 밖에 낼 수가 없었다.

나는 이미 그녀에게 용서를 구했다. 솔직히 그녀와 나눈 문자 메시지와 멀리 노르웨이에서 찾아온 친구와 술을 마신 건 별개의 일이다. 내가 술에 취했다는 것과 그녀가 임신 테스트기를 손에 들고 있다는 것 또한 별개의 일이다. 하지만 그녀는 내 생각과 다른 것 같았다. 그녀에겐 이 모든 것이 하나의 일일 뿐이었다. 그녀는 어쩔 수 없는 낭만주의자였고, 우리의 미래에 꿈을 지니고 있었으며, 사랑과 앞으로 태어날 아이에 대한 희망으로 가득 차 있었다. 그런 그녀의 꿈과 희망을 내가 망쳐버린 것이었다. 아니, 나 때문에 그녀는 미래가 꿈에 지나지 않는다고 생각했으리라.

나는 책임감 없는 이기주의자에 불과했다. 이런 내가 어떻게 한 아이의 아버지가 될 수 있단 말인가? 문득 나 때문에 화를 내고 괴로워하는 그녀가 불쌍해 보였다. 그녀 옆에서 힘없이 걷던 나는 수치심으로 얼굴이 화끈거렸다. 흘낏흘낏 던지는 행인들의 눈길을 받아내기가 고통스러웠다. 죄책감이 고개를 들기 시작했다. 어제 술을 마셨기 때문이다. 두려움도 고개를 들기 시작했다. 그녀가 화를 내며 나를 정면으로 꿰뚫어 보았기 때문이다. 수치스러웠다. 하지만 린다의 말은 틀린 게 하나도 없었다. 그녀가 말한 것처럼 오늘 우리는 한 아이의 부모가 될 것인지 아닌지를 확인할 예정이었다. 그런데도 나는 술 냄새를 풍기며 비틀비틀 린다를 맞이했던 것이다. 그런 내가 어떻게 린다에게 입을 다물라고, 지옥에나 가라고 소리칠 수 있단 말인가. 그녀의 말엔 틀림이 없었다. 아니, 적어도 그녀의 상황에서 본다면 그녀가 전적으로 옳았다. 나는 고개를 숙이고 그녀의 화를 받아내는 수밖에 없었다.

문득 에이릭이 근처에 있을지도 모른다는 생각이 들어, 나는 더더욱 고개를 푹 숙이고 걸었다. 혹여 아는 사람이 우리를 볼까봐 걱정이 되기 시작했다.

우리는 계단을 올라 집 안으로 들어섰다. 새로 페인트칠을 하고 잘 정리된 집. 그건 바로 우리가 살 집이었다.

린다는 집 안에는 눈길도 주지 않았다.

나는 거실 한가운데에서 걸음을 멈추었다.

그녀는 화를 이기지 못해 마치 모래주머니를 두드리는 권투선수처럼 나를 때린 적이 있다. 마치 내가 감정도 생각도 없이 빈 몸뚱이만 가지고 그녀의 삶 주변을 헤매는 물건이라도 되는 듯.

나는 그녀가 임신한 것이 확실하다고 믿었다. 함께 사랑을 나눈 그 순간부터 직감적으로 느꼈던 사실이다. 이제 우리에게도 아이가 생길 것이라 한 치의 의심도 하지 않았던 것이다.

그런데 이런 일이 벌어진 것이다.

갑자기 거실 한가운데 묵묵히 서 있던 내게 주변의 세상이 확 열리며 달려드는 것 같은 느낌이 들었다. 자기방어적인 태도는 무너지고 말았다. 린다를 쳐다볼 용기도 나지 않았다. 나는 울기 시작했다. 통제력을 잃어버린 내 가슴과 입에서 흘러나오는 흐느낌은 뒤틀리고 기괴하기까지 했다.

린다는 걸음을 멈추고 몸을 돌려 나를 바라보았다.

그녀는 내가 우는 모습을 단 한 번도 본 적이 없었다. 나는 아버지가 돌아가신 후 울어본 적이 없다. 5년 전의 일이다.

린다는 두려워 어쩔 줄 모르는 것 같았다.

나는 몸을 돌렸다. 린다에게 우는 모습을 보이기 싫었다. 우는 모습을 보이게 되면 더욱 수치스러워질 것 같아서였다. 그건 한 인간으로서 느끼는 수치심이라기보다는 한 남자로서 느끼는 수치심이었다.

몸을 돌려도 도움이 되진 않았다. 두 손으로 얼굴을 가려도, 대문 쪽으로 발길을 돌려도 마찬가지였다. 폭발적인 흐느낌과 함께 눈물이 폭포수처럼 흘러내렸다.

"칼 오베… 칼 오베… 제가 한 말 때문에 그런 거예요? 난 단지 실망했을 뿐이에요. 괜찮아요? 괜찮아질 거예요. 그렇죠? 사랑하는 칼 오베. 울지 말아요. 쉬… 울지 말라니까요."

나도 울고 싶지 않았다. 하지만 울음은 멈춰지지 않았다. 내가 원한 것은 단 하나, 린다에게 우는 모습을 보이고 싶지 않다는 것뿐이었다.

내가 원한다고 되는 일이 아니었다.

나는 두 팔로 나를 감싸려는 린다를 밀쳤다. 심호흡을 하며 숨을 내쉬었더니 강아지가 낑낑거리듯 떨리는 딸꾹질 소리만 흘러나왔다.

"미안해. 정말 미안해, 린다. 그럴 마음은 없었어."

"나도 미안해요."

"이제 화해한 거야?"

나는 눈물 속에서 미소를 지어보였다.

린다도 젖은 눈으로 미소를 지었다.

"네."

나는 욕실로 들어갔다. 흐느끼듯 딸꾹질을 하고 심호흡을 했더니 온몸이 심하게 떨렸다. 찬물로 얼굴을 씻으니 그제야 흐느낌이 멈춰졌다.

린다는 거실에서 나를 기다리고 있었다.

"괜찮아요?"

"응, 이젠 괜찮아. 내가 바보 같지? 아마 어제 마신 술 때문인가 봐. 자기방어 능력을 잃어버린 것 같은 느낌이 들었어. 아무리 애를 써도 계속 무너져 내리기만 하던걸."

"당신이 울어도 난 아무렇지 않아요. 바보 같다는 생각은 해보지도 않았어요."

"당신은 그럴지 몰라도 난 그렇지 않아. 당신에게 우는 모습을 보이고 싶지 않았거든. 어쨌든 이젠 그런 내 모습을 봐버렸으니 할 수 없지. 내가 이런 사람이라는 거…"

"당신이 뭐라 해도 내 눈엔 예쁘게만 보이는걸요."

"하하, 관둬. 이젠 잊어버리자. 그건 그렇고 새로 단장한 집, 마음에 들어?"

린다는 미소를 지었다.

"환상적이에요."

"좋아?"

우리는 서로를 꼭 껴안았다.

"그런데… 테스트 안 해볼 거야?"

"지금요?"

"응."

"오케이. 조금만 더 안아줘요."

나는 그녀가 시키는 대로 했다.

"지금은?"

그녀가 웃음을 터뜨렸다.

"알았어요. 알았다고요."

린다는 하얀 막대기를 들고 욕실에 들어갔다 나왔다.

"몇 분 더 기다려야 해요."

"결과가 어떻게 나올 것 같아?"

"글쎄요… 잘 모르겠어요."

나는 부엌으로 가는 린다를 따라갔다. 린다는 하얀 막대기를 뚫어지게 바라보고 있었다.

"뭔가 변화가 보여?"

"아뇨, 아무것도. 어쩌면 임신이 아닐지도 몰라요. 나는 정말 임신이 확실하다고 생각했는데…"

"나도 그랬어. 여러 증상으로 미루어보면 확실하지 않아? 당신은 어지럽다고 했고 피곤하다고 했어. 그보다 더 확실한 증상이 뭐가 있을까?"

린다는 미소를 지을 뿐 아무 말도 하지 않았다.

"여길 좀 봐. 푸른색으로 변했어. 그렇다면…"

린다가 나를 쳐다보았다. 짐승의 눈동자처럼 야생적인 그녀의 눈동자에 절박함이 가득했다.

"맞아요."

우리는 3개월이 지난 후에 주변 사람들에게 임신 사실을 알려야 한다는 불문율을 지키지 못했다. 겨우 3주째 되던 날, 린다는 자기 어머니에게 전화를 해서 임신 사실을 알렸고 장모님은 전화기 저편에서 기쁨의 환호성을 질렀다. 이에 비해 내 어머니는 초연한 반응을 보였다. 반가운 소식이라고 말하긴 했지만 우리가 준비되어 있는지를 더 염려하는 듯했다. 그도 그럴 것이 린다는 여전히 학교에 다니고 있었고 나는 글을 써야 했으니까. 나는 다 잘될 거라며 1월이 올 때까지 두고 보자고 대답했다. 어머니는 항상 시간을 두고 변화를 받아들이는 사람이었다. 먼저 심사숙고한 다음 서서히 새로운 상황 속으로 옮겨가는 사람이었기에 나는 어머니를 잘 이해할 수 있었다. 어머니와 통화를 마치자마자 나는 윙베 형에게 전화를 해서 린다의 임신 소식을 알렸다.

"좋은 소식이군."

나는 뒤뜰에서 담배를 피우며 형과 대화를 나누었다.

"언제 출산 예정이니?"

"1월이야."

"축하해."

"고마워."

"그런데 말이야, 지금 월바가 축구경기를 하고 있거든. 통화를 오래 할 수 있는 상황이 아니야. 나중에 다시 전화하자."

"알았어. 끊어."

나는 형의 반응이 탐탁지 않다고 생각하며 새 담배에 불을 붙였다. 내게 아이가 생기는데. 내가 아버지가 되는데. 젠장, 이보다 더 큰일이 또 뭐가 있을까!

내가 스웨덴으로 이사한 후 가족 관계에도 알게 모르게 변화가 생겼다. 통화는 예전과 다름없이 자주 하지만 무언가 달라진 것이 있다는 걸 확실히 느낄 수 있었다. 그건 오로지 내 느낌만일까. 어쩌면 내가 처한 상황 때문인지도 모른다. 스웨덴으로 이사를 오면서 나는 가족은 물론 나 자신의 삶에서조차 멀어졌다. 눈 깜짝할 사이에 환경이 변했고 나는 새로운 장소와 새로운 사람들과 새로운 느낌 속으로 잦아들었다. 이전의 사고방식과 태도로는 새로운 환경에 적응할 수가 없었다. 린다와 함께 살면서부터는 튀바켄에서부터 트베이트, 베르겐까지 연속적으로 이어져온 삶에 종지부를 찍어야만 했다.

나는 내가 과민반응을 보인다고 생각했다. 돌이켜보니 윙베 형은 조금도 달라지지 않았다. 7년 전 내가 썼던 글이 책으로 나온다는 소식을 형에게 전했을 때도 형은 "그래? 잘됐네"라는 말 한마디로 반응을 보였을 뿐이다. 그때 나는, 내겐 그보다 더 좋은 일은 일어나지 않을 정도라 눈앞이 어질어질했는데도 말이다. 나는 내 주변 사람들도 나처럼 좋아할 것이라 기대했었다.

물론 그것은 내 희망사항에 불과했다.

자신만의 일상에 젖어 있는 사람들은 주변 사람들의 삶을 고스란히 이해하지 못한다. 남의 일이라면 아무리 큰일이라도 자신의 작은 일상 속으로 끌어들이고 그 틀 안에서 이해하려 한다. 평생 몇 번밖에 마주하지 못할 큰일들을 직접 겪게 되면 그들의 작은 일상은 무너져버린다. 그렇다. 사람들은 세상의 크고 좋은 일만 경험하며 살 수는 없다. 그렇게 된다면 일상이 파괴되니까.

나는 담뱃불을 비벼 끄고 린다에게 올라갔다. 문을 열고 들어가니 린다는 호기심 가득한 눈길을 보냈다.

"뭐라 그래요?"

"자기 일처럼 기뻐하더군. 축하와 안부 전해달라고 했어."

"고마워요. 어머니는 마치 정신을 잃을 것처럼 좋아했어요. 얼마나 기뻐하며 소리를 지르는지 귀가 먹먹할 정도였다니까요."

그날 저녁 윙베 형이 전화를 해서 그간 보관해둔 유아용품을 모두 보내주겠다고 했다. 유모차, 신생아 욕조, 오버롤, 배내옷, 내의, 턱받이, 바지, 스웨터, 신발. 윙베 형 내외는 아이들이 쓰던 물건을 하나도 버리지 않고 그대로 모아두었다. 린다는 그 말을 듣고 감동해 눈물까지 글썽였다.

나는 그런 린다를 보며 웃음을 감출 수 없었다. 지난 몇 주 동안 린다의 감정은 너무나 기복이 심했고 온갖 자잘한 일에도 감동을 받거나 눈물을 보이기가 일쑤였다. 내가 웃음을 터뜨리자 린다도 따라 웃었다.

린다의 어머니는 손수 만든 음식을 산더미처럼 들고 하루가 멀다하며 우리를 찾아왔다. 우리는 그 음식들을 냉동고에 보관해두고 먹었다. 그뿐만 아니라 린다의 어머니는 재혼한 남편의 아들딸이 어렸을 때 사용했던 유아용품과 장난감을 자루에 담아 몇 번씩이나 옮겨왔으며, 세탁기도 사주었다. 세탁기는 그녀의 남편인 비다르가 와서 설치해주었다.

린다는 여전히 학교에 나갔고, 나는 건물 꼭대기에 있는 작업실에서 글을 썼다. 우연히 발견한 천주교 서점에서 성경을 사서 읽기 시작했으며 천사와 관련된 온갖 글은 물론 토마스 아퀴나스, 아우구스티누스, 바실리오스, 히에로니무스도 읽었다. 홉스와 버튼도 찾아 읽었다. 슈펭글러와 뉴턴의 전기, 계몽시대와 바로크시대에 대한 책도 함께 구입했다. 내 책상 옆에는 이런 책이 산더미처럼 쌓여 있었고 나는 미친 듯 책을 읽었다. 그러다 보니 어느 사이엔가 글을 쓰기 위한 서로 다른 생각과 시스템이 맞아떨어져갔고, 전에는 무엇인지 몰랐던 것들이 하나씩 둘씩 같은 방향으로 발전하기 시작하면서 모양새를 갖추어가기 시작했다.

린다는 매우 행복해했지만 조그만 일에도 두려워하고 걱정을 하기 일쑤였다. 아이가 태어나면 잘 보살필 수 있을까. 아이가 무사히 태어나긴 할까. 혹여 유산이라도 되면 어떻게 할까. 얼마든지 있을 수 있는 일이었다. 이런 생각이 갑자기 고개를 치켜들면 린다는 통제력을 잃고 매번 두려움에 떨었지만 다행히 그 상태는 오래가지 않았다.

6월 말 우리는 노르웨이로 휴가 여행을 갔다. 트로뫼이야에서 이틀을 보내고 에스펜과 안네가 사는 라르콜렌으로 가서 그들의 별장을 빌려 다시 며칠 동안 머물다가 윌스테르에 있는 어머니를 방문할 예정이었다. 우리는 둘 다 운전 면허증이 없기 때문에 비행기와 기차와 버스와 택시로 바꾸어 타는 내내 나는 커다란 슈트케이스를 두 개씩 끌고 다녀야만 했다. 린다는 사과 한 알보다 더 무거운 건 들 수 없는 몸이었으니까.

우리는 아렌달에서 아르빗을 만났다. 나보다 몇 살 더 나이가 많은 그는 원래 윙베 형과 친구였다. 하지만 우리는 베르겐에서 함께 공부한 적이 있었으며, 몇 달 전에는 그가 스톡홀름으로 와서 우리를 방문하기도 했다. 그는 우리를 자동차에 태워 자기 집으로 초대했다. 나는 린다가 피곤하다는 것을 알고 있었기에 미리 예약해놓은 별장으로 먼저 가고 싶었다. 나는 그의 초대를 정중하게 거절하기 위해 린다가 임신했다는 말을 했다.

그는 햇살 가득한 아렌달 거리가 쩌렁쩌렁 울리도록 크게 소리를 질렀다.

"이렇게 좋은 소식이 있나! 축하해!"

"그래서 말인데 먼저 별장에 갔으면 좋겠어. 린다가 좀 쉴 수 있도록…"

"그래야지. 당연히 그래야지. 내가 별장까지 태워다 줄게. 그리고 몇 시간 후에 내가 보트로 다시 데리러 올게."

별장에 도착하고 보니 그건 말만 별장이었지 캠핑차를 타고 여행하는 이들이 잠시 쉴 수 있는 코딱지만 한 공간에 불과했다. 후회막심했다. 린다에게 내가 살았던 곳을 보여주며 좋은 인상을 심어주려 했는데, 그건 아니었다.

두 시간쯤 자고 나서 부두로 나갔더니 아르빗이 보트를 타고 와 우리를 기다리고 있었다. 우리는 그가 살고 있는 히쇠이아 섬으로 향했다. 석양으로 붉게 물든 작은 섬 위의 작고 하얀 집들. 그 집들을 둘러싼 녹색 나무들. 그 나무들 위에 둥근 천장처럼 자리하고 있는 푸른 하늘과 그 아래 보이는 푸른 바다. 너무나 아름다웠다. 바닷가에는 매일 석양 무렵에 바람이 분다. 나는 어렸을 때 느꼈던 그 석양 속의 바람을 다시 온몸으로 느낄 수 있었다. 자연은 바람을 머금고 한데 어우러지며, 그 바람이 스쳐지나간 후엔 마치 정을 맞고 바위에서 떨어져 내리는 돌가루처럼 제각각 스러져버린다. 아, 그 낯설고도 익숙한 모습이란.

우리는 보트에서 내려 그의 집으로 가 정원용 테이블에 둘러앉았다. 린다는 아무 말도 않고 무뚝뚝한 얼굴로 자기만의 세계에 빠져 있었다. 분위기는 서먹서먹해졌다. 그 자리에 모인 아르빗의 가족과 친구들은 린다를 처음 보았다. 나는 그들에게 내 애인이 얼마나 매력적인 여인인지 보여주고 싶었으나 린다는 그럴 마음이 없는 것 같았다.

나는 테이블 밑으로 손을 뻗어 린다의 손을 살짝 쥐어 잡으며 신호를 보냈지만 그녀는 여전히 무뚝뚝한 얼굴로 미소도 짓지 않고서 나를 흘낏 쳐다볼 뿐이었다. 나는 린다에게 정신을 차리고 분위기좀 맞춰보라고 고함을 지르고 싶었다. 그녀가 평소처럼 기분 좋게 다른 사람들과 이야기를 나누고 함께 웃으며 그녀만의 매력을 마음껏 발산하기를 바랐다. 문득, 그녀의 친구들과 함께 있을 때의 내 모습이 떠올랐다. 낯선 사람들과 마주하면 항상 침묵을 지키고 수줍음을 떨치지 못해 무뚝뚝하기만 했던 내 모습이 지금의 린다와 다르지 않다는 것을 깨달았다. 저녁 내내 묻는 말에 대답만 하고 한구석에 처박혀 있던 내 모습.

그녀는 도대체 무슨 생각을 하고 있을까?

무엇이 그녀를 저렇게 만들었을까?

아르빗? 가끔 온 동네가 떠나갈 정도로 기분 좋게 웃음을 터뜨리는 남자?

안네?

아틀레?

아니, 나 때문일까?

오늘 내가 무슨 말을 잘못한 건 아닐까?

그렇지 않다면 자기 자신 때문일까? 이 자리와는 상관없는 전혀 다른 이유?

저녁을 먹은 후 우리는 보트를 타고 히쇠이아 섬을 한 바퀴 돈 후 열린 바다를 볼 수 있는 메르되 섬으로 향했다. 활짝 트인 바다로 나오자 아르빗은 속력을 내기 시작했다. 파도가 뱃전에 부딪쳐서 보트가 심하게 흔들렸다. 린다의 얼굴이 창백해졌다. 나는 린다가 무슨 생각을 하고 있는지 훤히 들여다볼 수 있었다. 임신 3개월째에 접어든 린다에게 이렇게 거친 흔들림은 유산을 초래할 수도 있을 만큼 위험했다.

"속력을 늦추라고 해요! 위험하단 말이에요!"

린다가 소리를 질렀다.

나는 운전대를 잡고 있는 아르빗을 바라보았다. 그는 파도 소리 때문에 린다의 목소리를 듣지 못한 것 같았다. 나는 짜디짠 바다를 보며 기분 좋은 표정으로 신선한 바람을 만끽하는 그를 보니 도저히 속력을 늦추라는 말을 할 수가 없었다. 솔직히 나는 울렁이는 보트에 앉아 있다 하더라도 그리 위험하지 않다고 생각했기에 아르빗에게 속력을 늦추라고 말하는 것은 바보 같은 짓이라 여겼다. 창백한 얼굴로 옆에 앉아 있는 린다는 화가 나서 어쩔 줄 몰라 했다. 그녀를 생각한다면 비록 내가 바보 취급을 받더라도 아르빗에게 속력을 늦추라고 말해야만 했다.

"괜찮을 거야. 위험하지 않아."

"칼 오베!"

린다가 쉰 목소리로 다시 소리를 질렀다.

"속력을 늦추라고 하세요. 아주 위험하단 말이에요. 정말 모르는 거예요?"

나는 어정쩡하게 몸을 일으켜 아르빗에게 다가갔다. 그는 미소를 지으며 나를 돌아보았다.

"괜찮지?"

나는 고개를 끄덕이며 미소를 지어보였다. 속력을 늦추라는 말이 입속에서 맴돌았지만 끝내 꿀꺽 삼켜버리고는 린다 옆으로 돌아가 앉았다.

"그렇게 위험하진 않을 거야. 걱정 마."

린다는 아무 말도 하지 않고 어금니를 꽉 문 채 창백한 얼굴로 먼 바다만 쏘아보았다.

메르되 섬에 오른 우리는 담요를 깔고 앉아 커피를 마시고 비스킷을 먹었다. 보트로 돌아가는 길에 나는 아르빗에게 다가가 말을 걸었다.

"저⋯ 조금 전 여기로 올 때 린다가 많이 무서워했어. 알다시피 린다는 지금 임신 중이잖아. 그래서 보트가 심하게 흔들리면⋯ 음⋯ 알다시피⋯ 그러니까 내 말은 돌아가는 길엔 속도를 조금 늦추는 게 어떨까 싶어서 말이야."

"어, 그러지 뭐."

호베를 지나쳐 히쇠이아로 돌아갈 때 아르빗은 배의 속력을 확 늦추어 걸어가도 따라잡을 수 있을 정도로 천천히 몰았다. 나는 그가 내 말에 기분이 나빠 데모라도 하듯 일부러 천천히 모는 게 아닌가 하는 생각을 해보았다. 그렇지 않다면 아르빗은 특별히 린다를 위해 선심을 쓴 게 틀림없었다. 어찌 되었든 민망하긴 매한가지였다. 결국은 내가 속력을 늦추라는 말을 하고 말았다는 자괴감과 이왕 말하려면 진작 했어야 했다는 자책감이 한꺼번에 나를 덮쳤다. 솔직히 이 세상에서 그보다 더 쉬운 일이 있을까. 애인이 임신 중이니 배를 좀 천천히 몰아달라고 부탁하는 일 말이다.

린다의 두려움과 걱정은 알고 보면 다른 이유 때문이었다. 그녀는 2년쯤 심한 조울증에 시달렸고 정신병원에 입원한 적도 있으며, 병원에서 퇴원한 지는 고작 3년밖에 되지 않았다. 그런 일을 겪은 후에 아이를 낳는다는 것은 100퍼센트 안전하다고는 할 수 없는 일이었다. 린다는 출산을 앞두고 스스로도 어떤 반응이 나타날지 전혀 모르고 있었다. 어쩌면 그녀는 다시 조울증에 시달리게 될지도 모른다. 어쩌면 병원에 다시 입원해야 될지도 모른다. 그렇다면 아이는 어떻게 될까?

내가 보기엔 린다는 이미 병에서 벗어난 것 같았다. 세상을 보는 그녀의 관점은 병원에 입원하기 전과 비교해 너무나 달라져 있었으니까. 그녀를 1년쯤 매일같이 보아온 나는 모든 일이 잘될 거라고 확신했다. 그녀가 경험했던 과거의 고통은 삶의 위기 같은 것이었다. 한 번 심하게 삶을 강타하고 사라져버리는 위기 말이다. 그녀는 심신의 건강을 되찾았다. 감정이나 기분에 기복이 있을 수는 있지만, 그건 건강한 사람들도 경험하는 평범한 현상이 아니었던가.

우리는 기차를 타고 모스로 갔다. 에스펜은 기차역에서 우리를 자동차에 태워 자기 집으로 데려갔다. 린다는 많이 피곤해했고 미열도 있어 일찍 잠자리에 들었다. 에스펜과 나는 근처 축구장으로 가서 축구를 한 후 집으로 돌아와 바비큐를 시작했다. 나는 에스펜과 그의 아내인 안네와 함께 대화를 나누었고 안네가 자러 들어간 후엔 한동안 에스펜과 옛날이야기를 나누었다. 린다는 저녁 내내 나와보지도 않고 침대에 누워 있었다. 다음 날 에스펜은 우리를 옐뢰이아에 있는 별장에 데려다준 뒤 스톡홀름으로 차를 몰았다. 우리가 그의 별장에 머무르는 동안 그는 스톡홀름의 우리 집에서 머물 계획이었다.

나는 새벽 5시쯤 일어나 글을 썼다. 린다는 10시쯤 일어났다. 함께 아침 식사를 한 후, 나는 린다에게 내가 쓴 글을 소리 내어 읽어주었다. 린다는 글이 아주 훌륭하다고 칭찬해주었다. 우리는 별장에서 2킬로미터쯤 떨어진 바닷가로 가서 오후 시간을 보냈다. 별장으로 돌아오는 길에 장을 봐와서 저녁을 지어 먹었고, 피곤해하는 린다가 잠시 잠에 빠진 틈을 타 나는 낚시를 했다. 저녁에는 모닥불을 피우고 함께 앉아 이야기를 나누고 책을 읽었으며 사랑을 나누기도 했다.

그렇게 일주일을 보낸 후, 우리는 기차를 타고 오슬로로 간 다음 다시 기차를 갈아타고 플롬으로 향했다. 플롬에서는 보트를 타고 발레스트란으로 가서 크비크네스 호텔에서 하룻밤을 묵었고 다음 날 페리를 타고 피예를란으로 갔다. 나는 거기서 우연히 토마스 에스페달을 만났다. 그는 친구와 함께 순피오르로 가는 길이었다. 베르겐에서 그를 본 이후 처음 만났던지라 반갑기 그지없었다. 그는 내가 아는 사람 중에서 가장 좋은 사람이었다.

피예를란에 도착하니 어머니가 부둣가에서 우리를 기다리고 있었다. 우리는 어머니 차를 타고 푸른 하늘 아래 잿빛으로 반짝이는 강가의 길과 긴 터널, 자주 산사태가 나는 비좁고 어두침침한 계곡길을 지나쳤다. 셰이에 이르니 부드럽고 풍성한 윌스테르의 풍경이 눈앞에 펼쳐졌다.

린다와 어머니는 그때 세 번째로 만난 셈이었다. 나는 두 여자를 보는 순간 둘 사이에 존재하는 거리감을 감지했다. 그 거리감을 좁히고 두 사람 사이에 다리를 놓아보려 노력했지만 내 힘으로는 역부족이었다. 하지만 가끔 두 사람이 기분 좋은 얼굴로 함께 대화를 나눌 때도 있었다. 그럴 때면 나는 온몸에 전율을 느낄 정도로 기쁘기 그지없었다.

린다가 하혈을 했다. 린다는 너무 두렵다며 당장 집으로 가자고 나를 졸랐다. 스톡홀름의 출산 도우미에게 전화를 해서 물어보았지만 제대로 검사를 해보기 전에는 대답해줄 수 없다고 했다. 그 말을 들은 린다는 더더욱 두려워 어쩔 줄을 몰랐다. 나는 린다를 위로하며 다 잘될 거라고, 걱정하지 말라고 말했지만 아무런 도움도 되지 않았다. 솔직히 내가 아는 건 아무것도 없었다. 그러니 내겐 그런 말을 할 자격이 없었다. 린다는 당장 집으로 가자고 했고, 나는 남아 있자고 했다. 결국 린다는 고집을 꺾고 내 말을 따르기로 했지만 그 뒤에 일어나는 일은 모두 내가 책임져야 한다고 나를 몰아세웠다. 만약 일이 잘못되어 유산이라도 한다면 기다려보자고 말한 내가 책임을 져야 할 상황이었다.

린다의 머릿속에는 두려움뿐이었고, 그 두려움은 린다를 갈가리 찢어놓았다. 함께 식사를 할 때나 저녁 시간에 거실에 모여 앉아 있을 때도 린다는 아무 말을 하지 않았다. 그뿐만 아니라 2층에서 잠을 자다 일어나 내려왔을 때 어머니와 내가 정원에 함께 앉아 있는 모습을 보면 불같이 화를 내면서 몸을 홱 돌려 다시 침실로 들어가버렸다.

나는 린다가 왜 그러는지 알 것 같았다. 린다와 대화를 나눌 때, 나는 하혈에 대한 말은 단 한마디도 하지 않았고 마치 아무 일도 없는 것처럼 평상시와 마찬가지로 행동했기 때문에 그녀는 내게 무의미한 존재에 불과하다는 생각을 했을 게 틀림없었다. 그건 맞는 말이기도 했고 틀린 말이기도 했다. 나는 진정으로 아무 일 없을 것이라 믿었다. 물론 100퍼센트 확신할 수는 없었다. 게다가 우리는 어머니집에 초대된 손님이었다. 나는 반년 만에 어머니를 보았고 우리에겐 함께 나누어야 할 밀린 이야기가 너무나 많았다. 물론 린다의 하혈과 그녀의 기분에 대해 침묵으로 일관하는 건 절대 옳은 일이 아니었다. 도움이 될 일도 아니었다.

나는 그녀를 감싸 안으며 위로해주었다. 다 잘될 거라고 말했지만 그녀는 내 위로를 받아들이려 하지 않았다. 오히려 그곳을 당장 떠나고 싶어 했다. 그 때문인지 린다는 어머니가 무슨 말을 해도 반응을 보이지 않았고, 뭘 물어보아도 꼭 필요한 대답만 했다. 린다와 단둘이 계곡을 산책하고 있을 때, 그녀는 내 어머니를 들먹이며 온갖 부정적인 말을 쏟아냈다. 나는 어머니 편을 들었다. 결국 우리는 서로에게 화를 내고 소리를 질렀다.

린다는 몸을 돌려 혼자 계곡을 내려가기 시작했다. 나는 그녀의 뒤를 쫓아가며 내가 악몽을 꾸고 있다고 생각했다. 악몽도 눈을 뜨면 한순간의 꿈일 뿐이라는 생각이 뒤를 이었다. 하지만 나의 악몽은 거기서 끝나지 않았다. 마침내 그곳을 떠날 날이 왔다. 어머니는 우리가 보트를 탈 수 있는 플로뢰 부둣가까지 차를 태워주었다. 우리는 부둣가 식당에서 점심을 먹기로 하고 출발 시간보다 훨씬 일찍 그곳에 도착했다. 식당에 들러 주문한 생선 수프를 한 숟갈 떠먹으니 버터맛밖에 나지 않았다.

"이걸 어떻게 먹어요. 전 못 먹겠어요."

린다가 투덜거렸다.

"정말 그러네. 맛이 별로야."

"웨이터에게 말해서 수프를 물리고 다른 음식을 가져오라고 하세요."

오, 주문한 음식을 되돌려 보낸다는 건 생각도 못 한 일이었다. 거긴 스톡홀름도 아니고 파리도 아닌 노르웨이의 한 시골 동네 플로뢰가 아니었던가. 하지만 불쾌하고 부정적인 분위기를 더는 견디지 못한 나는 린다의 말에 따르기로 결심하고 웨이터를 불렀다.

"맛이 별론데… 다른 음식으로 바꿔주시면 안 되겠습니까?"

금발로 염색한 통통한 중년 웨이터는 불쾌한 눈빛으로 나를 쏘아보았다.

"제대로 나온 음식이에요. 아무도 불평을 안 하는데 유독 그러시니… 할 수 없죠 뭐. 주방장님께 말해볼게요."

우리는 입도 대지 않은 세 그릇의 수프를 앞에 놓고 침묵을 지켰다. 어머니, 린다, 나.

우리에게 다시 온 웨이터는 고개를 절레절레 흔들었다.

"죄송합니다. 이미 주문하신 음식은 물릴 수가 없다는군요. 여기서는 맛이 좋다고 소문난 수프인데 왜 그러시는지 모르겠답니다."

이젠 어떻게 한담…?

주문한 음식을 난생처음 주방으로 되돌려 보냈는데 거부당했다. 세계 어느 음식점을 가더라도 다른 음식으로 바꾸어줄 텐데 플로뢰는 아니었다. 나는 부끄럽고 민망한 데다 짜증이 치솟아 얼굴이 벌겋게 달아올랐다. 혼자 있었다면 아무리 맛이 없어도 수프를 비웠을 것이다. 불평을 하고 보니 정말 쓸데없는 짓을 했다는 생각도 들었지만 막상 거부를 당하니 견딜 수가 없었다.

나는 자리에서 일어났다.

"제가 주방장님과 직접 이야기해보겠습니다."

"그러시든가."

웨이터가 코웃음을 쳤다.

주방으로 머리를 들이미니 키가 작고 뚱뚱한 주방장이 있을 것이라 생각한 내 예상과는 달리 내 나이 또래의 키 큰 근육질 남자가 서 있었다.

"방금 생선 수프를 주문했는데 버터맛밖에 나지 않아요. 속이 니글거려 도저히 못 먹겠으니 음식을 좀 바꿔주시겠습니까?"

"이곳에 전통적으로 내려오는 조리법에 따라 만든 수프입니다.

맛이 좋다고 소문났는데 이해할 수가 없군요. 죄송합니다만 음식을 물릴 수는 없습니다."

나는 테이블로 돌아와 린다와 어머니를 향해 고개를 저어보였다.

"제대로 말도 못 붙여봤어요. 아주 완강하던걸요."

"내가 한 번 부탁해봐야겠다."

보다 못한 어머니가 자리에서 일어났다.

"나는 나이가 많은 사람이니 어쩌면 내 나이가 도움이 될지도 모르겠구나."

나는 어머니가 레스토랑에서 음식에 대해 불평하는 것을 본 적이 없다. 어머니 성격에도 맞지 않는 일이었다.

"그럴 필요 없어요, 어머니. 그냥 나가죠."

"시도는 해보고 나가자꾸나."

잠시 후 돌아온 어머니도 고개를 절레절레 흔들었다.

"할 수 없죠, 뭐. 배가 고프긴 하지만 지금 와서 수프를 먹을 생각은 없어요."

우리는 테이블 위에 음식값을 놓고 자리를 떴다.

"페리 안에서 뭘 사먹으면 될 거야."

린다는 말없이 고개만 끄덕였다.

빙빙 돌아가는 프로펠러가 멈추었고 페리가 부둣가에 닿았다. 나는 짐을 들어올리고 어머니에게 손을 흔들어준 후 가장 앞자리에 가서 앉았다.

페리 안에서 우리는 물렁물렁하고 축축하기까지 한 피자와 버터를 바른 팬케이크 그리고 요구르트로 배를 채웠다. 한숨 자고 일어난 린다는 언제 그랬냐는 듯 밝고 환한 예전의 모습으로 되돌아왔다. 내 옆에 앉아 쉴 새 없이 재잘대는 그녀를 보면서 나는 머릿속이 복잡했다. 도대체 노르웨이에 있는 동안 린다가 화가 난 듯 무뚝뚝한 얼굴로 일관했던 까닭은 무엇일까? 내 어머니 때문일까? 낯선 장소라 그랬던 걸까? 그녀가 내 삶에서 제대로 한 부분을 차지하기도 전에 갑작스레 내 삶에 들어와버렸기 때문은 아닐까? 아이를 잃을지도 모른다는 두려움 때문이었을까?

우리는 베르겐에서 비행기를 타고 스웨덴으로 돌아왔다. 다음 날 린다는 병원에 가서 검진을 받았다. 모든 것은 정상이었다. 작은 심장은 규칙적으로 뛰고 있었고, 작은 몸은 자라고 있었다. 완벽했다.

감믈라 스탄의 한 병원에서 검진을 받은 후 우리는 근처에 있는 빵집에 앉아 병원에서 있었던 일을 이야기했다. 검진을 받는 날이면 으레 하는 일이었다. 한 시간쯤 지난 후 나는 전철을 타고 새 작업실이 있는 오케스호브로 갔다. 이전에 있던 언덕 위 다락방에선 도저히 글을 쓸 수가 없어 새 작업실을 찾고 있었는데, 작가이자 영화감독이며 린다의 친구이기도 한 마리아 센스트룀이 한 허름한 방을 알선해주었다. 거의 공짜였기에 나는 그녀의 제안을 받아들였고, 네모난 콘크리트 방 속에 틀어박혀 책을 읽거나 창밖의 숲을 바라보기도 했다.

줄지어 서 있는 나무 사이로는 5분마다 지나가는 전철을 볼 수 있었다. 나는 슈펭글러의 『서유럽의 몰락』을 읽었다. 그의 문명이론에 대해선 할 말이 많지만, 바로크적이고 파우스트적인 이해와 계몽적이고 유기적인 그의 글은 독특하고 훌륭하다고 생각했다. 그의 책에선 16세기적인 분위기도 느낄 수 있었다. 모든 것이 바로 그 관점에서 시작되었고 나뉘었다. 그 한쪽에는 낡고 필요 없는 것들, 즉 마법적이고 비이성적이며 독단적이고 권위적인 전통이 자리하고 있었고, 다른 한쪽에는 지금 우리가 살고 있는 발전된 세상을 찾아볼 수 있었다.

가을은 겨울로 치달았고 린다의 배는 점점 불러왔다. 그녀는 주변의 모든 것을 그냥 지나치는 법이 없었다. 양초에 불을 켜놓고 뜨거운 물이 담긴 욕조에 누워 있는가 하면, 옷장에는 아기 옷을 가득 채워 넣기도 했다. 앨범을 미리 준비해놓고 임신과 출산, 초기 육아에 대한 책을 빠짐없이 사서 읽어보았다. 나는 그런 린다의 모습을 보며 한없이 기뻐했지만 그녀에게 다가가 함께 나눌 수는 없었다. 글을 써야만 했기 때문이다. 나는 그녀와 함께 시간을 보내고, 그녀와 사랑을 나누고, 대화를 하고 산책을 할 수는 있었지만 그녀와 같은 정서를 느낄 수는 없었다.

린다가 폭발하는 날도 없지 않았다. 어느 날 아침 나는 부엌의 카펫에 물을 쏟았다. 나는 전철을 타야 했기에 그것을 닦지도 않고 곧장 집에서 나가 작업실에서 시간을 보냈다. 집에 돌아오니 카펫에 물을 쏟은 자리가 누렇게 얼룩져 있는 것이 아닌가. 린다에게 무슨 일이냐고 물어보았더니 그녀는 당황해하며 멋쩍은 표정을 지었다. 자고 일어나 부엌에 들어가니 카펫이 젖어 있어 너무 화가 난 그녀는 그 자리에 주스 한 통을 다 들이부었다고 했다. 시간이 지나서 물이 마르자 남아 있는 건 주스가 남긴 얼룩뿐이었다. 린다는 그제야 자기가 무슨 짓을 했는지 이해할 수 있었다고 말했다.

카펫은 세탁을 해야만 했다.

한 번은 린다의 어머니가 물려준 값비싼 고급 식탁 표면을 죽 그어버린 적도 있었다. 산부인과에서 나누어준 설문지를 작성하고 있던 린다는, 출산과 관련해 특별히 원하는 사항이 있느냐는 질문에 몇 가지 대답을 생각해내 그것을 소리 내어 읽어주었다. 나는 고개를 끄덕였는데 린다는 그런 내 태도가 성에 차지 않은 모양이었다.

갑자기 린다가 손에 들고 있던 볼펜으로 식탁 표면을 죽죽 긁어대는 것이 아닌가. 그것도 있는 힘을 다해 여러 번 죽죽 그어댔다. 지금 뭐 하는 거야? 당신은 아무 관심도 없어요. 오, 빌어먹을! 내가 왜 관심이 없어? 이젠 이 식탁을 버려야겠군.

어느 날 저녁 나는 린다에게 너무 화가 난 나머지 있는 힘을 다해 유리잔을 벽난로 속으로 던져버렸다. 이상하게도 유리잔은 깨지지 않았다. 젠장. 난 말다툼을 하고 그릇을 깨부수는 고전적인 행위조차도 제대로 해낼 수가 없었다.

린다와 나는 예비부모 강좌에 함께 다녔다. 꽉 차 있는 강의실은 연단 위의 강사가 말하는 민감한 주제에 대해 격렬한 반응을 보였다. 내가 보기엔 논쟁의 여지를 찾아볼 수 없는 평범한 말이었다. 강사는 단순히 생물학적 차원에서의 임신과 출산에 대해 강의를 하고 있을 뿐이었는데, 거기에 모인 예비부모들은 한숨을 쉬어가며 나직한 목소리로 투덜대기 시작했다. 그들은 인간의 성(性)은 사회적 구조에 불과할 뿐이며 인간의 신체는 사회 전체가 동의하는 이성을 감싸고 있는 그릇이자 껍데기에 불과하다는 생각을 가지고 있는 사람들이었다. 본능은 입 밖에도 꺼내선 안 될 주제였다. 흥분한 여인들은 저마다 "세상에! 어떻게 저런 말을 할 수가 있지?"라고 중얼거렸다.

문득 뒤쪽의 한 벤치에 혼자 앉아 흐느끼는 여인이 눈에 띄었다. 남편이 약속 시간에서 10분이나 지났는데도 모습을 드러내지 않는다는 게 이유였다. 나는 나만 이렇게 사는 게 아니구나 하고 생각했다. 마침내 그녀의 남편이 문에 들어서자, 그녀는 주먹을 쥐고 남편의 배를 마구 때렸다. 그런데도 조심스럽게 아내를 다독이며 달래는 남편의 모습을 보니 나는 감탄하지 않을 수 없었다.

우리는 그렇게 살았다. 조용하고 평화롭고 낙관적이며 온화한 분위기를 유지하다가도 급작스럽게 화산이 폭발하는 듯한 상황 속으로 내던져지는 일이 하루에도 수차례씩 반복되었다. 매일 아침 오케스호브로 가기 위해 전철역으로 걸어가다 보면 집에서 있었던 일은 어느덧 내 머릿속에서 자취를 감추어버린다. 나는 지하 전철역을 가득 메운 사람들과 그곳의 분위기를 호흡하고 전철에 앉아 책을 읽는다. 전철이 지상으로 올라가면 나는 창밖을 내다보고 책을 읽는 일을 번갈아가며 한다. 거대한 다리, 동네마다 있는 작은 전철역. 나는 이 모든 것을 진정으로 사랑한다. 오케스호브 역에서 내리는 사람은 나밖에 없다. 모두 시내 쪽으로 출근하는데 나만 시내를 벗어난 곳에서 일을 하기 때문이다.

역에서 1킬로미터쯤 더 걸어가 작업실에 도착하면 나는 온종일 그곳에서 글을 쓴다. 100쪽 정도 분량으로 늘어난 소설은 점점 이상하게 변해가고 있었다. 섬에 가서 게를 잡는 도입부는 에세이의 정수라고 할 수 있을 만큼 좋았다. 이야기는 이전에는 생각조차 해보지 않았던 종교이론을 바탕으로 전개되었다. 이상하긴 했지만 이것저것 조사해서 끼워 맞추어보니 그럴듯했다. 언젠가 우연히 발견한 러시아 정교회 서점에서 온갖 희귀한 문서들을 사들인 나는 몇몇 부분을 메모해 내 소설에 접목할 계획을 세웠다. 내가 세운 가설에 꼭 들어맞는 요소들이었다.

글 쓰는 일이 점점 흥미로워지기 시작했다. 오후가 되면 나는 자리를 털고 일어나 집으로 향했다. 전철이 집에 가까워지면 가까워질수록 집에서 기다리고 있을 또 다른 일상에 대한 생각이 서서히 고개를 들었다. 가끔 린다가 정기검진을 받을 때면 일찍 집으로 돌아가기도 했다. 나는 린다가 검진을 받는 동안 병원 의자에 앉아 기다렸다. 맥박을 재고 피검사를 하고 심장 소리를 듣고 불러오는 배의 크기를 재고 나면 매번 모든 것이 정상이라는 결과가 나왔다. 린다는 신체적으로 강하고 건강한 여인이었다. 나는 이 점을 자주 일깨워 주었다. 몸이 건강하면 마음의 불안은 파리 한 마리, 깃털 하나, 먼지 한 줌처럼 하찮은 것에 불과하다고.

우리는 이케아로 가서 유아용 욕조와 기저귀를 갈 수 있는 체인징 테이블을 샀다. 욕조에는 아이를 위한 크고 작은 수건을 가득 채워 놓았다. 벽에는 바다표범, 고래, 물고기, 거북이, 사자, 원숭이 그림이 담긴 엽서들을 붙여놓았고 비틀스의 앨범 사진도 걸어놓았다. 아이가 태어나면 '네가 살아갈 세상은 바로 이런 모습을 하고 있단다'라고 말해줄 생각이었다.

윙베 형과 카리 안네는 그동안 버리지 않고 모아둔 유아용품을 소포로 보내주었다. 하지만 약속했던 유모차는 오지 않았다. 유모차를 기다리고 있던 린다는 짜증을 내기 시작했다. 며칠이 지나자 린다의 짜증이 폭발해버렸다.

"유모차는 안 올 거야. 당신 형 말을 처음부터 믿은 내가 잘못이지. 그냥 우리가 사두었으면 좋았을 텐데."

출산까지는 아직 두 달이나 남아 있었다. 나는 윙베 형에게 전화해서 유모차는 어떻게 되었느냐고 넌지시 물어보았다. 임신한 여자들의 히스테리가 어떤지 대화의 양념으로 슬쩍 끼워 넣는 것도 잊지 않았다. 형은 잊지 않았다며 출산 전에는 받을 수 있도록 보내준다고 했다. 나는 형을 믿지 않는 건 아니지만 그냥 말이 나온 김에 물어봤다고 얼버무렸다.

아, 나는 증오했다. 린다를 만족시키기 위해 내 성격과는 전혀 맞지 않는 일들을 해야 하는 그 상황을 증오했다. 그러면서도 세상에는 크고 작은 서로 다른 종류의 목적이 있으며 더 큰 목적을 위해선 작은 것들을 희생할 때도 있어야 한다는 생각으로 나 자신을 위로했다. 필요하다면 땅속을 기어 다니는 지렁이처럼 스스로를 낮추어야 할 때도 있지 않은가.

유모차는 여전히 감감무소식이었다. 린다는 다시 히스테리를 부렸고, 나는 그런 린다를 위로하기 위해 유아용 오버롤과 작은 신발, 유모차에 사용할 침낭을 사주었다. 헬레나에게서 작은 흔들침대도 빌려놓았다. 침대와 함께 온 조그마한 이불과 베개를 본 린다는 눈물을 글썽였다.

우리는 매일 저녁 아이의 이름을 뭐라고 지으면 좋을지 이야기를 나누었다. 매번 서로 다른 이름 후보로 네댓 개가 올랐다. 어느 날 저녁, 린다가 '바니아'라는 이름을 제안했다. 여자아이 이름이었다. 그 이름을 듣는 순간 확신이 생겼다. 우리는 바니아라는 이름이 풍기는 강하고 야성적인 러시아적 분위기에 매료되었다. 바니아는 '이반'이라는 이름에서 나온 것이다. 이반은 노르웨이의 '요한네스'라는 이름과 같으며 나의 외할아버지 이름이기도 했다. 우리는 남자아이가 태어나면 '비외른'이라고 부르기로 했다.

어느 날 아침 전철역으로 가던 나는 두 남자가 서로 주먹질하는 광경을 보았다. 그들의 주먹질과 고함은 잠에서 덜 깬 아침의 피곤한 전철역 분위기를 한순간에 바꾸어놓았다. 플랫폼에서 그들 바로 옆으로 지나가는 순간 내 심장 박동은 두 배나 빨라졌다. 그중 한 명이 발차기를 하려고 순간적으로 한 발짝 뒤로 물러섰다. 나는 그들에게 가까이 다가갔다. 그들은 다시 한데 엉겨 붙었다. 나는 그들을 말려야겠다고 생각했다. 린다가 화장실에 갇혀 있을 때 발로 문을 찰 수 없어 자존심을 구겨가며 권투선수에게 부탁했던 일이 떠올랐다. 아르빗에게 속력을 늦추라는 말 한마디도 할 수 없어 망설였던 내 모습도 함께 떠올랐다. 린다는 항상 내가 결단성이 없는 남자라고 걱정했다. 그래서 이번만큼은 내 영혼도 확고한 의지로 불타오를 때가 있다는 것을 스스로 확인해보고 싶었다. 주먹질을 하고 있는 두 남자를 옆에 서서 보고만 있을 수는 없었다. 나서서 그들을 말려야만 했다.

하지만 그 생각을 하는 것만으로도 내 사지는 흐물흐물 녹아내렸다. 단단히 결심한 후에 나는 가방을 바닥에 내려놓았다. 이건 일종의 시험이라고 생각했다. 될 대로 되라고 생각한 나는 주먹질을 하고 있는 그들에게 다가가 내 앞에 있는 남자의 팔을 홱 잡아채 있는 힘을 다해 짓눌렀다. 그 순간 전철을 기다리던 다른 승객 한 명이 둘 사이에 끼어들었다. 또 다른 승객도 몸을 날렸다. 어느새 두 남자의 싸움은 끝나버렸다.

나는 가방을 들어올려 아무 일도 없었다는 듯 전철을 타고 오케스호브로 향했다. 내 심장은 여전히 몸 밖으로 튀어나올 듯 심하게 뛰고 있었다. 이제는 그 어느 누구도 내게 결단력이 없다고 입방아를 찧을 수는 없을 것이다. 하지만 내가 한 행위는 그다지 현명하다고는 할 수 없었다. 혹여 그중 하나가 칼이라도 지니고 있었다면 어땠을까. 나는 다시 그 일을 생각지 않기로 마음먹었다.

그 시기의 린다와 나는 서로에게 가까이 다가가면서도 서로에게 멀어져가고 있었다. 린다는 무슨 일이든 마음에 오래 담아두지 않았다. 어떤 일이 생기면 그 순간에 반응을 보였고 시간이 지나면 그 일은 잊어버렸다. 반면, 나는 어떤 일에 대해 오래도록 마음에 두고 곱씹어 보는 버릇이 있었다. 그간 린다와 함께 지내며 경험했던 모든 일은 여전히 내 가슴속에 둥지를 틀고 있었다. 아울러 지난가을 우리가 서로 말다툼을 하고 분노했던 까닭은 우리의 관계에서 사라져버린 것들 또는 우리가 잊어버린 것들 때문이라는 것도 잘 알고 있었다. 린다는 이미 잃어버린 것들에 더해 남아 있는 것들까지 잃어버리는 것을 원치 않았다. 그녀는 나를 더욱 구속했고, 내가 그것을 싫어하면 싫어할수록 나를 더욱더 옭아맸다. 결국 우리 사이의 거리감은 더욱 넓어졌다. 린다가 두려워했던 것은 바로 그것이었다.

린다가 임신을 하자 모든 것이 달라졌다. 우리가 이루어온 삶 너머 또 다른 무언가가 모습을 드러내기 시작했기 때문이리라. 그녀의 생각 속에 서서히 자리 잡기 시작한 그것은 우리 두 사람보다 더 큰 존재였다. 린다는 급작스럽게 두려움과 불안에 빠져들 때도 있었지만 그 밑바닥에는 항상 든든한 안전망 같은 것이 있어 그녀를 쓰러지지 않게 받쳐주었다. 모든 일이 다 잘될 것이라는 내 확신도 점점 뿌리를 굳혀가고 있었다.

12월 중순, 윙베 형과 조카들이 우리를 방문했다. 그들은 린다가 그토록 기다리던 유모차도 가지고 왔다. 며칠을 머무르는 동안, 린다는 첫날과 다음 날 몇 시간만 제외하고선 그들을 적대적으로 대했다. 나는 화도 나고 답답해 미칠 지경이었다. 내게 그런 태도를 보이는 건 아무래도 좋았다. 하지만 다른 사람들을 그런 태도로 대하는 건 참을 수가 없었다. 나는 린다와 윙베 형 중간에서 어떻게든 중재해보려 애를 썼다. 린다의 비위를 맞추었다가 형의 비위를 맞추는 일을 끊임없이 반복하다 보니 나도 지치기 시작했다.

출산일까지는 6주가량 남아 있었다. 린다는 그 기간에 안정을 취해야 하며, 또 자기는 그럴 자격이 있다고 말했다. 그녀의 말은 틀리지 않았다. 그렇다고 해도 자신의 집에 찾아온 손님들에게 무례하고 적대적인 태도를 보일 권리는 없지 않은가. 나는 내 집에 오는 손님들에겐 호의와 친절을 베풀어야 한다고 배웠고 또 그러고 싶었다. 내겐 참으로 중요한 일이기도 했다.

나는 린다를 이해할 수가 없었다. 그러면서도 린다의 마음을 이해할 수 있을 것 같기도 했다. 린다는 출산을 앞두고 있었기에 집에 손님들이 찾아와 북적거리는 게 싫었을 수도 있고, 윙베 형과의 사이가 그다지 좋지 않아 불편했을 수도 있었다. 과거, 윙베 형은 토니에와 매우 가깝게 지냈다. 그것을 알고 있는 린다가 윙베 형에게 거리감을 느끼는 건 당연한 일이다.

하지만 그건 린다가 상관할 일이 아니지 않은가? 자신의 감정을 잠시 묻어놓고 겉으로나마 호의를 보이는 척하는 것이 그렇게 어려운 일이었던가? 내 가족들에게 호의를 보이는 일이 그토록 힘든 일이었던가? 내가 그녀의 가족들에게 한 번이라도 불쾌감을 보인 적이 있었던가? 우리의 일에 사사건건 간섭하고 시도 때도 없이 찾아오는 린다의 어머니에게 단 한 번이라도 싫은 표정을 지어보인 적이 있었던가? 린다의 가족들과 친구들은 내 가족들보다 수백 배 이상 자주 우리 집에 찾아온다. 린다는 가뭄에 콩 나듯 찾아오는 내 가족들과 친구들에게 몸을 홱 돌리고 불쾌감을 표한다. 도대체 왜? 그건 린다가 자신의 감정을 바탕으로 행동하는 사람이기 때문이다. 하지만 감정이란 것은 억누르기 위해 존재하는 것이 아니었던가?

나는 하고 싶은 말은 너무 많았지만 모두 꾹꾹 눌러 담고 내보이지 않았다. 윙베 형과 조카들이 떠나고 나니 린다는 다시 밝고 즐겁고 기대에 찬 여인으로 되돌아왔다. 나는 그녀와 거리감을 두는 방식으로 그녀를 응징하고 싶은 충동을 느꼈지만 모른 척 내버려두었다. 비합리적이고 부조리한 일은 끝까지 비합리적이고 부조리한 일로 남겨두리라 마음먹었다. 우리는 밝은 기분으로 성탄절을 맞이했다.

칼 오베 크나우스고르 Karl Ove Knausgård

매일 글을 쓰고, 담배를 피운다. 세상 밖으로 뛰쳐나가고 싶은 욕구를
가끔 느낀다. 이 욕구를 누그러뜨리기 위해 글을 쓴다. 글을 씀으로써
세상 밖으로 향하는 문을 열고, 글을 씀으로써 좌절한다. 1968년 노르웨이
오슬로에서 태어나, 베르겐 대학에서 문학과 예술을 전공했다.
1998년 첫 소설『세상 밖으로』로 노르웨이 문예비평가상을 받았다.
2004년 두 번째 소설『어떤 일이든 때가 있다』도 비평가들에게
호평을 받았다. 세 번째 소설『나의 투쟁』이후 그의 삶은 완전히 변했다.
그의 자화상 같은 소설은 2009년부터 2011년까지 총 6권, 3,622쪽으로
출간되어 노르웨이에서 기이한 성공을 거두었다. 총인구 500만 명의
노르웨이에서 50만 부 이상이 팔렸다. 모든 것이 이례적이었다.
'크나우스고르 현상'이 일어났다. 그의 모든 것을 담은 이 소설을 전 세계가
읽고 이야기했다. 2009년 노르웨이 최고 문학상 브라게상을 받은 뒤
『나의 투쟁』은 독일, 영국, 프랑스, 그리스 등 유럽 전역과 미국, 캐나다,
브라질 등 아메리카 대륙은 물론 중국, 일본 등 아시아에서도
속속 번역되었다. 각종 문학상을 휩쓸었고 그의 새로운 글쓰기에 대한
찬사가 잇따랐다. 2015년 월 스트리트 저널 매거진은 크나우스고르를
'문학 이노베이터'로 선정했다.

손화수 孫和秀

한국외국어대학교에서 영어를, 오스트리아 잘츠부르크 모차르테움 대학에서
피아노를 공부했다. 1998년 노르웨이로 이주한 후 크빈헤라드 코뮤네
예술학교에서 피아노를 가르쳤다. 2002년부터 노르웨이 문학을 번역하기
시작했다. 2012년에는 노르웨이 번역인 협회 회원(MNO)이 되었고
같은 해 노르웨이 국제문학협회(NORLA)에서 수여하는 번역가상을 받았다.
『피렌체의 연인』『루시퍼의 복음』『노스트라다무스의 암호』『파리인간』등을
번역했다. 스테인셰르 코뮤네 예술학교에서 가르치고 있으며, 철 따라
찾아오는 노르웨이의 백야와 극야를 벗 삼아 책을 읽고 번역을 하고 있다.

나의
투쟁 2

지은이 칼 오베 크나우스고르
옮긴이 손화수
펴낸이 김언호

펴낸곳 (주)도서출판 한길사
등록 1976년 12월 24일 제74호
주소 10881 경기도 파주시 광인사길 37
홈페이지 www.hangilsa.co.kr
전자우편 hangilsa@hangilsa.co.kr
전화 031-955-2000~3 **팩스** 031-955-2005

부사장 박관순 **총괄이사** 김서영 **관리이사** 곽명호
영업이사 이경호 **경영담당이사** 김관영
편집 백은숙 김광연 안민재 노유연 신종우 원보름
마케팅 윤민영 양아람 **관리** 이중환 문주상 이희문 김선희 원선아
디자인 창포 **CTP 출력및인쇄** 현문인쇄 **제본** 자현제책사

제1판 제1쇄 2016년 9월 30일
제1판 제2쇄 2016년 10월 15일

값 14,500원
ISBN 978-89-356-6979-0 04850
ISBN 978-89-356-7011-6 (세트)

• 잘못 만들어진 책은 구입하신 서점에서 바꿔드립니다.
• 이 도서의 국립중앙도서관 출판시도서목록(CIP)은 e-CIP홈페이지(http://www.nl.go.kr/ecip)와
  국가자료공동목록시스템(http://www.nl.go.kr/kolisnet)에서 이용하실 수 있습니다.
  (CIP제어번호: CIP2016021048)
• 이 책은 노르웨이 국제문학협회(NORLA)의 지원을 받아 출간했습니다. **N** NORLA